OPFERLÄMMER

Roman

Aus dem Amerikanischen
von Thomas Haufschild

Weltbild

Die amerikanische Originalausgabe erschien 2010 unter dem Titel
The Burning Wire bei Simon & Schuster, New York.

Besuchen Sie uns im Internet:
www.weltbild.de

Genehmigte Lizenzausgabe für Verlagsgruppe Weltbild GmbH,
Steinerne Furt, 86167 Augsburg
Copyright der Originalausgabe © 2010 by Jeffery Deaver
Copyright der deutschsprachigen Ausgabe © 2011 by Blanvalet Verlag,
in der Verlagsgruppe Random House GmbH, München
Übersetzung: Thomas Haufschild
Umschlaggestaltung: Jarzina kommunikationsdesign, Holzkirchen
Umschlagmotiv: Corbis, Düsseldorf (© Ocean)
Gesamtherstellung: GGP Media GmbH, Pößneck
Printed in the EU
ISBN 978-3-86365-258-6

2015 2014 2013 2012
Die letzte Jahreszahl gibt die aktuelle Lizenzausgabe an.

Für meine Lektorin,
die unvergleichliche Marysue Rucci

»Zum Teufel, es gibt keine Regeln.
Wir versuchen hier etwas zu erreichen.«

THOMAS ALVA EDISON
(über die Entwicklung des
ersten elektrischen Leitungsnetzes)

Siebenunddreißig Stunden bis zum Earth Day

I

HOCHSPANNUNG

»Vom Hals abwärts ist ein Mann ein paar
Dollar am Tag wert. Vom Hals aufwärts ist er so viel wert,
wie sein Hirn hervorzubringen vermag.«

THOMAS ALVA EDISON

... Eins

Im Kontrollzentrum des ausgedehnten Gebäudekomplexes der Algonquin Consolidated Power and Light am East River in Queens, New York, saß der Leiter der Frühschicht mit einem Becher Kaffee vor seinem Monitor und betrachtete stirnrunzelnd zwei blinkende rote Worte.

KRITISCHE STÖRUNG

Darunter wurde der exakte Zeitpunkt der Fehlermeldung angezeigt: 11:20:20:003.

Der Mann ließ den Pappbecher sinken – blau und weiß, mit ungelenken Abbildungen antiker griechischer Athleten – und setzte sich in seinem knarrenden Drehstuhl auf.

Die Mitarbeiter der Leitstelle saßen jeweils an eigenen Computerplätzen. Der große Raum war hell erleuchtet und wurde von einem riesigen Flachbildschirm dominiert, auf dem der Stromfluss des als Northeastern Interconnection bekannten Verbunds dargestellt wurde. Er versorgte New York, Pennsylvania, New Jersey und Connecticut. Architektur und Dekor des Kontrollzentrums waren ziemlich modern – für 1960.

Der Leiter hob den Blick zu der Tafel, auf der sich die Stromzufuhr der diversen im Land verstreuten Kraftwerke ablesen ließ: Dampfturbinen, Kernreaktoren und der hydroelektrische Damm bei den Niagarafällen. An einer winzigen Stelle dieses Leitungsgewirrs lief irgendetwas schief. Ein roter Kreis blinkte.

Kritische Störung

»Was ist da los?«, fragte der grauhaarige Leiter mit dem straffen Bauch unter dem kurzärmeligen weißen Hemd. Er hatte dreißig Jahre Erfahrung in der Strombranche und war in erster Linie neugierig. Es wurden zwar immer wieder mal Störungen angezeigt, aber wirklich kritische Zwischenfälle waren sehr selten.

»Angeblich eine vollständige Trennung«, antwortete ein junger Techniker. »MH-Zwölf.«

Das Umspannwerk 12 der Algonquin Consolidated – »MH« stand für Manhattan – war dunkel, unbemannt und schmutzig. Es lag in Harlem und war eine große Schaltanlage, die die eintreffenden 138 Kilovolt mit Hilfe von Transformatoren auf ein Zehntel reduzierte, aufteilte und weiterschickte.

Auf dem großen Bildschirm kam unter der nüchternen Störungsmeldung und der Zeitangabe eine weitere rot leuchtende Zeile hinzu.

MH-12 OFFLINE

Der Leiter tippte etwas in seinen Computer ein und musste an die Zeiten denken, als seine Arbeit noch mit Funkgeräten, Telefonen und ummantelten Schaltern erledigt wurde, umgeben von dem Geruch nach Öl, Messing und heißem Bakelit. Er las die komplizierten Textmeldungen, die über den Monitor scrollten. »Die Trenner wurden ausgelöst?«, sagte er leise wie zu sich selbst. »Warum? Die Last ist normal.«

Eine neue Meldung erschien.

MH-12 OFFLINE. UL AN BETROFFENES VERSORGUNGSGEBIET VON MH-17, MH-10, MH-13, NJ-18

»Die automatische Umleitung greift«, rief jemand unnötigerweise.

In den Vororten und auf dem Land ist das Elektrizitätsnetz offen sichtbar – von den hohen blanken Überlandleitungen zu den kleineren Strommasten und den Versorgungsleitungen, die zu den einzelnen Häusern verlaufen. Wenn eine Leitung ausfällt, lässt das Problem sich ohne große Schwierigkeiten finden und beheben. In vielen größeren Städten hingegen, so auch in New York, fließt der Strom unterirdisch durch isolierte Kabel. Da die Isolierung im Laufe der Zeit porös wird, kommt es zu Grundwasserschäden, die Kurzschlüsse und Stromausfälle bewirken. Aus diesem Grund sichern die Versorgungsunternehmen das Netz doppelt oder sogar dreifach ab. Als das Umspannwerk MH-12 ausfiel, deckte der Computer den Strombedarf automatisch durch die Kapazitätsumleitung von anderen Orten.

»Keine Aussetzer, kein Spannungsabfall«, rief ein anderer Techniker.

Der Strom im Netz lässt sich mit Wasser vergleichen, das über ein großes Rohr in ein Haus gelangt und dort aus zahlreichen offenen Hähnen fließt. Wird einer von ihnen geschlossen, nimmt der Druck auf allen anderen zu. Mit der Elektrizität verhält es sich genauso, nur dass sie wesentlich schneller als Wasser fließt – mit knapp 1,1 Milliarden Kilometern pro Stunde. Und da New York City sehr viel Strom benötigte, liefen die nun zusätzlich belasteten Umspannwerke mit hoher Spannung – dem elektrischen Äquivalent zum Wasserdruck.

Aber das System war darauf ausgelegt, und die Spannungsanzeigen befanden sich immer noch im grünen Bereich.

Was dem Leiter jedoch zu denken gab, war die Tatsache, dass MH-12 überhaupt vom Netz getrennt worden war. Die Trenner eines Umspannwerks werden meistens aus einem von zwei Gründen ausgelöst: entweder durch einen Kurzschluss oder durch eine Überlastung zu Spitzenzeiten – am frühen Morgen, während der Hauptverkehrszeiten und am frühen Abend oder bei hohen Temperaturen, wenn die durstigen Klimaanlagen ihren Saft verlangen.

Um 11:20:20:003 Uhr an einem milden Apriltag traf nichts von alldem zu.

»Schickt einen Störungssucher zu MH-Zwölf rüber. Vielleicht ein Kabelbruch. Oder ein Kurzer im …«

In diesem Moment blinkte ein zweites rotes Licht auf.

KRITISCHE STÖRUNG
NJ-18 OFFLINE

Ein weiteres Umspannwerk, gelegen in der Nähe von Paramus, New Jersey, war vom Netz gegangen. Es gehörte zu denen, die für Manhattan-12 eingesprungen waren.

Der Leiter gab einen Laut von sich, der halb Lachen, halb Husten war. Die Verblüffung war ihm deutlich anzusehen. »Was, zum Teufel, geht hier vor? Die Last liegt innerhalb der Toleranzen.«

»Sensoren und Anzeiger alle in Ordnung«, rief einer der Techniker.

»Ein SCADA-Problem?«, fragte der Leiter. Algonquins Strom-Imperium wurde von einem ausgefeilten Überwachungs- und Datenerfassungsprogramm gesteuert, das auf riesigen UNIX-Computern lief. Das Akronym ergab sich aus der englischen Bezeichnung: **S**upervisory **C**ontrol **a**nd **D**ata **A**cquisition. Der legendäre Nordost-Blackout von 2003, der größte Stromausfall in der Geschichte Nordamerikas, war zum Teil durch eine Reihe von Softwarefehlern verursacht worden. Die Systeme von heute würden eine solche Katastrophe nicht mehr zulassen, aber das hieß natürlich nicht, dass nicht irgendeine andere Computerpanne auftreten konnte.

»Ich weiß es nicht«, sagte einer seiner Mitarbeiter langsam.

»Aber ich schätze, das muss es wohl sein. Laut Diagnoseanzeige gibt es keine direkten Beschädigungen der Leitungen oder der Umspanntechnik.«

Der Leiter starrte den Bildschirm an und wartete auf den nächsten logischen Schritt: die Mitteilung, welches neue Umspannwerk – oder welche neuen Umspannwerke – einspringen würde(n), um die durch den Verlust von NJ-18 aufgetretene Versorgungslücke auszugleichen.

Doch es kam keine solche Mitteilung.

Die drei Umspannwerke in Manhattan – 17, 10 und 13 – machten allein weiter und versorgten zwei Gebiete der Stadt mit Strom, die ansonsten ausgefallen wären. Das SCADA-Programm tat nicht, was es hätte tun müssen: andere Umspannwerke zur Unterstützung hinzuschalten. Die Elektrizitätsmenge, die von jenen drei Stationen nun bewältigt werden musste, stieg dramatisch an.

Der Leiter rieb sich den Bart und wartete noch einen Moment darauf, dass eine andere Schaltanlage automatisch einspringen würde. Vergeblich. »Zweigen Sie manuell Leistung von Q-Vierzehn in den östlichen Versorgungsbereich von MH-Zwölf ab«, wies er dann seinen erfahrensten Mitarbeiter an.

»Jawohl, Sir.«

Nach ein paar Sekunden rief der Leiter: »Nein, sofort.«

»Hm. Ich versuch's ja.«

»Sie versuchen es? Was soll das heißen, *versuchen*?« Die Aufgabe erforderte lediglich ein paar simple Tastendrücke.

»Das System reagiert nicht.«

»Unmöglich!« Der Leiter stieg die wenigen Stufen zum Computer des Technikers hinunter und tippte die Befehle ein, die er in- und auswendig kannte.

Nichts.

Die Spannungsanzeigen waren am Ende des grünen Bereichs. Es drohte Gelb.

15

»Das ist nicht gut«, murmelte jemand. »Wir haben ein Problem.«

Der Leiter lief zurück zu seinem Platz und ließ sich auf den Stuhl fallen. Dabei wischte er versehentlich seinen Müsliriegel und den Pappbecher mit den griechischen Sportlern vom Tisch.

Dann fiel der nächste Dominostein. Ein dritter roter Punkt fing an zu blinken, als wäre er das Zentrum einer Zielscheibe. Der SCADA-Computer meldete leidenschaftslos:

KRITISCHE STÖRUNG
MH-17 OFFLINE

»Nein, nicht noch eins!«, flüsterte jemand.

Und wie zuvor sprang auch diesmal kein anderes Umspannwerk ein, um dabei zu helfen, die unersättliche Stromgier der New Yorker zu befriedigen. Zwei Schaltanlagen erledigten die Arbeit von fünf. Die Temperatur der dort ankommenden und abgehenden Leitungen stieg, und die Spannungsanzeigen auf dem großen Monitor standen inzwischen weit im gelben Bereich.

MH-12 OFFLINE. NJ-18 OFFLINE. MH-17 OFFLINE.
UL AN betroffene Versorgungsgebiete VON MH-10, MH-13

»Besorgt mir mehr Saft für die Gebiete«, befahl der Leiter. »Egal wie. Egal woher.«

»Ich hab hier vierzig kV«, rief eine Frau von einem der Kontrollplätze. »Ich leite sie über Feeder aus der Bronx hinunter.«

Vierzig Kilovolt waren nicht viel, und es würde schwierig sein, sie über Speiseleitungen heranzuführen, die nur für etwa ein Drittel dieser Spannung ausgelegt waren.

Jemand anders schaffte es, Leistung aus Connecticut abzuzweigen.

Die Balken der Spannungsanzeige stiegen trotzdem weiter an, aber nun deutlich langsamer.

Vielleicht bekamen sie die Situation endlich unter Kontrolle.

»Mehr!«

»Halt!«, meldete sich die Frau, die Strom aus der Bronx umleitete, mit erstickter Stimme. »Die Spannung ist auf zwanzigtausend gesunken. Ich weiß nicht, wieso.«

Dies geschah überall in der Region. Sobald ein Techniker in der Lage war, etwas Energie zuzuführen und den Druck zu verringern, versiegte die Zufuhr von anderer Stelle.

Und das alles mit atemberaubender Geschwindigkeit.

1,1 Milliarden Kilometer pro Stunde...

Und dann leuchtete der nächste rote Kreis auf, die nächste Schusswunde.

KRITISCHE STÖRUNG
MH-13 OFFLINE

Ein Flüstern: »Das kann doch nicht wahr sein.«

MH-12 OFFLINE. NJ-18 OFFLINE. MH-17 OFFLINE. MH-13 OFFLINE.
UL AN BETROFFENE VERSORGUNGSGEBIETE VON MH-10

Das war ungefähr so, als wollte man ein gewaltiges Wasserreservoir durch einen einzelnen kleinen Hahn ablassen, wie die Dinger in den Kühlschranktüren, an denen man sein Trinkglas füllt. Die Spannung, die nun durch MH-10 schoss, das in einem alten Gebäude an der Siebenundfünfzigsten Straße West im Clinton-Viertel von Manhattan untergebracht war, betrug das Vier- bis Fünffache der normalen Last und nahm noch zu. Um eine Explosion und ein Feuer zu vermeiden, mussten jeden Moment die Trenner auslösen und würden einen beachtlichen Teil von Midtown in die Kolonialzeit zurückversetzen.

»Der Norden scheint besser zu funktionieren. Versucht es dort, holt uns Saft aus dem Norden. Nehmt Massachusetts.«

»Ich hab was: fünfzig, sechzig kV. Aus Putnam.«

»Gut.«

Und dann rief jemand: »O mein Gott!«

Der Leiter wusste nicht, wer es war; alle starrten wie versteinert auf ihre Bildschirme. »Was ist?«, brüllte er. »Was soll ich mit so einem Zwischenruf anfangen? Los, redet gefälligst Klartext!«

»Die Einstellungen der Trenner in Manhattan-Zehn! Sehen Sie doch nur! Die Trenner!«

O nein. Nein …

Die Trenner in MH-10 waren manipuliert worden. Sie würden nun das Zehnfache der sicheren Arbeitsbelastung akzeptieren.

Falls es dem Team im Kontrollzentrum der Algonquin nicht bald gelang, die Spannung zu reduzieren, die auf das Umspannwerk einstürmte, würden die Leitungen und Schaltanlagen im Innern fatal überlastet werden. Die Station würde explodieren. Doch bevor das geschah, würde der Strom durch die Speiseleitungen in die unterirdischen Transformatoren rasen und von dort aus weiter durch die Blocks südlich des Lincoln Center und in die Schaltanlagen der Bürogebäude und großen Wolkenkratzer. Einige der dortigen Schutzschalter würden die Zufuhr rechtzeitig unterbrechen, aber manch ältere Transformatoren und Schaltschränke würden einfach zu einem Klumpen leitfähigen Metalls zerschmelzen und den Strom durchlassen, sodass er Kabelbrände auslösen und in tödlichen Entladungen aus elektrischen Geräten oder Steckdosen hervorschießen konnte.

Terroristen, dachte der Leiter da zum ersten Mal. Dies ist ein Terroranschlag. »Verständigt die Homeland Security und das NYPD«, rief er. »Und stellt sie zurück, verflucht noch mal. Stellt die Trenner zurück.«

»Sie reagieren nicht. Ich kann nicht auf MH-Zehn zugreifen.«

»Verdammte Scheiße, wie ist das möglich?«

»Keine Ah...«

»Ist jemand in MH-Zehn? Herrje, falls ja, holt ihn sofort da raus!« Umspannwerke waren unbemannt, aber es wurden dort gelegentlich Wartungsarbeiten oder Reparaturen durchgeführt.

»Ja, alles klar.«

Die Spannungsanzeige stand nun im roten Bereich.

»Sir, sollten wir nicht lieber eine Notabschaltung vornehmen?«

Der Leiter dachte mit knirschenden Zähnen darüber nach. Eine manuelle, kontrollierte Abschaltung von Teilen des Netzes, um einen größeren Zusammenbruch zu verhindern, war eine ziemlich extreme Maßnahme. Sie kam nur als letzter Ausweg in Betracht, denn sie würde in dem dicht bevölkerten Teil von Manhattan, der hier gefährdet war, zu verheerenden Konsequenzen führen. Schon allein die Schäden an Computern würden Dutzende Millionen Dollar betragen, und es könnten Menschen dabei verletzt werden oder gar ihr Leben verlieren. Notrufe würden nicht durchgestellt werden. Krankenwagen und Einsatzfahrzeuge der Polizei würden im Verkehr feststecken, denn auch die Ampeln würden ausfallen. Aufzüge würden stehen bleiben. Es würde Panik ausbrechen. Ein Stromausfall hätte unweigerlich eine Zunahme von Überfällen, Plünderungen und Vergewaltigungen bedeutet, auch am helllichten Tag.

Mit Strom bleiben die Leute anständig.

»Sir?«, fragte der Techniker verzweifelt.

Der Leiter starrte auf die steigende Spannungsanzeige. Er nahm sein Telefon und rief *seinen* Vorgesetzten an, einen stellvertretenden Direktor des Unternehmens. »Herb, es gibt ein Problem.« Er schilderte die Situation.

»Wie konnte das passieren?«

19

»Wir wissen es nicht. Ich vermute Terroristen.«

»Mein Gott. Haben Sie die Homeland Security benachrichtigt?«

»Ja, gerade eben. Im Wesentlichen versuchen wir, mehr Kapazität in die betroffenen Gebiete zu leiten. Aber wir haben nicht viel Glück.«

Er sah die Anzeigebalken immer weiter in den roten Bereich steigen.

»Okay«, sagte der stellvertretende Direktor. »Vorschläge?«

»Uns bleibt kaum eine Wahl. Notabschaltung.«

»Ein beträchtlicher Teil der Stadt wird mindestens einen Tag ohne Strom sein.«

»Aber ich sehe keine anderen Optionen. Mit einer derart hohen Spannungslast fliegt uns die Station um die Ohren, wenn wir nichts unternehmen.«

Sein Boss überlegte kurz. »Durch Manhattan-Zehn läuft noch ein zweites Kabel, nicht wahr?«

Der Leiter schaute auf die Tafel. Eine Hochspannungsleitung führte durch das Umspannwerk und bog dann nach Westen ab, um Teile von New Jersey zu versorgen. »Ja, aber es ist nicht online. Es ist einfach nur in einem der Kabelkanäle dort verlegt.«

»Könnte man es nicht anzapfen und zur Speisung der umgeleiteten Schaltungen benutzen?«

»Von Hand? ... Das müsste gehen, aber ... aber das würde bedeuten, Leute ins Gebäude von MH-Zehn zu schicken. Und falls wir die Spannung während der Arbeiten nicht lange genug reduzieren können, springt sie über und wird alle töten. Oder ihnen am ganzen Leib Verbrennungen dritten Grades bescheren.«

Eine Pause. »Moment. Ich rufe Jessen an.«

Die Generaldirektorin der Algonquin Consolidated. Bei ihren Angestellten auch als »die Allmächtige« bekannt.

Während er wartete, musterte der Leiter die Techniker um

sich herum. Und er starrte auf die Tafel. Auf die leuchtenden roten Punkte.

Kritische Störung…

Dann kam der Vorgesetzte wieder an den Apparat. Seine Stimme drohte zu versagen. Er räusperte sich. »Sie sollen Leute reinschicken«, sagte er nach einem Moment. »Und manuell die Leitung anzapfen.«

»Das hat Jessen gesagt?«

Wieder eine Pause. »Ja.«

»Ich kann das niemandem befehlen«, flüsterte der Leiter. »Das ist Selbstmord.«

»Dann treiben Sie irgendwie Freiwillige auf. Jessen hat angeordnet, dass Sie unter keinen, ich wiederhole, keinen Umständen eine Notabschaltung vornehmen dürfen.«

... Zwei

Der Busfahrer lenkte den M70 vorsichtig durch den Verkehr auf die Haltestelle an der Siebenundfünfzigsten Straße zu, kurz vor der Kreuzung, an der die Zehnte Avenue zur Amsterdam Avenue wurde. Er hatte ziemlich gute Laune. Der neue Bus war ein Niederflurmodell, das sich absenkte, um den Ein- und Ausstieg zu erleichtern. Es hatte außerdem eine Rollstuhlrampe, ließ sich großartig steuern und, was am wichtigsten war, besaß einen hinternfreundlichen Fahrersitz.

Den konnte er weiß Gott gut gebrauchen, denn er saß jeden Tag acht Stunden darauf.

U-Bahnen interessierten ihn nicht, auch nicht die Long Island Railroad oder die Metro North. Nein, er stand auf Busse, trotz des irrwitzigen Verkehrsaufkommens, der Feindseligkeiten, Rechthabereien und Wutausbrüche. Ihm gefiel der demokratische Aspekt dabei: Leute aus allen Gesellschaftsschichten fuhren mit dem Bus. Man sah hier jeden, von Anwälten über aufstrebende Musiker bis zu Botenjungen. Taxis waren teuer und stanken; U-Bahnen hielten meistens nicht dort, wohin man wollte. Und zu Fuß gehen? Tja, das hier war Manhattan. Schön, wenn man die Zeit dafür hatte, aber wer hatte das schon? Überdies mochte er Menschen und freute sich, dass er nicken, lächeln oder Hallo sagen konnte, wann immer jemand in den Bus einstieg. Die New Yorker waren längst nicht so unfreundlich, wie oft behauptet wurde. Nur manchmal schüchtern, unsicher, zurückhaltend, gedankenverloren.

Häufig reichte ein Lächeln, ein Nicken, ein einziges Wort… und du hattest einen neuen Freund.

Was der Fahrer nur zu gern war.

Wenn auch lediglich für sechs oder sieben Blocks.

Die persönliche Begrüßung gab ihm zudem die Gelegenheit, die Verrückten zu erkennen, die Betrunkenen, die Dummköpfe und Blinzler, und zu entscheiden, ob er den Notfallknopf drücken musste.

Dies *war* immerhin Manhattan.

Der heutige Tag war wunderschön, klar und kühl. April. Einer seiner Lieblingsmonate. Es war ungefähr elf Uhr dreißig, und der Bus war voll. Die Leute fuhren nach Osten, weil sie zum Essen verabredet waren oder in ihrer Mittagspause etwas erledigen wollten. Der Verkehr floss gemächlich, und der riesige M70 hatte die Haltestelle fast erreicht. Vier oder fünf Leute standen dort und warteten.

Der Blick des Fahrers streifte das alte braune Gebäude hinter der Haltestelle. Es musste Anfang des zwanzigsten Jahrhunderts errichtet worden sein. Die Fenster waren vergittert, und drinnen war es immer dunkel. Er hatte noch nie jemanden hinein- oder hinausgehen gesehen. Ein unheimlicher Bau wie ein Gefängnis. An der Wand hing ein Schild mit abblätternder weißer Schrift auf einem blauen Hintergrund.

ALGONQUIN CONSOLIDATED POWER
AND LIGHT COMPANY
UMSPANNWERK MH-10
PRIVATGELÄNDE
ACHTUNG! HOCHSPANNUNG!
BETRETEN VERBOTEN!

Normalerweise achtete der Fahrer kaum auf das Haus, aber heute kam es ihm so vor, als wäre etwas anders als sonst. Etwa dreieinhalb Meter über dem Boden hing ein Kabel aus einem der Fenster. Es war mehr als einen Zentimeter dick und in eine dunkle Ummantelung gehüllt. Nur am Ende war das Plastik oder Gummi entfernt worden, sodass man die silbrigen Metallstränge sehen konnte, die an einer Art Beschlag befestigt waren, einem flachen Stück Messing. Was für ein mächtig fettes Teil, dachte der Fahrer.

Und es hing einfach so aus dem Fenster. War das nicht gefährlich?

Er hielt den Bus an und betätigte den Türöffner. Das große Fahrzeug senkte sich zum Bürgersteig ab. Die unterste Metallstufe befand sich nun unmittelbar über dem Gehweg.

Der Fahrer wandte sein breites, rötliches Gesicht der Tür zu, die sich mit einem satten Zischen der Hydraulik öffnete. Die Fahrgäste stiegen ein. »Guten Tag«, begrüßte der Fahrer sie freundlich.

Eine Frau von mehr als achtzig Jahren, die eine alte, schäbige Einkaufstasche umklammert hielt, nickte ihm zu und humpelte mit ihrem Gehstock nach hinten durch, obwohl die freien Sitze im vorderen Bereich für Senioren und Behinderte reserviert waren.

Musste man die New Yorker nicht einfach *lieben*?

Plötzlich bewegte sich etwas im Rückspiegel. Blinkende gelbe Signalleuchten, die schnell näher kamen. Ein Transporter hielt hinter dem Bus. Algonquin Consolidated. Drei Arbeiter stiegen aus, blieben dicht nebeneinander stehen und besprachen etwas. Sie hatten Werkzeugkästen mitgebracht und trugen dicke Handschuhe und Jacken. Und sie sahen nicht glücklich aus, als sie nun langsam auf das Gebäude zugingen und dabei immer noch miteinander redeten. Einer schüttelte unheilvoll den Kopf.

Dann schaute der Fahrer zu dem letzten Passagier, der soeben zusteigen wollte, einem jungen Latino, der seine MetroCard in der Hand hatte und vor dem Bus innehielt. Auch er musterte das Umspannwerk. Runzelte die Stirn. Dem Fahrer fiel auf, dass er den Kopf reckte, als würde er irgendetwas riechen.

Ein beißender Geruch. Nach Verbranntem. Der Fahrer musste unwillkürlich daran denken, wie bei ihm zu Hause mal der Elektromotor der Waschmaschine einen Kurzschluss erlitten hatte und die Isolierung verschmort war. Ein widerlicher Gestank. Aus der Tür des Umspannwerks wehte ein Rauchfetzen.

Deshalb also waren die Leute der Algonquin hier.

Was für ein Mist. Der Fahrer fragte sich, ob hier ein Stromausfall drohte, der auch die Ampeln betreffen würde. Damit wäre der Tag für ihn gelaufen. Die Fahrt quer durch die Stadt würde nicht zwanzig Minuten, sondern Stunden dauern. Na ja, wie dem auch sei, er sollte mal lieber für die Feuerwehr Platz machen. Er winkte den Fahrgast hinein. »He, Mister, ich muss los. Kommen Sie, steigen Sie ein.«

Als der Passagier, der noch immer wegen des Gestanks die Stirn runzelte, sich abwandte und in den Bus stieg, hörte der Fahrer aus dem Innern des Umspannwerks mehrmals etwas knallen. Es war laut, fast wie Schüsse. Dann erfüllte ein Lichtblitz, hell wie ein Dutzend Sonnen, den gesamten Bürgersteig zwischen dem Bus und dem Kabel, das aus dem Fenster hing.

Der Fahrgast verschwand einfach in einer Wolke aus weißem Feuer.

Der geblendete Fahrer hatte nur noch ein paar graue Nachbilder vor Augen. Der ohrenbetäubende Lärm war wie eine Mischung aus gewaltigem Knistern und der Entladung einer Schrotflinte. Obwohl der Mann den Sicherheitsgurt angelegt hatte, wurde sein Oberkörper nach hinten gegen das Seitenfenster gerissen.

Im Hintergrund hallten die Schreie der Passagiere.

Flammen loderten empor.

Mit schwindendem Bewusstsein fragte der Fahrer sich, ob womöglich er selbst brannte.

… Drei

»Es tut mir leid. Er ist aus dem Flughafen entwischt. Vor einer Stunde wurde er in der Innenstadt von Mexico City gesichtet.«

»Nein«, sagte Lincoln Rhyme seufzend und schloss kurz die Augen. »Nein …«

Amelia Sachs, die neben Rhymes leuchtend rotem Rollstuhl Modell Invacare TDX saß, beugte sich zu dem schwarzen Telefon mit der Freisprechanlage vor. »Was ist passiert?« Sie nahm ihr langes rotes Haar und fasste es im Nacken zu einem schmucklosen Pferdeschwanz zusammen.

»Bis wir die Flugdaten aus London erhalten hatten, war die Maschine schon gelandet.« Die Stimme der Frau erklang klar und deutlich aus dem Lautsprecher. »Wie es aussieht, hat er sich erst in einem Lieferwagen versteckt und ist dann durch einen Personaleingang hinausgeschlichen. Ich zeige Ihnen das Überwachungsband, das die mexikanische Polizei uns geliefert hat. Ich habe einen Link. Moment.« Ihre Stimme wurde leiser. Sie sprach offenbar mit einem Mitarbeiter und erteilte ihm Anweisungen bezüglich des Videos.

Es war kurz nach Mittag, und Rhyme und Sachs befanden sich in dem forensischen Labor und einstigen Salon im Erdgeschoss seines Stadthauses am Central Park West. Rhyme stellte sich bisweilen vor, wer dieses viktorianische Gebäude im gotischen Stil wohl früher bewohnt haben mochte. Harte Geschäftsleute, halbseidene Politiker, gewiefte Gauner. Vielleicht ein unbestechlicher Polizeichef, der gern mal die Fäuste sprechen ließ.

Rhyme hatte ein Buch über Verbrechen im alten New York geschrieben und im Zuge seiner Nachforschungen versucht, mehr über die Geschichte seines Hauses herauszufinden. Leider war es ihm nicht gelungen.

Die Frau, mit der sie gerade sprachen, hielt sich gewiss in einem moderneren Gebäude auf, vermutete Rhyme, nämlich in einer Dienststelle des California Bureau of Investigation, gelegen im mehr als viertausend Kilometer entfernten Monterey. CBI-Agentin Kathryn Dance hatte vor einigen Jahren mit Rhyme und Sachs an einem Fall gearbeitet, bei dem es um genau den Mann gegangen war, den sie auch jetzt im Visier hatten. Soweit sie wussten, lautete sein richtiger Name Richard Logan. Doch wenn Lincoln Rhyme an ihn dachte, dann meist unter seinem Spitznamen: der Uhrmacher.

Der Mann war ein Berufsverbrecher, der seine Taten mit der gleichen Präzision plante, mit der er sich auch seinem leidenschaftlich betriebenen Hobby widmete: der Konstruktion von Uhren. Rhyme und der Killer waren bereits mehr als einmal aufeinandergetroffen; einen von Logans Plänen hatte Rhyme durchkreuzen können, einen anderen nicht. Dennoch betrachtete er die Angelegenheit insgesamt als eine Niederlage, denn der Uhrmacher saß nicht in Haft.

Rhyme lehnte sich gegen die Kopfstütze seines Rollstuhls und dachte an Logan. Er hatte dem Mann gegenübergesessen. Schlank, mit dunklem jungenhaftem Haarschopf und leicht belustigtem Blick, weil die Polizei ihn verhörte. Nichts an ihm hatte auf den geplanten Massenmord hingedeutet, und seine Gelassenheit schien angeboren zu sein. Nach Rhymes Ansicht war das die womöglich verstörendste Eigenschaft dieses Mannes. Emotionen führten zu Fehlern und Unachtsamkeiten, aber Richard Logan war die Selbstbeherrschung in Person.

Er konnte für Diebstähle, illegalen Waffenhandel oder jede beliebige andere Tätigkeit angeworben werden, die sorgfältige Planung und rücksichtslose Durchführung erforderte, aber meistens wurde von ihm verlangt, einen Zeugen, Informanten, Politiker oder Geschäftsmann auszuschalten. Jüngsten Erkenntnissen zufolge hatte er einen Mordauftrag angenommen, der irgendwo in Mexiko durchgeführt werden sollte. Rhyme hatte Dance verständigt, die über zahlreiche Kontakte südlich der Grenze verfügte – und die bei dem früheren Fall beinahe von einem Gehilfen des Uhrmachers umgebracht worden war. Aufgrund ihrer guten Verbindungen fungierte Dance nun als Repräsentantin der amerikanischen Seite. Ziel war Logans Festnahme und Auslieferung. Sie arbeitete mit einem leitenden Ermittler der mexikanischen Bundespolizei zusammen, einem jungen fleißigen Beamten namens Arturo Diaz.

Heute Morgen hatten sie erfahren, dass Logan in Mexico City landen würde. Dance hatte Diaz angerufen. Der wiederum hatte sich bemüht, zusätzliche Leute zum Flughafen zu schicken, die Logan abfangen sollten. Aber offenbar waren sie zu spät gekommen.

»Sind Sie bereit für das Video?«, fragte Dance.

»Kann losgehen.« Rhyme bewegte einen seiner wenigen funktionierenden Finger – den Zeigefinger der rechten Hand – und fuhr mit dem batteriebetriebenen Rollstuhl näher an den Monitor heran. Er war ein C4-Patient, also am vierten Halswirbel verletzt und von den Schultern abwärts fast vollständig gelähmt.

Auf einem der großen Flachbildschirme des Labors öffnete sich ein Fenster. Man sah die körnige Nachtsicht-Aufnahme eines Flugfeldes. Im Vordergrund befand sich ein Zaun, zu dessen beiden Seiten Abfälle am Boden lagen, weggeworfene Schachteln, Dosen und andere Behälter. Ein privater Frachtjet rollte ins Bild, und sobald er anhielt, öffnete sich hinten eine Luke, und ein Mann sprang heraus.

»Das ist er«, sagte Dance leise.

»Ich kann ihn nicht deutlich genug erkennen«, sagte Rhyme.

»Das ist eindeutig Logan«, versicherte Dance. »Es wurde ein Teilabdruck gefunden – aber sehen Sie selbst.«

Der Mann streckte die Glieder und orientierte sich dann. Er schwang sich eine Tasche über die Schulter, lief geduckt zu einem Schuppen und versteckte sich dahinter. Einige Minuten später kam ein Arbeiter vorbei und brachte ein Paket, das so groß wie zwei Schuhkartons war. Logan grüßte ihn und erhielt das Paket im Tausch gegen einen großen Briefumschlag. Der Arbeiter sah sich um und ging schnell weg. Ein Wartungsfahrzeug hielt in der Nähe. Logan kletterte auf die Ladefläche und versteckte sich unter einer Plane. Der Wagen fuhr aus dem Bild.

»Was ist mit der Frachtmaschine?«, fragte Rhyme.

»Die hat ihren Charterflug nach Südamerika fortgesetzt. Pilot und Kopilot behaupten, sie wüssten nichts von einem blinden Passagier. Das ist natürlich gelogen, aber die beiden befinden sich nicht mehr in unserem Zuständigkeitsbereich, und wir können sie nicht verhören.«

»Und der Arbeiter?«, fragte Sachs.

»Die Bundespolizei hat ihn verhaftet. Er ist beim Flughafen angestellt, zum Mindestlohn. Er behauptet, ein Unbekannter habe ihm gesagt, er solle das Paket abliefern und würde dafür zweihundert Dollar bekommen. Das Geld war in dem Umschlag. Daher stammt auch der Fingerabdruck.«

»Was war in dem Paket?«, fragte Rhyme.

»Er sagt, er wisse es nicht, aber auch er lügt – ich habe die Videoaufnahmen des Verhörs gesehen. Unsere DEA-Leute nehmen ihn in die Mangel. Ich hätte am liebsten selbst versucht, ihm die eine oder andere Information zu entlocken, aber es würde zu lange dauern, die entsprechende Genehmigung zu erhalten.«

Rhyme und Sachs sahen sich an. Was das »Entlocken« von Informationen anging, stapelte Dance hier ein wenig zu tief. Sie war eine Expertin für Kinesik – Körpersprache – und zählte zu den besten Vernehmungsbeamten des Landes. Leider waren die Beziehungen zwischen den USA und Mexiko so angespannt, dass eine Polizistin aus Kalifornien einen Berg von Papierkram bewältigen musste, bevor man ihr gestatten würde, südlich der Grenze ein formelles Verhör durchzuführen. Die amerikanische Drug Enforcement Agency hingegen hatte bereits offiziell genehmigte Leute vor Ort.

»Wo in der Stadt wurde Logan gesichtet?«, fragte Rhyme.

»In einem Geschäftsviertel. Man hat ihn zu einem Hotel verfolgt, aber da ist er nicht geblieben. Diaz' Leute glauben, er hat sich dort mit jemandem getroffen. Bis sie die Überwachung eingerichtet hatten, war er schon wieder weg. Wenigstens haben alle Strafverfolgungsbehörden und Hotels nun sein Foto.« Dance fügte hinzu, Diaz' Boss, ein sehr hohes Tier bei der Polizei, würde die Leitung der Ermittlungen übernehmen. »Dass man den Fall dort so ernst nimmt, gibt Anlass zur Hoffnung.«

Ja, Hoffnung, dachte Rhyme. Aber er war auch enttäuscht. So kurz vor der Entdeckung des Gejagten zu stehen und dennoch so wenig Kontrolle über die Ereignisse zu haben ... Er ertappte sich dabei, dass er schneller atmete. Und er dachte an die letzte Auseinandersetzung mit dem Uhrmacher zurück. Logan war ihnen immer einen Schritt voraus gewesen und hatte mühelos seinen Mordauftrag erfüllt. Rhyme hatte über alle Fakten verfügt, um Logans Vorgehensweise durchschauen zu können. Doch er hatte sich komplett in die Irre führen lassen.

»Übrigens, wie war denn der romantische Wochenendausflug?«, fragte Sachs nun Kathryn Dance. Rhyme vermutete, dass es dabei um Dances neuen Freund ging. Die alleinerziehende Mutter zweier Kinder war seit einigen Jahren verwitwet.

»Sehr schön«, erwiderte die Agentin.

»Und wohin ging die Reise?«

Rhyme fragte sich, wieso, zum Teufel, Sachs sich nach Dan-

30

ces Privatleben erkundigte. Sie ignorierte seinen ungehaltenen Blick.

»Nach Santa Barbara. Unterwegs haben wir uns das Schloss von Hearst angesehen ... Hören Sie, ich warte nach wie vor darauf, dass Sie beide uns mal besuchen kommen. Die Kinder möchten Sie wirklich gern kennenlernen. Wes hat für die Schule einen Aufsatz über forensische Wissenschaft geschrieben und dabei Sie erwähnt, Lincoln. Seine Lehrerin hat früher in New York gewohnt und damals alles Mögliche über Sie in der Zeitung gelesen.«

»Ja, das wäre schön«, sagte Rhyme und war in Gedanken ausschließlich in Mexiko City.

Sachs lächelte über seinen gereizten Tonfall und sagte Dance, sie müssten nun Schluss machen.

Nachdem sie die Verbindung getrennt hatten, wischte Sachs einige Schweißperlen von Rhymes Stirn – er hatte die Feuchtigkeit gar nicht bemerkt. Dann saßen sie einen Moment schweigend da und schauten zum Fenster hinaus auf einen Wanderfalken, der heranschwebte und in seinem Nest auf dem Fenstersims im ersten Stock landete. Wenngleich diese Raubvögel in größeren Städten häufig vorkamen – denn es gab dort jede Menge fette schmackhafte Tauben zu erbeuten –, bauten sie ihre Nester für gewöhnlich in größerer Höhe. Aus irgendeinem Grund hatten aber nun schon mehrere Generationen der Tiere Rhymes Haus als Nistplatz auserkoren. Er mochte das. Die geschickten Vögel waren faszinierend zu beobachten und erwiesen sich als perfekte Untermieter, denn sie stellten keinerlei Ansprüche an ihn.

»Und, habt ihr ihn?«, meldete sich eine männliche Stimme.

»Wen?«, herrschte Rhyme ihn an. »Und was soll das heißen, ob wir ihn ›haben‹?«

»Den Uhrmacher«, antwortete Thom Reston, Lincoln Rhymes Betreuer.

31

»Nein«, knurrte Rhyme.

»Aber ihr seid dicht dran, nicht wahr?«, fragte der adrette Mann, der heute eine dunkle Stoffhose, ein gestärktes gelbes Anzughemd und eine geblümte Krawatte trug.

»Oh, dicht«, murmelte Rhyme. »*Dicht*. Sehr hilfreich. Wenn dich das nächste Mal ein Puma anspringt, Thom, wie würdest du es da finden, wenn der Wildhüter wirklich *dicht* dran vorbeischießen würde? Anstatt das Tier tatsächlich zu *treffen*?«

»Zählen Pumas nicht zu den gefährdeten Arten?«, fragte Thom ohne jeden Anflug von Ironie. Rhymes Spott prallte einfach an ihm ab. Er arbeitete schon seit vielen Jahren für den Kriminalisten, länger als manche Paare verheiratet waren. Und der Betreuer war so abgehärtet wie der zäheste Ehepartner.

»Ha! Sehr witzig. Gefährdet!«

Sachs stand auf, stellte sich hinter Rhyme und fing an, seine Schultern zu massieren. Sie war groß und in besserer Verfassung als die meisten NYPD-Detectives ihres Alters, und obwohl ihre Knie und unteren Extremitäten oft von Arthritis geplagt wurden, waren ihre Arme und Hände kräftig und weitgehend schmerzfrei.

Sie waren beide für die Arbeit gekleidet: Rhyme trug eine schwarze Jogginghose und ein dunkelgrünes Strickhemd. Sachs hatte ihr marineblaues Jackett ausgezogen und trug die zugehörige Hose und eine weiße Baumwollbluse, deren oberster Knopf geöffnet war und den Blick auf eine Perlenkette freigab. Hoch an ihrer Hüfte steckte in einem Polymerholster eine Glock Automatik, daneben zwei Reservemagazine und ein Taser.

Rhyme konnte ihre Finger spüren; oberhalb der damals fast tödlich verlaufenen Wirbelsäulenverletzung war sein Empfindungsvermögen tadellos. Zur Verbesserung seines Zustandes hatte er vor einer Weile eine riskante Operation erwogen, sich dann aber für einen anderen Behandlungsansatz entschieden. Mittels eines strikten Trainings- und Therapieprogramms war es ihm gelungen, etwas Kontrolle über seine rechte Hand zurückzuerlangen. Außerdem konnte er seinen linken Ringfinger bewegen. Aus irgendeinem Grund hatte der herabstürzende Balken diese eine Nervenleitung intakt gelassen.

Er kostete die Massage aus. Es war, als würde der kleine vorhandene Rest seiner Sinneswahrnehmung dadurch vergrößert. Rhyme schaute auf seine gelähmten Beine. Und schloss die Augen.

Thom musterte ihn nun eindringlich. »Ist alles in Ordnung, Lincoln?«

»In Ordnung? Abgesehen von dem Umstand, dass der Täter, hinter dem ich seit Jahren her bin, uns knapp entwischt ist und sich nun in der zweitgrößten Millionenstadt dieser Hemisphäre versteckt, ist alles einfach prima.«

»Das meine ich nicht. Du siehst nicht gut aus.«

»Du hast recht. Ich brauche dringend Medizin.«

»Medizin?«

»Whisky. Mit einem Schluck Whisky würde es mir besser gehen.«

»Nein, würde es nicht.«

»Nun, wie wäre es mit einem Experiment? Wissenschaftlich. Kartesianisch. Rational. Dagegen lässt sich doch nichts einwenden. Ich weiß, wie ich mich jetzt fühle. Nachdem ich etwas Whisky getrunken habe, erstatte ich dir über etwaige Veränderungen Bericht.«

»Nein. Es ist zu früh«, stellte Thom sachlich fest.

»Es ist Nachmittag.«

»Seit ein paar Minuten.«

»Ach, verdammt.« Rhyme klang barsch wie so oft, aber in Wahrheit genoss er Sachs' Massage. Einige Strähnen ihres roten Haares hatten sich aus dem Pferdeschwanz gelöst und kitzelten Rhymes Wange. Er ließ es geschehen. Da er den Kampf um den Single Malt anscheinend verloren hatte, ignorierte er

Thom, aber mit nur einem Satz verschaffte der Betreuer sich sogleich wieder seine Aufmerksamkeit: »Während ihr telefoniert habt, hat Lon angerufen.«

»Aha. Und warum erfahre ich das erst jetzt?«

»Du hast gesagt, du willst nicht gestört werden, wenn du mit Kathryn redest.«

»Nun, dann raus mit der Sprache.«

»Er meldet sich noch mal. Es geht um einen Fall. Ein Problem.«

»Tatsächlich?« Der Uhrmacher trat angesichts dieser Neuigkeit ein wenig in den Hintergrund. Rhyme erkannte, dass es für seine schlechte Laune noch einen anderen Grund gab: Langeweile. Er hatte vor Kurzem die Untersuchung der Spuren in einem komplizierten Fall abgeschlossen und befürchtete mehrere Wochen Müßiggang. Der Gedanke an einen neuen Auftrag war belebend. So wie Sachs sich nach Geschwindigkeit sehnte, brauchte Rhyme Schwierigkeiten, Herausforderungen, Input. Eine schwere körperliche Behinderung geht mit einem Nachteil einher, der vielen Leuten gar nicht bewusst ist: Es passiert nichts Neues mehr. Dieselbe Umgebung, dieselben Menschen, dieselben Aktivitäten … und die immer gleichen Plattitüden, leeren Versprechungen und Berichte aus den Mündern teilnahmsloser Ärzte.

Was Rhyme nach seiner Verletzung das Leben gerettet hatte – und zwar buchstäblich, denn er hatte ernsthaft über Sterbehilfe nachgedacht –, waren die vorsichtigen Schritte zurück zu seiner früheren Leidenschaft gewesen: die Anwendung wissenschaftlicher Methoden zur Aufklärung von Verbrechen.

Dank immer neuer Rätsel wurde es einem nie langweilig.

»Fühlst du dich der Sache auch wirklich gewachsen?«, hakte Thom nach. »Du siehst etwas blass aus.«

»Weißt du, ich war länger nicht mehr am Strand.«

»Na gut. Ich wollte mich nur vergewissern. Ach, und Arlen Kopeski kommt nachher vorbei. Wann passt es dir am besten?«

Der Name klang vertraut, hinterließ aber einen irgendwie unangenehmen Nachgeschmack. »Wer?«

»Er gehört zu dieser Gruppe für mehr Behindertenrechte. Es geht um den Preis, der dir verliehen werden soll.«

»Heute?« Rhyme erinnerte sich vage an mehrere Telefonate. Sobald es keinen seiner Fälle betraf, schenkte er dem Geschehen um ihn herum kaum Aufmerksamkeit.

»Du warst mit dem Termin einverstanden. Du hast gesagt, du würdest dich mit Kopeski treffen.«

»Oh, ein Preis hat mir *gerade* noch gefehlt. Was soll ich damit anfangen? Ihn als Briefbeschwerer benutzen? Benutzt irgendjemand, den du kennst, jemals einen Briefbeschwerer? Hast *du* jemals einen Briefbeschwerer benutzt?«

»Lincoln, der Preis wird dir verliehen, weil du vielen jungen Behinderten ein Vorbild bist.«

»Als ich jung war, hatte ich auch keine Vorbilder. Und es ist trotzdem was aus mir geworden.« Das mit den Vorbildern stimmte nicht ganz, aber bei Ablenkungen wurde Rhyme nun mal kleinlich, vor allem wenn ungebetene Besucher damit verbunden waren.

»Eine halbe Stunde.«

»Ich habe keine halbe Stunde.«

»Zu spät. Er ist bereits in der Stadt.«

Manchmal war es unmöglich, gegen den Betreuer zu gewinnen.

»Wir werden sehen.«

»Kopeski wird nicht herkommen und sich dann ewig in Geduld fassen, als wäre er ein Höfling, der auf eine Audienz beim König hofft.«

Die Metapher gefiel Rhyme.

Doch dann waren alle Gedanken an Preisverleihungen und Königswürden vergessen, denn Rhymes Telefon klingelte, und als Kennung des Anrufers wurde Detective Lieutenant Lon Sellittos Nummer angezeigt.

Mit einem Finger seiner rechten Hand erteilte Rhyme dem Computer den Befehl zum Abheben. »Lon.«

»Linc, hör zu, Folgendes.« Er klang gehetzt, und nach den Umgebungsgeräuschen zu schließen, die aus dem Lautsprecher ertönten, fuhr er gerade mit hohem Tempo irgendwohin. »Es gibt womöglich Ärger mit Terroristen.«

»Ärger? Das ist nicht besonders präzise.«

»Okay, wie wär's dann hiermit? Jemand hat dem E-Werk in die Suppe gespuckt, mit einer zweieinhalbtausend Grad heißen Entladung einen Bus der Verkehrsbetriebe geröstet und die Stromversorgung von sechs mal sechs Blocks südlich des Lincoln Center stillgelegt. Ist dir das präzise genug?«

... Vier

Die Karawane aus Downtown traf ein.

Der Vertreter der Heimatschutzbehörde war ein typisch junger, aber leitender Beamter, vermutlich geboren und aufgewachsen zwischen den Country Clubs von Connecticut oder Long Island, wenngleich das für Rhyme lediglich eine demografische Feststellung war und nicht notwendigerweise ein Fehler. Der klare, funkelnde Blick des Mannes täuschte darüber hinweg, dass er wahrscheinlich nicht so recht wusste, an welcher Stelle der Hierarchie seine Behörde sich befand, sobald es um Strafverfolgung ging, aber das traf auf fast jeden Mitarbeiter der Homeland Security zu. Der junge Mann hieß Gary Noble.

Das FBI war natürlich auch hier, und zwar in Gestalt eines Special Agent, mit dem Rhyme und Sellitto häufig zusammenarbeiteten: Fred Dellray. Der Gründer der Bundespolizei, J. Edgar Hoover, wäre über den Afroamerikaner entsetzt gewesen, und das nur zum Teil deswegen, weil seine Familie eindeutig *nicht* aus Neuengland kam. In erster Linie hätte ihn wohl bestürzt, dass die Kleidung des Beamten nicht dem »Stil der Neunten Straße« entsprach, was auf die Adresse der Washingtoner FBI-Zentrale anspielte. Dellray trug nur dann ein weißes Hemd mit dezenter Krawatte, wenn ein verdeckter Einsatz es erforderte. Ansonsten war das für ihn eine Verkleidung wie jede andere. Heute pflegte er seinen ganz persönlichen Stil: ein dunkelgrün karierter Anzug, ein rosafarbenes Hemd, wie man es höchstens bei einem verwegenen Wall-Street-Bonzen vermuten würde, und eine orangefarbene Krawatte, die Rhyme an seiner Stelle gar nicht schnell genug hätte entsorgen können.

Dellray wurde von seinem kürzlich ernannten neuen Chef begleitet – dem Assistant Special Agent in Charge der New Yorker Zweigstelle des FBI. Tucker McDaniel hatte seine Karriere in Washington begonnen und danach Aufträge im Mittleren Osten und Südasien übernommen. Der ASAC war von gedrungener Statur, mit dichtem schwarzem Haar und dunklem Teint, aber auch mit leuchtend blauen Augen, die einen ansahen, als würde man lügen, wenn man Hallo sagte.

Für einen Polizisten war das ein überaus hilfreicher Blick, den auch Rhyme bei Bedarf beherrschte.

Das New York Police Department wurde vornehmlich durch den stämmigen Lon Sellitto vertreten, in grauem Anzug und einem für ihn ungewöhnlichen blassblauen Hemd. Die Krawatte – deren Flecke zum Muster gehörten und nicht von verschütteten Getränken stammten – war das einzige faltenlose Kleidungsstück, das der Mann am Leib trug. Wahrscheinlich ein Geburtstagsgeschenk seiner Lebensgefährtin Rachel oder seines Sohnes. Dem Detective der Abteilung für Kapitalverbrechen standen Sachs und Ron Pulaski zur Seite, ein blonder, ewig jugendlicher Streifenbeamter, der offiziell Sellitto zugeteilt worden war, inoffiziell aber meistens Rhyme und Sachs bei der Arbeit der Spurensicherung unterstützte. Pulaski trug die reguläre dunkelblaue Uniform des NYPD. Der oberste Hemdknopf war offen und das T-Shirt darunter sichtbar.

Beide Bundesbeamten, McDaniel und Noble, hatten natürlich schon von Rhyme gehört, waren ihm aber noch nie zuvor begegnet und ließen beim Anblick des forensischen Beraters, der mit seinem Rollstuhl geschickt durch das Labor manövrierte, nun in unterschiedlichem Ausmaß Überraschung, Mitgefühl und Unbehagen erkennen. Die Verunsicherung über die ungewohnte Situation legte sich jedoch schnell – wie fast immer, außer bei irgendwelchen schmeichlerischen Kriechern –, und schon bald machte etwas weitaus Seltsameres erkennbar großen Eindruck auf die Neuankömmlinge: die Tatsache, dass in Rhymes Salon mit Wandvertäfelung und Kranzprofilen eine moderne Laboreinrichtung stand, um die ihn die Spurensicherung einer mittelgroßen Stadt beneidet hätte.

Nach dem Austausch der üblichen Höflichkeiten ergriff Noble das Wort. Die Homeland Security hatte den am breitesten definierten Zuständigkeitsbereich.

»Mr. Rhyme...«

»Lincoln«, unterbrach er. Rhyme mochte es nicht, allzu förmlich behandelt zu werden. Wenn jemand ihn mit seinem Nachnamen ansprach, kam es ihm so vor, als würde derjenige ihm den Kopf tätscheln und sagen: Ach, du Armer, es tut mir ja so leid, dass du für den Rest deines Lebens im Rollstuhl sitzen musst. Also bin ich jetzt mal ganz besonders zuvorkommend zu dir.

Sachs begriff, was er mit dieser Richtigstellung bezweckte, und verdrehte leicht die Augen. Rhyme musste sich ein Lächeln verkneifen.

»Gut, dann eben Lincoln.« Noble räusperte sich. »Kommen wir zur Sache. Was wissen Sie über das Netz – das Stromnetz?«

»Nicht viel«, räumte Rhyme ein. Er hatte zwar ein wissenschaftliches Studium absolviert, sich aber nie sonderlich mit der Elektrizität beschäftigt. In der Physik jedenfalls zählte der Elektromagnetismus zu den vier grundlegenden Naturkräften – neben der Schwerkraft sowie den leichten und schweren Kernkräften. Doch das war eine rein akademische Frage. Im Alltag beschränkte Rhymes Interesse am Strom sich darauf, genug für den Laborbetrieb zur Verfügung zu haben. Die Geräte waren äußerst durstig, und Rhyme hatte schon zweimal neue Leitungen verlegen lassen müssen, um den Bedarf decken zu können.

Darüber hinaus war Rhyme sich nur zu bewusst, dass er ohne

Elektrizität nicht überlebt hätte und auch sein jetziges Leben so nicht möglich gewesen wäre: Nach dem Unfall hatte ein Beatmungsgerät seine Lunge mit Sauerstoff versorgt, und in seinem Alltag benutzte er einen batteriebetriebenen Rollstuhl, ein Haustechniksystem mit Spracherkennung und ein Touchpad. Und natürlich die Computer.

Ohne Strom hätte er eine armselige Existenz führen müssen. Falls überhaupt.

»Unser Szenario sieht bisher so aus«, fuhr Noble fort. »Der Täter ist in ein Umspannwerk eingedrungen und hat ein Kabel bis vor das Gebäude verlegt.«

»Ein Täter? Singular?«, fragte Rhyme.

»Das wissen wir noch nicht.«

»Ein Kabel nach draußen. Okay.«

»Dann hat er den Computer manipuliert, der das Netz steuert. Er hat die Einstellungen geändert und das Umspannwerk bis weit über die zulässige Grenze belastet.« Noble spielte an seinen Manschettenknöpfen herum. Sie waren wie kleine Tiere geformt.

»Und der Strom ist übergesprungen«, warf McDaniel vom FBI ein. »Im Grunde genommen hat er den Weg in den Boden gesucht. So etwas heißt Lichtbogen. Eine Explosion. Wie ein Blitz.«

Eine zweieinhalbtausend Grad heiße Entladung…

»Das Ding ist so mächtig, dass Plasma entsteht«, fügte der ASAC hinzu. »So nennt man einen Aggregatzustand…«

»…der weder gasförmig noch flüssig oder fest ist«, fiel Rhyme ihm ungeduldig ins Wort.

»Genau. Ein kleiner Lichtbogen hat die Sprengkraft eines Pfunds TNT, und der hier war nicht klein.«

»Und der Bus war sein Ziel?«, fragte Rhyme.

»Scheint so.«

»Aber die Reifen sind doch aus Gummi«, wandte Sellitto ein.

»Bei einem Gewitter ist man in einem Fahrzeug am sichersten. Das hab ich mal im Fernsehen gesehen.«

»Stimmt«, bestätigte McDaniel. »Doch der Täter hatte daran gedacht. Es war ein Niederflurbus. Entweder hat er damit gerechnet, dass die abgesenkte Stufe den Bürgersteig berühren würde, oder er hat gehofft, jemand würde mit einem Fuß auf dem Gehweg und mit dem anderen im Bus stehen. Das hätte ausgereicht, um dem Lichtbogen einen Angriffspunkt zu bieten.«

Noble befingerte erneut das kleine silberne Säugetier an seiner Manschette. »Zum Glück stimmte das Timing nicht. Oder er hat falsch gezielt oder so. Die Entladung hat das Haltestellenschild neben dem Bus getroffen. Ein Fahrgast wurde getötet, ein paar andere haben Hörschäden erlitten oder wurden von Glassplittern leicht verletzt. Und es brach ein Feuer aus. Falls er den Bus voll erwischt hätte, wäre mindestens die Hälfte der Leute ums Leben gekommen, schätze ich. Oder hätte Verbrennungen dritten Grades davongetragen.«

»Lon hat einen Stromausfall erwähnt«, sagte Rhyme.

»Der Täter hat den Computer dazu benutzt, vier andere Umspannwerke der Gegend abzuschalten, sodass die gesamte Last durch die Station an der Siebenundfünfzigsten Straße geflossen ist«, erklärte McDaniel. »Als der Lichtbogen auftrat, ist das Umspannwerk vom Netz gegangen. Mittlerweile konnte Algonquin die anderen jedoch wieder in Betrieb nehmen, und im Augenblick sind in Clinton noch etwa sechs Blocks ohne Strom. Haben Sie es denn nicht in den Nachrichten gesehen?«

»Die schaue ich nur selten«, sagte Rhyme.

»Ist dem Busfahrer oder sonst jemandem etwas aufgefallen?«, wandte Sachs sich an McDaniel.

»Nichts, das uns weiterhelfen könnte. Es waren einige Arbeiter vor Ort. Sie hatten von der Algonquin den Auftrag erhalten, ins Gebäude zu gehen und irgendwas umzuleiten oder so. Gott sei Dank waren sie noch draußen, als es zu der Entladung gekommen ist.«

»Drinnen war niemand?«, fragte Fred Dellray. Er schien sich nicht ganz auf dem aktuellen Stand zu befinden. Rhyme vermutete, dass McDaniel keine Zeit gehabt hatte, sein Team ausführlich zu unterrichten.

»Nein. Umspannwerke funktionieren weitgehend automatisch und unbemannt, außer bei gelegentlichen Wartungsarbeiten oder Reparaturen.«

»Wie wurde der Computer gehackt?«, fragte Lon Sellitto und nahm geräuschvoll auf einem Rohrstuhl Platz.

»Wir sind uns nicht sicher«, sagte Gary Noble. »Es werden derzeit verschiedene Szenarien durchgespielt. Unsere Fachleute haben es mit einem simulierten Terrorangriff versucht, das System aber nicht knacken können. Doch Sie wissen ja, wie das ist: Die Verbrecher sind uns immer einen Schritt voraus – was die Technik angeht.«

»Hat sich schon jemand zu dem Anschlag bekannt?«, fragte Ron Pulaski.

»Noch nicht«, erwiderte Noble.

»Warum gehen Sie dann von Terrorismus aus?«, fragte Rhyme. »Ich halte das hier für eine ziemlich gute Methode, Alarmanlagen und Überwachungssysteme zu deaktivieren. Wurden Morde oder Einbrüche gemeldet?«

»Bis jetzt nicht«, sagte Sellitto.

»Es gibt für unsere Annahme eine Reihe von Gründen«, sagte McDaniel. »Zunächst mal ist unsere Profilsoftware zu dem Schluss gelangt; sie analysiert verborgene Muster und Beziehungen. Außerdem habe ich unsere Leute direkt nach dem Vorfall auf aktuelle Signale aus Maryland angesetzt.« Er hielt inne, als wolle er alle Anwesenden mahnen, über das nun Folgende absolutes Stillschweigen zu bewahren. Rhyme nahm an, dass der FBI-Mann auf Informationen aus den Niederungen der

Geheimdienste anspielte – Schnüffler im Regierungsauftrag, die streng genommen nicht innerhalb der Landesgrenzen agieren dürfen, dank gewisser rechtlicher Schlupflöcher aber trotzdem in der Lage sind, Straftaten im Innern zu verfolgen. Die National Security Agency – Heimat der weltbesten Lauscher – hatte ihren Sitz zufälligerweise in Maryland. »Ein neues SIGINT-System konnte ein paar interessante Treffer liefern.«

SIGINT. Signal intelligence. Die Überwachung von Mobiltelefonen, Satellitentelefonen, E-Mails ... Das schien der geeignete Ansatz zu sein, wenn man mit jemandem konfrontiert war, der Elektrizität als Angriffswaffe benutzte.

»Man hat Hinweise auf eine nach unserer Ansicht neue Terrorgruppe aufgefangen, die hier in der Gegend aktiv ist. Der Name wurde zuvor noch nie registriert.«

»Welcher Name?«, fragte Sellitto.

»Er fängt mit ›Gerechtigkeit‹ an und enthält zudem das Wort ›für‹«, erklärte McDaniel.

Gerechtigkeit für ...

»Mehr wissen wir nicht?«, fragte Sachs.

»Nein. Vielleicht ›Gerechtigkeit für Allah‹. ›Gerechtigkeit für die Unterdrückten‹. Was auch immer. Wir haben keinerlei Anhaltspunkte.«

»Aber die Worte sind auf Englisch vorgekommen, ja?«, fragte Rhyme. »Nicht auf Arabisch. Oder Somalisch oder Indonesisch.«

»Richtig«, bestätigte McDaniel. »Wir lassen zurzeit jedoch Überwachungsprogramme für alle möglichen Sprachen und Dialekte laufen und untersuchen jedwede Kommunikation, die wir auffangen können.«

»Die wir *legal* auffangen können«, fügte Noble hastig hinzu.

»Der größte Teil von deren Kommunikation findet allerdings im digitalen Umfeld statt«, sagte McDaniel, ohne es näher zu erläutern.

»Äh, was ist das, Sir?«, fragte Ron Pulaski und nahm damit Rhyme quasi die Worte aus dem Mund, wenngleich der Kriminalist einen deutlich weniger ehrerbietigen Tonfall gewählt hätte.

»Das digitale Umfeld?«, fragte der ASAC. »Der Begriff ist erst in jüngster Zeit geprägt worden – seit Daten und Programme auf irgendwelchen Servern gespeichert sein können statt auf dem eigenen Computer. Ich habe mal eine Abhandlung darüber verfasst. Gemeint sind jedenfalls die diversen neuen Kommunikationsmethoden. Unsere Antagonisten nutzen zum Nachrichtenaustausch kaum noch herkömmliche Mobiltelefone und E-Mails, sondern alternative Möglichkeiten wie Blogs, Twitter oder Facebook. Oder sie betten Codes in Musik- und Videodateien ein und stellen sie ins Netz, wo andere sie herunterladen können. Ich persönlich glaube, dass sie auch komplett neue Systeme entwickelt haben, speziell modifizierte Telefone oder Funkgeräte mit eigenen Frequenzen.«

Das digitale Umfeld ... Antagonisten.

»Warum glauben Sie, dass ›Gerechtigkeit-für‹ hinter dem Anschlag steht?«, fragte Sachs.

»Wir gehen nicht zwingend davon aus«, sagte Noble.

»Es ist nur so, dass es laut SIGINT in den letzten Tagen einige Geldtransfers gegeben hat, dazu personelle Verschiebungen und den Satz ›Das wird eine große Sache‹«, führte McDaniel aus. »Als dann heute der Anschlag verübt wurde, dachten wir, das könnte es gewesen sein.«

»Und der Earth Day steht bevor«, betonte Noble.

Rhyme war sich nicht ganz sicher, was der Earth Day war – und hatte daher keine spezifische Meinung darüber, abgesehen von der verärgerten Erkenntnis, dass es wie bei anderen Feiertagen und Großereignissen sein würde: Menschenmengen und Demonstranten verstopften die Straßen und banden die Kräfte des NYPD, die ihm währenddessen nicht für die Lösung von Fällen zur Verfügung standen.

»Es könnte mehr als ein Zufall sein«, sagte Noble. »Ein Anschlag auf das Stromnetz am Tag vor dem Earth Day? Das dürfte den Präsidenten interessieren.«

»*Den* Präsidenten?«, fragte Sellitto.

»Ja. Er nimmt gerade außerhalb von D.C. an einem Gipfel über erneuerbare Energien teil.«

»Will hier etwa jemand ein Exempel statuieren?«, grübelte Sellitto. »Ökoterrorismus?«

Das kam in New York City eher selten vor; hier wurden weder Wälder gerodet noch neue Tagebaue angelegt.

»Vielleicht heißt es ›Gerechtigkeit für die Umwelt‹«, schlug Sachs vor.

»Da gibt es aber noch etwas«, sagte McDaniel. »Einer der SIGINT-Treffer bringt ›Gerechtigkeit-für‹ mit dem Namen Rahman in Verbindung. Ohne Nachnamen. Auf unserer Überwachungsliste für islamistische Terroristen finden sich acht Rahmans mit unbekanntem Aufenthaltsort. Wir glauben, es könnte einer von denen sein, aber wir wissen nicht, welcher.«

Noble hatte von den Bären oder Seekühen an seinen Manschetten abgelassen und spielte nun mit einem hübschen Schreibstift herum. »Wir beim Heimatschutz gehen davon aus, dass Rahman zu einer Schläferzelle gehören könnte, die schon seit Jahren im Land ist, womöglich seit der Zeit des elften September. Er pflegt nach außen keine islamistischen Gewohnheiten, besucht moderate Moscheen, spricht kein Arabisch.«

»Ich habe eines unserer T-und-K-Teams aus Quantico angefordert«, fügte McDaniel hinzu.

»T und K?«, fragte Rhyme, der aus irgendeinem Grund gereizt war.

»Technik und Kommunikation. Um die Überwachung zu leiten. Und Juristen, falls wir Abhörgenehmigungen brauchen. Zwei Anwälte vom Justizministerium. Und wir bekommen zweihundert zusätzliche Agenten.«

Rhyme und Sellitto sahen sich an. Das war eine überraschend große Einsatzgruppe für einen einzelnen Zwischenfall, der nicht zu einer bereits laufenden Ermittlung gehörte. Und alles geschah unglaublich schnell. Der Anschlag lag noch keine zwei Stunden zurück.

Der FBI-Mann bemerkte ihre Reaktion. »Wir sind überzeugt, dass es eine neue Erscheinungsform des Terrorismus gibt. Also verfolgen wir auch einen neuen Ansatz bei der Bekämpfung. Zum Beispiel die Drohnen im Mittleren Osten und Afghanistan. Wussten Sie, dass die Piloten an einer Fußgängerzone in Colorado Springs oder Omaha sitzen?«

Das digitale Umfeld...

»T und K ist jedenfalls aktiv, sodass wir bald weitere Signale ausfiltern werden. Dennoch benötigen wir auch althergebrachte Methoden.« Der Blick des ASAC schweifte durch das Labor. Damit war wohl die Spurenuntersuchung gemeint, vermutete Rhyme. Dann schaute McDaniel zu Dellray. »Und die Arbeit auf der Straße. Obgleich Fred bislang wenig Glück gehabt hat.«

Dellrays Begabung als verdeckter Ermittler wurde nur von seinem Geschick bei der Führung von Informanten übertroffen, deren Arbeit unbedingt geheim bleiben musste. Seit dem elften September hatte er eine Vielzahl von Kontakten in die islamische Gemeinde geknüpft und sich Arabisch, Indonesisch und Farsi beigebracht. Er arbeitete regelmäßig mit der beeindruckenden Antiterroreinheit des NYPD zusammen. Doch er bestätigte die Aussage seines Vorgesetzten. »Ich konnte nichts über ›Gerechtigkeit-für‹ oder Rahman in Erfahrung bringen«, sagte er mit finsterer Miene. »Weder bei meinen Jungs in Manhattan noch in Brooklyn, Jersey oder Queens.«

»Es ist ja auch gerade erst passiert«, rief Sellitto ihm ins Gedächtnis.

»Na ja«, sagte McDaniel langsam. »Eine solche Sache muss

natürlich geplant worden sein. Was meinen Sie, wie lange hat das gedauert? Einen Monat?«

»Würde ich sagen«, pflichtete Noble ihm bei. »Mindestens.«

»Sehen Sie, das ist dieses verfluchte digitale Umfeld.«

Rhyme hörte außerdem die deutliche Kritik an Dellray heraus: Informanten waren dazu da, dass man etwas erfuhr, *bevor* es geschah.

»Nun, bleiben Sie am Ball, Fred«, sagte McDaniel. »Sie leisten gute Arbeit.«

»Sicher, Tucker.«

Noble hatte den Stift wieder eingesteckt und sah auf die Uhr. »Die Homeland Security wird die Abstimmung mit Washington und dem Außenministerium übernehmen, falls nötig auch den Kontakt zu ausländischen Botschaften. Die Polizei und das FBI werden ermitteln wie in jedem anderen Fall. Was Sie betrifft, Lincoln, so weiß jeder von Ihrer überragenden Fachkenntnis bei der Tatortarbeit. Daher hoffen wir, dass Sie die Partikelanalyse durchführen. Es wird gerade ein Team der Spurensicherung zusammengestellt. Die Leute müssten in zwanzig, höchstens dreißig Minuten am Umspannwerk eintreffen.«

»Wir sind gern behilflich«, sagte Rhyme. »Aber wir sichern den gesamten Tatort. Von Anfang bis Ende. Und alle sekundären Schauplätze. Nicht nur Partikelspuren, sondern das volle Programm.« Er schaute zu Sellitto, der bekräftigend nickte, was hieß: Ich bin ganz deiner Meinung.

In dem nun folgenden peinlichen Moment der Stille waren alle sich der zusätzlichen Bedeutung dieser Forderung bewusst: Wer würde die Ermittlungen letztlich leiten? Bei der modernen Polizeiarbeit war die Kontrolle über die Spuren nahezu identisch mit der Kontrolle über den Fall. Es handelte sich um die praktische Konsequenz aus den technischen Fortschritten der letzten zehn Jahre. Durch die Untersuchung eines Tatorts und die Analyse der Funde hatten forensische Ermittler die besten

Einblicke in die Natur des jeweiligen Verbrechens, konnten daraus auf mögliche Verdächtige schließen und waren die Ersten, die konkrete Ansatzpunkte entwickelten.

Das Triumvirat – Noble und McDaniel für die Bundesbehörden und Sellitto für das NYPD – würde die strategischen Entscheidungen treffen. Falls aber Rhyme die Schlüsselposition bei der Spurenuntersuchung erhielt, würde in Wahrheit *er* der leitende Ermittler sein. Es wäre sinnvoll. Keiner der anderen klärte schon so lange wie er in New York City Verbrechen auf, und da es zu diesem Zeitpunkt abseits des Tatorts keine Verdächtigen oder andere bedeutende Spuren zu verfolgen gab, war ein forensischer Spezialist das Mittel der Wahl.

Am wichtigsten aber war, dass Rhyme diesen Fall unbedingt haben wollte. Wegen der drohenden Langeweile…

Okay, auch wegen seines Egos.

Also brachte er das beste Argument vor, das ihm zur Verfügung stand: Er sagte nichts. Aber seine Augen richteten sich auf das Gesicht des Mannes von der Heimatschutzbehörde, Gary Noble.

McDaniel wirkte zögerlich – es waren seine Techniker, die zurückgestuft werden würden –, und Noble warf ihm einen Blick zu. »Was meinen Sie, Tucker?«

»Ich kenne Mr. Rhymes… ich kenne Lincolns Arbeit. Ich habe kein Problem damit, ihm die Spurensicherung zu übertragen. Vorausgesetzt, er stimmt sich zu hundert Prozent mit uns ab.«

»Natürlich.«

»Und jemand von uns bleibt hier vor Ort. *Und* wir erhalten die Resultate so umgehend wie möglich.« Er sah Rhyme in die Augen, nicht auf seinen Körper. »Eine schnelle Reaktionszeit ist das A und O.«

Was wohl heißen sollte, dass McDaniel sich fragte, ob jemand in Rhymes Verfassung dem gewachsen sei, argwöhnte der Kriminalist. Sellitto regte sich, aber das hier war keine Herabwürdigung eines Krüppels, sondern eine berechtigte Frage, wie auch Rhyme selbst sie gestellt hätte.

»Das versteht sich von selbst«, erwiderte er.

»Gut. Ich weise meine Techniker an, Ihnen uneingeschränkt behilflich zu sein«, versicherte der ASAC.

»Gegenüber der Presse versuchen wir derzeit, den Terroraspekt herunterzuspielen«, sagte Noble. »Wir möchten es wie einen Unfall erscheinen lassen. Doch es ist bereits durchgesickert, dass mehr dahinterstecken könnte. Die Menschen haben Angst.«

»Das kann ich bestätigen.« McDaniel nickte. »Wir lassen bei uns den Internetverkehr überwachen. Bei den Suchmaschinen gibt es einen gewaltigen Anstieg für Begriffe wie ›Stromschlag‹, ›Lichtbogen‹ und ›Blackout‹. Die Abrufzahlen für Lichtbogenvideos bei YouTube brechen alle Rekorde. Ich habe mir selbst ein paar davon angeschaut. Die sind wirklich erschreckend. Da arbeiten zwei Männer an einer Schalttafel, dann gibt es urplötzlich einen Blitz, der das ganze Bild ausfüllt, und im nächsten Moment liegt einer der Kerle auf dem Rücken und steht halb in Flammen.«

»Und die Leute fürchten auf einmal, dass solche Lichtbögen nicht nur in Umspannwerken passieren könnten, sondern bei ihnen zu Hause oder im Büro«, sagte Noble.

»Wäre das denn möglich?«, fragte Sachs.

McDaniel hatte sich offenbar ausführlich über Lichtbögen informiert. »Ich glaube, ja«, räumte er ein. »Aber ich bin mir nicht sicher, wie stark der Stromstoß sein müsste.« Er schaute unwillkürlich zu einer nahen Wandsteckdose.

»Nun, wir sollten uns jetzt lieber an die Arbeit machen«, sagte Rhyme mit einem Blick zu Sachs.

Sie stand auf. »Ron, Sie kommen mit.« Pulaski gesellte sich zu ihr. Gleich darauf fiel die Haustür ins Schloss, und wenig später hörte Rhyme den starken Motor ihres Wagens anspringen.

49

»Da ist noch etwas, das wir im Hinterkopf behalten müssen«, fügte McDaniel hinzu. »Eines unserer durchgespielten Computerszenarien ging davon aus, dass der Täter lediglich einen Testlauf durchgeführt haben könnte, um das Stromnetz als *mögliches* Terrorziel in Betracht zu ziehen. Immerhin ist der heutige Anschlag recht unpräzise verlaufen, und es gab nur ein Todesopfer. Wir haben diese Daten ins System eingespeist, und die Analyse ergab, dass Methode und Ziel sich noch ändern könnten. Es spricht sogar einiges dafür, dass dies eine Singularität gewesen ist.«

»Eine was?«, fragte Rhyme, den dieser Sprachgebrauch zunehmend aufbrachte.

»Eine Singularität – ein einmaliges Ereignis. Unsere Software zur Bedrohungsanalyse hat für diese Annahme eine fünfundfünfzigprozentige Wahrscheinlichkeit ergeben. Das ist gar kein so schlechtes Ergebnis.«

Rhyme überlegte kurz. »Aber heißt das nicht umgekehrt, dass die *fünfundvierzigprozentige* Chance besteht, jemand anders könnte irgendwo in New York durch einen Stromschlag geröstet werden? ... Und womöglich geschieht das genau in diesem Moment.«

... Fünf

Das Umspannwerk MH-10 der Algonquin Consolidated Power sah aus wie eine kleine mittelalterliche Burg und stand in einer ruhigen Gegend südlich des Lincoln Center. Es war aus ungleichmäßig geschnittenen Kalksteinblöcken errichtet, die nach vielen Jahrzehnten im New Yorker Schmutz und Ruß entsprechend verdreckt und angegriffen aussahen. Auch der Stein über dem Türbogen war nicht verschont geblieben, aber die Jahreszahl ließ sich noch deutlich erkennen: *1928*.

Um kurz vor vierzehn Uhr hielt Amelia Sachs mit ihrem kastanienbraunen Ford Torino Cobra vor dem Gebäude am Straßenrand an, gleich hinter dem zerstörten Bus. Der Wagen und sein blubberndes Motorengeräusch zogen neugierige und bewundernde Blicke der Passanten, Polizisten und Feuerwehrleute auf sich. Amelia stieg aus, warf ihre NYPD-Parkerlaubnis auf das Armaturenbrett, stemmte die Hände in die Seiten und sah sich um. Auch Ron Pulaski verließ den Wagen und schlug die Beifahrertür zu. Sie fiel mit einem satten Geräusch ins Schloss.

Sachs musste daran denken, wie wenig das Umspannwerk mittlerweile in diese Gegend passte. Links und rechts ragten moderne Gebäude mindestens zwanzig Stockwerke in den Himmel, aber der alte Kalksteinbau war aus irgendeinem Grund mit Türmchen versehen worden. Die Wände wiesen lange weiße Schmierspuren auf, was offenbar den ortsansässigen Tauben zu verdanken war, die sich nach all der Aufregung bereits teilweise wieder eingefunden hatten. Die Fenster waren aus gelblichem Glas und mit schwarz gestrichenen Gittern versehen.

Die dicke Metalltür stand offen, und der Raum dahinter war dunkel.

Ein Einsatzfahrzeug der Spurensicherung des NYPD traf mit lautem Sirenengeheul vor Ort ein. Der Transporter parkte, und drei Techniker des Hauptlabors in Queens stiegen aus. Sachs hatte schon mehrfach mit ihnen zusammengearbeitet. Sie nickte dem Latino und der Asiatin zu. Geführt wurde das Team von Detective Gretchen Sahloff. Sachs grüßte auch sie. Sahloff winkte zurück, warf einen ernsten Blick auf das Umspannwerk und ging zur Rückseite des großen Wagens, wo die drei Neuankömmlinge nun anfingen, ihre Ausrüstung auszuladen.

Sachs' Aufmerksamkeit richtete sich auf den Bürgersteig und die Straße. Hinter dem gelben Absperrband verfolgten ungefähr fünfzig Schaulustige das Geschehen. Der Bus, der das Ziel des Anschlags gewesen war, stand vor dem Umspannwerk, leer und schief, denn die rechten Reifen waren platt. Die Lackierung im vorderen Teil trug Brandspuren. Die Hälfte der Fenster war grau und undurchsichtig.

Eine Sanitäterin kam auf Amelia zu. »Hallo«, sagte Sachs.

Die untersetzte Afroamerikanerin nickte zögerlich. In ihrem Beruf konnte ihr eigentlich kein grausiger Anblick mehr fremd sein, aber sie wirkte dennoch sichtlich erschüttert. »Detective, das sollten Sie sich mal ansehen.«

Sachs folgte ihr zu dem Krankenwagen, wo auf einer Trage ein Toter lag, der ins Leichenschauhaus gebracht werden würde. Sein Körper war mit einer dunkelgrünen gewachsten Plane bedeckt worden.

»Das war offenbar der letzte Fahrgast, der einsteigen wollte. Wir dachten, wir könnten ihn retten. Aber… wir haben es nur bis hierhin geschafft.«

»Tod durch Stromschlag?«

»Sehen Sie lieber selbst«, flüsterte sie und hob die Plane an.

Sachs erstarrte, als ihr der Geruch nach verbrannter Haut und versengten Haaren in die Nase stieg. Das Opfer war ein Latino in einem Anzug – oder dem Rest davon. Sein Rücken und der überwiegende Teil seiner rechten Seite waren zu einer Mischung aus Haut und Stoff verschmolzen. Brandwunden zweiten und dritten Grades, schätzte Sachs. Aber nicht das war es, was ihr so zusetzte; sie hatte im Laufe ihres Berufslebens schon eine Menge unbeabsichtigter und vorsätzlicher schlimmer Verbrennungen gesehen. Den entsetzlichsten Anblick bot sein Fleisch, das freigelegt worden war, als die Sanitäter den Anzug aufgeschnitten hatten. Der Körper des Toten war von Dutzenden glatter Punkturverletzungen überzogen. Es war, als hätte man mit einer riesigen Schrotflinte auf ihn geschossen.

»Die meisten gehen glatt durch«, sagte die Sanitäterin.

Der Körper war durchlöchert?

»Wie kann das passiert sein?«

»Keine Ahnung. Ich hab so was in all den Jahren noch nie gesehen.«

Und Sachs wurde noch etwas klar. Die Wunden waren alle ganz deutlich zu erkennen. »Da ist kein Blut.«

»Was auch immer das war, es hat die Verletzungen kauterisiert. Deshalb …« Sie senkte die Stimme. »Deshalb ist er noch so lange bei Bewusstsein geblieben.«

Die Schmerzen mussten unvorstellbar gewesen sein.

»Wie ist das bloß möglich?«, grübelte Sachs.

Und dann bekam sie die Antwort.

»Amelia«, rief Ron Pulaski.

Sie schaute zu ihm.

»Das Haltestellenschild. Sehen Sie nur. O Mann …«

»Um Gottes willen«, murmelte sie. Und näherte sich dem Rand des abgesperrten Bereichs. Etwa einen Meter achtzig über dem Boden war ein ungefähr zwölf Zentimeter messendes Loch durch den dicken Pfosten gesprengt worden. Das Metall war wie Plastik unter einer Lötlampe geschmolzen. Sachs sah sich die Busfenster und einen in der Nähe geparkten Lieferwagen genauer an. Sie hatte gedacht, das Glas sei durch das Feuer blind geworden. Aber nein, die Scheiben – auch die Bleche – waren von kleinen Splittern getroffen worden, den gleichen Splittern, die den Fahrgast getötet hatten.

»Sehen Sie«, flüsterte sie und wies auf den Gehweg und die Fassade des Umspannwerks. Zahllose winzige Krater hatten sich in den Stein gegraben.

»War das eine Bombe?«, fragte Pulaski. »Vielleicht ist sie den Kollegen entgangen.«

Sachs öffnete eine Plastiktüte und entnahm ihr blaue Latexhandschuhe. Sie streifte sie über, bückte sich und hob eine kleine tränenförmige Metallscheibe auf, die am Fuß des Haltestellenschilds lag. Das Metall war noch immer so heiß, dass der Handschuh weich wurde.

Als Amelia begriff, worum es sich handelte, erschauderte sie.

»Was ist das?«, fragte Pulaski.

»Der Lichtbogen hat den Pfosten geschmolzen.« Sie sah genauer hin und entdeckte hundert oder mehr dieser Tropfen, die am Boden lagen oder in der Flanke des Busses, in Hauswänden und geparkten Wagen steckten.

Das hatte den jungen Fahrgast getötet. Ein Schauer aus geschmolzenen Metalltropfen, die mit mehr als dreihundert Metern pro Sekunde durch die Luft geschossen waren.

Der junge Streifenbeamte atmete langsam aus. »Von so etwas getroffen zu werden … und dann brennt das Zeug sich glatt durch einen hindurch.«

Sachs erschauderte abermals – bei dem Gedanken an die Schmerzen. Und bei der Vorstellung, welch verheerende Auswirkungen der Anschlag gehabt haben könnte. Dieser Teil der Straße war relativ leer. Hätte das Umspannwerk näher am Zent-

54

rum von Manhattan gestanden, wären wahrscheinlich zehn oder fünfzehn Passanten oder noch mehr ums Leben gekommen.

Sachs blickte auf und sah plötzlich die Waffe des Täters: Aus einem der Fenster, die zur Siebenundfünfzigsten Straße wiesen, hingen ungefähr sechzig Zentimeter eines dicken Kabels. Es war schwarz ummantelt, nur nicht am Ende, wo das blanke Metall an eine verschmorte Messingplatte geschraubt war. Das Ding sah wie eine ganz gewöhnliche, industriell gefertigte Leitung aus und nicht im Mindesten wie etwas, das eine so schreckliche Entladung erzeugt haben konnte.

Sachs und Pulaski gesellten sich zu der Traube aus zwei Dutzend Mitarbeitern von Homeland Security, FBI und NYPD, die sich bei der mobilen Leitstelle des FBI versammelt hatten. Manche der Leute trugen Helme und Schutzwesten, andere die Kapuzenoveralls der Spurensicherung, zivile Anzüge oder Dienstuniformen. Sie teilten die Arbeit unter sich auf. Die Gegend sollte nach etwaigen Zeugen abgesucht werden – und nach weiteren Bomben oder anderen Vorrichtungen, was bei einem Terroranschlag nicht auszuschließen war.

Ein ernster, schmalgesichtiger Mann von etwa fünfzig Jahren stand mit verschränkten Armen da und starrte das Umspannwerk an. Um den Hals trug er einen Dienstausweis der Algonquin Consolidated. Er war der ranghöchste Firmenvertreter vor Ort: ein Gebietsleiter für diesen Abschnitt des Stromnetzes. Sachs bat ihn, ihr genau zu schildern, was Algonquin mittlerweile über den Vorfall wusste. Er erstattete ihr Bericht, und sie machte sich Notizen.

»Gibt es Überwachungskameras?«

»Nein, tut mir leid«, erwiderte der hagere Mann. »Die sind eigentlich nicht nötig. Die Türen sind mehrfach verriegelt, und drinnen gibt es nichts zu stehlen. Außerdem wirkt all der elektrische Strom normalerweise wie ein Wachhund. Ein ziemlich großer.«

»Was meinen Sie? Wie ist der Täter hineingelangt?«, fragte Sachs.

»Als wir eingetroffen sind, war die Tür verschlossen. Um sie zu entriegeln, muss man eine Nummer in das Tastenfeld eingeben.«

»Wer kennt die Kombinationen?«

»Alle Angestellten. Aber so ist er nicht ins Gebäude gekommen. Die Schlösser haben einen Chip, auf dem der Zeitpunkt jeder Öffnung automatisch vermerkt wird. Diese hier sind seit zwei Tagen nicht geöffnet worden. Und das« – er wies auf das Kabel, das aus dem Fenster hing – »war vor zwei Tagen jedenfalls noch nicht da. Er muss sich auf andere Weise Zutritt verschafft haben.«

Sachs wandte sich an Pulaski. »Wenn Sie hier vorn fertig sind, überprüfen Sie die Rückseite, die Fenster und das Dach.«

Sie sah wieder den Angestellten der Algonquin an. »Gibt es einen unterirdischen Zugang?«

»Nicht dass ich wüsste«, sagte der Gebietsleiter. »Die ankommenden und abgehenden Leitungen dieser Station sind in Röhren verlegt, durch die kein Mensch passt. Aber vielleicht verlaufen hier irgendwelche Tunnel, die mir unbekannt sind.«

»Bringen Sie das bitte in Erfahrung, Ron.«

Dann befragte Sachs den Fahrer des Busses, der wegen einiger Schnittwunden und einer Gehirnerschütterung behandelt worden war. Sein Sehvermögen und Gehör hatten ebenfalls vorübergehende Schäden erlitten, aber er hatte unbedingt bleiben und der Polizei nach Kräften helfen wollen. Leider konnte er nicht viel beitragen. Der rundliche Mann erzählte, dass ihm das aus dem Fenster hängende Kabel seltsam vorgekommen und noch nie zuvor aufgefallen sei. Er habe Rauch gerochen und es im Gebäude mehrmals knallen gehört. Gleich darauf habe es diese fürchterliche Entladung gegeben.

»Es ging so schnell«, flüsterte er. »Ich hab noch nie im Leben etwas so Schnelles gesehen.«

Er war mit dem Kopf gegen das Fenster geschleudert worden und zehn Minuten später wieder zu sich gekommen. Der Mann verstummte und betrachtete seinen zerstörten Bus. Seine Miene zeugte von Entsetzen und Kummer.

Sachs wandte sich an die anwesenden Kollegen und teilte ihnen mit, dass sie und Pulaski nun den Tatort untersuchen würden. Sie fragte sich, ob Tucker McDaniel den Leuten vom FBI auch wirklich mitgeteilt hatte, dass das in Ordnung ging. Es wäre nicht das erste Mal gewesen, dass irgendein hohes Tier der Strafverfolgungsbehörden sich lächelnd mit einem auf etwas einigte und dann absichtlich vergaß, dass das Gespräch je stattgefunden hatte. Doch die Bundesagenten waren tatsächlich instruiert worden. Einige von ihnen schienen verärgert zu sein, dass das NYPD diese zentrale Aufgabe übernahm, doch andere – hauptsächlich die Techniker des FBI – störten sich offenbar nicht daran und musterten Sachs sogar mit bewundernder Neugier; immerhin gehörte sie dem Team an, das von dem legendären Lincoln Rhyme geleitet wurde.

»Lassen Sie uns loslegen«, forderte sie Pulaski auf. Dann ging sie zum Transporter der Spurensicherung und fasste ihr rotes Haar zu einem Knoten zusammen, um den Overall überzuziehen.

Pulaski zögerte und schaute zu den unzähligen abkühlenden Metallplättchen auf dem Gehweg und an der Fassade des Gebäudes, dann zu dem steifen Kabel, das aus dem Fenster hing. »Da drinnen *ist* aber jetzt der Strom abgeschaltet, oder?«

Sachs bedeutete ihm einfach, ihr zu folgen.

... Sechs

Der Mann trug den unauffälligen dunkelblauen Overall eines Arbeiters der Algonquin Consolidated Power, eine Baseballmütze ohne Logo sowie eine Schutzbrille. Er befand sich im hinteren Bereich eines Fitnessklubs im Bezirk Chelsea und arbeitete dort an einer Schalttafel.

Während er diverse Kabel anschraubte, abisolierte, miteinander verband oder durchtrennte, dachte er über den Anschlag vom Vormittag nach. In den Nachrichten ging es um nichts anderes.

Ein Toter und mehrere Verletzte waren zu beklagen, als die Überlastung eines Umspannwerks in Manhattan heute Vormittag zu einer gewaltigen Entladung führte, die von der Station zu einem Haltestellenschild übersprang und einen Bus der öffentlichen Verkehrsbetriebe nur knapp verfehlte.
»Das war wie, na ja, ein Blitz oder so«, berichtete ein Fahrgast des Busses. »Er hat den ganzen Bürgersteig ausgefüllt und mich geblendet. Und dazu dieses Geräusch. Ich kann es gar nicht beschreiben. Es war wie ein lautes Grollen und dann eine Explosion. Jetzt traue ich mich an nichts mehr heran, das mit Strom betrieben wird. Ich hab totale Angst. Jeder, der das gesehen hat, steht völlig neben sich.«

Da seid ihr nicht allein, dachte der Mann. Die Menschheit stand dem Phänomen der Elektrizität schon seit mehr als fünftausend Jahren mit Ehrfurcht und Angst gegenüber. Der Begriff war nach dem griechischen Wort für »Bernstein« entstanden, da man eine Aufladung durch Reibung zuerst an diesem fossilen Baumharz beobachtet hatte. Die betäubenden Auswirkungen von Stromschlägen durch Aale und Fische in den Flüssen und vor den Küsten von Ägypten, Griechenland und Rom wurden schon lange vor Christi Geburt in wissenschaftlichen Schriften ausführlich beschrieben.

Die Gedanken des Mannes fingen an, um Wasserlebewesen zu kreisen, denn während er arbeitete, beobachtete er insgeheim fünf Leute, die in dem Pool des Klubs langsam ihre Bahnen zogen. Drei Frauen und zwei Männer, alle im Rentenalter.

Ein Fisch, der ihn ganz besonders faszinierte, war der Zitterrochen, dessen lateinischer Gattungsname *Torpedo* Taufpate für das entsprechende Waffensystem der U-Boote gewesen war und sich von *torpor* ableitete, was »Erstarrung« oder »Betäubung« bedeutete. Das Tier verfügte in seinem Körper gewissermaßen über zwei Batterien, die aus Hunderttausenden von gallertartigen Scheiben bestanden. Diese Organe erzeugten elektrische Ladungen und leiteten sie mittels eines komplizierten Nervengeflechts durch den Leib, nicht nur zur Verteidigung, sondern auch zur Jagd. Zitterrochen lauerten ihrer Beute auf und betäubten oder töteten sie mit einem Stromstoß, der bei größeren Tieren eine Spannung von bis zu zweihundert Volt erreichte und dazu eine höhere Amperezahl, als eine elektrische Bohrmaschine sie erfordert hätte.

Wirklich erstaunlich…

Der Mann beendete die Arbeit an der Schalttafel und überzeugte sich noch einmal von der sorgfältigen Ausführung. Wie Fernmeldetechniker und Elektriker überall auf der Welt empfand er dabei einen gewissen Stolz. Der Umgang mit Elektrizität war mehr als ein Handwerk; es war eine Wissenschaft und eine Kunst. Er schloss die Tür des Kastens und ging auf die andere Seite des Klubs – in die Nähe des Herrenumkleideraums. Dort wartete er außer Sicht.

Wie ein Zitterrochen.

Der äußere Rand der West Side war eine Wohngegend; zurzeit, am frühen Nachmittag, traf man hier auf den Laufbändern, im Pool oder in den Squashhallen keine Berufstätigen an. Nach Feierabend würde es jedoch richtig voll werden, wenn Hunderte von Anwohnern herkamen, um sich die Anspannung des Tages aus dem Leib zu schwitzen.

Aber er benötigte keine große Menschenmenge. Noch nicht. Das würde später kommen.

Damit man ihn auch weiterhin für einen einfachen Arbeiter hielt und ignorierte, entfernte er nun die Abdeckplatte von einem Feuermelder und betrachtete desinteressiert die Innereien des Geräts. Seine Gedanken kreisten erneut um elektrische Fische. Diejenigen, die im Meer lebten, waren parallel verschaltet und erzeugten niedrigere Spannungen, weil Salzwasser besser leitete als Süßwasser, sodass der Stromstoß nicht so stark sein musste, um die Beute zu erlegen. Die elektrischen Fische der Flüsse und Seen hingegen waren mit einer Reihenschaltung ausgestattet und gaben eine höhere Spannung ab, um die schlechtere Leitfähigkeit des Süßwassers auszugleichen.

Dieser Umstand war für den Mann nicht nur faszinierend, sondern im Moment auch relevant – für seinen Test der Leitfähigkeit des Wassers. Er fragte sich, ob seine Berechnungen wohl stimmten.

Nach nur zehn Minuten hörte er Schritte. Einer der Schwimmer, ein Mittsechziger mit schütterem Haar, kam in ledernen Badelatschen an ihm vorbei und betrat die Dusche.

Der Mann im Overall hielt die Tür einen Spalt offen und verfolgte, wie der Schwimmer den Hahn aufdrehte und unter das dampfende Wasser trat, ohne den Beobachter zu registrieren.

Drei Minuten, fünf. Der ältere Mann seifte sich ein, wusch sich…

Der Mann im Overall wurde ungeduldig, denn es bestand immerhin das Risiko, dass man ihn entdeckte. Er nahm die Fernbedienung, die wie die moderne Funkentriegelung eines Autos aussah. Seine Schultermuskeln spannten sich an.

Torpor. Er lachte leise in sich hinein. Und entspannte sich.

Schließlich kam der Mann unter der Dusche hervor und trocknete sich ab. Er zog seinen Bademantel an, schlüpfte wieder in die Schuhe, ging zur Tür des Umkleideraums und legte die Hand auf den Knauf.

Der Mann im Overall drückte auf seiner Fernbedienung zwei Knöpfe gleichzeitig.

Der ältere Mann keuchte auf und erstarrte.

Dann wich er zurück und musterte den Türgriff. Schaute auf seine Finger und tippte den Knauf ein weiteres Mal an.

Was natürlich dämlich war. Man ist niemals schneller als elektrischer Strom.

Doch diesmal gab es keinen Schlag, und der Mann konnte sich nun fragen, ob er sich irgendwie an dem Metall wehgetan oder in seiner Hand vielleicht sogar einen schmerzhaften Arthritisschub verspürt hatte.

Die Stromstärke der Falle hatte lediglich einige Milliampere betragen. Der Mann im Overall war nicht hier, um jemanden zu töten. Dies war einfach nur ein Experiment, mit dem er zwei Dinge überprüfen wollte. Erstens: Würde die von ihm entworfene Fernbedienung auf diese Distanz funktionieren, durch Beton und Stahl hindurch? Das hatte sehr gut geklappt. Und zweitens: Wie genau wirkte das Wasser sich auf die spezifische Leitfähigkeit aus? Die Sicherheitsbeauftragten der Industrie redeten und schrieben ständig darüber, aber es hatte noch nie jemand praktikable Werte ermittelt. Mit »praktikabel« war gemeint: Wie wenig Strom benötigte man, um bei jemandem, der feuchte Lederschuhe trug, ein tödliches Kammerflimmern zu bewirken?

Die Antwort lautete: Verdammt wenig.

Gut.

Ich hab totale Angst…

Der Mann im Overall ging die Treppe nach unten und zur Hintertür hinaus.

Dabei dachte er abermals über Fische und Elektrizität nach. Diesmal jedoch nicht über die Erzeugung, sondern über die Wahrnehmung von Strom. Insbesondere bei Haien. Sie besaßen buchstäblich einen sechsten Sinn: die außergewöhnliche Fähigkeit, die bioelektrischen Vorgänge im Organismus ihrer Beute über Meilen hinweg zu spüren, lange bevor sie sie sehen konnten.

Der Mann schaute auf die Uhr und nahm an, dass die polizeiliche Untersuchung des Umspannwerks inzwischen in vollem Gang sein musste. Wer auch immer die Beamten dort waren, sie hatten das Pech, dass Menschen nicht über den sechsten Sinn eines Hais verfügten.

Und bald würden noch zahlreiche andere Leute im armen New York City diese unglückselige Erfahrung machen.

... Sieben

Sachs und Pulaski trugen jeweils einen babyblauen Kapuzen-
overall aus Kunststoff, dazu Mundschutz, Füßlinge und Schutzbrille. Zudem hatten sie sich Gummiringe über die Schuhe gestreift, wie Rhyme ständig predigte, damit ihre Fußabdrücke
sich einfacher von den anderen unterscheiden lassen würden.

Amelia schnallte sich den Gürtel um, an dem der Funk- und
Videosender sowie ihre Waffe hingen, und stieg über das gelbe
Absperrband, was den Schmerz in ihren arthritischen Gelenken auflodern ließ. An feuchten Tagen oder nachdem sie einen
schwierigen Tatort untersucht oder jemanden zu Fuß verfolgt
hatte, standen ihre Knie oder Hüften in Flammen, und dann
kam es bisweilen vor, dass sie Lincoln Rhyme insgeheim um seinen gefühllosen Körper beneidete. Sie würde diesen verrückten
Gedanken natürlich niemals laut äußern und hatte auch noch
nie länger als ein oder zwei Sekunden damit gespielt, aber dass
er ihr ab und zu in den Sinn kam, ließ sich nicht leugnen. Alles
hatte eben seine Vor- und Nachteile.

Sie blieb stehen. Außer ihr würde niemand das Gebäude betreten. Als Rhyme noch Leiter der Spurensicherung des NYPD
gewesen war, hatte er seine Leute angewiesen, stets allein zu
arbeiten, sofern es sich nicht um einen ungewöhnlich großen
Tatort handelte. Der Grund dafür war, dass man unterbewusst
dazu neigte, mit geringerer Sorgfalt vorzugehen, wenn es Kollegen gab, die eventuelle Versäumnisse ausbügeln konnten. Darüber hinaus verursachte nicht nur der Täter Spuren am Schau-

platz eines Verbrechens, sondern auch der Tatortermittler, trotz aller Schutzkleidung. Eine solche Verunreinigung konnte einen Fall zunichtemachen. Je mehr Leute vor Ort, desto größer das Risiko.

Sachs schaute in die klaffende schwarze Türöffnung, aus der noch immer etwas Rauch quoll.

Der Strom ist abgeschaltet ...

Mach dich endlich an die Arbeit, ermahnte sie sich. Die Qualität der Spuren nahm ab, je mehr Zeit verstrich. Schweißtropfen voll hilfreicher DNS verdunsteten, der Wind wehte wertvolle Fasern und Haare weg und trug dafür andere, irrelevante Partikel an den Tatort, was zu Verwirrung und falschen Schlüssen führte.

Amelia setzte das Headset auf und schaltete den Sender ein. In ihrem Ohr ertönte Rhymes Stimme. »... du mich hören, Sachs? Hast du ... okay, du bist online. Hab mich schon gewundert. Was ist das?«

Dank einer kleinen hochauflösenden Videokamera an ihrem Stirnband sah er dasselbe wie sie. Sachs wurde sich bewusst, dass sie das Loch im Pfosten des Haltestellenschilds musterte. Sie erklärte Rhyme, was geschehen war: der Lichtbogen, die geschmolzenen Metalltropfen.

Rhyme schwieg für einen Moment. »Eine beachtliche Waffe«, sagte er dann. »Lass uns mit dem Gitternetz loslegen.«

Es gab mehrere Möglichkeiten, einen Tatort zu untersuchen. Man konnte zum Beispiel in der äußersten Ecke anfangen und sich in immer kleineren konzentrischen Kreisen bis zur Mitte vorarbeiten.

Lincoln Rhyme bevorzugte jedoch das Gitternetz. Wenn er eine Vorlesung hielt, sagte er den Studenten manchmal, sie sollten sich diese Vorgehensweise wie das Mähen eines Rasens vorstellen – nur dass man es zweimal tat. Man schritt in gerader Linie eine Seite des Tatorts ab, drehte sich um, machte einen

Schritt nach links oder rechts und ging in die Richtung, aus der man soeben gekommen war. Sobald man den Schauplatz auf diese Weise komplett abgedeckt hatte, wiederholte man das Ganze noch einmal im rechten Winkel zu den ursprünglichen Bahnen.

Rhyme bestand auf dieser doppelten Überprüfung, weil die erste Untersuchung eines Tatorts von allergrößter Bedeutung war. Falls man am Anfang nicht gründlich genug vorging, gelangte man unterschwellig zu der Ansicht, es gäbe nichts zu finden. Weitere Suchen würden dann zumeist ebenso erfolglos verlaufen.

Sachs dachte über die Ironie der Situation nach: Sie würde ein Netz im Bestandteil einer ganz anderen Art von Netz abschreiten. Sie wollte es Rhyme erzählen – aber später. Nun musste sie sich konzentrieren.

Die Tatortarbeit war wie die Suche eines Geiers nach Aas. Das Ziel war einfach: etwas zu finden, das der Täter hinterlassen hatte, was auch immer es sein mochte – und er *hatte* etwas hinterlassen. Der französische Kriminalist Edmond Locard hatte vor ungefähr hundert Jahren den Grundsatz formuliert, dass es bei einem Verbrechen stets zu einem Spurenaustausch zwischen dem Täter und dem Schauplatz oder dem Opfer kam. Es konnte sich um etwas nahezu Unsichtbares handeln, aber es war da und ließ sich finden, sofern man die nötige Geduld und Sorgfalt an den Tag legte und wusste, wie man suchen musste.

Amelia Sachs begann nun mit dieser Suche. Sie fing außerhalb des Umspannwerks an, bei der Waffe: dem baumelnden Kabel.

»Anscheinend hat er…«

»Oder *sie*, Plural«, korrigierte Rhyme durch das Headset. »Falls ›Gerechtigkeit-für‹ hinter dieser Sache steckt, könnte der Klub über eine ansehnliche Mitgliederzahl verfügen.«

»Guter Gedanke, Rhyme.« Er stellte sicher, dass sie nicht der großen Versuchung erliegen würde, für die ein jeder Tatortermittler anfällig war: Voreingenommenheit. Eine Leiche, Blut und eine rauchende Pistole legten die Vermutung nahe, dass das Opfer erschossen worden war. Doch wenn man von vornherein fest davon ausging, übersah man womöglich das Messer, das in Wahrheit die Mordwaffe war.

»Also gut, der oder die Täter haben die Vorrichtung vom Innern des Gebäudes aus installiert. Doch ich glaube, dass jemand auch irgendwann nach hier draußen kommen und die Entfernungen und Winkel überprüfen musste.«

»Um mit dem Ding auf den Bus zu zielen?«

»Genau.«

»Okay, dann mach mit dem Gehweg weiter.«

Sie blickte zu Boden. »Zigarettenstummel, Kronkorken. Allerdings nicht in der Nähe der Tür oder des Fensters mit dem Kabel.«

»Kümmere dich nicht darum. Er hat während der Arbeit ganz bestimmt nicht geraucht oder getrunken, dazu ist er zu schlau – wenn man berücksichtigt, wie er diese Sache aufgezogen hat. Aber er könnte andere Partikel hinterlassen haben. Dicht am Gebäude, wo er gestanden hat.«

»Sieh mal, da ist ein Sims.« Sie betrachtete eine Mauerkante knapp einen Meter über dem Bürgersteig. Die schmale Fläche war mit Spitzen versehen, damit weder Tauben noch Leute sich dort niederließen, aber man konnte sie als Trittstufe benutzen, um die Arme nach dem Fenster auszustrecken. »Es gibt ein paar Schuhabdrücke. Aber sie reichen nicht für ein elektrostatisches Abbild.«

»Lass sehen.«

Sie beugte sich vor, damit er besser erkennen konnte, was sie sah: Umrisse, bei denen es sich um die vorderen Teile von Schuhsohlen handeln konnte.

»Du kannst keine Abdrücke nehmen?«

»Nein, die Spuren sind zu undeutlich. Aber dem Augenschein nach stammen sie vermutlich von Männerschuhen. Breite, rechteckige Zehenpartien, aber das ist auch schon alles. Kein Sohlen-profil, keine Absätze. Immerhin verrät es uns, dass offenbar nur eine Person hier draußen gewesen ist, auch wenn mehrere daran beteiligt sein mögen.«

Sie setzte die Untersuchung des Bürgersteigs fort, fand aber keine relevanten Hinweise mehr.

»Sichere die Partikel, Sachs, und dann nimm dir das Gebäude von innen vor.«

Sie bat die beiden Techniker aus Queens, unmittelbar am Ein-gang des Umspannwerks starke Halogenstrahler aufzustellen. Dann schoss sie Fotos vom Bürgersteig und dem Sims unter-halb des Kabels und sammelte dort Partikel ein.

»Vergiss nicht…«, setzte Rhyme an.

»…die Substrate.«

»Ah, du bist mir mal wieder einen Schritt voraus, Sachs.«

Nicht wirklich, dachte sie, denn sie arbeitete schon seit Jah-ren unter seiner Anleitung, und falls ihr die grundlegenden Ver-fahren noch immer nicht in Fleisch und Blut übergegangen wä-ren, hätte sie in diesem Job nichts verloren gehabt. Sie ging nun zu einer Stelle direkt außerhalb des abgesperrten Bereichs und nahm die Substrate – Kontrollproben, die man mit denen vom Tatort vergleichen konnte. Jeder Unterschied zwischen dem, was in einiger Entfernung vom Schauplatz gesichert wurde, und den Proben der Stelle, an der ein Täter sich befunden hatte, wies eventuell direkt auf ihn oder seine Wohnung hin.

Eventuell auch nicht… aber so war nun mal die Natur der Tatortarbeit. Nichts war je gewiss, aber man tat, was man konnte und tun musste.

Sachs reichte die eingetüteten Spuren an die Techniker weiter. Dann winkte sie den Gebietsleiter der Algonquin zu sich, mit dem sie zuvor schon gesprochen hatte.

Der Mann eilte mit nach wie vor ernster Miene zu ihr. »Ja, Detective?«

»Ich werde jetzt das Gebäudeinnere untersuchen. Können Sie mir genau sagen, worauf ich achten muss – wie er das Kabel installiert hat? Ich möchte herausfinden, wo er gestanden und was er angefasst hat.«

»Wir fragen am besten jemanden, der hier die regelmäßigen Wartungsarbeiten durchführt.« Er ließ den Blick über die Arbeiter schweifen und rief einen Mann zu sich, der den dunkelblauen Overall der Algonquin Consolidated Power und einen gelben Schutzhelm trug. Der Arbeiter warf seine Zigarette weg und kam zu ihnen. Der Gebietsleiter stellte ihn und Sachs einander vor und wiederholte Amelias Bitte.

»Ja, Ma'am«, sagte er. Seine Augen lösten sich von dem Umspannwerk und wanderten über Sachs' Brust, obwohl ihre Figur weitgehend durch den unförmigen blauen Tyvek-Overall verdeckt wurde. Sie zog kurz in Erwägung, im Gegenzug seinen ausladenden Bauch zu mustern, tat es aber natürlich nicht. Hunde pinkeln nun mal, wohin sie wollen; es hat keinen Sinn, sie ständig zurechtzuweisen.

»Werde ich sehen können, wo er das Kabel an der Stromquelle angebracht hat?«, fragte sie.

»Das ist alles offen, ja«, sagte der Mann. »Ich schätze, er hat es in der Nähe der Trenner angeschlossen. Die sind im Erdgeschoss. Wenn Sie reinkommen, rechts.«

»Frag ihn, ob die Leitung unter Strom stand, als der Täter daran gearbeitet hat«, erklang Rhymes Stimme in ihrem Ohr. »Das verrät uns etwas über seine Fähigkeiten.« Sie gab die Frage weiter.

»Na klar, er hat sich in eine heiße Leitung eingeklinkt.«

Sachs war schockiert. »Wie war das möglich?«

»Er hat PSK getragen – persönliche Schutzkleidung. Und außerdem darauf geachtet, dass er verdammt gut isoliert war.«

»Ich habe noch eine Frage«, fügte Rhyme hinzu. »Erkundige dich, wie er seine Arbeit geregelt kriegt, wenn er so viel Zeit damit verbringt, Frauenbrüste anzustarren.«

Sie schaffte es, nicht zu lächeln.

Doch als sie auf den Eingang zusteuerte und dabei auf mehrere der geschmolzenen Metalltropfen trat, verschwand jeder Anflug von Belustigung. Amelia drehte sich zu dem Gebietsleiter um. »Nur um noch mal sicherzugehen – der Strom ist aus, ja?« Sie wies auf das Umspannwerk. »Die Leitungen sind tot.«

»Aber ja.«

Sachs wandte sich von ihm ab.

»Abgesehen von den Batterien«, fügte er hinzu.

»Batterien?« Sie hielt inne und sah ihn wieder an.

»Damit werden die Trenner betrieben«, erklärte der Gebietsleiter. »Aber sie gehören nicht zum Netz und dürften auch nicht mit dem Kabel verbunden sein.«

»Okay. Diese Batterien, könnten die gefährlich werden?« Sie sah immer wieder die vielen Löcher im Leichnam des Fahrgasts vor sich.

»Ja, durchaus.« Es war offenbar eine recht naive Frage. »Aber die Pole sind durch Isolierkappen geschützt.«

Sachs drehte sich um und ging weiter. »Ich betrete jetzt das Gebäude, Rhyme.«

Ihr fiel auf, dass der Innenraum im Licht der starken Scheinwerfer aus irgendeinem Grund noch bedrohlicher wirkte als zuvor in der Dunkelheit.

Die Pforte zur Hölle, dachte sie.

»Ich werde seekrank, Sachs. Was machst du da?«

Ihr wurde klar, dass sie zögerte, sich hektisch umblickte und nur noch an die klaffende Türöffnung denken konnte. Und sie kratzte zwanghaft an der Nagelhaut ihres Daumens herum, aber das konnte Rhyme nicht sehen. Mitunter kratzte sie sich dabei sogar blutig, was sie jedes Mal wieder neu überraschte. Das war schon schlimm genug, aber sie wollte jetzt auf keinen Fall ihren Latexhandschuh beschädigen und den Tatort mit eigenen

Spuren verunreinigen. Sie riss sich zusammen. »Ich schaue mich nur um.«

Doch sie kannten einander zu lange, als dass er nicht bemerkt hätte, wenn sie versuchte, etwas herunterzuspielen. »Was ist los?«, fragte er.

Sachs atmete tief durch. »Ich muss sagen, mir ist ein wenig unwohl«, gestand sie schließlich. »Dieser Lichtbogen. Die Art, wie das Opfer umgekommen ist. Das war ziemlich übel.«

»Möchtest du lieber warten? Zieh ein paar Experten der Algonquin hinzu. Die können dir alles Schritt für Schritt erklären.«

Sie hörte an seiner Stimme, dem Tonfall, der Sprechgeschwindigkeit, dass er das eigentlich nicht wollte. Es war eines der Dinge, die sie an ihm liebte – dass er ihr Respekt erwies, indem er sie nicht verhätschelte. Zu Hause, beim Essen, im Bett waren sie eins. Hier waren sie Kriminalist und Beamtin vor Ort.

Sie rief sich ihr persönliches Mantra ins Gedächtnis, das sie von ihrem Vater übernommen hatte: »Wenn du in Schwung bist, kriegt dich keiner.«

Also los.

»Nein, es geht schon.« Amelia Sachs betrat die Hölle.

...Acht

»Kannst du gut sehen?«

»Ja«, sagte Rhyme.

Sachs hatte die kleine, aber leuchtstarke Halogenlampe an ihrem Stirnband eingeschaltet, sodass nun ein starker Lichtstrahl das Halbdunkel durchschnitt. Ungeachtet der Scheinwerfer am Eingang gab es hier zahlreiche düstere Ecken und Winkel. Das Umspannwerk wirkte von innen wie eine Höhle. Vom Gehweg aus hatte es kleiner und schmaler ausgesehen, wahrscheinlich wegen der Hochhäuser zu beiden Seiten.

Amelias Augen und Nase brannten von den Resten des Rauches. Rhyme bestand darauf, dass bei der Untersuchung eines Tatorts alle Sinne einbezogen wurden; Gerüche konnten viel über den Täter und die Art des Verbrechens verraten. Hier jedoch stank es lediglich nach einer Mischung aus verbranntem Gummi, Metall und Öl. Sachs fühlte sich an den Geruch eines Automotors erinnert. Sie musste daran denken, wie sie und ihr Vater sonntagnachmittags mit schmerzenden Rücken über den offenen Motorraum eines Chevy oder Dodge gebeugt gestanden hatten, um die mechanischen Nerven- und Gefäßsysteme des Muscle Cars wieder zum Leben zu erwecken. Und in letzter Zeit hatten Sachs und Pammy, die Halbwüchsige, die für sie wie eine Nichte geworden war, gemeinsam an dem Torino Cobra geschraubt, während Jackson, Pammys kleiner Hund, geduldig auf der Werkbank gesessen und den Chirurginnen bei der Arbeit zugeschaut hatte.

Sie drehte den Kopf, um den dämmrigen Raum abzuleuchten. Ihr fielen mehrere große Apparaturen auf, einige beige oder grau und relativ neu aussehend, andere noch aus dem letzten Jahrhundert, dunkelgrün und mit Metallplaketten, auf denen Hersteller und Ursprungsort vermerkt waren. Manche der Adressen hatten keine Postleitzahl, was verdeutlichte, wie alt die Anlagen sein mussten.

Das Erdgeschoss der Station war rund und gab den Blick frei auf den offenen Keller, der sechs Meter tiefer lag, wie man über die Streben des Geländers hinweg erkennen konnte. Der Boden hier oben bestand aus Beton, aber manche der Sockel und die Treppe waren aus Stahl.

Metall.

Wenn sie eines über Elektrizität wusste, dann, dass Metall ein guter Leiter war.

Sachs entdeckte das Kabel des Täters, das vom Fenster etwa drei Meter zu einer Maschine verlief, die der Arbeiter ihr beschrieben hatte. Sie konnte sehen, wo der Verdächtige gestanden haben musste, um die Leitung zu verlegen. Dort fing sie mit dem Gitternetz an.

»Was glänzt da so auf dem Boden?«, fragte Rhyme.

»Sieht nach Schmiere oder Öl aus«, sagte sie stockend. »Einige der Maschinen wurden durch das Feuer zerstört. Vielleicht hat es hier drinnen auch einen zweiten Lichtbogen gegeben.« Sie bemerkte ein Dutzend schwarzer Kreise, wo offenbar starke Entladungen in die Wände und umstehenden Geräte eingeschlagen waren.

»Gut.«

»Was?«

»Wir werden schöne, deutliche Fußabdrücke von ihm erhalten.«

Das stimmte. Doch beim Anblick des schmierigen Films auf dem Boden kam ihr noch ein anderer Gedanke: War Öl nicht wie Metall und Wasser ebenfalls ein guter Leiter?

Und wo sind diese verdammten Batterien?

Sie fand tatsächlich einige gute Fußspuren, sowohl bei dem Fenster, in das der Täter ein Loch geschlagen hatte, um das tödliche Kabel nach draußen zu führen, als auch an der Stelle, an der er die Leitung angezapft hatte.

»Die könnten auch von den Arbeitern stammen, als sie nach dem Lichtbogen hier reingekommen sind«, sagte sie über die Abdrücke.

»Das werden wir dann wohl überprüfen müssen, nicht wahr?«

Sie oder Ron würden Vergleichsabdrücke von den Schuhen der Arbeiter nehmen, um die Männer als Verdächtige auszuschließen. Auch wenn letztlich »Gerechtigkeit-für« die Verantwortung für diesen Anschlag trug, sprach nichts dagegen, dass dafür vielleicht ein Insider angeworben worden war.

Amelia legte Nummern aus und fotografierte die Abdrücke. »Ich glaube, die sind doch von unserem Täter, Rhyme«, sagte sie dann. »Sie sind nämlich alle gleich. Und der vordere Teil sieht so aus wie draußen auf dem Sims.«

»Hervorragend«, flüsterte Rhyme.

Sachs fertigte elektrostatische Abdrücke der Spuren an und legte die Matrizen neben der Tür ab. Dann nahm sie das Kabel in Augenschein, das mit nur etwas mehr als einem Zentimeter Durchmesser dünner als erwartet ausfiel. Es hatte eine schwarze Isolierung und bestand aus silbrigen, miteinander verflochtenen Strängen, nicht etwa aus Kupfer, wie Sachs überrascht feststellte. Alles in allem war es etwa viereinhalb Meter lang. Zwei breite Messing- oder Kupferschrauben mit knapp zwei Zentimeter großen Löchern verbanden es mit der Stromleitung.

»Das ist also unsere Waffe?«, fragte Rhyme.

»Das ist sie.«

»Schwer?«

Sie hob das Kabel an der gummiartigen Isolierung an. »Nein. Es ist aus Aluminium.« Es beunruhigte sie, dass etwas so Klei-

73

nes und Leichtes eine dermaßen große Verwüstung anrichten konnte, ähnlich wie eine Bombe. Sachs sah sich die Befestigung genauer an und überlegte, was für Werkzeug sie benötigen würde, um das Kabel zu demontieren. Sie ging nach draußen, um die Tasche aus dem Kofferraum ihres Wagens zu holen. Ihre eigenen Werkzeuge, die sie für ihr Auto und für Reparaturen zu Hause benutzte, waren ihr vertrauter als die Auswahl im Transporter der Spurensicherung; sie waren wie alte Freunde.

»Wie läuft's?«, fragte Pulaski.

»Es läuft«, murmelte sie. »Haben Sie herausgefunden, wie er ins Gebäude gelangt ist?«

»Vom Dach aus gibt es keinen Zugang. Was auch immer die Algonquin-Leute sagen – ich glaube, der Kerl muss unterirdisch eingedrungen sein. Ich nehme mir mal die umliegenden Kanaldeckel und Keller vor. Es existieren keine offensichtlichen Zugangswege, aber das ist vielleicht eine gute Nachricht. Unser Täter glaubt womöglich, ihm könne sowieso niemand was anhaben. Mit etwas Glück landen wir einen Treffer.«

Rhyme drängte seine Mitarbeiter stets, keinesfalls zu vergessen, dass mit jedem Verbrechen mehrere Schauplätze in Verbindung standen. Ja, es mochte nur einen einzigen Ort geben, an dem die eigentliche Tat verübt wurde. Aber es gab Anfahrts- und Fluchtwege, und dabei konnte es sich um zwei verschiedene Strecken handeln – oder um noch mehr, falls mehr als ein Täter beteiligt war. Es gab eventuell einen Ort, an dem man das Verbrechen vorbereitet hatte. Es gab vielleicht Treffpunkte. Und unter Umständen versammelten sich alle nach der Tat in einem Motel, um zu feiern und die Beute aufzuteilen. In neun von zehn Fällen waren es *diese* Schauplätze – die sekundären oder tertiären –, an denen die Täter vergaßen, Handschuhe zu tragen und nichts zu hinterlassen. Manchmal ließen sie sogar ihre Namen und Adressen offen herumliegen.

Rhyme hatte durch Sachs' Mikrofon mitgehört. »Gut mitgedacht, Grünschnabel«, sagte er. »Aber mit Glück hat das wenig zu tun.«

»Jawohl, Sir.«

»Und gewöhnen Sie sich dieses selbstgefällige Grinsen ab. Ich hab das gesehen.«

Pulaski schluckte. Er hatte vergessen, dass Rhyme nicht nur Amelia Sachs' Ohren und Beine, sondern auch ihre Augen benutzte. Dann machte er sich daran, seine Suche fortzusetzen und herauszufinden, wie der Täter in das Umspannwerk eingedrungen war.

Sachs kehrte mit ihren Werkzeugen ins Gebäude zurück und befreite sie mit einigen Klebekissen von etwaigen Verunreinigungen. Dann ging sie zu dem Trenner, der Stelle, an der das Kabel des Attentäters mit den Schrauben befestigt war. Sie wollte nach dem Ende der Leitung greifen, hielt jedoch unwillkürlich inne. Das blanke Metall schimmerte im Strahl ihrer Stirnlampe.

»Sachs?« Rhymes Stimme ließ sie zusammenzucken.

Sie antwortete nicht, sondern sah erneut das Loch in dem Pfosten vor sich, die tödlichen Stücke des geschmolzenen Stahls, die Löcher in dem jungen Opfer.

Die Leitungen sind tot...

Doch was würde passieren, wenn sie das Metall anfasste und jemand in einem drei oder vier Kilometer entfernten gemütlichen kleinen Kontrollraum beschloss, den Strom wieder einzuschalten? Einen Knopf zu drücken, weil er nichts von der Suche wusste?

Und wo zum Teufel sind diese verdammten Batterien?

»Wir brauchen die Beweismittel so schnell wie möglich«, sagte Rhyme.

»Richtig.« Sie schob eine Nylonhülle über das Ende ihres Schraubenschlüssels, damit er auf den Schrauben oder Muttern keine Spuren hinterlassen würde, die man mit denen des Täters verwechseln konnte. Dann beugte sie sich vor und setzte das Werkzeug nach nur kurzem Zögern an der ersten Schraube an.

Es gelang ihr mit einiger Anstrengung, sie zu lösen. Sie arbeitete so schnell sie konnte und rechnete damit, jeden Moment ein sengendes Brennen zu verspüren, obwohl sie bei einer so hohen Spannung vermutlich gar nichts mehr merken, sondern sofort tot sein würde.

Die zweite Befestigung ließ sich ebenso flink entfernen. Amelia zog das Kabel ab, rollte es auf und umwickelte es mit Plastikfolie. Die Schrauben und Muttern kamen in eine Beweismitteltüte. Sachs legte alles draußen vor der Tür ab, wo Pulaski oder die Techniker es abholen konnten. Dann setzte sie ihre Suche fort und entdeckte weitere Fußabdrücke, die mit denen des mutmaßlichen Täters übereinzustimmen schienen.

Sie neigte den Kopf.

»Du machst mich schwindlig, Sachs.«

»Was war das?«, fragte sie sich selbst ebenso wie Rhyme.

»Hast du was gehört?«

»Ja, du etwa nicht?«

»Nein, sonst würde ich dich wohl kaum danach fragen.«

Es klang wie eine Art Ticken. Sie ging in die Mitte des Umspannwerks und schaute über das Geländer in die Finsternis darunter.

Bildete sie sich das nur ein?

Nein, das Geräusch war unverkennbar.

»*Jetzt* höre ich es auch«, sagte Rhyme.

»Das kommt von unten, aus dem Keller.«

Ein gleichmäßiger Takt. Nicht wie von einem Menschen.

Ein Zeitzünder?, fragte sie sich. Und musste abermals an eine Falle denken. Der Täter war raffiniert. Er wusste bestimmt, dass ein Team der Spurensicherung das Umspannwerk genau untersuchen würde. Und womöglich wollte er das verhindern. Sachs teilte Rhyme ihre Befürchtungen mit.

»Aber wieso hat er die Falle dann nicht in der Nähe des Kabels installiert?«, erwiderte er.

Sie gelangten beide zu dem gleichen Schluss, aber Rhyme sprach ihn als Erster laut aus: »Weil es im Keller etwas gibt, das eine größere Bedrohung für ihn bedeutet.« Er hielt inne. »Doch wie entsteht das Geräusch? Der Strom ist doch abgestellt.«

»Es klingt auch nicht nach Intervallen von einer Sekunde, Rhyme. Eventuell ist es gar keine Zeitschaltuhr.« Sie blickte über das Geländer, achtete aber darauf, das Metall nicht zu berühren.

»Es ist dunkel«, sagte Rhyme. »Ich kann kaum etwas erkennen.«

»Ich gehe nachsehen.« Und dann betrat sie die Wendeltreppe nach unten.

Die *metallene* Wendeltreppe.

Drei Meter, viereinhalb, sechs. Vereinzelte Lichtstrahlen der Halogenscheinwerfer trafen hier unten auf Teile der Wände, aber nur im oberen Bereich. Darunter war es düster, und es hing immer noch Qualm in der Luft. Amelia atmete flach und musste sich zwingen, nicht zu husten. Als sie unten ankam, zwei volle Etagen unter dem Erdgeschoss, sah sie so gut wie nichts; das Licht ihrer Lampe wurde vom Rauch zurückgeworfen. Leider stand ihr nichts anderes als diese Lampe in ihrem Stirnband zur Verfügung, also drehte sie den Kopf von links nach rechts und ließ den Anblick der unzähligen Kästen und Geräte und Kabel und Schalttafeln auf sich einwirken.

Sie zögerte und überprüfte den Sitz ihrer Waffe. Dann stieg sie von der letzten Stufe.

Und keuchte auf, als ein Schock ihren Körper durchzuckte.

»Sachs! Was war das?«

Ihr war völlig entgangen, dass der Keller einen halben Meter unter eiskaltem Wasser stand. Sie hatte es im Rauch nicht sehen können.

»Wasser, Rhyme. Damit habe ich nicht gerechnet. Und sieh

mal.« Sie blickte auf eine Stelle etwa drei Meter über ihrem Kopf. Dort leckte eine Wasserleitung.

Daher stammte das Geräusch. Kein Ticken, sondern tropfendes Wasser. Der Gedanke an Wasser in einem Umspannwerk – welch ein ungeheures Risiko! – war dermaßen widersinnig, dass sie nie im Leben auf diese Ursache gekommen wäre.

»Ist das durch die Explosion passiert?«

»Nein. Er hat ein Loch gebohrt, Rhyme. Ich kann es sehen. *Zwei* Löcher. Es läuft auch jede Menge Wasser die Wand herunter – deshalb steht es hier schon so hoch.«

Ist Wasser nicht ein genauso guter elektrischer Leiter wie Metall?, dachte Sachs.

Und sie stand mittendrin, gleich neben einer Reihe von Drähten und Schaltern und Anschlüssen über einem Schild:

GEFAHR!
138 000 VOLT

Rhymes Stimme ließ sie zusammenfahren. »Er flutet den Keller, um Spuren zu vernichten.«

»Stimmt.«

»Sachs, was ist das? Ich kann es nicht genau erkennen. Dieser Kasten. Der große. Sieh nach rechts ... Ja, dort. Was ist das?«

Ah, endlich.

»Das ist die Batterie, Rhyme. Die Notfallbatterie.«

»Ist sie geladen?«

»So wurde mir gesagt. Aber ich weiß nicht ...«

Sie watete näher heran und schaute nach unten. Eine Anzeige auf der Batterie verriet, dass sie tatsächlich geladen war. Für Sachs sah es sogar so aus, als wäre sie überladen. Die Nadel stand jenseits der 100 Prozent. Dann fiel ihr noch etwas ein, das der Mann von der Algonquin gesagt hatte: dass die Pole durch Isolierkappen geschützt seien.

Nur stimmte das nicht. Sie wusste, wie solche Schutzkappen aussahen, und diese Batterie hatte keine. Die beiden metallenen Pole, an denen jeweils ein dickes Kabel befestigt war, lagen frei.

»Das Wasser steigt. In ein paar Minuten erreicht es die Pole.«

»Ist die Ladung stark genug, um noch so einen Lichtbogen auszulösen?«

»Keine Ahnung, Rhyme.«

»Es muss so sein«, flüsterte er. »Er benutzt den Lichtbogen, um etwas zu zerstören, das uns zu ihm führen könnte. Etwas, das er nicht mitnehmen oder eigenhändig zerstören konnte. Lässt das Wasser sich abstellen?«

Sie schaute sich um. »Ich kann keine Hähne entdecken… Moment.«

Sachs sah sich weiter im Keller um. »Ich kann mir gar nicht vorstellen, was er hier zerstören will.« Doch dann entdeckte sie es: Direkt hinter der Batterie, ungefähr einen Meter zwanzig über dem Boden, gab es eine Zugangsluke. Sie war nicht groß – knapp fünfzig mal fünfzig Zentimeter.

»Das ist es, Rhyme. So ist er reingekommen.«

»Auf der anderen Seite muss sich ein Abwasserkanal oder Versorgungsschacht befinden. Aber lass gut sein. Pulaski kann den Zugang von der Straße aus zurückverfolgen. Mach, dass du abhaust.«

»Nein, Rhyme, sieh doch – die Luke ist wirklich eng. Er hat sich hindurchquetschen müssen. Da dran sind mit Sicherheit gute Spuren. Fasern, Haare, vielleicht DNS. Warum sonst würde er sie zerstören wollen?«

Rhyme zögerte. Er wusste, dass sie hinsichtlich der Spuren recht hatte, aber er wollte nicht, dass sie vom nächsten Lichtbogen erwischt werden würde.

Sie watete näher an die Luke heran. Doch dadurch verursachte sie eine kleine Welle, die beinahe über die Batterie geschwappt wäre.

Sie erstarrte.

»Sachs!«

»Psst.« Sie musste sich konzentrieren. Indem sie sich immer nur wenige Zentimeter am Stück bewegte, gelang es ihr, die Wellen flach genug zu halten. Doch ihr blieben allenfalls noch ein oder zwei Minuten, dann würde das Wasser von allein auf die Pole treffen.

Sie nahm einen Schlitzschraubendreher und fing an, den Rahmen der Luke abzuschrauben.

Das trübe Wasser stand nun dicht unterhalb der Oberkante der Batterie. Immer wenn Sachs sich vorbeugte, um mehr Kraft auf die von klebriger Farbe überzogenen Schrauben auszuüben, löste sie eine kleine Welle aus, die erste Spritzer oben auf die Batterie beförderte, bevor sie wieder zurückwich.

Die Leistung der Batterie war mit Sicherheit geringer als die der Hunderttausend-Volt-Leitung, die draußen den Lichtbogen bewirkt hatte, aber der Täter benötigte hier vermutlich gar nicht so viel Zerstörungskraft. Die Entladung musste lediglich ausreichen, um die Luke und alle anhaftenden Spuren zu vernichten. Amelia wollte ihr unbedingt zuvorkommen.

»Sachs?«, flüsterte Rhyme.

Sie ignorierte ihn. Und sie ignorierte auch die Bilder der kauterisierten Löcher im weichen Fleisch des Opfers, der geschmolzenen Tränen…

Endlich löste sich auch die letzte Schraube. Alte Farbe hielt den Rahmen dennoch an Ort und Stelle. Sachs rammte die Klinge des Schraubendrehers hinter die Kante und hieb mit der flachen Hand auf das andere Ende des Werkzeugs. Mit einem Knacken kippte ihr das Metall entgegen. Die Luke und der Rahmen waren schwerer als gedacht, und Amelia hätte sie beinahe fallen gelassen. Doch dann bekam sie die Last in den Griff, ohne einen Tsunami zu verursachen.

Hinter der Öffnung befand sich ein enger Versorgungsschacht, durch den der Täter in das Umspannwerk gelangt sein musste.

»Rein mit dir«, drängte Rhyme. »Dort bist du geschützt. Schnell!«

»Ich versuch's ja.«

Nur dass die Luke nicht durch die Öffnung passte, auch nicht diagonal, da der Rahmen noch daran hing. »Es geht nicht«, sagte sie und beschrieb das Problem. »Ich steige die Treppe hinauf.«

»Nein, Sachs. Lass die Luke einfach da, und kriech in den Schacht.«

»Das ist ein zu gutes Beweisstück.«

Sie hielt die Luke fest umklammert und watete auf die Stufen zu, wobei sie sich immer wieder zu der Batterie umwandte. Es ging nur quälend langsam voran. Und jeder Schritt löste eine neue Welle aus.

»Wie weit bist du, Sachs?«

»Fast da«, flüsterte sie, als hätte eine zu laute Stimme die Fluten noch weiter aufwühlen können.

Sie befand sich auf halbem Weg zur Treppe, als das Wasser plötzlich über die Kante der Batterie stieg und erst einen der Pole umspülte und dann den anderen.

Kein Lichtbogen.

Gar nichts.

Das Herz schlug ihr bis zum Hals. Sie atmete tief durch.

»Falscher Alarm, Rhyme. Wir hätten uns gar keine Sorgen …«

Ein weißer Lichtblitz blendete sie, begleitet von einem gewaltigen Donnerhall. Amelia Sachs wurde nach hinten geschleudert. Das Wasser schlug über ihrem Kopf zusammen.

... Neun

»Thom!«

Der Betreuer kam ins Labor gelaufen und musterte Rhyme eingehend. »Was ist los? Wie fühlst du dich?«

»Es geht nicht um *mich*«, herrschte sein Chef ihn mit großen Augen an und nickte in Richtung des leeren Computermonitors. »Amelia. Sie war an einem Tatort. Eine Batterie... ein weiterer Lichtbogen. Die Audio- und Videoübertragung ist ausgefallen. Ruf Pulaski an! Oder sonst jemanden!«

Thom Reston runzelte besorgt die Stirn, blieb aber gelassen. Er arbeitete schon seit langer Zeit in diesem Beruf; ganz gleich, um welche Krise es sich auch handeln mochte – er würde besonnen alles Notwendige veranlassen. Ruhig nahm er den Hörer eines der Telefone ab, zog eine Nummernliste zurate und drückte eine Kurzwahltaste.

Panik sammelt sich nicht in den Eingeweiden und fährt auch nicht das Rückgrat entlang. Panik packt dich an Leib und Seele und schüttelt dich durch, auch wenn du eigentlich kein Gefühl im Körper hast. Rhyme war wütend auf sich selbst. Er hätte Sachs sofort nach draußen schicken müssen, als sie die Batterie und das ansteigende Wasser sahen. Aber so machte er das *immer*. Er konzentrierte sich dermaßen auf den Fall und das Ziel, die winzige Faser zu finden, den teilweisen Fingerabdruck, irgendetwas, das ihn dem Täter näher bringen würde..., dass er die möglichen Konsequenzen vergaß: Er setzte das Leben anderer Menschen aufs Spiel.

Dabei brauchte er doch nur an seinen eigenen Unfall zu denken. Er war der Leiter der Spurensicherung des NYPD gewesen, im Rang eines Captains, und hatte dennoch persönlich einen Tatort untersucht. Als er sich neben einen Leichnam hockte, um eine Faser aufzusammeln, war von oben ein Balken heruntergestürzt und hatte sein Leben für immer verändert.

Und nun hatte genau diese Arbeitseinstellung – die Amelia Sachs von ihm eingeimpft worden war – womöglich noch Schlimmeres angerichtet: Sachs konnte tot sein.

Thom hatte jemanden erreicht.

»Wer ist das?«, fragte Rhyme barsch und mit wütendem Blick. »Mit wem redest du da? Geht es ihr gut?«

Thom hob eine Hand.

»Was soll das heißen? Was *um alles in der Welt* willst du mir damit sagen?« Rhyme fühlte Schweißtropfen über seine Stirn rinnen. Er war sich bewusst, dass er schneller atmete. Sein Herz schlug wie wild, wenngleich er das natürlich nicht in der Brust spürte, sondern in seinem Kiefer und in seinem Hals.

»Das ist Ron«, sagte Thom. »Er ist bei dem Umspannwerk.«

»Scheiße, ich weiß, wo er ist. Was ist passiert?«

»Es hat ... einen Zwischenfall gegeben. So heißt es jedenfalls.«

Zwischenfall ...

»Wo ist Amelia?«

»Man sieht gerade nach. Es sind einige Leute ins Gebäude gegangen. Sie haben eine Explosion gehört.«

»Ich weiß, dass es eine Explosion gegeben hat. Ich habe sie mit eigenen Augen gesehen!«

Der Blick des Betreuers richtete sich auf Rhyme. »Bist du ... Wie fühlst du dich?«

»Frag mich doch nicht dauernd. Was geht am Tatort vor?«

Thom sah Rhyme weiterhin prüfend ins Gesicht. »Du bist ganz rot.«

»Es geht mir gut«, erwiderte der Kriminalist ruhig – damit

der junge Mann sich wieder auf das Telefongespräch konzentrierte. »Wirklich.«

Dann neigte der Betreuer den Kopf und erstarrte zu Rhymes Entsetzen mitten in der Bewegung. Seine Schultern hoben sich leicht.

Nein...

»Okay«, sagte Thom in den Hörer.

»Okay *was?*«, schimpfte der Kriminalist.

Thom ignorierte seinen Chef. »Legen Sie los.« Er klemmte sich den Hörer zwischen Ohr und Schulter und tippte etwas in die Tastatur des Hauptcomputers des Labors ein.

Auf dem Monitor öffnete sich ein Fenster.

Rhyme war mit seiner Geduld am Ende und wollte seinem Unmut soeben Luft verschaffen, als plötzlich eine offenbar unverletzte, wenn auch sehr nasse Amelia Sachs ins Bild kam. Das rote Haar klebte ihr in Strähnen an beiden Wangen wie Seetang im Gesicht eines Sporttauchers.

»Tut mir leid, Rhyme, meine Kamera ist durch das unfreiwillige Bad ausgefallen.« Sie hustete laut und wischte sich über die Stirn. Dann betrachtete sie angewidert ihre Finger. Die Bildübertragung war abgehackt.

Rhymes Panik wich sofort einer großen Erleichterung, aber der Zorn – auf sich selbst – blieb.

Sachs blickte ihm zwar entgegen, aber nur in seine ungefähre Richtung. »Ich stehe hier vor dem Laptop eines der Algonquin-Arbeiter. Das Gerät ist mit einer Webcam ausgestattet. Kannst du mich überhaupt sehen?«

»Ja, ja. Aber bist du in Ordnung?«

»Ich hab einen Schwall dieser ekligen Brühe in die Nase gekriegt. Ansonsten ist alles okay.«

»Was war denn los?«, fragte Rhyme. »Der Lichtbogen...«

»Das war kein Lichtbogen. Die Batterie hätte dafür nicht ausgereicht. Der Algonquin-Typ hat gesagt, die Spannung wäre zu niedrig gewesen. Unser Täter hat eine Bombe gebastelt. Anscheinend kann man so etwas mit Batterien tun. Man verstopft die Entlüftung und überlädt sie. So entsteht Wasserstoffgas. Wenn dann Wasser auf die Batteriepole trifft, gibt es einen Kurzschluss, und der Funke entzündet das Gas. Das ist passiert.«

»Haben die Sanitäter dich untersucht?«

»Nein, nicht nötig. Die Explosion war laut, aber nicht allzu heftig. Ich habe bloß ein paar Plastikteile vom Gehäuse abbekommen, doch das dürfte nicht mal einen blauen Fleck geben. Als die Druckwelle mich umgeworfen hat, konnte ich die Luke über Wasser halten. Die Spuren sind hoffentlich nicht zu sehr verunreinigt worden.«

»Gut, Ame…« Er verstummte abrupt. Aus irgendeinem Grund hielten sie sich schon seit vielen Jahren an einen unausgesprochenen Aberglauben: Sie redeten sich während der Arbeit nie mit ihren Vornamen an. Jetzt hätte er es beinahe doch getan. »Gut. So ist er also ins Innere gelangt.«

»Muss wohl.«

Da sah er Thom auf sich zukommen. Der Betreuer nahm das Blutdruckmessgerät und wickelte die Manschette um Rhymes Arm.

»Lass das…«

»Ruhe«, befahl Thom. »Du bist rot, und du schwitzt.«

»Weil wir gerade einen verfluchten *Zwischenfall* an einem Tatort hatten, Thom.«

»Hast du Kopfschmerzen?«

Hatte er. »Nein«, sagte er.

»Lüg nicht.«

»Ein wenig. Nicht der Rede wert.«

Thom drückte das Stethoskop in Rhymes Armbeuge. »Verzeihung, Amelia. Er muss jetzt für dreißig Sekunden mal still sein.«

»Kein Problem.«

Rhyme wollte erneut protestieren, kam dann aber zu einem

anderen Schluss: Je eher er sich den Blutdruck messen ließ, desto eher würde er weiterarbeiten können.

Er schaute zu, wie die Manschette sich aufblies und Thom angestrengt lauschte, während die Luft wieder entwich. Von alldem spürte Rhyme nichts. Dann öffnete der Betreuer lautstark den Klettverschluss.

»Dein Blutdruck ist hoch, und ich möchte sichergehen, dass er nicht noch weiter steigt. Also werde ich mich nun erst mal um einige Dinge kümmern.«

Eine höfliche Umschreibung für das, was Rhyme derb als »Pinkeln und Kacken« bezeichnete.

»Was ist bei euch los, Thom?«, fragte Sachs. »Alles in Ordnung?«

»Ja.« Rhyme bemühte sich, möglichst ruhig zu klingen. Und die Tatsache zu verbergen, dass er sich seltsam verletzlich fühlte – ob nun wegen Amelias beinahe tödlich verlaufenem Einsatz oder aufgrund seiner generellen körperlichen Verfassung.

Das alles war ihm außerdem peinlich.

»Sein Blutdruck ist ziemlich in die Höhe geschossen«, sagte Thom. »Wir müssen das Telefonat beenden.«

»Wir bringen dir die Beweismittel, Rhyme. In einer halben Stunde sind wir da.«

Thom streckte die Hand aus, um die Verbindung zu unterbrechen, als Rhyme plötzlich eine Eingebung hatte. »Moment noch«, rief er und meinte damit sowohl Thom als auch Sachs.

»Lincoln«, protestierte der Betreuer.

»Bitte, Thom. Nur zwei Minuten. Es ist wichtig.«

Obwohl die höfliche Bitte ihn eindeutig misstrauisch machte, nickte Thom widerstrebend.

»Ron hat nach der Stelle gesucht, an der unser Täter in den Schacht gelangt ist, nicht wahr?«

»Ja.«

»Ist er da?«

Sachs' ruckelndes, körniges Abbild schaute sich um. »Ja.«

»Hol ihn vor die Kamera.«

Er hörte, wie sie den Beamten zu sich rief. Gleich darauf nahm Pulaski vor dem Laptop Platz und blickte Rhyme aus dem Monitor entgegen. »Ja, Sir?«

»Haben Sie herausgefunden, wo er in den Tunnel hinter dem Umspannwerk gestiegen ist?«

»Mhm.«

»Bitte? Hat Ihnen etwa irgendwas die Sprache verschlagen, Grünschnabel?«

»Verzeihung. Ja, habe ich.«

»Und wo?«

»In einer Gasse ein Stück die Straße hinauf gibt es einen Einstieg der Algonquin Power, durch den man zu den Dampfrohren der Fernwärme gelangt. Der Zugang führt nicht direkt zum Umspannwerk, aber nach sechs oder acht Metern bin ich auf ein Gitter gestoßen, in das jemand eine Öffnung geschnitten hatte. Groß genug, um hindurchzusteigen. Der herausgetrennte Teil war wieder eingefügt worden, aber ich konnte die Schnittstellen erkennen.«

»Und die waren frisch?«

»Korrekt.«

»Weil sich an ihnen noch kein Rost gebildet hatte?«

»Genau. Hinter dem Gitter kommt man zu dem besagten Schacht. Der ist übrigens ziemlich alt. Vielleicht wurde früher auf diesem Weg Kohle oder irgendwas anderes angeliefert. Jedenfalls erreicht man so die Luke, die Amelia gefunden hat. Ich war am anderen Ende des Tunnels, als sie das Ding ausgebaut hat, und konnte das Licht sehen. Dann habe ich die Explosion der Batterie und den Schrei gehört. Ich bin direkt durch den Schacht zu ihr gelaufen.«

Rhymes Schroffheit fiel von ihm ab. »Danke, Pulaski.«

Es war ein irgendwie peinlicher Moment. Rhyme verteilte so selten Komplimente, dass die Leute meistens nicht wussten, was sie damit anfangen sollten.

»Trotzdem habe ich mich bemüht, den Tatort so wenig wie möglich zu verunreinigen.«

»Wenn ein Leben in Gefahr ist, brauchen Sie diesbezüglich keinerlei Rücksicht zu nehmen. Denken Sie in Zukunft daran.«

»Werde ich.«

»Haben Sie den Einstieg und das durchtrennte Gitter auf Spuren untersucht? Den Tunnel auch?«

»Ja, Sir.«

»War irgendwas Besonderes dabei?«

»Bloß Fußabdrücke. Aber ich habe Partikelspuren gesichert.«

»Wir werden sehen, was sich daraus ergibt.«

»Lincoln?«, drängte Thom flüsternd.

»Nur noch eine Minute. So, Grünschnabel, Sie erledigen bitte noch etwas für mich. Sehen Sie das Restaurant oder Café auf der anderen Straßenseite?«

Der Beamte schaute nach rechts. »Ja, alles klar… Moment, woher wissen Sie, dass da so ein Laden ist?«

»Ach, ich hab in der Gegend neulich einen Spaziergang gemacht«, erwiderte Rhyme und lachte in sich hinein.

»Ich … äh…« Der junge Mann war verwirrt.

»Ich weiß es, weil ein solcher Laden da sein *muss*. Unser Täter wollte das Umspannwerk bei dem Anschlag im Blick haben. In ein Hotel hätte er einchecken müssen, und in einem Bürogebäude wäre er zu leicht aufgefallen. Es musste also einen Ort geben, an dem er beliebig lange sitzen konnte, ohne Aufsehen zu erregen.«

»Ah, ich verstehe. Sie meinen, dass er irgendwie darauf abfährt, sich das Feuerwerk anzuschauen?«

Die Zeit für Komplimente war vorbei. »Herrje, Grünschnabel, versuchen Sie sich etwa an einem Täterprofil? Sie wissen doch, was ich von solchen Profilen halte, oder?«

»Äh, Sie sind nicht gerade ein großer Fan davon, Lincoln.«

Rhyme sah Sachs im Hintergrund lächeln.

»Der Täter musste beobachten, wie seine Vorrichtung funktioniert. Er hatte etwas Einzigartiges geschaffen. So eine Lichtbogenkanone kann man wohl schwerlich auf einem Schießstand ausprobieren. Er musste die Spannung und die Einstellungen der Trenner justieren, und er musste sicherstellen, dass die Entladung exakt in Gegenwart des Busses stattfinden würde. Um zwanzig nach elf hat er angefangen, den Computer des Stromnetzes zu manipulieren, und zehn Minuten später war alles vorbei. Gehen Sie rüber, und reden Sie mit dem Geschäftsführer des Restaurants...«

»Es ist ein Café.«

»...dann eben mit dem Geschäftsführer des Cafés, und finden Sie heraus, ob jemand in der Zeit vor der Explosion an einem der Fenster gesessen hat. Der Betreffende muss direkt danach gegangen sein, noch vor dem Eintreffen von Polizei und Feuerwehr. Ach, und bringen Sie in Erfahrung, ob es dort einen Internetzugang gibt und wer der Provider ist.«

Thom, der inzwischen Gummihandschuhe übergezogen hatte, gestikulierte ungeduldig.

Pinkeln und Kacken...

»Mach ich, Lincoln«, sagte Pulaski.

»Und dann...«

»...sperre ich den Laden ab und untersuche den Platz des Verdächtigen auf Spuren«, fiel der junge Beamte ihm ins Wort.

»Ganz genau, Grünschnabel. Danach kommen Sie und Sachs so schnell wie möglich her.«

Mit einem seiner funktionierenden Finger trennte Rhyme die Verbindung und kam damit Thoms ausgestreckter Hand um den Bruchteil einer Sekunde zuvor.

... Zehn

Das digitale Umfeld.

Fred Dellray musste daran denken, wie Tucker McDaniel, der neue Assistant Special Agent in Charge der New Yorker Zweigstelle des FBI, seine Leute vor einigen Stunden zusammengetrommelt und ihnen einen Vortrag gehalten hatte. Dabei war es im Wesentlichen um die gleichen Punkte gegangen, die soeben bei Rhyme erörtert worden waren: dass die bösen Jungs sich neuer Kommunikationsmethoden bedienten und dass die immer schnelleren technischen Fortschritte ihnen das Leben erleichterten und den Behörden die Arbeit erschwerten.

Das digitale Umfeld...

Dellray wusste natürlich, was damit gemeint war. Jeder moderne Polizist kannte den von McDaniel propagierten Hightech-Ansatz bei der Verbrechensbekämpfung. Doch das hieß nicht, dass Dellray diese Methoden mochte. Er mochte sie kein bisschen. Hauptsächlich weil das »digitale Umfeld« ein Inbegriff für grundlegende, womöglich sogar umwälzende Veränderungen war.

Auch im Leben von Fred Dellray.

Es war ein schöner Nachmittag. Dellray fuhr mit der U-Bahn in Richtung Downtown und dachte an seinen Vater, einen Professor am Marymount Manhattan College und Autor mehrerer Bücher über afroamerikanische Philosophen und Kulturkritiker. Der Mann hatte im Alter von dreißig Jahren die akademische Welt betreten und sie nie wieder verlassen. Er war im selben

Büro gestorben, das ihm jahrzehntelang ein zweites Zuhause gewesen war. Als man ihn fand, saß er zusammengesackt über Korrekturabzügen der Zeitschrift, die er kurz nach der Ermordung Martin Luther Kings gegründet hatte.

Dellrays Vater war Zeuge zahlreicher drastischer Veränderungen geworden – der Untergang des Kommunismus, die Aufweichung der Rassentrennung, das Aufkommen von nichtstaatlichen Feinden. Computer traten an die Stelle von Schreibmaschinen und Nachschlagewerken. Autos hatten Airbags. Statt vier Fernsehkanälen gab es Hunderte. Doch der Alltag des Mannes blieb nahezu gleich. Dellray senior liebte seinen akademischen, vor allem philosophischen Elfenbeinturm, und, ach, wie sehr hatte er sich gewünscht, sein Sohn würde ihm nacheifern und das Wesen der menschlichen Existenz ergründen. Also hatte er versucht, die entsprechende Begeisterung zu wecken.

Bis zu einem gewissen Grad war es ihm gelungen. Der neugierige, hochintelligente, scharfsichtige junge Fred entwickelte tatsächlich ein starkes Interesse an allen Facetten des Lebens: Metaphysik, Psychologie, Theologie, Epistemologie, Ethik und Politik – es faszinierte ihn alles gleichermaßen. Doch schon nach einem Monat als wissenschaftlicher Assistent wurde ihm klar, dass er verrückt werden würde, wenn er seine Fähigkeiten nicht auch in die Praxis umsetzte.

Und da er sich noch nie für den einfachsten Weg entschieden hatte, wählte er die härteste und intensivste praktische Anwendung der Philosophie, die ihm einfiel.

Er bewarb sich beim FBI.

Veränderungen…

Der Vater verzieh dem abtrünnigen Sohn, und sie trafen sich zu Kaffee und langen Spaziergängen im Prospect Park, in deren Verlauf sie erkannten, dass zwar ihre Tätigkeiten und Vorgehensweisen sich unterscheiden mochten, nicht jedoch ihre Ansichten und Erkenntnisse.

Die menschliche Existenz... der Vater beobachtete sie und schrieb darüber, der Sohn erlebte sie aus erster Hand.

Es mochte zunächst absurd erscheinen, aber Freds großes Interesse für und seine Einblicke in die Natur des Menschen machten ihn zu einem perfekten verdeckten Ermittler. Im Gegensatz zu den meisten seiner Kollegen, deren Schauspielkünste und Repertoires begrenzt waren, konnte Dellray buchstäblich eine andere Identität annehmen.

Einmal, während er als vermeintlicher Obdachloser auf den Straßen New Yorks in der Nähe seiner Dienststelle unterwegs war, kam sein damaliger Vorgesetzter zufällig an ihm vorbei und ließ eine Münze in seinen Becher fallen, ohne ihn zu erkennen.

Ein größeres Kompliment hätte er Dellray gar nicht machen können.

Fred war ein Chamäleon. In einer Woche ein Meth-Süchtiger, dessen ausgebranntes Hirn um nichts als die Droge kreiste. In der nächsten ein südafrikanischer Diplomat, der Atomgeheimnisse verkaufen wollte. Dann die rechte Hand eines somalischen Imams, voller Hass auf Amerika, mit hundert Koranzitaten auf den Lippen.

Er besaß Dutzende von Verkleidungen – teilweise gekauft, teilweise selbst angefertigt –, die er im Keller des Hauses lagerte, das er und Serena vor einigen Jahren in Brooklyn erworben hatten. Und er war beruflich aufgestiegen, was zwangsläufig geschah, wenn jemand so viel Tatkraft, Geschick und uneingeschränkte Kollegialität an den Tag legte. Mittlerweile fungierte Dellray als Führungsbeamter für andere verdeckte Ermittler des FBI sowie für zivile Informanten – vulgo Spitzel –, wenngleich er bisweilen immer noch persönlich an vorderster Front tätig wurde. Und daran so viel Freude hatte wie eh und je.

Doch dann kamen die Veränderungen.

Das digitale Umfeld...

Dellray bestritt nicht, dass sowohl die guten als auch die bösen Jungs zunehmend raffinierter und technikorientierter vorgingen. Die Verlagerung war offensichtlich: Aus HUMINT – der Sammlung von Informationen durch Kontakte von Mensch zu Mensch – wurde SIGINT.

Doch Dellray konnte sich mit diesem Phänomen einfach nicht anfreunden. Als junge Frau hatte Serena sich gewünscht, Popsängerin zu werden. Sie war eine begabte Tänzerin – ob nun Ballett, Jazz oder Modern –, aber sie besaß nun mal keine überzeugende Singstimme. Bei Dellray war es vergleichbar, sobald es um die neue Art der Strafverfolgung mittels Daten, Zahlen und Technologie ging.

Also hielt er weiterhin Verbindung zu seinen Spitzeln und führte eigene verdeckte Ermittlungen durch, um Ergebnisse zu erzielen. Doch angesichts von McDaniel und seinem Tee-und-Kaffee-Team – oh, Verzeihung, Tucker – seinem *Technik-und-Kommunikations*-Team kam der altmodische Dellray sich, nun ja, alt vor. Der ASAC war scharfsinnig, arbeitete hart – zumeist etwa sechzig Stunden pro Woche – und hatte Rückgrat; falls nötig, würde er seine Agenten auch gegenüber dem Präsidenten in Schutz nehmen. Und seine Methoden funktionierten; letzten Monat hatten McDaniels Leute durch die Auswertung verschlüsselter Satellitentelefonate genügend Erkenntnisse gewonnen, um eine fundamentalistische Zelle in einem Vorort von Milwaukee lokalisieren zu können.

Die Botschaft an Dellray und die älteren Agenten war klar: Eure Zeit neigt sich dem Ende entgegen.

Der – womöglich unabsichtliche – Seitenhieb bei dem Treffen in Rhymes Labor tat immer noch weh:

Nun, bleiben Sie am Ball, Fred. Sie leisten gute Arbeit…

Was im Klartext hieß: Ich habe gar nicht damit gerechnet, dass *Sie* irgendwelche Erkenntnisse über »Gerechtigkeit-für« und Rahman beitragen könnten.

Vielleicht war McDaniels Kritik angebracht. Im Prinzip nämlich wäre Dellrays Informantennetzwerk wie kaum ein zweites geeignet gewesen, terroristische Aktivitäten aufzuspüren. Er suchte die Leute regelmäßig auf und kümmerte sich um sie: Die Ängstlichen wurden von ihm geschützt, die Schuldbewussten getröstet, die Geschäftstüchtigen bezahlt und die Übermütigen zurechtgestutzt. Doch unter all den Informationen, die er im Zusammenhang mit eventuellen Terrorverschwörungen gesammelt hatte, mochten sie auch noch so rudimentär sein, befand sich nichts über Rahmans »Gerechtigkeit-für« oder irgendeinen beschissenen Lichtbogen.

McDaniels Leute hingegen hatten einen Namen und eine tatsächliche Bedrohung ermittelt, ohne ihre Ärsche von den Stühlen zu erheben.

Zum Beispiel die Drohnen im Mittleren Osten und Afghanistan. Wussten Sie, dass die Piloten an einer Fußgängerzone in Colorado Springs oder Omaha sitzen?

Zudem hatte Dellray noch eine andere Sorge beschlichen, ungefähr zur selben Zeit, als der jugendliche McDaniel aufgetaucht war: Unter Umständen war er einfach nicht mehr so gut wie früher.

Rahman könnte sich direkt vor seiner Nase herumgetrieben haben. Angehörige von »Gerechtigkeit-für« studierten womöglich in Brooklyn oder New Jersey ganz offen Elektrotechnik, so wie die Attentäter des elften September regulären Flugunterricht genommen hatten.

Und noch etwas: Dellray musste einräumen, dass er in letzter Zeit abgelenkt gewesen war. Wegen etwas aus seinem anderen Leben, wie er es nannte, dem Leben mit Serena, das er von seinem Beruf so strikt getrennt hielt wie eine offene Flamme von einem Benzintank. Und dieses Etwas war ziemlich bedeutend: Fred Dellray und Serena waren seit einem Jahr Eltern eines kleinen Jungen. Sie hatten im Vorfeld darüber geredet, und Serena hatte darauf bestanden, dass Dellray seinen beruflichen

Alltag nach der Geburt des Kindes keinesfalls ändern würde. Auch wenn das bedeutete, dass er riskante verdeckte Ermittlungen durchführte. Serena begriff, dass er sich über seine Arbeit in gleicher Weise definierte wie sie sich über das Tanzen. Ein Schreibtischjob wäre letztlich gefährlicher für ihn gewesen.

Aber änderte das Dasein als Vater ihn nicht ganz von selbst? Dellray freute sich darauf, mit Preston in den Park oder einkaufen zu gehen, den Jungen zu füttern und ihm etwas vorzulesen. (Serena war am Kinderzimmer vorbeigekommen, hatte gelacht, ihm sanft Kierkegaards existenzialistisches Manifest *Furcht und Zittern* aus der Hand genommen und ihm stattdessen *Gute Nacht, lieber Mond* gegeben. Dellray hatte nicht daran gedacht, dass Worte schon in so jungen Jahren Wirkung zeigen.)

Die U-Bahn hielt nun im Village, und es stiegen neue Fahrgäste zu.

Dem verdeckten Ermittler in Dellray fielen instinktiv vier Personen auf: zwei – höchstwahrscheinlich – Taschendiebe, ein Halbwüchsiger mit Spring- oder Teppichmesser und ein junger, verschwitzter Geschäftsmann, der eine schützende Hand dermaßen fest gegen seine Jackentasche presste, dass er das Tütchen Kokain noch zum Platzen bringen würde, falls er nicht aufpasste.

Die Straße … wie sehr Fred Dellray doch die Straße liebte.

Aber diese vier Leute hatten nichts mit seinem Vorhaben zu tun, und er kümmerte sich nicht weiter um sie. Okay, dachte er, du hast es versiebt. Du hast Rahman übersehen, und du hast »Gerechtigkeit-für« übersehen. Doch bislang halten die Personen- und Sachschäden sich in überschaubaren Grenzen. McDaniel war herablassend, aber er hat dich nicht zum Sündenbock ernannt, jedenfalls noch nicht. Manch anderer an seiner Stelle hätte keine Sekunde gezögert.

Dellray konnte immer noch einen Hinweis auf ihren Täter finden und ihn aufhalten, bevor ein weiterer dieser schrecklichen

Anschläge geschehen würde. Dellray konnte immer noch Wiedergutmachung leisten.

An der nächsten Haltestelle stieg er aus und ging in Richtung Osten. Nach einer Weile traf er auf Bodegas und Mietskasernen, alte, dunkle Nachbarschaftsvereine, ranzig riechende Imbissstuben und Taxizentralen, deren Schilder in Spanisch, Arabisch oder Farsi beschriftet waren. Hier gab es keine hektischen Geschäftsleute wie im West Village; die Leute hier – überwiegend Männer – bewegten sich generell nicht viel, sondern saßen einfach da, auf klapprigen Stühlen oder den Treppen vor den Häusern, die Jungen schlank, die Alten dick. Und alle behielten sie ihr Umfeld argwöhnisch im Blick.

Hier fand die eigentliche Arbeit der Straße statt. Dies war Fred Dellrays Büro.

Er ging zum Fenster eines Cafés und schaute hinein – was gar nicht so einfach war, denn man hatte die Scheibe schon seit Monaten nicht mehr geputzt.

Ah ja, da. Er entdeckte, was entweder seine Rettung oder sein Untergang sein würde.

Seine letzte Chance.

Dellray drückte unauffällig einen Fußknöchel kurz gegen den anderen, um sich zu vergewissern, dass die dort umgeschnallte Pistole nicht verrutscht war. Dann öffnete er die Tür und betrat das Lokal.

... Elf

»Wie geht es dir?«, fragte Sachs, als sie zur Tür des Labors hereinkam.

»Gut«, erwiderte Rhyme lakonisch. »Wo sind die Beweise?«

»Die Techniker und Ron bringen sie her. Ich bin mit dem Cobra schon mal vorgefahren.«

Was wohl hieß, dass sie wie eine Verrückte gerast war.

»Und wie fühlst *du* dich?«, fragte Thom.

»Nass.«

Das verstand sich von selbst. Ihr Haar war weitgehend getrocknet, aber die Kleidung war nach wie vor durchweicht. Davon abgesehen ging es ihr gut, das hatten sie bereits besprochen. Rhyme hatte seinen Schreck vollständig überwunden und wollte sich nun so schnell wie möglich an die Arbeit machen.

Aber heißt das nicht umgekehrt, dass die fünfundvierzigprozentige Chance besteht, jemand anders könnte irgendwo in New York durch einen Stromschlag geröstet werden?... Und womöglich geschieht es genau in diesem Moment.

»Tja, wo bleiben...?«

»Was war los?«, wandte Sachs sich an Thom.

»Ich sagte doch, es geht mir gut.«

»Ich habe *ihn* gefragt«, herrschte sie Rhyme an.

»Sein Blutdruck ist rapide gestiegen.«

»Aber jetzt ist er wieder normal, Thom, oder etwa nicht?«, warf Lincoln Rhyme gereizt ein. »Mit dem Blutdruck ist alles wieder in bester Ordnung. Das ist irgendwie so, als würdest du feststellen, die Russen hätten Raketen auf Kuba stationiert. Das *war* mal ein Problem. Aber da Miami kein radioaktiver Krater ist, dürfte das Problem sich mittlerweile erledigt haben, nicht wahr? Es – ist – vorbei! Ruf Pulaski und die Techniker aus Queens an. Ich will die Beweise.«

Der Betreuer ignorierte ihn. »Er hat keine Medikamente gebraucht«, sagte Thom zu Sachs. »Aber ich behalte ihn weiter im Blick.«

Sachs nahm Rhyme erneut prüfend in Augenschein. Dann sagte sie, sie würde nach oben gehen und sich umziehen.

»Stimmt was nicht?«, fragte Lon Sellitto, der einige Minuten zuvor aus Downtown eingetroffen war. »Fühlst du dich nicht wohl, Linc?«

»O Herr im Himmel!«, stöhnte Rhyme auf. »Sind denn alle taub? Hört mir überhaupt irgendjemand zu?« Dann schaute er zur Tür. »Na endlich. Kommen wir zu etwas Sinnvollem. Verdammt, Pulaski, wenigstens *Sie* leisten produktive Arbeit. Was haben wir?«

Der junge Beamte, der wieder seine Uniform trug, schob eine Sackkarre mit Plastikkisten herein, in denen die Spurensicherung für gewöhnlich die Beweismitteltüten transportierte.

Gleich darauf folgten zwei Techniker aus der Zentrale in Queens und brachten einen großen, in Plastikfolie gewickelten Gegenstand: das Kabel. Es handelte sich um die seltsamste Waffe, die Rhyme bei seinen Fällen bisher untergekommen war. Und um eine der tödlichsten. Die Männer trugen außerdem die Luke aus dem Keller des Umspannwerks herein, die man ebenfalls in Folie eingepackt hatte.

»Pulaski? Was war mit dem Café?«

»Sie hatten recht. Da war was, Sir.«

Der Kriminalist zog eine Augenbraue hoch, um den Beamten daran zu erinnern, dass eine so förmliche Anrede unnötig war. Als *ehemaliger* Captain des NYPD hatte Rhyme so wenig

Anrecht auf einen Dienstrang oder ein »Sir« wie jeder beliebige Passant. Und er hatte sich bemüht, Pulaski die vereinzelten Unsicherheiten auszutreiben – sie hatten natürlich mit der Jugend des Mannes zu tun, aber das war noch nicht alles: Im Verlauf ihres ersten gemeinsamen Falls hatte Pulaski eine schwere Kopfverletzung erlitten und dadurch beinahe seinen Beruf aufgeben müssen. Doch er hatte sich durchgebissen und war dabeigeblieben, trotz der Anfälle von Verwirrung und Orientierungslosigkeit, die ihn auch heute noch gelegentlich heimsuchten. (Für seine Entschlossenheit, sich nicht unterkriegen zu lassen, hatte er sich vor allem Rhyme zum Vorbild genommen.)

Um aus Pulaski einen erstklassigen Mitarbeiter zu machen, musste Rhyme ihm unter anderem ein unerschütterliches Selbstbewusstsein einflößen. Alle Kenntnisse der Welt nützten nichts, sofern man nicht das Rückgrat besaß, sich notfalls durchzusetzen. Rhyme wollte es noch erleben, dass Pulaski eine hohe Position bei der Spurensicherung von New York City bekleidete. Er wusste, dass es möglich war, und hoffte insgeheim, Pulaski und Sachs würden die Einheit irgendwann einmal gemeinsam leiten. Das wäre dann Rhymes Vermächtnis.

Er dankte den beiden Technikern, die ihm respektvoll zunickten und sich wieder auf den Weg machten. Nach ihren Mienen zu schließen, prägten sie sich den Anblick des Labors genau ein. Nur wenige Leute aus der Zentrale hatten Rhyme je persönlich aufgesucht. Er nahm in der Hierarchie des NYPD eine Sonderstellung ein; erst kürzlich hatte es einige personelle Veränderungen gegeben, und der Leiter der Spurensicherung war ins County Miami-Dade gewechselt. Bis ein neuer Chef ernannt werden konnte, führten einige erfahrene Detectives die Einheit. Man hatte sogar überlegt, ob Rhyme nicht ein weiteres Mal für diesen Posten in Betracht kommen könne.

Als der Deputy Commissioner deswegen anrief, hatte Rhyme ihn darauf hingewiesen, dass es eventuell einige Probleme mit dem JST geben würde – dem Job Standard Test des NYPD. Zum Nachweis der körperlichen Leistungsfähigkeit ist dabei innerhalb eines vorgeschriebenen Zeitrahmens ein Hindernisparcours zu bewältigen. Die Kandidaten müssen auf eine zwei Meter hohe Wand zulaufen und sie überwinden, einen Verdächtigen festnehmen und fesseln, eine Treppe hinaufrennen, eine achtzig Kilo schwere Puppe in Sicherheit ziehen und den Abzug einer Waffe betätigen, sechzehnmal mit der dominanten Hand, fünfzehnmal mit der anderen.

Rhyme lehnte das Angebot ab und erklärte, der Test sei für ihn unmöglich zu schaffen, denn er könne allenfalls eine *einen* Meter hohe Mauer überspringen. Doch er fühlte sich sehr geschmeichelt.

Sachs kam nun wieder nach unten. Sie trug Jeans und einen hellblauen Pullover. Ihr Haar war gewaschen und noch immer leicht feucht. Sie hatte es im Nacken erneut zu einem Pferdeschwanz zusammengefasst und mit einem schwarzen Haargummi gebändigt.

Es klingelte an der Tür. Thom öffnete und ließ den Neuankömmling herein.

Der schlanke Mann mittleren Alters, der wie ein unauffälliger Buchhalter oder Handelsvertreter aussah, war Mel Cooper, den Rhyme für einen der landesweit besten Kriminaltechniker hielt. Mit Abschlüssen in Mathematik, Physik und organischer Chemie sowie Erfahrungen aus leitenden Positionen in diversen internationalen Fachverbänden war er in der Zentrale der Spurensicherung eigentlich unverzichtbar. Da Rhyme aber derjenige gewesen war, der Cooper einst von seinem früheren Job im Staat New York für das NYPD abgeworben hatte, galt als vereinbart, dass Cooper alles stehen und liegen lassen und nach Manhattan eilen würde, sobald Rhyme und Sellitto ihn für einen Fall anforderten.

»Mel, wie schön, dass du Zeit hast.«

»Hm. Dass ich Zeit habe? … Hast du nicht meinen Lieute-

100

nant angerufen und ihm allerlei schreckliche Konsequenzen angedroht für den Fall, dass er mich nicht von dem Hanover-Sterns-Fall freistellen würde?«

»Das habe ich für dich getan, Mel. Man hat dein Talent an Insidergeschäfte verschwendet.«

»Und dafür bin ich dir dankbar.«

Cooper nickte den anderen grüßend zu, schob seine Harry-Potter-Brille höher die Nase hinauf und ging mit leisen braunen Halbschuhen zum Untersuchungstisch hinüber. Obwohl der Techniker alles andere als sportlich wirkte, bewegte er sich leichtfüßig wie ein Sprinter, und Rhyme musste daran denken, dass er schon so manchen Tanzwettbewerb gewonnen hatte.

»Lass uns loslegen«, sagte Rhyme zu Sachs.

Sie zog ihre Notizen zurate und erklärte, was sie von dem Gebietsleiter des Energieunternehmens erfahren hatte.

»Die Algonquin Consolidated Power beliefert nahezu die gesamte Region mit Strom – oder ›Saft‹, wie die es nennen. Pennsylvania, New York, Connecticut, New Jersey.«

»Sind das die hohen Schornsteine am East River?«, fragte Cooper.

»Genau«, bestätigte Sachs. »Dort stehen die Zentrale und außerdem ein Elektrizitäts- und Heizkraftwerk. Deren Mann vor Ort hat gesagt, unser Täter könnte irgendwann während der letzten sechsunddreißig Stunden in das Umspannwerk eingedrungen sein und seine Vorrichtung montiert haben. Diese Stationen sind meistens unbemannt. Heute Vormittag um kurz nach elf hat er sich dann in die Computer der Algonquin gehackt, mehrere benachbarte Umspannwerke abgeschaltet und den gesamten Strom durch die Station an der Siebenundfünfzigsten Straße umgeleitet. Wenn Spannung eine gewisse Stärke erreicht, muss sie einen Kreis schließen. Das ist unausweichlich. Sie springt über – entweder auf ein anderes Kabel oder auf etwas, das geerdet ist. Normalerweise würden vorher die Trennschalter des Umspannwerks ausgelöst, aber der Täter hatte die Einstellungen auf einen zehnfach höheren Wert gesetzt. Daher baute sich in diesem Ding da« – sie zeigte auf das Kabel – »gleichsam ein immer höherer Druck auf. Wie bei einem Damm. Irgendwann wurde die Belastung zu groß und musste sich ein Ventil suchen. Ich zeichne mal kurz auf, wie das Stromnetz in New York funktioniert. Einer der Arbeiter hat es für mich skizziert, und das war wirklich hilfreich.« Sachs zog ein Stück Papier aus der Tasche und übertrug die Notizen mit einem dunkelblauen Filzstift auf eine der weißen Wandtafeln.

Kraftwerk oder eingespeiste Energie (345 000 V)
↓ (durch Höchstspannungsleitungen) ↓
Hochspannungstransformatoren (345 000 V → 138 000 V)
↓ (durch Hochspannungsleitungen) ↓
Mittelspannungstransformatoren (138 000 V → 13 800 V)
↓ (durch Mittelspannungsleitungen) ↓
1. Schaltanlagen großer Geschäftsgebäude (13 800 V →
120/208 V)
oder
2. Niederspannungstransformatoren (13 800 V → 120/208 V)
↓ (durch Niederspannungsleitungen) ↓
Haushalte und Büros (120/208 V)

»In MH-Zehn, dem Umspannwerk an der Siebenundfünfzigsten, stehen Mittelspannungstransformatoren«, fuhr Sachs fort. »Der Strom wird durch eine Hochspannungsleitung zugeführt. Unser Täter hätte versuchen können, sein Kabel direkt an eine solche Leitung anzuhängen, aber das ist ziemlich kompliziert. Ich schätze mal, wegen der hohen Spannungswerte. Also hat er sich auf der *Ausgangsseite* des Umspannwerks zu schaffen gemacht, wo die Spannung nur noch dreizehntausendachthundert Volt beträgt.«

»Puh«, murmelte Sellitto. »*Nur noch.*«

»Als alles installiert war, hat er die Werte der Trenner hochgesetzt und die Station mit Saft geflutet.«

»Bis zur Entladung«, sagte Rhyme.

Sachs nahm eine Beweismitteltüte voller tränenförmiger Metallstückchen. »Bis zur Entladung«, wiederholte sie. »Die lagen da überall herum. Wie Schrapnellsplitter.«

»Was ist das?«, fragte Sellitto.

»Geschmolzene Tropfen aus dem Pfosten des Haltestellenschilds. Sie wurden herausgesprengt und haben kleine Krater im Beton hinterlassen. Das Blech einiger Autos wurde glatt durchschlagen. Der Tote hat zwar Verbrennungen erlitten, aber daran ist er nicht gestorben.« Ihre Stimme wurde sanft. »Es war wie der Schuss aus einer großen Schrotflinte. Die Wunden wurden kauterisiert.« Sie verzog das Gesicht. »Er war noch eine Weile bei Bewusstsein. Seht es euch selbst an.« Sie nickte Pulaski zu.

Der Beamte steckte die Speicherkarten in einen der Computer und legte Verzeichnisse für den neuen Fall an. Gleich darauf öffneten sich auf den hochauflösenden Monitoren zahlreiche Fotos. Im Laufe seiner vielen Berufsjahre hatte Rhyme sich an schreckliche Anblicke gewöhnt; diese hier jedoch gingen ihm trotzdem nahe. Der Körper des jungen Mannes war regelrecht durchlöchert worden. Es gab kaum Blut, weil die Metallstückchen glühend heiß gewesen waren. Hatte der Täter gewusst, dass seine Waffe so etwas anrichten würde? Dass die Opfer bei Bewusstsein bleiben und den Schmerz spüren würden? Gehörte das zu seinem Plan? Rhyme verstand nun, wieso Sachs so mitgenommen wirkte.

»Mein Gott«, flüsterte der massige Detective.

Rhyme wandte den Blick ab. »Wer war er?«, fragte er.

»Er hieß Luis Martin. Stellvertretender Geschäftsführer in einem Plattenladen. Achtundzwanzig. Keine Vorstrafen.«

»Keine Verbindung zur Algonquin, den öffentlichen Verkehrsbetrieben… irgendein Grund, dass jemand seinen Tod wollen würde?«

»Nein, nichts«, sagte Sachs.

»Zur falschen Zeit am falschen Ort«, fasste Sellitto zusammen.

»Ron«, sagte Rhyme. »Was haben Sie in dem Café gefunden?«

»Gegen zehn Uhr fünfundvierzig ist ein Mann in einem dunkelblauen Overall hereingekommen. Er hatte einen Laptop dabei und ist online gegangen.«

»Ein blauer Overall?«, fragte Sellitto. »Gab es ein Logo oder eine Aufschrift?«

»Darauf hat niemand geachtet. Aber die Arbeitskleidung der Algonquin-Leute dort war ebenfalls dunkelblau.«

»Wie lautet die Personenbeschreibung?«, fragte der zerknitterte Cop.

»Wahrscheinlich ein Weißer, wahrscheinlich Mitte vierzig, Brille, dunkle Baseballmütze. Zwei Leute meinten, keine Brille, keine Mütze. Blond, rothaarig, dunkelhaarig.«

»Zeugen«, murmelte Rhyme verächtlich. Jemand mit nacktem Oberkörper konnte einen anderen auf offener Straße erschießen, und die zehn Augenzeugen gaben jeder eine andere Farbe für das T-Shirt an, das der Täter vermeintlich getragen hatte. In den letzten Jahren hatten Rhymes Ansichten über den Wert solcher Aussagen sich dennoch ein wenig gemildert – wegen Sachs' Geschick bei der Befragung und wegen Kathryn Dance, die bewiesen hatte, dass die Analyse der Körpersprache in den meisten Fällen exakt genug war, um belastbare Resultate zu erzielen. Dennoch konnte er seine Skepsis nie ganz abschütteln.

»Und was ist aus diesem Kerl im Overall geworden?«, fragte Rhyme.

»Da ist sich niemand sicher. Es war ziemlich chaotisch. Die Leute wissen nur noch, dass es einen gewaltigen Knall und einen gleißenden Blitz gab. Dann sind alle nach draußen gelaufen. Keiner konnte sich erinnern, den Mann danach noch gesehen zu haben.«

»Hat er seinen Kaffee mitgenommen?«, fragte Rhyme. Er liebte Gläser und Tassen. Sie waren wie Ausweise, denn sie enthielten DNS und Fingerabdrücke. Und weil Milch, Zucker und andere Zusätze klebrig waren, blieben zudem Partikel an ihnen haften.

»Leider ja«, bestätigte Pulaski.

»Scheiße. Was haben Sie an dem Tisch gefunden?«

»Das hier.« Pulaski zog eine Plastiktüte aus einer der Kisten.

»Die ist leer.« Sellitto kniff die Augen zusammen und fummelte an seinem stattlichen Bauch herum, vielleicht um sich zu kratzen, vielleicht aber auch, weil es ihn unterbewusst quälte, wie wenig Erfolg seine aktuelle Trenddiät zeitigte.

Doch Rhyme sah die Tüte an und lächelte. »Gute Arbeit, Grünschnabel.«

»Gute Arbeit?«, wiederholte der Lieutenant. »Aber da ist doch gar nichts.«

»Das sind meine Lieblingsspuren, Lon. Die unsichtbaren Teile. Wir kommen gleich darauf zurück. Vorher aber noch etwas anderes, Pulaski. Was ist mit dem Internetzugang in dem Café? Ich habe darüber nachgedacht und möchte wetten, es gibt dort keinen.«

»Stimmt. Woher haben Sie das gewusst?«

»Er konnte nicht riskieren, dass der Hotspot abgeschaltet oder gestört sein würde. Vermutlich hat er sich über irgendeine Mobilfunkverbindung eingeloggt. Aber wir müssen herausfinden, wie er in das System der Algonquin eingedrungen ist. Lon, hol die von der Computerkriminalität an Bord. Die sollen sich mit jemandem von Algonquins Internetsicherheit in Verbindung setzen. Frag mal, ob Rodney abkömmlich ist.«

Die NYPD-Abteilung für Computerkriminalität war eine Elitegruppe aus etwa dreißig Detectives und Hilfspersonal. Rhyme arbeitete mit einem der Leute gelegentlich zusammen – Detective Rodney Szarnek. Er hielt ihn für einen jungen Mann, hatte genau genommen aber keine Ahnung, wie alt Szarnek wirklich war. Das jungenhafte Auftreten, die nachlässige Kleidung und das zerzauste Haar ließen den Detective wie einen typischen Hacker wirken – und die sahen oft um Jahre jünger aus.

Sellitto rief die Abteilung an und führte ein kurzes Gespräch. Dann berichtete er Rhyme, dass Szarnek sofort mit Algonquins IT-Team Kontakt aufnehmen würde, um den Hackerangriff auf die dortigen Server zu untersuchen.

Cooper musterte ehrfürchtig das Kabel. »Das ist es also?« Dann hob er eine der Tüten mit den verformten Metallscheibchen an. »Zum Glück waren da keine Passanten. Falls das hier an der Fünften Avenue geschehen wäre, hätte es zwei Dutzend Tote geben können.«

Rhyme ignorierte diese überflüssige Feststellung und sah Sachs an. Ihm fiel auf, dass sie mit starrem Blick die winzigen Schrapnellsplitter betrachtete.

»Los jetzt, Leute«, rief er etwas schroffer als nötig und riss Sachs aus ihren Gedanken. »Machen wir uns an die Arbeit.«

... Zwölf

Fred Dellray schob sich in die Sitznische zu dem blassen hageren Mann, der ebenso gut ein verlebter Dreißigjähriger wie ein rüstiger Fünfzigjähriger hätte sein können.

Der Kerl trug ein zu großes Sportsakko, das entweder aus irgendeinem Ramschladen stammte oder von einem Kleiderhaken, als gerade niemand hingeschaut hatte.

»Jeep.«

»Äh, so heiße ich nicht mehr.«

»Nicht? Etwa Range Rover?«

»Ich kapier nicht, was ...«

»Wie heißt du jetzt?«, fragte Dellray und runzelte die Stirn. Er spielte eine bestimmte Rolle, in die er bei solchen Leuten meistens schlüpfte. Jeep – oder Nicht-Jeep – war ein sadistischer Junkie gewesen, den der FBI-Agent einst im Zuge einer verdeckten Ermittlung festgenommen hatte. Zuvor hatte Dellray so tun müssen, als amüsiere er sich prächtig über die anschaulich geschilderte Folterung eines Studenten, der seine Drogen nicht pünktlich bezahlen konnte. Dann kam der Zugriff, und nach einer verbüßten Haftstrafe sowie einigen Verhandlungen wurde der Mann einer von Dellrays Spitzeln.

Fred hielt ihn an einer kurzen Leine, an der er hin und wieder kräftig rucken musste.

»Es *war* Jeep. Aber ich hab ihn ändern lassen, Fred. Jetzt heiße ich Jim.«

Veränderungen. Das Zauberwort des Tages.

»Ach, wo wir gerade bei Namen sind: ›Fred… *Fred*‹? Bin ich etwa dein Kumpel, dein bester Freund? Daran kann ich mich ja gar nicht erinnern. Hab ich mich auf deiner Tanzkarte eingetragen und deine Eltern kennengelernt?«

»Verzeihung, Sir.«

»Ich sag dir was: Bleib bei ›Fred‹. Wenn du ›Sir‹ sagst, glaub ich dir kein Wort.«

Der Mann war ein abscheuliches Subjekt, aber Dellray hatte gelernt, auf einem schmalen Grat zu balancieren. Man durfte keine Verachtung zeigen, gleichzeitig aber nicht zögern, die Daumenschrauben anzuziehen und Angst einzuflößen.

Angst bewirkt Respekt. So ist das nun mal.

»Hör gut zu. Es ist wichtig. Du hast demnächst einen Termin, wenn ich mich recht entsinne.«

Eine Anhörung vor dem Bewährungsausschuss zwecks Bewilligung des Wechsels in einen anderen Gerichtsbezirk. Dellray machte es nichts aus, den Mann zu verlieren. Jeep war ihm ohnehin kaum noch von Nutzen. Informanten hatten die Haltbarkeit von frischem Joghurt. Jeep-Jim wollte von New York nach Georgia ziehen. Ausgerechnet.

»Falls Sie ein gutes Wort für mich einlegen könnten, Fred, Sir, dann wäre das großartig.« Er sah den Agenten aus großen wässrigen Augen an.

Die Wall Street sollte sich ein Beispiel an der Welt der heimlichen Informanten nehmen. Keine Derivate, keine Termingeschäfte, keine Versicherungen, keine frisierten Bilanzen. Es war ganz einfach. Du gabst deinem Spitzel etwas im Wert von X, und er gab dir etwas genauso Wichtiges.

Falls er nichts zu bieten hatte, war er aus dem Rennen. Falls du keine Gegenleistung brachtest, bekamst du nur Scheißdreck.

»Okay«, sagte Dellray. »Was *du* willst, wäre damit geklärt. Jetzt zu dem, was *ich* will. Und ich sage gleich, es ist eilig. Du weißt, was das heißt, Jim?«

»Jemand kriegt Ärger, und zwar bald.«

»Ganz genau. Also hör gut zu. Ich muss Brent finden.«

Eine Pause. »William Brent? Woher soll ich wissen, wo der steckt?« Jeep-Jim war ein gerissener Hund, aber seine Stimme hob sich ein wenig zu sehr, was Dellray verriet, dass der Spitzel zumindest eine ungefähre Ahnung hatte, wo der Mann war.

»Georgia's on my mind«, sang Dellray.

Es vergingen volle sechzig Sekunden, während denen Jeep innere Zwiesprache hielt.

»Ich meine, vielleicht könnte ich… die Sache ist die, es bestünde die Möglichkeit…«

»Werden das ganze Sätze, oder sind sie noch zu klein?«

»Lassen Sie mich was überprüfen.«

Jeep-James-Jim stand auf, ging in eine Ecke des Lokals und fing an, eine SMS zu verfassen. Es amüsierte Dellray, dass der Mann fürchtete, er könne die Textnachricht mitlesen. Mit dieser Paranoia würde Jeepy-Boy sich in Georgia bestimmt gut einleben.

Dellray nippte an dem Glas Wasser, das die Kellnerin ihm gebracht hatte. Er hoffte, der dürre Kerl würde mit seinem Vorhaben Erfolg haben.

William Brent zählte zu den Prunkstücken von Dellrays Spitzelkollektion. Er war ein unsportlicher Weißer mittleren Alters und sah wie ein Supermarktkassierer aus. Und er war die Schlüsselfigur bei der Aufdeckung einer ziemlich unerfreulichen Verschwörung gewesen. Eine einheimische Terrorgruppe – Rassisten und Separatisten – hatte geplant, an einem Freitagabend mehrere Synagogen zu sprengen und die Anschläge islamistischen Fundamentalisten in die Schuhe zu schieben. Die Leute verfügten über Geld, aber nicht über die nötigen Mittel, also wandten sie sich an eine ortsansässige Familie des organisierten Verbrechens, die ebenfalls nicht viel für Juden oder Moslems übrighatte. Brent erhielt von der Familie den Auftrag, die Beschaffung zu übernehmen, und fiel dabei auf Dellray herein – einen vermeintlichen Waffenhändler aus Haiti, der raketengetriebene Granaten anzubieten hatte.

Brent wurde verhaftet, und Dellray konnte ihn umdrehen. Der Mann erwies sich als echte Überraschung, denn er beherrschte das Spitzelhandwerk, als hätte er sich sein Leben lang darauf vorbereitet. Es gelang ihm, sowohl die Rassistengruppe als auch die Familie bis in die Führungsränge zu unterwandern und die Verschwörung zu Fall zu bringen. Damit war seine Schuld eigentlich bezahlt, aber Brent arbeitete dennoch weiter mit Dellray zusammen und nahm dabei diverse Rollen an – kaltblütiger Auftragsmörder, Juwelen- und Bankraubspezialist, radikaler Abtreibungsgegner. Er wurde einer der besten Informanten, die Dellray je geführt hatte. Und ein Chamäleon von ganz eigener Prägung, gewissermaßen das Gegenstück zu Fred Dellray (vor einigen Jahren wurde sogar vermutet, wenngleich nie bewiesen, dass Brent ein Netz aus eigenen Spitzeln aufgebaut hatte – innerhalb des NYPD).

Nach einem Jahr war Brent oft genug in Erscheinung getreten und durfte sich in die komfortable Sicherheit des Zeugenschutzprogramms zurückziehen. Allerdings ging das Gerücht, dass er in einer seiner neuen Identitäten immer noch zahlreiche Kontakte pflegte und weithin vernetzt blieb.

Da keine von Dellrays üblichen Quellen etwas über »Gerechtigkeit-für«, Rahman oder den Anschlag erbracht hatte, hoffte der Agent nun auf William Brent.

Jimmy-Jeep kam zurück und setzte sich auf die quietschende Bank. »Ich glaube, ich kriege das hin. Aber worum geht es dabei, Mann? Ich meine, ich will nicht, dass er mir das Licht ausbläst.«

»Nein, nein, Jimmy-Boy, du hast mir nicht zugehört«, sagte Dellray. »Du sollst bei ihm nicht Mäuschen spielen, sondern bloß den Kontakt herstellen. Du arrangierst ein Treffen, und im Nu darfst du in Georgia Pfirsiche essen.«

Dellray schob ihm eine Karte zu, auf der lediglich eine Telefonnummer stand. »Da soll er anrufen. Sorg dafür.«

»Jetzt gleich?«

»Jetzt gleich.«

Jeep wies in Richtung der Küche. »Aber ich hab schon bestellt. Ich hab noch nicht zu Mittag gegessen.«

»Was ist das für ein Laden?«, herrschte Dellray ihn plötzlich an und sah sich mit großen Augen um.

»Wie meinen Sie das, Fred?«

»Weigern die sich etwa, dir dein Essen einzupacken?«

... Dreizehn

Seit dem Anschlag waren fünf Stunden vergangen, und in Rhymes Haus stieg die Anspannung. Bislang hatte keine der Spuren etwas ergeben.

»Das Kabel«, drängte er verärgert. »Woher kommt es?«

Cooper schob sich ein weiteres Mal die dicke Brille hoch. Dann streifte er Latexhandschuhe über und reinigte sie zusätzlich mit einem Kleberoller, bevor er die Beweismittel berührte. Rhyme hielt sein Team zu dieser Vorsichtsmaßnahme an, seit er einen Fall für die Staatspolizei von New Jersey übernommen und festgestellt hatte, dass einige der Faserspuren nicht von dem Verdächtigen, sondern aus der Jackentasche eines Detectives stammten. Der Beamte hatte sich mehrere lose Gummihandschuhe eingesteckt. Auf die Idee gekommen war er, weil er das bei einem Cop in einer beliebten Fernsehserie so gesehen hatte. Die Chance einer solchen Verunreinigung war zwar klein, aber die Aufgabe eines forensischen Ermittlers bestand nur zum Teil darin, Spuren zu finden und zu analysieren. Er musste außerdem sicherstellen, dass die Beweise auch dann noch für eine Verurteilung reichten, wenn die Anwälte der Verteidigung jede Möglichkeit nutzten, die Stichhaltigkeit der Spuren in Zweifel zu ziehen.

Als Folge des berüchtigten Faserfalls aus New Jersey bestand Rhyme darauf, dass seine Leute ihre Handschuhe mit einem Kleberoller reinigten, falls diese nicht unmittelbar aus einer Vakuumverpackung entnommen wurden.

Mit einer Schere schnitt Cooper nun die Plastikfolie auf und legte das Kabel frei. Es war etwa viereinhalb Meter lang und größtenteils von einer schwarzen Isolierung umhüllt. Der Metallkern war nicht massiv, sondern bestand aus zahlreichen silbrigen Strängen. An einem Ende war die dicke, verschmorte Messingplatte angeschraubt. Am anderen Ende waren zwei große Kupferschrauben befestigt, die Löcher in der Mitte hatten.

»Die heißen Drahtverbindungsschrauben, hat der Algonquin-Typ mir erzählt«, sagte Sachs. »Man stellt damit elektrische Verbindungen zwischen verschiedenen Leitungen her. Auf diese Weise hat er sein Kabel mit Saft versorgt.«

Dann habe er die Platte – die laut dem Arbeiter eine sogenannte »Sammelschiene« war – aus dem Fenster gehängt. Sie war mittels zweier zentimeterdicker Schrauben an dem Kabel befestigt. Der Lichtbogen war von der Platte auf den nächstgelegenen geerdeten Gegenstand übergesprungen, den Pfosten des Haltestellenschilds.

Rhyme schaute auf Sachs' Daumen und das getrocknete Blut im Nagelbett. Sie neigte dazu, an den Nägeln zu kauen und sich die Finger oder die Kopfhaut zu zerkratzen. Die Spannung in ihr staute sich eben auch ständig an, so wie in dem Umspannwerk. Nun kratzte sie erneut an ihrem Daumen herum, schien sich dann aber zu zwingen, damit aufzuhören, und zog sich ebenfalls Latexhandschuhe über.

Lon Sellitto telefonierte unterdessen mit den Beamten, die entlang der Siebenundfünfzigsten Straße nach weiteren Zeugen suchten. Rhyme warf ihm einen fragenden Blick zu, aber die finstere Miene des Detectives – der weitaus mürrischer wirkte als üblich – verriet ihm, dass die Bemühungen bisher fruchtlos geblieben waren. Also richtete Rhyme seine Aufmerksamkeit wieder auf das Kabel.

»Film es ab, Mel«, sagte Rhyme. »Schön langsam.«

Der Techniker nahm das Kabel auf voller Länge mit einer

tragbaren Videokamera auf, drehte es um und filmte auch die andere Seite. Das hochauflösende Bild der Kamera wurde auf den Monitor vor Rhyme übertragen. Der sah aufmerksam zu.

»Bennington Electrical Manufacturing, South Chicago, Illinois«, murmelte er. »Model AM-MV-Sechzig, Stärke Null, geeignet bis sechzigtausend Volt.«

Pulaski lachte auf. »Das erkennen Sie einfach so, Lincoln? Wo haben Sie das denn gelernt?«

»Es ist auf der Seite aufgedruckt, Grünschnabel.«

»Oh. Das hab ich gar nicht bemerkt.«

»Offensichtlich. Und unser Täter hat es selbst auf diese Länge zurechtgeschnitten, Mel. Oder was meinst du? Das ist kein maschineller Schnitt.«

»Würde ich auch sagen.« Cooper nahm soeben mit einer Lupe das Ende des Kabels in Augenschein, das an der Strom führenden Leitung befestigt gewesen war. Dann richtete er die Videokamera auf die Schnittfläche. »Amelia?«

Die geübte Mechanikerin warf einen Blick darauf. »Eine Bügelsäge«, mutmaßte sie.

Was die Drahtverbindungsschrauben anging, so stellte sich heraus, dass sie nur in der Elektroindustrie gebräuchlich waren. Allerdings konnten sie aus Dutzenden von Quellen stammen.

Für die handelsüblichen Schrauben und Muttern, die das Kabel an der Sammelschiene hielten, galt das Gleiche.

»Fangen wir mit unseren Tabellen an«, sagte Rhyme.

Pulaski holte mehrere weiße Rolltafeln aus einer Ecke des Labors. Sachs versah zwei von ihnen mit Überschriften: *Tatort: Algonquin-Umspannwerk Manhattan-10, 57. Str. West* und *Täterprofil*. Dann schrieb sie auf, was sie bislang herausgefunden hatten.

»Hat er sich das Kabel direkt im Umspannwerk besorgt?«, fragte Rhyme.

»Nein. Dort war kein Material gelagert«, antwortete Pulaski.

»Dann finden Sie heraus, *woher* er es hat. Rufen Sie Bennington an, die Herstellerfirma.«

»Mach ich.«

»Okay«, fuhr Rhyme fort. »Wir haben hier Metall, an dem gearbeitet wurde. Das heißt, es gibt Werkzeugspuren, zum Beispiel von der Bügelsäge. Nehmen wir uns das Kabel genauer vor.«

Cooper setzte sich an ein Mikroskop, das ebenfalls mit dem Computer verbunden war, und untersuchte mit relativ geringer Vergrößerung die Schnittfläche des Kabels. »Das Sägeblatt war noch neu und scharf.«

Rhyme registrierte neidisch, wie flink und geschickt der Techniker die Optik und den Objektträger des Geräts handhabe. Dann widmete er seine Aufmerksamkeit wieder dem Monitor. »Neu, ja, aber ein Zahn ist abgebrochen.«

»In der Nähe des Griffs.«

»Genau.«

Wenn jemand etwas von Hand durchsägen wollte, setzte er oft drei- oder viermal an, bevor er richtig loslegte. Und wenn es sich bei dem Material – wie in diesem Fall – um weiches Aluminium handelte, hinterließen gebrochene oder verbogene Sägezähne an den entsprechenden Stellen einzigartige Muster. Diese wiederum konnte man mit den Werkzeugen eines Verdächtigen vergleichen und ihn dadurch mit der Straftat in Verbindung bringen.

»Und die Drahtverbindungsschrauben?«

Cooper fand auf allen charakteristische Kratzspuren, die vermutlich vom Schraubenschlüssel des Täters stammten.

»Ich liebe weiches Messing«, murmelte Rhyme. »Ich liebe es einfach … Er besitzt demnach Werkzeug, das häufig benutzt wird. Und er kommt mir mehr und mehr wie ein Insider vor.«

Sellitto beendete sein Telefonat. »Nichts. Jemand könnte *eventuell* jemanden in einem blauen Overall bemerkt haben. Aber womöglich erst eine Stunde nach dem Anschlag. Als es in der Gegend nur so gewimmelt hat von Reparaturtrupps der Algonquin in ihren hübschen blauen Arbeitsanzügen.«

»Was haben Sie herausgefunden, Grünschnabel?«, rief Rhyme. »Ich will Bezugsquellen für das Kabel wissen.«

»Ich hänge in der Warteschleife.«

»Sagen Sie denen, dass Sie ein Cop sind.«

»Das hab ich.«

»Dann behaupten Sie eben, Sie seien ein besonders wichtiger Cop. Ein Häuptling, kein Indianer.«

»Ich...«

Doch Rhyme konzentrierte sich bereits auf etwas anderes: das Eisengitter, das den Zugang zum Versorgungsschacht versperrt hatte.

»Wie hat er die Stäbe durchtrennt, Mel?«

Die Untersuchung ergab, dass der Täter diesmal keine Bügelsäge, sondern einen Bolzenschneider benutzt hatte.

Cooper nahm sich die Schnittkanten des Gitters unter einem Mikroskop vor, das mit einer Digitalkamera ausgestattet war, und schoss mehrere Fotos, die er dann auf den Computer überspielte und nebeneinander auf einem Bildschirm öffnete.

»Gibt es unverwechselbare Merkmale?«, fragte Rhyme. Analog zu dem abgebrochenen Sägezahn und den Kratzern auf den Schrauben und Muttern würde sich vielleicht auch anhand des Bolzenschneiders eine Verbindung zwischen dem Eigentümer des Werkzeugs und dem Tatort herstellen lassen.

»Wie wär's hiermit?«, fragte Cooper und zeigte auf den Monitor. Auf den Schnittflächen mehrerer der Gitterstäbe befand sich an jeweils ungefähr der gleichen Stelle ein winziger halbmondförmiger Kratzer.

»Das reicht aus. Gut.«

Dann neigte Pulaski den Kopf und setzte seinen Schreibstift auf das Papier. Anscheinend war jemand von Bennington Wire endlich ans Telefon gegangen, um mit dem jungen Beamten in seiner neuen Funktion als oberster Gebieter des New York City Police Department zu sprechen.

Nach einer kurzen Unterredung trennte Pulaski die Verbindung.

»Also, was ist denn nun mit dem Kabel?«, rief Rhyme.

»Zunächst mal ist dieser Kabeltyp ziemlich verbreitet. Es…«

»*Wie* verbreitet?«

»Es werden jedes Jahr weit mehr als eine Million Meter davon verkauft. Das Kabel ist hauptsächlich auf mittlere Spannungsstärken ausgelegt.«

»Sechzigtausend Volt gelten noch als mittlere Spannung?«

»Offensichtlich. Man kann das Kabel bei jedem einschlägigen Großhändler bekommen. Aber der Mann hat gesagt, dass Algonquin direkt ab Werk beliefert wird.«

»Wer dort wäre für die Bestellungen zuständig?«, fragte Sellitto.

»Die Lagerverwaltung.«

»Ich rufe gleich mal dort an«, sagte Sellitto, wählte eine Nummer und ließ sich weiterverbinden. Das Gespräch dauerte nicht lange. »Man überprüft den Bestand, ob etwas fehlt«, teilte er mit.

Rhyme betrachtete das Gitter. »Er muss den Einstieg in der Gasse und den Schacht der Algonquin irgendwann vorher ausgekundschaftet haben.«

»Vielleicht hat er an den Dampfrohren gearbeitet und dabei das Gitter und den Tunnel entdeckt«, sagte Sachs.

»Was definitiv auf einen Angestellten der Firma hindeuten würde.« Rhyme hoffte, dass dies der Fall war. Insiderjobs ließen sich wesentlich einfacher aufklären. »Lasst uns weitermachen. Was ist mit den Stiefeln?«

»Es finden sich gleichartige Abdrücke sowohl im Versorgungsschacht als auch an der Stelle im Umspannwerk, an der das Kabel befestigt war«, sagte Sachs.

»Gibt es auch welche aus dem Café?«

»Einen«, erwiderte Pulaski und wies auf ein elektrostatisches Abbild. »Von unter dem Tisch. Für mich sieht das wie dieselbe Sohle aus.«

Mel Cooper verglich die Abdrücke und bestätigte Pulaskis Vermutung.

»Amelia hat mich die Stiefel der Algonquin-Arbeiter überprüfen lassen, die dort vor Ort waren«, fuhr der junge Beamte fort. »Von denen hat keiner hierzu gepasst.«

»Mel, was meinst du, welche Marke ist das?«, fragte Rhyme.

Cooper zog eine Datenbank des NYPD zurate, in der Tausende von Schuhen und Stiefeln gespeichert waren. Es handelte sich hauptsächlich um Männerschuhe, weil die meisten Schwerverbrechen, bei denen der Täter am Schauplatz zugegen war, von Männern begangen wurden.

Rhyme hatte vor Jahren maßgeblich an der Einrichtung dieser Datenbank mitgewirkt und erreicht, dass alle großen Hersteller das NYPD seitdem regelmäßig mit den Scans ihrer neuen Modelle versorgten.

Auch nach seinem Unfall war Rhyme aktiv an der Pflege und Erweiterung der Produkt- und Materialdatenbanken des Departments beteiligt geblieben. Einer seiner letzten Fälle, bei dem es um die gezielte Auswertung von Daten gegangen war, hatte ihn auf eine Idee gebracht, deren Resultate inzwischen von vielen Polizeibehörden im ganzen Land genutzt wurden: Rhyme hatte das NYPD mit mehr oder weniger sanfter Gewalt dazu veranlasst, einen Programmierer damit zu beauftragen, die Sohlenprofile der Datenbank künstlich altern zu lassen und Computerabbildungen der jeweiligen Abnutzung zu erstellen – neu, nach sechs Monaten, einem Jahr und zwei Jahren. Mit Varianten für Spreiz- und Spitzfüße, unter Berücksichtigung von Körpergröße und -gewicht.

Das Projekt war kostspielig, ließ sich aber überraschend zügig umsetzen und führte zu fast sofortigen Antworten auf die Fragen nach der Marke und dem Alter eines bestimmten Schuhs sowie der Größe und Statur seines Trägers samt etwaiger Trittbesonderheiten.

Die Datenbank hatte bereits bei der Überführung von drei oder vier Tätern geholfen.

Cooper gab schnell einige Angaben ein. »Wir haben einen Treffer«, sagte er dann. »Albertson-Fenwick Boots and Gloves, Modell E-20.« Er überflog die Beschreibung. »Wie zu erwarten war, sind sie besonders isoliert und für Arbeiten an elektrischen Leitungen gedacht. Sie erfüllen die gängigen Sicherheitsnormen, und unser Verdächtiger trägt Größe elf.«

Rhyme kniff die Augen zusammen und musterte die Abdrücke. »Sie haben noch reichlich Profil. Gut.« Das bedeutete, in den Rillen würde sich eine große Menge Partikel ablagern.

»Ja, sie sind ziemlich neu«, fuhr Cooper fort. »Daher gibt es auch noch keine charakteristischen Abnutzungsspuren, die uns mehr über seine Größe oder sein Gewicht verraten könnten.«

»Man kann aber sehen, dass er gleichmäßig und gerade auftritt, oder?« Dank einer Kamera über dem Untersuchungstisch hatte Rhyme die Abdrücke vor sich auf dem Monitor.

»Ja.«

Sachs schrieb es auf die Tafel.

»Gut, Sachs. So, Grünschnabel, was sind das für unsichtbare Spuren, die Sie gefunden haben?« Er sah zu dem Plastikumschlag, dessen Aufschrift lautete: *Café gegenüber Tatort – Tisch des Verdächtigen.*

Cooper machte sich an die Untersuchung. »Ein blondes Haar. Zweieinhalb Zentimeter lang. Natur, nicht gefärbt.«

Rhyme mochte es, wenn Haare gefunden wurden. Sofern die Wurzel noch daran hing, konnten sie häufig für DNS-Vergleiche genutzt werden, und sie verrieten durch Farbe, Beschaffenheit und Form bisweilen viel über das Aussehen eines Verdächtigen.

Auch das Alter und Geschlecht ließen sich halbwegs präzise daraus ableiten. Haartests erfreuten sich nicht nur bei den Beamten der Spurensicherung zunehmender Beliebtheit, sondern auch bei potenziellen Arbeitgebern, da Drogen sich in den Haaren der Bewerber wesentlich länger als im Blut oder Urin nachweisen ließen. Ein Zentimeter Haarwuchs entsprach dabei ungefähr einem Monat. In England waren Haartests bereits bei Verdacht auf Alkoholmissbrauch üblich.

»Wir können aber nicht sicher sein, dass es von ihm stammt«, betonte Sellitto.

»Natürlich nicht«, murmelte Rhyme. »Zum jetzigen Zeitpunkt ist noch überhaupt nichts sicher.«

»Doch es ist ziemlich wahrscheinlich«, warf Pulaski ein. »Ich habe mit dem Eigentümer gesprochen. Er achtet darauf, dass sein Personal die Tische nach jedem Kunden abwischt. Ich habe das nachgeprüft. Der fragliche Tisch war seit dem Aufenthalt des Täters allerdings noch nicht wieder abgewischt worden, wegen des Durcheinanders nach der Explosion.«

»Gut, Grünschnabel.«

Cooper fuhr mit der Beschreibung des Haars fort. »Nicht gewellt, weder von Natur aus noch künstlich. Es ist glatt. Keine Anzeichen für Depigmentierung, also ist er vermutlich noch unter fünfzig Jahre alt.«

»Ich möchte eine toxisch-chemische Analyse. So schnell wie möglich.«

»Ich schicke das Haar ins Labor.«

»In ein *gewerbliches* Labor«, ordnete Rhyme an. »Greift etwas tiefer in die Tasche, um die Sache zu beschleunigen.«

»Wir *haben* keine Tasche, in die wir sonderlich tief greifen könnten«, murrte Sellitto. »Und an unserem eigenen Labor in Queens gibt es nichts auszusetzen.«

»Es sei denn, die Resultate lassen so lange auf sich warten, dass unser Täter inzwischen noch jemanden umbringt, Lon.«

»Wie wäre es mit Uptown Testing?«, schlug Cooper vor.

»Gut. Denkt dran, investiert etwas mehr Geld.«

»Herrje, die Stadt dreht sich nicht nur um *dich*, Linc.«

»Nicht?«, fragte Rhyme mit überraschter Miene, die nur zur Hälfte gespielt war.

… Vierzehn

Mel Cooper benutzte das SEM-EDS, ein Kombigerät aus Rasterelektronenmikroskop und energiedispersivem Röntgenspektrometer, um die Partikel zu analysieren, die Sachs an der Stelle gesichert hatte, an der das Kabel befestigt gewesen war. »Ich habe hier irgendein Mineral, das nicht zu den Substraten aus der Umgebung des Umspannwerks passt.«

»Woraus besteht es?«

»Aus ungefähr siebzig Prozent Feldspat und dann Quarz, Magnetit, Glimmer, Kalzit und Amphibolen. Auch etwas Anhydrit. Und merkwürdigerweise ein beachtlicher Anteil Silizium.«

Rhyme kannte sich mit der geologischen Beschaffenheit des Großraums New York gut aus. Früher hatte er ausgedehnte Streifzüge unternommen, um überall in der Stadt Boden- und Gesteinsproben zu nehmen und entsprechende Datenbanken anzulegen, die ihm helfen konnten, Täter und Tatorte miteinander in Verbindung zu bringen. Doch diese Kombination aus anorganischen Stoffen war ihm ein Rätsel. Sie stammte jedenfalls nicht aus der näheren Umgebung. »Wir brauchen einen Geologen.« Rhyme überlegte einen Moment und ließ sein Telefon dann eine Nummer aus der Kurzwahlliste anrufen.

»Hallo?«, meldete sich eine leise Männerstimme.

»Arthur«, sagte Rhyme zu seinem Cousin, der im nahen New Jersey wohnte.

»He. Wie geht es dir?«

Anscheinend hat heute jeder vor, sich nach meiner Gesundheit zu erkundigen, dachte Rhyme, obwohl Arthur lediglich eine höfliche Floskel von sich gegeben hatte.

»Gut.«

»Es war schön, dich und Amelia letzte Woche bei uns zu haben.«

Rhyme und Arthur hatten erst seit Kurzem wieder Kontakt. Als Kinder waren sie gemeinsam in der Nähe von Chicago aufgewachsen und wie Brüder gewesen. Und obwohl der Kriminalist kaum der Typ für Wochenenden auf dem Land war, hatte er Sachs neulich mit dem Vorschlag überrascht, die Einladung von Arthur Rhyme und dessen Frau Judy anzunehmen und die beiden in ihrem kleinen Ferienhaus am Wasser zu besuchen. Arthur hatte sogar extra eine Rollstuhlrampe gebaut. Also waren Rhyme und Sachs – zusammen mit Thom und Pammy sowie ihrem Hund Jackson – für zwei Tage ans Meer gefahren.

Der Ausflug hatte Rhyme gefallen. Während die Frauen und der Hund ihre Strandspaziergänge unternahmen, hatten er und Arthur sich über wissenschaftliche Fragen, die akademische Welt und globale Ereignisse unterhalten. Dabei hatte die Deutlichkeit ihrer Äußerungen in direktem Verhältnis zur Menge des getrunkenen Single Malt Whiskys abgenommen. Arthur besaß eine ziemlich gute Sammlung, genau wie Rhyme.

»Ich hab dich auf den Lautsprecher gelegt, Arthur. Es sind einige Beamte hier versammelt.«

»Ich hab die Nachrichten gesehen. Ihr arbeitet an diesem Stromzwischenfall, möchte ich wetten. Schrecklich. Die Medien behaupten, es sei vermutlich ein Unfall gewesen, aber…« Er lachte skeptisch auf.

»Nein, das war ganz sicher kein Unfall. Wir wissen nur noch nicht, ob es sich um die Rache eines verärgerten Angestellten oder um einen Terroranschlag gehandelt hat.«

»Kann ich euch irgendwie behilflich sein?«

Arthur war ebenfalls Wissenschaftler und verfügte über ein etwas breiteres Interessenspektrum als Rhyme.

»Ja, kannst du tatsächlich. Ich hab nur eine kurze Frage. Nun ja, ich hoffe jedenfalls, sie lässt sich schnell beantworten. Wir haben am Tatort einige Partikel gefunden, die nicht zu den Kontrollproben der Umgebung passen. Ich wüsste sogar keine einzige Stelle im Großraum New York, von der sie stammen könnten.«

»Ich hab den Stift schon in der Hand. Sag an, was ihr gefunden habt.«

Rhyme las ihm das Testergebnis vor.

Arthur blieb zunächst stumm. Rhyme sah ihn vor sich, wie er nachdenklich die handschriftliche Liste betrachtete und in Gedanken diverse Möglichkeiten durchspielte. »Wie groß sind die Partikel?«, fragte sein Cousin schließlich.

»Mel?«

»Hallo, Art. Hier ist Mel Cooper.«

»Hallo, Mel. Waren Sie in letzter Zeit mal wieder tanzen?«

»Wir haben letzte Woche den Long Island Tangowettbewerb gewonnen. Am Sonntag wollen wir an den Bezirksmeisterschaften teilnehmen. Es sei denn natürlich, ich werde hier gebraucht.«

»Mel?«, drängte Rhyme.

»Ach ja, die Partikel. Sehr klein. Etwa einen Viertelmillimeter.«

»Okay. Ich bin mir relativ sicher, dass es sich um Tephra handelt.«

»Um was?«, fragte Rhyme.

Arthur buchstabierte den Begriff. »Vulkansedimente. Tephra ist das griechische Wort für ›Asche‹. Man bezeichnet damit unverfestigte pyroklastische Ablagerungen aus zerkleinertem Gestein, die bei Vulkanausbrüchen entstehen.«

»Ist das Zeug aus der Gegend?«, fragte Rhyme.

»Aus irgendeiner Gegend mit Sicherheit«, stellte Arthur belustigt fest. »Aber aus der hiesigen Umgebung – nein, nicht mehr. Hätte es an der Westküste einen großen Ausbruch gegeben, könnte man bei entsprechenden Windverhältnissen hier im Nordosten eventuell winzige Spuren davon nachweisen. Aber es hat in letzter Zeit keine solche Eruption gegeben, und in Anbetracht der gefundenen Partikelmenge würde ich auf unsere nordwestliche Pazifikregion als Ursprungsort tippen. Vielleicht auch Hawaii.«

»Das heißt, es muss durch den Täter oder eine andere Person irgendwie an den Tatort gelangt sein.«

»Das würde ich vermuten.«

»Tja, dann vielen Dank. Wir melden uns bald wieder.«

»Ach, und Judy hat gesagt, sie wird Amelia eine E-Mail mit dem Rezept schicken, das sie haben wollte.«

Rhyme wusste nicht, wovon genau die Rede war. Dieser Teil des Gesprächs musste bei einem der Strandspaziergänge stattgefunden haben.

»Es eilt nicht«, rief Sachs.

Rhyme trennte die Verbindung, sah Sachs an und zog eine Augenbraue hoch. »Du fängst mit Kochen an?«

»Pammy will es mir beibringen.« Sie zuckte die Achseln. »Wie schwierig kann das schon sein? Ich schätze, es ist so ähnlich, als würde man einen Vergaser nachbauen, nur eben aus verderblichen Einzelteilen.«

Rhyme musterte die Tafel. »Tephra … Unser Täter könnte demnach kürzlich in Seattle oder Portland gewesen sein oder auf Hawaii. Ich bezweifle allerdings, dass er nach einer solchen Reise noch so viele Partikel an sich gehabt hätte. Nein, ich möchte wetten, er war in einem Museum, einer Schule oder zumindest in der Nähe irgendeines geologischen Ausstellungsstücks. Wird Vulkanasche womöglich industriell genutzt? Vielleicht zum Polieren von Steinen wie Karborund?«

»Die Partikel sind zu verschiedenartig und ungleichmäßig, um aus einer Mühle stammen zu können«, sagte Cooper. »Und als Poliermittel außerdem zu weich, glaube ich.«

»Hm. Was ist mit Schmuck? Werden aus Lava Schmuckstücke gefertigt?«

Keiner von ihnen hatte je davon gehört. Rhyme hielt es daher für wahrscheinlicher, dass der Täter eine Ausstellung besucht hatte oder dass die Spurenquelle sich unweit seiner Wohnung oder eines zukünftigen Anschlagziels befand. »Mel, jemand in Queens soll sich ans Telefon hängen und herausfinden, ob es in der Stadt irgendwelche festen oder vorübergehenden Ausstellungen oder Exponate gibt, die etwas mit Vulkanen oder Lava zu tun haben. Angefangen mit Manhattan.« Sein Blick fiel auf die in Folie gewickelte Zugangsluke. »So, und jetzt schauen wir uns an, womit Amelia baden gegangen ist. Grünschnabel, Sie führen die Untersuchung durch. Machen Sie uns stolz.«

... Fünfzehn

Der junge Beamte reinigte seine Latexhandschuhe mit dem Kleberoller, was ihm einen beifälligen Blick von Rhyme einbrachte, und hob die Luke samt des noch immer daran befindlichen Rahmens hoch. Sie maß ungefähr fünfzig mal fünfzig Zentimeter, und durch den Rahmen kamen noch etwa fünf Zentimeter hinzu. Der Anstrich war dunkelgrau.

Sachs hatte recht. Das Ding war ziemlich eng. Der Täter musste bei seinem Einbruch in das Umspannwerk an den Kanten entlanggeschrammt sein.

Zum Öffnen der Luke musste man auf beiden Seiten vier kleine Drehriegel lösen, was sich mit Handschuhen nur schwer bewerkstelligen ließ. Es bestand also durchaus die Möglichkeit, dass der Täter mit bloßen Fingern gearbeitet hatte, vor allem, wenn man berücksichtigte, dass er die Luke ohnehin mit der Batteriebombe sprengen wollte, um die Spuren zu beseitigen.

Fingerabdrücke fielen in eine von drei Kategorien: sichtbar (wie zum Beispiel von einem blutigen Daumen an einer weißen Wand), plastisch (wie in nachgiebigem Material, etwa Plastiksprengstoff) und latent (mit bloßem Auge nicht zu erkennen). Um latente Abdrücke sichtbar zu machen, gab es Dutzende guter Methoden, aber bei metallenen Oberflächen benutzte man am besten einfach handelsüblichen Sekundenkleber, Cyanacrylat. Das Objekt wurde in einem luftdichten Behälter platziert. Dann erhitzte man in diesem Behälter eine kleine Menge Klebstoff, bis sie verdampfte. Die Dämpfe setzten sich an allem ab, was der Finger hinterlassen hatte – an Amino- und Milchsäuren, Glukose, Kalium und Kohlentrioxid –, und die daraus resultierende Reaktion ergab einen deutlichen Abdruck.

Dieses Verfahren konnte wahre Wunder bewirken und Spuren zum Vorschein bringen, die bis dahin vollkommen unsichtbar gewesen waren.

Nur leider diesmal nicht.

»Da ist nichts«, stellte Pulaski entmutigt fest, während er die Luke durch ein sehr an Sherlock Holmes gemahnendes Vergrößerungsglas betrachtete. »Bloß Schmierspuren von Handschuhen.«

»Das überrascht mich nicht. Unser Täter ist bis jetzt ziemlich umsichtig vorgegangen. Gut, dann sichern Sie als Nächstes etwaige Partikel von der Innenseite des Rahmens, wo es einen Kontakt gegeben haben muss.«

Pulaski stellte die Luke auf einen großen Bogen Zeitungspapier, fuhr mit einem weichen Pinsel am Rand entlang und nahm Abstriche. Dann gab er die Funde – die Rhyme überaus karg vorkamen – in Beweismitteltüten und sortierte sie, damit Cooper sie analysieren konnte.

Sellitto bekam einen Anruf. »Moment«, sagte er, »ich lege Sie auf den Lautsprecher.«

»Hallo?«, ertönte eine Stimme.

Rhyme schaute zu dem Detective. »Wer ist das?«, flüsterte er.

»Szarnek.«

Der NYPD-Experte aus der Abteilung für Computerkriminalität.

»Was haben Sie für uns, Rodney?«

Im Hintergrund dröhnte Rockmusik. »Ich bin mir fast sicher, dass wer auch immer die Algonquin-Server manipuliert hat, die Zugangscodes kannte. Nein, streichen Sie das ›fast‹, ich *bin* mir sicher. Zunächst mal haben wir keinerlei Hinweise auf einen Einbruchsversuch gefunden. Es gab keinen Brute-Force-

Angriff, keine Codereste von Rootkits, verdächtigen Treibern, Kernelmodulen oder …«

»Bitte nur das Ergebnis, falls es Ihnen nichts ausmacht.«

»Okay, ich will sagen, wir haben uns jeden Port vorgenommen und …« Er hielt inne, weil Rhyme aufseufzte. »Äh, ja, das Ergebnis. Es war ein Insiderjob, jedenfalls teilweise.«

»Was heißt das?«, murrte Rhyme.

»Der Zugriff ist von außerhalb des Algonquin-Gebäudes erfolgt.«

»Das wissen wir.«

»Aber der Täter muss sich die Codes zuvor aus der Zentrale in Queens besorgt haben. Entweder er oder ein Komplize. Es gibt sie dort sowohl auf Papier als auch in Form eines Zufallscodegenerators, der nicht am Netzwerk hängt.«

»Demnach gab es keinen Hackerangriff, weder von hier noch aus dem Ausland«, fasste der Kriminalist zur Sicherheit noch einmal zusammen.

»Davon müssen wir ausgehen. Im Ernst, Lincoln, kein einziges Rootkit …«

»Ich hab's kapiert, Rodney. Wissen wir etwas über seine Mobilfunkverbindung aus dem Café?«

»Ein Prepaid-Telefon, das per USB an den Laptop angeschlossen war. Die Verbindung lief über einen Proxy-Server in Europa.«

Rhyme besaß genug technischen Sachverstand, um zu begreifen, dass die Antwort auf seine Frage im Klartext Nein lautete.

»Danke, Rodney. Wie können Sie bei dieser Musik überhaupt arbeiten?«

Der Mann kicherte. »Falls noch was ist, rufen Sie mich an – jederzeit.«

Es klickte in der Leitung, und der hämmernde Lärm verstummte.

Auch Cooper beendete gerade ein Telefonat. »Ich habe mit

einer Kollegin in der Zentrale gesprochen«, sagte er. »Sie arbeitet bei der Materialanalyse und ist Geologin. Außerdem kennt sie viele der Schulen, in denen regelmäßig öffentliche Ausstellungen stattfinden. Sie macht sich für uns auf die Suche nach Vulkanasche und Lava.«

Pulaski, der immer noch über der Luke brütete, kniff die Augen zusammen. »Ich glaube, ich habe hier etwas.«

Er deutete auf eine Stelle neben dem oberen Riegel. »Wie es scheint, hat er dort etwas weggewischt.« Er nahm das Vergrößerungsglas. »Da ist ein scharfkantiger Grat im Metall… Ich glaube, der Täter hat sich daran verletzt.«

»Er hat geblutet?«, vergewisserte Rhyme sich aufgeregt. Es gibt bei der forensischen Arbeit nichts Besseres als DNS-Spuren.

»Und was nützt uns das?«, fragte Sellitto. »Er hat die Stelle doch gereinigt.«

»Aber womit?«, gab Pulaski zu bedenken, bevor Rhyme auf die Frage eingehen konnte. Der junge Beamte saß nach wie vor über seinen Fund gebeugt. »Vielleicht mit Spucke. Die wäre so gut wie Blut.«

Rhyme gelangte zu demselben Schluss. »Versuchen Sie es mit der alternativen Lichtquelle.«

Damit ließen sich Körperflüssigkeiten wie Speichel, Sperma und Schweiß sichtbar machen, allesamt DNS-Träger.

Heutzutage wurden bei bestimmten Straftaten – zum Beispiel Sexualverbrechen – von allen Verdächtigen DNS-Proben genommen, oft auch schon bei geringeren Vergehen. Falls der aktuelle Täter in dieser Hinsicht bereits einmal auffällig geworden war, würde sein genetisches Profil in der CODIS-Datenbank gespeichert sein, dem Combined DNA Index System des FBI.

Pulaski setzte eine eingefärbte Brille auf und leuchtete die fragliche Stelle ab. Ein winziger Teil davon schimmerte gelblich. »Ja, Sir, da ist tatsächlich was«, rief er. »Aber nicht viel.«

»Grünschnabel, wissen Sie, aus wie vielen Zellen der menschliche Körper besteht?«

»Tja, äh … nein, weiß ich nicht.«

»Mehr als zehn Billionen.«

»Ganz schön viele …«

»Und wissen Sie, wie viele man für eine stichhaltige DNS-Probe benötigt?«

»Etwa hundert, jedenfalls laut Ihrem Buch, Lincoln.«

Rhyme hob eine Augenbraue. »Beeindruckend. Und was glauben Sie: Enthält diese große Schmierstelle dort mindestens hundert Zellen?«

»Das nehme ich an.«

»Und Sie haben recht. Sachs, wie es aussieht, bist du nicht umsonst baden gegangen. Die Explosion der Batterie hätte die Spur zerstört. Okay, Mel, zeig ihm, wie man die Probe nimmt.«

Pulaski überließ Cooper diese heikle Aufgabe nur zu gern.

»PCR/STR?«, fragte Rhyme den Techniker. »Oder ist das Material dafür zu schlecht?«

Die Polymerase Chain Reaction (PCR) oder Polymerase-Kettenreaktion diente zur In-vitro-Vervielfältigung des Erbguts, das daraufhin auf kleine, sich wiederholende Abschnitte untersucht wurde, die sogenannten Short Tandem Repeats (STR). Es handelte sich um den Standard-DNS-Test bei Kriminalfällen. Er ließ sich schnell durchführen und erbrachte sehr zuverlässige Ergebnisse mit einer Genauigkeit von mindestens einer Milliarde zu eins. Außerdem gab er Aufschluss über das Geschlecht der fraglichen Person. Allerdings musste die Probe wenn auch nicht groß, so doch von guter Qualität sein. Falls sie in dem Umspannwerk durch das Wasser oder die Hitze beschädigt worden war, musste man sie einem anderen, langwierigeren Verfahren unterziehen und nach mitochondrialer DNS suchen.

»Ich glaube, es geht.« Der Techniker sicherte die Probe und rief im Labor an, um sie abholen zu lassen. »Ich weiß – so schnell wie möglich«, sagte er zu Rhyme und nahm ihm damit die Worte aus dem Mund.

»Und scheut keine Kosten.«

»Können wir das von deinem Honorar abziehen, Linc?«, murrte Sellitto.

»Ich gebe euch doch schon ordentlich Rabatt, Lon. Gut aufgepasst, Pulaski.«

»Danke, ich…«

»Was ist mit den Partikeln vom *Innern* der Luke, Mel?«, fiel Rhyme ihm ins Wort, bevor die Komplimente überhandnahmen. »Das alles geht mir viel zu langsam voran.«

Cooper begutachtete die Proben unter dem Mikroskop. »Nichts, das nicht zu den Kontrollproben passen würde… abgesehen hiervon.« Es war ein winziger rosafarbener Punkt.

»Schick es durch den Gaschromatographen«, ordnete Rhyme an.

Kurz darauf las Mel die Ergebnisse des angeschlossenen Massenspektrometers sowie einiger anderer Analysen vor. »Wir haben einen sauren pH-Wert – ungefähr zwei – sowie Zitronensäure und Sucrose. Außerdem… Moment, ich lege es auf den Monitor.«

Dort stand zu lesen: *Quercetin-3-O-rutinosid-7-O-glucosid* und *Chrysoeriol-6,8-Di-C-glucosid (Stellarin-2).*

»Na toll«, sagte Rhyme ungehalten. »Fruchtsaft. Bei dem pH-Wert vermutlich Zitrone.«

Pulaski lachte unwillkürlich auf. »Wie konnten Sie das *wissen*? Ehrlich, wie ist das möglich?«

»Von nichts kommt nichts, Grünschnabel. Machen Sie Ihre Hausaufgaben! Vergessen Sie das nicht.« Er schaute auffordernd zu Cooper.

»Dann irgendein pflanzliches Öl, jede Menge Salz und eine Mischung, die mir rein gar nichts sagt«, fuhr der Techniker fort.

»Woraus besteht sie?«

»Sie ist reich an Protein. Die Aminosäuren sind Arginin, Histidin, Isoleucin, Lysin und Methionin. Dazu Lipide – vorwiegend Cholesterin und Lezithin – und die Vitamine A, B_2, B_6, B_{12}, Niacin, Pantothensäure und Folsäure. Große Mengen Kalzium, Phosphor und Kalium.«

»Lecker«, sagte Rhyme.

Cooper nickte. »Klar, es ist was Essbares. Aber was?«

Obwohl sein Geschmackssinn sich durch den Unfall nicht verändert hatte, stellte die Nahrungsaufnahme für Lincoln Rhyme im Wesentlichen eine simple Notwendigkeit dar, bei der er kein sonderliches Behagen empfand. Das galt natürlich nicht für Whisky.

»Thom?« Es antwortete niemand, also holte Rhyme tief Luft, doch bevor er erneut rufen konnte, steckte der Betreuer seinen Kopf zur Tür herein.

»Alles in Ordnung?«

»Warum fragst du das immerzu?«

»Was willst du?«

»Zitronensaft, Pflanzenöl und Ei.«

»Du hast Hunger?«

»Nein, nein, nein. Worin würde man diese Zutaten finden?«

»Mayonnaise.«

Rhyme sah fragend zu Cooper, aber der schüttelte den Kopf. »Klumpig und blassrosa.«

Der Betreuer überlegte. »Dann würde ich auf Taramosalata tippen.«

»Was? Ist das ein Restaurant?«

Thom lachte. »Es ist eine griechische Vorspeise. Ein Brotaufstrich.«

»Kaviar, richtig? Den isst man mit Brot«, warf Sachs ein.

»Nun ja, es sind Fischeier, aber vom Dorsch, nicht vom Stör. Also handelt es sich genau genommen nicht um Kaviar.«

Rhyme nickte. »Daher der hohe Salzgehalt. Fisch. Na klar. Gibt es das Zeug häufig?«

»In griechischen Gaststätten, Lebensmittelgeschäften und Feinkostläden.«

»Und kommen die irgendwo öfter vor als anderswo? Haben wir in der Stadt ein griechisches Viertel?«

»Queens«, sagte Pulaski, der dort wohnte. »Astoria. Da gibt es haufenweise griechische Restaurants.«

»Kann ich wieder gehen?«, fragte Thom.

»Ja, ja, ja…«

»Danke«, rief Sachs ihm hinterher.

Der Betreuer, der gelbe Haushaltshandschuhe trug, winkte zum Abschied und verschwand.

»Vielleicht kundschaftet er in Queens einen Ort für den nächsten Anschlag aus«, mutmaßte Sellitto.

Rhyme zuckte die Achseln, eine der wenigen Gesten, zu denen er fähig war. Der Täter würde den Schauplatz vorbereiten müssen, das stimmte. Dennoch neigte Rhyme zu einer anderen Vermutung.

Sachs musterte sein Gesicht. »Du denkst daran, dass die Zentrale der Algonquin in Astoria steht, nicht wahr?«

»Genau. Und alles deutet darauf hin, dass es ein Insiderjob war. Wer ist eigentlich der Chef des Unternehmens?«

Ron Pulaski sagte, er habe sich beim Umspannwerk mit den Arbeitern unterhalten. »Einer hat den Namen des Bosses erwähnt. Jessen. Andy Jessen. Die schienen alle ein wenig Angst vor ihm zu haben.«

Rhyme überflog die Tabellen. »Sachs«, sagte er dann, »würdest du nicht gern eine Spritztour mit deinem schicken neuen Wagen unternehmen?«

»Aber sicher.« Sie rief in der Firmenzentrale an und vereinbarte mit dem Sekretariat der Geschäftsführung ein Treffen in einer halben Stunde.

Da klingelte Sellittos Mobiltelefon. Er warf einen Blick auf die Kennung des Anrufers. »Algonquin.« Er drückte einen Knopf.

»Detective Sellitto.« Rhyme entging nicht, wie ernst Lons Miene wurde, während er zuhörte. »Sind Sie sicher?«, fragte der Beamte. »Okay. Wer hat Zugang?... Danke.« Er unterbrach die Verbindung. »Mist.«

»Was?«

»Das war der Chef der Lagerverwaltung. Er hat gesagt, in eines der Lagerhäuser der Algonquin sei letzte Woche eingebrochen worden. An der Hundertachtzehnten Straße. Man vermutet als Täter einen Mitarbeiter, denn es wurde ein Schlüssel benutzt. Das Schloss blieb unversehrt.«

»Und dort wurde das Kabel gestohlen?«, fragte Pulaski.

Sellitto nickte. »Außerdem diese Drahtverbindungsschrauben.«

Doch Rhyme sah dem runden Gesicht des Detectives an, dass das noch nicht alles war. »Wie viel?«, fragte er flüsternd. »Wie viel Kabel hat er mitgenommen?«

»Richtig geraten, Linc. Dreiundzwanzig Meter Kabel und ein Dutzend solcher Schrauben. Was, zum Teufel, hat McDaniel da gefaselt? Ein einmaliges Ereignis? Blödsinn. Dieser Täter macht direkt weiter.«

TATORT: ALGONQUIN-UMSPANNWERK MANHATTAN-10, 57. STR. WEST

- Opfer (verstorben): Luis Martin, stellvertretender Geschäftsführer in Plattenladen.
- Keine Fingerabdrücke auf den Oberflächen.
- Schrapnellsplitter aus geschmolzenem Metall als Ergebnis des Lichtbogens.
- Isoliertes Aluminiumkabel, Stärke 0.
  - Bennington Electrical Manufacturing, AM-MV-60, geeignet bis 60 000 Volt.

- Von Hand mit Bügelsäge zurechtgeschnitten, neues Blatt, abgebrochener Zahn.
- Zwei »Drahtverbindungsschrauben« mit 2-cm-Löchern.
  - Nicht zurückverfolgbar.
- Charakteristische Werkzeugspuren auf den Schrauben.
- »Sammelschiene« aus Messing, mit zwei 1-cm-Schrauben am Kabel befestigt.
  - Alles nicht zurückverfolgbar.
- Stiefelabdrücke.
  - Albertson-Fenwick, Modell E-20 für Elektroarbeiten, Größe 11.
- Metallgitter durchtrennt für Zugang zum Umspannwerk; charakteristische Werkzeugspuren von Bolzenschneider.
- Zugangsluke und Rahmen aus Keller.
  - DNS gefunden; wird getestet.
  - Griechische Speise, Taramosalata.
- Blondes Haar, 2,5 cm lang, von Person 50 oder jünger, gefunden in Café gegenüber Umspannwerk.
  - Wird toxisch-chemischer Analyse unterzogen.
- Mineralpartikel: Vulkanasche.
  - Kommt im Großraum New York nicht vor.
  - Ausstellungen, Museen, Schulen?
- Zugriff auf Software der Algonquin-Zentrale durch interne Codes, nicht externe Hacker.

TÄTERPROFIL

- Mann.
- Alter: 40 oder älter.
- Vermutlich weiß.
- Eventuell Brille und Baseballmütze.
- Vermutlich kurzes blondes Haar.

- Dunkelblauer Overall, ähnlich denen der Algonquin-Arbeiter.
- Kennt sich sehr gut mit elektrischen Systemen aus.
- Stiefelabdruck lässt keine Fehlbildung von Körperhaltung oder Gangart erkennen.
- Vermutlich dieselbe Person, die 23 Meter des verwendeten Typs Bennington-Kabel und 12 Drahtverbindungsschrauben gestohlen hat. Weitere Anschläge geplant? Zugang zum Ort des Diebstahls (Algonquin-Lagerhaus) erfolgte mit Schlüssel.
- Wahrscheinlich Angestellter der Algonquin oder mit entsprechender Kontaktperson.
- Terroristischer Hintergrund? Zusammenhang mit »Gerechtigkeit für [unbekannt]«? Terrorgruppe? Person namens Rahman beteiligt? Verschlüsselte Hinweise auf Geldtransfers, personelle Verschiebungen und etwas »Großes«.

… Sechzehn

Bedrohlich.

Das war das Wort, das Amelia Sachs als Erstes einfiel, als sie auf dem Parkplatz der Algonquin Consolidated Power and Light in Astoria, Queens, aus ihrem Torino Cobra stieg. Die Anlagen nahmen eine Reihe von Blocks ein, doch im Zentrum stand ein komplexes Gebäude mit hässlich rot und grau gemusterter Fassade, das sechzig Meter hoch aufragte. Die Angestellten, die sich nach Dienstschluss gerade auf den Heimweg machten und aus den kleinen Türen im verglasten unteren Teil der Wände zum Vorschein kamen, wirkten vor diesem mächtigen Bau geradezu winzig.

An Dutzenden von Stellen traten Röhren aus dem Gebäude aus, und wie erwartet gab es überall Leitungen, nur dass »Leitungen« nicht ganz passte. Das hier waren dicke und unelastische Kabel, einige isoliert, andere aus blankem silbergrauem Metall, das im Licht der Scheinwerfer glänzte. Durch sie wurden Hunderttausende von Volt aus dem Innern des Gebäudes in eine Reihe von metallischen und – so vermutete Amelia – keramischen oder anderen isolierten Bauteilen geschickt, weiter zu noch komplizierteren Gerüsten und Streben und Türmen. Sie teilten sich auf und verliefen in unterschiedliche Richtungen weiter wie Knochen, die vom Arm zur Hand und weiter in die Finger reichten.

Sachs legte den Kopf in den Nacken und sah hoch über sich die vier Schornsteintürme, ebenfalls schmutzig rot und grau verrußt. Ihre Warnleuchten blinkten hell durch die dunstige Dämmerung. Natürlich kannte Amelia die Schlote schon seit vielen Jahren; wer nach New York kam, konnte sie gar nicht übersehen, denn sie waren das auffälligste Merkmal des trostlosen Industriegebiets am East River. Doch Sachs hatte sich noch nie in so großer Nähe zu ihnen befunden und war angesichts der imposanten Erscheinung nachhaltig beeindruckt. Im Winter konnte man Rauch oder Dampf erkennen, der aus den Türmen aufstieg, aber im Augenblick entwich ihnen nichts als Hitze oder unsichtbares Gas und ließ den ansonsten ruhigen Himmel darüber leicht flimmern.

Von der anderen Seite des Parkplatzes ertönten Stimmen. Sachs entdeckte dort eine Gruppe von ungefähr fünfzig Demonstranten. Sie reckten Schilder in die Höhe und riefen einen wenig freundlichen Sprechgesang, mit dem sie sich vermutlich über den ölverschlingenden Energiemoloch beklagten. Keinem dort war bislang aufgefallen, dass Amelia mit einem Wagen vorgefahren war, der fünfmal so viel Sprit verbrauchte wie ein Toyota Prius.

Sachs hatte den Eindruck, unter den Füßen ein Rumpeln zu verspüren, als würden irgendwelche riesenhaften Maschinen aus dem neunzehnten Jahrhundert ächzend ihre Arbeit verrichten. Und sie hörte ein leises Summen.

Sie verriegelte das Auto und ging zum Haupteingang. Zwei Wachleute beobachteten sie. Die beiden fragten sich eindeutig, was diese große Rothaarige mit ihrem alten braunen Muscle Car hier verloren hatte, und sie schienen Amelias Reaktion auf das Gebäude belustigt zur Kenntnis zu nehmen. *Ja, so was sieht man nicht alle Tage, nicht wahr?*, stand ihnen in die Gesichter geschrieben. *Auch für uns ist das immer wieder ein Erlebnis.*

Als Sachs ihre Dienstmarke vorzeigte, wurden die Männer schlagartig rege. Sie hatten offenbar bereits mit einem Cop gerechnet – wenngleich nicht mit diesem äußeren Erscheinungsbild – und führten Amelia sofort in den Verwaltungstrakt der Algonquin Consolidated.

Im Gegensatz zu dem modernen Bürogebäude einer großen Datensammelfirma in Midtown, mit der Sachs bei einem ihrer letzten Fälle zu tun gehabt hatte, wirkte die Zentrale der Algonquin wie ein Museumsdiorama über das Leben in den Fünfzigerjahren: helles Holzmobiliar, farbenfrohe Fotos der Gebäude und technischen Anlagen, brauner Teppichboden. Die Kleidung der Angestellten – fast alles Männer – war ultrakonservativ: weiße Hemden und dunkle Anzüge.

Sie gingen weiter die langweiligen Flure entlang. An den Wänden hingen gerahmte Zeitschriften, in denen Artikel über die Algonquin standen. *Power Age. Electricity Transmission Monthly. The Grid.*

Es war schon fast achtzehn Uhr dreißig, und doch hielten sich immer noch Dutzende von Angestellten hier auf, die Krawatten gelockert, die Ärmel hochgekrempelt, die Mienen besorgt.

Am Ende des Korridors lieferten die Wachleute sie beim Büro von A. R. Jessen ab. Obwohl die Fahrt hierher ereignisreich verlaufen war – nicht zuletzt wegen der hundertzehn Kilometer pro Stunde auf einem Abschnitt des Highways –, hatte Sachs es geschafft, einige Nachforschungen anzustellen. Jessen war kein Andy, sondern eine *Andi*, kurz für Andrea. Sachs bemühte sich stets, nicht unvorbereitet in ein Gespräch zu gehen. Das war wichtig, um bei Befragungen und Verhören in der stärkeren Position zu sein. Ron hatte einfach angenommen, der Chef sei ein Mann. Sachs stellte sich vor, wie sehr ihre Glaubwürdigkeit gelitten hätte, falls sie hier aufgekreuzt wäre, um einen *Mr.* Jessen zu besuchen.

Drinnen blieb Sachs kurz hinter der Tür des Vorzimmers stehen. Eine Sekretärin oder persönliche Assistentin in einem engen schwarzen Oberteil und gewagten Stöckelschuhen balancierte auf Zehenspitzen vor einem Aktenschrank und kramte im obersten Fach herum. Die blonde Frau, die Sachs auf Ende dreißig oder Anfang vierzig schätzte, runzelte die Stirn und schien sich zu ärgern, dass sie nicht fand, was ihre Chefin wollte.

Im Durchgang zum Hauptbüro stand eine streng dreinblickende Frau mit grau meliertem Haar, schmucklosem braunem Kostüm und hochgeschlossener Bluse und sah der anderen missbilligend und mit verschränkten Armen zu.

»Ich bin Detective Sachs und habe vorhin angerufen«, sagte Amelia, als die ältere Frau sich in ihre Richtung wandte.

In diesem Moment zog die andere einen Aktenordner aus dem Schrank und gab ihn der Älteren. »Da ist er, Rachel«, sagte sie. »Es tut mir leid, ich habe ihn abgelegt, als Sie beim Mittagessen waren. Bitte seien Sie so freundlich und fertigen fünf Kopien an.«

»Ja, Miss Jessen«, sagte sie und ging zu einem Kopiergerät.

Die Firmenchefin kam auf ihren gefährlich hohen Absätzen näher, blickte zu Sachs auf und schüttelte ihr mit festem Druck die Hand. »Bitte treten Sie ein, Detective«, sagte sie. »Wie es aussieht, haben wir eine Menge zu besprechen.«

Sachs warf einen kurzen Blick auf die braun gekleidete Assistentin und folgte der echten Andi Jessen in ihr Büro.

So viel zum Thema Vorbereitungen, dachte sie beschämt.

... Siebzehn

Andrea Jessen schien der Irrtum nicht entgangen zu sein. »Ich bin die zweitjüngste Person an der Spitze eines bedeutenden amerikanischen Energieunternehmens und die *einzige* Frau. Und obwohl ich bei Personalentscheidungen das letzte Wort habe, arbeiten bei den meisten anderen großen Firmen der Vereinigten Staaten zehnmal so viele Frauen wie bei uns. Das liegt in der Natur unserer Branche.«

Sachs wollte fragen, weshalb Jessen diesen Beruf ergriffen hatte, doch die kam ihr zuvor. »Ich bin in die Fußstapfen meines Vaters getreten.«

Amelia hätte ihr beinahe erzählt, dass auch sie ihrem Vater nachgefolgt war, der dem NYPD viele Jahre als Streifenpolizist gedient hatte. Doch im letzten Moment entschied sie sich dagegen.

Jessen hatte ein schmales Gesicht und außer etwas Puder kein Make-up aufgelegt. In den Winkeln ihrer grünen Augen und entlang der schmalen Lippen gab es einige schwache Fältchen, doch ansonsten war die Haut glatt. Diese Frau verbrachte nicht viel Zeit unter freiem Himmel.

Auch sie nahm Sachs genau in Augenschein und wies dann auf einen großen Tisch, um den herum einige Bürostühle standen. Amelia nahm Platz. Jessen hob den Telefonhörer ab. »Entschuldigen Sie mich für einen Moment.« Ihre manikürten, aber nicht polierten Fingernägel huschten über das Tastenfeld.

Sie rief drei verschiedene Personen an – und es ging stets um den Anschlag. Zuerst redete sie mit einem Anwalt, erkannte Sachs, dann mit der Presseabteilung oder einer externen PR-Firma. Das dritte Gespräch dauerte am längsten. Offenbar veranlasste sie, dass alle Umspannwerke und anderen Einrichtungen des Unternehmens mit zusätzlichem Wachpersonal bemannt wurden. Während sie sich mit einem vergoldeten Bleistift in winziger Schrift Notizen machte, gab Jessen knappe und schnelle Anweisungen ohne jegliche Füllworte wie »ich meine« oder »wissen Sie«. Sachs ließ den Blick unterdessen durch den Raum schweifen und bemerkte auf dem breiten Teakholzschreibtisch das Foto einer halbwüchsigen Andi Jessen und ihrer Familie. Aus diesem und einigen anderen Kinderfotos folgerte Amelia, dass Jessen einen etwas jüngeren Bruder hatte. Die beiden sahen sich ähnlich, obwohl er braunhaarig und sie blond war. Bilder aus jüngerer Zeit zeigten ihn als einen gut aussehenden, sportlichen Mann in Armeeuniform. Darüber hinaus gab es Fotos von ihm auf Reisen, bisweilen mit einer hübschen Frau im Arm, und zwar jedes Mal einer anderen.

Von Andi Jessen standen dort keine Bilder mit irgendeinem Partner an ihrer Seite.

An den Wänden gab es Bücherregale und gerahmte altertümliche Drucke und Stadtpläne, die aus einem Museum über die Geschichte der Elektrizität hätten stammen können. Eine der Karten war mit *Das erste Netz* betitelt und zeigte einen Teil von Lower Manhattan rund um die Pearl Street. Darunter stand der gut leserliche Namenszug *Thomas A. Edison*, und Sachs nahm an, dass es sich um die echte Unterschrift des Erfinders handelte.

Jessen legte auf und beugte sich vor, die Ellbogen auf dem Tisch, die Augen müde, aber den Kiefer entschlossen vorgereckt. »Seit dem … Zwischenfall sind nun schon mehr als sieben Stunden vergangen. Ich hatte gehofft, Sie könnten bereits eine Festnahme vermelden. Aber ich schätze, dann hätten Sie mich lediglich angerufen und nicht persönlich aufgesucht.«

»Vermutlich. Nein, ich bin hergekommen, um Ihnen einige

Fragen zu stellen, die sich während der Ermittlungen ergeben haben.«

Wieder ein taxierender Blick. »Ich habe mit dem Bürgermeister gesprochen, mit dem Gouverneur und mit dem Leiter der FBI-Zweigstelle New York. Ach ja, und außerdem mit dem Heimatschutz. Ich habe mit einem von denen gerechnet, nicht mit einer Polizeibeamtin.«

Das war nicht herablassend gemeint, jedenfalls nicht absichtlich, und Sachs nahm es ihr nicht übel. »Das NYPD leitet die Spurensicherung des Falls. Meine Fragen beziehen sich darauf.«

»Ah, ich verstehe.« Ihre Miene entspannte sich ein wenig. »Nur unter uns, ich bin da vielleicht etwas zu empfindlich. Ich dachte, die großen Jungs würden mich mal wieder nicht ernst nehmen.« Sie lächelte verschwörerisch. »Es wäre bei Weitem nicht das erste Mal, das dürfen Sie mir glauben.«

»Das kann ich mir vorstellen.«

»Sie kennen das bestimmt aus eigener Erfahrung, Detective, oder?«

»Ganz recht.« Sachs wurde allmählich ungeduldig. »Können wir zu den Fragen kommen?«

»Natürlich.«

Jessen hatte ihre Assistentin angewiesen, keine Gespräche mehr durchzustellen. Dennoch klingelte das Telefon bei jedem eingehenden Anruf einmal kurz, bevor im Vorzimmer abgehoben wurde.

»Dürfte ich vorweg fragen, ob Sie die Zugangscodes der Steuerungssoftware geändert haben?«

Ein Stirnrunzeln. »Selbstverständlich. Das war unsere erste Maßnahme. Haben der Bürgermeister oder die Homeland Security Sie denn nicht unterrichtet?«

Nein, haben sie nicht, dachte Sachs.

»Und wir haben zusätzliche Firewalls installiert«, fuhr Jessen fort. »Nun können die Hacker auf keinen Fall mehr herein.«

»Es waren wahrscheinlich keine Hacker.«

Jessen neigte den Kopf. »Aber Tucker McDaniel – der vom FBI – hat heute Vormittag gesagt, es seien vermutlich Terroristen gewesen.«

»Uns liegen aktuellere Informationen vor.«

»Wie sonst sollte es abgelaufen sein? Jemand von außen hat die Stromzufuhr umgeleitet und die Einstellungen der Trenner von MH-Zehn geändert – dem Umspannwerk an der Siebenundfünfzigsten Straße.«

»Stimmt, aber wir sind uns ziemlich sicher, dass er die Codes gekannt hat.«

»Das ist unmöglich. Es müssen Terroristen gewesen sein.«

»Die Möglichkeit besteht durchaus, und wir kommen noch darauf zu sprechen. Doch auch dann war ein Insider darin verwickelt. Ein Beamter unserer Abteilung für Computerkriminalität hat sich mit Ihren IT-Fachleuten beraten. Er sagt, es deute nichts auf einen externen Hacker hin.«

Jessen verstummte und musterte ihren Schreibtisch. Sie sah nicht allzu glücklich aus – wegen der Neuigkeit über den Insider? Oder weil jemand aus ihrer Firma mit der Polizei redete, ohne dass sie davon wusste? Sie machte sich eine Notiz. Weil sie den Techniker maßregeln wollte?

»Der Verdächtige wurde in Algonquin-Kleidung gesehen«, fuhr Sachs fort. »Oder zumindest in einem blauen Overall, der dem Ihrer Angestellten stark geähnelt hat.«

»Welcher Verdächtige?«

»Ein Mann hat zur Zeit des Anschlags in einem Café auf der anderen Straßenseite gesessen. Er hatte einen Laptop dabei.«

»Konnten Sie Näheres über ihn erfahren?«

»Weiß, etwa Anfang vierzig. Das ist auch schon alles.«

»Nun, was den Overall angeht, könnte man ihn einfach kaufen oder nachmachen.«

»Ja. Aber da war noch mehr. Das Kabel, mit dem er den

Lichtbogen ausgelöst hat, ist Marke Bennington. Die wird für gewöhnlich auch von Ihrer Firma benutzt.«

»Ja, ich weiß. So wie von den meisten anderen Energieunternehmen.«

»Letzte Woche wurden dreiundzwanzig Meter genau dieses Kabeltyps aus einem Ihrer Lagerhäuser in Harlem gestohlen, außerdem ein Dutzend Drahtverbindungsschrauben. Die benutzt man, um …«

»Ich weiß, wozu man die benutzt.« Die Falten in Jessens Gesicht wurden tiefer.

»Wer auch immer der Einbrecher war, er hatte einen Schlüssel. Darüber hinaus ist er durch einen Einstieg Ihres Fernwärmenetzes in den Schacht unter dem Umspannwerk gelangt.«

»Er hat also *nicht* das elektronische Tastenfeld benutzt, um ins Gebäude zu kommen?«, hakte Jessen sofort nach.

»Nein.«

»Es deutet demnach auch manches darauf hin, dass es *keiner* unserer Mitarbeiter war.«

»Durchaus möglich, wie ich schon sagte. Aber da ist noch etwas.« Sachs erläuterte, dass sie Spuren von griechischem Essen gefunden hatten, was auf die Umgebung der Firmenzentrale hindeutete.

Die Generaldirektorin war sichtlich verblüfft. »*Taramosalata?*«, wiederholte sie aufgebracht.

»In der direkten Umgebung dieses Gebäudes gibt es fünf griechische Restaurants. Und achtundzwanzig weitere liegen eine höchstens zehnminütige Autofahrt entfernt. Da die Spur relativ frisch war, besteht Grund zu der Annahme, dass der Täter entweder selbst hier arbeitet oder die Codes von einem der Angestellten erhalten hat. Vielleicht haben die beiden sich in einem der umliegenden Restaurants getroffen.«

»O bitte, es gibt überall in der Stadt haufenweise griechische Restaurants.«

»Nehmen wir einfach mal an, die Computercodes stammen von einem Insider. Wer hätte Zugriff auf diese Daten? Das ist der springende Punkt.«

»Der Zugriff ist sehr begrenzt und wird streng kontrolliert«, versicherte Jessen eilig, als werfe man ihr Fahrlässigkeit vor. Der Satz wirkte einstudiert.

»Bitte etwas genauer.«

»Ich habe Zugriff. Und ein halbes Dutzend leitender Angestellter. Das sind alle. Aber diese Leute arbeiten hier schon seit vielen Jahren. Die würden niemals so etwas tun. Das ist ganz unvorstellbar.«

»Soweit ich weiß, sind die Codes nicht vom allgemeinen Computernetzwerk aus zugänglich.«

Auch dieses Wissen schien sie zu verblüffen. »Stimmt. Der Leiter unseres Kontrollzentrums legt sie per Zufallsgenerator fest. Sie werden in einem verschlossenen Nebenraum aufbewahrt.«

»Ich hätte gern die Namen gewusst. Und wir müssen überprüfen, ob der besagte Raum unbefugt betreten wurde.«

Jessen sträubte sich eindeutig gegen die Vorstellung, der Täter sei einer ihrer Angestellten. Dennoch sagte sie: »Ich verständige unseren Sicherheitschef. Er müsste die gewünschten Informationen liefern können.«

»Und ich brauche die Namen aller Arbeiter, die im Laufe der letzten Monate Reparaturen an den Dampfrohren bei dem Umspannwerk durchgeführt haben. Der fragliche Einstieg befindet sich in einer Gasse circa zehn Meter nördlich des Gebäudes.«

Jessen hob den Hörer ab und trug ihrer Assistentin höflich auf, zwei Angestellte in ihr Büro zu bitten. Manche Leute in ihrer Position hätten einfach eine barsche Anweisung erteilt, doch Jessen blieb ruhig und vernünftig. Was sie in Sachs' Augen nur umso härter wirken ließ. Wer sich aufplusterte, war zumeist schwach und unsicher. Sie stieß bei ihrer Arbeit ständig auf solche Leute.

Kurz nachdem Jessen aufgelegt hatte, traf der erste der Mitarbeiter auch schon ein. Vielleicht lag sein Büro gleich nebenan. Er war ein stämmiger Mann mittleren Alters mit grauer Stoffhose und weißem Hemd.

»Andi. Gibt's was Neues?«

»Einiges. Nehmen Sie Platz.« Dann wandte sie sich an Amelia. »Das ist Bob Cavanaugh, unser stellvertretender Geschäftsführer. Detective Sachs.«

Sie gaben einander die Hand.

»Machen Sie Fortschritte, Detective? Haben Sie schon einen konkreten Verdacht?«

Bevor Sachs darauf antworten konnte, warf Andi Jessen stoisch ein: »Man glaubt, es war jemand von innen, Bob.«

»Von innen?«

»Es sieht so aus«, sagte Sachs und fasste ihre bisherigen Erkenntnisse für ihn zusammen. Auch Cavanaugh schien äußerst bestürzt darüber zu sein, dass es in dem Unternehmen womöglich einen Verräter gab.

»Würden Sie bitte bei der Wartungsabteilung in Erfahrung bringen, wer die Dampfrohre in der Nähe von MH-Zehn zuletzt inspiziert hat?«, bat Jessen.

»In welchem Zeitraum?«

»Während der letzten zwei, drei Monate«, sagte Sachs.

»Ich weiß nicht, ob wir die Einteilungspläne aufbewahrt haben, aber wir werden sehen.« Er wählte auf seinem Mobiltelefon eine Nummer und forderte die entsprechenden Informationen an. Dann wandte er sich wieder den beiden Frauen zu.

»So, und nun lassen Sie uns ein wenig über den eventuellen terroristischen Hintergrund reden«, sagte Sachs.

»Ich dachte, Sie beschuldigen einen unserer Angestellten.«

»Es wäre nicht unüblich, dass eine Terrorzelle einen Insider rekrutiert.«

»Sollen wir uns auf die moslemischen Mitarbeiter konzentrieren?«, fragte Cavanaugh.

»Ich dachte eher an die Demonstranten draußen«, sagte Sachs. »Was ist mit Ökoterror?«

Cavanaugh zuckte die Achseln. »Die Medien werfen uns vor, wir seien nicht grün genug.« Er sagte dies zögernd und sah dabei Jessen nicht an. Es handelte sich offenbar um ein vertrautes und ausgiebig erörtertes Thema.

»Wir *haben* ein Programm für erneuerbare Energien«, wandte Jessen sich an Sachs. »Und wir bauen es weiter aus. Aber wir bleiben dabei realistisch und verschwenden nicht unsere Zeit. Es gilt als politisch korrekt, das grüne Banner zu schwenken. Doch die meisten Leute haben nicht die geringste Ahnung von der Materie.« Sie winkte verächtlich ab.

Angesichts einiger ernster Fälle von Ökoterrorismus in jüngerer Zeit bat Sachs sie um nähere Erläuterungen.

Es war, als hätte sie einen Schalter umgelegt.

»Wasserstoffzellen, Biotreibstoffe, Windparks, Solaranlagen, Geothermik, Methanverwertung, Gezeitenkraftwerke ... Wissen Sie, wie viel Energie in den Vereinigten Staaten mit diesen Methoden erzeugt wird? Weniger als drei Prozent der benötigten Menge. Die Hälfte des verbrauchten Stroms wird aus Kohle gewonnen. Die Algonquin nutzt Erdgas; das macht landesweit zwanzig Prozent aus. Dazu kommen etwa neunzehn Prozent Atomstrom und sieben Prozent aus Wasserkraftwerken. Sicher, der Anteil der erneuerbaren Energien wird steigen, aber nur sehr, sehr langsam. Für die nächsten hundert Jahre spielen sie jedenfalls kaum eine Rolle.«

Die Frau redete sich in Rage.

»Die Entwicklungskosten sind obszön, die Technik ist aberwitzig teuer und unzuverlässig, und da die Generatoren meistens weitab der großen Einspeisungsknoten stehen, verursacht auch der Transport gewaltige Kosten. Nehmen wir zum Beispiel die Solarparks. Die Energiequelle der Zukunft, wird überall behauptet. Wissen Sie eigentlich, dass diese Anlagen so viel Wasser verbrauchen wie kaum eine Technik zur Stromerzeugung? Und wo befinden sich die Dinger? Wo es am meisten Sonne und daher am wenigsten Wasser gibt. Aber sagen Sie das laut, und die Medien fallen über Sie her. Dicht gefolgt von Washington und Albany. Haben Sie von den Senatoren gehört, die anlässlich des Earth Day in die Stadt kommen?«

»Nein.«

»Die gehören dem Energie-Unterausschuss an und arbeiten mit dem Präsidenten an Umweltfragen. Donnerstagabend wollen sie an der großen Kundgebung im Central Park teilnehmen. Und was werden sie da tun? Auf uns einprügeln. Oh, sie werden die Algonquin nicht namentlich erwähnen, aber ich garantiere Ihnen, dass einer von denen in unsere Richtung zeigen wird. Man kann die Schornsteine vom Park aus sehen. Ich bin überzeugt, dass die Organisatoren den Standort der Bühne absichtlich so gewählt haben… Wie dem auch sei, das ist jedenfalls meine Meinung. Aber reicht das aus, um aus der Algonquin ein Anschlagsziel zu machen? Das erscheint mir einfach nicht schlüssig. Politische oder religiöse Fundamentalisten, die es auf die amerikanische Infrastruktur abgesehen haben, okay. Aber nicht die Ökos.«

Cavanaugh war der gleichen Ansicht. »Ökoterror? Da hatten wir nie irgendwelche Probleme, wenn ich mich recht entsinne. Und ich bin schon seit dreißig Jahren hier – ich habe mit Andis Vater zusammengearbeitet, als der den Laden geführt hat. Damals haben wir noch Kohle verbrannt. Wir haben immer damit gerechnet, dass Greenpeace oder irgendwelche Liberalen uns sabotieren würden. Aber dazu ist es nie gekommen.«

»Nein, wir kriegen bloß Boykottaufrufe und Demonstranten«, bestätigte Jessen.

Cavanaugh lächelte säuerlich. »Und die sehen gar nicht, welche Ironie darin liegt, dass die Hälfte von ihnen mit der U-Bahn hergekommen ist, die mit unserem Strom fährt. Oder dass sie am Vorabend ihre kleinen Plakate im Schein der von uns gespeisten Lampen angefertigt haben. Streichen Sie ›Ironie‹. Wie wäre es stattdessen mit ›Scheinheiligkeit‹?«

»Trotzdem möchte ich die Ökoterroristen nicht gänzlich ausschließen, solange uns noch keine näheren Erkenntnisse vorliegen«, sagte Sachs. »Haben Sie schon mal von einer Gruppe gehört, deren Name mit den Worten ›Gerechtigkeit für‹ anfängt?«

»Für was?«, fragte Cavanaugh.

»Das wissen wir nicht.«

»Tja, ich kann mich an nichts dergleichen erinnern«, sagte Jessen. Cavanaugh ebenfalls nicht. Aber er sagte, er werde sich bei den regionalen Zweigstellen der Algonquin erkundigen, ob dort jemand etwas zu diesem Punkt wisse.

Er erhielt einen Anruf. Sein Blick richtete sich auf Andi Jessen. Cavanaugh hörte eine Weile zu und trennte dann die Verbindung. »Die Dampfrohre an der fraglichen Stelle wurden seit mehr als einem Jahr nicht mehr gewartet«, teilte er Sachs mit. »Die Leitung ist stillgelegt.«

»Okay.« Sachs war enttäuscht.

»Falls Sie mich nicht mehr brauchen, frage ich jetzt gleich mal bei unseren Zweigstellen nach«, sagte Cavanaugh.

Nachdem er gegangen war, kam ein hochgewachsener Afroamerikaner zur Tür herein – der zweite der Männer, die Jessen herzitiert hatte. Sie bat ihn, sich zu setzen, und stellte ihn und Sachs einander vor. Er war Bernard Wahl, der Sicherheitchef, und Amelia wurde klar, dass ihr vor ihm noch kein Nichtweißer in Diensten der Algonquin begegnet war, der etwas anderes als einen Arbeiteroverall getragen hätte. Der kräftig gebaute Wahl hingegen war in einen dunklen Anzug mit weißem gestärktem Hemd und roter Krawatte gekleidet. Sein kahl geschorener Kopf glänzte im Schein der Deckenleuchten. Sachs warf einen Blick nach oben und sah, dass dort jede zweite Glühbirne fehlte. Um Strom zu sparen? Oder ging es Jessen, die wenig von den grünen Standpunkten hielt, nur darum, nach außen besser dazustehen?

Wahl gab Sachs die Hand und musterte verstohlen die Wölbung an ihrer Hüfte, wo die Glock hing. Ein ehemaliger Polizist hätte sich nicht dafür interessiert, denn eine Pistole gehörte so selbstverständlich zu ihrem Job wie ein Mobiltelefon oder ein Kugelschreiber. Nur Amateure waren von Schusswaffen fasziniert.

Andi Jessen brachte ihn auf den neuesten Stand und erkundigte sich, wer Zugang zu den Computercodes hatte.

»Zu den Codes? Nur eine Handvoll Leute. Allesamt langjährige, hochrangige Mitarbeiter. Das wäre zu simpel, wenn Sie mich fragen. Sind Sie sicher, dass wir nicht gehackt wurden? Diese Kids haben heutzutage mächtig viel drauf.«

»Wir sind uns zu neunundneunzig Prozent sicher«, sagte Sachs.

»Bernie, lassen Sie bitte überprüfen, ob jemand den gesicherten Raum neben dem Kontrollzentrum betreten hat.«

Wahl nahm sein Mobiltelefon aus der Tasche, wählte eine Nummer und wies einen Mitarbeiter an, die gewünschte Information zu beschaffen. Dann trennte er die Verbindung. »Ich habe die ganze Zeit mit einem terroristischen Bekennerschreiben gerechnet«, fügte er dann hinzu. »Glauben Sie wirklich, es war jemand von innen?«

»Entweder das oder der Täter hatte die *Unterstützung* eines Insiders. Hat es Ökoterror-Drohungen gegeben?«

»Nicht in meinen vier Jahren hier. Bloß Demonstranten.« Er wies zum Fenster hinaus.

»Haben Sie je von einer Gruppe namens ›Gerechtigkeit für … irgendwas‹ gehört? Vielleicht im Zusammenhang mit Umweltfragen?«

»Nein, Ma'am.« Wahl blieb gelassen. Ihm war keinerlei Gefühlsregung anzumerken.

»Gab es Probleme mit Angestellten, die in letzter Zeit entlassen wurden oder irgendwelche Beschwerden über das Unternehmen geäußert haben?«, fragte Sachs.

»Über das *Unternehmen*?«, vergewisserte Wahl sich. »Der Anschlag hat einem Linienbus gegolten, nicht unserer Firma.«

»Unsere Aktien sind um acht Prozent gefallen, Bernie«, mahnte Jessen.

»Oh, natürlich. Daran habe ich gar nicht gedacht. Es kommen einige Leute in Betracht. Ich besorge Ihnen die Namen.«

»Außerdem würde ich gern wissen, welche Ihrer Angestellten psychisch auffällig geworden sind, zu Jähzorn neigen oder auf andere Weise labil wirken.«

»Wir von der Sicherheit erfahren normalerweise nichts davon, solange es sich nicht um etwas Ernstes handelt, beispielsweise die Androhung von Gewalt gegen sich selbst oder gegen andere. Auf Anhieb fällt mir jedenfalls niemand ein. Doch ich frage bei unserer Personalabteilung und der Krankenstation nach. Die Einzelheiten dürften teilweise vertraulich sein, aber zumindest die Namen kann ich Ihnen nennen. Weitere Nachforschungen liegen dann bei Ihnen.«

»Danke. Darüber hinaus glauben wir, dass der Täter das Kabel und andere Ausrüstungsgegenstände aus einem Lagerhaus der Algonquin entwendet haben könnte. Dem an der Hundertachtzehnten Straße.«

»Ich erinnere mich«, sagte Wahl und verzog das Gesicht. »Wir haben uns den Vorfall angesehen, aber der Schaden betrug nur wenige Hundert Dollar. Und es gab keine Anhaltspunkte.«

»Wer könnte einen Schlüssel gehabt haben?«

»Es sind ganz gewöhnliche Schlösser. Alle unsere Außendienstler haben einen entsprechenden Satz Schlüssel. Alles in allem etwa achthundert Leute. Plus die Gebietsleiter.«

»Wurde in letzter Zeit jemand wegen Diebstahls verdächtigt oder gar gefeuert?«

Wahl sah Jessen an. Sollte er all diese Fragen beantworten? Sie nickte.

»Nein. Nicht dass meine Abteilung wüsste.« Sein Mobiltelefon klingelte. Er schaute auf das Display. »Entschuldigen Sie mich. – Hier Wahl …«

Sachs sah ihm an, dass er eine beunruhigende Nachricht erhielt. Sein Blick richtete sich erst auf sie, dann auf Jessen. Wahl unterbrach die Verbindung und räusperte sich. »Es ist möglich – ich bin mir nicht sicher –, aber es ist möglich, dass es bei uns einen Sicherheitsverstoß gegeben hat.«

»Was?«, rief Jessen und wurde rot.

»Die Aufzeichnungen aus Neun Ost.« Er sah Sachs an. »Das ist der Flügel, in dem das Kontrollzentrum und der gesicherte Raum liegen.«

»Und?«, fragten Jessen und Sachs gleichzeitig.

»Der Raum verfügt über eine Sicherheitstür. Sie sollte sich selbsttätig schließen, aber die Daten des elektronischen Schlosses besagen, dass es vor ein paar Tagen ungefähr zwei Stunden lang offen gestanden hat. Entweder aufgrund einer Fehlfunktion oder weil es irgendwie blockiert wurde.«

»Zwei Stunden? Unbeaufsichtigt?« Andi Jessen war außer sich.

»Jawohl, Ma'am«, bestätigte er angespannt und rieb sich den glänzenden Kopf. »Aber von außen konnte trotzdem niemand hineingelangen. In der Lobby gab es keinen unbefugten Zutritt.«

»Gibt es Überwachungskameras?«, fragte Sachs.

»Dort nicht, nein.«

»Sitzt jemand in der Nähe des fraglichen Zimmers?«

»Nein. Es liegt an einem leeren Korridor. Die Tür ist auch in keiner Weise markiert, aus Sicherheitsgründen.«

»Wie viele Leute hätten den Raum betreten können?«

»Alle mit einer Freigabe für Neun bis Elf Ost.«

»Und das sind?«

»Viele«, räumte er mit gesenktem Blick ein.

Das waren entmutigende Neuigkeiten, wenngleich Sachs schon mit so etwas gerechnet hatte. »Können Sie mir eine Liste aller Personen besorgen, die an dem Tag dort gewesen sind?«

Wahl tätigte einen weiteren Anruf. Auch Jessen hob den Telefonhörer ab und schlug einen Mordskrach wegen der Panne. Einige Minuten später wagte eine junge Frau mit auffälliger goldener Bluse und toupiertem Haar sich zaghaft zur Tür herein. Nach einem kurzen Blick auf Andi Jessen reichte sie Wahl mehrere Blatt Papier. »Bernie, das sind die Listen, die Sie haben wollten. Auch die von der Personalabteilung.«

Dann machte sie kehrt und floh sofort wieder aus der Höhle der Löwin.

Sachs beobachtete Wahls Miene, während er die Unterlagen sichtete. Es hatte nicht lange gedauert, die Namen zusammenzustellen, doch das Ergebnis war wenig erfreulich. Wahl erklärte, dass sechsundvierzig Leute potenziellen Zugang zu dem Raum gehabt hatten.

»Sechsundvierzig? O mein Gott.« Jessen ließ die Schultern hängen und schaute aus dem Fenster.

»Also gut. Wir müssen herausfinden, wer von denen« – Sachs deutete auf die Liste – »ein Alibi hat und wer in der Lage wäre, den Computer zu manipulieren und eine solche Vorrichtung im Umspannwerk anzubringen.«

Jessen starrte auf ihren makellosen Schreibtisch. »Ich bin keine Technikexpertin. Ich habe von meinem Vater die Begabung für den geschäftlichen Teil unserer Branche geerbt – Energieerzeugung, -transport und -handel.« Sie überlegte kurz. »Aber ich kenne jemanden, der uns helfen könnte.«

Sie tätigte einen weiteren Anruf und blickte auf. »Er müsste

gleich hier sein. Sein Büro liegt auf der anderen Seite der Backstube.«

»Wie bitte?«

»So nennen wir die Turbinenhalle.« Sie wies zum Fenster
hinaus auf den Teil des Gebäudes, aus dem sich die Schornsteine erhoben. »Dort wird der Dampf für die Generatoren erzeugt.«

Wahl überprüfte inzwischen die kürzere Liste. »Das sind die
Angestellten, gegen die im letzten halben Jahr Disziplinarmaß-
nahmen verhängt wurden oder die aus diversen Gründen entlassen werden mussten – psychische Probleme, positive Drogen-
tests, Alkohol am Arbeitsplatz.«

»Nur acht«, stellte Jessen fest.

Schwang da Stolz in ihrer Stimme mit?

Sachs verglich die beiden Listen. Keiner der Problemfälle
besaß Zugang zu den Computercodes. Sie war enttäuscht; sie
hatte auf einen Treffer gehofft.

Jessen dankte Wahl.

»Wenn ich noch etwas für Sie tun kann, lassen Sie es mich
bitte wissen, Detective.«

Auch Amelia bedankte sich bei dem Sicherheitschef, der daraufhin das Büro verließ. Dann wandte sie sich an Jessen. »Ich
hätte gern die Personalakten von allen auf der Liste. Oder etwaige Beurteilungen, Lebensläufe. Was auch immer Sie haben.«

»Ja, das lässt sich machen.« Sie bat ihre Assistentin, sich die
Liste zu kopieren und die entsprechenden Personalinformatio-
nen zusammenzustellen.

Ein weiterer Mann betrat Jessens Büro. Er war ein wenig außer Atem. Sachs schätzte ihn auf Mitte vierzig. Mit seinen weichen Zügen und dem widerspenstigen braunen Haar sah er
trotz einiger grauer Strähnen irgendwie jungenhaft aus. *Niedlich*, dachte Sachs. Er hatte funkelnde Augen unter geschwunge-
nen Brauen und wirkte etwas hektisch. Die Ärmel seines zerknit-

terten Hemdes waren hochgekrempelt, und er hatte offenbar Krümel auf der Hose.

»Detective Sachs«, sagte Jessen. »Das ist Charlie Sommers, unser Manager für Sonderprojekte.«

Er gab Amelia die Hand.

Jessen sah auf die Uhr, stand auf und zog ein Jackett über, das sie aus einem großen Kleiderschrank auswählte. Sachs fragte sich, ob sie wohl manchmal im Büro übernachtete. Die Generaldirektorin wischte sich einige Schuppen oder etwas Staub von den Schultern. »Ich habe jetzt einen Termin mit unserer PR-Firma und dann eine Pressekonferenz. Charles, könnten Sie Detective Sachs in Ihr Büro mitnehmen? Sie hat einige Fragen an Sie. Bitte seien Sie ihr uneingeschränkt behilflich.«

»Natürlich, sehr gern.«

Jessens Blick schweifte zum Fenster hinaus über ihr Reich – das riesige Gebäude, die Anlagen und Aufbauten aus Türmen, Kabeln und Gerüsten. Mit dem schimmernden East River, der im Hintergrund schnell vorbeiströmte, wirkte sie wie die Kapitänin eines gewaltigen Schiffes. Die Frau rieb zwanghaft den rechten Daumen und den Zeigefinger aneinander, eine Stressgeste, die Sachs sofort erkannte, denn sie selbst machte oft die gleiche Bewegung.

»Detective Sachs, wie viel Kabel hat er für seinen Anschlag verwendet?«

Sachs verriet es ihr.

Die Firmenchefin nickte, ohne die Augen vom Fenster abzuwenden. »Demnach hat er noch genug für sechs oder sieben weitere Attentate. Falls wir ihn nicht aufhalten können.«

Andi Jessen schien darauf keine Reaktion zu erwarten. Ihre Worte schienen nicht einmal an eine bestimmte Person gerichtet zu sein.

... Achtzehn

Nach Feierabend änderte sich das Straßenbild rund um den Tompkins Square Park im East Village. Junge Eltern, manche in Edelklamotten, andere gepierct und tätowiert, unternahmen Spaziergänge mit ihren kleinen Kindern. Man sah Musiker, Liebespaare und scharenweise Twens, die von ihren verhassten Jobs nach Hause kamen und sich auf ihre abendlichen Aktivitäten freuten. Es roch nach Hotdogs, Pot, Curry und Weihrauch.

Fred Dellray saß auf einer Bank in der Nähe einer großen, ausladenden Ulme. Bei seiner Ankunft hatte er die kleine Gedenktafel dort gelesen und erfahren, dass dies der Ort war, an dem der Gründer der Hare-Krishna-Bewegung im Jahre 1966 das Mantra der Gruppe zum ersten Mal außerhalb Indiens angestimmt hatte.

Das war neu für Dellray gewesen. Er zog zwar die weltliche Philosophie der Theologie vor, hatte sich jedoch eingehend mit allen größeren Religionen beschäftigt und wusste, dass die Hare-Krishna-Sekte sich bei der Verfolgung ihres Dharmas, des rechten Weges, an vier Grundregeln hielt: Barmherzigkeit, Selbstbeherrschung, Aufrichtigkeit sowie die Reinheit von Körper und Geist.

Dellray sinnierte, wie ausgeprägt diese Qualitäten im heutigen New York verglichen mit dem südlichen Asien wohl sein mochten, als hinter ihm ein scharrendes Schrittgeräusch zu hören war.

Seine Hand schaffte es nicht mal halb bis zur Waffe. »Fred«, sagte eine Stimme.

Es beunruhigte Dellray zutiefst, dass er sich hatte überrumpeln lassen. William Brent wollte ihm nichts tun, aber es wäre dem Mann mühelos möglich gewesen.

Ein weiteres Anzeichen für Dellrays nachlassende Fähigkeiten?

Er bedeutete Brent, sich zu setzen. Der Mann trug einen schwarzen Anzug, der schon bessere Tage gesehen hatte, und wirkte völlig unscheinbar. Er hatte leichtes Übergewicht, einen wachen Blick und nach hinten gekämmtes, mit Spray fixiertes Haar. Das Metallgestell seiner Brille war schon unmodisch gewesen, als er noch für Dellray gearbeitet hatte. Aber es war praktisch. Und damit typisch für William Brent.

Der Informant schlug die Beine übereinander und warf einen Blick auf den Baum. Er trug Socken mit Rautenmuster und verschrammte Mokassins.

»Geht's gut, Fred?«

»Ja. Viel zu tun.«

»Wie immer.«

Dellray fragte gar nicht erst, was Brent in letzter Zeit gemacht hatte. Oder auch nur, wie sein aktueller Name lautete. Oder was sein Beruf war. Es wäre reine Zeitverschwendung gewesen.

»Jeep. Seltsame Kreatur, nicht wahr?«

»Ja«, pflichtete Dellray ihm bei.

»Was glauben Sie, wie lange hat er noch zu leben?«

Dellray hielt inne, gab dann aber eine ehrliche Antwort. »Drei Jahre.«

»Hier. Aber falls das mit Atlanta klappt, bleibt ihm vermutlich noch eine Weile. Sofern er sich nicht zu dumm anstellt.«

Dellray hatte nicht gewusst, wohin genau Jeep wollte. Brents umfassende Kenntnisse bestärkten ihn in seiner Absicht.

»Wissen Sie, Fred, ich verdiene meinen Lebensunterhalt inzwischen mit ehrlicher Arbeit. Was also mache ich hier?«

»Sie sind aufmerksam.«

»Aufmerksam?«

»Deshalb habe ich so gern mit Ihnen gearbeitet. Sie haben stets aufgepasst. Genau hingehört. Ich schätze, das ist immer noch so.«

»Geht es um diese Explosion an der Bushaltestelle?«

»Ja.«

»Irgendein elektrischer Defekt.« Brent lächelte. »So hieß es in den Nachrichten. Ich habe mich schon immer gefragt, warum wir dermaßen auf die Medien fixiert sind. Wieso sollte ich denen glauben? Sie erzählen uns, dass untalentierte Schauspieler und neunundzwanzigjährige Popstars mit Riesentitten und Kokainproblemen sich schlecht benehmen. Warum sollten wir dem mehr als eine Millisekunde unserer Aufmerksamkeit schenken? … Diese Bushaltestelle, Fred. Da ist was anderes passiert.«

»Es ist was anderes passiert.« Bei Jeep war Dellray in eine Rolle geschlüpft. Wie aus einem Fernsehfilm, melodramatisch. Hier bei William Brent wurde er jedoch zum Method Actor. Differenziert und ungekünstelt. Seinen Text hatte er im Laufe der Jahre einstudiert, aber die Darbietung kam von Herzen.

»Und ich muss unbedingt wissen, was.«

»Ich habe auch gern mit Ihnen gearbeitet, Fred. Sie waren… schwierig, aber immer aufrichtig.«

Dann liegt ein Viertel des Weges zur dharmischen Erleuchtung ja schon hinter mir, dachte Dellray. »Können Sie mir weiterhelfen?«

»Ich bin im Ruhestand. Als Spitzel zu arbeiten kann schädlich für die Gesundheit werden.«

»Es kehren ständig Leute aus dem Ruhestand zurück. Die Wirtschaft liegt am Boden. Die Rentenschecks fallen kleiner aus als gedacht.« Dellray sah ihn an. »Also, können Sie mir weiterhelfen?«

Brent betrachtete die Ulme. Lange, lange fünfzehn Sekunden verstrichen. »Ich werde mich mal umhören. Verraten Sie mir ein paar Einzelheiten, damit ich einschätzen kann, ob es meine Zeit und das Risiko wert ist. Für uns beide.«

Für uns beide?, wunderte Dellray sich. »Bislang wissen wir nur wenig. Es gibt eventuell eine Terrorgruppe mit Namen ›Gerechtigkeit für was auch immer‹. Der Anführer könnte ein gewisser Rahman sein.«

»Und die stecken hinter dem Vorfall an der Haltestelle?«

»Vielleicht. Außerdem jemand, der womöglich bei dem Energieunternehmen arbeitet. Über den haben wir gar nichts. Mann, Frau, keine Ahnung.«

»Was genau ist dort passiert, das bis jetzt verschwiegen wird? Eine Bombe?«

»Nein. Der Täter hat das Stromnetz manipuliert.«

Brent zog hinter seiner altmodischen Brille eine Augenbraue hoch. »Das Netz. Elektrizität… überlegen Sie mal. Das ist schlimmer als ein selbst gebastelter Sprengsatz… Der Weg für die potenzielle Explosion ist bereits gelegt, in jedermanns Haus, in jedermanns Büro. Der Kerl muss bloß noch ein paar Schalter umlegen, und schon bin ich tot. Oder Sie. Und das wäre kein schönes Ende.«

»Deshalb bin ich hier.«

»›Gerechtigkeit für irgendwas‹… Haben Sie eine Vermutung, aus welcher Ecke die kommen?«

»Nein. Islamisten, Arier, politisch, einheimisch, ausländisch, öko. Wir wissen es nicht.«

»Wie sind Sie auf diesen Namen gestoßen? Und ist das eine Übersetzung?«

»Nein. Er wurde so abgefangen. ›Gerechtigkeit‹ und ›für‹. Auf Englisch. Da gab es noch weitere Worte, aber die haben sie nicht erwischt.«

»›Sie‹.« Brent lächelte matt, und Dellray fragte sich, ob der Mann wohl durchschaute, in welcher Lage er steckte; dass die schöne neue Welt der Elektronik ihn verdrängt hatte. SIGINT.

»Hat jemand sich dazu bekannt?«, fragte Brent mit seiner sanften Stimme.

»Noch nicht.«

Brent dachte angestrengt nach. »Eine solche Aktion müsste gründlich geplant werden, damit alle Rädchen präzise ineinandergreifen.«

»Ja, keine Frage.«

Brents Mienenspiel verriet Dellray, dass dem Mann irgendwas klar wurde. Gespannt wartete er ab, ohne sich etwas anmerken zu lassen.

»Ich hab was gehört, ja«, bestätigte Brent leise. »Dass jemand was ausheckt.«

»Was denn?« Er bemühte sich, nicht zu begierig zu klingen.

»Es ist nichts Konkretes. Bloß ein Gerücht.« Er hielt kurz inne. »Und zu den Leuten, die mir Näheres verraten könnten, kann ich Ihnen keinen direkten Kontakt herstellen.«

»Könnte es einen terroristischen Hintergrund geben?«

»Das weiß ich nicht.«

»Es wäre also möglich.«

»Ja.«

Dellray hatte kein gutes Gefühl bei der Sache. Er arbeitete schon seit vielen Jahren mit Informanten zusammen und wusste nun, dass er irgendwas Wichtigem auf die Spur gekommen war. »Falls diese Gruppe oder wer auch immer weitermacht … könnten eine Menge Leute zu Schaden kommen. Auf wirklich üble Weise.«

William Brent zuckte lediglich die Achseln. Es war ihm völlig egal. An seinen Patriotismus oder seine Rechtschaffenheit zu appellieren war reine Zeitverschwendung.

Die Wall Street sollte sich ein Beispiel nehmen …

Dellray nickte. Was bedeutete, dass die Verhandlungen eröffnet waren.

»Ich besorge Ihnen Namen und Orte«, sagte Brent. »Was

auch immer ich finden kann, Sie kriegen es. Aber ich erledige das auf *meine* Art.«

Im Gegensatz zu Jeep hatte Brent bereits während der früheren Zusammenarbeit mit Dellray einige Eigenschaften der dharmischen Erleuchtung an den Tag gelegt: Selbstbeherrschung. Reinheit des Geistes – nun ja, zumindest des Körpers.

Und vor allem Aufrichtigkeit.

Dellray glaubte ihm trauen zu können. Er sah ihn durchdringend an. »Folgendes: Ich kann damit leben, dass Sie Ihr Ding durchziehen. Ich kann damit leben, mich zurückzuhalten. Aber ich kann nicht damit leben, lange warten zu müssen.«

»Schnelle Antworten sind im Preis inbegriffen«, sagte Brent.

»Womit wir beim nächsten Thema wären …« Dellray hatte kein Problem damit, seine Spitzel zu entlohnen. Am liebsten zahlte er mit Gefälligkeiten – reduzierten Haftstrafen, Absprachen mit Bewährungshelfern, fallen gelassenen Anklagepunkten. Aber Geld ging auch.

Man durfte nicht am falschen Ende sparen.

»Die Welt verändert sich, Fred«, sagte William Brent.

Ach, kommt jetzt die alte Leier?, dachte Dellray.

»Und es bieten sich mir einige neue Möglichkeiten, die ich wahrnehmen möchte. Aber was steht dem im Wege? Woran mangelt es immer?«

Am Geld natürlich.

»Wie viel?«, fragte Dellray.

»Hunderttausend. Im Voraus. Und ich garantiere, ich *werde* Ergebnisse liefern.«

Dellray lachte unwillkürlich auf. Er hatte einem Informanten noch nie mehr als fünftausend gezahlt. Und für diesen fürstlichen Betrag hatte es damals im Gegenzug mehrere Anklagen in einem großen Korruptionsfall am Hafen gegeben.

Einhunderttausend Dollar?

»So viel ist einfach nicht da, William«, sagte er und dachte nicht an den Namen, den Brent vermutlich schon seit Jahren nicht mehr benutzte. »Das ist mehr als unser gesamter Spitzel-Etat. Das ist mehr als *alle* Spitzel-Etats zusammen.«

»Hm.« Brent sagte nichts. Was Fred Dellray an seiner Stelle ebenfalls nicht getan hätte.

Der Agent beugte sich vor und verschränkte die knochigen Hände. »Lassen Sie mich was versuchen.« Genau wie Jeep zuvor in dem armseligen Café stand nun Dellray auf und ging vorbei an einem Skateboarder, zwei kichernden Asiatinnen und einem Mann, der Flugblätter verteilte und erstaunlich vernünftig und fröhlich wirkte, wenn man bedachte, dass er für 2012 das Ende der Welt prognostizierte. Bei dem Dharma-Baum zog Dellray sein Mobiltelefon aus der Tasche und wählte eine Nummer.

»Tucker McDaniel«, meldete sich eine Stimme.

»Fred hier.«

»Gibt's was Neues?« Der ASAC klang überrascht.

»Eventuell. Von einem meiner früheren Informanten. Nichts Konkretes, aber er war immer zuverlässig. Allerdings will er Geld.«

»Wie viel?«

»Wie viel haben wir?«

McDaniel hielt inne. »Nicht viel. Was hat er denn so Wertvolles anzubieten?«

»Noch gar nichts.«

»Namen, Orte, Pläne, Details? Gesprächsfetzen? … *Irgendwas?*«

Wie ein Computer, der eine Liste abarbeitete.

»Nein, Tucker. Noch nichts. Es ist eine Investition.«

»Ich könnte sechs-, vielleicht achttausend aufbringen«, sagte der ASAC schließlich.

»Das ist alles?«

»Zum Teufel, wie viel will er denn?«

»Wir verhandeln noch.«

»Ehrlich gesagt, wir haben unsere Prioritäten etwas verlagern müssen, Fred. Die Sache hat uns kalt erwischt. Aber das wissen Sie ja.«

Nun war klar, weshalb McDaniel nichts rausrücken wollte. Er hatte die gesamten Mittel der Abteilung auf die SIGINT- und T-und-K-Teams verlagert. Und natürlich hatte er sich dabei zuerst beim Spitzel-Etat bedient.

»Bieten Sie ihm sechs. Begutachten Sie die Ware. Falls sie vielversprechend aussieht, sind womöglich neun oder zehn drin. Aber auch das können wir uns eigentlich nicht leisten.«

»Ich glaube wirklich, er ist da auf was gestoßen, Tucker.«

»Nun, dann soll er uns eine Kostprobe geben... Moment... Okay, Fred, ich habe T und K auf der anderen Leitung. Ich muss Schluss machen.«

Klick.

Dellray klappte das Telefon zu, stand einen Moment lang da und starrte den Baum an. Stimmengewirr drang an sein Ohr: »Sie war echt heiß, Mann, aber irgendwas hat mich gestört... nein, nach dem Maya-Kalender, ich meine, vielleicht hat Nostradamus... das ist doch totale Scheiße... yo, wo bist du gewesen, Kumpel?«

Doch was er wirklich hörte, war die Stimme seines Partners beim FBI vor einigen Jahren, der sagte: *Kein Problem, Fred. Ich übernehme das.* Und der dann aufbrach, obwohl eigentlich Dellray dafür eingeteilt war.

Dann hörte er seinen Vorgesetzten zwei Tage später, wie er Fred mit erstickter Stimme mitteilte, dass sein Partner zu den Todesopfern des Terroranschlags auf das Regierungsgebäude in Oklahoma City zählte. Der Mann hatte in dem Konferenzraum gesessen, in dem Dellray hätte sitzen sollen.

In dem Moment hatte Fred Dellray in jenem anderen bequemen und klimatisierten Besprechungszimmer viele Meilen entfernt von dem rauchenden Krater beschlossen, dass er sich von da an in erster Linie auf die Jagd nach Terroristen machen würde – und nach allen anderen, die Unschuldige im Namen irgendeiner Idee ermordeten, mochte diese nun politisch, religiös oder gesellschaftlich begründet sein.

Ja, der ASAC drängte ihn an den Rand. Fred wurde nicht mal mehr ernst genommen. Doch was er nun vorhatte, war weder als Gegenwehr noch als Rechtfertigung der alten Methoden gedacht.

Es ging einzig und allein darum, das für ihn schlimmste aller Unglücke zu verhindern: den Tod von unschuldigen Opfern.

Er kehrte zu William Brent zurück und setzte sich. »Okay«, sagte er. »Einhunderttausend.« Sie tauschten Nummern aus – von Prepaid-Mobiltelefonen, die nach ein oder zwei Tagen im Müll landen würden. Dellray sah auf die Uhr. »Heute Abend«, sagte er. »Washington Square. In der Nähe der juristischen Fakultät, bei den Schachbrettern.«

»Um neun?«, fragte Brent.

»Sagen wir halb zehn.« Dellray stand auf und verließ den Park allein, wie es im Spitzelgeschäft allgemein üblich war. William Brent blieb noch eine Weile sitzen, um vermeintlich die Zeitung zu lesen oder nachdenklich die Krishna-Ulme zu betrachten.

Oder sich zu überlegen, wofür er das Geld ausgeben würde.

Doch Fred Dellray dachte nicht mehr an den Informanten, sondern grübelte über einem Plan. In welche Rolle würde das Chamäleon schlüpfen? Wie sollte es auftreten, überzeugen, beschwatzen und Gefälligkeiten einfordern? Er würde Erfolg haben, da war er recht zuversichtlich; immerhin hatte er all diese Fähigkeiten jahrelang geschärft.

Er hatte nur nie gedacht, dass er sein Können eines Tages einsetzen würde, um seinen Arbeitgeber – die amerikanische Regierung und das amerikanische Volk – um 100 000 Dollar zu erleichtern.

... Neunzehn

Amelia Sachs folgte Charlie Sommers auf verschlungenen Pfaden zu seinem Büro auf der anderen Seite der »Backstube« der Algonquin Consolidated. Sie merkte, wie es immer wärmer wurde. Und das Rumpeln der Maschinen hallte mit jedem Schritt lauter durch die Korridore.

Sie hatte völlig die Orientierung verloren. Ständig ging es irgendwelche Treppen hinauf oder hinunter. Unterwegs verschickte und erhielt sie auf ihrem BlackBerry einige Textnachrichten, aber je tiefer sie gelangten, desto mehr musste Amelia sich auf den Weg konzentrieren, denn die Flure wurden zunehmend besucherfeindlich. Dann gab es keinen Netzempfang mehr, und sie steckte ihr Telefon ein.

Die Temperatur stieg weiter.

Sommers blieb vor einer dicken Tür stehen, neben der mehrere Schutzhelme hingen.

»Sind Sie empfindlich wegen Ihrer Frisur?«, fragte er und musste sich anstrengen, das donnernde Maschinengeräusch von jenseits der Tür zu übertönen.

»Solange ich meine Haare behalte, ist alles in Ordnung«, rief sie zurück.

»Die werden bloß ein wenig durcheinandergeraten. Aber das ist der kürzeste Weg zu meinem Büro.«

»Je kürzer, desto besser. Ich hab's eilig.« Sie nahm einen der Helme und setzte ihn auf.

»Fertig?«

»Schätze schon. Was liegt denn hinter der Tür?«

Sommers überlegte kurz. »Die Hölle«, sagte er dann und nickte ihr auffordernd zu.

Sie musste an den durchlöcherten Leib von Luis Martin denken. Ihr Atem beschleunigte sich, und sie ertappte sich dabei, dass ihre ausgestreckte Hand vor dem Türgriff verharrte. Dann packte sie zu und zog die schwere Stahltür auf.

Ja, die Hölle. Feuer, Schwefel, das volle Programm.

Die Temperatur in dem Saal war überwältigend. Sie musste bei mehr als vierzig Grad Celsius liegen, und Sachs verspürte nicht nur ein brennendes Kribbeln auf der Haut, sondern auch eine merkwürdige Schmerzlinderung in den Gelenken – die Hitze schwächte ihre Arthritis ab.

Es war schon spät – kurz vor zwanzig Uhr –, doch hier herrschte Hochbetrieb. Der Strombedarf mochte im Laufe eines Tages gewissen Schwankungen unterworfen sein, doch er versiegte nie vollständig.

Die schwach erleuchtete Halle war mindestens sechzig Meter hoch und voller Gerüste und Hunderter von Gerätschaften. Im Zentrum stand eine Reihe riesiger hellgrüner Maschinen. Die größte von ihnen war lang und gewölbt wie eine überdimensionale Nissenhütte, aus der zahlreiche Rohre, Leitungen und Kabel entsprangen.

»Das ist MOM«, rief Sommers und zeigte darauf. »*M-O-M.* Midwest Operating Machinery, Gary, Indiana. Sie wurde in den Sechzigerjahren gebaut.« In seinem Tonfall lag eine gewisse Ehrfurcht. Sommers fügte hinzu, MOM sei der größte der fünf elektrischen Energieerzeuger hier in Queens und zum Zeitpunkt ihrer Errichtung sogar der größte Generator des ganzen Landes gewesen. Außer MOM und den anderen Generatoren – die keine Namen hatten, sondern lediglich durchnummeriert waren – gab es hier vier Aggregate, die das Fernwärmenetz des Großraums New York mit hoch erhitztem Dampf versorgten.

168

Amelia Sachs war vom Anblick der gewaltigen Maschinen aufrichtig beeindruckt. Sie ging unwillkürlich langsamer, bestaunte die mächtigen Bauteile und versuchte ihre Funktion zu ergründen. Faszinierend, was der Mensch mit seinem Verstand zu ersinnen und mit seinen Händen zu bauen vermochte.

»Das da sind unsere Kessel.« Er deutete auf etwas, das für Sachs wie ein Gebäude im Gebäude aussah. Es musste zehn oder zwölf Stockwerke hoch sein. »In ihnen wird Dampf mit einem Druck von mehr als zweihundert Bar erzeugt.« Sommers holte Luft. »Der wird in zwei Turbinen geleitet, eine für Hochdruck, eine für Niederdruck.« Er wies auf einen Teil von MOM. »Dann in den Generator. Die Ausgangsleistung liegt bei konstant vierunddreißigtausend Ampere und achtzehntausend Volt, wird aber für den Transport auf mehr als dreihunderttausend Volt hochtransformiert.«

Als Sachs diese Zahlen hörte, erschauderte sie trotz der drückenden Hitze, denn sie sah schlagartig wieder Luis Martin vor sich, dessen Haut von heißen Metalltropfen durchbohrt worden war.

Sommers fügte hinzu – mit einigem Stolz, wie Sachs schien –, dass die Leistung der gesamten Anlage in Queens, also MOM einschließlich der anderen Turbinen, fast 2500 Megawatt betrage. Was etwa einem Viertel des Verbrauchs der ganzen Stadt entspreche.

Er zeigte auf einige andere Tanks. »Dort wird der Dampf zu Wasser kondensiert und zurück in die Kessel gepumpt, wo alles von vorn anfängt.« Sommers lächelte. »Hier sind knapp sechshundert Kilometer Röhren und Leitungen verlegt, dazu dreihundert Kilometer Kabel.«

Doch dann wurde Sachs trotz aller Faszination und der riesigen Ausmaße der Halle plötzlich von Klaustrophobie gepackt. Der Lärm und die Hitze waren unerträglich.

Sommers schien es zu merken. »Kommen Sie.« Er bedeutete

ihr, ihm zu folgen. Fünf Minuten später verließen sie den Saal auf der anderen Seite und hängten ihre Helme auf. Sachs atmete tief durch. Im Korridor war es zwar immer noch warm, aber nach dem Aufenthalt in der Hölle kam es ihr wohltuend kühl vor.

»Das nimmt einen ganz schön mit, nicht wahr?«

»Allerdings.«

»Geht es Ihnen gut?«

Sie wischte sich den Schweiß von der Stirn und nickte. Er gab ihr ein Papiertuch von einer Rolle, die genau zu diesem Zweck dort zu liegen schien, und Sachs trocknete sich Hals und Gesicht ab.

»Gehen wir.«

Er führte sie durch weitere Flure und in ein anderes Gebäude. Dann kamen wieder einige Treppen, und endlich erreichten sie sein Büro. Beim Anblick der Unordnung hätte Amelia beinahe laut aufgelacht. Der Raum war voller Computer und Instrumente, die Sachs nicht kannte, dazu Hunderte von Kleinteilen und Werkzeugen, Drähten, elektronischen Komponenten, Tastaturen sowie Gegenständen aus Metall, Plastik und Holz in allen nur denkbaren Formen und Farben.

Und Junkfood. Tonnenweise Junkfood. Chips und Brezeln und Limonade. Kekse mit Cremefüllung und Donuts mit Puderzucker, was die Krümel auf Sommers' Kleidung erklärte.

»Bitte verzeihen Sie. Aber so arbeiten wir hier bei den Sonderprojekten nun mal«, sagte er und schaufelte Computerausdrucke von einem Bürostuhl, damit Amelia sich setzen konnte. »Nun ja, ich zumindest.«

»Was genau machen Sie eigentlich?«

Er erklärte etwas verlegen, er sei ein Erfinder. »Ich weiß, das klingt entweder nach neunzehntem Jahrhundert oder ziemlich banal, aber das ist es, was ich tue. Und ich bin ein echter Glückspilz. Ich verdiene mein Geld nämlich genau mit dem, was ich schon als Kind wollte, als ich mir Dynamos gebaut habe: Motoren, Glühbirnen …«

»Sie haben sich eigene Glühbirnen gebastelt?«

»Und damit zweimal mein Zimmer in Brand gesetzt. Na ja, dreimal, aber wir mussten nur zweimal die Feuerwehr rufen.«

Sie musterte ein Foto von Edison, das an der Wand hing.

»Mein Held«, sagte Sommers. »Ein faszinierender Mann.«

»Andi Jessen hatte auch irgendwas von ihm an der Wand. Ein Schaubild des Netzes.«

»Es trägt seine echte Unterschrift … Aber Jessen ist eher wie Samuel Insull, würde ich sagen.«

»Wie wer?«

»Edison war der Wissenschaftler. Insull war ein Geschäftsmann. Er hat die Consolidated Edison geleitet und aus ihr den ersten großen Strommonopolisten gemacht. Er hat die Straßenbahn von Chicago elektrifiziert und die ersten mit Strom betriebenen Geräte – zum Beispiel Bügeleisen – praktisch verschenkt, um die Leute vom Strom abhängig zu machen. Er war ein Genie. Aber am Ende ist er gescheitert. Klingt das nicht irgendwie vertraut? Er war überschuldet, und als die Große Depression kam, ging die Firma unter, und Hunderttausende von Anteilseignern verloren alles. Ein wenig wie bei Enron. Wollen Sie mal was Witziges hören? Die Wirtschaftsprüfungsgesellschaft Arthur Andersen hatte sowohl mit Insull als auch mit Enron zu tun. Aber was mich angeht, ich überlasse das Geschäftliche anderen Leuten und beschränke mich auf meine Entwürfe. Aus neunundneunzig Prozent wird nichts. Doch … nun ja, auf meinen Namen sind achtundzwanzig Patente angemeldet, und ich habe für die Algonquin knapp neunzig Verfahren oder Produkte entwickelt. Manche Leute haben Spaß daran, vor dem Fernseher zu sitzen oder Videospiele zu spielen. Ich … tja, ich erfinde Dinge.«

Er deutete auf einen großen Karton voller Quadrate und Rechtecke aus Papier.

»Das ist die Servietten-Akte.«

»Die was?«

»Oft sitze ich bei Starbucks oder in einem Imbiss und habe plötzlich eine Idee. Dann notiere ich sie mir auf einer Serviette und komme her, um den Entwurf auszuarbeiten. Die ursprüngliche Notiz behalte ich und werfe sie in den Karton.«

»Falls man also jemals ein Charlie-Sommers-Museum errichtet, wird es dort einen Serviettenraum geben.«

»Daran habe ich auch schon gedacht.« Sommers wurde rot, von der Stirn bis zum weichen Kinn.

»Was genau erfinden Sie denn?«

»Ich schätze, mein Fachgebiet ist das Gegenteil von dem, was Edison gemacht hat. Er wollte, dass die Leute Strom verbrauchen. Ich möchte, dass die Leute Strom sparen.«

»Weiß Ihre Chefin davon?«

Er lachte. »Vielleicht sollte ich lieber sagen, ich möchte, dass die Leute den Strom effizienter nutzen. Ich bin Algonquins Negawatt-Spezialist. ›Nega‹ mit *n*.«

»Davon habe ich noch nie gehört.«

»Das Konzept ist leider den meisten Leuten unbekannt. Es stammt von einem brillanten Wissenschaftler und Umweltschützer namens Amory Lovins und basiert darauf, Anreize für die *Einsparung* und effizientere Nutzung von Strom zu schaffen, anstatt immer neue Kraftwerke zu bauen, um die Nachfrage zu bedienen. Ein herkömmliches Elektrizitätswerk verschwendet fast die Hälfte der erzeugten Wärme – sie verpufft einfach zum Schornstein hinaus. Die Hälfte! Stellen Sie sich das mal vor! Hier bei uns haben wir aber eine Reihe von Thermalkollektoren an den Schloten und Kühltürmen installiert. Daher liegt der Verlust der Algonquin nur bei siebenundzwanzig Prozent. Ich habe mir Gedanken über die Möglichkeit mobiler Kernreaktoren gemacht – auf Flussschiffen, sodass sie sich von Region zu Region bewegen können.«

Er beugte sich vor. Seine Augen funkelten wieder.

»Und die neue große Herausforderung betrifft die Speicherung von Energie. Sie lässt sich nicht einfach aufbewahren wie irgendein Eintopf, den Sie zubereiten und ins Gefrierfach stellen können. Man verbraucht sie oder verliert sie – und zwar sofort. Ich arbeite an neuen Speichermöglichkeiten. Schwungräder, Luftdrucksysteme, eine neuartige Batterie-Technologie… Ach, und in letzter Zeit reise ich die Hälfte meiner Zeit im ganzen Land umher und werbe kleine Erzeuger von alternativer Energie aus regenerativen Quellen an, damit sie sich an die großen Verbundnetze wie unsere Northeastern Interconnection hängen und Strom an *uns* verkaufen, statt dass wir die kleinen Gemeinden beliefern.«

»Ich dachte, Andi Jessen hält nicht viel von erneuerbarer und alternativer Energie.«

»Stimmt, aber sie ist auch nicht verrückt. So sieht nun mal die Zukunft unserer Branche aus. Ich glaube, Andi und ich sind uns lediglich nicht einig, wann diese Zukunft anbricht. Ich tippe auf eher früher als später.« Er lächelte. »Natürlich ist Ihnen nicht entgangen, dass Andis Büro so groß ist wie meine ganze Abteilung und dass es im achten Stock liegt, mit Blick auf Manhattan… Ich dagegen sitze im Keller.« Sein Gesicht wurde ernst. »Also, wie kann ich Ihnen behilflich sein?«

»Ich habe eine Liste mit Angestellten der Algonquin, die hinter dem Anschlag von heute Vormittag gesteckt haben könnten«, sagte Sachs.

»Jemand von hier?« Er wirkte bestürzt.

»Es sieht jedenfalls so aus. Der Täter hat zumindest Unterstützung von hier gehabt. Bei ihm handelt es sich vermutlich um einen Mann, aber er könnte mit einer Frau zusammengearbeitet haben. Die fragliche Person hatte Zugang zu den Computercodes, mit denen auf die Steuerungssoftware des Stromnetzes zugegriffen werden konnte. Auf diese Weise hat der Täter mehrere Umspannwerke abgeschaltet, sodass der gesamte Saft

173

durch die Station an der Siebenundfünfzigsten Straße umgeleitet wurde. Und dort hat er die Einstellungen der Trenner auf einen viel zu hohen Wert gesetzt.«

»So ist es also passiert«, murmelte Sommers beunruhigt. »Die Computer. Ich hab mich schon gewundert. Ich kannte ja keine Einzelheiten.«

»Manche der Leute werden Alibis haben – um die Überprüfung kümmern *wir* uns. Von Ihnen erhoffe ich mir eine Auskunft darüber, wer überhaupt die Befähigung hätte, den Strom umzuleiten und einen Lichtbogen auszulösen.«

»Ich fühle mich geschmeichelt«, stellte Sommers belustigt fest. »Ich wusste gar nicht, dass Andi sich so gut mit dem auskennt, was wir hier unten machen.« Dann lächelte er gequält. »Zähle ich auch zu den Verdächtigen?«

Sie hatte seinen Namen entdeckt, als Jessen ihr den Mann vorgestellt hatte. »Sie stehen auf der Liste.«

»Hm. Sind Sie sicher, dass Sie mir trauen wollen?«

»Sie haben heute von zehn Uhr dreißig bis kurz vor Mittag, als der Anschlag verübt wurde, an einer Telefonkonferenz teilgenommen. Und in dem Zeitfenster, in dem der Täter an die Computercodes gelangt sein könnte, waren Sie nicht in der Stadt. Laut den Daten des elektronischen Schlosses haben Sie den gesicherten Raum auch zu keinem anderen Zeitpunkt betreten.«

Sommers zog eine Augenbraue hoch.

Sachs zeigte auf ihren BlackBerry. »Darum ging es in den Nachrichten, die ich auf dem Weg hierher mit dem NYPD ausgetauscht habe. Ich habe Sie überprüfen lassen. Sie sind sauber.«

Sie hoffte, er würde ihr nicht verübeln, dass sie ihm misstraut hatte. Doch Sommers schien sogar regelrecht begeistert zu sein. »Thomas Edison hätte das gefallen«, sagte er.

»Wie meinen Sie das?«

»Er hat gesagt, ein Genie sei bloß eine talentierte Person, die ihre Hausaufgaben mache.«

... Zwanzig

Amelia Sachs wollte Sommers die Liste nicht zeigen. Er hätte manche der Angestellten kennen und geneigt sein können, sie von vornherein als mögliche Verdächtige auszuschließen. Oder der umgekehrte Fall trat ein, und Sommers würde ihre Aufmerksamkeit nur deshalb auf jemanden lenken, weil er ihn oder sie aus anderen Gründen für fragwürdig hielt.

Von alldem erzählte sie ihm jedoch nichts, sondern sagte einfach, sie wolle das Profil einer Person, die den Anschlag geplant und den Computer dazu benutzt haben könnte.

Er öffnete eine Tüte Nachos und bot Sachs davon an. Sie lehnte ab, woraufhin er sich eine Handvoll in den Mund stopfte und geräuschvoll zu kauen anfing. Mit dem zerzausten Haar, dem blau-weiß gestreiften Hemd, das ein Stück aus der Hose hing, und dem Bauchansatz kam Sommers ihr nicht wie ein Erfinder, sondern eher wie ein Werbetexter mittleren Alters vor. Seine Brille war zwar modisch, aber Sachs vermutete, dass auf dem Gestell nach den Worten »Made in« der Name eines asiatischen Schwellenlands folgte. Die Falten in seinen Augen- und Mundwinkeln waren nur aus der Nähe zu erkennen.

Sommers spülte den Snack mit Limonade herunter. »Kümmern wir uns zunächst um die Tatsache, dass er den Strom zum Umspannwerk an der Siebenundfünfzigsten Straße umgeleitet hat«, sagte er. »Das engt den Kreis der Verdächtigen nämlich schon ein; nicht jeder hier wäre dazu in der Lage. Genau genommen sogar nur recht wenige Leute, denn sie müssten sich mit SCADA auskennen, unserem Überwachungsprogramm. Es läuft auf UNIX-Computern. Der Täter müsste zudem über Kenntnisse auf dem Gebiet der EMP verfügen – der Energiemanagementprogramme. Unseres heißt Enertrol und ist ebenfalls UNIX-basiert. UNIX ist ein ziemlich kompliziertes Betriebssystem. Es gelangt zum Beispiel in den großen Internet-Routern zur Anwendung. Man kann es nicht mit Windows oder Mac OS vergleichen. Und man kann auch nicht einfach im Internet nachschauen, wie all diese Software bedient wird. Man benötigt jemanden, der sich näher mit SCADA und EMP beschäftigt hat, entweder durch den Besuch entsprechender Kurse oder durch die praktische Ausbildung in einem Kontrollzentrum, die mindestens sechs bis zwölf Monate gedauert haben dürfte.«

Sachs machte sich Notizen. »Und was ist mit dem Lichtbogen?«, fragte sie dann. »Wer könnte eine solche Vorrichtung installieren?«

»Wie genau hat er es denn angestellt?«

Sachs beschrieb ihm das Kabel mit der Sammelschiene.

»Es wurde aus dem Fenster gehängt?«, fragte Sommers. »Als würde man mit einer Waffe nach draußen zielen?«

Sie nickte.

Sommers blieb eine Weile still. Er schien zu überlegen. »Das hätte Dutzende von Todesopfern geben können… Und die Verbrennungen … Schrecklich!«

»Wer hätte die nötigen Kenntnisse?«, ließ Sachs nicht locker.

Sommers wandte abermals den Blick ab, was er häufig tat, wie Sachs bemerkt hatte. »Ich weiß, dass Sie mich explizit nach Angestellten der Algonquin gefragt haben«, sagte er dann. »Aber Sie sollten wissen, dass Lichtbögen so ziemlich das erste Thema bei der Ausbildung eines jeden Elektrikers sind. Ob sie nun als selbstständige Handwerker arbeiten sollen, als Angestellte eines Bauunternehmens oder einer Fabrik, bei der Army oder Navy…

sobald sie mit Strom führenden Leitungen zu tun haben, bei denen Lichtbögen zum Problem werden könnten, bringt man ihnen die Regeln bei.«

»Sie meinen also, dass jeder, der weiß, wie man Lichtbögen *vermeidet* oder ihnen vorbeugt, gleichzeitig weiß, wie man sie herbeiführen könnte?«

»Genau.«

Sachs machte sich eine weitere schnelle Notiz. Dann blickte sie auf. »Beschränken wir uns aber vorerst auf die Angestellten.«

»Okay, wer hier könnte so etwas bauen? Er müsste an unter Spannung stehenden Leitungen arbeiten. Demnach müsste er entweder ein geprüfter Elektrikermeister sein, ein speziell geschulter Techniker oder ein Störungssucher.«

»Ein was? Störungssucher?«

Sommers lachte. »Tolle Berufsbezeichnung, nicht wahr? Das sind Spezialisten, die beim Ausfall einer Leitung, einem Kurzschluss oder einem anderen Problem die notwendigen Reparaturen veranlassen. Und vergessen Sie nicht, dass viele unserer ranghöheren Mitarbeiter sich von unten hochgedient haben. Nur weil sie heutzutage hinter einem Schreibtisch sitzen und Energiekontingente an- und verkaufen, heißt das nicht, dass sie nicht mit verbundenen Augen eine dreiphasige Schalttafel verkabeln könnten.«

»Oder eine Lichtbogenkanone bauen.«

»Richtig. Sie sollten also nach jemandem Ausschau halten, der an UNIX-basierter Kontroll- und Energiemanagementsoftware ausgebildet wurde. Und nach jemandem, der als Techniker, Störungssucher oder Elektroinstallateur im Baugewerbe gearbeitet hat. Oder beim Militär. Army, Navy und Air Force bilden jede Menge Elektriker aus.«

»Danke für die Hinweise.«

Jemand klopfte an den Türrahmen. Es war eine junge Frau mit einem großen, dicken Umschlag unter dem Arm. »Miss Jessen hat gesagt, Sie wollten diese Unterlagen haben. Aus der Personalabteilung.«

Sachs nahm die Lebensläufe und Personalakten entgegen und dankte der Frau.

Sommers gönnte sich einen Muffin zum Nachtisch. Dann noch einen. Gefolgt von mehr Limonade. »Ich möchte noch was sagen.«

Sachs hob fragend eine Augenbraue.

»Kann ich Ihnen eine kurze Einweisung geben?«

»Eine Einweisung?«

»Zu Ihrer eigenen Sicherheit.«

»Ich habe nicht viel Zeit.«

»Es geht schnell. Aber es ist wichtig. Ich dachte nur gerade, dass Sie bei der Fahndung nach diesem Täter mächtig im Nachteil sind.«

»Inwiefern?«

»Nehmen wir an, Sie verfolgen einen Ihrer üblichen Verdächtigen. Einen Bankräuber oder Auftragsmörder... Sie wissen, dass er eine Schusswaffe oder ein Messer bei sich tragen könnte. Daran sind Sie gewohnt. Sie wissen, wie Sie sich schützen können. Sie haben entsprechende Vorschriften und Verhaltensweisen gelernt. Aber wenn jemand Strom als Waffe oder Falle benutzt, sieht die Sache völlig anders aus. Wissen Sie, warum? Elektrizität ist unsichtbar. Und sie ist überall. Im wahrsten Sinne des Wortes.«

Sachs musste an die heißen Metallteilchen denken. An die furchtbaren runden Löcher in Luis Martins hellbrauner Haut.

Ihr stieg sogar wieder der versengte Geruch vom Tatort in die Nase. Sie erschauderte vor Abscheu.

Sommers deutete auf ein Schild an der Wand.

DENK IMMER AN DIE RICHTLINIE 70
DER NATIONAL FIRE PROTECTION ASSOCIATION.

LIES SIE, LERN SIE AUSWENDIG.
NFPA 70 KANN DEIN LEBEN RETTEN!

Sachs wollte unbedingt weiter an dem Fall arbeiten, aber es interessierte sie auch sehr, was der Mann zu sagen hatte. »Ich habe es wirklich eilig, aber fahren Sie bitte fort.«

»Zunächst mal müssen Sie begreifen, wie gefährlich die Elektrizität ist. Und das bedeutet, Sie müssen über Stromstärke Bescheid wissen. Kennen Sie sich damit aus?«

»Ich…« Sachs wollte spontan mit Ja antworten, aber dann wurde ihr bewusst, dass sie keine klare Definition des Begriffs liefern konnte. »Nein.«

»Stellen Sie sich die Wasserleitungen in einem Haus vor. Der Druck darin wird durch die Pumpe erzeugt, die eine gewisse Wassermenge mit einer gewissen Geschwindigkeit durch die Rohre bewegt. Je nach Durchmesser und Zustand der Rohre geht das mehr oder weniger mühelos.

In einem *elektrischen* Leitungssystem gilt das gleiche Prinzip. Nur hat man hier Elektronen anstatt Wasser, Kabel oder irgendein leitfähiges Material anstatt Rohre und einen Generator oder eine Batterie anstatt der Pumpe. Der Druck, der die Elektronen antreibt, ist die Spannung, gemessen in Volt. Die Elektronenmenge, die durch das Kabel gelangt, ist die Stromstärke, gemessen in Ampere. Und der Widerstand – gemessen in Ohm – ergibt sich aus dem Durchmesser und Zustand der Kabel beziehungsweise des Materials, durch das die Elektronen fließen.«

So weit, so gut. »Das leuchtet mir ein. Ich habe es nur noch nie auf so anschauliche Weise erklärt bekommen.«

»Lassen Sie uns jetzt über die *Ampere* reden, also die Menge der sich bewegenden Elektronen.«

»Gut.«

»Welche Amperezahl ist nötig, um Sie zu töten? Bereits hundert Milliampere Wechselstrom reichen aus, um eine Herzfibrillation auszulösen, und Sie sterben. Das ist ein *Zehntel* eines Ampere. Ein handelsüblicher Haartrockner zieht zehn Ampere.«

»Zehn?«, flüsterte Sachs.

»Ja, Ma'am. Ein Haartrockner. Zehn Ampere. Übrigens, ein elektrischer Stuhl braucht auch nicht mehr.«

Als wäre ihr nicht schon unwohl genug.

»Strom ist wie Frankensteins Ungeheuer, das – nebenbei bemerkt – durch einen Blitz zum Leben erweckt wurde«, fuhr Sommers fort. »Er ist gleichzeitig dumm und brillant. Dumm, weil er vom Moment seiner Erzeugung an nur das eine will: zurück in den Boden gelangen. Brillant, weil er instinktiv weiß, wie er das am besten anstellt: Er nimmt immer den Weg des geringsten Widerstandes. Sie können eine Hunderttausend-Volt-Leitung mit bloßer Hand anfassen, und falls es für den Strom einfacher ist, durch das Kabel zu fließen, wird Ihnen nichts passieren. Falls *Sie* hingegen den besten Weg zur Erde darstellen…« Sein Achselzucken war Erklärung genug.

»So, nun aber zu den Regeln, an die Sie sich beim Umgang mit Strom halten sollten: Erstens, falls möglich, meiden Sie ihn vollständig. Dieser Täter wird wissen, dass Sie ihm nachspüren, und er könnte Ihnen diverse Fallen stellen. Halten Sie sich von Metall fern – Geländer, Türen und Türknäufe, Böden ohne Teppich, Apparate und Maschinen. Feuchte Keller, stehendes Wasser. Haben Sie mitten in der Stadt schon je Transformatoren und Schaltanlagen gesehen?«

»Nein.«

»Doch, haben Sie. Sie sind Ihnen bloß nicht aufgefallen, weil unsere Stadtväter sie verstecken und tarnen. Transformatoren in Aktion sind furchteinflößend und hässlich. In der Stadt befinden sie sich daher unter der Erde, in unauffälligen Gebäuden oder hinter neutral gestrichenen hohen Mauern. Sie könnten direkt neben einem Transformator stehen, der dreizehntausend Volt aufnimmt, und nichts davon bemerken. Achten Sie daher auf alles, auf dem das Wort ›Algonquin‹ steht. Und bleiben Sie möglichst auf Abstand. Dabei dürfen Sie eines nicht vergessen: Auch wenn Sie *glauben*, Sie befänden sich nicht in unmittelbarer Gefahr – dieser Eindruck könnte trügen. Es gibt nämlich so etwas wie Inseln.«

»Inseln?«

»Nehmen wir an, in einem Teil der Stadt fällt der Strom aus, so wie es heute tatsächlich passiert ist. Dann gehen Sie doch davon aus, dass alle Leitungen tot sind, nicht wahr? Und dass *keinerlei* Gefahr für Sie besteht. Nun, vielleicht ja, vielleicht nein. Andi Jessen hätte es gern, dass die Algonquin der einzige Stromlieferant der Stadt wäre, aber das sind wir nicht. In der heutigen Zeit gibt es zahlreiche kleinere Energieerzeuger, die ihren Überschuss in unser Netz einspeisen. Das von mir erwähnte Inselphänomen würde auftreten, wenn die Algonquin-Zufuhr abgeschnitten ist, aber irgendein kleinerer Produzent weiterhin Leistung ans Netz abgibt – wie eine Insel aus Elektrizität inmitten der Leere. Außerdem besteht die Möglichkeit einer Rückkopplung. Sie schneiden einem Transformator mittels der Trenner die Stromzufuhr ab und machen sich an die Arbeit. Doch von den *Niederspannungsleitungen* am Ausgang des Transformators könnte Strom *zurück* in die Anlage fließen, woraufhin…«

Sachs verstand. »…die Maschine ihn hochtransformiert.«

»Genau. Und die Leitung, die Sie für tot gehalten haben, ist schlagartig wieder lebendig. Äußerst lebendig.«

»Mit genug Saft, um Schaden anzurichten.«

»Allerdings. Darüber hinaus gibt es die Induktion. Auch wenn Sie sicher sind, alles abgeschaltet zu haben – die Kabel sind vollständig tot, es gibt keine Inseln und auch keine möglichen Rückkopplungen –, kann die Leitung, an der Sie arbeiten, *trotzdem* wieder mit tödlicher Spannung geladen werden, falls in ihrer Nähe eine andere Leitung weiter unter Strom steht.

Und zwar wegen der Induktion. Die Elektrizität in einem Kabel kann ein anderes, sogar vollständig vom Stromkreis getrenntes Kabel unter Spannung setzen, wenn der Abstand klein genug ist. – Also, Regel Nummer eins: Halten Sie sich vom Strom fern. Und Regel Nummer zwei? Falls Sie sich nicht fernhalten können, schützen Sie sich. Tragen Sie PSK, persönliche Schutzkleidung. Stiefel und Handschuhe aus Gummi, und damit meine ich nicht diese dünnen Spielzeuge, die im Fernsehen bei *CSI* getragen werden. Dicke, gewerblich zugelassene Arbeitshandschuhe aus Gummi. Benutzen Sie isolierte Werkzeuge oder besser einen Werkzeughalter. Die Dinger sind aus Fiberglas, sehen wie Hockeyschläger aus, und das jeweilige Werkzeug wird am Ende befestigt. Wir verwenden sie, wenn wir an Strom führenden Leitungen arbeiten.«

Es gibt Inseln.

»Schützen Sie sich«, wiederholte er. »Denken Sie daran, was ich über den Weg des geringsten Widerstandes gesagt habe. Die menschliche Haut ist nicht besonders leitfähig, solange sie trocken bleibt. Wird sie jedoch feucht – vor allem vom Schweiß wegen des Salzes –, sinkt ihr Widerstand dramatisch. Und falls Sie eine Wunde oder Verbrennung haben, ist die Haut sogar ein *großartiger* Leiter. Trockene Schuhsohlen aus Leder isolieren recht gut. Nasses Leder ist wie Haut – besonders wenn Sie auf einer leitfähigen Oberfläche stehen, zum Beispiel auf feuchtem Boden oder in einem Keller. Und Wasserpfützen? Lieber nicht. Falls Sie also etwas anfassen müssen, das unter Strom stehen könnte – Sie wollen beispielsweise eine Metalltür öffnen –, achten Sie darauf, dass Sie trocken sind und isolierte Schuhe oder Stiefel tragen. Verwenden Sie möglichst einen Werkzeughalter oder ein isoliertes Werkzeug, und benutzen Sie nur eine Hand – am besten die rechte, weil sie etwas weiter vom Herzen entfernt ist. Die andere Hand behalten Sie in der Tasche, damit Sie nicht versehentlich etwas berühren und dadurch einen

Stromkreis schließen. Passen Sie auf, wohin Sie treten. Sie haben bestimmt schon mal gesehen, dass Vögel auf einer blanken Hochspannungsleitung sitzen. Die Tiere tragen keine PSK. Wie können sie also auf einem Stück Metall hocken, das unter hunderttausend Volt steht? Warum fallen keine gebratenen Tauben vom Himmel?«

»Weil sie das andere Kabel nicht berühren.«

»Richtig. Solange sie nicht in Kontakt mit einer Rückleitung oder dem Mast kommen, passiert ihnen nichts. Sie stehen genauso unter Spannung wie das Kabel, aber es fließt kein Strom durch sie, keine Ampere. Und Sie müssen genau wie dieser Vogel auf der Leitung sein.«

Wobei Sachs sich wirklich verdammt zerbrechlich vorkam.

»Legen Sie jedwedes Metall ab, bevor Sie mit Strom arbeiten. Vor allem Schmuck. Reines Silber ist der beste Leiter der Welt. Kupfer und Aluminium folgen dicht dahinter, dann Gold. Am anderen Ende der Skala befinden sich die Dielektrika, die Nichtleiter. Glas und Teflon, dann Keramik, Plastik, Gummi, Holz. Auf so einem Material zu stehen, auch wenn es nur eine dünne Schicht ist, kann den Unterschied zwischen Leben und Tod bedeuten.«

Leben und Tod.

»Das war Regel Nummer zwei, der Schutz«, fuhr Sommers fort. »Zuletzt nun Regel Nummer drei: Falls Sie den Strom nicht meiden und sich nicht vor ihm schützen können, schlagen Sie ihm den Kopf ab. Alle Stromkreise, ob groß oder klein, können abgeschaltet werden. Es gibt immer einen Knopf, einen Unterbrecher, eine Sicherung. Sobald man den Schalter betätigt oder die Sicherung zieht, fließt kein Strom mehr. Und Sie brauchen nicht mal zu wissen, wo dieser Schalter sich befindet. Was passiert, wenn Sie zwei Drahtstücke in die Löcher einer Steckdose schieben und die Enden sich berühren?«

»Die Sicherung fliegt raus.«

183

»Genau. Das funktioniert bei jedem Stromkreis. Aber denken Sie an Regel Nummer zwei. Schützen Sie sich, wenn Sie so etwas tun. Denn bei höheren Spannungen kann zwischen den beiden Drahtenden ein gewaltiger Funke entstehen, bis hin zu einem Lichtbogen.«

Sommers warf den nächsten Snack ein, diesmal Brezeln. Er kaute geräuschvoll und trank einen großen Schluck Limonade. »Ich könnte noch eine Stunde weiterreden, aber das sind die Grundlagen. Ist Ihnen so weit alles klar?«

»Ja. Das war wirklich hilfreich, Charlie. Vielen Dank.«

Seine Ratschläge klangen ganz simpel, doch obwohl Sachs ihm aufmerksam zugehört hatte, kam diese Gefahr ihr immer noch äußerst fremdartig vor.

Wie hätte Luis Martin dem Strom ausweichen, sich vor ihm schützen oder ihm den Kopf abschlagen können? Die Antwort lautete: gar nicht.

»Falls Sie sonst noch technische Fragen haben, rufen Sie mich einfach an.« Er schrieb ihr die Nummern von zwei Mobiltelefonen auf. »Ach, Moment noch… Hier.« Er gab ihr einen schwarzen Plastikkasten mit einem Knopf an der Seite und einem LCD-Display. Das Ding sah aus wie ein länglicher Telefonhörer. »Eine meiner Erfindungen. Ein kontaktloser Stromdetektor. Die meisten solcher Geräte registrieren nur Spannungen bis eintausend Volt, und man muss sich sehr nah an der Leitung oder dem Anschluss befinden. Dieser hier geht bis zehntausend. Und er ist sehr empfindlich. Er erkennt Spannungen aus einem bis anderthalb Metern Entfernung und verrät Ihnen die Stärke.«

»Danke. Der wird mir nützlich sein.« Sie musterte das Instrument und lachte auf. »Schade, dass man mit so einem Gerät nicht erkennen kann, ob jemand auf der Straße eine Waffe trägt.«

Das war als Scherz gemeint. Doch Charlie Sommers nickte und wirkte plötzlich sehr konzentriert. Offenbar dachte er ernsthaft über Amelias Worte nach. Er verabschiedete sich von ihr, stopfte sich ein paar Nachos in den Mund und fing an, mit eifrigen Strichen etwas auf einem Stück Papier zu skizzieren. Sachs bemerkte, dass er automatisch nach einer Serviette gegriffen hatte.

… Einundzwanzig

»Lincoln, das ist Dr. Kopeski.«

Thom stand mit dem Besucher im Eingang zum Labor.

Lincoln Rhyme blickte zerstreut auf. Es war ungefähr zwanzig Uhr dreißig, und obwohl der aktuelle Fall ihnen weiterhin auf den Nägeln brannte, konnte er kaum etwas tun, bis Sachs von dem Treffen mit der Firmenleitung der Algonquin zurückkehrte. Also hatte er widerstrebend eingewilligt, den Vertreter der Gruppe für Behindertenrechte zu empfangen, damit dieser ihm den Preis überreichen konnte.

Kopeski wird nicht herkommen und sich dann ewig in Geduld fassen, als wäre er ein Höfling, der auf eine Audienz beim König hofft…

»Bitte nennen Sie mich Arlen.«

Der freundliche Mann, der einen konservativen Anzug, ein weißes Hemd und eine Krawatte trug, die wie eine orangeschwarze Zuckerstange aussah, ging zu dem Kriminalisten und nickte ihm zu. Kein im Ansatz erstickter Versuch, ihm die Hand zu geben. Und er würdigte Rhymes Beine oder den Rollstuhl keines Blickes. Da Kopeski für eine Behindertenorganisation arbeitete, war Rhymes Zustand für ihn nichts Außergewöhnliches. Eine solche Einstellung gefiel Rhyme. Er glaubte, dass jeder Mensch auf die eine oder andere Weise eingeschränkt war, ob nun durch seelische Narben, Arthritis oder die Nervenkrankheit ALS. Das Leben war eine einzige große Benachteiligung; die Frage lautete bloß: *Was fangen wir damit an?* Rhyme dachte nur selten darüber nach. Er hatte sich nie sonderlich für Behindertenrechte engagiert; es kam ihm wie eine Ablenkung von seiner Arbeit vor. Er war eben ein Kriminalist, der sich nicht so mühelos bewegen konnte wie andere Menschen. Also behalf er sich nach besten Kräften und arbeitete weiter.

Rhyme schaute kurz zu Mel Cooper und nickte in Richtung des Wohnzimmers auf der anderen Seite des Korridors. Thom bat Kopeski hinein. Rhyme folgte in seinem Rollstuhl. Dann schloss der Betreuer die Türflügel bis auf einen kleinen Spalt und ließ die beiden allein.

»Nehmen Sie Platz, wenn Sie möchten«, sagte Rhyme und hoffte, dass der Mann den Wink mit dem Zaunpfahl erkennen, stehen bleiben, zur Sache kommen und wieder verschwinden würde. Kopeski hatte eine Aktentasche dabei. Vielleicht lag der Briefbeschwerer darin. Der Doktor konnte ihn überreichen, ein Foto schießen und aufbrechen. Damit wäre dann alles erledigt.

Der Doktor setzte sich. »Ich verfolge Ihre Laufbahn schon seit einer ganzen Weile.«

»Ach ja?«

»Ist Ihnen der Disability Resources Council ein Begriff?«

Thom hatte ihm etwas darüber erzählt. Rhyme konnte sich kaum an den Monolog erinnern. »Sie leisten sehr gute Arbeit.«

»Gute Arbeit, ja.«

Schweigen.

Geht's nicht ein bisschen schneller? Rhyme sah angestrengt zum Fenster hinaus, als würde von dort eine neue Aufgabe heranschweben, so wie zuvor der Falke. *Tut mir leid, wir müssen Schluss machen, die Pflicht ruft …*

»Ich habe im Laufe der Jahre mit vielen Behinderten zusammengearbeitet. Rückenmarksverletzungen, Spina bifida, ALS, zahlreiche andere Probleme. Auch Krebs.«

Seltsame Vorstellung. Rhyme hatte diese Krankheit nie als Behinderung betrachtet, aber einige Arten mochten durchaus der

Definition entsprechen. Er schaute zur Wanduhr, die quälend langsam tickte. Und dann brachte Thom ein Tablett mit Kaffee und – oh, um Himmels willen – Keksen. Rhymes vernichtender Blick – das hier war doch kein Kaffeekränzchen! – glitt einfach an ihm ab.

»Vielen Dank«, sagte Kopeski und nahm eine Tasse. Rhyme war enttäuscht, dass er keine Milch hinzufügte. Die hätte nämlich das Getränk ein wenig abgekühlt, sodass Kopeski es schneller hätte trinken und sich umso früher wieder auf den Weg machen können.

»Du auch, Lincoln?«

»Nein danke, ich möchte nichts«, sagte er mit eisiger Stimme, die Thom ebenso ungerührt ignorierte wie den lodernden Blick zuvor. Der Betreuer ließ das Tablett stehen und eilte zurück in die Küche.

Der Doktor machte es sich auf dem Ledersessel bequem. »Guter Kaffee.«

Wie mich das freut. Rhyme deutete ein Nicken an.

»Sie haben viel zu tun, also komme ich gleich auf den Punkt.«

»Das wäre mir lieb.«

»Detective Rhyme… Lincoln. Sind Sie religiös?«

Die Behindertengruppe war offenbar an eine Kirche angegliedert; vielleicht wollte man ja keinen Heiden als Preisträger.

»Nein, bin ich nicht.«

»Sie glauben nicht an ein Leben nach dem Tod?«

»Ich habe keinen objektiven Beweis dafür gesehen, dass eines existiert.«

»Viele, sehr viele Leute empfinden so wie Sie. Für Sie wäre demnach der Tod gleichbedeutend mit, sagen wir, Frieden.«

»Je nachdem, auf welche Weise ich abtrete.«

Ein Lächeln legte sich auf das freundliche Gesicht. »Ich bin Ihrem Betreuer und Ihnen gegenüber nicht ganz aufrichtig gewesen, allerdings aus gutem Grund.«

Rhyme war nicht beunruhigt. Wenn der Mann sich als jemand anders ausgegeben hätte, um sich hier Zutritt zu verschaffen und mich umzubringen, wäre ich längst tot. Seine erhobene Augenbraue bedeutete: Okay. Beichten Sie, und lassen Sie uns weitermachen.

»Ich komme nicht vom DRC.«

»Nicht?«

»Nein. Aber ich behaupte manchmal, ich würde dieser oder jener Gruppe angehören, weil die Nennung meiner echten Organisation die Leute bisweilen veranlasst, mich vor die Tür zu setzen.«

»Die Zeugen Jehovas?«

Er lachte auf. »Ich gehöre zu Sterben in Würde. Unser Sitz ist in Florida, und wir treten für die Legalisierung von Sterbehilfe ein.«

Rhyme hatte schon von der Gruppe gehört.

»Haben Sie je daran gedacht, aktive Sterbehilfe in Anspruch zu nehmen?«

»Ja, vor einigen Jahren. Letztlich habe ich mich aber dagegen entschieden.«

»Doch Sie betrachten es nach wie vor als eine Option?«

»Tut das nicht jeder, ob behindert oder nicht?«

Ein Nicken. »Stimmt.«

»Es dürfte klar sein, dass mir hier kein Preis für die Wahl der gründlichsten Selbstmordmethode verliehen werden soll«, sagte Rhyme. »Also, was kann ich für Sie tun?«

»Wir brauchen Fürsprecher. Leute wie Sie, mit einem gewissen allgemeinen Bekanntheitsgrad. Die vielleicht erwägen, den Übergang zu vollziehen.«

Übergang. Na, das ist doch mal ein Euphemismus.

»Sie könnten ein Video für YouTube drehen. Ein paar Interviews geben. Wir haben uns gedacht, eines Tages würden Sie unsere Dienste womöglich gern in Anspruch nehmen…« Er zog eine Broschüre aus seiner Aktentasche. Sie war in gedämpften Farben gehalten, auf hübschem Karton gedruckt und hatte Blumen auf der Titelseite. Nicht Lilien oder Gänseblümchen, wie Rhyme bemerkte, sondern Rosen. Der Schriftzug darüber lautete: »Die freie Wahl«.

Kopeski legte die Broschüre vor Rhyme auf den Tisch. »Falls Sie daran interessiert wären, für uns als namhafter Förderer zu fungieren, könnten wir Ihnen unser Angebot nicht nur kostenlos zur Verfügung stellen, sondern Ihnen zudem eine gewisse Vergütung anbieten. Ob Sie es glauben oder nicht: Für eine so kleine Gruppe sind wir finanziell recht gut ausgestattet.«

Weil ihr vermutlich auf Vorkasse besteht, dachte Rhyme. »Ich glaube wirklich nicht, dass ich der Richtige für Sie bin.«

»Sie müssten nichts anderes tun, als ein wenig davon zu erzählen, dass Sie schon immer die Möglichkeit der aktiven Sterbehilfe in Betracht gezogen haben. Wir würden auch einige Videos anfertigen. Und …«

»Machen Sie gefälligst, dass Sie hier rauskommen!« Die Stimme aus Richtung der Tür ließ Rhyme erschrecken. Er sah, dass auch Kopeski zusammenzuckte.

Thom stürmte ins Zimmer. Der Doktor setzte sich hastig auf, verschüttete dabei seinen Kaffee und ließ die Tasse fallen, die auf dem Boden zerbarst. »Warten Sie, ich …«

Thom, normalerweise der Inbegriff der Selbstbeherrschung, war knallrot. Seine Hände zitterten. »Raus, hab ich gesagt!«

Kopeski stand auf. Er blieb ruhig. »Hören Sie, Detective Rhyme und ich unterhalten uns nur«, versicherte er. »Es besteht kein Grund zur Beunruhigung.«

»Raus! Sofort!«

»Es dauert nicht lange.«

»Sie werden sofort gehen.«

»Thom …«, setzte Rhyme an.

»Ruhe!«, befahl dieser.

Der Blick des Doktors fragte: Ihr Assistent darf so mit Ihnen reden?

»Ich werde das nicht noch einmal sagen.«

»Ich gehe, wenn wir fertig sind.« Kopeski trat einen Schritt vor. Er befand sich in guter körperlicher Verfassung wie viele Mediziner.

Doch Thom war ein Betreuer und Physiotherapeut, und zu seinen Aufgaben gehörte es, Rhymes Hintern täglich mehrfach auf Betten, Stühle oder Trainingsgeräte zu wuchten. Er stellte sich Kopeski offen entgegen.

Die Konfrontation dauerte nur ein paar Sekunden; der Doktor gab klein bei. »Na gut, na gut, na gut.« Er hob beide Hände. »Herrje. Das war doch nun wirklich nicht…«

Thom nahm die Aktentasche des Mannes, stieß sie ihm vor die Brust und führte ihn hinaus. Gleich darauf knallte die Haustür ins Schloss. Die Bilder an der Wand wackelten.

Der Betreuer kehrte zurück. Er war sichtlich erschüttert. Er hob das zerbrochene Porzellan auf und wischte den Kaffee weg. »Es tut mir leid, Lincoln«, sagte er dann. »Ich hatte vorher nachgesehen. Es war eine echte Organisation… dachte ich.« Seine Stimme erstarb. Er schüttelte den Kopf, mit finsterer Miene und immer noch zitternden Händen.

Rhyme machte sich auf den Rückweg ins Labor. »Es ist alles in Ordnung, Thom«, sagte er. »Keine Sorge… Und es hat sogar einen Vorteil.«

Der Betreuer hob den Kopf und sah, dass Rhyme lächelte.

»Ich brauche keine Zeit darauf zu verschwenden, eine Dankesrede für irgendeine bescheuerte Preisverleihung zu verfassen, sondern kann mich wieder meiner Arbeit widmen.«

... Zweiundzwanzig

Elektrizität erhält uns am Leben; die Impulse, die vom Gehirn an das Herz und die Lunge geschickt werden, sind ein Stromfluss wie jeder andere.

Und Elektrizität tötet auch.

Um einundzwanzig Uhr, nur neuneinhalb Stunden nach dem Anschlag beim Umspannwerk MH-10, ließ der Mann in dem dunkelblauen Overall der Algonquin Consolidated den Blick über die nächste Todeszone schweifen.

Elektrizität und Tod ...

Er stand auf einer Baustelle, mitten im Freien, aber niemand achtete auf ihn, denn er war hier ein Arbeiter von vielen. Unterschiedliche Kleidung, unterschiedliche Schutzhelme, unterschiedliche Firmen. Eines jedoch einte sie alle: Sie verdienten ihren Lebensunterhalt mit den Händen, und diejenigen, die auf ihre Dienste angewiesen waren, die Reichen, die Bequemen, die Undankbaren, blickten auf sie herab.

Unsichtbarkeit bedeutete Sicherheit, und der Mann war derzeit damit beschäftigt, eine wesentlich leistungsstärkere Ausgabe der Vorrichtung zu installieren, die er zuvor in dem Fitnessklub getestet hatte. In Fachkreisen begann »Hochspannung« erst bei 70 000 Volt. Für das, was er geplant hatte, musste er sicherstellen, dass alle Bestandteile mindestens das Zwei- bis Dreifache dieses Wertes aushielten.

Er nahm den Schauplatz des für den nächsten Tag geplanten Anschlags ein weiteres Mal in Augenschein. Dabei dachte er unwillkürlich über Volt- und Amperestärken nach … und über den Tod.

Über Ben Franklin war viel Falsches berichtet worden, zum Beispiel das verrückte Schlüssel-im-Gewitter-Ding. In Wahrheit setzte Franklin keinen Fuß auf feuchten Boden, sondern blieb in einer Scheune und war mit der nassen Drachenschnur lediglich durch ein trockenes Seidenband verbunden. Und der Drachen wurde auch nicht direkt von einer Entladung getroffen, sondern nahm in dem aufziehenden Sturm statische Elektrizität auf. Das Resultat war kein echter Blitzstrahl, sonder eher hübsche blaue Funken, die über Franklins Handrücken tanzten, als wären sie Fische, die auf der Suche nach Insekten aus einem See sprangen.

Nicht lange danach wurde das Experiment von einem europäischen Wissenschaftler wiederholt. Er überlebte es nicht.

Seit den Anfängen der Stromerzeugung kamen immer wieder Arbeiter ums Leben, weil sie gegrillt oder weil ihre Herzen abgeschaltet wurden. Das erste Elektrizitätsnetz tötete eine Anzahl Pferde – als Folge der Hufeisen auf nassen Pflastersteinen.

Thomas Alva Edison und sein berühmter ehemaliger Assistent Nikola Tesla stritten fortwährend darum, was nun besser sei: Gleichstrom (Edison) oder Wechselstrom (Tesla). Um die Öffentlichkeit für sich zu gewinnen, verbreiteten sie wechselseitig Horrorgeschichten über die möglichen Risiken. Der Konflikt wurde als der Kampf der Ströme bekannt und schaffte es regelmäßig auf die Titelseiten der Zeitungen. Edison zog mit Vorliebe die Stromschlagkarte und warnte, dass ein jeder Benutzer von Wechselstrom Gefahr laufe, auf grausige Weise getötet zu werden. Es stimmte, dass bei Wechselstrom schon in geringerer Stärke Verletzungen auftraten. Andererseits musste Strom eine gewisse Mindeststärke besitzen, um nutzbar zu sein, und die war in jedem Fall potenziell tödlich, auch bei Gleichstrom.

Der erste elektrische Stuhl wurde von einem Angestellten Edisons gebaut und basierte – wohl aus taktischen Erwägungen – auf Teslas Wechselstrom. Die erste Hinrichtung wurde damit im Jahre 1890 vorgenommen, und zwar nicht unter Aufsicht eines Henkers, sondern eines »staatlichen Elektrikers«. Der Delinquent war am Ende tot, aber es dauerte acht Minuten. Wenigstens war er vermutlich bewusstlos, als er in Brand geriet.

Heutzutage gab es Taser und andere Elektroschocker. Je nach persönlicher Verfassung und betroffenem Körperteil des Opfers kam es dabei des Öfteren zu Todesfällen. Und am meisten fürchtete die Branche sich natürlich vor Lichtbögen wie dem vom heutigen Vormittag.

Strom und Tod…

Der Mann schlenderte über die Baustelle und tat so, als wäre er am Ende des Arbeitstages erschöpft. Die deutlich kleinere Mannschaft der Nachtschicht trat ihren Dienst an. Der Mann kam näher, und noch immer beachtete ihn niemand. Er trug eine dicke Schutzbrille und den gelben Algonquin-Helm. Damit war er so unsichtbar wie Strom in einer Leitung.

Der erste Anschlag wurde wie erwartet ausführlich in den Nachrichten behandelt, wenngleich immer nur von einem »Zwischenfall« in einem Umspannwerk in Midtown die Rede war. Die Reporter schwafelten von Kurzschlüssen, Funken und vorübergehenden Stromausfällen. Es wurde viel über Terroristen spekuliert, aber niemand hatte eine konkrete Verbindung gefunden.

Bislang.

Irgendwann würde jemand die Möglichkeit in Betracht ziehen müssen, dass ein Arbeiter der Algonquin in der Gegend herumlief und Fallen stellte, die zu überaus unangenehmen und qualvollen Todesfällen führten. Noch war niemand auf diesen Gedanken gekommen.

Der Mann verließ die Baustelle und stieg unter die Erde, weiterhin unbehelligt. Sein Overall und der Dienstausweis waren wie magische Schlüssel. Der Mann schob sich in einen weiteren schmutzigen und heißen Zugangsschacht, legte Schutzkleidung an und fuhr fort, die Kabel zu installieren.

Strom und Tod.

Wie elegant es doch war, auf diese Weise ein Leben zu nehmen, verglichen mit der gewohnten Alternative, seinem Opfer aus vierhundert Metern Entfernung eine Kugel zu verpassen.

Es war so rein, so schlicht, so natürlich.

Man konnte Elektrizität aufhalten und lenken. Aber man konnte sie nicht überlisten. Sobald Strom einmal erzeugt war, würde er automatisch danach trachten, auf direktem Weg zur Erde zurückzukehren, und zwar buchstäblich blitzartig, auch falls das den Tod eines Menschen bedeutete.

Strom hatte kein Gewissen und empfand keine Schuld.

Das war eines der Dinge, die der Mann an seiner Waffe zu bewundern gelernt hatte. Im Gegensatz zu Menschen blieb die Elektrizität stets ihrer Natur treu.

...Dreiundzwanzig

Um diese Zeit erwachte die Stadt allabendlich zum Leben.

Einundzwanzig Uhr war wie die grüne Flagge bei einem Autorennen.

New York nahm seine Auszeit nicht während der Nachtstunden, sondern indem es in eine allgemeine Empfindungslosigkeit verfiel, und das geschah paradoxerweise dann, wenn die größte Betriebsamkeit herrschte: während der Hauptverkehrszeiten am Morgen und am Nachmittag. Erst jetzt schüttelten die Leute die Taubheit des Alltags ab, wurden sich wieder ihrer selbst bewusst, wurden lebendig.

Und trafen äußerst wichtige Entscheidungen: welche Bar, welche Freunde, welches Hemd? BH, kein BH?

Kondome?...

Und dann nichts wie raus auf die Straße.

Fred Dellray eilte mit großen Schritten durch die kühle Frühlingsluft und spürte die Energie ansteigen, beinahe wie den Strom, der die Kabel unter seinen Füßen summen ließ. Er fuhr nur selten Auto, besaß keinen eigenen Wagen, aber was er im Augenblick empfand, ähnelte sehr dem Gefühl, das Gaspedal durchzutreten und sinnlos Benzin zu verbrennen, sodass man mit Macht seinem Schicksal entgegengeschleudert wurde.

Zwei Blocks von der U-Bahn entfernt, drei, vier...

Und noch etwas anderes brannte. Die 100 000 Dollar in seiner Tasche.

Habe ich jetzt alles ruiniert?, dachte Fred Dellray. Sicher, er verhielt sich moralisch korrekt. Er würde seine Karriere opfern und eine Haftstrafe in Kauf nehmen, falls diese magere Aussicht auf eine Spur ihn letztlich zu dem Täter führte, mochte das nun »Gerechtigkeit-für« oder sonst wer sein. Hauptsache, die unschuldigen Opfer wurden gerettet. Gewiss, die 100 000 Dollar waren nichts im Vergleich zu dem Betrag, von dem er sie abgezweigt hatte. Und dank der bürokratischen Kurzsichtigkeit würde man sie vielleicht nicht mal vermissen. Doch auch dann, und sogar für den Fall, dass William Brents Informationen stichhaltig waren und weitere Anschläge verhindert werden konnten, würde die begangene Straftat an Dellray nagen, und sein Schuldgefühl würde immer mehr anwachsen wie ein quälender Tumor.

Würden die Gewissensbisse sein Leben am Ende dauerhaft beeinflussen, es grau und wertlos werden lassen?

Veränderungen …

Er stand kurz davor, kehrtzumachen und das Geld zurückzubringen.

Nein, doch nicht. Er tat das Richtige. Und er würde mit den Konsequenzen leben, wie auch immer sie aussahen.

Aber, verdammt, William, du hast hoffentlich einen echten Knüller zu bieten.

Dellray überquerte die Straße im Village und steuerte direkt auf William Brent zu, der ein wenig überrascht wirkte, als hätte er gedacht, der FBI-Mann würde nicht auftauchen. Dann standen sie da. Das hier war keine verdeckte Operation, und es ging auch nicht um eine Rekrutierung. Es war ein Treffen zweier Männer, die etwas Geschäftliches zu regeln hatten.

Hinter ihnen spielte ein ungewaschener Teenager, der zudem aus einem frischen Lippenpiercing blutete, ein paar Akkorde auf einer Gitarre und jammerte irgendein Lied. Dellray bedeutete Brent, sie sollten ein Stück weitergehen. Der Gestank und das Gejaule blieben hinter ihnen zurück.

»Haben Sie schon mehr herausgefunden?«, fragte Dellray.

»Ja, habe ich.«

»Was?« Wobei er abermals versuchte, nicht zu verzweifelt zu klingen.

»Das ist noch nicht spruchreif. Eher ein Hinweis auf eine Spur. Ich garantiere Ihnen bis morgen etwas Handfesteres.«

Eine Garantie? Dieses Wort bekam man im Spitzelgeschäft nicht oft zu hören.

Doch William Brent war der Armani aller Informanten.

Außerdem hatte Dellray sowieso keine andere Wahl.

»Sagen Sie, sind Sie mit der Zeitung fertig?«, fragte Brent ganz beiläufig.

»Klar. Behalten Sie sie.« Dellray reichte ihm das gefaltete Exemplar der *New York Post*.

Sie hatten das natürlich schon hundertmal gemacht. Brent steckte die Zeitung in seinen Aktenkoffer, ohne auch nur nach dem darin befindlichen Umschlag zu tasten, geschweige denn ihn zu öffnen und die Scheine zu zählen.

Dellray sah das Geld in dem Koffer verschwinden, als würde ein Sarg in ein Grab hinabgelassen.

Brent fragte nicht, woher es stammte. Warum sollte er auch? Es spielte für ihn keine Rolle.

Dann fasste der Spitzel kurz zusammen. »Weißer Durchschnittstyp. Angestellter oder Verbindung nach drinnen. Gerechtigkeit für irgendwas. Rahman. Eventuell Terrorismus, eventuell auch was anderes. Und er kennt sich mit Strom aus. Und mit sorgfältiger Planung.«

»Das ist alles, was wir bislang haben.«

»Ich glaube, mehr brauche ich auch nicht«, sagte Brent ohne die geringste Überheblichkeit. Dellray wertete das als ein gutes Zeichen. Normalerweise kam er sich in solchen Momenten wie beraubt vor, auch wenn es nur um eine typische Spitzelvergütung von vielleicht 500 Dollar ging. Hier jedoch hatte er das Gefühl, dass Brent ihn nicht enttäuschen würde.

»Wir treffen uns morgen im Carmella's«, sagte Dellray. »Im Village. Kennen Sie den Laden?«

»Ja. Wann?«

»Zwölf.«

Brent legte sein zerknittertes Gesicht noch mehr in Falten. »Fünf.«

»Drei?«

»Okay.«

Dellray hätte beinahe ein flehentliches »Bitte« geflüstert, was nach seiner Erinnerung noch kein Informant je von ihm vernommen hatte. Er konnte sich gerade noch zurückhalten, aber es fiel ihm schwer, nicht ständig den Aktenkoffer anzustarren, dessen Inhalt womöglich das Ende seiner Karriere bedeutete. Und genau genommen seines ganzen Lebens. Vor seinem inneren Auge stieg das fröhliche Gesicht seines Sohnes auf. Er schob es mit Mühe beiseite.

»Es ist mir eine Freude, mit Ihnen Geschäfte zu machen, Fred.« Brent lächelte und nickte ihm zum Abschied zu. In seiner übergroßen Brille spiegelte sich eine Straßenlaterne. Dann war er weg.

...Vierundzwanzig

»Das ist Sachs.«

Draußen vor dem Fenster war das tiefe Blubbern eines Motors zu vernehmen, das jäh erstarb.

Rhyme sprach soeben mit Tucker McDaniel und Lon Sellitto, die beide – unabhängig voneinander – vor Kurzem eingetroffen waren, gleich nachdem der Todesdoktor so plötzlich hatte aufbrechen müssen.

Sachs würde die NYPD-Parkerlaubnis auf das Armaturenbrett legen, aussteigen und herkommen. Und ja, gleich darauf öffnete sich die Haustür, und ihre eiligen und dank der langen Beine recht großen Schritte waren zu hören.

Sie nickte den Anwesenden zu und sah Rhyme prüfend an. Er kannte diesen Gesichtsausdruck: Zuneigung, verbunden mit dem klinischen Blick, der typisch für jeden Partner eines Schwerbehinderten war. Sie hatte sich eingehender über Querschnittslähmung informiert als er selbst und konnte alle – auch die intimsten – Aufgaben wahrnehmen, die zu Rhymes privater Alltagsroutine gehörten. Anfangs war Rhyme das peinlich gewesen, aber dann hatte sie scherzend und vielleicht auch ein wenig kokett angemerkt: »Das ist doch wie bei jedem anderen alten Ehepaar, Rhyme«, und ihn damit zum Verstummen gebracht. »Gutes Argument«, hatte sein einziger Kommentar gelautet.

Was nicht bedeutete, dass ihre Fürsorglichkeit, genau wie die eines jeden anderen, ihn nicht bisweilen genervt hätte. Er warf ihr nur einen kurzen Blick zu und widmete sich dann wieder den Tabellen.

Sachs sah sich um. »Wo ist denn der Preis, den man dir verliehen hat?«

»Es gab da eine kleine Fehlinformation.«

»Was heißt das?«

Er erzählte ihr von Dr. Kopeskis Angebot.

»Nein!«

Rhyme nickte. »Kein Briefbeschwerer.«

»Hast du ihn rausgeworfen?«

»Das war Thom. Und er hat dabei eine verdammt gute Figur abgegeben. Aber ich will jetzt nicht darüber reden.« Er musterte ihre Umhängetasche. »Also, was bringst du uns Neues?«

Sie zog mehrere dicke Akten aus der Tasche. »Ich habe die Liste der Leute, die Zugang zu den Computercodes der Algonquin hatten. Außerdem ihre Lebensläufe und Personalunterlagen.«

»Was ist mit verärgerten Mitarbeitern? Gab es psychische Probleme?«

»Jedenfalls keine, die für uns relevant wären.«

Sie berichtete von ihrem Treffen mit Andi Jessen: An den Dampfrohren unweit des Umspannwerks an der Siebenundfünfzigsten Straße seien schon länger keine Arbeiten mehr durchgeführt worden. Es habe zudem keine offenen Terrordrohungen gegeben, aber die Möglichkeit werde gegenwärtig noch einmal geprüft. »Dann habe ich mit jemandem aus der Abteilung für Sonderprojekte gesprochen – die sich im Grunde um alternative Energien drehen. Charlie Sommers. Guter Mann. Er hat mir erklärt, welche Voraussetzungen man mitbringen muss, um einen Anschlag wie den heutigen verüben zu können. Unser Täter könnte ein Elektrikermeister oder Militärelektriker sein. Oder er hat bei einer Stromfirma als Techniker oder Störungssucher gearbeitet.«

»Das wäre doch auch eine gute Tätigkeitsbeschreibung für dich, Linc«, warf Sellitto ein.

»Ein Störungssucher ist ein technischer Spezialist für Problemfälle«, erklärte Sachs. »Man benötigt praktische Berufserfahrung, um so einen Lichtbogen auszulösen. Es lässt sich nicht einfach im Internet nachlesen.«

Rhyme nickte in Richtung der Tafel, und Sachs trug die Punkte ein.

»Auch für die Computermanipulation waren entweder ein entsprechender Kurs oder beträchtliche Praxiskenntnisse erforderlich«, fügte sie hinzu und erwähnte die SCADA- und EMP-Software, die der Täter beherrschen musste.

Dann schrieb sie auch diese Einzelheiten auf die Tafel.

»Wie viele Leute stehen auf der Liste?«, fragte Sellitto.

»Mehr als vierzig.«

»Autsch«, murmelte McDaniel.

Rhyme vermutete, dass einer der Namen womöglich dem Täter gehörte. Vielleicht konnten Sachs und Sellitto die Liste ja noch weiter eingrenzen. Doch im Augenblick wollte er vor allem konkrete Spuren verfolgen. Leider gab es kaum welche, zumindest keine ergiebigen.

Der Anschlag lag nun fast zwölf Stunden zurück, und sie waren dem Mann aus dem Café oder irgendeinem anderen Verdächtigen noch keinen Schritt näher gekommen.

Der Mangel an Anhaltspunkten mochte frustrierend sein, aber wesentlich beunruhigender war ein nüchterner Eintrag im Täterprofil: *Vermutlich dieselbe Person, die 23 Meter des verwendeten Typs Bennington-Kabel und 12 Drahtverbindungsschrauben gestohlen hat. Weitere Anschläge geplant?*

Arbeitete der Täter in diesem Moment schon an der nächsten Falle? Bei dem Anschlag auf den Bus hatte es keine Vorwarnung gegeben. Vielleicht war das seine typische Vorgehensweise. Die Fernsehnachrichten konnten jeden Moment vermelden, dass ein zweiter Lichtbogen irgendwo Dutzende von Menschen getötet hatte.

Mel Cooper fotokopierte die Liste, und sie teilten die Namen unter sich auf. Sachs, Pulaski und Sellitto würden eine Hälfte übernehmen, McDaniel und seine Bundesagenten die andere. Außerdem gab Sachs dem ASAC die Personalunterlagen mit, die zu den Namen auf seinem Teil der Liste gehörten.

»Dieser Sommers, vertraust du ihm?«, fragte Rhyme.

»Ja. Ich habe ihn überprüft. Und er hat mir das hier gegeben.« Sie zückte ein kleines, schwarzes elektronisches Gerät und richtete es auf ein Kabel neben Rhyme. Dann drückte sie eine Taste und las das Display ab. »Hm. Zweihundertvierzig Volt.«

»Und ich, Sachs? Stehe ich voll unter Strom?«

Sie lachte und zielte zum Spaß auf ihn. Dann zog sie eine Augenbraue hoch, was – so hoffte Rhyme – verführerisch gemeint war. Ihr Telefon klingelte. Sie führte ein kurzes Gespräch und trennte dann die Verbindung. »Das war Bob Cavanaugh, der stellvertretende Geschäftsführer. Er war derjenige, der sich bei den Zweigstellen noch einmal nach etwaigen Terrordrohungen erkundigen wollte. Wie es aussieht, sind die Algonquin und ihre Kraftwerke tatsächlich nicht konkret bedroht worden, auch nicht von Öko-Fundamentalisten. Aber aus Philadelphia wird gemeldet, dass jemand unbefugt in eines der zentralen Umspannwerke eingedrungen ist. Ein Weißer, Mitte vierzig. Niemand weiß, wer er war oder was er dort gemacht hat. Es gab keine Überwachungskameras, und er konnte fliehen, bevor die Polizei vor Ort war. Das alles ist letzte Woche passiert.«

Hautfarbe, Geschlecht und Alter... »Das ist unser Mann. Aber was wollte er dort?«

»Andere Einbrüche in Anlagen der Firma gab es nicht.«

Ging es dem Täter um Informationen über das Stromnetz oder die Sicherheitsvorkehrungen in Umspannwerken? Rhyme konnte nur spekulieren. Folglich würde er sich vorläufig nicht näher mit dem Vorfall beschäftigen.

McDaniel erhielt einen Anruf. Er starrte gedankenverloren auf die Tabellen und unterbrach dann die Verbindung. »Die T-und-K-Teams haben wieder etwas über die Terrorgruppe ›Gerechtigkeit-für‹ aufgefangen.«

»Was?«, drängte Rhyme.

»Nichts Explizites. Aber eines ist interessant: Es fallen in diesem Zusammenhang Schlüsselbegriffe, die in der Vergangenheit für Waffen von großer Zerstörungskraft benutzt worden sind. Unsere Algorithmen haben ›Papier‹ und ›Bedarf‹ herausgefiltert.«

Er erläuterte, die Untergrundzellen würden sich häufig dieser Taktik bedienen. Ein Anschlag in Frankreich habe kürzlich verhindert werden können, weil in den abgehörten Gesprächen der Verdächtigen die Worte »*gâteau*«, »*farine*« und »*beurre*« aufgetaucht seien, die französischen Begriffe für »Kuchen«, »Mehl« und »Butter«. Gemeint waren eine Bombe und ihre Bestandteile: Sprengstoff und Zünder.

»Der Mossad berichtet, die Hisbollah spreche mitunter von ›Bürobedarf‹ oder ›Partybedarf‹ anstatt von Raketen oder Sprengbomben. Darüber hinaus glauben wir inzwischen, dass außer Rahman noch zwei weitere Personen beteiligt sind. Ein Mann und eine Frau, sagt der Computer.«

»Haben Sie Fred schon benachrichtigt?«, fragte Rhyme.

»Gute Idee.« McDaniel nahm seinen BlackBerry, wählte eine Nummer und schaltete den Lautsprecher ein.

»Fred, hier ist Tucker. Ich bin bei Rhyme, er hört zu. Haben Sie Glück gehabt?«

»Mein Informant ist an der Sache dran. Er geht einigen Hinweisen nach.«

»Er geht ihnen nach? Das ist alles?«

Eine Pause. »Mehr habe ich nicht«, sagte Dellray dann. »Noch nicht.«

»Tja, T und K hat was gefunden.« Er informierte den Agenten über die Schlüsselworte und die Tatsache, dass neben Rahman wahrscheinlich ein Mann und eine Frau in die Angelegenheit verwickelt waren.

Dellray sagte, er werde es an seinen Kontaktmann weitergeben.

»Er war demnach einverstanden, im Rahmen des Budgets zu arbeiten?«, fragte McDaniel.

»Ja.«

»Ich wusste es. Diese Leute ziehen Sie über den Tisch, wenn Sie nicht aufpassen, Fred. So machen die Spitzel das immer.«

»Kommt vor«, erwiderte Dellray lakonisch.

»Halten Sie mich auf dem Laufenden.« McDaniel trennte die Verbindung und streckte sich. »Dieses verfluchte digitale Umfeld. Wir fangen nicht halb so viel auf, wie wir gerne möchten.«

Sellitto klopfte auf den Stapel Personalakten der Algonquin. »Ich fahre nach Downtown und setze meine Leute darauf an. O Mann, das wird eine lange Nacht.« Es war dreiundzwanzig Uhr zehn.

Die Nacht würde tatsächlich lang werden, grübelte Rhyme. Für ihn auch. Vor allem deshalb, weil er im Augenblick nichts anderes tun konnte, als abzuwarten.

Oh, wie er es hasste, untätig ausharren zu müssen.

Sein Blick schweifte über die kargen Tabelleneinträge.

Wir kommen viel zu langsam voran, dachte er. Und das ausgerechnet bei der Fahndung nach einem Täter, der mit Lichtgeschwindigkeit zuschlug.

TÄTERPROFIL

- Mann.
- 40 oder älter.
- Vermutlich weiß.
- Eventuell Brille und Baseballmütze.
- Vermutlich kurzes blondes Haar.
- Dunkelblauer Overall, ähnlich denen der Algonquin-Arbeiter.
- Kennt sich sehr gut mit elektrischen Systemen aus.
- Stiefelabdruck lässt keine Fehlbildung von Körperhaltung oder Gangart erkennen.
- Vermutlich dieselbe Person, die 23 Meter des verwendeten Typs Bennington-Kabel und 12 Drahtverbindungsschrauben gestohlen hat. Weitere Anschläge geplant? Zugang zum Ort des Diebstahls (Algonquin-Lagerhaus) erfolgte mit Schlüssel.
- Wahrscheinlich Angestellter der Algonquin oder mit entsprechender Kontaktperson.
- Terroristischer Hintergrund? Zusammenhang mit »Gerechtigkeit für [unbekannt]«? Terrorgruppe? Person namens Rahman beteiligt? Verschlüsselte Hinweise auf Geldtransfers, personelle Verschiebungen und etwas »Großes«.
- Möglicher Zusammenhang mit Einbruch in Algonquin-Umspannwerk in Philadelphia.
- SIGINT-Treffer: Schlüsselbegriffe für Waffen, »Papier« und »Bedarf« (Schusswaffen, Sprengstoff?).
- Mitverschwörer sind ein Mann und eine Frau.
- Muss sich mit SCADA auskennen – Überwachungs- und Datenerfassungsprogramm. Und mit EMP – Energiemanagementprogramm. Beide UNIX-basiert.
- Um Lichtbogen auslösen zu können, sind Kenntnisse erforderlich als: Techniker, Störungssucher, geprüfter Handwerker, Elektroingenieur, Elektrikermeister, Militärelektriker.

Sechzehn Stunden bis zum Earth Day

II

DER WEG DES GERINGSTEN WIDERSTANDES

»Der Mensch wird eines Tages die Gezeiten
bändigen, die Kraft der Sonne einfangen und
die Macht des Atoms entfesseln.«

THOMAS ALVA EDISON
(über die zukünftigen Möglichkeiten
der Stromerzeugung)

... Fünfundzwanzig

Acht Uhr.

Die Strahlen der tief stehenden Morgensonne drangen durch die Fenster herein. Lincoln Rhyme kniff die Augen zusammen, verließ mit seinem Rollstuhl den kleinen Aufzug, der Erdgeschoss und ersten Stock verband, und steuerte seitlich aus dem blendenden Lichtkegel.

Sachs, Mel Cooper und Lon Sellitto waren schon seit einer Stunde hier unten.

Sellitto telefonierte gerade. »Okay, ich hab's«, sagte er und strich einen weiteren Namen durch. Dann legte er auf. Rhyme vermochte nicht zu sagen, ob der Detective andere Kleidung als am Vortag trug. Vielleicht hatte er hier im Wohnzimmer oder im unteren Gästezimmer übernachtet. Cooper war nach Hause gefahren, zumindest für einige Stunden. Und Sachs hatte neben Rhyme geschlafen – einen Teil der Nacht. Um halb sechs war sie wieder aufgestanden, um weiter die Personalakten zu sichten und die Liste der Verdächtigen einzugrenzen.

»Wo stehen wir?«, erkundigte Rhyme sich nun.

»Hab gerade mit McDaniel gesprochen«, murmelte Sellitto. »Die haben sechs, und wir haben sechs.«

»Wir sind schon runter auf zwölf Verdächtige? Dann nichts wie ...«

»Äh, nein, Linc. Wir haben zwölf *ausgeschlossen*.«

»Unser Problem besteht darin, dass viele der Angestellten auf der Liste höhere Positionen innehaben und nicht mehr die

Jüngsten sind«, erklärte Sachs. »In ihren Lebensläufen steht oft nicht viel über ihr früheres Berufsleben oder die im Laufe der Zeit absolvierten Computerkurse. Wir müssen zahlreiche Nachforschungen anstellen, um beurteilen zu können, ob sie in der Lage wären, das Netz zu manipulieren und eine solche Vorrichtung zu installieren.«

»Wo, zum Teufel, bleiben die DNS-Ergebnisse?«, fragte Rhyme barsch.

»Das dürfte nicht mehr lange dauern«, sagte Cooper. »Unser Auftrag wird vorrangig behandelt.«

»Vorrangig«, wiederholte Rhyme mürrisch. Mittlerweile konnte ein solcher Test in einem oder zwei Tagen erledigt werden. Mit dem alten Verfahren hatte so etwas eine Woche gedauert. Er begriff nicht, wieso die Resultate ihnen nicht schon längst vorlagen.

»Gibt es etwas Neues über ›Gerechtigkeit-für‹?«

»Wir haben all unsere Akten durchforstet«, sagte Sellitto. »McDaniel seine ebenfalls. Außerdem Homeland Security, ATF und Interpol. Niemand hat etwas über diese Gruppe oder über Rahman. Gar nichts. Dieses digitale Umfeld ist ein verdammt unheimliches Ding. Wie aus einem Stephen-King-Roman.«

Rhyme wollte das Labor anrufen, in dem die DNS-Analyse durchgeführt wurde, aber gerade als sein Finger das Touchpad berührte, klingelte das Telefon. Er hob eine Augenbraue und drückte sogleich auf GESPRÄCH ANNEHMEN.

»Kathryn. Guten Morgen. Sie sind früh auf.« In Kalifornien war es fünf Uhr.

»Es geht.«

»Gibt's was Neues?«

»Logan wurde erneut gesichtet – in der Nähe seines letzten Aufenthaltsortes. Ich habe soeben mit Arturo Diaz gesprochen.«

Auch der Ermittler befand sich schon bei der Arbeit. Ein gutes Zeichen.

»Sein Boss hat inzwischen die Leitung übernommen. Ich habe ihn schon erwähnt. Rodolfo Luna.«

Wie sich herausstellte, war Luna tatsächlich ein hohes Tier, nämlich der stellvertretende Direktor der mexikanischen Bundespolizei, dem Äquivalent des FBI. Obwohl ihm bereits die überwältigend schwierige Aufgabe obliege, den Kampf gegen die Drogenkartelle zu führen – und die damit einhergehende Korruption in den Behörden zu unterbinden –, habe Luna begierig die Gelegenheit ergriffen, den Uhrmacher dingfest zu machen, erklärte Dance. Ein eventuell drohender Auftragsmord sei in Mexiko nichts Besonderes und erfordere eigentlich keinen so hochrangigen Beamten wie Luna, aber er sei ehrgeizig und erhoffe sich, dass die Zusammenarbeit mit dem NYPD sich positiv auf Mexikos angespannte Beziehung zum nördlichen Nachbarn auswirken werde.

»Der Mann ist wirklich außergewöhnlich. Fährt in seinem eigenen Lexus SUV durch die Gegend, trägt zwei Pistolen... ein echter Cowboy.«

»Aber ist er sauber?«

»Arturo hat mir erzählt, dass er alle Tricks und Kniffe beherrscht ... Aber ja, er ist sauber. Und er ist gut. Er hat zwanzig Jahre Erfahrung und arbeitet bisweilen an vorderster Front mit, um einen Fall aufzuklären. Er stellt sogar eigenhändig Beweismittel sicher.«

Rhyme war beeindruckt. Während seiner Zeit im aktiven Polizeidienst, als er schon Leiter der Spurensicherung im Rang eines Captains gewesen war, hatte er sich genauso verhalten. Viele Male war irgendein junger Techniker beim Klang von Rhymes Stimme erschrocken herumgefahren und hatte verblüfft den Chef des Chefs seines Chefs erblickt, der mit Latexhandschuhen und Pinzette eine Faser oder ein Haar vom Boden aufsammelte.

»Luna hat hart gegen Wirtschaftsverbrecher, Menschenhändler und Terroristen durchgegriffen und ein paar einflussreiche Leute hinter Gitter gebracht.«

»Und er ist noch am Leben«, stellte Rhyme fest. Das war nicht nur so dahingesagt. Der Polizeipräsident von Mexico City war vor nicht allzu langer Zeit ermordet worden.

»Er hat einen Haufen Leibwächter«, erklärte Dance. »Und er würde gern mit Ihnen reden, Lincoln.«

»Geben Sie mir seine Nummer.«

Dance nannte langsam eine Ziffer nach der anderen. Sie kannte Rhyme persönlich und wusste von seiner Behinderung. Mit seinem rechten Zeigefinger gab er die Nummer nun über das Touchpad ein. Die Zahlen erschienen auf dem Flachbildschirm vor ihm.

Dann sagte Dance, die DEA setze das Verhör des Mannes fort, der Logan das Paket gebracht hatte. »Seine Behauptung, er kenne den Inhalt nicht, ist gelogen. Ich habe das Video gesehen und konnte den Kollegen ein paar Tipps für die weitere Befragung geben. Der Arbeiter hat vermutlich mit Drogen oder Bargeld gerechnet und einen schnellen Blick riskiert. Da er den Inhalt nicht gestohlen hat, dürfte es sich um etwas anderes gehandelt haben. Das Verhör müsste ungefähr jetzt wieder losgehen.«

Rhyme bedankte sich bei ihr.

»Ach, da wäre noch was.«

»Ja?«

Dance nannte ihm die Adresse einer Internetseite, die Rhyme ebenfalls langsam in seinen Computer eingab.

»Ich dachte mir, Sie würden sich Rodolfo vielleicht gern mal ansehen. Mir jedenfalls hilft es beim Verständnis einer Person, wenn ich eine bildliche Vorstellung von ihr habe. Auf dieser Seite ist ein Foto von ihm.«

Rhyme bezweifelte, dass es ihm nützen würde. Bei seiner Arbeit bekam er nur selten Leute zu Gesicht. Die Opfer waren meistens tot und die Täter längst geflohen, bis ihm ein Fall übertragen wurde. Es war ihm eigentlich auch lieber so.

Dennoch rief er die fragliche Seite im Anschluss an das Telefonat auf. Es war ein mexikanischer Zeitungsartikel in spanischer Sprache, und es schien darin um eine große Drogenrazzia zu gehen. Der verantwortliche Ermittler war Rodolfo Luna. Das Foto zeigte einen großen Mann inmitten mehrerer anderer Bundespolizisten. Manche von ihnen trugen zum Schutz ihrer Identität schwarze Skimasken, andere hatten die grimmigen, wachsamen Mienen von Männern, deren Beruf sie zu Zielscheiben gemacht hatte.

Luna hatte ein breites Gesicht und dunkle Haut. Er trug zwar eine Militärmütze, doch darunter war sein Kopf offenbar kahl geschoren. Seine olivfarbene Uniform sah mehr nach Armee als nach Polizei aus, und an seiner Brust hing jede Menge glänzendes Lametta. Er hatte einen buschigen schwarzen Schnurrbart, umgeben von ausgeprägten Labialfalten. Seine Miene war einschüchternd finster, er hielt eine Zigarette und zeigte gerade auf irgendetwas links des Bildes.

Rhyme gab per Touchpad den Befehl, die Nummer in Mexico City zu wählen. Er hätte dazu auch die Spracherkennung benutzen können, aber da er etwas Kontrolle über seine rechte Hand zurückerlangt hatte, wollte er keine Gelegenheit zum Training auslassen.

Hier war lediglich eine zusätzliche Landesvorwahl erforderlich, und gleich darauf sprach er mit Luna, dessen Stimme sich als überraschend sanft erwies, mit nur ganz leichtem, nicht eindeutig zuzuordnendem Akzent. Der Mann musste fraglos Mexikaner sein, aber in seinem Tonfall schien ein Hauch Französisch mitzuschwingen.

»Ah, ah, Lincoln Rhyme. Es ist mir ein überaus großes Vergnügen. Ich habe viel über Sie gelesen. Und ich besitze natürlich Ihre Bücher. Ich habe dafür gesorgt, dass sie zur Pflichtlektüre meiner Ermittler gehören.« Er hielt kurz inne. »Verzeihen Sie«, sagte er dann. »Aber wollen Sie das Kapitel über DNS nicht mal auf den neuesten Stand bringen?«

Rhyme musste lachen. Erst vor ein paar Tagen hatte er genau darüber nachgedacht. »Das werde ich. Sobald dieser Fall abgeschlossen ist, Inspector ... sind Sie ein Inspector?«

»Inspector?«, wiederholte er gutmütig. »Tut mir leid, aber warum nur denken die Leute, dass in anderen Ländern als den Vereinigten Staaten alle Beamten den Titel eines Inspectors tragen?«

»Dank der wichtigsten Informationsquelle aller Strafverfolger«, sagte Rhyme. »Film und Fernsehen.«

Ein Kichern. »Was würden wir armen Polizisten nur ohne Kabelanschluss machen? Aber nein, mein Dienstrang ist Commander. In meinem Land besteht oft kein so großer Unterschied zwischen Armee und Polizei. Und Sie sind Captain im Ruhestand, entnehme ich Ihrem Buch.«

»Ich arbeite inzwischen als externer Berater. Und ich weiß Ihre Unterstützung bei den Ermittlungen wirklich zu schätzen. Dies ist ein sehr gefährlicher Mann.«

»Ich bin gern behilflich. Ihre Kollegin, Mrs. Dance, war maßgeblich dafür verantwortlich, dass mehrere mexikanische Straftäter von den USA an uns ausgeliefert werden konnten, obwohl es beträchtlichen Widerstand gab.«

»Ja, sie ist gut.« Er kam zur Sache: »Wie ich gehört habe, ist Logan wieder aufgetaucht.«

»Mein Assistent Arturo Diaz und sein Team haben ihn zweimal zu Gesicht bekommen. Einmal gestern in einem Hotel. Und dann heute Morgen ganz in der Nähe – an der Avenue Bosque de Reforma im Geschäftsviertel. Er hat einige Bürogebäude fotografiert und ist dadurch aufgefallen, denn es handelt sich schwerlich um architektonische Meisterwerke. Ein Verkehrspolizist hat ihn anhand eines Fotos wiedererkannt. Arturos

214

Männer waren schnell vor Ort, aber Logan konnte rechtzeitig verschwinden. Ihr Mr. Uhrmacher ist schwer zu fassen.«

»Davon kann ich ein Lied singen. Wer ist in den Gebäuden untergebracht, die er fotografiert hat?«

»Dutzende von Firmen. Und einige kleine Zweigstellen von Regierungsbehörden. Transport- und Handelsunternehmen. Im Erdgeschoss eines der Häuser liegt eine Bankfiliale. Ob das wohl eine Rolle spielt?«

»Er ist nicht nach Mexiko gekommen, um eine Bank auszurauben. Wir gehen davon aus, dass er einen Mord plant.«

»Unsere Leute überprüfen dort derzeit alle Firmen und Angestellten und suchen nach einer möglichen Zielperson.«

Rhyme wusste, auf welch politisch heiklem Feld er sich bewegte, aber ihm blieb keine Zeit für übertriebene Rücksichtnahme, und Luna kam ihm wie jemand vor, der das verstehen würde. »Ihre Teams müssen unsichtbar bleiben, Commander. Bitte seien Sie wesentlich vorsichtiger als normalerweise üblich.«

»Ja, natürlich. Dieser Mann hat das Auge, nicht wahr?«

»Das Auge?«

»So etwas wie das zweite Gesicht. Kathryn Dance hat mir erzählt, er sei wie eine Katze. Er spürt die Gefahr im Voraus.«

Nein, dachte Rhyme; er ist einfach nur sehr schlau und kann die Züge seiner Gegner präzise vorhersehen. Wie ein Großmeister im Schach. Doch er sagte: »Genau das ist es, Commander.«

Rhyme musterte das Foto von Luna auf seinem Bildschirm. Dance hatte recht: Telefonate gewannen deutlich hinzu, wenn man wusste, wie der Gesprächspartner aussah.

»Wir haben hier unten auch ein paar solcher Kandidaten.« Luna kicherte wieder. »Genau genommen bin ich einer davon. Deshalb bin ich noch am Leben, im Gegensatz zu vielen meiner Kollegen. Wir setzen die Überwachung fort – aber diskret. Wenn wir ihn verhaftet haben, Captain, möchten Sie bei seiner Auslieferung vielleicht ja persönlich zugegen sein.«

»Ich komme nicht viel vor die Tür.«

Luna hielt abermals inne. »Ach, verzeihen Sie«, sagte er dann bekümmert. »Ich hatte Ihre Verletzung ganz vergessen.«

Was mir wohl nie gelingen wird, dachte Rhyme ebenso ernst.

»Sie brauchen sich nicht zu entschuldigen.«

»Nun, wir hier in Mexico City sind jedenfalls überaus – wie sagt man bei Ihnen? – *empfänglich.* Sie wären uns herzlich willkommen und würden es sehr bequem haben. Sie können bei mir zu Hause wohnen, und meine Frau wird für Sie kochen. Es gibt in meinem Haus keine Treppen, die Ihnen Umstände bereiten könnten.«

»Mal sehen.«

»Wir haben sehr gutes Essen, und ich sammle Meskals und Tequilas.«

»In dem Fall wäre ein Festmahl zur Feier des Tages wohl angebracht«, sagte Rhyme, um ihn versöhnlich zu stimmen.

»Ich werde mir Ihren Besuch verdienen, indem ich diesen Mann fange … und Sie könnten dann eventuell einen Vortrag für meine Beamten halten.«

Nun lachte Rhyme in sich hinein. Ihm war nicht bewusst gewesen, dass sie Verhandlungen führten. Rhymes Besuch in Mexiko wäre eine Feder, mit der dieser Mann sich würde schmücken können; das war einer der Gründe für Lunas Hilfsbereitschaft. In Lateinamerika wurden vermutlich alle Geschäfte so getätigt – ganz gleich, ob es nun um Strafverfolgung oder um Handelsbeziehungen ging.

»Es wäre mir eine Ehre.« Rhyme blickte auf und sah Thom, der ihm zuwinkte und auf den Korridor zeigte.

»Commander, ich muss jetzt Schluss machen.«

»Ich danke Ihnen für Ihren Anruf, Captain. Ich melde mich, sobald es etwas Neues gibt. Auch falls es unbedeutend erscheint, ich werde Sie sofort verständigen.«

… Sechsundzwanzig

Thom führte den adretten, energischen Assistant Special Agent in Charge Tucker McDaniel in das Labor. Er wurde von einem geschniegelten, jungen, unterwürfigen Mitarbeiter begleitet, dessen Namen Rhyme sofort vergaß. Insgeheim bezeichnete er ihn schlicht als »den Kleinen«. Der Mann warf nur einen kurzen Blick auf den Querschnittsgelähmten und schaute gleich wieder weg.

»Wir konnten noch ein paar Namen von der Liste streichen«, verkündete der ASAC. »Aber es ist etwas passiert: Wir haben einen Brief mit Forderungen erhalten.«

»Von wem?«, fragte Lon Sellitto, der zerknittert wie ein luftleerer Ball an einem der Untersuchungstische saß. »Terroristen?«

»Das Schreiben ist anonym und nicht spezifiziert«, sagte McDaniel und sprach dabei jede einzelne Silbe klar und deutlich aus. Rhyme fragte sich, ob er den Mann wirklich so unausstehlich fand. Zum Teil lag sein Eindruck daran, wie McDaniel sich gegenüber Fred Dellray verhalten hatte. Zum Teil lag es an seiner affektierten Art. Und manchmal brauchte man auch einfach keinen besonderen Grund dafür.

Das digitale Umfeld …

»Sind wir sicher, dass die Nachricht vom Täter stammt?«, hakte Sellitto nach.

Bei einem vermeintlich unmotivierten Anschlag war es nicht unüblich, dass mehrere Leute sich dazu bekannten. Und mit einer Wiederholung der Tat drohten, sofern man nicht ihre Forderungen erfüllte, obwohl sie in Wahrheit gar nichts mit dem Zwischenfall zu tun hatten.

»Er kennt diverse Details«, merkte McDaniel pikiert an. »*Selbstverständlich* haben wir das überprüft.«

Die Überheblichkeit des Mannes bestärkte Rhyme in seiner Abneigung. »Wer hat die Botschaft erhalten? Und auf welchem Weg?«, fragte er.

»Andi Jessen. Die Einzelheiten soll sie Ihnen selbst erzählen. Ich wollte nur dafür sorgen, dass Sie das Schreiben so schnell wie möglich bekommen.«

Wenigstens fing der Bundesbeamte kein Kompetenzgerangel an. Das machte ihn ein wenig sympathischer.

»Ich habe den Bürgermeister, Washington und die Homeland Security verständigt. Wir haben auf dem Weg hierher per Konferenzschaltung miteinander gesprochen.«

Allerdings ohne unsere Beteiligung, dachte Rhyme.

Der ASAC öffnete seine Aktentasche und holte ein Blatt Papier in einer Klarsichthülle heraus. Rhyme nickte Mel Cooper zu, der das Blatt mit Handschuhen aus der Hülle nahm und auf einen Untersuchungstisch legte. Er fotografierte es, und einen Moment später erschien der handgeschriebene Text auf den Computermonitoren im Raum:

An die Generaldirektorin Andi Jessen und die Algonquin Consolidated Power:
Gegen 11.30 Uhr gestern Vormittag hat sich beim Umspannwerk MH-10 an der 57. Straße West in Manhattan ein Vorfall mit einem Lichtbogen ereignet. Zu diesem Zweck wurden ein Kabel Marke Bennington und eine Sammelschiene mittels zweier Drahtverbindungsschrauben an einer abgehenden Leitung befestigt. Durch die Abschaltung von vier anderen Umspannwerken und die Erhöhung der Trennereinstellungen in MH-10 kam es zu einer Überlastung von knapp zwei-

hunderttausend Volt, die sich in dem Lichtbogen entladen hat. Dieser Vorfall war allein Ihre Schuld und Ihrer Gier und Selbstsucht zu verdanken, die typisch für die gesamte Branche ist und angeprangert werden muss. Enron hat die Finanzen vieler Menschen vernichtet, Ihre Firma richtet unsere physische Existenz und die Natur zugrunde. Durch die kommerzielle Verwertung von Elektrizität ohne Rücksicht auf die Konsequenzen zerstören Sie unsere Welt. Sie schleichen sich heimtückisch in unsere Leben wie ein Virus, bis wir von dem abhängig sind, was uns tötet.

Die Leute müssen lernen, dass sie längst nicht so viel Elektrizität benötigen, wie Sie ihnen einreden. Und Sie müssen ihnen den Weg weisen. Daher werden Sie im gesamten Versorgungsnetz von New York City heute einen sukzessiven Spannungsabfall herbeiführen – Sie werden die Leistung auf fünfzig Prozent der abfallenden Last reduzieren, und zwar eine halbe Stunde lang, beginnend um 12.30 Uhr. Falls Sie das nicht tun, werden um 13.00 Uhr weitere Menschen sterben.

Rhyme nickte in Richtung des Telefons. »Ruf Andi Jessen an«, sagte er zu Sachs.

Sie befolgte seine Anweisung, und kurz darauf ertönte die Stimme der Frau aus dem Lautsprecher. »Detective Sachs? Wissen Sie schon Bescheid?«

»Ja. Ich bin hier mit Lincoln Rhyme sowie einigen Leuten vom FBI und dem NYPD. Der Brief liegt uns vor.«

»Wer steckt dahinter?«, fragte Jessen wütend.

»Das wissen wir nicht«, sagte Sachs.

»Aber Sie müssen doch zumindest irgendeine Vorstellung haben.«

»Die Ermittlungen kommen voran, aber wir haben noch keinen Verdächtigen«, erklärte McDaniel, nachdem er seinen Namen und Dienstrang genannt hatte.

»Und was ist mit dem Mann im Overall, der gestern in dem Café bei der Bushaltestelle gesessen hat?«

»Wir wissen nicht, wer er ist. Zurzeit gehen wir die Liste durch, die Sie uns gegeben haben. Aber bislang hat sich noch kein klarer Tatverdächtiger herauskristallisiert.«

»Miss Jessen, ich bin Detective Sellitto vom NYPD. Können Sie es tun?«

»Was tun?«

»Was er fordert. Sie wissen schon, den Strom herunterfahren.«

Rhyme sah kein Problem darin, dem Gegner ein Stück entgegenzukommen, falls dadurch zusätzliche Zeit gewonnen wurde, um Spuren zu analysieren oder einen Terroristen zu überwachen. Aber diese Entscheidung lag nicht bei ihm.

»Hier ist noch mal Tucker, Miss Jessen. Wir empfehlen ausdrücklich, sich nicht auf Verhandlungen einzulassen. Es würde am Ende nur dazu führen, dass die Täter zusätzliche Forderungen erheben.« Seine Augen waren auf den massigen Detective gerichtet, der den Blick offen erwiderte.

»Es könnte uns etwas Spielraum verschaffen«, ließ Sellitto sich nicht beirren.

Der ASAC zögerte, vielleicht weil er es für unklug hielt, den Anschein einer Kontroverse zu erwecken. Dennoch sagte er: »Ich rate dringend davon ab.«

»Es steht nicht mal zur Debatte«, sagte Andi Jessen. »Eine stadtweite Reduzierung auf fünfzig Prozent der abfallenden Last? Das ist nicht so, als würde man einen Dimmer zurückdrehen. Es würde das Gefüge der gesamten Northeastern Interconnection durcheinanderbringen und zu Dutzenden von Spannungsschwankungen und Stromausfällen führen. Und wir haben Millionen von Kunden, deren Systeme sich bei so einer Fluktuation aus Sicherheitsgründen komplett abschalten würden. Es gäbe Datenverluste und automatische Rücksetzungen auf die Werkseinstellungen. Und dann könnte man das alles nicht einfach wieder einschalten, sondern müsste es über Tage neu programmieren. Viele Daten würden sich gar nicht mehr retten lassen. Schlimmer noch: Nur *ein Teil* der lebenswichtigen Infrastruktur ist durch Batterien oder eigene Generatoren abgesichert, aber eben nicht alles. Die Notstromaggregate der Krankenhäuser beispielsweise können nur für kurze Zeit einspringen, und manche dieser Systeme funktionieren nie hundertprozentig. Als Folge würden Menschen ihr Leben verlieren.«

Tja, dachte Rhyme, der Verfasser des Briefes hat in einem Punkt recht: Die Elektrizität und damit die Algonquin und andere Energieversorger sind tatsächlich ein Bestandteil unseres Lebens geworden. Wir sind vom Strom abhängig.

»Da hören Sie's«, sagte McDaniel. »Es geht gar nicht.«

Sellitto verzog das Gesicht. Rhyme sah zu Sachs. »Parker?«

Sie nickte, scrollte durch eine Liste in ihrem BlackBerry und suchte die Nummer und E-Mail-Adresse von Parker Kincaid in Washington D. C. heraus. Er war ein ehemaliger FBI-Agent und arbeitete inzwischen als unabhängiger Berater. Rhyme hielt ihn für den landesweit besten Dokumentengutachter.

»Ich schicke es ihm gleich rüber.« Sachs setzte sich an einen der Computer, schrieb eine E-Mail, scannte den Brief ein und schickte beides los.

Sellitto klappte sein Telefon auf und setzte die Antiterroreinheit des NYPD sowie die Emergency Services Unit – das Sondereinsatzkommando der Stadt – davon in Kenntnis, dass ungefähr um dreizehn Uhr ein weiterer Anschlag drohte.

Rhyme wandte sich dem Lautsprecher zu. »Miss Jessen, hier noch mal Lincoln. Diese Liste, die Sie Sachs gestern gegeben haben ... die Angestellten ...«

»Ja?«

»Können Sie uns Schriftproben der Leute besorgen?«

»Von allen?«

»Von so vielen wie möglich.«

»Ich hoffe. Wir haben von so gut wie jedem Mitarbeiter eine unterzeichnete Vertraulichkeitserklärung vorliegen. Außerdem dürfte es diverse ausgefüllte Formulare, Anträge oder Spesenabrechnungen geben.«

Rhyme war skeptisch, inwieweit eine Unterschrift repräsentativ für die Handschrift einer Person sein würde. Er war zwar kein ausgewiesener Experte auf diesem Gebiet, aber man kann nicht Chef der Spurensicherung werden, ohne zwangsläufig etwas davon zu verstehen. Er wusste, dass die Leute dazu neigten, ihre Namen beiläufig hinzukritzeln (was eine wirklich schlechte Angewohnheit war, denn eine nachlässige Signatur lässt sich einfacher fälschen). Wenn jemand aber ein Memo verfasste oder sich Notizen machte, geschah das zumeist in leserlicherer Form und ließ weitaus bessere Rückschlüsse zu. Rhyme teilte Jessen seine Bedenken mit. Sie erwiderte, sie werde mehrere Leute mit der Suche nach möglichst vielen aussagekräftigen Schriftproben beauftragen. Sie war nicht glücklich darüber, schien aber mittlerweile akzeptiert zu haben, dass ein Angestellter der Algonquin in die Sache verwickelt sein konnte.

Rhyme drehte den Kopf vom Telefon weg. »Sachs!«, rief er. »Ist er da? Ist Parker da? Was ist los?«

Sie nickte. »Er ist bei irgendeiner Veranstaltung oder so. Ich werde zu ihm durchgestellt.«

Kincaid war der alleinerziehende Vater zweier Kinder, Robby und Stephanie, und legte viel Wert darauf, sein Privat- und Berufsleben im Gleichgewicht zu halten. Er hatte das FBI verlassen, um sich mehr um seine Kinder kümmern und – wie Rhyme – als freier Berater arbeiten zu können. Rhyme wusste jedoch auch, dass Kincaid bei einem Fall wie diesem sofort an Bord kommen und nach Kräften behilflich sein würde.

Der Kriminalist wandte sich wieder dem Telefon zu. »Miss Jessen, könnten Sie die Proben scannen und an folgende E-Mail-

Adresse schicken?« Er sah Sachs an und zog eine Augenbraue hoch. Sie nannte der Firmenchefin die elektronische Anschrift von Parker Kincaid.

»Ist notiert«, sagte Jessen.

»Verwendet der Täter übliche Fachbegriffe?«, fragte Rhyme. »›Versorgungsnetz‹, ›sukzessiver Spannungsabfall‹, ›abfallende Last‹?«

»Ja.«

»Verrät uns das etwas über ihn?«

»Eigentlich nicht. Wer unseren Computer manipulieren und eine Lichtbogenvorrichtung installieren kann, weiß natürlich auch über die technischen Aspekte Bescheid. Diese Begriffe sind jedem in der Strombranche geläufig.«

»Wie haben Sie den Brief bekommen?«

»Er wurde bei mir zu Hause abgegeben.«

»Ist Ihre Adresse allgemein bekannt?«

»Ich stehe nicht im Telefonbuch, aber ich schätze, es ist nicht unmöglich, mich zu finden.«

»Wie genau haben Sie den Brief erhalten?«, hakte Rhyme nach.

»Ich wohne in einem Apartmentgebäude an der Upper East Side. Jemand hat am Lieferanteneingang geklingelt. Der Portier ist hingegangen, um nachzusehen. Als er zurückkam, lag der Brief auf seinem Tisch. Auf dem Umschlag stand: *Dringend! Sofort an Andi Jessen zustellen!*«

»Gibt es dort Überwachungskameras?«, fragte Rhyme.

»Nein.«

»Wer hat den Brief angefasst?«

»Der Portier. Allerdings nur den Umschlag. Ich habe das Schreiben durch einen Boten abholen und in die Firma bringen lassen. Er dürfte es also auch berührt haben. Und ich natürlich.«

McDaniel wollte etwas sagen, aber Rhyme kam ihm zuvor. »Der Brief war eilig. Wer auch immer ihn abgegeben hat, wusste von dem Portier und dass er Sie umgehend verständigen würde.«

McDaniel nickte. Offenbar wäre das auch sein Kommentar gewesen. Der Kleine mit den glänzenden Augen nickte ebenfalls wie ein Wackeldackel auf der Hutablage eines Autos.

»Ich schätze, das stimmt«, sagte Andi Jessen nach einer kurzen Pause. Die Besorgnis war ihr deutlich anzuhören. »Demnach hat er mich ausspioniert. Wer weiß, was er noch alles in Erfahrung gebracht hat!«

»Haben Sie Personenschutz?«, fragte Sellitto.

»In der Firma sind rund um die Uhr vier bewaffnete Wachleute zugegen. Bernie Wahl, unser Sicherheitschef, hat dafür gesorgt. Sie haben ihn ja kennengelernt, Detective Sachs. Aber zu Hause habe ich niemanden. Ich hätte nie gedacht...«

»Wir lassen einen Streifenwagen vor Ihrem Haus Posten beziehen«, sagte Sellitto und klappte sein Telefon auf, um alles Notwendige zu veranlassen.

»Haben Sie Angehörige hier in der Gegend?«, fragte McDaniel. »Falls ja, sollten auch sie bewacht werden.«

Am anderen Ende der Leitung herrschte kurz Stille. Dann: »Warum?«

»Er könnte versuchen, Ihre Verwandten als Druckmittel zu benutzen.«

»Oh.« Bei dem Gedanken, ihrer Familie könne ein Leid zugefügt werden, klang Jessens sonst so entschlossene Stimme auf einmal kleinlaut. Doch sie entgegnete: »Meine Eltern wohnen in Florida.«

»Sie haben einen Bruder, nicht wahr?«, fragte Sachs. »Habe ich auf Ihrem Schreibtisch nicht ein Foto von ihm gesehen?«

»Mein Bruder? Wir haben kaum Kontakt. Und er lebt nicht hier...« Sie wurde von jemandem im Hintergrund unterbrochen. »Hören Sie, es tut mir leid«, meldete sie sich gleich darauf zurück. »Der Gouverneur ruft an. Er hat gerade von der neuen Entwicklung erfahren.«

Es klickte in der Leitung. Jessen hatte aufgelegt.

»Gut.« Sellitto hob beide Hände. Sein Blick streifte McDaniel, richtete sich dann aber auf Rhyme. »Das macht es uns wesentlich leichter.«

»Leichter?«, fragte der Kleine.

»Ja.« Sellitto zeigte auf einen der Monitore. Dort lief eine Digitaluhr. »Da wir nicht mit ihm verhandeln können, müssen wir ihn lediglich finden. In weniger als drei Stunden. Ein Kinderspiel.«

… Siebenundzwanzig

Mel Cooper und Rhyme arbeiteten an der Analyse des Briefes. Einige Minuten zuvor war auch Ron Pulaski eingetroffen. Lon Sellitto hatte sich auf den Weg nach Downtown begeben, um mit der ESU das weitere Vorgehen zu koordinieren, falls unversehens ein Verdächtiger oder der mögliche Ort des nächsten Anschlags identifiziert werden konnte.

Tucker McDaniel musterte den Erpresserbrief, als handle es sich um irgendeine exotische Speise, die ihm noch nie zu Gesicht gekommen war. Nach Rhymes Einschätzung lag das daran, dass Handschrift auf einem Zettel nicht in die Vorstellung von einem »digitalen Umfeld« passte. Es war gewissermaßen die Antithese aller Hightech-Kommunikation. Gegen Papier und Tinte konnten McDaniels Computer und seine hoch entwickelten Suchsysteme nichts ausrichten.

Auch Rhyme betrachtete die Nachricht. Er wusste – sowohl aus eigener Erfahrung als auch aus der Zusammenarbeit mit Parker Kincaid –, dass eine Handschrift nichts über die Persönlichkeit des Schreibers verrät, was auch immer die Bücher in den Ständern kurz vor der Supermarktkasse oder irgendwelche Medienberichte behaupten mochten. Eine Analyse konnte dennoch aufschlussreich sein, sofern man eine andere Probe besaß, um sie mit dem ersten Text zu vergleichen. Auf diese Weise ließ sich nämlich feststellen, ob beide Dokumente vom selben Verfasser stammten. Parker Kincaid würde nun genau das tun und als Erstes einen Abgleich mit den beglaubigten Proben bekannter Terrorverdächtiger durchführen. Dann würde er sich die Schriftproben der Algonquin-Angestellten vornehmen, die auf der Liste der Firma standen.

Schrift und Inhalt eines Briefes ließen eventuell auch Rückschlüsse auf Rechts- oder Linkshändigkeit zu, auf das Bildungsniveau, das Heimatland und/oder die Herkunftsregion, mentale und körperliche Gebrechen sowie den Einfluss von Alkohol oder Drogen.

Rhymes Interesse galt jedoch zunächst etwas grundlegenderen Details: den Charakteristika des Papiers und der Tinte sowie etwaigen Fingerabdrücken und Spurenpartikeln.

Coopers sorgfältige Untersuchung ergab in allen vier Punkten ein großes fettes Nichts.

Papier und Tinte waren beide handelsüblich und konnten aus Tausenden von Geschäften stammen. Der Brief trug lediglich Andi Jessens Fingerspuren, der Umschlag zusätzlich die des Boten und des Portiers; McDaniels Leute hatten von allen Beteiligten Abdrücke genommen und an Rhyme übermittelt.

Unbrauchbar, dachte Rhyme verärgert. Die einzige Folgerung lautete, dass der Täter schlau war. Und sich zu behelfen wusste.

Doch zehn Minuten später gab es so etwas wie einen Durchbruch.

Parker Kincaid rief aus seinem Haus in Fairfax, Virginia, an, wo er in seinem Arbeitszimmer über den Dokumenten saß.

»Lincoln.«

»Parker, was haben wir?«

»Lass uns mit dem Schriftvergleich anfangen«, sagte Kincaid. »Die Kontrollproben, die das Unternehmen mir geschickt hat, waren relativ dürftig. Daher konnte ich die Analyse nicht so umfassend durchführen, wie ich mir das gewünscht hätte.«

»Das ist mir klar.«

»Aber ich habe den Personenkreis auf zwölf Angestellte eingegrenzt.«

»Zwölf. Hervorragend.«

»Hier kommt die Liste. Bereit?«

Rhyme schaute zu Cooper, der nickte. Dann notierte der Techniker sich die Namen, die Kincaid ihm diktierte.

»Ich kann dir noch ein paar Dinge über ihn verraten. Er ist zum Beispiel Rechtshänder. Und mir sind einige Besonderheiten bei der Wortwahl und Rechtschreibung aufgefallen.«

»Leg los.«

Rhyme nickte Cooper zu, der daraufhin zur Tafel mit dem Täterprofil ging.

»Er hat die Highschool und vermutlich auch eine Universität besucht, und zwar in den Vereinigten Staaten. Manche seiner Formulierungen wirken etwas unbeholfen, aber das führe ich auf den Stress zurück, unter dem er steht. Wahrscheinlich wurde er auch hier geboren. Ich kann nicht mit Sicherheit sagen, ob er nicht *doch* ausländischer Abstammung ist, aber Englisch ist seine Muttersprache. Und ich habe den ganz starken Eindruck, dass es auch seine einzige Sprache ist.«

Cooper schrieb alles auf.

»Er ist außerdem ziemlich klug. Er schreibt weder in der ersten Person über sich, noch benutzt er in diesem Zusammenhang das Aktiv.«

Rhyme begriff. »Er sagt nichts über sich selbst.«

»Genau.«

»Was bedeuten könnte, dass er Komplizen hat.«

»Es besteht die Möglichkeit. Darüber hinaus variieren in seinem Schriftbild die Auf- und Abschwünge. Das lässt auf eine gewisse emotionale Erregung schließen. Wenn jemand wütend ist oder unter Druck steht, gewinnt seine Schrift oft an Breite.«

»Gut.« Rhyme nickte Cooper zu, der auch diesen Punkt in das Profil eintrug. »Danke, Parker. Wir machen uns an die Arbeit.«

Er trennte die Verbindung. »Zwölf…« Rhyme seufzte. Er

überflog die Tabellen und dann die Namen der Verdächtigen. »Können wir den Kreis denn nicht irgendwie schneller eingrenzen?«, fragte er mürrisch und sah, wie auf seiner Uhr eine weitere Minute ihrer Frist verstrich.

TATORT: ALGONQUIN-UMSPANNWERK
MANHATTAN-10, 57. STR. WEST

- Opfer (verstorben): Luis Martin, stellvertretender Geschäftsführer in Plattenladen.
- Keine Fingerabdrücke auf den Oberflächen.
- Schrapnellsplitter aus geschmolzenem Metall als Ergebnis des Lichtbogens.
- Isoliertes Aluminiumkabel, Stärke 0.
  - Bennington Electrical Manufacturing, AM-MV-60, geeignet bis 60 000 Volt.
  - Von Hand mit Bügelsäge zurechtgeschnitten, neues Blatt, abgebrochener Zahn.
- Zwei »Drahtverbindungsschrauben« mit 2-cm-Löchern.
  - Nicht zurückverfolgbar.
- Charakteristische Werkzeugspuren auf den Schrauben.
- »Sammelschiene« aus Messing, mit zwei 1-cm-Schrauben am Kabel befestigt.
  - Alles nicht zurückverfolgbar.
- Stiefelabdrücke.
  - Albertson-Fenwick, Modell E-20 für Elektroarbeiten, Größe 11.
- Metallgitter durchtrennt für Zugang zum Umspannwerk; charakteristische Werkzeugspuren von Bolzenschneider.
- Zugangsluke und Rahmen aus Keller.
  - DNS gefunden; wird getestet.
  - Griechische Speise, Taramosalata.

- Blondes Haar, 2,5 cm lang, von Person 50 oder jünger, gefunden in Café gegenüber Umspannwerk.
  - Wird toxisch-chemischer Analyse unterzogen.
- Mineralpartikel: Vulkanasche.
  - Kommt im Großraum New York nicht vor.
  - Ausstellungen, Museen, Schulen?
- Zugriff auf Software der Algonquin-Zentrale durch interne Codes, nicht externe Hacker.

ERPRESSERBRIEF

- An Andi Jessens Privatadresse geliefert.
  - Keine Zeugen.
- Handgeschrieben.
  - Zur Analyse an Parker Kincaid geschickt.
- Papier und Tinte handelsüblich.
  - Nicht zurückverfolgbar.
- Keine Fingerabdrücke außer von A. Jessen, Portier, Bote.
- Keine erkennbaren Partikel gefunden.

TÄTERPROFIL

- Mann.
- 40 oder älter.
- Vermutlich weiß.
- Eventuell Brille und Baseballmütze.
- Vermutlich kurzes blondes Haar.
- Dunkelblauer Overall, ähnlich denen der Algonquin-Arbeiter.
- Kennt sich sehr gut mit elektrischen Systemen aus.

- Stiefelabdruck lässt keine Fehlbildung von Körperhaltung oder Gangart erkennen.
- Vermutlich dieselbe Person, die 23 Meter des verwendeten Typs Bennington-Kabel und 12 Drahtverbindungsschrauben gestohlen hat. Weitere Anschläge geplant? Zugang zum Ort des Diebstahls (Algonquin-Lagerhaus) erfolgte mit Schlüssel.
- Wahrscheinlich Angestellter der Algonquin oder mit entsprechender Kontaktperson.
- Terroristischer Hintergrund? Zusammenhang mit »Gerechtigkeit für [unbekannt]«? Terrorgruppe? Person namens Rahman beteiligt? Verschlüsselte Hinweise auf Geldtransfers, personelle Verschiebungen und etwas »Großes«.
  - Möglicher Zusammenhang mit Einbruch in Algonquin-Umspannwerk in Philadelphia.
  - SIGINT-Treffer: Schlüsselbegriffe für Waffen, »Papier« und »Bedarf« (Schusswaffen, Sprengstoff?).
  - Mitverschwörer sind ein Mann und eine Frau.
- Muss sich mit SCADA auskennen – Überwachungs- und Datenerfassungsprogramm. Und mit EMP – Energiemanagementprogramm; Algonquin nutzt Enertrol. Beide UNIX-basiert.
- Um Lichtbogen auslösen zu können, sind Kenntnisse erforderlich als: Techniker, Störungssucher, geprüfter Handwerker, Elektroingenieur, Elektrikermeister, Militärelektriker.
- Handschriftenprofil, erstellt von Parker Kincaid:
  - Rechtshänder.
  - Mindestens Highschool-Bildung, vermutlich Universität.
  - In den USA zur Schule gegangen.
  - Englisch erste und vermutlich einzige Sprache.
  - Schreibt im Passiv; Hinweis auf Komplizen?
  - Könnte einer von 12 Algonquin-Angestellten sein.
  - Bei Abfassung des Briefes emotional, wütend, unter Druck.

...Achtundzwanzig

Mel Cooper, der an seinem Computer arbeitete, setzte sich plötzlich auf. »Ich glaube, ich weiß eine.«

»Eine *was?*«, fragte Rhyme gereizt.

»Eine Möglichkeit, die Liste einzugrenzen.« Cooper richtete sich noch weiter auf, schob seine Brille höher den Nasenrücken hinauf und las eine E-Mail. »Erinnerst du dich an das Haar, das wir in dem Café gegenüber dem Umspannwerk gefunden haben?«

»Es hat keine Wurzel und damit keine DNS«, rief Rhyme ihm schroff ins Gedächtnis. Er ärgerte sich immer noch, dass die Testergebnisse auf sich warten ließen.

»Das meine ich nicht, Lincoln. Ich habe gerade das Resultat der toxisch-chemischen Analyse erhalten. Das Haar enthält beachtliche Mengen von Vinblastin und Prednison sowie Spuren von Etoposid.«

»Ein Krebspatient«, sagte Rhyme und reckte den Kopf vor – was seine Version von Coopers geänderter Sitzhaltung war. »Er bekommt eine Chemotherapie verabreicht.«

»Sieht ganz so aus.«

McDaniels junger FBI-Protegé lachte auf. »Woher wissen Sie das?« Dann zu seinem Boss: »Das ist ziemlich gut.«

»Sie wären überrascht«, sagte Ron Pulaski.

Rhyme ignorierte sie beide. »Findet heraus, ob einer der zwölf auf unserer Liste bei seiner Krankenversicherung in den letzten fünf oder sechs Monaten Nachweise über eine Krebsbehandlung eingereicht hat.«

Sachs rief in der Algonquin-Zentrale an. Andi Jessen telefonierte gerade – wahrscheinlich mit dem Gouverneur oder Bürgermeister –, also ließ sie sich mit dem Sicherheitschef Bernard Wahl verbinden. Die tiefe, eindeutig afroamerikanische Stimme des Mannes versicherte ihnen aus dem Lautsprecher, er werde sich sofort darum kümmern.

Es dauerte dann doch einen Moment, aber Rhyme war zufrieden. Drei Minuten später kam Wahl zurück an den Apparat.

»Auf der ursprünglichen Liste mit zweiundvierzig Personen gibt es sechs Krebspatienten. Aber von den zwölf, deren Handschriften zu dem Erpresserbrief passen könnten, kommen nur zwei in Betracht. Einer ist Manager in unserer Vertriebsabteilung. Er saß zum Zeitpunkt des Anschlags angeblich im Flugzeug, auf dem Rückweg von einer Geschäftsreise.« Wahl nannte ihnen die relevanten Daten. Mel Cooper notierte alles und setzte sich dann mit der Fluglinie in Verbindung. Die verschärften Sicherheitsbestimmungen im Flugverkehr waren den Strafverfolgungsbehörden schon oft zugutegekommen, denn dank der inzwischen so strikten Ausweispflicht ließ der Verbleib der Passagiere sich mühelos nachvollziehen.

»Die Angaben des Mannes stimmen.«

»Was ist mit dem anderen?«

»Tja, Sir, der käme ebenfalls in Frage. Raymond Galt, vierzig. Er macht bei der Krankenversicherung seit einem Jahr Behandlungen wegen Leukämie geltend.«

Rhyme schaute zu Sachs, die instinktiv wusste, was der Blick zu bedeuten hatte. Sie kommunizierten oft auf diese Weise. Amelia setzte sich an einen Computer und tippte etwas ein.

»Seine Vorgeschichte?«, fragte Rhyme.

»Er hat bei einem unserer Konkurrenten im Mittelwesten angefangen und ist später zur Algonquin gekommen«, antwortete Wahl.

»Ein Konkurrent?«

Der Mann zögerte. »Nun ja, nicht wirklich. Nicht wie in der Autoindustrie. So nennen wir eben die anderen Energieversorger.«

»In welcher Funktion arbeitet Galt bei Ihnen?«

»Er ist ein Störungssucher«, sagte Wahl.

Rhyme starrte das Täterprofil auf der Tafel an. Laut Charlie Sommers hätte ein Störungssucher die notwendige Erfahrung, um eine Lichtbogenwaffe zu bauen, wie sie bei dem Umspannwerk verwendet worden war. »Mel, nimm dir mal Galts Akte vor«, sagte er. »Kennt er sich mit SCADA und dem Energiemanagementprogramm aus?«

Cooper klappte die Personalakte des Mannes auf. »Das steht hier nicht im Einzelnen. Es heißt lediglich, er habe an zahlreichen Fortbildungsmaßnahmen teilgenommen.«

»Mr. Wahl, ist Galt verheiratet oder alleinstehend?«, fragte Rhyme den Sicherheitschef.

»Alleinstehend. Er wohnt in Manhattan. Möchten Sie seine Adresse, Sir?«

»Ja.«

Wahl gab sie ihnen.

»Hier spricht Tucker McDaniel. Wo arbeitet er im Augenblick, Mr. Wahl?«, drängte der ASAC.

»Das ist es ja. Er hat sich vor zwei Tagen krankgemeldet. Niemand weiß, wo er steckt.«

»Hat er in letzter Zeit womöglich eine Reise unternommen? Vielleicht nach Hawaii oder Oregon? Irgendwohin, wo es einen Vulkan gibt?«

»Einen Vulkan? Wieso?«

Rhyme bemühte sich, nicht aus der Haut zu fahren. »Verraten Sie uns einfach: War er auf Reisen?«

»Laut seinem Arbeitszeitblatt jedenfalls nicht. Er hat sich ein paarmal aus medizinischen Gründen freigenommen – wegen der Krebsbehandlung, schätze ich –, aber Urlaub hat er in diesem Jahr noch nicht eingereicht.«

»Könnten Sie mit seinen Kollegen sprechen und herausfinden, ob man weiß, wo er sich gern aufhält, welche Freunde er außerhalb der Firma hat oder ob er irgendeiner Gruppe angehört?«

»Ja, Sir.«

Rhyme fiel das griechische Essen ein. »Und erkundigen Sie sich, ob er regelmäßig mit irgendwem zu Mittag isst.«

»Ja, Sir.«

»Mr. Wahl, was wissen Sie über Galts nähere Verwandtschaft?«, fragte McDaniel.

Wahl berichtete, Galts Vater sei tot, aber seine Mutter und eine Schwester wohnten in Missouri. Er teilte ihnen die Namen, Anschriften und Telefonnummern mit.

Dann hatten Rhyme und McDaniel vorerst keine weiteren Fragen an den Sicherheitschef. Sie bedankten sich und beendeten das Telefonat.

McDaniel trug seinem Untergebenen auf, die FBI-Zweigstelle in Cape Girardeau, Missouri, zu kontaktieren und die Überwachung von Mutter und Tochter zu veranlassen.

»Besteht hinreichender Tatverdacht für eine Abhörgenehmigung?«, fragte der Kleine.

»Das bezweifle ich. Aber versuchen Sie trotzdem, eine zu kriegen. Zumindest die Erlaubnis, dass wir die Nummern aller Gesprächspartner registrieren dürfen.«

»Ich kümmere mich gleich darum.«

»Rhyme«, rief Sachs.

Er schaute auf den Bildschirm, wo das Ergebnis von Sachs' hektischen Eingaben zu sehen war. Das Foto der Führerscheinstelle zeigte einen blassen Mann, der ernst in die Kamera blickte. Sein Haar war blond und kurz. Ungefähr zweieinhalb Zentimeter.

»Nun haben wir also einen Verdächtigen«, stellte McDaniel fest. »Gute Arbeit, Lincoln.«

»Wir sollten uns erst beglückwünschen, wenn er in Haft sitzt.«

Er las die weiteren Daten der Führerscheinstelle. Die Adresse stimmte mit der von Wahl genannten überein. »Er wohnt an der Lower East Side? ... Da gibt's nicht viele Schulen oder Museen. Ich glaube, die Vulkanasche stammt von dem Ort, an dem er seinen nächsten Anschlag verüben wird. Vielleicht sogar von dem direkten Zielobjekt. Und er wird einen belebten Ort wollen, mit vielen Leuten.«

Vielen Opfern ...

Ein Blick auf die Uhr. Es war zehn Uhr dreißig.

»Mel, sprich noch mal mit deiner Geologin in der Zentrale. Wir müssen uns beeilen!«

»Mach ich.«

»Ich besorge uns einen Durchsuchungsbefehl und fordere ein Team an, das Galts Wohnung stürmen soll«, sagte McDaniel.

Rhyme nickte und rief Sellitto an, der immer noch unterwegs nach Downtown war.

»Ich bin gerade über etwa fünfhundert rote Ampeln gebrettert, Linc«, ertönte die Stimme des Detectives blechern aus dem Lautsprecher. »Falls dieser Mistkerl tatsächlich den Strom abschaltet und die Ampeln ausfallen, sind wir am Arsch. Auf keinen Fall ...«

»Lon«, fiel Rhyme ihm ins Wort. »Hör zu, wir haben einen Namen. Raymond Galt. Er arbeitet bei der Algonquin als Störungssucher. Wir sind uns noch nicht hundertprozentig sicher, aber er könnte durchaus unser Mann sein. Mel schickt dir per E-Mail die Einzelheiten.«

Cooper, der gerade wegen der Suche nach der Lava telefonierte, klemmte sich den Hörer zwischen Ohr und Schulter und fing an, die wichtigsten Informationen über den Verdächtigen in einem Text zusammenzufassen.

»Ich schicke sofort die ESU hin«, rief Sellitto.

»Wir nehmen unser taktisches Team«, sagte McDaniel schnell.

Wie die Schuljungen, dachte Rhyme. »Schickt wen auch immer, das ist egal. Aber es muss *jetzt* passieren.«

Sellitto und McDaniel einigten sich auf ein gemeinsames Vorgehen und leiteten beide alles Notwendige in die Wege.

»Wir nähern uns dem Ende der Frist, also wird er vermutlich nicht zu Hause sein«, warnte Rhyme. »In dem Fall möchte ich, dass nur meine Leute Galts Wohnung auf Spuren untersuchen.«

»Kein Problem«, sagte McDaniel.

»Ich?« Sachs hob eine Augenbraue.

»Nein. Falls wir Hinweise auf den Ort des nächsten Anschlags finden, will ich dich dort haben.« Er schaute zu Pulaski.

»Ich?« Das gleiche Pronomen, ein anderer Tonfall.

»Beeilung, Grünschnabel. Und denken Sie daran …«

»Ich weiß«, sagte Pulaski. »Diese Lichtbogendinger sind zweieinhalbtausend Grad heiß. Ich passe auf mich auf.«

Rhyme lachte. »Ich wollte eigentlich sagen: Versauen Sie es ja nicht … Und jetzt Tempo!«

... Neunundzwanzig

Jede Menge Metall. Überall Metall.

Ron Pulaski sah auf die Uhr: elf. Noch zwei Stunden bis zum nächsten Anschlag.

Metall... mit hervorragender Leitfähigkeit und wahrscheinlich per Kabel an eine der unsichtbaren Stromquellen in den Eingeweiden des heruntergekommenen Mietshauses angeschlossen, in dem er stand.

Nach Erlass des Durchsuchungsbefehls hatten die Teams von FBI und ESU – zur allseitigen Enttäuschung, aber zu niemandes Überraschung – feststellen müssen, dass Galt nicht anwesend war. Pulaski hatte daraufhin die Beamten hinauskomplimentiert. Und ließ nun den Blick durch die dunklen Räume schweifen, die im Keller eines alten baufälligen Sandsteingebäudes an der Lower East Side lagen. Er und drei Kollegen hatten den taktischen Zugriff durchgeführt – nur vier Personen, gemäß Rhymes Anordnung, um die Verunreinigung durch fremde Spurenpartikel auf ein Minimum zu reduzieren.

Die anderen waren nun draußen, und Pulaski untersuchte die kleine Wohnung allein. Ihm fielen zahlreiche Metallobjekte auf, die als Fallen präpariert sein konnten, ähnlich wie die Notfallbatterie in dem Umspannwerk, die beinahe Amelia getötet hatte.

Und er musste an die Metallscheibchen auf dem Bürgersteig denken, an die kleinen Krater im Beton und an die Löcher im Leib des armen jungen Luis Martin. Ihm fiel etwas ein, das sogar noch beunruhigender war: Amelia Sachs, die sichtlich mitge-

238

nommen wirkte. Was sonst nie vorkam. Wenn dieses Stromzeug *ihr* solche Angst einjagen konnte …

Nachdem seine Frau Jenny am Vorabend zu Bett gegangen war, hatte Ron Pulaski sich ins Internet eingeloggt und versucht, so viel wie möglich über Elektrizität nachzulesen. Sobald man etwas versteht, wird man es weniger fürchten, hatte Lincoln Rhyme zu ihm gesagt. Wissen bedeutet Kontrolle. Auf Elektrizität, Strom, Saft traf das leider nicht so ganz zu. Je mehr Pulaski erfuhr, desto unbehaglicher fühlte er sich. Er begriff zwar das grundlegende Konzept, kam aber immer wieder auf die Tatsache zurück, dass Strom nun mal so verdammt unsichtbar war. Man konnte nie genau wissen, wo er steckte. Wie eine Giftschlange in einem dunklen Zimmer.

Er schob diese Gedanken nur mit Mühe beiseite. Lincoln Rhyme hatte ihm diesen Tatort anvertraut. *Also mach dich gefälligst an die Arbeit.* Auf der Fahrt hierher hatte er Rhyme angerufen und ihn gefragt, ob der Kriminalist via Audio- und Videoübertragung an der Untersuchung des Schauplatzes teilnehmen wolle, wie er dies manchmal mit Amelia praktizierte.

»Ich hab zu tun, Grünschnabel«, hatte Rhyme gesagt. »Falls Sie das immer noch nicht allein hinkriegen, besteht wohl keine Hoffnung mehr für Sie.«

Klick.

Die meisten Leute hätten das als Beleidigung aufgefasst, aber Pulaski grinste breit und hätte am liebsten sofort seinen Zwillingsbruder angerufen, einen Streifenbeamten beim Sechsten Revier, um ihm stolz davon zu erzählen. Doch natürlich machte er das nicht; er hob es sich für das kommende Wochenende auf, wenn sie beide einen trinken gehen wollten.

Und so fing er nun ganz allein mit der Untersuchung an und streifte die Latexhandschuhe über.

Galts Wohnung war eine karge, trostlose Bude, eindeutig das Zuhause eines Junggesellen, der sich keinen Deut um seine Umgebung scherte. Dunkel, beengt, muffig. Die Lebensmittel zur Hälfte frisch, zur Hälfte alt, teils sogar *sehr* alt. Die Kleidung einfach auf einen Haufen geworfen. Rhyme hatte Pulaski eingeschärft, dass es hier vordringlich nicht darum ging, Beweise für ein Gerichtsverfahren zu sichern – obwohl er »ja nicht vergessen« sollte, die »Scheißregistrierkarten ordnungsgemäß auszufüllen« –, sondern darum, den Ort von Galts nächstem Anschlag und etwaige Verbindungen zu Rahman und »Gerechtigkeit-für« herauszufinden.

Pulaski durchsuchte zunächst den wackligen, verschrammten Schreibtisch, die abgenutzten Aktenschränke sowie diverse Kästen nach Hinweisen auf Motels oder Hotels, andere Wohnungen, Freunde oder Ferienhäuser.

Und nach einer Straßenkarte mit einem großen roten X und dem Vermerk: *Nächster Anschlag!*

Leider fand sich nichts dermaßen Offensichtliches. Das meiste war sogar nicht mal ansatzweise von Nutzen. Keine Adressbücher, Notizen, Briefe. Die Liste der eingegangenen und getätigten Anrufe im Telefon war gelöscht und der Apparat abgewischt worden. Nach einem Druck auf die Taste der Wahlwiederholung meldete sich die elektronische Stimme der Auskunft und fragte nach dem gewünschten Bundesstaat. Galt hatte seinen Laptop mitgenommen, und einen anderen Computer gab es hier nicht.

Pulaski fand Schreibpapier und Briefumschläge, die zu dem Erpresserbrief passen konnten. Außerdem ein Dutzend Kugelschreiber. Er tütete alles ein.

Da ihm sonst nichts ins Auge fiel, fing er an, das Gitternetz abzuschreiten, Nummern auszulegen und Fotos zu schießen. Und Partikel zu sichern.

Er beeilte sich so gut es ging, wurde jedoch, wie so oft, immer wieder von Angst befallen. Angst vor einer erneuten Verletzung, sodass er zögerte und am liebsten aufgehört hätte. Doch das wiederum führte zu einer anderen Angst: dass er den an ihn gestellten Erwartungen nicht gerecht werden würde, falls er nicht hundertprozentige Leistung brachte. Er würde seine Frau enttäuschen, seinen Bruder, Amelia Sachs.

Und Lincoln Rhyme.

Aber es war so schwierig, die Angst abzuschütteln.

Seine Hände fingen an zu zittern, sein Atem beschleunigte sich, und als irgendwo ein Knarren ertönte, zuckte er vor Schreck zusammen.

Um sich zu beruhigen, rief er sich ins Gedächtnis, wie seine Frau ihm tröstend zuflüsterte: »Es wird alles gut, es wird alles gut, es wird alles gut…«

Er machte weiter und streckte die Hand nach der Tür eines Wandschranks aus. Dann bemerkte er den metallenen Knauf. Pulaski stand auf Linoleum, wusste aber nicht, ob das sicher genug war. Auch die Latexhandschuhe reichten ihm nicht aus. Er nahm eine Abtropfunterlage aus Gummi, packte damit den Knauf und öffnete die Tür.

Im Innern des Schranks fanden sich eindeutige Beweise für Ray Galts Täterschaft: eine Bügelsäge mit einem abgebrochenen Zahn. Außerdem ein Bolzenschneider. Pulaski wusste, dass er hier eigentlich nur das Gitternetz abschreiten und Beweise einsammeln sollte, aber er zog trotzdem ein kleines Vergrößerungsglas aus der Tasche und nahm das Werkzeug damit genauer in Augenschein. Eine der Klingen des Bolzenschneiders wies eine winzige Kerbe auf. Sie passte vermutlich zu den Kratzern auf den Schnittkanten des Gitters, das Pulaski in dem Tunnel unweit der Bushaltestelle gefunden hatte. Er verpackte und registrierte die Werkzeuge. In einem anderen kleinen Schrank stieß er auf ein Paar Stiefel der Marke Albertson-Fenwick, Größe elf.

Sein Telefon klingelte und ließ ihn aufschrecken. Im Display stand Lincoln Rhymes Name. Pulaski hob sofort ab. »Lincoln, ich…«

»Haben Sie irgendwas über Verstecke rausgefunden, Grün-

241

schnabel? Über Fahrzeuge, die er gemietet haben könnte? Freunde, bei denen er vielleicht untergeschlüpft ist? Auch nur den geringsten Hinweis auf mögliche Anschlagziele?«

»Nein, er hat hier gründlich aufgeräumt. Aber ich habe die Werkzeuge und Stiefel gefunden. Er ist definitiv unser Mann.«

»Ich will *Orte. Adressen.*«

»Ja, Sir. Ich…«

Klick.

Pulaski klappte sein Telefon zu und verstaute sorgfältig alle bislang gefundenen Gegenstände und Spuren. Dann durchsuchte er zweimal die komplette Wohnung einschließlich des Kühlschranks, des Gefrierfachs, aller Schränke und sogar der Lebensmittelkartons, die groß genug waren, um etwas darin zu verstecken.

Nichts…

An die Stelle seiner Angst trat Enttäuschung. Er hatte Beweise dafür vorliegen, dass es sich bei Galt um den Täter handelte, aber sonst nichts. Weder einen Hinweis darauf, wo Galt sich aufhalten konnte, noch darauf, was sein nächstes Ziel sein würde. Dann fiel Pulaskis Blick erneut auf den Schreibtisch. Dort stand ein billiger Computerdrucker, an dem ein gelbes Lämpchen blinkte. Pulaski trat näher. Im Display des Geräts stand: *Papierstau.*

Was hatte Galt ausdrucken wollen?

Pulaski klappte vorsichtig die Abdeckung hoch und schaute in die Eingeweide des Druckers. Er sah das festklemmende Papier.

Er sah außerdem ein Warnschild, auf dem stand: *Vorsicht! Gerät steht unter Spannung! Vor Wartungs- und Reinigungsarbeiten unbedingt vom Stromnetz trennen!*

Womöglich befanden sich weitere Seiten im Puffer des Druckers, die hilfreiche oder gar wesentliche Informationen enthielten. Wenn Pulaski den Stecker zog, würden sie verloren gehen.

Er wollte behutsam hineingreifen – und musste wieder an die geschmolzenen Metallstückchen denken.

Zweieinhalbtausend Grad…

Ein Blick auf die Armbanduhr.

Scheiße. Amelia hatte ihn gewarnt, er dürfe in der Nähe von Strom nichts Metallisches am Leib tragen. Das hatte er ganz vergessen. Verfluchte Kopfverletzung! Wieso konnte er nicht klarer denken? Er nahm die Uhr ab und steckte sie ein. O Herr im Himmel, was soll das denn nützen? Er legte die Uhr auf einen Tisch, weit weg von dem Drucker.

Ein weiterer Versuch, aber die Angst war abermals stärker und ließ ihn innehalten. Pulaski war wütend auf sich selbst.

»Scheiße«, murmelte er und ging in die Küche, wo ihm zwei dicke rosafarbene Haushaltshandschuhe aufgefallen waren. Er streifte sie über und vergewisserte sich, dass keiner der FBI-Agenten oder ESU-Cops zum Zeugen dieser lächerlichen Aufmachung wurde. Dann kehrte er zu dem Drucker zurück.

Er öffnete seine Werkzeugtasche und wählte das beste Hilfsmittel, um den Papierstau zu beseitigen und den Drucker wieder funktionsbereit zu machen: eine Pinzette. Sie war natürlich aus Metall und prächtig dafür geeignet, eine hübsche, beständige Verbindung zu allen freigelegten Stromdrähten herzustellen, mit denen Galt den Drucker eventuell präpariert hatte.

Pulaski schaute zu seiner Uhr in knapp zwei Metern Entfernung. Weniger als anderthalb Stunden bis zum nächsten Anschlag.

Er beugte sich vor und schob die Pinzette zwischen zwei überaus dicke Kabel.

... Dreißig

Die Fernsehnachrichten brachten Galts Foto, und die Polizei befragte seine Exfreundinnen, seine Bowlingmannschaft und seinen Onkologen. Aber es ergaben sich keine Anhaltspunkte. Er war untergetaucht.

Mel Coopers Geologin aus der Zentrale der Spurensicherung hatte im Stadtgebiet von New York insgesamt einundzwanzig mögliche Ursprungsorte für die Vulkanasche gefunden, darunter ein Bildhauer, der Skulpturen aus Lavagestein anfertigte.

»Zwanzigtausend Dollar für so ein Ding von der Größe einer Wassermelone«, murmelte Cooper. »Und dann sieht es auch noch genauso aus.«

Rhyme nickte geistesabwesend und hörte McDaniel zu, der zur Federal Plaza zurückgekehrt war und ihm soeben telefonisch mitteilte, dass Galts Mutter seit einigen Tagen nichts mehr von ihrem Sohn gehört habe. Doch das sei nicht ungewöhnlich, und er sei wegen seiner Krankheit in letzter Zeit sehr niedergeschlagen gewesen. »Was ist mit der Abhörgenehmigung für die Familie?«, fragte Rhyme.

Der ASAC erklärte gereizt, sie hätten den Richter nicht davon überzeugen können.

»Aber wir dürfen die Nummern registrieren.« Eine solche Schaltung würde es den Beamten zwar nicht gestatten, den Inhalt der Telefonate zu belauschen, aber sie würde die Nummern jedes Anrufers und jedes Angerufenen festhalten, anhand derer die jeweiligen Personen ermittelt werden konnten.

Rhyme hatte derweil ungeduldig ein weiteres Mal Pulaski angerufen, der sich zwar sofort gemeldet, aber mit zitternder Stimme geklagt hatte, das Klingeln habe ihm »einen mordsmäßigen Schreck eingejagt«.

Dann hatte der junge Beamte gesagt, er versuche gerade, Informationen aus Raymond Galts Computerdrucker zu sichern.

»Mein Gott, Grünschnabel, lassen Sie die Finger davon.«

»Schon in Ordnung, ich stehe auf einer Gummimatte.«

»Das meine ich nicht. Ein Computer sollte nur von Experten untersucht werden. Es könnte automatische Löschprogramme geben ...«

»Nein, nein, hier ist kein Computer. Bloß der Drucker. Es gibt einen Papierstau, und ich ...«

»Keine Adressen oder mögliche Anschlagsorte?«

»Nein.«

»Rufen Sie mich an, sobald Sie etwas finden. Noch in derselben *Sekunde*.«

»Ich ...«

Klick.

Die Befragung der Leute an der Siebenundfünfzigsten Straße und in Ray Galts Nachbarschaft hatte nichts erbracht. Der Täter war abgetaucht, sein Mobiltelefon tot: Galt habe den Akku entnommen, sodass das Gerät sich nicht aufspüren ließe, berichtete sein Mobilfunkanbieter.

Sachs telefonierte gerade ebenfalls und lauschte mit gesenktem Kopf. Dann dankte sie dem Gesprächspartner und trennte die Verbindung. »Das war noch mal Bernie Wahl. Er sagt, er habe mit den Leuten in Galts Abteilung gesprochen, dem New Yorker Notdienst der Algonquin. Alle behaupten, Galt sei ein Einzelgänger und habe sich abgesondert. Niemand hat regelmäßig mit ihm zu Mittag gegessen. Und er hat auch am liebsten allein gearbeitet.«

Rhyme nickte. Dann informierte er den ASAC über die mög-

245

lichen Quellen der Vulkanasche. »Wir haben einundzwanzig Orte ausfindig gemacht. Es sind …«

»Zweiundzwanzig«, rief Cooper, der mit der Kollegin in Queens sprach. »Eine Kunstgalerie in Brooklyn. An der Henry Street.«

McDaniel seufzte. »So viele?«

»Leider ja. Wir sollten Fred benachrichtigen«, sagte Rhyme.

McDaniel reagierte nicht.

»Fred Dellray.« *Deinen* Angestellten, fügte Rhyme stumm hinzu. »Er sollte seinem Informanten über Galt Bescheid geben.«

»Richtig. Moment, ich hole ihn in die Leitung.«

Es klickte einige Male, und es blieb einen Moment still. Dann hörten sie: »Hallo? Hier Dellray.«

»Fred, hier spricht Tucker. In einer Konferenzschaltung mit Lincoln. Wir haben einen Verdächtigen.«

»Wen?«

Rhyme berichtete von Ray Galt. »Wir haben noch kein Motiv, aber es deutet alles auf ihn hin.«

»Wissen Sie, wo er steckt?«

»Nein, er ist von der Bildfläche verschwunden. Wir haben ein Team in seiner Wohnung.«

»Die Frist ist weiterhin akut?«

»Es gibt keine Veranlassung, das Gegenteil anzunehmen«, sagte McDaniel. »Haben Sie *irgendetwas* herausfinden können, Fred?«

»Mein Spitzel folgt ein paar guten Spuren. Ich habe noch nicht wieder von ihm gehört.«

»Können Sie uns denn gar nichts verraten?«, fragte der ASAC ungehalten.

»Noch nicht. Ich treffe ihn um fünfzehn Uhr. Er sagt, er hat etwas für mich. Ich werde ihn anrufen und ihm Galts Namen geben. Vielleicht beschleunigt das die Sache.«

Sie beendeten die Konferenzschaltung. Der ASAC blieb in

der Leitung. Gleich darauf klingelte Rhymes Telefon erneut.

»Spreche ich mit Detective Rhyme?«, fragte eine Frau.

»Ja, der bin ich.«

»Hier ist Andi Jessen. Algonquin Consolidated.«

McDaniel nannte seinen Namen. »Haben Sie noch was von Galt gehört?«

»Nein, aber es ist etwas passiert, über das Sie Bescheid wissen sollten.« Damit sicherte sie sich Rhymes volle Aufmerksamkeit.

»Fahren Sie fort.«

»Wie schon gesagt, wir haben die Computercodes geändert. Damit so etwas wie gestern sich nicht wiederholen kann.«

»Ich erinnere mich.«

»Und ich habe angeordnet, dass all unsere Umspannwerke rund um die Uhr bewacht werden. Dennoch hat es vor etwa einer Viertelstunde in einer unserer Stationen in Uptown ein Feuer gegeben. Genauer gesagt in Harlem.«

»Brandstiftung?«, fragte Rhyme.

»Ganz recht. Die Wachen waren vor dem Gebäude. Wie es scheint, hat jemand einen Brandsatz durch ein Fenster auf der Rückseite geworfen. Oder irgendwas anderes. Das Feuer konnte gelöscht werden, hat aber zu einem Problem geführt: Die Schaltanlage wurde beschädigt. Das heißt, wir können das Umspannwerk nicht manuell vom Netz nehmen. Um zu verhindern, dass dort weiter Strom durch die Leitungen fließt, müssten wir das ganze Netz herunterfahren.«

Rhyme spürte, dass sie beunruhigt war, konnte den Grund aber nicht nachvollziehen. Er bat sie um eine ausführlichere Erklärung.

»Ich glaube, er hat etwas ziemlich Verrücktes getan und eine der Hochspannungsleitungen angezapft, die von dem besagten Umspannwerk abgehen«, sagte sie. »Das sind fast hundertfünfzigtausend Volt.«

»Wie hat er das geschafft?«, fragte Rhyme. »Ich dachte, er hat

247

die Vorrichtung von gestern in einem Umspannwerk installiert, weil es zu gefährlich wäre, ein solches Kabel direkt anzuzapfen.«

»Stimmt, aber – ich weiß auch nicht – vielleicht hat er irgendeine Art von ferngesteuerter Schaltung entwickelt, mit der er sich an das Kabel hängt, um sie erst später zu aktivieren.«

»Und wo?«, fragte McDaniel.

»Die Leitung, an die ich denke, ist mehr als einen Kilometer lang. Sie verläuft unter Zentral- und Westharlem hindurch zum Fluss.«

»Und Sie können sie unter keinen Umständen abschalten?«

»Nicht bevor wir die Schaltanlage in dem Umspannwerk repariert haben. Das wird ein paar Stunden dauern.«

»Und dieser Lichtbogen könnte so schlimm werden wie der von gestern?«, fragte Rhyme.

»Mindestens. Ja.«

»Okay, wir kümmern uns darum.«

»Detective Rhyme? Tucker?« Ihre Stimme klang schon etwas zuversichtlicher.

»Ja?«, erwiderte der FBI-Agent.

»Ich möchte mich entschuldigen. Ich glaube, ich habe gestern etwas zu schroff reagiert. Aber ich konnte mir wirklich nicht vorstellen, dass einer meiner Angestellten so etwas tun würde.«

»Ich verstehe«, sagte McDaniel. »Wenigstens kennen wir jetzt seinen Namen. Mit etwas Glück können wir ihn aufhalten, bevor noch jemand zu Schaden kommt.«

Sie beendeten das Gespräch. »Mel, hast du das mitgekriegt?«, fragte Rhyme. »Uptown. Morningside Heights, Harlem. Museum, Bildhauer, was auch immer. Los, sag mir ein mögliches Ziel!« Dann rief Rhyme den Interimschef der Spurensicherung in Queens an – den Mann mit seinem früheren Job – und bat ihn, ein Team zu dem Umspannwerk zu schicken, auf das der Brandanschlag verübt worden war. »Nehmt so viele elektrostatische Abdrücke wie möglich, und bringt sie mir!«

»Ich hab was!«, rief Cooper und nahm den Hörer vom Ohr. »Columbia University. Eine der landesweit größten Sammlungen von Lava und Vulkangestein.«

Rhyme schaute zu Sachs. Sie nickte. »Ich kann in zehn Minuten dort sein.«

Dann blickten beide zu der Digitaluhr auf Rhymes Computermonitor.

Es war elf Uhr neunundzwanzig.

... Einunddreißig

Amelia Sachs befand sich auf dem Campus der Columbia University, Morningside Heights, nördliches Manhattan, und verließ soeben das Institut für Geowissenschaften.

»Es gibt hier keine Vulkanausstellung im eigentlichen Sinne«, hatte eine hilfreiche Sekretärin ihr mitgeteilt, »aber wir haben Hunderte von Proben: Vulkanasche, Lava, alle möglichen Arten Erstarrungsgestein. Wenn unsere Studenten von einer Exkursion zurückkommen, ist hier immer gleich alles eingestaubt.«

»Ich bin hier, Rhyme«, sagte Sachs in das Mikrofon und erzählte ihm, was sie über die Vulkanasche erfahren hatte.

»Und ich habe noch mal mit Andi Jessen gesprochen«, sagte er. »Die unterirdische Hochspannungsleitung reicht praktisch von der Fünften Avenue bis zum Hudson und folgt dabei ungefähr der Hundertsechzehnten Straße. Die Vulkanasche deutet jedoch darauf hin, dass Galt irgendwo in der Nähe des Universitätsgeländes zuschlagen will. Was gibt es dort zu sehen, Sachs?«

»Hauptsächlich Seminar- und Verwaltungsräume.«

»Jeder davon könnte das Ziel sein.«

Sachs schaute von rechts nach links. Es war ein klarer, kühler Frühlingstag. Studenten schlenderten umher oder joggten. Saßen auf dem Rasen und der Treppe vor der Bibliothek. »Auf den ersten Blick gibt es hier aber nicht allzu viele Möglichkeiten, Rhyme. Das Gebäude ist alt und dürfte vorwiegend aus Stein und Holz bestehen. Kein Stahl, keine Drahtseile oder irgendwas

250

in der Richtung. Ich weiß nicht, wie er hier eine große Falle installieren könnte, um möglichst viele Leute zu verletzen.«

»In welche Richtung weht der Wind?«, fragte Rhyme.

Sachs überlegte. »Nach Osten und Nordosten, würde ich sagen.«

»Was meinst du? Wie weit würde Staub wehen? Vielleicht ein paar Blocks?«

»Ja, das kommt hin. Damit wären wir im Morningside Park.«

»Ich frage bei Andi Jessen oder sonst wem in der Algonquin nach, wo die Hochspannungsleitung den Park unterquert«, sagte Rhyme. »Und, Sachs?«

»Was?«

Er zögerte. Sie vermutete – nein, *wusste* –, dass er ihr auftragen würde, vorsichtig zu sein. Doch das war überflüssig.

»Nichts«, sagte er.

Und trennte abrupt die Verbindung.

Amelia Sachs ging zum Haupttor hinaus und folgte der Windrichtung. Sie überquerte die Amsterdam Avenue und bog in eine Straße östlich des Campus ein, an der zu beiden Seiten dunkle Mietshäuser standen, solide errichtet aus Granit und Backsteinen.

Ihr Telefon klingelte, und sie las die Kennung des Anrufers ab. »Rhyme. Wie sieht's aus?«

»Ich habe gerade mit Andi gesprochen. Sie sagt, die Hochspannungsleitung verläuft nach Norden bis etwa zur Hundertsiebzehnten Straße und dann nach Westen unter dem Park hindurch.«

»Ich bin gleich da, Rhyme. Ich kann mir nicht vorstellen... o nein.«

»Was ist, Sachs?«

Vor ihr lag der Morningside Park. Es war kurz vor Mittag, und daher herrschte dort reger Betrieb. Kinder mit ihren Kindermädchen, Geschäftsleute, Studenten der Columbia, Musiker… Hunderte von Menschen, die einfach herumsaßen und den schönen Tag genossen. Auch auf den Bürgersteigen war viel los. Aber die Anzahl der möglichen Opfer war nicht der einzige Grund für Amelias Bestürzung.

»Rhyme, die ganze Westseite des Parks, der Morningside Drive…«

»Was ist damit?«

»Er ist eine einzige Baustelle. Die Hauptwasserrohre werden ausgetauscht. Große Eisenrohre. Mein Gott, falls er die Leitung dort angekoppelt hat…«

»Dann könnte der Lichtbogen überall entlang der Straße einschlagen«, sagte Rhyme. »Verdammt, er könnte sogar in ein Gebäude eindringen, ein Büro, ein Studentenwohnheim, ein Geschäft in der Nähe… oder auch meilenweit entfernt.«

»Ich muss die Stelle finden, an der Galt das Kabel angeschlossen hat, Rhyme.« Sie steckte ihr Telefon in das Futteral am Gürtel und lief zu der Baustelle.

... Zweiunddreißig

Sam Vetter hatte gemischte Gefühle, was seinen Aufenthalt in New York anging.

Der Achtundsechzigjährige war noch nie hier gewesen. Er hatte all die Jahre in Scottsdale gelebt und stets mit der Reise geliebäugelt. Auch Ruth hätte die Stadt gern besucht, aber dann waren sie im Urlaub doch immer nach Kalifornien oder Hawaii geflogen oder hatten eine Kreuzfahrt nach Alaska unternommen.

Und nun hatte seine erste Geschäftsreise seit Ruths Tod ihn ausgerechnet nach New York geführt, und alle Spesen wurden vergütet.

Er freute sich, hier zu sein.

Und war traurig, dass Ruth ihn nicht mehr begleiten konnte.

Er saß gerade beim Mittagessen im eleganten, gedämpften Restaurant des Battery Park Hotel, nippte an seinem Bier und unterhielt sich mit einigen der anderen Männer, die auch wegen der Baukostentagung hier waren.

Die Gesprächsthemen waren typisch für Geschäftsleute. Wall Street, Mannschaftssportarten. Wenn Einzelsport, dann nur Golf. Niemand redete je über Tennis, was Vetters Lieblingssport war. Sicher, alle kannten Federer oder Nadal ... aber Tennis bot nun mal keinen Stoff für Kriegsgeschichten. Frauen spielten bei den Gesprächen ebenfalls kaum eine Rolle; die Männer hier waren alle nicht mehr die Jüngsten.

Vetter ließ den Blick in die Runde schweifen, hinaus durch

die großen Panoramafenster, und prägte sich möglichst viel ein, denn seine Sekretärin und die Kollegen zu Hause würden ihn nach seinen Eindrücken von New York fragen. Bis jetzt: sehr hektisch, sehr wohlhabend, sehr laut, sehr grau – trotz des wolkenlosen Himmels. Als wüsste die Sonne, dass die New Yorker für ihr Licht ohnehin kaum Verwendung hatten.

Gemischte Gefühle ...

Ein Teil davon Schuld, weil er Spaß hatte. Er würde sich *Wicked* anschauen, um herauszufinden, ob es mit der Aufführung in Phoenix mithalten konnte, und wahrscheinlich auch *Billy Elliott*, von dem er bislang nur den Trailer der Verfilmung kannte. Und er würde in Chinatown zu Abend essen, und zwar mit zwei der Banker, die er am Vormittag kennengelernt hatte, einer aus New York, der andere aus Santa Fe.

Er kam sich irgendwie vor, als würde er Ruth betrügen.

Obwohl sie natürlich nichts dagegen gehabt hätte.

Dennoch.

Vetter musste auch gestehen, dass er sich hier ein wenig wie ein Fisch auf dem Trockenen vorkam. Seine Baufirma war auf Grundlegendes spezialisiert: Fundamente, Straßen, Bahnsteige, Gehwege – nicht besonders sexy, aber notwendig und durchaus profitabel. Sie leistete gute, prompte und ehrliche Arbeit – in einer Branche, die nicht unbedingt für diese Qualitäten bekannt war. Aber sie war klein; die anderen Unternehmen dieses Joint Ventures zählten zu den größeren Vertretern. Und kannten sich deutlich besser mit den geschäftlichen Winkelzügen, Durchführungsbestimmungen und Gesetzesvorschriften aus als Vetter.

Die Gespräche am Tisch verschoben sich von den Diamondbacks und Mets immer wieder hin zu Lombardkrediten, Zinssätzen und Hightech-Systemen, was Vetter als sehr verwirrend empfand. Er ertappte sich dabei, wie er wieder mal die große Baustelle neben dem Hotel musterte; dort wurde offenbar irgendein neues Büro- oder Apartmentgebäude hochgezogen.

Ihm fiel ein bestimmter Arbeiter auf. Der Mann trug andere Kleidung – einen dunkelblauen Overall und einen gelben Helm – und hatte eine Draht- oder Kabelrolle geschultert. Er kam im hinteren Teil der Baustelle aus einem Schacht zum Vorschein, blieb stehen und schaute sich blinzelnd um. Dann zog er ein Mobiltelefon aus der Tasche und rief jemanden an. Er klappte das Telefon zu, überquerte das Baustellengelände und schien das Nachbargebäude anzusteuern. Dabei wirkte er völlig unbekümmert und beschwingt. Offenbar machte seine Arbeit ihm Freude.

Das war alles so normal. Dieser Kerl hätte Vetter vor dreißig Jahren sein können. Oder einer von Vetters heutigen Angestellten.

Der Geschäftsmann entspannte sich. Der Anblick ließ ihn sich schon deutlich heimischer fühlen – wie der Typ in Blau und die anderen in ihren Arbeitsjacken und -overalls ihre Werkzeuge und Baumaterial umherschleppten und dabei Witze rissen. Vetter dachte an seine eigene Firma und die Mitarbeiter, die für ihn wie eine große Familie waren. Die älteren Weißen, allesamt wortkarg und schlank und sonnengebräunt, die aussahen, als hätten sie von klein auf Beton gemischt, und die jüngeren Latinos, die pausenlos redeten und mit mehr Präzision und Stolz arbeiteten.

Vielleicht unterschieden New York und die Leute, mit denen Vetter hier verhandelte, sich doch nicht so sehr von dem, was er kannte und schätzte.

Immer mit der Ruhe.

Dann sah er den Mann mit dem blauen Overall und dem gelben Helm ein Gebäude gegenüber der Baustelle betreten. Es war ein College. In den Fenstern hingen Plakate:

SPRINGSTOCK-MARATHON AM 1. MAI.
ALLE EINNAHMEN WERDEN GESPENDET!
HÜPFT FÜR DIE HEILUNG!

ABENDESSEN FÜR CROSS-GENDER-STUDENTEN
AM 3. MAI.
BITTE VORHER ANMELDEN!

DER FACHBEREICH GEOWISSENSCHAFTEN PRÄSENTIERT:
»VULKANE: EIN BLICK HINTER DIE KULISSEN«
20. APRIL – 15. MAI
EINTRITT FREI UND HEISS, HEISS, HEISS!
BESUCHER HERZLICH WILLKOMMEN.

Okay, gestand Vetter sich lächelnd ein, womöglich ist New York letztlich *doch* ein wenig anders als Scottsdale.

… Dreiunddreißig

Rhyme sah immer wieder die Beweise durch und versuchte verzweifelt, in den scheinbar unzusammenhängenden Metallteilen, Plastikstücken und Staubpartikeln, die an den Tatorten gesichert worden waren, irgendeine Verbindung zu erkennen. Er hoffte auf eine zündende Idee, die ihm und Sachs würde helfen können, die genaue Stelle zu finden, an der Galt seine tödliche Vorrichtung an die Hochspannungsleitung angeschlossen hatte, die durch Morningside Heights und Harlem verlief.

Sofern das überhaupt der Fall war.

Zündende Idee… Schlechte Wortwahl, befand Rhyme.

Sachs suchte weiterhin den Morningside Park nach dem Kabel ab, mit dem die Wasserrohre unter Strom gesetzt werden sollten. Rhyme wusste, dass sie nervös sein würde – man konnte die fragliche Stelle nur aus unmittelbarer Nähe entdecken. Er erinnerte sich an ihren leeren Blick und den Klang ihrer Stimme, als sie gestern beschrieben hatte, wie Luis Martins Körper von den glühenden Schrapnellsplittern durchlöchert worden war.

Drei Dutzend Streifenbeamte aus dem nächstgelegenen Revier räumten unterdessen den Park und die Gebäude im Umkreis der Baustelle. Aber konnte die Elektrizität einem gusseisernen Rohr nicht beliebig weit folgen? Konnte sie nicht bewirken, dass sich ein oder zwei Kilometer weiter in irgendeiner Küche ein Lichtbogen entlud?

Gar in Rhymes eigener Küche, wo Thom gerade am Spülbecken stand?

Rhyme sah auf die Uhr. Falls sie das Kabel nicht innerhalb der nächsten sechzig Minuten fanden, würden sie es möglicherweise erfahren.

Sachs rief an. »Nichts, Rhyme. Vielleicht irre ich mich. Müsste die Leitung nicht an irgendeiner Stelle den U-Bahn-Tunnel kreuzen? Was ist, falls er einen Anschlag auf einen der Wagen verüben will? Ich muss auch dort nachsehen.«

»Wir stehen immer noch mit der Algonquin in Verbindung und bemühen uns, das Suchgebiet einzugrenzen, Sachs. Ich melde mich wieder.« Er sah zu Mel Cooper. »Was Neues?«

Der Techniker sprach mit jemandem im Kontrollzentrum der Algonquin. Die Leute dort waren von Andi Jessen angewiesen worden, die fragliche Leitung auf etwaige Spannungsschwankungen zu untersuchen. Es gab alle paar Dutzend Meter entsprechende Sensoren, die eigentlich dafür gedacht waren, rechtzeitig vor Beschädigungen der Isolierung oder einer Verringerung der Kapazität des Kabels zu warnen. Unter Umständen ließ sich mit ihrer Hilfe nun bestimmen, wo genau Galt die Leitung angezapft hatte.

Aber Cooper vermeldete: »Nein, tut mir leid.«

Rhyme schloss kurz die Augen. Die Kopfschmerzen, die er bislang verdrängt hatte, waren stärker geworden. Er fragte sich, ob auch irgendein anderes Körperteil wehtat. Das war eines der Probleme einer Querschnittslähmung. Ohne Schmerzempfinden wusste man nie, was eventuell im Körper vorging. Wenn im Wald ein Baum umstürzt, gibt es natürlich ein Geräusch, auch wenn niemand zugegen ist. Aber existiert ein Schmerz, den man nicht spürt?

Diese Gedanken hatten etwas Morbides an sich, erkannte Rhyme. Und ihm wurde auch klar, dass sie ihn schon eine ganze Weile heimsuchten. Er war sich nicht sicher, warum. Aber er konnte sie einfach nicht abschütteln.

Und was noch seltsamer war: Im Gegensatz zum Vortag, als

er sich zu dieser Zeit ein Wortgefecht mit Thom geliefert hatte, wollte er keinen Whisky. Schon die Vorstellung ließ ihn beinahe erschaudern.

Das gab ihm mehr zu denken als die Kopfschmerzen.

Sein Blick schweifte über die Tafeln, aber er nahm die Worte nicht wirklich wahr; so, als handle es sich um eine Fremdsprache, die er in der Schule gelernt, aber jahrelang nicht mehr benutzt hatte. Dann musterte er das Schaubild, mit dem Sachs den Stromfluss vom Kraftwerk bis in die Haushalte verdeutlicht hatte, bei stetig sinkender Voltzahl.

Einhundertachtunddreißigtausend Volt...

Rhyme bat Mel Cooper, er möge Sommers bei der Algonquin anrufen.

»Sonderprojekte.«

»Charlie Sommers?«

»Am Apparat.«

»Hier spricht Lincoln Rhyme. Ich arbeite mit Amelia Sachs zusammen.«

»Oh, na klar. Sie hat Sie erwähnt.« Er hielt kurz inne. »Ich habe gehört, es war Ray Galt, einer unserer Leute«, sagte er dann leise. »Ist das wahr?«

»Es sieht so aus. Mr. Sommers...«

»He, nennen Sie mich Charlie. Dann fühle ich mich wie ein ehrenamtlicher Cop.«

»Okay, Charlie. Verfolgen Sie, was gerade passiert?«

»Ich habe das Netz vor mir auf dem Bildschirm meines Laptops. Andi Jessen – unsere Chefin – hat mich gebeten, alles zu überwachen.«

»Wie lange dauert es noch, die – wie heißt das Ding? – Schaltanlage des Umspannwerks zu reparieren, in dem es gebrannt hat?«

»Zwei, drei Stunden. Die Leitung lässt sich vorläufig nicht kontrollieren. Um sie abzuschalten, müssten wir halb New York

City vom Netz nehmen … Kann ich Ihnen irgendwie behilflich sein?«

»Ja. Ich muss mehr über Lichtbögen wissen. Wie es scheint, hat Galt sich an eine Hochspannungsleitung gehängt, das andere Ende des Kabels an ein Hauptwasserrohr angeschlossen und dann …«

»Nein, nein. Das würde er nicht tun.«

»Warum nicht?«

»Das Rohr ist geerdet. Es würde sofort einen Kurzschluss geben.«

Rhyme überlegte einen Moment. Dann kam ihm ein anderer Gedanke. »Was wäre, wenn er bloß den Eindruck erwecken wollte, er habe die Hochspannungsleitung angezapft? Vielleicht hat er in Wahrheit eine kleinere Falle gebaut, irgendwo anders. Wie viel Spannung bräuchte man für einen Lichtbogen?«

»Bei hundertdreißigtausend Volt hat das Ding eine mörderische Zerstörungskraft, aber es geht auch mit deutlich weniger Leistung. Dabei kommt es hauptsächlich darauf an, dass die Spannung höher ist als die Kapazität des betroffenen Kabels oder Anschlusses. Der Lichtbogen springt von dort entweder auf ein anderes Kabel über – von Phase zu Phase – oder zum Boden, von der Phase zur Erdung. Bei haushaltsüblicher Spannung, also hier in Amerika bei höchstens rund zweihundert Volt, gibt es einen Funken, aber keinen Lichtbogen. Ab etwa vierhundert Volt ist bereits ein kleiner Bogen möglich. Bei mehr als sechshundert ist er sehr wahrscheinlich. Aber eine ernst zu nehmende Größe wird erst bei Mittel- bis Hochspannung erreicht.«

»Demnach wären tausend Volt genug?«

»Unter den richtigen Umständen – ja, durchaus.«

Rhyme starrte die Karte von Manhattan an und konzentrierte sich auf die Gegend, in der Sachs sich derzeit befand. Diese Neuigkeit vervielfachte die Zahl der möglichen Anschlagsorte.

»Aber wieso interessiert Sie das?«, fragte Sommers.

»Weil Galt in weniger als einer Stunde auf diese Weise jemanden töten wird«, erwiderte Rhyme geistesabwesend.

»Oh, hat er in seinem Brief etwas von einem Lichtbogen geschrieben?«

»Nein«, antwortete Rhyme, der sich dessen jetzt erst bewusst wurde.

»Also ist das lediglich eine Annahme von Ihnen.«

Rhyme hasste das Wort »Annahme« und all das, was sich daraus ableiten ließ. Er war wütend auf sich selbst und fragte sich, ob sie etwas Wichtiges übersehen hatten. »Bitte fahren Sie fort, Charlie.«

»Ein Lichtbogen ist spektakulär, zählt aber auch zu den untauglichsten Möglichkeiten, Elektrizität als Waffe einzusetzen. Man kann ihn kaum kontrollieren und weiß nie mit Sicherheit, wo er einschlagen wird. Denken Sie nur an gestern Vormittag: Galt hatte einen ganzen Bus als Ziel und hat ihn nicht getroffen… Wollen Sie wissen, wie *ich* jemanden mit Strom umbringen würde?«

»Ja, sehr gern«, sagte Lincoln Rhyme sofort und neigte seinen Kopf dem Telefon entgegen, um mit äußerster Konzentration zuzuhören.

... Vierunddreißig

1883 errichtete Thomas Edison in New Jersey hässliche Masten und führte die Oberleitungen ein, aber das erste Stromnetz entstand unter den Straßen von Lower Manhattan, ausgehend von einem Kraftwerk an der Pearl Street. Edison hatte insgesamt neunundfünfzig Kunden.

Manche der Techniker hassten das unterirdische Netz – das finstere Netz, wie es bisweilen genannt wurde –, aber Joey Barzan fühlte sich hier unten pudelwohl. Er stand erst seit zwei Jahren im Dienst der Algonquin Power, war aber schon seit zehn Jahren Elektriker, seit Beginn seiner Ausbildung im Alter von achtzehn. Die ersten acht Jahre hatte er im privaten Baugewerbe gearbeitet und war dabei vom Lehrling zum Gesellen aufgestiegen. Eines Tages würde er seinen Meister machen, aber fürs Erste gefiel es ihm, bei einer großen Firma angestellt zu sein.

Und etwas Größeres als die Algonquin Consolidated, die zu den wichtigsten Energieunternehmen des Landes zählte, ließ sich schwerlich finden.

Vor einer halben Stunde waren er und sein Partner von ihrem vorgesetzten Störungssucher informiert worden, es habe unweit der Wall Street eine merkwürdige Spannungsschwankung in der Stromversorgung der U-Bahn gegeben. Einige der Linien verfügten über eigene Generatoren, Miniaturausgaben von Algonquins MOM, doch die Linie, die er nun ganz in der Nähe vorbeirattern hörte, wurde einzig von der Algonquin gespeist. Die Firma lieferte 27 500 Volt aus Queens an Umspannwerke entlang des Streckenverlaufs. Dort wurde der Saft auf 625 Volt Gleichstrom heruntertransformiert und auf die dritte Schiene gelegt.

Ein Messgerät in einem nahen Umspannwerk hatte nun vermeldet, es habe für den Bruchteil einer Sekunde einen Leistungsabfall gegeben. Nicht genug, um die Funktion der U-Bahn zu beeinträchtigen, aber ausreichend, um Besorgnis zu erregen – vor allem angesichts des gestrigen Zwischenfalls an der Bushaltestelle.

Und zum Teufel, es steckte ein Angestellter der Algonquin dahinter. Ray Galt, ein erfahrener Störungssucher, der für einen Teil von Queens zuständig gewesen war.

Barzan hatte Lichtbögen erlebt – wie jeder in der Branche früher oder später. Der gleißende Blitz, die Explosion und das unheimliche Summen waren ihm eine so gründliche Mahnung gewesen, dass er sich geschworen hatte, bei Strom niemals ein Risiko einzugehen. PSK-Handschuhe und -Stiefel, isolierte Werkzeughalter und während der Arbeit keinerlei Metall am Leib. Viele Leute glaubten, Strom ließe sich überlisten.

Tja, Irrtum. Und vor ihm wegrennen konnte man auch nicht.

Sein Partner war gerade kurz oben. Barzan suchte nach einem möglichen Auslöser der Schwankung. Es war hier kühl und menschenleer, aber nicht still. Motoren summten, und U-Bahnen ließen die Erde beben. Ja, es gefiel ihm hier zwischen den Kabeln und dem Geruch nach heißer Isolierung, Gummi und Öl. New York City war ein Schiff mit Aufbauten über der Erde und einem hohlen Rumpf darunter. Und Joey kannte alle Decks so gut wie sein Heimatviertel in der Bronx.

Er fand keine Ursache für die Störung. Die Leitungen der Algonquin schienen alle in Ordnung zu sein. Vielleicht...

Barzan hielt inne. Irgendwas kam ihm komisch vor.

Was *ist* das?, fragte er sich. Wie alle Techniker, ob draußen oder hier im finsteren Netz, kannte er seinen Bezirk, und am

Ende des halbdunklen Schachts stimmte etwas nicht: An eine der Schaltanlagen, die das Gleissystem speisten, war ohne ersichtlichen Grund ein Kabel angeschlossen. Und statt nach unten in den Boden und weiter zu den Schienen verlief es nach oben und entlang der Tunneldecke. Es war tadellos angefügt – das Können eines Elektrikers zeigte sich anhand seiner Fähigkeit, Leitungen zu verbinden –, musste also von einem Profi stammen. Aber von wem? Und wieso?

Barzan stand auf und wollte dem Kabel folgen.

Da stockte ihm vor Schreck der Atem. Dort stand ein anderer Arbeiter der Algonquin. Der Mann schien noch überraschter als Barzan zu sein, hier unten jemanden anzutreffen. Joey konnte in dem schwachen Licht nicht erkennen, um wen es sich handelte.

»Hallo.« Barzan nickte. Keiner von beiden streckte die Hand aus. Sie trugen dicke Schutzhandschuhe, die für die Arbeit an Strom führenden Leitungen geeignet waren, vorausgesetzt, der Rest der Vorsichtsmaßnahmen genügte ebenfalls den Anforderungen.

Der andere Kerl musterte ihn ungläubig und wischte sich den Schweiß von der Stirn. »Ich habe nicht mit weiteren Kollegen gerechnet.«

»Ich auch nicht. Haben Sie von der Spannungsschwankung gehört?«

»Ja.« Der Mann sagte noch etwas, aber Barzan hörte nur mit einem Ohr hin. Er wunderte sich, was der Typ hier verloren hatte, und schaute zum Laptop des Fremden – alle Techniker hatten natürlich so ein Gerät dabei, denn das gesamte Netz war computergesteuert. Aber der Mann überprüfte derzeit nicht etwa die Spannungsstärke oder die Unversehrtheit der Schaltungen. Auf dem Bildschirm war eine Baustelle zu sehen, offenbar diejenige, die sich ein gutes Stück über ihren Köpfen befand. Als hätte er eine hochauflösende Überwachungskamera angezapft.

Und dann fiel Barzans Blick auf das Namensschild des Kerls.

Ach du Scheiße.

Raymond Galt, Leitender Servicetechniker.

Barzan atmete geräuschvoll aus. Er dachte an vorhin, als sein Vorgesetzter alle Kollegen zusammengetrommelt und ihnen von Galt und seinem Verbrechen erzählt hatte.

Und ihm wurde nun klar, dass das hier angeschlossene Kabel irgendwo einen zweiten Lichtbogen auslösen sollte!

Bleib ruhig, ermahnte er sich. Es war hier unten ziemlich dunkel, und Galt konnte sein Gesicht nur undeutlich sehen; vielleicht hatte er Barzans Überraschung gar nicht bemerkt. Und die Bekanntmachung seitens der Firma und der Polizei lag noch nicht lange zurück. Womöglich hielt Galt sich schon seit Stunden hier auf und wusste nicht, dass die Cops nach ihm fahndeten.

»Tja, Mittagspause. Ich sterbe vor Hunger.« Barzan klopfte sich auf den Bauch, erkannte dann aber, dass das ein wenig übertrieben wirkte. »Ich gehe mal lieber wieder nach oben. Mein Partner wird sich schon fragen, wo ich bleibe.«

»Alles klar«, sagte Galt und wandte sich wieder seinem Computer zu.

Auch Barzan drehte sich um, um den nächstbesten Ausgang anzusteuern. Er zwang sich, nicht einfach loszurennen.

Was ein Fehler war.

Aus dem Augenwinkel registrierte er, dass Galt flink nach unten griff und etwas aufhob.

Barzan wollte weglaufen, aber Galt war schneller und hieb ihm mit einem schweren Werkzeughalter aus Fiberglas auf den Helm. Der Schlag betäubte ihn und ließ ihn auf den dreckigen Boden stürzen.

Fünfzehn Zentimeter vor seinem Gesicht sah Barzan eine dicke Hochspannungsleitung, die auf 138 000 Volt ausgelegt war. Dann traf ihn der Werkzeughalter ein zweites Mal.

... Fünfunddreißig

Amelia Sachs machte, was sie am besten konnte.

Na ja, vielleicht nicht am besten.

Aber was sie am liebsten tat. Wobei sie sich am lebendigsten fühlte.

Sie fuhr.

Sie brachte Mensch und Maschine an ihre Grenzen, raste die Straßen der Stadt entlang und wählte scheinbar unmögliche Strecken, wenn man die Verkehrsdichte berücksichtigte. Schlängelte sich voran, schleuderte kontrolliert um Kurven. Wenn man schnell fuhr, ging das nicht sanft vonstatten, es war schließlich kein Tanz. Man zwang das Fahrzeug unter seinen Willen, hämmerte, zerrte und trat.

Die Dinger hießen nicht umsonst Muscle Cars.

Ihr Wagen war ein Ford Torino Cobra 428, Baujahr 1970, der Nachfolger des Fairlane, mit 410 PS und einem Drehmoment von erstklassigen 606 Newtonmetern. Und er besaß natürlich das optionale Vierganggetriebe, damit Sachs die Kraft auch voll auf die Straße bringen konnte. Die Schaltung war schwergängig und hakelig, und falls man den Gang nicht richtig reinbekam, konnte alles Mögliche kaputtgehen, bis hin zu den Getriebezahnrädern. Die Technik ließ sich nicht mal annähernd mit den heute üblichen Sechsgangsynchrongetrieben vergleichen, die alles verziehen und für Geschäftsleute in der Midlife-Crisis gedacht waren, mit Bluetooth-Freisprechanlage im Ohr und der abendlichen Restaurant-Reservierung im Kopf.

Der Cobra keuchte, knurrte, winselte; er hatte viele Stimmen. Sachs spannte sich an. Sie betätigte die Hupe, aber noch bevor die Schallwellen den unaufmerksamen Fahrer erreichten, der ohne Schulterblick die Spur wechseln wollte, zog sie auch schon an ihm vorbei.

Dennoch vermisste sie ihren letzten Wagen, einen Chevy Camaro SS, an dem sie und ihr Vater noch gemeinsam geschraubt hatten und der kürzlich der List eines Täters zum Opfer gefallen war. Doch ihr Vater hatte sie auch stets ermahnt, dass es nicht klug sei, sein Herz zu sehr an ein Auto zu hängen. Der Wagen mochte ein Teil von dir sein, aber er machte dich nicht aus. Und er war weder dein Kind noch dein bester Freund. Die Pleuel, Räder, Zylinder und Bremstrommeln oder die komplexe Elektronik konnten ausfallen oder beschädigt werden und dich im Stich lassen. Sie konnten dich sogar das Leben kosten, und falls du geglaubt hattest, dieser Haufen aus Stahl, Kunststoff, Kupfer und Aluminium sorge sich um dich, dann wäre das ein Irrtum gewesen.

Amie, ein Auto hat nur die Seele, die du ihm verleihst. Nicht mehr und nicht weniger. Vergiss das nie.

Also, ja, der Verlust ihres Camaro tat ihr leid. Aber sie fuhr nun einen anderen guten Wagen, der zu ihr passte. Und auf dessen Lenkradnabe das Emblem des Chevrolet prangte. Pammy hatte es beinahe ehrfürchtig aus den Überresten des Camaro gerettet und zu Sachs gebracht.

Amelia stieg nun vor einer Kreuzung auf die Bremse, schaltete blitzschnell herunter, um die Drehzahl zu halten, sah nach links, sah nach rechts, gab Gas, kuppelte aus und schaltete wieder hoch. Achtzig Kilometer pro Stunde. Fünfundneunzig. Hundertzehn. Die Signalleuchte auf dem Armaturenbrett, die Sachs kaum wahrnahm, blinkte so schnell wie ein pochendes Herz.

Sie befand sich gegenwärtig auf dem West Side Highway, der

ehrwürdigen Route 9A, die vor einigen Meilen noch Henry Hudson Parkway geheißen hatte. Sie fuhr nach Süden, vorbei an vertrauten Anblicken: Heliport, Hudson River Park, Jachthafen und die verstopfte Einfahrt in den Holland Tunnel. Dann tauchten zu ihrer Rechten große Bankgebäude auf. Sie raste an dem riesigen Baugelände vorbei, auf dem einst das World Trade Center gestanden hatte. Trotz aller Hektik war ihr eines bewusst: Wenn jemals eine Lücke einen Schatten werfen konnte, dann hier.

Ein kontrolliertes Schleudern lenkte den Cobra auf den Battery Place und nach Osten in das enge Straßengewirr von Lower Manhattan.

Amelia hatte den Ohrhörer ihres Telefons eingesteckt. Ein Knistern störte sie in ihrer Konzentration, als sie gerade zwei Taxis umkurvte und dabei die entsetzte Miene unter dem Turban des Sikh bemerkte.

»Sachs!«

»Was ist, Rhyme?«

»Wo bist du?«

»Gleich da.«

Sie verlor Gummi auf allen vier Reifen, als sie im Winkel von neunzig Grad abbog und den Ford zwischen dem Rinnstein und einem anderen Auto einfädelte, dabei die eine Anzeige nie unter 70, die andere nie unter 5000.

Sie wollte zur Whitehall Street. Nähe Stone Street. Rhyme hatte mit Charlie Sommers gesprochen und war dabei zu einer unerwarteten Erkenntnis gelangt: Der Manager für Sonderprojekte hatte spekuliert, Galt könne etwas anderes als einen Lichtbogen geplant haben; Sommers vermutete eher, dass der Mann einfach irgendeinen öffentlich zugänglichen Bereich unter eine ausreichend hohe Spannung setzen würde, um Passanten zu töten. Er würde die Leute irgendwie zu einem Teil des Stromkreises machen. Das sei einfacher und viel effizienter, hatte Sommers erläutert, und man brauche auch längst nicht so hohe Voltzahlen.

Rhyme hatte gefolgert, dass der Brandanschlag auf das Umspannwerk in Harlem in Wahrheit ein Ablenkungsmanöver gewesen war und Galts wirkliches Ziel möglichst weit davon entfernt lag, also irgendwo in Downtown. Daraufhin hatte Rhyme sich die Liste der möglichen Quellen der Vulkanasche vorgenommen und tatsächlich etwas gefunden: das Amsterdam College, eine öffentliche Fachhochschule, in der es derzeit eine Ausstellung über Vulkane gab.

»Ich bin da, Rhyme.« Sachs brachte den Torino vor dem Schulgebäude zum Stehen und hinterließ dabei auf dem grauen Asphalt zwei schwarze Bremsstreifen. Noch bevor der Qualm des verschmorten Gummis sich verziehen konnte, hatte Amelia den Wagen bereits verlassen. Der Geruch erinnerte sie unheilvoll an das Umspannwerk MH-10 ... und obwohl sie sich dagegen sträubte, sah sie abermals die schwarz-roten Punkte im Leichnam von Luis Martin vor sich. Als sie auf den Eingang zulief, war sie ausnahmsweise dankbar für den Schmerz, der durch ihre arthritischen Knie schoss, denn er lenkte sie zumindest ein wenig ab.

»Ich sehe die Schule vor mir, Rhyme. Sie ist groß. Größer als erwartet.« Es ging hier nicht um eine Tatortuntersuchung; daher hatte Sachs auf eine Videoverbindung verzichtet.

»Noch achtzehn Minuten bis zum Ende der Frist.«

Sie musterte den sechsgeschossigen Bau, aus dem hastig und mit verunsicherten Mienen Studenten, Dozenten und Angestellte strömten. Tucker McDaniel und Lon Sellitto hatten beschlossen, alle zu evakuieren. Die Leute hielten Handtaschen, Laptops und Bücher umklammert und entfernten sich von dem Gebäude. Fast jeder warf dabei einen oder mehrere Blicke nach oben.

Der elfte September war immer noch präsent.

Ein anderer Wagen traf ein, und eine Frau in einem dunklen Kostüm stieg aus. Es war Nancy Simpson, eine Kollegin von der Spurensicherung. Sie eilte zu Sachs.

»Was haben wir hier, Amelia?«

»Wir glauben, dass Galt irgendwo in der Schule eine Vorrichtung installiert hat. Um was genau es sich dabei handelt, wissen wir noch nicht. Ich gehe jetzt rein und schaue mich um. Könntest du die Leute befragen« – sie wies auf die Evakuierten – »und herausfinden, ob Galt gesehen wurde? Hast du sein Foto?«

»Auf meinem PDA.«

Sachs nickte und wandte sich wieder der Gebäudefront zu. Sie war sich unschlüssig, wie sie sich verhalten sollte, und rief sich Sommers' Warnungen ins Gedächtnis. Wo man eine Bombe verstecken könnte oder wo ein Scharfschütze Position beziehen würde, wusste sie. Aber Strom konnte überall zuschlagen.

»Was genau hat Charlie über Galts mögliches Vorgehen gesagt?«, fragte sie Rhyme.

»Am wirksamsten wäre es, das Opfer wie einen Schalter zu benutzen. Dazu müsste man einen Türknauf oder ein Treppengeländer unter Spannung setzen und am Boden für Erdung sorgen. Falls der Boden feucht ist, reicht das auch. Der Kreis ist offen, bis das Opfer den Knauf oder das Geländer berührt. Dann fließt der Strom durch den Körper. Um jemanden zu töten, wäre keine hohe Spannung erforderlich. Oder man bringt jemanden dazu, mit beiden Händen eine Stromquelle zu berühren, sodass der Kreis mitten durch den Brustkorb verläuft. Auch das könnte tödlich sein. Aber es ist nicht ganz so effizient.«

Effizient… in diesem Zusammenhang ein ziemlich makabrer Begriff.

Hinter ihr näherten sich heulende Sirenen. Die ersten Krankenwagen trafen ein, dazu Fahrzeuge von Feuerwehr und Emergency Services Unit.

Sachs winkte Bo Haumann zu, dem Leiter der ESU, einem

schlanken, grauhaarigen einstigen Armeeausbilder. Er nickte zurück und fing an, seine Leute einzuteilen. Sie würden sowohl bei der sicheren Räumung des Geländes behilflich sein als auch Zugriffteams bilden, um nach Raymond Galt und etwaigen Komplizen zu suchen.

Nach kurzem Zögern drückte Amelia die Tür an der Scheibe auf, nicht am Griff, und betrat die Eingangshalle der Schule. Am liebsten hätte sie den Leuten zugerufen, sie sollten nicht mit Metall in Berührung kommen. Sie fürchtete jedoch, damit eine Panik auszulösen, bei der jemand verletzt oder gar getötet werden könnte. Außerdem blieben noch fünfzehn Minuten bis zum Ablauf der Frist.

Hier drinnen gab es jede Menge metallene Geländer, Knäufe, Stufen und Paneele. Doch nichts ließ erkennen, ob sie irgendwo an ein Kabel angeschlossen sein könnten.

»Ich weiß nicht, Rhyme«, zweifelte Sachs. »Sicher, hier ist Metall. Aber der größte Teil des Bodens ist mit Teppich oder Linoleum ausgelegt und dürfte nicht besonders leitfähig sein.«

Wollte er bloß ein Feuer auslösen und das Gebäude niederbrennen?

Dreizehn Minuten.

»Sieh dich weiter um, Sachs.«

Sie versuchte es mit Charlie Sommers' kontaktlosem Stromdetektor. Das Gerät zeigte vereinzelte Spannungsquellen an, aber keine davon höher als die haushaltsüblichen Werte. Und auch nicht an Orten, die sich für einen Anschlag angeboten hätten.

Als sie an einem Fenster vorbeikam, fiel ihr draußen ein gelbes Blinklicht auf. Es gehörte zu einem Fahrzeug der Algonquin Consolidated, das neben dem Firmennamen die Aufschrift *Notdienst* trug. Zwei der vier Insassen waren Amelia bekannt: Bernie Wahl, der Sicherheitschef, und Bob Cavanaugh, der stellvertretende Geschäftsführer. Sie liefen zu einer Gruppe von Beamten, bei denen auch Nancy Simpson stand.

Erst jetzt, während sie die Leute beobachtete, fiel Sachs auf, was sich neben der Schule befand: die Baustelle eines großen Wolkenkratzers. Zurzeit wurde die Stahlkonstruktion errichtet, und die Arbeiter waren damit beschäftigt, die einzelnen Träger mit Bolzen und Schweißnähten zu fixieren.

Amelia schaute zurück zur Eingangshalle, aber dann war es plötzlich, als schlüge ihr eine Faust in den Magen. Sie fuhr herum und starrte auf die Baustelle.

Metall. Das alles war ein riesiger Haufen Metall.

»Rhyme«, sagte sie leise. »Ich glaube, es geht gar nicht um die Schule.«

»Wie meinst du das?«

Sie erklärte es ihm.

»Stahl… Ja, Sachs, das ergibt einen Sinn. Holt die Arbeiter da runter. Ich verständige Lon. Er soll sich mit der ESU abstimmen.«

Sie rannte zur Tür hinaus und auf den Container zu, in dem das Büro der Baufirma untergebracht war. Dabei blickte sie nach oben auf die zwanzig oder fünfundzwanzig Etagen, die sich gleich in ein gewaltiges elektrisches Fanal verwandeln würden. Auf den Stahlträgern hielten sich ungefähr zweihundert Arbeiter auf. Und es gab nur zwei kleine Aufzüge, mit denen sie nach unten in Sicherheit gebracht werden konnten.

Bis dreizehn Uhr blieben noch zehn Minuten.

... Sechsunddreißig

»Was ist denn da los?«, fragte Sam Vetter den Kellner im Restaurant des Hotels. Er und die anderen Tagungsteilnehmer sahen soeben zu, wie offenbar sowohl das College als auch die zwischen Hotel und Schule gelegene Baustelle geräumt wurden. Immer mehr Polizei- und Feuerwehrfahrzeuge fuhren vor.

»Es ist doch sicher, nicht wahr?«, fragte ein Gast. »Hier, meine ich.«

»Oh, aber ja, Sir, absolut«, versicherte der Kellner.

Vetter erkannte, dass der Mann keine Ahnung hatte, wovon er da redete. Und da Vetter vom Fach war, vergewisserte er sich sogleich, ob ausreichend Notausgänge zur Verfügung standen.

»Haben Sie das gestern mitbekommen?«, fragte einer der Geschäftsleute an seinem Tisch, der Mann aus Santa Fe. »Die Explosion bei dem Umspannwerk? Womöglich hat das hier damit zu tun. Es war von Terroristen die Rede.«

Vetter hatte irgendwas in den Nachrichten gehört, aber nur beiläufig. »Was war denn los?«

»Jemand hat am Stromnetz herumgefummelt.« Der Mann zeigte zum Fenster hinaus auf einen Wagen der Algonquin Consolidated. »Vielleicht hat er das auch bei der Schule gemacht. Oder auf der Baustelle.«

»Aber doch hoffentlich nicht hier«, sorgte sich einer der Gäste. »Nicht im Hotel.«

»Nein, nein, nicht bei uns.« Der Kellner lächelte und verschwand. Vetter fragte sich, zu welchem Ausgang er in diesem Moment wohl rannte.

Immer mehr Leute standen auf und gingen zu den Fenstern. Vom Restaurant aus hatte man einen guten Blick auf das Durcheinander.

»Nein, das waren keine Terroristen«, hörte Vetter. »Das war irgendein frustrierter Angestellter der Stromfirma, ein Techniker oder so. Im Fernsehen wurde sein Bild gezeigt.«

Da kam ihm ein Gedanke. »Wissen Sie, wie er aussieht?«, fragte Vetter einen der anderen.

»Nur, dass er Anfang vierzig ist. Und er soll die Arbeitskleidung der Firma tragen. Einen blauen Overall und einen gelben Helm.«

»O mein Gott. Ich glaube, ich habe ihn gesehen. Vor nicht mal einer halben Stunde.«

»*Was?*«

»Ich habe einen Arbeiter mit blauem Overall und gelbem Schutzhelm gesehen. Er hatte ein aufgerolltes Stromkabel über der Schulter.«

»Das sollten Sie sofort den Cops erzählen.«

Vetter stand auf. Er ging einen Schritt, hielt dann inne und griff in die Tasche, weil er fürchtete, seine neuen Freunde könnten glauben, er versuche sich vor der Rechnung zu drücken. Er hatte gehört, New Yorker seien anderen Leuten gegenüber generell misstrauisch, und er wollte bei seinem ersten Ausflug in die Geschäftswelt der Großstadt nicht gleich einen schlechten Eindruck hinterlassen. Also nahm er einen Zehner, um sein Sandwich und das Bier zu bezahlen. Dann fiel ihm ein, wo er war, und er legte lieber einen Zwanziger auf den Tisch.

»Sam, machen Sie sich deswegen keine Gedanken! Beeilen Sie sich!«

Er versuchte sich ins Gedächtnis zu rufen, wo genau der Mann aus dem Boden gestiegen war und seinen Anruf getätigt hatte, um dann in das Schulgebäude zu gehen. Falls Vetter den ungefähren Zeitpunkt des Telefonats angeben konnte, würde die Polizei das Gespräch vielleicht zurückverfolgen können. Der Mobilfunkanbieter konnte den Beamten verraten, mit wem der Mann gesprochen hatte.

Vetter eilte die Rolltreppe hinunter und nahm dabei mit jedem Schritt zwei Stufen. Dann lief er in die Lobby. Vor der Rezeption stand ein Polizist.

»Officer, verzeihen Sie. Aber ich habe gerade gehört… suchen Sie nach jemandem, der für die Stromfirma arbeitet? Dem Mann, der gestern diese Explosion verursacht hat?«

»Ganz recht, Sir. Wissen Sie etwas darüber?«

»Ich glaube, ich habe ihn gesehen. Ich bin mir aber nicht sicher. Womöglich ist er das gar nicht gewesen. Aber ich dachte, ich sollte mich trotzdem melden.«

»Moment.« Der Mann nahm sein klobiges Funkgerät. »Officer Sieben Acht Sieben Drei an Leitstelle. Ich habe hier einen Zeugen, der den Verdächtigen gesehen haben könnte. Kommen.«

»Roger«, ertönte es blechern aus dem Lautsprecher. »Warten Sie kurz… Okay, Sieben Acht, schicken Sie ihn nach draußen zur Stone Street. Detective Simpson möchte mit ihm sprechen. Kommen.«

»Roger. Sieben Acht, Ende.« Der Cop sah Vetter an. »Gehen Sie zum Vordereingang hinaus und dann nach links. Wenden Sie sich an Detective Nancy Simpson. Sie können die Kollegen nach ihr fragen.«

Auf dem Weg durch die Lobby dachte Vetter: Falls der Kerl noch in der Nähe ist, kann man ihn vielleicht fassen, bevor er weiteren Schaden anrichtet.

Meine erste Reise nach New York, und ich komme eventuell in die Zeitung. Als Held.

Was hätte Ruth wohl dazu gesagt?

... Siebenunddreißig

»Amelia!«, rief Nancy Simpson vom Bürgersteig aus. »Es gibt einen Augenzeugen. Jemanden aus dem Hotel nebenan. Er kommt zu uns raus.«

Sachs lief zu ihr und gab die Information gleichzeitig an Rhyme weiter.

»Wo wurde Galt gesehen?«, drängte der Kriminalist.

»Das weiß ich noch nicht. Wir können gleich mit dem Zeugen sprechen.«

Sie und Simpson steuerten den Eingang des Hotels an. Sachs blickte hinauf zu dem Stahlgerippe des Wolkenkratzers. Die Arbeiter verließen hastig ihre Plätze. Nur noch wenige Minuten bis zum Ablauf der Frist.

»Officer!«, rief jemand hinter ihr. »Detective!«

Sie drehte sich um und sah Bob Cavanaugh auf sich zulaufen. Der stellvertretende Geschäftsführer der Algonquin keuchte und schwitzte. *Tut mir leid, ich hab Ihren Namen vergessen,* stand ihm ins Gesicht geschrieben.

»Amelia Sachs.«

»Bob Cavanaugh.«

Sie nickte.

»Sie lassen die Baustelle räumen?«

»Ja. Wir haben in der Schule auf Anhieb kein mögliches Ziel gefunden. Dort liegt fast überall Teppichboden und …«

»Aber ein solcher Ort ergibt keinen Sinn«, fiel Cavanaugh ihr ins Wort und wies dabei hektisch auf die Baustelle.

»Na ja, ich hab mir gedacht… bei all den Stahlträgern…«

»Wer ist da bei dir, Sachs?«, meldete Rhyme sich.

»Der Geschäftsführer der Algonquin. Er glaubt nicht, dass der Anschlag der Baustelle gilt.« Sie sah Cavanaugh an. »Warum nicht?«

»Sehen Sie nur!«, sagte er verzweifelt und zeigte auf einige Arbeiter, die ganz in der Nähe standen.

»Was meinen Sie?«

»Die Stiefel!«

»Persönliche Schutzkleidung«, flüsterte sie. »Die Männer wären isoliert.«

Falls Sie den Strom nicht meiden können, schützen Sie sich vor ihm…

Manche der Arbeiter trugen auch Handschuhe und dicke Jacken.

»Galt würde so etwas wissen«, sagte Cavanaugh. »Um jemanden auf diesem Stahlgerüst zu verletzen, müsste er so viel Saft in das Ding pumpen, dass in diesem Teil der Stadt das gesamte Netz ausfallen würde.«

»Tja«, sagte Rhyme. »Wenn es weder die Schule noch die Baustelle ist, worauf hat er es dann abgesehen? Oder liegen wir völlig daneben? Womöglich befinden wir uns am falschen Ort, und die Vulkanasche stammt aus einer *anderen* Quelle.«

Da packte Cavanaugh sie am Arm und deutete nach hinten. »Das Hotel!«

»Mein Gott«, murmelte Sachs erschrocken. Es war eines dieser modernen Gebäude mit minimalistischem Schick, voller kahler Steinflächen, Marmor, Springbrunnen… und Metall. Jeder Menge Metall. Die Türen war aus Kupfer, die Treppen und Bodenbeläge zumindest teilweise aus Stahl.

Auch Nancy Simpson drehte sich mit großen Augen zu dem Hotel um.

»Was ist?«, ertönte Rhymes verärgerte Stimme in Amelias Ohr.

»Es ist das *Hotel*, Rhyme. Das ist sein Ziel.« Sie nahm ihr Funkgerät, um den Leiter der ESU zu verständigen, hob es an den Mund und lief mit Simpson los. »Bo, hier Amelia. Ich bin mir sicher, der Anschlag gilt dem *Hotel*, nicht der Baustelle. Schicken Sie sofort Ihre Leute rein, und lassen Sie es räumen!«

»Alles klar, Amelia, ich...«

Doch den Rest seiner Worte bekam Sachs nicht mehr mit, denn sie starrte entsetzt durch die großen Fenster des Hotels.

Obwohl es erst kurz vor dreizehn Uhr und die Frist somit noch nicht ganz abgelaufen war, froren fünf oder sechs Leute im Innern des Battery Park Hotel mitten in der Bewegung ein. Ihre Mienen verloren im selben Moment jeglichen Ausdruck und wurden zu Puppengesichtern, grotesken Karikaturen ihrer selbst. Zwischen den fest zusammengepressten Lippen drang etwas Speichel hervor. Die Finger, Füße und Kinne fingen an zu zittern.

Den Augenzeugen dieses unwirklichen Geschehens stockte der Atem. Dann wurden panische Schreie laut, denn hier verwandelten sich Menschen in Geschöpfe aus einem kranken Horrorfilm, in Zombies. Zwei oder drei Opfer befanden sich gerade inmitten der Drehtüren und zuckten in den engen Abschnitten haltlos umher. Ein Mann trat mit seinem starren Bein unfreiwillig durch eine der Türscheiben, wobei seine Oberschenkelarterie durchtrennt wurde. Blut spritzte und dampfte. Ein anderer Mann – jung, vielleicht ein Student – hatte den großen Messinggriff einer anderen Tür in der Hand, stand vorgebeugt da und bebte am ganzen Leib, während seine Blase sich entleerte. Zwei weitere, deren Hände auf dem Geländer der kurzen Treppe lagen, die zur Hotelbar führte, verharrten stocksteif, während das Leben aus ihren Körpern wich.

Sachs konnte sogar hier draußen das schauerliche Stöhnen hören, das tief aus der schwelenden Kehle einer Frau aufstieg, die ansonsten reglos dastand.

Ein massiger Mann sprang vor, um einen der Gäste zu retten

und ihn von dem Rufknopf des Aufzugs wegzustoßen, an dem die Hand des qualmenden Opfers klebte. Der gute Samariter mochte geglaubt haben, er könne den armen Kerl mit Wucht von der Wand lösen, aber er hatte seine Rechnung ohne die Geschwindigkeit und Stärke der Elektrizität gemacht. Sobald er das Opfer berührte, wurde er ebenfalls ein Teil des Stromkreises. Sein Gesicht verzerrte sich vor Schmerz zu einer faltigen Masse. Dann schmolz es zu dem leblosen Antlitz einer schaurigen Puppe, und das schreckliche Zittern fing an.

Blut rann aus den Mündern, als die Zähne sich in Zungen und Lippen gruben. Augen verdrehten sich in ihren Höhlen.

Eine Frau, deren Finger um einen Türknauf lagen, musste einen besonders intensiven Kontakt hergestellt haben; ihr Rücken bog sich in einem unmöglichen Winkel durch, ihre blicklosen Augen starrten zur Decke. Und ihr silbernes Haar ging in Flammen auf.

»Rhyme… es ist furchtbar, wirklich furchtbar«, flüsterte Sachs. »Ich rufe zurück.« Dann unterbrach sie die Verbindung, ohne auf seine Reaktion zu warten.

Sie und Simpson drehten sich um und winkten die Krankenwagen heran. Sachs ertrug es kaum, die zuckenden Arme und Beine zu sehen, die verkrampften Muskeln, die bebenden Leiber, die hervortretenden Adern, die Speichel- und Blutstropfen, die auf den glühend heißen Gesichtern verdampften.

»Wir müssen die Leute von dem Versuch abhalten, nach draußen zu fliehen!«, rief Cavanaugh. »Sie dürfen nichts anfassen!«

Sachs und Simpson liefen zu den Fenstern und bedeuteten den Menschen, sich von den Türen fernzuhalten, aber alle waren in Panik und strömten weiter auf die Ausgänge zu. Erst der schreckliche Anblick ließ sie stehen bleiben.

Schlagen Sie ihm den Kopf ab…

Sachs wirbelte zu Cavanaugh herum. »Wie können wir die Stromzufuhr des Gebäudes unterbrechen?«

Er zuckte die Achseln. »Wir wissen nicht, welche Quelle er angezapft hat. Es gibt hier in der Gegend U-Bahn-Linien, Hochspannungsleitungen, Speiseleitungen … Ich rufe in Queens an und lasse das ganze Viertel vom Netz nehmen. Das wird auch das Börsengebäude betreffen, aber wir haben keine andere Wahl.« Er zog sein Telefon aus der Tasche. »Leider wird es einige Minuten dauern. Sagen Sie den Leuten im Hotel, sie sollen sich nicht rühren. Und bloß nichts anfassen!«

Sachs lief zu einem der großen Fenster und winkte den Leuten hektisch, sie sollten zurückbleiben. Einige verstanden sie und nickten. Andere hingegen waren blind vor Panik. Sachs sah, wie eine junge Frau sich von ihren Freunden löste und zur Tür eines Notausgangs lief, vor dem bereits der schwelende Körper eines Mannes lag, der kurz zuvor den gleichen Versuch unternommen hatte. Sachs hämmerte an die Scheibe. »Nein!«, schrie sie. Die Frau sah sie an, lief aber mit ausgestreckten Armen weiter.

»Nein, nicht berühren!«

Die schluchzende Frau ignorierte sie.

Noch drei Meter bis zur Tür … anderthalb Meter …

Es ging nicht anders, beschloss Sachs.

»Nancy, schieß die Fenster ein!« Sachs zog ihre Glock, achtete darauf, dass niemand sich im Schussfeld aufhielt, und zielte hoch. Mit sechs Kugeln brachte sie drei der riesigen Lobbyfenster zum Einsturz.

Die junge Frau im Innern schrie auf und warf sich zu Boden, unmittelbar bevor sie den tödlichen Türgriff packen konnte.

Nancy Simpson zerschoss die Fenster auf der anderen Seite des Eingangs.

Beide Detectives sprangen ins Innere. Sie befahlen den Leuten, nichts Metallisches zu berühren, und fingen an, die Evakuierung in die Wege zu leiten, vorbei an den gezackten Scherben, die in den Fensterrahmen hingen. Die Lobby füllte sich mit Rauch und einem unbeschreiblichen Gestank.

...Achtunddreißig

»Der Strom ist abgeschaltet!«, rief Bob Cavanaugh.

Sachs nickte und schickte Sanitäter zu den Opfern. Dann suchte sie die Menge draußen nach Galt ab.

»Detective!«

Amelia Sachs drehte sich um. Ein Mann lief in ihre Richtung. Beim Anblick seines dunkelblauen Algonquin-Overalls dachte sie automatisch an Galt. Der Zeuge aus dem Hotel hatte anscheinend behauptet, der Verdächtige halte sich ganz in der Nähe auf, und der Polizei stand zur Identifizierung des Täters lediglich ein schlechtes Führerscheinfoto zur Verfügung.

Doch als der Mann näher kam, wurde klar, dass er deutlich jünger als Galt war.

»Detective«, keuchte er. »Der Officer da drüben hat gesagt, ich soll mich an Sie wenden. Ich muss Ihnen was erzählen.« Er verzog angewidert das Gesicht, weil ihm der Rauch aus dem Hotel in die Nase stieg.

»Legen Sie los.«

»Ich arbeite bei der Stromfirma, der Algonquin. Hören Sie, mein Partner ist unter uns in einem der Tunnel.« Er wies auf das Amsterdam College. »Ich versuche die ganze Zeit, ihn zu erreichen, doch er antwortet nicht. Unsere Funkgeräte sind aber in Ordnung.«

Unter der Erde. Wo die Stromleitungen verliefen.

»Ich dachte mir, dieser Raymond Galt war vielleicht auch

281

da unten, und Joey ist ihm über den Weg gelaufen. Sie wissen schon. Ich mache mir Sorgen.«

Sachs rief zwei Streifenbeamte zur Unterstützung herbei. Zu dritt begleiteten sie den Algonquin-Techniker zu dem Schulgebäude. »Im Keller liegt einer unserer Einstiege. Auf diese Weise kommt man am besten in den Tunnel.«

Daher trug Galt also die Vulkanasche an sich: Er hatte den Ausstellungssaal der Schule durchquert. Sachs rief Rhyme an und brachte ihn auf den neuesten Stand. »Wir gehen jetzt runter, Rhyme. Er könnte noch dort sein. Ich melde mich, wenn ich mehr weiß. Hast du inzwischen noch irgendwas herausgefunden, das uns helfen könnte?«

»Nein, Sachs.«

»Dann bis später.«

Sie trennte die Verbindung und folgte den anderen zu der Tür, die in den Keller führte. Auch hier war der Strom abgeschaltet, aber die Notbeleuchtung glühte wie eine aus rot-weißen Augen bestehende Lichterkette. Der Arbeiter wollte die Tür öffnen.

»Nein«, sagte Sachs. »Sie warten hier.«

»Okay. Sie gehen zwei Treppen nach unten bis zu einer roten Tür, auf der ›Algonquin Consolidated‹ steht. Dahinter führt eine weitere Treppe in den Wartungsschacht. Hier ist der Schlüssel.« Er gab ihn ihr.

»Wie heißt Ihr Kollege?«

»Joey. Joey Barzan.«

»Und wohin wollte er?«

»Am Ende der Treppe gehen Sie nach links. Dreißig oder vierzig Meter weiter hat er gearbeitet. Ungefähr unter dem Hotel.«

»Wie sind die Sichtverhältnisse da unten?«

»Es gibt ein paar Batterieleuchten, die auch ohne Stromzufuhr funktionieren.«

Batterien. Großartig.

»Aber es ist trotzdem ziemlich dunkel. Wir benutzen immer Taschenlampen.«

»Verlaufen dort unten Hochspannungsleitungen?«

»Ja, mehrere. Die für diesen Bezirk sind jetzt tot, aber andere führen bloß hier durch und stehen weiterhin unter Strom.«

»Liegen die Kabel frei?«

Er sah sie ungläubig an. »Die Spannung beträgt hundertdreißigtausend Volt! Da sind die Kabel natürlich isoliert.«

Es sei denn, Galt hatte sie freigelegt.

Sachs zögerte. Dann richtete sie den Stromdetektor auf den Türgriff. Der Arbeiter beobachtete sie neugierig. Sie erklärte ihm nicht, um was für ein Gerät es sich handelte, sondern bedeutete ihren Begleitern lediglich, sie sollten zurückweichen. Dann riss sie die Tür auf, mit der anderen Hand an der Waffe.

Aber da war niemand.

Sachs und die beiden Beamten stiegen die dunklen Stufen nach unten. Amelias Klaustrophobie meldete sich sofort, aber wenigstens roch es hier nicht mehr so stark nach verbranntem Gummi, Haut und Haaren.

Sachs ging voran, die zwei Streifenbeamten folgten. Sie hielt den Schlüssel fest umklammert, aber als sie die rote Tür erreichten, stand diese ein Stück offen. Die drei zogen ihre Waffen. Sachs flüsterte den Kollegen zu, sie sollten hinter ihr langsam vorrücken. Dann schob sie die Tür leise mit der Schulter auf.

Blieb stehen und sah nach unten.

Scheiße. Die Treppe, die zum Tunnel führte – über etwa zwei Etagen, wie es schien –, war aus Metall. Ohne Anstrich.

Amelias Herz klopfte laut.

Falls möglich, halten Sie sich vom Strom fern.

Falls das nicht geht, schützen Sie sich.

Falls das nicht geht, schlagen Sie ihm den Kopf ab.

Doch keine von Charlie Sommers' magischen Regeln ließ sich hier anwenden.

Sachs schwitzte stark. Ihr fiel ein, dass feuchte Haut wesentlich leitfähiger war als trockene. Und hatte Sommers nicht auch gesagt, dass salziger Schweiß alles noch schlimmer machte?

»Können Sie was sehen, Detective?«

»Soll ich vorgehen?«, fragte der zweite Beamte.

Sie antwortete nicht auf die Fragen, sondern flüsterte zurück: »Kommen Sie auf keinen Fall mit Metall in Berührung.«

»Und wieso?«

»Wegen der hunderttausend Volt.«

»Oh, na klar.«

Sie setzte den Fuß auf die erste Stufe und rechnete halb damit, ein grausiges Knistern zu hören und von einem gleißenden Blitz geblendet zu werden. Doch nichts dergleichen geschah. Sie stiegen erst eine Treppe hinab, dann noch eine.

Die Schätzung erwies sich als falsch. Der Tunnel lag *drei* Etagen unter der roten Tür.

Als sie sich dem Ende der Stufen näherten, hörten sie ein Rattern und Summen. Laut. Es war hier außerdem zehn Grad wärmer als draußen, und die Temperatur stieg mit jedem Schritt.

Eine weitere Pforte zur Hölle.

Der Schacht war größer als erwartet, etwa einen Meter achtzig breit und zwei Meter zehn hoch, aber auch viel dunkler. Die meisten Lampen der Notbeleuchtung fehlten. Rechts konnte Sachs in etwa fünfzehn Metern Entfernung das Ende des Tunnels erkennen. Es gab dort weder Türen, durch die Galt geflohen sein konnte, noch irgendwelche Verstecke. Links hingegen, wo Joey Barzan vermutet wurde, verschwand der Gang hinter offenbar mehreren Biegungen.

Sachs wies die beiden Streifenbeamten an, sich hinter ihr zu halten, und ging bis zur ersten Kurve vor. Dort blieb sie stehen. Sie glaubte nicht, dass Galt noch hier sein würde – er hatte bestimmt längst die Flucht ergriffen –, aber sie befürchtete Fallen.

Und sie konnte natürlich nicht *mit Sicherheit* sagen, dass Galt geflohen war. Daher spähte sie geduckt und mit schussbereiter Waffe um die Biegung, hielt die Glock dabei allerdings nicht ausgestreckt, damit Galt sie ihr nicht aus der Hand schlagen oder entreißen konnte.

Nichts.

Sie blickte hinab auf das Wasser, das auf dem Betonboden stand. Wasser. Das hatte gerade noch gefehlt. Jede Menge leitfähiges Wasser.

Sachs schaute zur Tunnelwand, an der dicke schwarze Kabel befestigt waren.

ACHTUNG! HOCHSPANNUNG!
WARTUNG UND REPARATUR ERST NACH RÜCKSPRACHE
MIT ALGONQUIN CONSOLIDATED POWER

Sachs musste daran denken, was der Arbeiter zu ihr gesagt hatte: Manche der Leitungen standen immer noch unter Strom.

»Weiter«, flüsterte sie und eilte voran. Sie machte sich zwar auch Sorgen um Joey Barzan, den Techniker, aber in erster Linie hoffte sie, Hinweise auf Galts Fluchtweg zu finden.

Doch war das überhaupt realistisch? Das Tunnelsystem erstreckte sich vermutlich über viele Meilen und bot zahllose Möglichkeiten, unerkannt zu verschwinden. Die Böden bestanden aus Erde oder Beton, aber es gab keine deutlichen Fußspuren. Die Wände waren schmutzig. Sachs könnte hier tagelang Partikel einsammeln und dennoch keinen einzigen Anhaltspunkt finden. Vielleicht…

Ein scharrendes Geräusch.

Sie erstarrte. Woher war das gekommen? Gab es hier Abzweigungen, in denen Galt sich verbergen könnte?

Einer der Beamten hob eine Hand, wies auf seine Augen und dann nach vorn. Sachs nickte, obwohl sie die militärische Gestik etwas übertrieben fand.

Doch wenn er sich dabei besser fühlte …

Sachs jedenfalls fühlte sich weiterhin unwohl. Vor ihrem inneren Auge zischten mal wieder die geschmolzenen Metallteilchen vorbei.

Egal, sie konnte nicht zurück.

Ein tiefer Atemzug.

Ein weiterer Blick um die Biegung… und abermals lag ein leeres Stück Tunnel vor ihnen. Hier war es noch dunkler. Und Sachs sah auch den Grund dafür: Es fehlten nach wie vor die meisten Glühbirnen, aber hier hatte man sie herausgebrochen.

Das roch nach einer Falle.

Sie mussten sich nun in etwa unter dem Hotel befinden. Vor ihnen bog der Gang um neunzig Grad nach rechts ab.

Ein schneller Blick um die Ecke half nichts; es war einfach zu dunkel.

Dann hörte sie erneut ein Geräusch.

»Ist das eine Stimme?«, fragte einer der Streifenbeamten.

Sachs nickte.

»Vorsicht«, flüsterte sie.

Sie bogen um die Ecke und schoben sich geduckt weiter vor.

Amelia erschauderte. Denn was sie jetzt hörten, war ein Stöhnen. Ein verzweifeltes Stöhnen. Von einem Menschen.

»Taschenlampe!«, flüsterte sie. Als Detective hatte sie keinen Gürtel voller Ausrüstung dabei, sondern lediglich ihre Waffen und Handschellen. Sie zuckte zusammen. Der Beamte hinter ihr hatte ihr die Lampe versehentlich in die Seite gestoßen.

»Verzeihung«, murmelte er.

»Hinlegen«, befahl sie leise. »Flach auf den Bauch. Feuerbereit. Aber geschossen wird nur auf mein Kommando… es sei denn, er erwischt mich zuerst.«

Die beiden Männer legten sich auf den dreckigen Boden und zielten voraus.

Auch Sachs richtete ihre Glock nach vorn. Dann streckte sie

den Arm mit der Taschenlampe zur Seite, um kein allzu deutliches Ziel abzugeben, und drückte den Knopf. Der grelle Lichtstrahl erhellte den schmutzigen Tunnel.

Keine Schüsse, keine elektrischen Entladungen.

Doch Galt hatte ein weiteres Opfer zu verantworten.

Knapp zehn Meter vor ihnen lag ein Algonquin-Arbeiter auf der Seite. Man hatte ihm die Hände auf den Rücken gefesselt und den Mund mit Klebeband verschlossen. Er blutete aus Wunden an der Schläfe und hinter dem Ohr.

»Vorwärts!«

Die Streifenbeamten standen auf. Dann eilten sie zu dritt zu dem Mann, bei dem es sich vermutlich um Joey Barzan handelte. Jedenfalls nicht um Galt, so viel konnte man erkennen. Der Arbeiter war schwer verletzt und blutete stark. Einer der Streifenbeamten wollte ihm helfen. Barzan schüttelte panisch den Kopf und heulte unter dem Klebeband laut auf.

Im ersten Moment glaubte Sachs, dass der Mann im Sterben lag und der Todeskampf seinen Körper erzittern ließ. Doch dann bemerkte sie seine weit aufgerissenen Augen und folgte seinem Blick. Er lag nicht auf dem nackten Boden, sondern anscheinend auf einem dicken Stück Teflon oder Plastik.

»Stopp!«, rief sie ihren Begleitern zu. »Das ist eine Falle!«

Die Beamten erstarrten.

Sachs erinnerte sich, dass Sommers gesagt hatte, Wunden und Blut würden den Körper nur umso leitfähiger machen.

Sie ging hinter den Arbeiter, ohne ihn zu berühren.

Ja, seine Hände waren gefesselt. Aber nicht mit Klebeband oder Schnur, sondern mit blankem Kupferdraht. Und das andere Ende des Drahtes war an eine der Wandleitungen angeschlossen. Sachs nahm den Stromdetektor und richtete ihn auf Barzans Handgelenke.

Die Skala reichte nur bis 10 000 Volt und war sofort bis zum Anschlag gefüllt. Hätte der Streifenbeamte den Mann berührt,

287

wäre der Strom durch Barzan, durch den Helfer und von dort in den Boden geflossen und hätte beide augenblicklich getötet.

Sachs wich zurück und griff zum Funkgerät, um Nancy Simpson zu verständigen. Sie sollte Bob Cavanaugh aufsuchen und ihm mitteilen, dass er einer weiteren Schlange den Kopf abschlagen musste.

... Neununddreißig

Ron Pulaski hatte es geschafft, Ray Galts klemmenden Computerdrucker wieder zum Leben zu erwecken. Er nahm nun die noch warmen Seiten aus dem Ausgabefach.

Der junge Beamte überflog den Inhalt und suchte nach Hinweisen auf den Aufenthaltsort des Mannes, auf Komplizen, das Versteck von »Gerechtigkeit-für«... oder sonst irgendwas, das ihnen hätte helfen können, den Anschlägen ein Ende zu bereiten.

Detective Cooper schickte ihm eine SMS, in der stand, Galt habe in einem Hotel in Downtown zugeschlagen. Das Gebiet rund um die Wall Street werde derzeit noch nach dem Täter abgesucht. Hatte Pulaski etwas gefunden?

»Noch nicht, aber hoffentlich bald.« Er schickte die Nachricht ab und widmete sich wieder den Ausdrucken.

Es waren insgesamt acht Seiten. Keine enthielt Informationen, mit denen der Killer sich unmittelbar aufspüren ließ. Doch Pulaski erfuhr etwas, das sich noch als hilfreich erweisen könnte: Ray Galts Motiv.

Manche der Seiten waren Ausdrucke von Beiträgen aus Blogs oder Foren. Andere waren Downloads von medizinischen Forschungsergebnissen, teilweise sehr detailliert und von namhaften Ärzten verfasst. Wieder andere klangen eher nach Scharlatanen und Verschwörungstheorien.

Ein Text stammte von Galt persönlich. Er hatte ihn in einem Blog gepostet, in dem es um Umwelteinflüsse als mögliche Auslöser schwerer Krankheiten ging.

Meine Geschichte ist typisch für viele Betroffene. Ich habe jahrelang für diverse Energieunternehmen als Techniker gearbeitet und bin dabei ständig mit Leitungen in Kontakt gekommen, die unter mehr als einhunderttausend Volt Spannung standen. Da die elektromagnetischen Felder dieser Kabel nicht abgeschirmt werden, haben sie bei mir Leukämie ausgelöst, davon bin ich überzeugt. Außerdem wurde inzwischen bewiesen, dass Stromleitungen Aerosolpartikel anziehen, die unter anderem zu Lungenkrebs führen, aber das wird in den Medien natürlich verschwiegen.

Wir müssen allen Energieunternehmen – und noch viel wichtiger: der Öffentlichkeit – diese Gefahren bewusst machen. Denn freiwillig werden die Firmen nichts tun, warum sollten sie auch? Falls die Leute ihren Stromverbrauch auch nur um fünfzig Prozent reduzieren würden, könnten wir jedes Jahr Tausende von Leben retten und zugleich die Firmen zu mehr Verantwortung erziehen. Als Folge würden sie sicherere Methoden des Stromtransports entwickeln. Und außerdem aufhören, die Erde zu zerstören.

Leute, wir müssen die Sache selbst in die Hand nehmen!
Raymond Galt

Das war es also. Galt war der Ansicht, Firmen wie die Algonquin seien für seine Erkrankung verantwortlich. Und in der Zeit, die ihm noch blieb, wollte er zurückschlagen. Pulaski wusste, dass der Mann ein Verbrecher war, hatte aber dennoch ein wenig Mitleid mit ihm. In einem der Schränke hier standen zahlreiche Flaschen mit alkoholischen Getränken, die meisten mindestens zur Hälfte geleert. Außerdem Schlaftabletten und Antidepressiva. Das alles rechtfertigte keinen Mord, aber wie fühlte es sich wohl an, wenn man mutterseelenallein an einer unheilbaren Krankheit starb und den Verantwortlichen war es egal? Nun, Pulaski konnte verstehen, woher die Wut kam.

Er blätterte die Ausdrucke weiter durch, fand aber nichts Neues mehr, nicht einmal E-Mails, deren Adressen sie zurückverfolgen könnten, um eventuelle Freunde von Galt und Hinweise auf seinen Verbleib zu ermitteln.

Dann überflog er alles ein weiteres Mal und suchte vergeblich nach Codewörtern und Geheimbotschaften, weil er an Tucker McDaniels verrückte Theorie vom digitalen Umfeld denken musste. Schließlich meinte er genug Zeit damit verschwendet zu haben und schob die Seiten zu einem Stapel zusammen. Die nächsten Minuten verbrachte er damit, die restlichen Beweise und Spuren einzupacken und mit den erforderlichen Registrierkarten zu versehen.

Als er fertig war, ging Pulaski den dunklen Flur entlang zur Wohnungstür und spürte, wie seine Unsicherheit zurückkehrte. Sowohl der Knauf als auch die Tür waren aus Metall. Wo liegt das Problem?, fragte er sich verärgert. Du hast sie vor einer Stunde geöffnet, um die Wohnung zu betreten. Er hatte immer noch seine Latexhandschuhe an. Vorsichtig streckte er eine Hand aus, zog die Tür auf und trat erleichtert nach draußen.

Zwei Polizisten und ein FBI-Mann standen ganz in der Nähe. Pulaski nickte ihnen zu.

»Haben Sie es schon gehört?«, fragte der Agent.

Pulaski hielt kurz inne und entfernte sich dann weiter von der Stahltür. »Meinen Sie den zweiten Anschlag? Ja. Und ich habe gehört, der Täter konnte entwischen. Mehr weiß ich bislang nicht.«

»Es gab fünf Todesopfer. Es wären noch mehr geworden, aber Ihre Partnerin konnte viele der Leute retten.«

»Meine Partnerin?«

»Detective Amelia Sachs. Die Überlebenden sind zum Teil schwer verletzt, hauptsächlich durch Verbrennungen dritten Grades.«

Pulaski schüttelte den Kopf. »Das ist ja furchtbar. Hat er es auf die gleiche Weise wie gestern getan, mit einem Lichtbogen?«

»Das weiß ich nicht. Es hatte jedenfalls mit Strom zu tun.«

»Mein Gott.« Pulaski ließ den Blick in die Runde schweifen. Ihm war noch nie aufgefallen, wie viel an und in einem typischen Wohnblock aus Metall bestand. Eine Art Paranoia überkam ihn. Die Metallpfosten und -stäbe und -stangen schienen überall zu sein. Feuerleitern, Luftschächte, Rohre, die unter der Erde verschwanden, Metallklappen über Lastenaufzügen im Gehweg. Und jedes dieser Teile konnte unter Starkstrom gesetzt werden, sodass es dich röstete oder zu einem tödlichen Hagel aus Metallstücken explodierte.

Fünf Todesopfer…

Verbrennungen dritten Grades.

»Alles in Ordnung, Officer?«

Pulaski lachte unwillkürlich auf. »Ja.« Am liebsten hätte er von seiner Angst erzählt, aber natürlich tat er es nicht. »Hat Galt Spuren hinterlassen?«

»Nicht dass ich wüsste.«

»Nun ja, ich muss das hier zu Lincoln Rhyme bringen.«

»Haben Sie irgendwas gefunden?«

»Ja. Galt ist eindeutig unser Täter. Leider deutet nichts auf seinen jetzigen Aufenthaltsort hin. Oder auf seine weiteren Pläne.«

»Wer überwacht seine Wohnung?«, fragte der FBI-Agent. »Können Ihre Leute das übernehmen?«

Was im Klartext hieß: Das FBI nahm gern an dem Zugriff teil, aber da Galt nicht hier war und wahrscheinlich auch nicht mehr herkommen würde – er musste inzwischen aus den Nachrichten wissen, dass man ihn identifiziert hatte –, wollte man keine eigenen Leute für nutzlose Wachdienste einsetzen.

»Das habe nicht ich zu entscheiden«, sagte der junge Beamte. Er funkte Lon Sellitto an und leitete die Anfrage an ihn weiter.

Der Lieutenant erklärte sich bereit, vorläufig zwei NYPD-Leute unauffällig vor Ort zu postieren, bis ein offizielles Team zur verdeckten Überwachung abgeordnet werden konnte, nur für den Fall, dass Galt doch noch versuchen würde, sich zurück in die Wohnung zu schleichen.

Pulaski ging nun um die Ecke und in die menschenleere Gasse hinter dem Haus. Er öffnete den Wagen und lud die Beweise ein.

Dann schlug er den Kofferraumdeckel zu und schaute sich nervös um.

All das Metall um ihn herum, überall Metall.

Verdammt noch mal, reiß dich gefälligst zusammen! Er setzte sich hinter das Lenkrad und wollte den Schlüssel ins Zündschloss stecken. Doch er zögerte. Der Wagen hatte die ganze Zeit hier hinten in der Gasse gestanden, weit weg von der Wohnung, um Galt gegebenenfalls nicht vorzuwarnen. Der Täter befand sich noch auf freiem Fuß… konnte er da nicht zurückgekehrt sein und Pulaskis Auto irgendwie manipuliert haben?

Nein, das war zu weit hergeholt.

Pulaski verzog das Gesicht, ließ den Motor an und legte den Rückwärtsgang ein.

Sein Telefon summte. Er sah auf das Display. Es war Jenny, seine Frau. Er überlegte. Nein, er würde sie später zurückrufen. Er steckte das Telefon wieder ein.

Als er aus dem Wagenfenster schaute, fiel ihm an der Seite eines Gebäudes ein Verteilerkasten auf, aus dem drei dicke Kabel entsprangen. Pulaski erschauderte und drehte den Zündschlüssel. Der Anlasser gab das laute Mahlen von sich, das typisch war, wenn der Motor bereits lief, doch der junge Beamte dachte, er habe irgendeine Stromfalle ausgelöst, bekam Panik und stieß die Wagentür auf. Sein Fuß rutschte ab und landete auf dem Gaspedal. Der Crown Victoria schoss mit durchdrehenden Reifen nach hinten. Pulaski trat auf die Bremse.

293

Doch da ertönte bereits ein schreckliches Aufprallgeräusch, gefolgt von einem Schrei. Aus dem Augenwinkel sah Pulaski einen Mann mittleren Alters, der mit einem Einkaufswagen voller Lebensmittel die Gasse überquert hatte. Der Fußgänger wurde gegen die Wand geschleudert und brach auf den Pflastersteinen zusammen. Aus seinem Kopf strömte Blut.

... Vierzig

Amelia Sachs wollte Joey Barzan befragen.

»Wie geht es Ihnen?«

»Ja. Ich glaube schon.«

Sie war sich nicht sicher, was er meinte – er wusste es vermutlich selbst nicht. Ein Sanitäter war über Barzan gebeugt. Sie befanden sich immer noch in dem Tunnel unter dem Battery Park Hotel.

»Sie haben eine Gehirnerschütterung und etwas Blut verloren«, teilte der Helfer dem Patienten mit, der benommen auf dem Boden saß und an der Wand lehnte. »Aber Sie kommen wieder in Ordnung.«

Es war Bob Cavanaugh gelungen, die Leitung abzuschalten, die Galt für seine Falle angezapft hatte. Sachs hatte sich mit Sommers' Detektor davon überzeugt, dass kein Strom mehr floss, und Barzan dann so schnell wie möglich von dem Kupferdraht befreit.

»Was ist passiert?«, fragte sie ihn nun.

»Es war Ray Galt. Ich bin ihm hier über den Weg gelaufen. Er hat mich mit einem Werkzeughalter k. o. geschlagen. Als ich wieder zu mir gekommen bin, hatte er mich schon an die Leitung angeschlossen. O mein Gott. Das waren sechzigtausend Volt, ein Feeder für die U-Bahn. Falls Sie mich berührt hätten oder ich ein paar Zentimeter zur Seite gerollt wäre... o mein Gott.« Dann blickte er auf. »Ich habe die Sirenen auf der Straße gehört. Und dann dieser Geruch. Was ist passiert?«

»Galt hat das Hotel neben dem College unter Strom gesetzt.«

»Du meine Güte. Wurde jemand verletzt?«

»Es hat Tote gegeben. Genaueres weiß ich noch nicht. Wohin ist Galt gegangen?«

»Keine Ahnung, da war ich noch bewusstlos. Falls er nicht durch das Schulgebäude abgehauen ist, muss er da entlang gelaufen sein, durch den Schacht.« Er blickte zur Seite. »Von dort aus kann man mehrere U-Bahn-Tunnel und -Haltestellen erreichen.«

»Hat er irgendwas gesagt?«, fragte Sachs.

»Eigentlich nicht.«

»Wo war er, als Sie auf ihn gestoßen sind?«

»Gleich hier vorn.« Er zeigte auf eine Stelle in drei Metern Entfernung. »Sie können erkennen, wo er die Leitung angezapft hat. Er hat eine Art Kasten auf das Kabel gesetzt. So was habe ich noch nie gesehen. Und er hat auf seinem Computer die Baustelle und das Hotel beobachtet. Als wäre er an eine Überwachungskamera angeschlossen.«

Sachs stand auf und musterte das Kabel. Es war vom selben Typ der Marke Bennington wie das am Vortag an der Bushaltestelle. Von dem Computer war nichts zu sehen, auch nicht von dem Werkzeughalter, aber sie konnte sich noch an Sommers' Beschreibung erinnern: wie ein Hockeyschläger aus Fiberglas, für die Arbeit an Strom führenden Leitungen.

»Ich bin nur noch am Leben, weil er mich benutzen wollte, um andere Leute zu töten, nicht wahr?«, fragte Barzan leise. »Er wollte Sie davon abhalten, ihn zu verfolgen.«

»Das stimmt.«

»Dieser Scheißkerl. Und dann ist er auch noch einer von uns. Techniker und Störungssucher halten zusammen. Wissen Sie, wir sind eine verschworene Gemeinschaft. Das müssen wir sein. Elektrizität ist so gefährlich.« Galts Treulosigkeit machte ihn wütend.

Sachs sicherte mit einem Kleberoller etwaige Partikel von Barzans Händen, Armen und Beinen. Dann nickte sie den Sanitätern zu. »Sie können ihn jetzt mitnehmen.« Sie bat Barzan, er möge sie anrufen, falls ihm noch etwas einfiele, und gab ihm eine Visitenkarte. Einer der Sanitäter funkte seine Kollegen an und teilte ihnen mit, der Tatort sei nun freigegeben und sie könnten eine Trage nach unten bringen, um den Arbeiter abzuholen. Barzan lehnte sich wieder gegen die Tunnelwand und schloss die Augen.

Sachs setzte sich mit Nancy Simpson in Verbindung und erzählte ihr, was geschehen war. »Die ESU soll im Umkreis von einem Kilometer die Wartungsschächte der Algonquin durchsuchen. Und die U-Bahn-Tunnel.«

»Ich gebe es weiter. Moment.« Gleich darauf meldete Simpson sich zurück. »Sie sind unterwegs.«

»Was ist mit unserem Zeugen aus dem Hotel?«

»Wir haben ihn noch nicht gefunden.«

Sachs' Augen hatten sich an die Dunkelheit gewöhnt. Ihr fiel etwas auf. »Nancy, ich melde mich gleich wieder. Ich muss was nachprüfen.« Sie ging in die Richtung, die Galt wahrscheinlich eingeschlagen hatte.

Nach knapp zehn Metern stieß sie auf eine kleine Nische mit einem Laufrost, in der hinter einem Rohr ein dunkelblauer Algonquin-Overall, ein Schutzhelm und eine Werkzeugtasche klemmten. Der leuchtend gelbe Helm war es, der ihre Aufmerksamkeit erregt hatte. Da Galt mittlerweile wusste, dass nach ihm gefahndet wurde, hatte er die auffällige Kleidung und die Tasche hier zurückgelassen.

Amelia ließ Bo Haumann und der ESU durch Simpson ausrichten, dass Galt sich umgezogen hatte. Dann streifte sie Latexhandschuhe über und wollte die Gegenstände aus der Nische hervorholen.

Im letzten Moment hielt sie inne.

Dabei dürfen Sie eines nicht vergessen: Auch wenn Sie glauben, Sie befänden sich nicht in unmittelbarer Gefahr – dieser Eindruck könnte trügen.

Sommers' Worte kamen ihr in den Sinn. Sie nahm den Stromdetektor und richtete ihn auf das Metall.

Die Skala füllte sich ein Stück: 603 Volt.

Sachs erschrak und schloss die Augen. Ihre Knie wurden weich. Dann sah sie genauer hin und entdeckte einen Draht. Er verlief von dem Laufrost zu dem Rohr, hinter dem die Sachen verstaut waren. Um an die Gegenstände zu gelangen, musste sie das Rohr berühren. Der Strom hier war eigentlich abgeschaltet, aber vielleicht kam es zu einer Insel oder Rückkopplung – sofern sie sich korrekt an Sommers' Erläuterungen erinnerte.

Welche Amperezahl ist nötig, um Sie zu töten?

Ein Zehntel eines Ampere.

Sie kehrte zu Barzan zurück, der ihr benommen entgegenblickte. Sein bandagierter Kopf lehnte weiterhin an der Tunnelwand.

»Ich brauche Ihre Hilfe. Ich möchte dahinten einige Spuren sichern, aber eine der Leitungen steht immer noch unter Strom.«

»Welche Leitung?«

»Die da oben. Sechshundert Volt. Er hat sie mit einem Rohr verbunden.«

»Sechshundert? Das ist Gleichstrom, eine Rückkopplung von der Stromschiene der U-Bahn. Sie können meinen Werkzeughalter benutzen. Da drüben liegt er.« Er zeigte darauf. »Und meine Handschuhe. Am besten wäre es, das Rohr mit einem anderen Draht zu erden. Wissen Sie, wie man das macht?«

»Nein.«

»Ich kann das im Moment nicht für Sie übernehmen. Tut mir leid.«

»Schon in Ordnung. Zeigen Sie mir, wie man den Werkzeughalter verwendet.« Sie streifte Barzans Handschuhe über die Latexhandschuhe und nahm den Stab aus Fiberglas, der an einem Ende eine Art Greifklaue mit Gummiüberzug hatte. Das flößte ihr zumindest ein wenig Vertrauen ein.

»Stellen Sie sich auf die Gummimatte, und ziehen Sie die Sachen eine nach der anderen heraus. Es wird Ihnen nichts passieren… Zur Sicherheit benutzen Sie nur eine Hand. Die rechte.«

Weil sie etwas weiter vom Herzen entfernt ist…

Welches ihr heftig bis zum Hals schlug, als sie sich der Nische näherte, die Teflonmatten auslegte und vorsichtig anfing, die Beweisstücke zu bergen.

Und abermals sah sie den geschundenen Leichnam des jungen Luis Martin vor sich, dazu die zuckenden Leiber der Sterbenden in der Hotellobby.

Sie hasste es, verängstigt zu sein.

Und einem unsichtbaren Feind gegenüberzustehen.

Mit angehaltenem Atem – obwohl der Grund dafür ihr selbst nicht klar war – zog sie den Overall und den Helm heraus. Dann die Werkzeugtasche aus rotem Segeltuch, auf der mit Filzstift nachlässig *R. Galt* geschrieben stand.

Sie atmete tief durch.

Dann packte sie die Beweisstücke ein.

Ein Techniker der Spurensicherung in Queens war eingetroffen und hatte zwei Ausrüstungskoffer mitgebracht. Obwohl der Tatort inzwischen stark verunreinigt war, zog Sachs den blauen Tyvek-Overall über und untersuchte den Schauplatz wie jeden anderen. Sie legte die Nummern aus, schoss Fotos und schritt das Gitternetz ab. Mit Hilfe von Sommers' Detektor überprüfte sie alle Leitungen und löste dann eilig die Schrauben des Bennington-Kabels und einer eckigen schwarzen Plastikbox, die ebenfalls dort befestigt war. Galt hatte eine Verbindung zwischen der Hochspannungsleitung und den Stahlträgern des Hotels hergestellt. Von dort aus war der Strom auf die Türgriffe,

Drehtüren, Treppengeländer und anderen metallischen Inventarteile übergesprungen. Amelia tütete alles ein und nahm dann Partikelspuren von den Stellen, an denen Galt gestanden hatte, um das Kabel zu installieren beziehungsweise Joey Barzan anzugreifen.

Sie suchte ein weiteres Mal nach dem Werkzeughalter, den Galt für den Angriff benutzt hatte, konnte ihn aber nirgendwo entdecken. Es fand sich auch kein Hinweis darauf, wie es ihm gelungen war, die Überwachungskameras der Schule oder der Baustelle anzuzapfen, um den Ort des Anschlags im Blick zu behalten.

Nachdem Sachs ihre Arbeit beendet hatte, rief sie Rhyme an und brachte ihn auf den neuesten Stand.

»Komm so schnell wie möglich her, Sachs. Wir müssen die Spuren sofort untersuchen.«

»Was hat Ron gefunden?«

»Nichts Spektakuläres, hat Lon gesagt. Hm. Ich wundere mich schon, wo er bleibt. Er müsste eigentlich längst hier sein.« Die Ungeduld war ihm deutlich anzuhören.

»Ich mache mich gleich auf den Weg. Vorher möchte ich aber noch mit dem Zeugen reden. Jemand hat Galt vom Hotelrestaurant aus anscheinend eine Weile beobachten können. Ich hoffe, er kann uns weiterhelfen.«

Sie beendeten das Gespräch. Sachs kehrte nach oben zurück und ging zu Nancy Simpson. Die Beamtin stand in der Hotellobby, in der sich mittlerweile kaum jemand mehr aufhielt. Sachs wollte zunächst durch eine der Drehtüren eintreten, entschied sich dann aber anders und stieg durch eines der zerschossenen Fenster.

Simpsons Miene verriet, wie erschüttert sie immer noch war. »Ich habe gerade mit Bo gesprochen. Keiner weiß, wo Galt geblieben ist. Sobald der Strom abgeschaltet war, ist er womöglich einfach den U-Bahn-Gleisen bis zur Canal Street gefolgt und in

Chinatown untergetaucht. Aber auch das ist nur eine von vielen Möglichkeiten.«

Sachs musterte die Blutflecke und versengten Stellen auf den Marmorböden, wo die Opfer gelegen hatten.

»Was ist der aktuelle Stand?«

»Fünf Tote und offenbar elf Verletzte, alle schwer. Die Verbrennungen sind zumeist dritten Grades.«

»Habt ihr euch schon umgehört?«

»Ja, aber niemand hat was bemerkt. Die meisten der Hotelgäste sind spurlos verschwunden. Sie haben nicht mal ausgecheckt.« Simpson erklärte, die Leute seien Hals über Kopf geflohen, mit ihren Ehepartnern, Kindern, Mitarbeitern und Koffern im Schlepptau. Das Hotelpersonal hatte sie nicht davon abgehalten. Wie es aussah, war auch die Hälfte der Angestellten einfach weggelaufen.

»Was ist mit unserem Zeugen?«

»Ich bin immer noch auf der Suche nach ihm. Er hat hier mit einigen Leuten zu Mittag gegessen; sie sagen, er habe Galt gesehen. Ich würde wirklich gern mit ihm sprechen.«

»Wie heißt er?«

»Sam Vetter. Er ist geschäftlich aus Scottsdale hier und zum ersten Mal in New York.«

Ein Streifenbeamter kam an ihnen vorbei. »Verzeihung, haben Sie gerade den Namen Vetter erwähnt?«

»Ja. Sam Vetter.«

»Er hat mich in der Lobby angesprochen und gesagt, er wisse etwas über Galt.«

»Wo ist er?«

»Oh, das haben Sie noch nicht gehört?«, fragte der Beamte. »Er war eines der Opfer. Es hat ihn mitten in der Drehtür erwischt. Er ist tot.«

... Einundvierzig

Amelia Sachs kehrte mit den Beweismitteln zurück.

Als sie eilig das Labor betrat, runzelte Rhyme die Stirn. Sachs war von einer übel riechenden Wolke umgeben. Verbrannte Haare, verbranntes Gummi, verbranntes Fleisch. Manche Krüppel glaubten, ihre Behinderung schärfe die restlichen Sinne. Rhyme war sich dessen nicht so sicher, aber dieser Gestank fiel ihm jedenfalls deutlich auf.

Er betrachtete das Material, das Sachs und ein Techniker hier ablieferten, und war begierig darauf, die Geheimnisse in Angriff zu nehmen, die dadurch enthüllt werden mochten. Sachs und Cooper breiteten alles aus.

»Konnte die ESU feststellen, wo Galt den Tunnel verlassen hat?«, fragte Rhyme.

»Nein. Es gab nicht den geringsten Hinweis auf ihn.« Sachs sah sich um. »Wo ist Ron?«

Rhyme sagte, der Neuling sei noch immer nicht eingetroffen. »Ich habe ihn angerufen und eine Nachricht hinterlassen. Er hat sich nicht gemeldet. Bei unserem letzten Gespräch sagte er, er kenne nun Galts Motiv, aber er hat es nicht genauer erläutert... Was ist denn, Sachs?«

Er hatte sie dabei ertappt, wie sie mit versteinerter Miene aus dem Fenster starrte.

»Ich hab mich geirrt, Rhyme. Ich habe Zeit mit der Räumung der Baustelle verschwendet und das eigentliche Zielobjekt völlig übersehen.«

302

Sie erzählte, dass es Bob Cavanaugh gewesen sei, der letztlich die richtigen Schlüsse gezogen habe. Dann seufzte sie. »Wenn ich gründlicher nachgedacht hätte, hätte ich die Menschen vielleicht retten können.« Sie ging zu einer der Tafeln und legte eine neue Tabelle mit der Überschrift *Tatort: Battery Park Hotel und Umgebung* an. Die ersten Einträge waren die Namen der fünf Todesopfer: ein Ehepaar, ein Geschäftsmann aus Scottsdale, Arizona, ein Kellner und ein Werbefachmann aus Deutschland.

»Es hätte viel mehr Tote geben können«, sagte Rhyme. »Ich habe gehört, du hast die Fenster eingeschossen und die Leute auf diesem Weg evakuiert.«

Sie zuckte nur die Achseln.

Rhyme hielt nichts davon, sich bei der Polizeiarbeit im Nachhinein mit Vorwürfen zu quälen. Man bemühte sich eben nach Kräften und versuchte, aus jeder Situation das Beste zu machen.

Dennoch konnte er natürlich nachempfinden, was in Sachs vorging. Auch Rhyme ärgerte sich, dass es ihnen trotz des Wettlaufs mit der Zeit und des korrekt vorausgeahnten Zielgebiets nicht gelungen war, Opfer zu vermeiden und Galt festzunehmen.

Aber dieser Umstand machte ihm nicht so zu schaffen wie ihr. Ganz egal, wie viele Leute sich geirrt haben und welchen Anteil der Schuld sie tragen mochten, Sachs ging mit sich selbst stets am härtesten ins Gericht. Er könnte ihr jetzt sagen, dass ohne sie zweifellos noch mehr Menschen gestorben wären und dass Galt nun wusste, dass man ihn identifiziert und seinen Plan fast noch rechtzeitig durchschaut hatte. Womöglich stellte er seine Anschläge deswegen sogar ein und gab auf. Aber ein solcher Hinweis würde gönnerhaft wirken, und wäre Rhyme der Adressat gewesen – er hätte nicht mal hingehört.

Außerdem ließ sich nicht leugnen, dass der Täter entkommen konnte, weil sie nicht gut genug gewesen waren.

Sachs kehrte zum Untersuchungstisch zurück.

Ihr Gesicht war blasser als üblich; im Hinblick auf Make-up war sie ohnehin Minimalistin. Und Rhyme sah ihr an, dass auch dieser Tatort ihr zugesetzt hatte. Der Vorfall bei der Bushaltestelle hatte sie verunsichert – und tat das zum Teil immer noch. Doch das hier war eine andere Art von Schrecken; sie hatte bei dem Hotel mit angesehen, wie Menschen auf grausige Art gestorben waren. »Die Opfer haben… es war, als würden sie im Todeskampf tanzen, Rhyme«, hatte sie es ihm beschrieben.

Sachs hatte Galts Algonquin-Overall und -Helm mitgebracht, die Segeltuchtasche mit Werkzeugen und diversen Kleinteilen sowie ein weiteres der Bennington-Kabel, wie er es auch schon am Vortag für den Lichtbogen benutzt hatte. Darüber hinaus gab es mehrere Tüten mit Partikelspuren. Und einen Gegenstand in dicker Folie: Verglichen mit dem Umspannwerk an der Siebenundfünfzigsten Straße habe Galt das Kabel diesmal auf andere Weise an die Stromleitung angeschlossen, erklärte Sachs. Er habe zwar ebenfalls Drahtverbindungsschrauben benutzt, aber zwischen den beiden Kabeln sei außerdem dieser Plastikkasten montiert gewesen, ungefähr so groß wie ein gebundenes Buch.

Cooper überprüfte die Box auf Sprengstoff und öffnete sie dann. »Sieht selbst gebaut aus, aber ich habe keine Ahnung, was es sein könnte.«

»Lasst uns Charlie Sommers fragen«, schlug Sachs vor.

Fünf Minuten später waren sie mit dem Erfinder im Gebäude der Algonquin verbunden. Sachs schilderte ihm den Anschlag auf das Hotel.

»Ich wusste nicht, dass es so schlimm war«, sagte er leise.

»Noch mal danke für Ihren Hinweis, dass er den Strom auf diese Weise einsetzen könnte, anstatt einen Lichtbogen auszulösen«, sagte Rhyme.

»Leider hat es nicht viel geholfen«, murmelte der Mann.

»Würden Sie mal einen Blick auf die Box werfen, die wir gefunden haben?«, fragte Sachs. »Sie war zwischen der Algonquin-Leitung und dem Kabel angebracht, mit dem er das Hotel unter Strom gesetzt hat.«

»Natürlich.«

Cooper nannte Sommers die Internetadresse für ein verschlüsseltes Live-Video und richtete die hochauflösende Kamera auf das Innenleben des Kastens.

»Ich hab's auf dem Bildschirm. Mal schauen … Noch mal zur anderen Seite … Interessant. Dieses Ding gibt's nicht im Fachhandel. Er hat es selbst konstruiert.«

»Das haben wir uns schon gedacht«, sagte Rhyme.

»Ich hab so was noch nie gesehen. Nicht so kompakt. Es ist eine Schaltanlage. Wie in unseren Umspannwerken und Leitungssystemen.«

»Um einen Stromkreis zu schließen und wieder zu trennen?«

»Ja. Im Prinzip wie ein gewöhnlicher Lichtschalter. Allerdings dürfte dieses Exemplar mühelos mit hunderttausend Volt klarkommen. Eingebauter Lüfter, Zylinderspule, Empfänger. Ferngesteuert.«

»Er hat also die Kabel verbunden, ohne dass zunächst Strom geflossen ist. Und dann hat er aus sicherer Entfernung den Schalter betätigt. Andi Jessen hatte bereits so eine Vermutung geäußert.«

»Wirklich? Hm. Interessant.« Sommers überlegte. »Aber ich glaube nicht, dass es ihm hierbei um die eigene Sicherheit gegangen ist. Als Störungssucher weiß er genau, wie man Leitungen sicher koppelt. Es muss einen anderen Grund gegeben haben.«

Rhyme verstand. »Er wollte den geeigneten Zeitpunkt abpassen – um möglichst viele Opfer zu erwischen.«

»Ja, das nehme ich auch an.«

»Ein Arbeiter hat ihn gesehen«, fügte Sachs hinzu. »Galt hat den Schauplatz auf seinem Laptop beobachtet – wahrscheinlich indem er sich in eine Überwachungskamera eingeklinkt hat. Die entsprechende Stelle konnte ich leider nicht finden.«

»Womöglich hat er deshalb schon kurz vor Ablauf der Frist zugeschlagen«, sagte Rhyme. »Es waren gerade zahlreiche Opfer zugegen, und er wusste zu diesem Zeitpunkt längst, dass die Algonquin nicht auf seine Forderung eingehen würde.«

»Er hat Talent.« Sommers klang beeindruckt. »Das ist ein beachtliches Stück Arbeit. Dieser Schalter sieht simpel aus, aber er war bestimmt wesentlich schwieriger herzustellen, als man meinen möchte. Eine Hochspannungsleitung ist von einem starken elektromagnetischen Feld umgeben. Galt musste die Elektronik davor abschirmen. Er ist schlau. Und das ist keine gute Neuigkeit, fürchte ich.«

»Wo könnte man die Bauteile bekommen – die Zylinderspule, den Empfänger, den Lüfter?«

»In jedem der hundert oder zweihundert Elektrofachgeschäfte hier in der Gegend … Hat eines der Teile eine Seriennummer?«

Cooper schaute sorgfältig nach. »Nein, bloß Artikelnummern.«

»Dann haben Sie Pech.«

Rhyme und Sachs dankten Sommers und beendeten das Gespräch.

Dann nahmen Sachs und Cooper sich Galts Werkzeugtasche, Overall und Helm vor. Es fanden sich darin weder Notizen noch Skizzen; nichts ließ erkennen, wo der Täter sich versteckte oder demnächst zuschlagen würde. Das war wenig überraschend. Immerhin hatte Galt die Sachen absichtlich zurückgelassen und gewusst, dass man sie entdecken würde.

Detective Gretchen Sahloff aus der Zentrale der Spurensicherung hatte in Galts Büro Fingerabdrücke genommen. Außerdem war in seiner Personalakte ein Daumenabdruck gespeichert. Cooper glich nun alle Beweisstücke mit diesen Vorlagen ab. Auf den Gegenständen fanden sich ausschließlich Galts Abdrücke. Rhyme war enttäuscht. Die Spuren einer anderen Person hätten sie zu einem Freund oder Komplizen führen können – oder auch zu einem Mitglied der »Gerechtigkeit-für«-Zelle, sofern diese mit den Anschlägen zu tun hatte.

Rhyme fiel auf, dass zu den gefundenen Werkzeugen weder eine Bügelsäge noch ein Bolzenschneider zählten. Die Tasche wäre dafür auch zu klein gewesen.

Aber der Schraubenschlüssel war dabei, und die Kratzspuren, die er hinterließ, waren identisch mit denen der Schrauben aus dem Umspannwerk an der Siebenundfünfzigsten Straße.

Das Team, das die Brandstiftung bei dem Umspannwerk in Harlem untersucht hatte, traf ein. Die Techniker konnten nur wenig vorweisen. Galt hatte einen simplen Molotowcocktail benutzt – eine Glasflasche voller Benzin mit einem angezündeten Stofffetzen im Hals. Sie war gegen das vergitterte, aber offene Fenster geworfen worden, sodass das brennende Benzin ins Innere floss und dort die Gummi- und Plastikisolierung entzündete. Es handelte sich um eine Weinflasche – es gab kein Gewinde für einen Schraubverschluss. Sie stammte aus einer Glasfabrik, die Dutzende von Weingütern belieferte, welche wiederum Tausende von Einzelhändlern zu ihren Kunden zählten. Das Etikett war abgelöst worden. Die Flasche ließ sich unmöglich zurückverfolgen.

Das Benzin war bleifreies Super von BP, und der Stofffetzen kam von einem T-Shirt. Nichts davon ließ sich mit einem bestimmten Ort in Verbindung bringen. In Galts Werkzeugtasche gab es allerdings eine Rundfeile mit Glasstaub, der zu der Flasche passte – sie war eingekerbt worden, damit sie auch wirklich zerbrechen würde.

Weder außerhalb noch innerhalb des Umspannwerks gab es Überwachungskameras.

Es klopfte an der Haustür.

Thom ging hin, um zu öffnen. Gleich darauf kam Ron Pulaski herein und brachte das Material, das er in Galts Wohnung gesammelt hatte. Es war in mehreren Plastikkisten verstaut, und es gehörten sowohl der Bolzenschneider und die Bügelsäge dazu als auch ein Paar Stiefel.

Na endlich, dachte Rhyme, einerseits verärgert über die Verspätung, andererseits erfreut über die Ankunft der Beweisstücke.

Pulaski sah niemanden an und stellte mit ernster Miene die Kisten auf den Tisch. Da bemerkte Rhyme, dass die Hand des jungen Polizisten zitterte.

»Grünschnabel, ist mit Ihnen alles in Ordnung?«

Der junge Mann, der mit dem Rücken zu allen anderen stand, hielt inne, senkte den Kopf und stützte sich auf den Tisch vor ihm. Dann drehte er sich um und atmete tief durch. »Es gab einen Unfall. Ich habe mit meinem Wagen jemanden angefahren. Einen unbeteiligten Passanten, der zufällig vorbeikam. Er liegt im Koma. Es könnte sein, dass er stirbt.«

... Zweiundvierzig

Der junge Beamte erzählte ihnen, was geschehen war.

»Ich hab einfach nicht nachgedacht. Oder vielleicht hab ich *zu viel* nachgedacht. Ich hab Gespenster gesehen. Ich dachte, Galt könnte in meinem Wagen eine Falle installiert haben.«

»Wie sollte er das denn angestellt haben?«, fragte Rhyme.

»Ich *weiß* es nicht«, sagte Pulaski verzweifelt. »Ich hatte vergessen, dass der Motor schon lief. Als ich den Schlüssel gedreht habe, gab es dieses komische Geräusch vom Anlasser und ... na ja, ich bin in Panik geraten. Mein Fuß muss wohl von der Bremse gerutscht sein.«

»Wer war der Mann?«

»Einfach irgendjemand. Er heißt Palmer. Arbeitet nachts in einer Spedition. Er war auf dem Rückweg vom Supermarkt und hat eine Abkürzung genommen ... Ich hab ihn voll erwischt.«

Rhyme musste an die Kopfverletzung denken, die Pulaski im Dienst erlitten hatte. Der junge Mann würde sich große Vorwürfe machen, dass nun durch seine Unachtsamkeit ein Mensch zu Schaden gekommen war.

»Die Abteilung für innere Angelegenheiten wird mich vernehmen. Es hieß, man rechne mit einer Klage gegen die Stadt. Ich soll die PBA verständigen und um einen Anwalt bitten. Ich ...« Ihm fehlten die Worte. »Mein Fuß ist von der Bremse gerutscht«, wiederholte er schließlich. Es klang ein wenig manisch. »Ich wusste nicht mal mehr, dass ich den Wagen angelassen oder den Rückwärtsgang eingelegt hatte.«

»Tja, Grünschnabel, ob Sie nun Schuld haben oder nicht, dieser Palmer hat jedenfalls nichts mit dem Fall Galt zu tun, oder?«

»Nein.«

»Dann kümmern Sie sich nach Dienstschluss darum«, entschied Rhyme.

»Ja, Sir, natürlich. Mach ich. Tut mir leid.«

»Also, was haben Sie gefunden?«

Pulaski berichtete von den Seiten, die er Galts Drucker entlocken konnte. Rhyme beglückwünschte ihn dazu – das war wirklich gute Arbeit gewesen –, aber der Beamte schien ihn gar nicht zu hören und fuhr fort, von Galts Krebserkrankung und den vermeintlich dafür verantwortlichen Hochspannungsleitungen zu erzählen.

»Rache«, sagte Rhyme nachdenklich. »Ganz klassisch. Ein passables Motiv. Keiner meiner Lieblinge. Und bei dir?« Er sah Sachs an.

»Auch nicht«, erwiderte sie ernst. »Ich bevorzuge Habsucht und Gier. Bei Rache ist meistens eine asoziale Persönlichkeitsstörung beteiligt. Aber hier könnte es um mehr als Rache gehen, Rhyme. Nach dem Erpresserbrief zu schließen, befindet Galt sich auf einem Kreuzzug zur Rettung der Menschen vor dem bösen Energieunternehmen. Ein Fanatiker. Und ich glaube nach wie vor, dass es einen terroristischen Hintergrund geben könnte.«

Außer dem Motiv und den Gegenständen, die Galt mit den Tatorten in Verbindung brachten, hatte Pulaski leider nichts gefunden, das auf den momentanen Aufenthaltsort des Täters oder sein nächstes Ziel hingedeutet hätte. Das war zwar enttäuschend, aber für Rhyme keine Überraschung; die Anschläge waren eindeutig gut geplant, und Galt war schlau. Er musste von vornherein gewusst haben, dass er enttarnt werden könnte, und hatte sicherlich ein Versteck vorbereitet.

Rhyme scrollte durch sein Telefonverzeichnis und ließ eine Nummer wählen.

»Andi Jessens Büro«, meldete sich eine müde Stimme aus dem Lautsprecher.

Rhyme nannte seinen Namen und wurde sogleich zu der Generaldirektorin durchgestellt.

»Ich habe gerade mit Gary Noble und Agent McDaniel gesprochen«, sagte sie. »Es hat fünf Tote gegeben. Und eine Vielzahl von Verletzten.«

»Das stimmt.«

»Es tut mir so leid. Wie schrecklich. Ich habe mir Ray Galts Personalakte kommen lassen. Sein Foto liegt hier vor mir auf dem Tisch. Er sieht nicht aus wie jemand, der zu so etwas fähig wäre.«

Das tun sie nie.

»Er ist überzeugt, dass sein Krebs durch die Arbeit an den Stromkabeln ausgelöst wurde«, erklärte Rhyme.

»Und *deshalb* diese Anschläge?«

»Es sieht ganz danach aus. Er fühlt sich im Recht. Er glaubt, dass Hochspannungsleitungen eine große Gefahr darstellen.«

Sie seufzte. »Wir sind zurzeit in ein halbes Dutzend entsprechender Gerichtsverfahren verwickelt. Hochspannungsleitungen erzeugen elektromagnetische Felder. Isolierungen und Wände schirmen den elektrischen Teil ab, aber nicht das Magnetfeld. Manche Leute sind der Ansicht, das könne zu Leukämie führen.«

Die Seiten aus Galts Drucker waren inzwischen eingescannt worden und auf Rhymes Monitor zu sehen. Er überflog die Texte.

»Galt schreibt außerdem, die Kabel würden Partikel anziehen, die Lungenkrebs bewirken können.«

»Nichts davon wurde je bewiesen. Ich bezweifle das. Ich bezweifle auch die Leukämie-Sache.«

»Tja, Galt nicht.«

»Was will er von uns?«

»Ich schätze, das wissen wir erst, wenn wir den nächsten Brief mit Forderungen erhalten oder er anderweitig Kontakt mit Ihnen aufnimmt.«

»Ich werde mich über die Medien an ihn wenden und an seine Vernunft appellieren.«

»Das kann nicht schaden.« Rhyme war jedoch der Ansicht, dass Galt nicht einfach vorhatte, seinen Standpunkt zu verdeutlichen und dann die Flinte ins Korn zu werfen. Sie mussten davon ausgehen, dass er weiterhin Vergeltung üben wollte.

Dreiundzwanzig Meter Kabel und ein Dutzend Drahtverbindungsschrauben. Bisher hatte er etwa neun Meter des gestohlenen Kabels verbraucht.

Als Rhyme die Verbindung trennte, sah er, dass Pulaski mit gesenktem Kopf ebenfalls telefonierte. Der Beamte blickte auf und fühlte sich von seinem Chef ertappt. Eilig – und schuldbewusst – beendete er das Gespräch und ging hinüber zum Tisch mit den Beweismitteln. Er wollte nach einem der gefundenen Werkzeuge greifen, hielt dann aber abrupt inne, weil er merkte, dass er keine Latexhandschuhe trug. Er holte das Versäumnis nach und reinigte die Finger und Handflächen mit dem Kleberoller. Nun erst nahm er den Bolzenschneider.

Ein genauer Vergleich ergab, dass es sich bei Bolzenschneider und Bügelsäge um die am ersten Tatort verwendeten Werkzeuge handelte. Auch die Marke und Größe der Stiefel passten.

Doch das bestätigte nur, was sie bereits wussten: Raymond Galt war der Täter.

Danach nahmen sie sich das Papier und die Kugelschreiber vor, die Pulaski aus Galts Wohnung mitgebracht hatte. Es ließ sich keine Quelle feststellen, aber beides entsprach nahezu hundertprozentig dem Material des Erpresserbriefes.

Ihre nächste Entdeckung war weitaus beunruhigender.

Cooper musterte die Ergebnisse des Massenspektrometers. »Hier sind ein paar Partikel, die an zwei verschiedenen Orten sichergestellt wurden«, sagte er. »Zum einen an den Schnürsenkeln der Stiefel und dem Griff des Bolzenschneiders aus Galts Wohnung. Und zum anderen am Ärmel des Technikers, den Galt in dem Tunnel angegriffen hat, Joey Barzan.«

»Und?«, fragte Rhyme.

»Es ist ein Kerosin-Derivat, das mit winzigen Mengen Phenol und Dinonylnaphthyl-Sulfonsäure versetzt wurde.«

»Gewöhnliches Flugbenzin für Strahltriebwerke«, sagte Rhyme. »Das Phenol sorgt für die Dünnflüssigkeit, und die Säure beugt einer statischen Aufladung vor.«

»Aber da ist noch mehr«, fuhr Cooper fort. »Etwas Seltsames, eine Art Erdgas. Verflüssigt, aber über ein breites Temperaturspektrum hinweg stabil. Und – Achtung – Spuren von Biodiesel.«

»Sieh in der Treibstoffdatenbank nach, Mel.«

»Ich hab's«, vermeldete der Techniker kurz darauf. »Ein neues Flugbenzin, das sich noch in der Testphase befindet. Hauptsächlich für Kampfjets gedacht. Es ist reiner als üblicher Sprit, und es spart fossile Brennstoffe. Ganz zeitgemäß.«

»Alternative Energie«, murmelte Rhyme und fragte sich, wie dieses Puzzleteil wohl ins Bild passte. Aber eines wusste er jetzt schon. »Sachs, verständige den Heimatschutz und das Verteidigungsministerium, außerdem die Luftfahrtbehörde. Sag ihnen, dass unser Täter eventuell Treibstoffdepots oder Luftwaffenstützpunkte ausgespäht hat.«

Ein Lichtbogen war schon schlimm genug. In Verbindung mit Flugbenzin ergab sich ein Zerstörungspotenzial, das Rhyme sich nicht mal vorzustellen wagte.

TATORT: BATTERY PARK HOTEL UND UMGEBUNG

- Opfer (verstorben):
  - Linda Kepler, Oklahoma City, Touristin.
  - Morris Kepler, Oklahoma City, Tourist.

- Samuel Vetter, Scottsdale, Geschäftsmann.
- Ali Mamrud, New York City, Kellner.
- Gerhart Schiller, Frankfurt, Werbefachmann.
- Ferngesteuerter Schalter zur Schließung des Strom-
kreises.
  - Bauteile nicht zurückverfolgbar.
- Bennington-Kabel und Drahtverbindungsschrauben,
identisch mit denen vom ersten Anschlag.
- Galts Algonquin-Overall, Helm und Werkzeugtasche;
Fingerabdrücke ausschließlich von ihm.
  - Schraubenschlüssel hinterlässt Spuren, die zu den Schrau-
ben vom ersten Tatort passen.
  - Rundfeile mit Glasstaub, der zu der Flasche vom Brand-
anschlag auf das Umspannwerk in Harlem passt.
  - Vermutlich Einzeltäter.
- Partikel von Algonquin-Techniker Joey Barzan nach Angriff
durch Galt.
  - Alternativer Jet-Treibstoff.
    - Anschlag auf Militärbasis?

TATORT: GALTS WOHNUNG, 227 SUFFOLK STR., LOWER EAST SIDE

- Kugelschreiber Marke Bic, Modell SoftFeel, blaue Tinte,
entspricht Tinte des Erpresserbriefes.
- Handelsübliches weißes Computerpapier, entspricht Papier
des Erpresserbriefes.
- Handelsüblicher Briefumschlag, entspricht Umschlag des
Erpresserbriefes.
- Bolzenschneider, Bügelsäge mit Werkzeugspuren, die denen
am ersten Tatort entsprechen.
- Computerausdrucke:

- Medizinische Artikel über Hochspannungsleitungen als mögliche Krebsursache.
- Blog-Einträge von Galt zum selben Thema.
• Stiefel Marke Albertson-Fenwick, Modell E-20 für Elektroarbeiten, Größe 11; Sohlenprofil entspricht den Spuren am ersten Tatort.
• Weitere Partikel von alternativem Jet-Treibstoff.
- Anschlag auf Militärbasis?
• Keine ersichtlichen Hinweise auf Galts mögliches Versteck oder zukünftige Anschlagziele.

TATORT: ALGONQUIN-UMSPANNWERK MH-7, 119. STR. OST, HARLEM

• Molotowcocktail: 750-ml-Weinflasche; nicht zurückverfolgbar.
• Brandbeschleuniger war Benzin Marke BP.
• Lunte waren Baumwollstreifen, vermutlich von weißem T-Shirt; nicht zurückverfolgbar.

TÄTERPROFIL

• Identifiziert als Raymond Galt, 40, Single, wohnhaft in Manhattan, 227 Suffolk Street.
• Terroristischer Hintergrund? Zusammenhang mit »Gerechtigkeit für [unbekannt]«? Terrorgruppe? Person namens Rahman beteiligt? Verschlüsselte Hinweise auf Geldtransfers, personelle Verschiebungen und etwas »Großes«.
- Möglicher Zusammenhang mit Einbruch in Algonquin-Umspannwerk in Philadelphia.
- SIGINT-Treffer: Schlüsselbegriffe für Waffen, »Papier« und »Bedarf« (Schusswaffen, Sprengstoff?).

– Mitverschwörer sind ein Mann und eine Frau.
– Galts Beteiligung unklar.
- Krebspatient; Haar enthält beachtliche Mengen von Vinblastin und Prednison sowie Spuren von Etoposid. Leukämie.

... Dreiundvierzig

Das Telefon am Hauptanschluss klingelte, und die Kennung des Gesprächsteilnehmers erschien auf dem Bildschirm.

Rhyme hatte auf diesen Anruf gehofft, wenngleich der Moment ein wenig ungünstig war. Dennoch klickte er sofort auf GESPRÄCH ANNEHMEN.

»Kathryn, was gibt es Neues?«

Für Nettigkeiten blieb keine Zeit. Aber Dance würde das verstehen. Sie war genauso, wenn es um einen Fall ging.

»Die DEA-Leute in Mexico City haben den Arbeiter zum Reden gebracht – den Mann, der Logan unmittelbar nach dessen Landung das Paket übergeben hat. Er hatte tatsächlich einen Blick auf den Inhalt geworfen. Ich bin mir nicht sicher, ob uns das weiterhilft, aber es war angeblich ein dunkelblaues Büchlein mit irgendeinem Aufdruck. An die Worte konnte er sich nicht erinnern, aber er meint, es seien zwei große Buchstaben C dabei gewesen. Vielleicht ein Firmenlogo. Dann ein Blatt Papier mit dem Großbuchstaben I, gefolgt von fünf oder sechs kurzen Strichen. Als solle man dort etwas eintragen.«

»Hat er irgendeine Idee, was das gewesen sein könnte?«

»Nein... Dann ein Zettel mit einigen Zahlen, darunter die fünfhundertsiebzig und die dreihundertneunundsiebzig, so viel wusste er noch.«

»Der *Da Vinci Code*«, stellte Rhyme frustriert fest.

»Genau. Ich mag Puzzles, aber nicht bei der Arbeit.«

»Stimmt.«

I _ _ _ _ _

Bitte ausfüllen.

Und: *Fünfhundertsiebzig und dreihundertneunundsiebzig…*

»Er hat noch etwas gefunden«, fügte Dance hinzu. »Eine Platine. Klein.«

»Für einen Computer?«

»Das wusste er nicht. Er war enttäuscht. Er sagte, er hätte es geklaut, falls er es mühelos hätte verkaufen können.«

»Dann wäre er jetzt tot.«

»Ich glaube, er ist erleichtert, hinter Gittern zu sitzen. Aus genau diesem Grund… Ich habe übrigens mit Rodolfo gesprochen. Er bittet Sie, ihn noch mal anzurufen.«

»Natürlich.«

Rhyme dankte Dance und unterbrach die Verbindung. Dann ließ er die Nummer von Commander Rodolfo Luna in Mexico City wählen.

»Ah, Captain Rhyme, ja. Ich habe gerade mit Agent Dance telefoniert. Ganz schön rätselhaft… diese Nummern.«

»Eine Adresse?«

»Schon möglich, aber…« Er brauchte es nicht auszusprechen. In einer Stadt mit acht Millionen Einwohnern würde man mehr als nur ein paar Zahlen benötigen, um einen konkreten Ort zu finden.

»Und womöglich haben sie gar nichts miteinander zu tun.«

»Zwei verschiedene Bedeutungen.«

»Ja«, sagte Rhyme. »Ergibt sich vielleicht ein Zusammenhang mit den Orten, an denen er bereits gesehen wurde?«

»Nein.«

»Und was ist mit den Bürogebäuden? Was sagen die Mieter?«

»Arturo Diaz und seine Beamten befragen sie zurzeit und erklären die Situation. Die ehrlichen Geschäftsleute unter ihnen sind verblüfft, weil sie sich nicht vorstellen können, in Gefahr zu schweben. Und die Gauner unter ihnen sind auch verblüfft, weil sie besser bewaffnet sind als meine Einheiten und sich nicht vorstellen können, dass jemand es wagen würde, sie anzugreifen.«

Fünfhundertsiebzig und dreihundertneunundsiebzig ...
Telefonnummern? Koordinaten? Teile einer Adresse?

»Wir kennen inzwischen die Route, auf der das Fluchtfahrzeug vom Flughafen in die Stadt gelangt ist«, fuhr Luna fort. »Es gab unterwegs sogar eine Verkehrskontrolle. Aber Sie haben vielleicht schon von unserer Verkehrspolizei gehört. Der Fahrer hat noch vor Ort ein ›Bußgeld‹ bezahlt und durfte ungehindert weiterfahren. Arturo sagt, die Beamten – die sich übrigens neue Jobs suchen dürfen – hätten Ihren Mr. Uhrmacher identifiziert. Außer ihm saß niemand in dem Wagen, und natürlich wurde sein Führerschein nicht kontrolliert. Auf der Ladefläche lag auch nichts, das uns irgendeinen Hinweis geben könnte. Also bleibt uns nur, uns auf die Gebäude zu konzentrieren, auf die *er* sich zu konzentrieren scheint. Und zu hoffen...«

»...dass er sich unterdessen nicht in zehn Kilometern Entfernung an sein wahres Opfer anschleicht.«

»Sie nehmen mir das Wort aus dem Mund.«

»Haben Sie eine Vermutung hinsichtlich der Platine, die Logan erhalten hat?«

»Ich bin Soldat, kein Hacker, Detective Rhyme. Also habe ich natürlich angenommen, dass es sich nicht um ein Stück Computerhardware handelt, sondern um einen Fernzünder für Sprengladungen. Und das Büchlein war vielleicht eine Anleitung.«

»Ja, das war auch mein erster Gedanke.«

»Er würde mit so etwas in der Tasche nicht reisen wollen. Es ergäbe also einen Sinn, es sich erst hier zu verschaffen. Wenn ich unseren Fernsehnachrichten glauben darf, haben Sie bei sich alle Hände voll zu tun. Geht's um irgendeine Terrorzelle?«

»Das wissen wir noch nicht.«

»Ich wünschte, ich könnte *Ihnen* helfen.«

319

»Vielen Dank. Aber kümmern Sie sich vorläufig lieber um den Uhrmacher, Commander.«

»Guter Rat.« Luna gab ein Geräusch von sich, das halb Knurren, halb Lachen war. »Die Ermittlungen in einem Fall gestalten sich sehr viel einfacher, wenn es gleich zu Anfang ein oder zwei Leichen gibt. Ich hasse es, wenn jemand noch am Leben ist und sich fortwährend dem Zugriff entzieht.«

Rhyme musste unwillkürlich lächeln. Und widersprach ihm nicht.

... Vierundvierzig

Um vierzehn Uhr vierzig war Bernard Wahl, der Sicherheitschef der Algonquin, zu Fuß in Queens unterwegs. Er kam gerade von seinen Ermittlungen zurück. So jedenfalls bezeichnete er sie insgeheim. *Seine* Ermittlungen über *seine* Firma, den größten Energieversorger im Osten, womöglich sogar in allen nordamerikanischen Verbundnetzen.

Er wollte helfen. Vor allem jetzt, nach dem schrecklichen Anschlag auf das Battery Park Hotel.

Seit er von der griechischen Speise erfahren hatte, die von Detective Sachs gegenüber Miss Jessen erwähnt worden war, hatte er eine Strategie ersonnen.

Er nannte das »Mikro-Investigation«. Wahl hatte davon mal irgendwo gelesen oder es vielleicht im Fernsehen gesehen. Es kam nur auf die kleinen Anhaltspunkte an, die unscheinbaren Zusammenhänge. Zum Teufel mit Geopolitik und Terrorismus. Besorg dir einen Fingerabdruck oder ein einzelnes Haar und fang damit an. Bis du den Täter aufgespürt hast. Oder bis es sich als Sackgasse erweist und du einen anderen Weg einschlagen musst.

Also hatte er sich auf eigene Faust die umliegenden griechischen Restaurants in Astoria, Queens, vorgenommen, denn er wusste, dass Galt diese Küche mochte.

Und vor einer halben Stunde hatte er Erfolg gehabt.

Eine Kellnerin, Sonja, mehr als niedlich, hatte sich zwanzig Dollar für den Hinweis verdient, dass letzte Woche ein Mann in dunkler Stoffhose und einem Strickhemd der Algonquin Consolidated – der bevorzugten Kleidung des mittleren Managements – zweimal bei ihnen zu Mittag gegessen hatte. Das Restaurant hieß Leni's und war berühmt für seine Moussaka und den gegrillten Tintenfisch… und, was noch wichtiger war, für den hausgemachten Taramosalata, den jeder Gast unaufgefordert als Vorspeise bekam, ob mittags oder abends, mit Fladenbrot als Beilage und garniert mit Zitronenspalten.

Sonja wollte »es nicht beschwören«, aber als er ihr ein Foto von Raymond Galt zeigte, sagte sie: »Ja, ja, das könnte er sein.«

Und der Mann sei die ganze Zeit online gewesen – mit einem Laptop von Sony. Von seiner eigentlichen Bestellung habe er nur wenig gegessen, behauptete sie, aber den Taramosalata habe er bis zum letzten Rest verspeist.

Die ganze Zeit online…

Was für Wahl bedeutete, dass man eventuell zurückverfolgen konnte, wonach Galt gesucht oder wem er E-Mails geschickt hatte. Wahl kannte alle wichtigen Krimiserien, und er hielt sich auf eigene Kosten über die aktuellen technischen Entwicklungen auf dem Laufenden. Vielleicht konnte die Polizei die Identifikationsnummer von Galts Computer ermitteln und so sein Versteck finden.

Sonja hatte gesagt, der Killer habe zudem mit seinem Mobiltelefon mehrere Anrufe getätigt.

Das war interessant. Galt war ein Einzelgänger. Er verübte seine Anschläge aus Wut darüber, dass die Hochspannungsleitungen bei ihm Krebs verursacht hatten. Wen rief er also an? Einen Partner? Warum? Auch das konnte man herausfinden.

Wahl eilte nun zurück in sein Büro und überlegte, wie er die Sache am geschicktesten anpacken sollte. Natürlich musste er so schnell wie möglich die Polizei verständigen. Bei dem Gedanken, dass er maßgeblich zur Ergreifung des Täters beitragen würde, beschleunigte sich sein Herzschlag. Vielleicht würde

Detective Sachs sogar dermaßen beeindruckt sein, dass sie ihm zu einem Vorstellungsgespräch beim NYPD verhalf.

Doch halt, immer mit der Ruhe, ermahnte er sich. Mach einfach, was am besten ist, und kümmere dich später um deine Zukunft. Ruf alle an – Detective Sachs, Lincoln Rhyme und die anderen: McDaniel vom FBI und diesen Lieutenant, Lon Sellitto. Und du musst natürlich Miss Jessen Bescheid geben.

Er ging mit großen Schritten, angespannt und beschwingt zugleich, und sah vor sich bereits die rot-grauen Schornsteine der Algonquin Consolidated. Und vor dem Gebäude mal wieder diese verfluchten Demonstranten. Er stellte sich vor, wie es wäre, einen Wasserwerfer auf sie zu richten. Oder einen Elektroschocker. Die Herstellerfirma dieses Dings hatte auch eine Art Taser-Schrotflinte entwickelt, die mit jedem Schuss eine Vielzahl von Stacheln abschoss und mehrere Personen gleichzeitig unter Strom setzen konnte.

Er malte sich lächelnd aus, wie die Menschen vor ihm auf dem Boden zuckten. Da packte ihn jemand von hinten.

Wahl erschrak und schrie auf.

Der Mann hielt ihm die Mündung einer Pistole an die rechte Wange. »Nicht umdrehen«, flüsterte der Fremde und drückte ihm die Waffe nun ins Kreuz. Die Stimme befahl ihm, in die Gasse zwischen einer geschlossenen Autowerkstatt und einem dunklen Lagerhaus abzubiegen.

»Mach einfach, was ich sage, Bernie, und dir passiert nichts.«

»Sie kennen mich?«

»Ich bin Ray«, flüsterte er.

»Ray Galt?« Wahls Herz schlug ihm bis zum Hals. Ihm wurde schlecht. »Mann, hören Sie. Was haben Sie …«

»Psst. Geh weiter.«

Sie folgten der Gasse noch ungefähr fünfzehn Meter. Dann betraten sie eine dunkle Nische.

»Hinlegen, auf den Bauch. Arme seitlich ausstrecken.«

Wahl zögerte und dachte aus irgendeinem lächerlichen Grund an seinen teuren Anzug, den er an jenem Morgen stolz für den Arbeitstag ausgewählt hatte. »Du musst stets besser aussehen, als deine Stellung es erfordert«, hatte sein Vater ihm eingeschärft.

Die 45er stupste ihn auffordernd an. Wahl ließ sich wie ein Stein in den Dreck fallen.

»Ich gehe nicht mehr ins Leni's, Bernie. Hältst du mich für blöd?«

Was ihm verriet, dass Galt ihn schon eine Weile beschattete.

Und ich hab's nicht mal bemerkt. Mann, ich wäre ja ein toller Cop. Scheiße.

»Und ich nutze nicht deren Hotspot, sondern eine Mobilfunkverbindung über ein Prepaid-Telefon.«

»Sie haben all diese Leute getötet, Ray. Sie …«

»Die sind nicht meinetwegen tot, sondern weil die Algonquin und Andi Jessen sie ermordet haben! Wieso hat sie nicht auf mich gehört? Wieso hat sie nicht getan, worum ich gebeten habe?«

»Das wollte sie ja, Mann. Es war einfach nicht genug Zeit, das Netz herunterzufahren.«

»Schwachsinn.«

»Ray, hören Sie, Sie sollten sich stellen. Was Sie da machen, ist doch verrückt.«

Ein bitteres Lachen. »Verrückt? Du hältst *mich* für verrückt?«

»So hab ich das nicht gemeint.«

»Ich werde dir sagen, was verrückt ist, Bernie: Firmen, die Gas und Öl verbrennen und unseren Planeten zerstören. Und die durch ihre Leitungen Strom pumpen, der unsere Kinder tötet. Nur weil wir unsere beschissenen Mixer so gern haben, unsere Haartrockner und Fernseher und Mikrowellen … Meinst du nicht, dass *das* verrückt ist?«

»Ja, Sie haben recht, Ray. Sie haben recht. Tut mir leid. Ich wusste ja nicht, was Sie alles durchgemacht haben. Ich würde Ihnen gern helfen.«

»Meinst du das ehrlich, Bernie? Meinst du das wirklich ehrlich, oder versuchst du bloß, deinen Arsch zu retten?«

Eine Pause. »Ein wenig von beidem, Ray.«

Zu Bernard Wahls Überraschung lachte der Killer leise auf. »Eine aufrichtige Antwort. Das dürfte eines der wenigen Male gewesen sein, dass jemand in Diensten der Algonquin die Wahrheit gesagt hat.«

»Hören Sie, Ray, ich mache doch nur meinen Job.«

Was eine feige Ausrede war, und er hasste sich selbst dafür. Aber er dachte an seine Frau, seine drei Kinder und seine Mutter, die mit ihm auf Long Island lebten.

»Ich hab nichts gegen dich persönlich, Bernie.«

Was wohl bedeutete, dass Wahl ein toter Mann war. Er kämpfte mit den Tränen. »Was wollen Sie?«, fragte er mit zitternder Stimme.

»Du musst mir etwas verraten.«

Den Sicherheitscode für Andi Jessens Wohnung? Die Garage, in der sie ihren Wagen parkte? Wahl kannte beides nicht.

Doch dem Killer schwebte etwas völlig anderes vor. »Ich muss wissen, wer nach mir sucht.«

Wahls Stimme stockte. »Wer... Äh, die Polizei natürlich, das FBI, die Homeland Security... Ich meine, *jeder*. Buchstäblich Hunderte von Leuten.«

»Erzähl mir was, das ich noch nicht weiß, Bernie. Ich rede von *Namen*. Auch bei der Algonquin. Ich weiß, dass manche der Angestellten den Fahndern behilflich sind.«

Wahl fing fast an zu weinen. »Ich habe keine Ahnung, Ray.«

»Natürlich hast du das. Ich brauche Namen. Nenn mir Namen.«

»Das kann ich nicht tun, Ray.«

»Der Anschlag auf das Hotel wurde beinahe verhindert. Wie

325

konnten sie darauf kommen? Man hat mich fast erwischt. Wer steckt dahinter?«

»Ich weiß es nicht. Die reden nicht mit mir, Ray. Ich bin doch bloß ein Wachmann.«

»Du bist der Sicherheitschef, Bernie. Natürlich reden die mit dir.«

»Nein, ich weiß wirklich…«

Er spürte, wie ihm seine Brieftasche abgenommen wurde.

Nein, bitte nicht…

Gleich darauf las Galt laut Wahls Privatadresse vor und steckte die Brieftasche wieder zurück.

»Wie stark ist der Strom in deinem Haus, Bernie? Zweihundert Ampere?«

»Ach, kommen Sie, Ray. Meine Familie hat Ihnen nichts getan.«

»Ich habe auch nie jemandem etwas getan, und ich bin trotzdem krank geworden. Du bist ein Teil des Systems, das mich krank gemacht hat, und deine Familie hat von diesem System profitiert… Zweihundert Ampere? Nicht genug für einen Lichtbogen. Aber die Dusche, die Badewanne, die Küche… Ich könnte ja mal an den FI-Schaltern herumspielen und dein Haus in einen großen elektrischen Stuhl verwandeln, Bernie… Und jetzt sprich mit mir.«

... Fünfundvierzig

Fred Dellray ging eine Straße im East Village entlang, vorbei an einer Reihe Gardenien, vorbei an einem exklusiven Café, vorbei an einem Bekleidungsgeschäft.

O Mann ... Waren das gerade 325 Dollar für ein *Hemd* gewesen? Anzug, Krawatte und Schuhe nicht inbegriffen?

In den Schaufenstern hier standen komplizierte Espressomaschinen, überteuerte Kunstgegenstände und die Sorte Glitzerschuhe, die ein Mädchen um vier Uhr morgens verlieren würde, wenn es gerade auf dem Weg von einem obskuren Nachtklub zum nächsten war.

Dellray musste daran denken, wie sehr das Village sich gewandelt hatte, seit er vor vielen Jahren zum FBI gegangen war.

Veränderungen ...

Früher tobte hier das Leben, verrückt, ausgelassen und laut, lachend und übermütig. Die Liebespaare umschlangen sich oder schrien einander an oder schlenderten mürrisch nebeneinanderher, mitten im Trubel ... immerzu, immerzu. Rund um die Uhr. Heutzutage wirkte und klang dieser Teil des East Village wie eine einfallslose Sitcom.

Mann, hatte das Viertel sich verändert. Und es war nicht nur das Geld, nicht nur die abwesenden Blicke der Yuppies, die hier lebten, nicht nur der Kaffee in Pappbechern anstatt in angeschlagenen Porzellantassen ...

Nein, das war es nicht, was Dellray an jeder Ecke auffiel.

Was er sah, waren diese beschissenen Mobiltelefone, die alle

mit sich herumtrugen und in die sie pausenlos hineinredeten
oder SMS schrieben ... und Herr im Himmel, hier vor ihm gingen zwei Touristen und ließen sich allen Ernstes per *GPS* zu einem Restaurant führen.

Mitten im East Village.

Das digitale Umfeld ...

Überall mehrten sich die Anzeichen, dass die Welt, sogar diese
Welt – Dellrays Welt – sich in Tucker McDaniels Welt verwandelt hatte. Früher hätte Dellray sich für dieses Viertel verkleidet –
als Obdachloser, Zuhälter, Dealer. Er war gut als Zuhälter und
mochte die bunten Hemden, lila und grün. Nicht etwa, weil er
Aufträge für die Sitte übernahm – das waren schließlich keine Bun-
desverbrechen –, sondern weil er wusste, wie man sich einfügte.

Das Chamäleon.

Er fügte sich in Orte wie diesen ein. Und das bedeutete, dass
die Leute mit ihm redeten.

Inzwischen jedoch gab es mehr Leute mit Telefon am Ohr als
ohne. Und jedes einzelne dieser Telefone – je nach Neigung des
Bundesrichters – konnte abgehört werden und Informationen
preisgeben, für deren Beschaffung Dellray mehrere Tage benötigt hätte. Und sogar wenn sie nicht abgehört wurden, gab es
offenbar dennoch Mittel und Wege, an zumindest einen Teil
dieser Informationen zu gelangen.

Aus der Luft, aus den Wolken.

Vielleicht bin ich auch einfach zu empfindlich, dachte er, obwohl dieser Begriff eigentlich nicht zu Fred Dellrays Selbstver-
ständnis gehörte. Nun konnte er das alteingesessene Carmella's
sehen, das einst durchaus ein Bordell gewesen sein mochte,
mittlerweile aber eine Insel der Tradition darstellte. Er ging hinein, setzte sich an einen wackligen Tisch und bestellte einen ge-
wöhnlichen Kaffee. Er wusste, dass auf der Karte auch Espresso,
Cappuccino und Caffè Latte standen, aber das hatten sie schon
immer, lange vor Starbucks.

Carmella sei Dank.

Von den zehn Leuten – er zählte sie –, die außer ihm hier saßen, hatten nur zwei ihre Mobiltelefone in der Hand.

Dies war die Welt von Mama hinter der Registrierkasse, ihren hübschen Söhnen, die die Kunden bedienten, und ihren Stammgästen, die sogar jetzt, mitten am Nachmittag, Spaghetti auf ihre Gabeln drehten, mit orangefarbener, nicht supermarktroter Soße. Und die dazu Wein aus kleinen halbkugelförmigen Gläsern tranken. Überall hier wurden lebhafte, gestenreiche Gespräche geführt.

Es war eine tröstliche Umgebung, und sie flößte Dellray Zuversicht ein. Er glaubte, dass er das Richtige tat. Er glaubte an William Brents Versprechen. Er würde für die fragwürdigen hunderttausend Dollar einen angemessenen Gegenwert erhalten. Vielleicht nur eine dürftige Spur, aber sie würde ausreichen. Denn auch das war eine Besonderheit von Dellray. Es war ihm stets gelungen, aus den kargen Informationen seiner Spitzel Rückschlüsse auf den größeren Zusammenhang zu ziehen. Und meistens war den Informanten die Relevanz des Materials gar nicht bewusst gewesen.

Eine einzelne nackte Tatsache, die zu Galt führen würde. Oder zum Ort des nächsten Anschlags. Oder zu der geheimnisvollen »Gerechtigkeit-für«.

Und er war sich nur zu bewusst, dass diese Tatsache, dieser Fund, diese Spur … auch ihn, Dellray, den Agenten alter Schule und seine Methoden legitimieren würde, weit, weit weg vom digitalen Umfeld.

Dellray trank einen Schluck Kaffee und sah auf die Uhr. Genau drei. William Brent hatte sich noch nie verspätet, nicht mal um eine Minute. (Der Informant hatte mal gesagt, es sei »ineffizient«, zu früh oder zu spät zu kommen.)

Eine Dreiviertelstunde später, nachdem Brent ihn nicht mal angerufen hatte, überprüfte Fred Dellray ein weiteres Mal mit grimmiger Miene den SMS-Eingang seines Wegwerftelefons. Nichts. Er wählte zum sechsten Mal Brents Nummer. Und landete immer noch sofort bei der Automatenstimme, die ihn aufforderte, eine Nachricht zu hinterlassen.

Dellray wartete noch zehn Minuten, versuchte es ein letztes Mal und forderte dann einen großen Gefallen ein: Ein Kumpel von ihm arbeitete bei einem der Mobilfunkanbieter und fand für ihn heraus, dass der Akku aus Brents Telefon entfernt worden war. Es gab natürlich nur einen Grund, so etwas zu tun: Er wollte nicht aufgespürt werden.

Ein junges Paar näherte sich und fragte, ob Dellray den freien Stuhl an seinem Tisch benötige. Sein Blick musste wohl ziemlich einschüchternd gewesen sein, denn die beiden zogen sich sofort wieder zurück, und der Junge versuchte nicht mal ansatzweise, sich ritterlich oder tapfer aufzuführen.

Brent ist verschwunden.

Er hat mich beklaut und ist abgehauen.

Dellray dachte daran, wie selbstsicher und überzeugend der Mann gewesen war.

Garantie, schöne Scheiße …

Einhunderttausend Dollar … Er hätte misstrauisch werden müssen, als Brent auf einer so gewaltigen Summe bestand – in seinem schäbigen Anzug und den fadenscheinigen Socken mit Rautenmuster.

Dellray hätte gern gewusst, ob der Mann sich mit dem unverhofften Geldsegen wohl eher in der Karibik oder in Südamerika niederlassen würde.

... Sechsundvierzig

»Wir haben neue Forderungen erhalten.«

Andi Jessen blickte Rhyme mit finsterer Miene aus seinem Flachbildschirm entgegen. Sie hatten eine Videokonferenz geschaltet. Ihr blondes Haar wirkte steif, mit sehr viel Spray fixiert. Vielleicht hatte sie im Büro übernachtet und am Morgen nicht geduscht.

»Wie bitte?« Rhyme schaute zu Lon Sellitto, Cooper und Sachs, die sich mit ihm im Labor befanden und alle mitten in der Bewegung erstarrt waren.

Der massige Detective legte den halben Muffin hin. Das Gebäck hatte er sich von einem Teller genommen, den Thom hereingebracht hatte. »Es gab gerade erst diesen Anschlag, und er droht uns *schon wieder?*«

»Ich fürchte, es hat ihm nicht gefallen, dass wir ihn ignoriert haben«, stellte Jessen trocken fest.

»Was will er?«, fragte Sachs im selben Moment, in dem Rhyme sagte: »Ich brauche den Brief hier. So schnell wie möglich.«

Jessen wandte sich zuerst an Rhyme. »Ich habe das Schreiben Agent McDaniel gegeben. Es ist bereits zu Ihnen unterwegs.«

»Wann läuft die Frist ab?«

»Um achtzehn Uhr.«

»*Heute?*«

»Ja.«

»Mein Gott«, murmelte Sellitto. »In zwei Stunden.«

»Und er verlangt?«, wiederholte Sachs ihre Frage.

»Er will, dass wir alle Gleichstromverbindungen zu den anderen nordamerikanischen Netzen kappen, und zwar für eine Stunde, beginnend um achtzehn Uhr. Falls wir das nicht tun, bringt er weitere Leute um.«

»Was bedeutet diese Forderung?«, fragte Rhyme.

»Unser Verbundnetz ist die Northeastern Interconnection, und die Algonquin ist darin der größte Energielieferant. Falls ein Versorger in einem anderen Netz zusätzliche Kapazitäten benötigt, verkaufen wir sie ihm. Sobald die Entfernung mehr als achthundert Kilometer beträgt, benutzen wir für den Transport Gleichstrom, nicht Wechselstrom. Das ist kostengünstiger. Die Empfänger sind meistens kleinere Anbieter in ländlichen Gegenden.«

»Und was will Galt damit bewirken?«, fragte Sellitto.

»Das weiß ich beim besten Willen nicht. Es ergibt für mich keinen Sinn. Vielleicht will er das Krebsrisiko im Umkreis der Leitungen senken. Aber ich schätze, dass in ganz Nordamerika weniger als tausend Leute nahe an einer Gleichstromleitung wohnen.«

»Galts Verhalten ist nicht zwingend rational«, sagte Rhyme.

»Stimmt.«

»Können Sie seine Forderungen erfüllen?«

»Nein, können wir nicht. Es ist unmöglich, genau wie zuvor bei dem Netz von New York City, nur schlimmer. In Tausenden von kleinen Orten überall im Land würde der Strom ausfallen. Auch die Versorgung von Militärstützpunkten und Forschungseinrichtungen wäre betroffen. Die Homeland Security sagt, eine solche Abschaltung käme einer Gefährdung der nationalen Sicherheit gleich. Das Verteidigungsministerium ist derselben Meinung.«

»Und Sie würden vermutlich Millionen von Dollar verlieren«, fügte Rhyme hinzu.

Eine Pause. »Ja, würden wir. Wir würden damit Hunderte

von Verträgen brechen. Es wäre eine Katastrophe für die Firma. Aber es ginge ohnehin nicht. In dem vorgegebenen Zeitrahmen ließe sich das gar nicht bewerkstelligen. Man legt nicht einfach einen Schalter um, und siebenhunderttausend Volt verschwinden.«

»Also gut«, sagte Rhyme. »Wie haben Sie den Brief erhalten?«

»Galt hat ihn einem unserer Angestellten gegeben.«

Rhyme und Sachs sahen sich an.

Jessen erläuterte, Galt habe Sicherheitschef Bernard Wahl überrumpelt, als dieser aus seiner Mittagspause zurückgekehrt sei.

»Ist Wahl dort bei Ihnen?«, fragte Sachs.

»Warten Sie kurz«, sagte Jessen. »Er wurde vom FBI vernommen... Mal sehen.«

»Diese Arschlöcher haben es nicht mal für nötig befunden, uns davon zu unterrichten?«, flüsterte Sellitto. »Wir mussten es von *ihr* erfahren?«

Wenig später kam der breitschultrige Bernard Wahl ins Bild und nahm neben Andi Jessen Platz. Sein runder schwarzer Kahlkopf glänzte.

»Hallo«, sagte Sachs.

Das gut aussehende Gesicht nickte.

»Geht es Ihnen gut?«

»Ja, Detective.«

Aber es ging ihm gar nicht gut, das konnte Rhyme sehen. Sein Blick war leer und wich der Webcam aus.

»Bitte erzählen Sie, was geschehen ist.«

»Ich war auf dem Rückweg vom Mittagessen. Galt hat mich von hinten mit einer Waffe bedroht und mich in eine Gasse geführt. Da hat er mir den Brief in die Tasche gesteckt und gesagt, ich solle ihn sofort zu Miss Jessen bringen. Dann ist er verschwunden.«

»Das ist alles?«

Ein Zögern. »So ziemlich. Ja, Ma'am.«

»Hat er irgendwas gesagt, das auf sein Versteck oder sein nächstes Ziel hindeuten könnte?«

»Nein. Er hat bloß einen kurzen Monolog darüber gehalten, dass Strom gefährlich sei und Krebs verursache und dass das niemanden zu interessieren scheine.«

Rhyme wollte einen Punkt geklärt wissen. »Mr. Wahl? Haben Sie die Waffe gesehen? Oder hat er geblufft?«

Wieder ein Zögern. »Ich konnte einen kurzen Blick darauf werfen«, sagte der Sicherheitsmann dann. »Eine Fünfundvierziger. Neunzehnhundertelf. Das alte Armee-Modell.«

»Hat er Sie gepackt? Wir könnten an Ihrer Kleidung womöglich Partikelspuren sichern.«

»Nein, er hat mich nur mit der Waffe berührt.«

»Wo ist das passiert?«

»Irgendwo in einer Gasse, in der Nähe einer Autowerkstatt. Ich weiß nicht mehr so genau, Sir. Ich war völlig durcheinander.«

»Und das war wirklich alles?«, fragte Sachs. »Er hat keine Fragen über die Ermittlungen gestellt?«

»Nein, Ma'am, hat er nicht. Ich glaube, es ging ihm nur darum, dass Miss Jessen den Brief unverzüglich erhalten würde. Ihm muss wohl nichts anderes eingefallen sein, als einen Angestellten dafür zu benutzen.«

Rhyme hatte keine weiteren Fragen an ihn. Er schaute zu Sellitto, der den Kopf schüttelte.

Sie bedankten sich, und Wahl ging weg. Jessen blickte auf und nickte jemandem zu, der offenbar im Eingang stand. Dann sah sie wieder in die Kamera. »Gary Noble und ich treffen uns mit dem Bürgermeister. Danach gebe ich eine Pressekonferenz und wende mich an Galt, wie wir es besprochen haben. Glauben Sie, es wird funktionieren?«

Nein, Rhyme glaubte nicht, dass es funktionieren würde.

Aber er sagte: »Versuchen Sie es einfach – und wenn es uns nur etwas mehr Zeit verschafft.«

Sie trennten die Verbindung.

»Was hat Wahl uns verschwiegen?«, fragte Sellitto.

»Er hatte Angst. Galt hat ihm gedroht. Er hat wahrscheinlich einige Informationen preisgegeben. Ich mache mir deswegen nicht allzu große Sorgen. Er wusste nicht viel. Aber was auch immer er erzählt haben mag – wir können uns jetzt sowieso nicht damit aufhalten.«

In diesem Moment klingelte es an der Tür. Es waren Tucker McDaniel und der Kleine.

Rhyme war überrascht. Der FBI-Agent musste von der bevorstehenden Pressekonferenz wissen und war trotzdem hergekommen, anstatt sich mit aufs Podium zu drängen. Das überließ er anscheinend dem Heimatschutz und lieferte dafür den Brief persönlich hier ab.

Dadurch stieg der ASAC erneut ein Stück in Rhymes Ansehen.

Nachdem sie ihm von Galt und dessen Motiv berichtet hatten, wandte McDaniel sich an Pulaski. »Und in seiner Wohnung gab es keine Hinweise auf ›Gerechtigkeit-für‹ oder Rahman? Oder irgendwelche Terrorzellen?«

»Nein, nichts.«

Der Agent wirkte enttäuscht, sagte aber: »Es widerspricht dennoch nicht dem Symbiose-Modell.«

»Und wie sieht das aus?«, fragte Rhyme.

»Eine herkömmliche Terrorgruppe bedient sich eines Außenstehenden, der dieselben Ziele teilt. Die beiden Parteien haben vielleicht nicht mal etwas füreinander übrig, aber sie wünschen sich dasselbe Resultat. Ein wichtiger Aspekt dabei ist, dass die professionelle Terrorzelle zu dem Primärtäter vollständig auf Abstand bleibt. Und jegliche Kommunikation findet…«

»…im digitalen Umfeld statt?«, fiel Rhyme ihm ins Wort und mochte den ASAC sogleich etwas weniger.

»Genau. Ein etwaiger Kontakt muss aufs Minimum beschränkt bleiben. Die Motive sind unterschiedlich. Die Gruppe will gesellschaftliche Strukturen zerstören. Er will Rache.« McDaniel wies auf die Tafel mit dem Täterprofil. »Das passt zu dem, was Parker Kincaid gesagt hat: Galt hat keine Pronomen verwendet – er wollte auf keinen Fall verraten, dass er mit jemandem zusammenarbeitet.«

»Sind die Motive der Gruppe eher ökologisch oder politisch/religiös?«

»Das wäre beides möglich.«

Es schien kaum vorstellbar, dass al-Qaida oder die Taliban sich mit einem labilen Angestellten zusammentun würden, der auf Rache für seine Krebserkrankung aus war. Ökoterroristen passten schon eher ins Bild. Sie würden jemanden benötigen, der ihnen Zugang zum System verschaffte. Rhyme hätte es jedoch bevorzugt, *Beweise* für diese Mutmaßung vorgelegt zu bekommen.

McDaniel fügte hinzu, er habe von seinen T-und-K-Leuten gehört, die per Gerichtsbeschluss ermächtigt worden waren, Galts E-Mail- und Foren-Accounts zu untersuchen. Galt hatte an verschiedenen Stellen über seinen Krebs und den Zusammenhang mit Hochspannungsleitungen geschrieben. Doch nirgendwo in den vielen Hundert Seiten Text fanden sich Hinweise darauf, wo er war oder was er noch plante.

Rhyme hatte von den Spekulationen allmählich die Nase voll.

»Ich würde jetzt gern den Brief sehen, Tucker.«

»Natürlich.« Der ASAC gab dem Kleinen einen Wink.

Bitte, sei voller Partikelspuren. Irgendwas Hilfreiches.

Eine Minute später sahen sie den zweiten Erpresserbrief vor sich auf den Monitoren:

An die Generaldirektorin Andi Jessen und die Algonquin Consolidated Power and Light:
Sie haben sich entschieden, meine frühere Bitte zu igno-

rieren. Das ist inakzeptabel. Sie hätten die zumutbare Forderung nach einem Spannungsabfall erfüllen können, aber das haben Sie nicht. SIE haben dadurch den Einsatz erhöht, niemand sonst. Die Toten von heute Mittag sind Ihrer Ignoranz und Gier geschuldet. Sie MÜSSEN den Leuten veranschaulichen, dass sie die Droge, von der Sie sie abhängig gemacht haben, nicht benötigen. Die Menschen können zu einem REINEREN Leben zurückfinden, aber da sie das nicht von selbst glauben, muss man es ihnen zeigen. Daher werden Sie sämtliche Gleichstrom-Lieferungen an die anderen nordamerikanischen Verbundnetze für eine Stunde einstellen, beginnend um 18.00 Uhr heute Abend. Das ist nicht verhandelbar.

Cooper unterzog den Brief der üblichen Analyse.

»Leider nichts Neues, Lincoln«, vermeldete er zehn Minuten später. »Das gleiche Papier, der gleiche Kugelschreiber. Beides nicht zurückverfolgbar. Und was die Partikel angeht, wieder dieses Flugbenzin. Das ist auch schon alles.«

»Scheiße.« Als würde man am Weihnachtsmorgen ein wunderschön verpacktes Geschenk öffnen und den Karton leer vorfinden.

Rhyme schaute zu Pulaski, der sich in eine Ecke zurückgezogen hatte. Sein Kopf mit der blonden Igelfrisur war gesenkt, und er sprach leise in sein Mobiltelefon. Die Heimlichtuerei verriet Rhyme, dass es dabei vermutlich nicht um den Fall Galt ging. Der junge Beamte erkundigte sich vielleicht im Krankenhaus nach dem Befinden des Unfallopfers. Oder er hatte sich die Namen der Angehörigen besorgt und sprach ihnen sein Bedauern aus.

»Sind Sie noch da, Pulaski?«, rief Rhyme barsch.

Pulaski klappte sein Telefon zu. »Sicher, ich …«

»Sie werden hier dringend gebraucht.«

»Alles klar, Lincoln.«

»Gut. Verständigen Sie die Luftfahrt- und die Verkehrssicherheitsbehörde, und teilen Sie denen mit, dass wir einen weiteren Erpresserbrief erhalten haben, der ebenfalls Spuren von Flugbenzin aufweist. Die Vorsichtsmaßnahmen im Luftverkehr sollten verschärft werden. Und benachrichtigen Sie auch das Verteidigungsministerium. Es könnte ein Anschlag auf einen Militärflugplatz drohen, vor allem falls Tucker mit seinem Terrorverdacht recht hat. Kriegen Sie das hin? Mit dem Pentagon zu sprechen? Und denen das Risiko klarzumachen?«

»Ja, ich erledige das.«

Rhyme wandte sich seufzend wieder den Tabellen zu. Symbiotische Terrorzellen, Kumulonimbus-Kommunikation und ein unsichtbarer Täter mit einer unsichtbaren Waffe.

Und was den anderen Fall anging, den Versuch, den Uhrmacher in Mexico City zu erwischen? – Nichts außer der rätselhaften Platine, der zugehörigen Bedienungsanleitung und zwei bedeutungslosen Zahlen:

Fünfhundertsiebzig und dreihundertneunundsiebzig ...

Was ihn an andere Ziffern denken ließ, nämlich die auf seiner Uhr, die sich unerbittlich dem Ende der nächsten Frist näherten.

ZWEITER ERPRESSERBRIEF

- An Bernard Wahl geliefert, Sicherheitschef der Algonquin.
  - Wurde von Galt überfallen.
  - Kein physischer Kontakt; keine Partikel.
  - Keine Hinweise auf Versteck oder nächstes Anschlagziel.
- Papier und Tinte passen zu den Proben aus Galts Wohnung.
- Papier weist Spuren von alternativem Jet-Treibstoff auf.
  - Anschlag auf Militärbasis?

TÄTERPROFIL

- Identifiziert als Raymond Galt, 40, Single, wohnhaft in Manhattan, 227 Suffolk Street.
- Terroristischer Hintergrund? Zusammenhang mit »Gerechtigkeit für [unbekannt]«? Terrorgruppe? Person namens Rahman beteiligt? Verschlüsselte Hinweise auf Geldtransfers, personelle Verschiebungen und etwas »Großes«.
  - Möglicher Zusammenhang mit Einbruch in Algonquin-Umspannwerk in Philadelphia.
  - SIGINT-Treffer: Schlüsselbegriffe für Waffen, »Papier« und »Bedarf« (Schusswaffen, Sprengstoff?)
  - Mitverschwörer sind ein Mann und eine Frau.
  - Galts Beteiligung unklar.
- Krebspatient; Haar enthält beachtliche Mengen von Vinblastin und Prednison sowie Spuren von Etoposid. Leukämie.
- Galt ist bewaffnet mit 45er Colt Automatik, Modell 1911.

... Siebenundvierzig

Sie hatten den Fernseher in Rhymes Labor eingeschaltet.

Im Vorfeld von Andi Jessens Pressekonferenz, die in wenigen Minuten beginnen würde, lief ein Beitrag über die Algonquin Consolidated und über Jessen persönlich. Rhyme wollte mehr über die Frau wissen und verfolgte aufmerksam, wie der Sprecher Jessens Werdegang in der Branche beschrieb. Vor ihr hatte ihr Vater die Firma geleitet. Es war dennoch keine Vetternwirtschaft im Spiel gewesen; die Frau besaß Abschlüsse in Elektrotechnik und Betriebswirtschaft und hatte sich von unten hochgedient. Angefangen hatte sie als Technikerin im Staat New York.

Von da an hatte sie ihr gesamtes Berufsleben bei der Algonquin verbracht. Sie wurde mit der Äußerung zitiert, dass sie sich voll und ganz dem Ziel widme, das Unternehmen zum größten Energieerzeuger und -händler des Landes zu machen. Rhyme hatte nicht gewusst, dass infolge der Deregulierung vor einigen Jahren die Energieversorger immer mehr zu Maklern geworden waren: Sie kauften anderen Firmen deren Strom- und Erdgaskapazitäten ab und boten sie selbst auf dem Markt an. Manche hatten sogar ihre sämtlichen Kraftwerks- und Netzbeteiligungen abgestoßen und sich vollends auf den neuen Geschäftszweig konzentriert, sodass die Unternehmen nur noch aus Büros, Computern und Telefonen bestanden.

Mit sehr großen Banken im Hintergrund.

Enron zähle zu den prominentesten Vertretern dieser Richtung, erklärte der Reporter.

Andi Jessen war jedoch niemals den Verlockungen der dunklen Seite erlegen – Übermaß, Arroganz, Gier. Die klein gewachsene, hochgradig kompetente Frau leitete die Algonquin mit altmodischer Genügsamkeit und scheute das Licht der Öffentlichkeit. Sie war geschieden und hatte keine Kinder. Ihr ganzes Leben schien sich um die Algonquin zu drehen, und ihr einziger Angehöriger war ein Bruder, Randall Jessen, der in Philadelphia wohnte. Er war ein dekorierter Veteran und hatte in Afghanistan gedient, bis die Verletzungen durch eine Sprengfalle seiner Militärlaufbahn ein Ende bereiteten.

Andi gehörte zu den landesweit entschiedensten Befürwortern des sogenannten »Mega-Netzes«, eines vereinigten Verbundnetzes, das ganz Nordamerika umfasste. Ihrer Ansicht nach wäre es auf diese Weise wesentlich effizienter möglich, Strom zu produzieren und den Verbrauchern zur Verfügung zu stellen. (Unter Leitung der Algonquin, vermutete Rhyme.)

Ihr Spitzname – der allerdings niemals in ihrer Anwesenheit gebraucht wurde – war »die Allmächtige«. Er bezog sich offenbar sowohl auf ihren harten Führungsstil als auch auf ihre ehrgeizigen Pläne für die Algonquin.

Ihre kontroversen Vorbehalte hinsichtlich grüner Energien kamen in einem Interview offen zur Sprache.

»Zunächst mal möchte ich betonen, dass wir bei der Algonquin Consolidated den erneuerbaren Energiequellen durchaus aufgeschlossen gegenüberstehen. Doch gleichzeitig glaube ich, dass wir alle realistisch bleiben müssen. Die Erde war schon Milliarden Jahre alt, bevor wir unsere Kiemen und Schwänze verloren und angefangen haben, Kohle zu verfeuern und Autos mit Verbrennungsmotoren zu fahren. Und sie wird auch noch hier sein, nachdem wir längst Geschichte sind. Wenn die Leute also sagen, sie möchten die Erde retten, dann geht es ihnen in Wahrheit um die Erhaltung ihres *Lebensstils*. Wir müssen uns eingestehen, dass wir Energie wollen, und zwar jede

Menge. Und dass wir sie *benötigen* – für den Fortschritt der Zivilisation, für unsere Ernährung und Ausbildung, für unsere technischen Spielereien, mit denen wir die Diktatoren dieser Welt im Auge behalten, und dafür, der Dritten Welt zum Anschluss an die Erste Welt zu verhelfen. Öl, Kohle, Erdgas und Kernkraft sind die besten Möglichkeiten, diese Energie bereitzustellen.«

Der Beitrag endete, und diverse Fachleute kritisierten Jessens Meinung oder stimmten ihr zu. Es galt jedoch als politisch korrekter – und förderlicher für die Einschaltquoten –, sie in der Luft zu zerreißen.

Schließlich wurde zum Rathaus umgeschaltet, wo vier Personen auf dem Podium standen: Jessen, der Bürgermeister, der Polizeipräsident und Gary Noble von der Homeland Security.

Der Bürgermeister sprach ein paar einleitende Worte und übergab das Mikrofon dann an Andi Jessen. Sie wirkte streng und beruhigend zugleich und versicherte den Leuten, die Algonquin tue alles, um Herrin der Lage zu bleiben. Man habe eine Reihe von zusätzlichen Vorkehrungen getroffen. Sie ließ jedoch offen, worum genau es sich dabei handeln mochte.

Rhyme und alle anderen im Raum waren überrascht, als Jessen nun den zweiten Erpresserbrief publik machte. Er nahm an, dass sie vorbeugen wollte: Falls es nicht gelang, Galt aufzuhalten, und falls beim nächsten Anschlag abermals Todesopfer zu beklagen waren, hätte das öffentliche Ansehen der Algonquin ansonsten katastrophalen Schaden genommen – von den eventuellen juristischen Konsequenzen ganz zu schweigen.

Die Reporter stürzten sich sofort darauf und bombardierten sie mit Fragen. Jessen bat sie kühl um Ruhe und erklärte, die Forderungen des Täters seien unmöglich zu erfüllen. Eine so drastische Reduzierung der Stromzufuhr würde Schäden in Höhe von mehreren Hundert Millionen Dollar anrichten. Und höchstwahrscheinlich eine *Vielzahl* von Menschenleben fordern.

Sie fügte hinzu, auch die nationale Sicherheit würde dadurch bedroht, denn das Militär und die Regierungsstellen würden ebenfalls betroffen sein. »Die Algonquin ist für die Verteidigungsbereitschaft unseres Landes von elementarer Bedeutung, und wir werden dieser Verantwortung auf jeden Fall gerecht werden.«

Raffiniert, dachte Rhyme. Sie dreht die ganze Angelegenheit um.

Am Ende wandte sie sich direkt an Galt und forderte ihn auf, sich der Polizei zu stellen. Er würde ein faires Verfahren erhalten. »Bitte lassen Sie nicht Ihre Familie oder sonst jemanden dafür leiden, dass Ihnen eine solche Tragödie widerfahren ist. Wir werden alles in unserer Macht Stehende tun, um Ihnen Ihr Schicksal zu erleichtern. Aber bitte, tun auch Sie nun das Richtige, und stellen Sie sich.«

Für weitere Fragen der Medien stand sie nicht zur Verfügung. Nur Sekunden nachdem sie geendet hatte, verließ sie das Podium. Ihre hohen Absätze klapperten laut.

Rhyme fiel auf, dass Jessens Mitgefühl zwar überzeugend wirkte, sie aber mit keiner Silbe eingeräumt hatte, dass die Firma irgendeinen Fehler begangen habe oder dass Hochspannungsleitungen bei Galt oder sonst wem tatsächlich Krebs ausgelöst haben könnten.

Der Polizeipräsident übernahm das Mikrofon und tat sein Bestes, um die Leute zu beschwichtigen. Sämtliche Strafverfolgungsbehörden konzentrierten sich derzeit auf die Fahndung nach Galt, und Einheiten der Nationalgarde stünden bereit, um bei weiteren Anschlägen oder Stromausfällen Unterstützung zu leisten.

Er endete mit der Bitte an die Bürger, jeden ungewöhnlichen Vorfall zu melden.

Na, *das* ist aber eine tolle Idee, dachte Rhyme. Wenn in New York City eines an der Tagesordnung ist, dann ungewöhnliche Vorfälle.

Und mit diesem Gedanken widmete er sich wieder den dürftigen Beweisen.

... Achtundvierzig

Susan Stringer verließ ihr Büro, das im siebenten Stock eines uralten Gebäudes in Midtown Manhattan lag, um siebzehn Uhr fünfundvierzig.

Sie grüßte die zwei Männer, die ebenfalls zum Aufzug wollten. Einen der beiden kannte sie flüchtig, denn sie waren sich schon gelegentlich begegnet. Larry brach jeden Tag ungefähr zur selben Zeit wie sie von hier auf. Mit dem Unterschied, dass er später in sein Büro zurückkehrte, um die Nacht durchzuarbeiten.

Susan hingegen machte sich auf den Heimweg.

Die attraktive Fünfunddreißigjährige war Redakteurin bei einer Fachzeitschrift für die Restaurierung von Kunstgegenständen und Antiquitäten, vornehmlich aus dem achtzehnten und neunzehnten Jahrhundert. Hin und wieder schrieb sie auch Gedichte, von denen sogar schon welche veröffentlicht worden waren. Diese Vorlieben verhalfen ihr nur zu einem bescheidenen Einkommen, doch falls sie je an der Weisheit ihrer Berufswahl gezweifelt hatte, brauchte sie nur einem Gespräch wie dem zwischen Larry und seinem Freund zu lauschen, und schon wusste sie wieder, dass sie sich für manche Branchen niemals eignen würde – Juristerei, Finanz-, Bank- oder Rechnungswesen.

Die zwei Männer trugen sehr teure Anzüge, auffällige Armbanduhren und elegante Schuhe. Aber sie wirkten irgendwie gehetzt. Nervös. Es sah nicht so aus, als würden sie ihre Jobs sonderlich mögen. Der Freund beschwerte sich, dass sein Chef ihm ständig im Nacken sitze. Larry klagte, eine Buchprüfung sei ihm »total abgekackt«.

Stress, Unzufriedenheit.

Und dann diese *Wortwahl*.

Susan war froh, dass sie sich mit so etwas nicht herumschlagen musste. Ihr Leben drehte sich um das Rokoko und das neoklassische Design von Könnern wie Chippendale, George Hepplewhite oder Sheraton.

Sachliche Schönheit – das beschrieb ihre Werke am besten.

»Du siehst völlig fertig aus«, sagte der Freund zu Larry.

Stimmt, pflichtete Susan ihm stumm bei.

»Bin ich auch. War 'ne Mordsarbeit.«

»Wann warst du zurück?«

»Dienstag.«

»Und du warst der Hauptprüfer?«

Larry nickte. »Die Bücher waren ein Albtraum. Zwölfstundentage. Ich hab's nur am Sonntag geschafft, mal raus auf den Golfplatz zu kommen, und da war es siebenundvierzig Grad heiß.«

»Autsch.«

»Ich muss noch mal hin. Montag. Ich weiß einfach nicht, wo zum Teufel das Geld bleibt. Irgendwas ist da faul.«

»Bei so einer Hitze verdampft es vielleicht einfach.«

»Haha«, sagte Larry alles andere als belustigt.

Die Männer unterhielten sich weiter über Gewinn- und Verlustrechnungen und verschwundenes Geld, aber Susan blendete sie aus. Sie sah einen anderen Mann näher kommen. Er trug einen braunen Arbeitsoverall, eine Mütze und eine Brille. Sein Blick war gesenkt, und er hatte eine Werkzeugtasche und eine große Gießkanne bei sich. Er musste irgendwo anders gearbeitet haben, denn hier auf dem Flur und in Susans Büro gab es keine Zierpflanzen. Der Herausgeber der Zeitschrift hatte kein Geld für Grünzeug übrig und erst recht nicht für jemanden, der es gießen sollte.

Der Aufzug kam, und die beiden Geschäftsmänner ließen Susan vor. Sie dachte bei sich, dass es im einundzwanzigsten Jahrhundert wohl doch noch einen Rest von Ritterlichkeit geben musste. Der Handwerker stieg ebenfalls zu und drückte den Knopf für den fünften Stock. Doch im Gegensatz zu den anderen schob er sich grob an Susan vorbei, um in den hinteren Teil der Kabine zu gelangen.

Der Aufzug setzte sich in Bewegung. Larry schaute nach unten. »He, Mister, Vorsicht«, sagte er. »Bei Ihnen läuft was aus.«

Susan sah über die Schulter. Der Handwerker hatte versehentlich die Gießkanne geneigt und schüttete soeben Wasser auf den Edelstahlboden der Kabine.

»Oh, tut mir leid«, murmelte der Mann gleichgültig. Der ganze Boden war nass.

Die Tür öffnete sich, und der Handwerker stieg aus. Ein anderer Mann betrat die Kabine.

»Achtung«, warnte Larrys Freund mit lauter Stimme. »Der Kerl hat hier gerade Wasser verschüttet. Vom Aufwischen hält er offenbar nichts.«

Susan vermochte nicht zu sagen, ob der Missetäter das noch gehört hatte. Und selbst wenn – es hätte ihn wohl kaum gekümmert.

Die Tür ging zu, und sie setzten ihren Weg nach unten fort.

… Neunundvierzig

Rhyme starrte auf die Uhr. Noch zehn Minuten bis zum Ablauf der nächsten Frist.

Während der letzten Stunde hatten Polizei und FBI überall in der Stadt ihre Suche fortgesetzt. Hier im Labor hatten Rhyme und die anderen sich hektisch noch mal die Beweise vorgenommen. Hektisch… und vergeblich. Sie waren Galts Aufenthaltsort oder seinem nächsten Ziel kein Stück näher als unmittelbar nach dem ersten Anschlag. Rhymes Blick schweifte über die Tabellen, doch aus den einzelnen Teilen wollte sich einfach kein Bild ergeben.

McDaniel erhielt einen Anruf. Der Agent hörte zu, nickte energisch und sah seinen Protegé an. Dann dankte er dem Anrufer und trennte die Verbindung.

»Eines meiner T-und-K-Teams hat einen weiteren Treffer hinsichtlich der Terrorgruppe gelandet. Einen kleinen, aber er ist Gold wert. Ein weiteres Wort in dem Namen lautet ›Erde‹.«

»Gerechtigkeit für die Erde«, sagte Sachs.

»Es könnte noch mehr folgen, aber diese Worte sind jedenfalls sicher: ›Gerechtigkeit‹, ›für‹ und ›Erde‹.«

»Wenigstens wissen wir, dass es um Ökoterror geht«, murmelte Sellitto.

»Und in keiner Datenbank findet sich etwas darüber?«, wunderte Rhyme sich laut.

»Nein, aber vergessen Sie nicht, wir bewegen uns hier im digitalen Umfeld. Und es gab noch einen Treffer. Rahmans Stellvertreter scheint jemand namens Johnston zu sein.«

»Ein Angloamerikaner.«

Und inwiefern hilft uns das weiter?, fragte Rhyme sich verärgert. Wie soll uns irgendwas hiervon das Ziel des Anschlags verraten, der in nur wenigen Minuten stattfinden wird?

Und was für eine teuflische Waffe hat er sich diesmal überlegt? Einen weiteren Lichtbogen? Einen weiteren tödlichen Stromkreis an einem öffentlichen Ort?

Rhymes Augen waren auf die Tafeln fixiert.

»Holen Sie mir Dellray an den Apparat«, wies McDaniel den Kleinen an.

Gleich darauf ertönte die Stimme des Agenten aus dem Lautsprecher. »Hallo? Wer spricht denn da?«

»Fred? Tucker hier. Ich bin hier mit Lincoln Rhyme und einigen anderen vom NYPD.«

»Bei Rhyme zu Hause?«

»Ja.«

»Wie geht es Ihnen, Lincoln?«

»Es ging schon mal besser.«

»Ja. Das dürfte für uns alle gelten.«

»Fred«, sagte McDaniel, »haben Sie schon von den neuen Forderungen und der Frist gehört?«

»Ihre Assistentin hat mich verständigt. Sie hat mir auch von dem Motiv erzählt. Galts Krebs.«

»Wir haben inzwischen die Bestätigung, dass es sich vermutlich um eine Terrorgruppe handelt. Ökoterroristen.«

»Und wie passt Galt dazu?«

»Symbiose.«

»Was?«

»Ein symbiotisches Konstrukt. Das stand doch in meinem Memo… Die Gruppe heißt ›Gerechtigkeit für die Erde‹. Und Rahmans Stellvertreter trägt den Namen Johnston.«

349

»Das klingt nach unterschiedlichen Motiven«, sagte Dellray. »Galt und Rahman? Wie haben die sich gefunden?«

»Keine Ahnung, Fred. Darum geht es auch gar nicht. Vielleicht hat die Gruppe ihn kontaktiert, nachdem sie seine Postings über die Krebserkrankung gelesen hatte. Das Internet ist voll davon.«

»Aha.«

»Nun, die Frist läuft gleich ab. Hat Ihr Informant *irgendwas* herausgefunden?«

Eine Pause. »Nein, Tucker. Nichts.«

»Wie war denn das Treffen? Heute Nachmittag um drei, sagten Sie, nicht wahr?«

Wieder ein Zögern. »Stimmt. Aber er hat noch nichts Konkretes. Er muss noch etwas tiefer graben.«

»Scheiße, er soll nicht graben, er soll liefern«, herrschte der ASAC ihn an. Rhyme war überrascht; er hätte nicht damit gerechnet, diesen aalglatten Kerl fluchen zu hören. »Also, rufen Sie Ihren Mann an, und teilen Sie ihm die Neuigkeiten über ›Gerechtigkeit für die Erde‹ mit. Und über den neuen Komplizen, Johnston.«

»Mach ich.«

»Fred?«

»Ja?«

»Er ist der Einzige, der was aufgeschnappt hat? Dieser Spitzel?«

»Ja.«

»Und er weiß nichts Konkretes, keinen Namen, gar nichts?«

»Leider nicht.«

»Na ja, dann vielen Dank, Fred«, sagte McDaniel desinteressiert. »Sie haben getan, was Sie konnten.« Als hätte er sowieso nicht mit irgendwelchen neuen Erkenntnissen gerechnet.

Eine Pause. »Gern.«

Sie unterbrachen die Verbindung. Rhyme und Sellitto sahen beide, wie mürrisch McDaniel dreinblickte.

350

»Fred ist ein guter Mann«, sagte der Detective.

»Ja, ist er«, erwiderte der ASAC schnell. Zu schnell.

Doch Fred Dellray und McDaniels Meinung über ihn spielten plötzlich keine Rolle mehr, denn die Mobiltelefone aller Anwesenden – außer Thoms – fingen binnen fünf Sekunden an zu klingeln.

Die Anrufer waren unterschiedlich, aber die Nachricht war die Gleiche.

Obwohl die Frist erst in sieben Minuten verstrichen sein würde, hatte Ray Galt erneut zugeschlagen und wiederum unschuldige Menschen in Manhattan ermordet.

Sellittos Anrufer nannte ihnen die Einzelheiten. Aus dem Lautsprecher erklang die Stimme eines hörbar mitgenommenen jungen Streifenbeamten. Das Ziel des Anschlags war der Aufzug eines Bürogebäudes in Midtown gewesen. In der Kabine hatten sich vier Personen befunden. »Es war … es war ziemlich übel.« Die Stimme des Mannes stockte, und er musste husten – vielleicht wegen des Qualms, vielleicht auch, um sein Entsetzen zu überspielen.

Der Beamte entschuldigte sich und sagte, er werde sich in einigen Minuten noch mal melden.

Das tat er nicht.

... Fünfzig

Wieder dieser Geruch.

Würde Amelia ihn je loswerden?

Und auch wenn sie schrubbte und schrubbte und ihre Kleidung wegwarf – konnte sie ihn je *vergessen*? Offenbar waren der Ärmel und die Haare eines der Opfer in der Aufzugkabine in Brand geraten. Die Flammen hatten kaum Schaden angerichtet, aber der Rauch war dicht und der Gestank widerwärtig.

Sachs und Ron Pulaski zogen sich ihre Overalls an.

»TATF?«, fragte sie einen der ESU-Cops und wies auf die verqualmte Kabine.

Tod am Tatort festgestellt?

»Ja.«

»Wo sind die Leichen?«

»Ein Stück den Flur hinauf. Ich weiß, dass wir die Kabine verunreinigt haben, Detective, aber da war überall Rauch, und wir wussten nicht, was eigentlich vor sich ging. Wir mussten den Aufzug räumen.«

»Kein Problem«, sagte sie. Das Überleben der Opfer stand stets an erster Stelle. Außerdem verunreinigte nichts einen Tatort so sehr wie ein Feuer. Ein paar zusätzliche Schuhabdrücke fielen da kaum ins Gewicht.

»Wie ist es abgelaufen?«, fragte sie den Kollegen.

»Wir sind uns nicht sicher. Der Hausverwalter des Gebäudes sagt, die Kabine habe kurz vor dem Erdgeschoss angehalten. Dann habe der Qualm angefangen. Und die Schreie. Als die

Kabine endlich unten war und die Tür aufging, war alles vorbei.«

Sachs erschauderte. Die geschmolzenen Metallscheibchen waren schon schlimm genug, aber das hier machte ihr noch mehr zu schaffen, denn sie litt unter Klaustrophobie. Schon allein die Vorstellung von vier Leuten in einem so engen Kasten, der unter Strom gesetzt wurde ... Und dann ging auch noch einer von ihnen in Flammen auf!

Der ESU-Beamte zog seine Notizen zurate. »Die Opfer sind die Redakteurin einer Kunstzeitschrift, ein Anwalt und ein Buchprüfer aus dem siebenten Stock. Außerdem ein Handelsvertreter für Computerteile aus dem fünften. Nur falls es Sie interessiert.«

Sachs war prinzipiell an allem interessiert, das die Opfer zu echten Personen werden ließ. Ein Grund dafür war, dass sie sich ihr Seelenheil bewahren und verhindern wollte, durch ihre beruflichen Erfahrungen abzustumpfen. Doch zum Teil war auch Rhyme dafür verantwortlich. Er mochte überzeugter Wissenschaftler und Rationalist sein, aber sein Talent als forensischer Experte basierte auch darauf, dass er sich erschreckend gut in die Gedanken des Täters einfühlen konnte.

Vor vielen Jahren, bei ihrer ersten Zusammenarbeit, war eines der Opfer durch heißen Dampf getötet worden. Rhyme hatte ihr damals etwas zugeflüstert, das ihr seitdem bei jeder neuen Tatortuntersuchung durch den Kopf ging: »Ich will, dass du zu ihm wirst.« (Gemeint war der Täter.) »Versetz dich an seine Stelle. Bislang hast du so gedacht wie wir. Ich möchte, dass du nun denkst wie er.«

Rhyme hatte zu ihr gesagt, die forensische Wissenschaft könne man lernen, aber eine solche Empathie sei angeboren. Sachs wiederum glaubte, dass man diesen sechsten Sinn, diese Verbindung zwischen Herz und Hirn, am besten dadurch schärfte, dass man niemals die Opfer vergaß.

»Fertig?«, fragte sie Pulaski.

»Schätze schon.«

»Wir fangen jetzt mit dem Gitternetz an, Rhyme«, sagte sie in ihr Mikrofon.

»Okay, aber diesmal ohne mich, Sachs.«

Sie merkte auf. Ungeachtet seiner gegenteiligen Beteuerungen ging es Rhyme gesundheitlich nicht gut, das erkannte sie mühelos. Doch wie sich herausstellte, gab es für seinen Rückzug einen anderen Grund. »Ich möchte, dass du stattdessen mit diesem Mann von der Algonquin sprichst.«

»Sommers?«

»Genau.«

»Warum?«

»Zunächst mal gefällt mir seine Art zu denken. Er trägt keine Scheuklappen. Vielleicht weil er Erfinder ist, keine Ahnung. Und außerdem stimmt irgendwas nicht, Sachs. Ich kann es nicht erklären, aber mir ist so, als würden wir etwas übersehen. Galt hat sein Vorgehen mindestens einen Monat im Voraus planen müssen. Trotzdem sieht es auf einmal so aus, als würde er das Tempo erhöhen – zwei Anschläge an einem Tag. Das begreife ich nicht.«

»Womöglich sind wir ihm schneller auf die Schliche gekommen, als er gedacht hat«, mutmaßte Sachs.

»Kann sein. Ich weiß es nicht. Aber falls es zutrifft, dürfte er großes Interesse daran haben, uns auszuschalten.«

»Stimmt.«

»Deshalb möchte ich einen neuen Blickwinkel gewinnen. Ich habe Charlie bereits angerufen, und er ist bereit, uns zu helfen … Isst er eigentlich immer, während er telefoniert?«

»Er hat eine Vorliebe für Junkfood.«

»Nun, wenn du ihn auf dem Kopfhörer hast, sollte er lieber nichts Knuspriges kauen. Die Zentrale stellt ihn zu dir durch, sobald du bereit bist. Komm danach mit euren Funden so schnell wie möglich wieder her. Wir müssen davon ausgehen, dass Galt schon am nächsten Anschlag arbeitet.«

Sie trennten die Verbindung. Sachs schaute zu Ron Pulaski, der eindeutig immer noch bestürzt war.

Sie werden hier dringend gebraucht, Grünschnabel ...

Sachs rief ihn zu sich. »Ron, der Haupttatort ist unten, wo er vermutlich die Kabel und seinen Kasten installiert hat.« Sie deutete auf ihr Funkgerät. »Charlie Sommers wird mich unterstützen. Ich möchte, dass Sie die Aufzugkabine übernehmen.« Eine weitere Pause. »Und die Leichen untersuchen. Wahrscheinlich gibt es kaum Partikel. Zu seiner Vorgehensweise gehört es, auf Abstand zu den Opfern zu bleiben. Aber es muss erledigt werden. Kriegen Sie das hin?«

Der junge Beamte nickte. »Sie können sich auf mich verlassen, Amelia.« Er klang peinlich bemüht. Offenbar um für den Unfall bei Galts Wohnung irgendwie Abbitte zu leisten.

»Dann an die Arbeit. Und nehmen Sie Wick.«

»Was?«

»Da im Koffer. Wick VapoRub. Schmieren Sie sich etwas davon unter die Nase. Wegen des Geruchs.«

Fünf Minuten später hatte sie Charlie Sommers in der Leitung. Sie war dankbar, dass er ihr bei der Untersuchung des Schauplatzes half – als »technischer Berater«, um ihr, wie er es auf seine unverblümte Weise ausdrückte, »notfalls den Arsch zu retten«.

Sachs schaltete ihre Helmlampe ein und stieg die Treppe in den Keller des Gebäudes hinunter. Dabei beschrieb sie Charlie Sommers genau, was sie in dem feuchten, dreckigen Bereich am unteren Ende des Fahrstuhlschachtes erkennen konnte. Sie war mit Sommers nur akustisch verbunden, nicht zusätzlich visuell wie sonst mit Rhyme.

Das Gebäude war von der ESU gesichert worden, aber Amelia hatte Rhymes Warnung nicht vergessen – dass Galt beschließen könnte, auf seine Verfolger loszugehen. Sie sah sich kurz um und leuchtete einige Schatten ab, die auf den ersten Blick wie menschliche Umrisse wirkten.

Sie erwiesen sich als genau das – Schatten, die auf den ersten Blick wie menschliche Umrisse wirkten.

»Wurde irgendwas an die Schienen geschraubt, an denen die Aufzugkabine entlangfährt?«, fragte Sommers.

Sachs konzentrierte sich wieder auf ihre Suche. »Nein, nicht an die Schienen. Aber… da ist ein Stück von diesem Bennington-Kabel an der Wand befestigt. Ich…«

»Messen Sie zuerst die Spannung!«

»Das wollte ich gerade sagen.«

»Ah, eine geborene Elektrikerin.«

»Nie im Leben. Nach diesem Fall werde ich nicht mal mehr eigenhändig meine Autobatterie wechseln.« Sie überprüfte alles mit dem Detektor. »Die Anzeige bleibt bei Null.«

»Gut. Wohin verläuft das Kabel?«

»An einem Ende baumelt eine Sammelschiene mitten im Schacht. Sie berührt den Boden der Aufzugkabine, und die Kontaktstelle ist verschmort. Das andere Ende führt zu einer dicken Leitung, die in einem beigefarbenen Kasten an der Wand verschwindet. Er sieht aus wie ein großer Medizinschrank. Das Bennington-Kabel scheint an der Nahtstelle wieder mit einem dieser ferngesteuerten Schalter ausgestattet zu sein, so wie beim letzten Mal.«

»Das dürfte die ankommende Versorgungsleitung sein.« Er fügte hinzu, ein Bürogebäude wie dieses erhalte seinen Strom nicht auf die gleiche Weise wie ein Wohnhaus, sondern werde mit einer Mittelspannung von 13 800 Volt versorgt. Eine eigene Schaltanlage transformiere den Strom dann herunter und verteile ihn an die einzelnen Büros. »Die Kabine ist also nach unten gefahren und hat die Sammelschiene berührt… Da muss aber irgendwo noch ein Schalter sein, der die reguläre Stromzufuhr des Aufzugs kontrolliert. Der Täter musste die Kabine unmittelbar vor dem Erdgeschoss anhalten, damit eines der Opfer den Notrufknopf drücken würde. Mit der Hand am Knopf und den

Füßen am Boden wurde der Stromkreis geschlossen. Und jeder, der das erste Opfer absichtlich oder zufällig berührte, wurde ebenfalls unter Strom gesetzt.«

Sachs schaute sich um und fand den zweiten Schalter. Sie sagte es Sommers.

Er erklärte ihr genau, wie sie die Kabel abschrauben und was sie dabei beachten musste. Bevor sie jedoch irgendetwas vom Tatort entfernte, legte Sachs die Nummern aus und fotografierte alles. Dann dankte sie Sommers, und sie beendeten das Gespräch.

Danach schritt Amelia das Gitternetz ab, einschließlich der möglichen Zugangs- und Fluchtrouten – wobei es sich in beiden Fällen vermutlich um eine nahe Tür gehandelt hatte, die zu der Gasse neben dem Gebäude führte. Das klapprige Schloss war kürzlich aufgestemmt worden. Auch hiervon fertigte Sachs Fotos an.

Sie wollte gerade nach oben zu Pulaski aufbrechen, als ihr ein Gedanke kam.

Vier Opfer hier im Aufzug.

Sam Vetter und vier weitere Todesopfer in dem Hotel, dazu die Verletzten. Luis Martin.

Und die ganze Stadt in Angst vor diesem unsichtbaren Killer.

»Du musst zu ihm werden«, hörte sie Rhyme in ihrer Vorstellung sagen.

Sachs stellte die Beweismittel am Fuß der Treppe ab und kehrte zum Aufzugschacht zurück.

Ich bin er, ich bin Raymond Galt...

Es fiel ihr schwer, sich in den Fanatiker auf seinem Kreuzzug zu versetzen, denn diese Eigenschaften passten irgendwie nicht zu der äußerst berechnenden Art, auf die der Mann bisher vorgegangen war. Jeder andere hätte einfach auf Andi Jessen geschossen oder die Turbinenhalle in Queens angezündet. Galt hingegen schmiedete präzise durchdachte Pläne und benutzte überaus komplizierte Waffen, um zu töten.

Was hatte das zu bedeuten?

Ich bin er …

Ich bin Galt.

Dann kam sie zur Ruhe, und die Antwort ergab sich von selbst: Das Motiv ist egal. Ich kümmere mich nicht darum, wieso ich das hier tue. Es spielt keine Rolle. Ich muss mich nur auf die Technik konzentrieren; ich will die bestmögliche Kopplung, Schaltung, Verbindung herstellen, um den angerichteten Schaden zu maximieren.

Das ist das Zentrum meines Universums.

Ich bin süchtig nach diesem Vorgang, süchtig nach Elektrizität …

Und mit diesem Gedanken kam ein weiterer: Der richtige Winkel ist entscheidend. Er musste … *ich* muss die Sammelschiene genau so in Position bringen, dass sie den Boden der Aufzugkabine kurz vor dem Erdgeschoss berührt.

Das heißt, ich muss mir den Aufzug von hier unten aus zunächst mal eine Weile in Betrieb anschauen, und zwar aus allen möglichen Perspektiven, damit das Gegengewicht, die Zahnräder, der Motor oder die Verkabelung der Kabine nicht etwa meine Sammelschiene beiseiteschieben oder anderweitig in ihrer Funktion behindern.

Ich muss mir den Schacht aus allen Winkeln vornehmen. Ich *muss*.

Sachs kroch auf Händen und Knien rund um den Schacht am Kellerboden herum – zu jedem Punkt, von dem aus Galt das Kabel, die Sammelschiene und die Kontakte hätte sehen können. Sie fand weder Fuß- noch Fingerabdrücke. Aber es gab Ecken, die kürzlich verwischt worden waren, sodass sich zumindest der dringende Verdacht ergab, Galt könne von dort aus seine tödlichen Vorbereitungen getroffen haben.

Sachs nahm Proben von zehn verschiedenen Stellen und sicherte sie in jeweils einer eigenen Plastiktüte. Die Positionen hielt sie wie mit einem imaginären Kompass fest: »3 m nord-westlich«, »2 m südlich«. Dann sammelte sie alle Beweise zu-sammen und quälte sich auf ihren arthritischen Knien hinauf in die Lobby.

Dort gesellte sie sich zu Pulaski und schaute in die Aufzugka-bine. Die Beschädigungen hielten sich in Grenzen. Es gab einige Rauchspuren – und diesen furchtbaren Gestank. Amelia konnte sich einfach nicht vorstellen, wie es gewesen sein musste, in die-sem Aufzug zu stehen und urplötzlich von dreizehntausend Volt geschüttelt zu werden. Wenigstens hatten die Opfer nach den ersten paar Sekunden nichts mehr gespürt, nahm sie an.

Sie sah, dass Ron Nummern ausgelegt und Fotos geschossen hatte. »Haben Sie was gefunden?«

»Nein. Ich habe mir das Innere der Kabine genau angesehen. Die Tafel mit den Knöpfen ist in letzter Zeit nicht aufgeschraubt worden.«

»Er hat alles im Keller installiert. Und die Toten?«

Pulaskis ernste, schmerzlich berührte Miene verriet ihr, dass es eine schwierige Aufgabe gewesen war. »Keine Partikel«, lau-tete seine dennoch ruhige Antwort. »Aber eines war interessant. Alle drei hatten nasse Schuhsohlen. An jeweils beiden Schuhen.«

»War das die Feuerwehr?«

»Nein, als die hier eingetroffen ist, brannte nichts mehr.«

Wasser. Das war interessant. Um die Leitfähigkeit zu erhöhen. Aber wie hatte der Täter das bewerkstelligt? Moment mal. »Sag-ten Sie gerade, *drei* Tote?«, fragte Sachs.

»Ja.«

»Aber der ESU-Mann hat doch von *vier* Opfern gesprochen.«

»Das stimmt, aber nur drei sind gestorben. Hier.« Er gab ihr einen Zettel.

»Was ist das?« Es standen ein Name und eine Telefonnum-mer darauf.

»Die Überlebende. Ich dachte mir, Sie möchten vielleicht mit ihr sprechen. Sie heißt Susan Stringer und ist zurzeit im Saint Vincent. Eine leichte Rauchvergiftung und einige Verbrennungen. Aber es geht ihr gut. In ungefähr einer Stunde wird sie entlassen.«

Sachs schüttelte den Kopf. »Wie konnte jemand das überleben? Das waren dreizehntausend Volt.«

»Oh, sie ist behindert«, erwiderte Ron Pulaski. »Sie sitzt im Rollstuhl. Sie wissen schon, mit Gummireifen. Ich schätze, das hat sie isoliert.«

... Einundfünfzig

»Wie hat er sich gehalten?«, fragte Rhyme, als Sachs das Labor betrat.

»Ron? Er ist etwas mitgenommen, aber er hat gute Arbeit geleistet. Er hat auch die Leichen untersucht, das war hart. Aber er hat was Interessantes festgestellt. Aus irgendeinem Grund hatten alle Opfer nasse Schuhe.«

»Wie hat Galt das hingekriegt?«

»Keine Ahnung.«

»Meinst du nicht, dass Ron zu sehr neben sich steht?«

»Nicht *zu* sehr. Aber ein wenig. Er ist jung. So was kommt vor.«

»Das ist keine Entschuldigung.«

»Nein, es ist eine Erklärung.«

»Für mich ist das dasselbe«, murmelte Rhyme. »Wo steckt er?«

Es war kurz nach zwanzig Uhr. »Er ist noch mal zu Galts Wohnung gefahren, weil er dachte, er könnte etwas übersehen haben.«

Rhyme hielt das für eine gute Idee, obwohl er nicht daran zweifelte, dass der junge Beamte schon beim ersten Mal gründlich gesucht hatte. »Hab einfach ein Auge auf ihn«, fügte er hinzu. »Ich möchte nicht, dass jemand in Lebensgefahr gerät, nur weil Pulaski abgelenkt ist.«

»Einverstanden.«

Außer ihnen und Cooper hielt sich niemand mehr im Labor

auf. McDaniel und der Kleine waren zur Federal Plaza zurückgekehrt, um sich mit dem Heimatschutz zu beraten, und Sellitto war im Big Building – Police Plaza Nummer eins. Rhyme wusste nicht genau, mit wem Lon sich traf, aber es gab zweifellos eine lange Liste von Leuten, denen er erklären musste, weshalb noch kein Verdächtiger in Haft saß.

Cooper und Sachs breiteten die Beweise aus, die Sachs in dem Bürogebäude gesichert hatte. Dann untersuchte der Techniker das Kabel und die anderen Gegenstände, die im unteren Teil des Aufzugschachtes installiert gewesen waren.

»Da ist noch was.« Sachs wollte es beiläufig klingen lassen; Rhyme merkte jedoch sofort, dass da noch etwas anderes mitschwang. So lief es nun mal bei Liebespaaren; man kannte den anderen so gut, dass man ihn meistens durchschaute.

»Was?« Er schenkte ihr seinen schönsten Inquisitorenblick.

»Es gibt eine Augenzeugin. Sie war mit in dem Aufzug.«

»Wurde sie schwer verletzt?«

»Anscheinend nicht. Im Wesentlichen hat sie wohl Rauch eingeatmet.«

»Das war bestimmt unangenehm. Brennende Haare.« Seine Nasenlöcher blähten sich ein wenig.

Sachs roch an ihrem roten Pferdeschwanz. Und rümpfte ebenfalls die Nase. »Ich werde heute Abend ausgesprochen lange duschen.«

»Was hat sie ausgesagt?«

»Ich hatte noch keine Gelegenheit, sie zu befragen… Sie kommt her, sobald man sie aus dem Krankenhaus entlässt.«

»Hierher?«, fragte Rhyme überrascht. Er war im Hinblick auf Zeugen nicht nur generell skeptisch; eine Fremde im Labor stellte zudem ein potenzielles Sicherheitsrisiko dar. Falls Terroristen hinter den Anschlägen steckten, könnten sie versuchen, eines ihrer Mitglieder ins Allerheiligste des Gegners zu schmuggeln.

Sachs wusste, was er dachte. Sie musste lachen. »Ich habe sie überprüft, Rhyme. Sie ist sauber. Keine Vorstrafen, keine offenen Haftbefehle. Seit Jahren als Redakteurin bei irgendeiner Möbelzeitschrift. Außerdem habe ich es für keine schlechte Idee gehalten – auf diese Weise muss ich nicht extra zum Krankenhaus und wieder zurück fahren, sondern kann hierbleiben und an den Spuren arbeiten.«

»Was noch?«

Sie zögerte. Und lächelte wieder. »War meine Erklärung zu ausführlich?«

»Ja.«

»Okay. Sie ist behindert.«

»Ach ja? Das ist aber immer noch keine Antwort auf meine Frage.«

»Sie möchte dich gern kennenlernen, Rhyme. Du bist eine Berühmtheit.«

Rhyme seufzte. »Meinetwegen.«

Sachs runzelte die Stirn. »Du hast nichts dagegen?«

Nun musste *er* lachen. »Ich bin nicht in der Stimmung. Lass sie ruhig herkommen. Ich werde sie selbst vernehmen und dir zeigen, wie so was geht. Kurz und schmerzlos.«

Sachs beäugte ihn misstrauisch.

»Was hast du, Mel?«, fragte Rhyme.

Der Techniker saß über ein Mikroskop gebeugt. »Nichts, das uns helfen könnte, ihn zu verorten.«

»›Verorten‹. Da hat jemand in der Verbenschule aber gut aufgepasst«, merkte Rhyme spöttisch an.

»Aber ich hab was anderes«, sagte Cooper, der Rhymes Bemerkung ignorierte und stattdessen das Ergebnis des Massenspektrometers vorlas. »Partikelspuren, bei denen es sich laut der Datenbank um Ginseng und Wolfsbeere handelt.«

»Chinesische Kräuter, vielleicht Tee«, verkündete Rhyme. Bei einem Fall vor einigen Jahren hatten sie es mit einem sogenannten Schlangenkopf zu tun bekommen, einem Menschenschmuggler, und ein großer Teil der Ermittlungen hatte in Chinatown stattgefunden. Ein Polizist aus China war ihnen dabei behilflich gewesen. Außerdem hatte er Rhyme ein wenig über Kräuter beigebracht und gehofft, sie könnten seinen Zustand verbessern. Natürlich zeigten die Substanzen keine Wirkung, aber Rhyme hatte das Thema als möglicherweise hilfreich für seine zukünftige Arbeit empfunden. Im Augenblick konnte er den Fund nur zur Kenntnis nehmen und Cooper beipflichten, dass sich daraus kaum etwas ableiten ließ. Früher hätte es solche Kräuter nur in asiatischen Spezialitätengeschäften gegeben. Heutzutage bekam man sie in jeder Apotheke und allen besseren Feinkostläden.

»Bitte schreib es auf die Tafel, Sachs.«

Während sie die Tabelle erweiterte, musterte er eine Reihe von kleinen Beweismitteltüten, deren Registrierkarten in Sachs' Handschrift ausgefüllt waren. Sie hatte Längenangaben und Himmelsrichtungen verzeichnet.

»Zehn kleine Indianer«, sagte Rhyme neugierig. »Was haben wir denn da?«

»Ich habe mich geärgert, Rhyme. Nein, ich war stinksauer.«

»Gut. Ich finde Wut befreiend. Warum?«

»Weil wir ihn nicht aufspüren können. Daher habe ich Proben von Stellen genommen, an denen er gewesen sein könnte. Ich bin in ein paar wirklich finsteren Ecken herumgekrochen, Rhyme.«

»Daher der Fleck.« Er sah ihre Stirn an.

Sie bemerkte seinen Blick. »Ich wasche das später ab.« Ein Lächeln. Verführerisch, dachte er.

Er zog eine Augenbraue hoch. »Nun, mach dich an die Arbeit. Sag mir, was du findest.«

Sie streifte Handschuhe über und schüttete die Proben in zehn Petrischalen. Mit einer Vergrößerungsbrille und einer sterilen Sonde ging sie dann den Inhalt jeder der Tüten durch. Schmutz, Zigarettenstummel, Papierschnipsel, Schrauben und Muttern, Rattenkot, Haare, Stofffetzen, Verpackungen von Süßigkeiten und Fast Food, Betonkrümel, Metallspäne, Steinchen. Die Epidermis des unterirdischen New York.

Rhyme hatte schon vor langer Zeit gelernt, dass es bei der Untersuchung eines Tatorts darauf ankam, Muster zu erkennen. Was wiederholte sich häufig? Objekte dieser Kategorie konnte man vermutlich aussondern. Die einzigartigen Dinge, die fehl am Platz wirkten, konnten hingegen relevant sein. Statistiker und Soziologen nannten so etwas Ausreißer.

Nahezu alle von Sachs' Funden tauchten in jeder der Petrischalen auf, mit einer Ausnahme: ein winziger, fast kreisrunder Streifen aus gebogenem Metall mit ungefähr dem doppelten Durchmesser einer Bleistiftmine. Es gab zwar noch zahlreiche andere Metallstücke – Teile von Schrauben, Muttern und Spänen –, aber keines davon ähnelte diesem.

Außerdem war es sauber, was darauf hindeutete, dass es noch nicht lange dort gelegen hatte.

»Woher stammt das, Sachs?«

Sie richtete sich auf und streckte sich. Dann las sie das Etikett der Tüte ab, die vor der entsprechenden Petrischale lag.

»Von einer Stelle sechs Meter südwestlich des Aufzugschachtes, unter einem Tragbalken. Galt hätte von dort aus seine gesamten Verkabelungen überblicken können.«

Wegen des Balkens musste der Mann sich in geduckter Haltung befunden haben. Das Metallstück konnte aus dem Hosenaufschlag oder von seiner Kleidung abgefallen sein. Rhyme bat Sachs, es ihn aus der Nähe betrachten zu lassen. Sie setzte ihm die Vergrößerungsbrille auf und stellte sie für ihn ein. Dann nahm sie das Metallstück mit einer Pinzette und hielt es ihm dicht vor die Augen.

»Ah, es ist brüniert«, sagte er. »Ein Verfahren für eisenhaltige

Oberflächen, zum Beispiel auch bei Handfeuerwaffen. Man verwendet dazu Natriumhydroxid und Nitrit. Um Korrosion vorzubeugen. Die Schicht ist weitgehend biegefest. Das hier dürfte irgendeine Feder sein. Mel, wie gut ist eure Datenbank für mechanische Teile?«

»Sie wird nicht mehr so häufig aktualisiert wie zu deiner Zeit, aber sie macht schon was her.«

Rhyme ging selbst online und tippte mühevoll sein Passwort ein. Er hätte die Spracherkennung benutzen können, aber Zeichen wie @ % $ * – die vom Department eingeführt worden waren, um die Sicherheit zu erhöhen – ließen sich auf diese Weise schwerlich wiedergeben.

Es öffnete sich der Eingangsbildschirm der forensischen Datenbanken des NYPD. Rhyme wählte die Kategorie *Diverse Metalle – Federn.*

Nachdem er zehn Minuten lang durch Hunderte von Mustern gescrollt war, verkündete er: »Das müsste eine Haarfeder sein, würde ich sagen.«

»Und was heißt das?«, fragte Cooper.

»Ich fürchte, es ist keine gute Neuigkeit«, erwiderte Rhyme und verzog das Gesicht. »Falls das Ding zu Galt gehört, könnte es bedeuten, dass er seine Vorgehensweise ändert.«

»Inwiefern?«, fragte Sachs.

»Diese Federn werden in Zeitschaltuhren benutzt… Ich wette, er hat Angst, dass wir ihn immer mehr einkreisen. Also wird er den nächsten Anschlag womöglich nicht mehr von Hand auslösen, sondern durch einen Timer, ohne selbst auch nur in der Nähe zu sein.«

Rhyme ließ Sachs die Feder gesondert eintüten und mit einer eigenen Registrierkarte versehen.

»Er ist schlau«, stellte Cooper fest. »Aber er wird einen Fehler machen. Das machen sie immer.«

Das machen sie *oft*, korrigierte Rhyme ihn im Stillen.

»Auf einem der Schalter gibt es einen recht guten Fingerabdruck«, sagte der Techniker dann.

Rhyme hoffte, der Abdruck würde von einer anderen Person stammen, aber nein, es war bloß einer von Galt – da sie seinen Namen kannten, brauchte er sich nicht länger darum zu kümmern, seine Identität zu verheimlichen.

Das Telefon klingelte. Die angezeigte Landesvorwahl überraschte Rhyme. Er hob sofort ab.

»Commander Luna.«

»Captain Rhyme, es gibt vielleicht etwas Neues zu vermelden.«

»Bitte fahren Sie fort.«

»Vor einer Stunde wurde in einem Flügel des Gebäudes, das Mr. Uhrmacher beobachtet hat, ein falscher Feueralarm ausgelöst. In der betreffenden Etage befinden sich die Geschäftsräume einer Firma, die in ganz Lateinamerika Hypothekendarlehen vermittelt. Der Eigentümer ist eine schillernde Figur. Die Behörden haben sich schon öfter für ihn interessiert. Das hat mich misstrauisch gemacht, und ich habe mir den Mann genauer angesehen. Er hat in der Vergangenheit bereits mehrere Morddrohungen erhalten.«

»Von wem?«

»Von Kunden, deren Abschlüsse sich als weniger lukrativ erwiesen haben als gedacht. Er hat seine Finger auch noch in anderen Geschäften, über die ich jedoch auf Anhieb kaum etwas herausfinden konnte. Und das kann nur eines bedeuten: Er ist ein Betrüger, und als solcher verfügt er bestimmt über geschultes Sicherheitspersonal.«

»Demnach wäre er genau die Art von Zielperson, für die jemand einen Killer wie den Uhrmacher anheuern würde.«

»Richtig.«

»Ich würde aber auch in Erwägung ziehen, dass das eigentliche Ziel sich am gegenüberliegenden Ende des Gebäudes befinden könnte«, wandte Rhyme ein.

»Sie meinen, der Feueralarm war eine Finte?«

»Durchaus möglich.«

»Ich lasse Arturos Männer auch das überprüfen. Er hat seine besten – und unsichtbarsten – Überwachungsspezialisten auf den Fall angesetzt.«

»Haben Sie noch irgendetwas über den Inhalt des Pakets herausgefunden, das Logan erhalten hat? Über den Buchstaben *I* und die leeren Stellen? Oder über die Platine, das Büchlein oder die Zahlen?«

»Wir können nur spekulieren. Und das halte ich – wie Sie vermutlich auch, Captain – für reine Zeitverschwendung.«

»Stimmt, Commander.«

Rhyme dankte ihm erneut, und sie beendeten das Gespräch. Es war zweiundzwanzig Uhr. Der Anschlag auf das Umspannwerk lag fünfunddreißig Stunden zurück. Rhyme war hin- und hergerissen. Einerseits wusste er, wie dringend sie Ergebnisse erzielen mussten und dass der Fall viel zu schleppend vorankam. Andererseits war er erschöpft und müde wie schon lange nicht mehr. Er brauchte Schlaf. Aber das wollte er nicht zugeben, auch nicht gegenüber Sachs. Er starrte das stumme Telefon an und dachte darüber nach, was der hochrangige mexikanische Polizist ihm soeben erzählt hatte. Da merkte er, dass auf seiner Stirn ein Schweißtropfen stand. Rhyme wurde wütend und wollte ihn wegwischen, bevor jemand es mitbekam, aber diese Möglichkeit stand ihm aufgrund seiner Behinderung nicht zur Verfügung. Er warf den Kopf hin und her. Schließlich löste sich der Tropfen.

Doch damit erregte er Sachs' Aufmerksamkeit. Rhyme spürte, dass sie ihn fragen wollte, ob alles in Ordnung sei. Er wollte aber nicht darüber reden, denn er würde entweder einräumen müssen, dass er sich unwohl fühlte, oder Sachs anlügen müssen. Also fuhr er abrupt zu einer der Tafeln und studierte angestrengt die Tabelle. Ohne die Worte überhaupt zu sehen.

Sachs machte einen Schritt auf ihn zu. In diesem Moment klingelte es an der Tür. Gleich darauf wurden am Eingang einige Geräusche laut, und Thom betrat das Labor mit einer Besucherin. Rhyme wusste sofort, um wen es sich handelte: Ihr Rollstuhl stammte von derselben Herstellerfirma wie seiner.

… Zweiundfünfzig

Susan Stringer hatte ein hübsches, herzförmiges Gesicht und eine melodische Stimme. Sie machte von vornherein einen freundlichen, netten Eindruck.

Ihre Augen waren jedoch flink und ihre Lippen schmal, sogar wenn sie lächelte, ganz wie man es von einer Frau erwarten würde, die sich nur mit der Kraft ihrer Arme durch die Straßen von New York bewegte.

»Ein behindertengerechtes Stadthaus an der Upper West Side. Das ist eine echte Seltenheit.«

Rhyme lächelte zurück, blieb aber reserviert. Er hatte Arbeit zu erledigen, und nur sehr wenig davon hatte mit Zeugen zu tun. Seine Bemerkung zu Sachs, er wolle Susan Stringers Befragung persönlich übernehmen, war allerdings scherzhaft gemeint gewesen.

Wie dem auch sei, die Frau war beinahe von Ray Galt ermordet worden – noch dazu auf besonders schreckliche Weise – und könnte über einige hilfreiche Informationen verfügen. Wenn sie also, wie Sachs berichtet hatte, gern seine Bekanntschaft machen wollte, konnte Rhyme damit leben.

Susan nickte Thom Reston zu. Ihr Blick verriet, dass sie wusste, wie wichtig ein Betreuer war – und welche Last er zu tragen hatte. Er fragte, ob er ihr etwas anbieten dürfe, aber sie lehnte dankend ab. »Ich kann nicht lange bleiben. Es ist schon spät, und ich fühle mich nicht allzu gut.« Ihr Antlitz wirkte leer; sie musste bestimmt ständig an die furchtbaren Momente in dem Aufzug denken. Sie fuhr näher an Rhyme heran. Susans Arme funktionierten prächtig; ihre Wirbelsäule musste deutlich unterhalb des Halses verletzt worden sein.

»Keine Verbrennungen?«, fragte Rhyme.

»Nein. Der Strom hat mich nicht erwischt. Das einzige Problem war der Rauch – von den … von den Männern, die mit mir in dem Aufzug gewesen sind. Einer ist in Brand geraten.« Den letzten Satz flüsterte sie.

»Was ist passiert?«, fragte Sachs.

Ein stoischer Blick. »Wir waren kurz vor dem Erdgeschoss, als die Kabine plötzlich angehalten hat. Das Licht ging aus, sodass nur noch die Notbeleuchtung brannte. Einer der Geschäftsmänner hinter mir wollte den Rufknopf drücken, aber als er ihn berührte, fing er an zu stöhnen und herumzuzappeln.«

Sie hustete. Räusperte sich. »Es war grauenhaft. Er konnte die Hand nicht mehr wegnehmen. Sein Freund hat ihn gepackt oder zufällig gestreift. Es war wie eine Kettenreaktion. Die beiden zuckten die ganze Zeit hin und her. Und einer von ihnen ging in Flammen auf. Seine Haare … dieser Qualm, dieser Geruch.« Inzwischen flüsterte Susan nur noch. »Schrecklich. Einfach schrecklich. Die Männer starben, unmittelbar um mich herum. Sie starben. Ich hab geschrien. Mir war klar, dass es irgendein Problem mit der Elektrik sein musste, und ich wollte weder die Greifringe des Rollstuhls noch den metallenen Türrahmen anfassen. Also saß ich bloß da.«

Susan erschauderte. »Ich saß bloß da«, wiederholte sie. »Dann fuhr die Kabine das letzte kurze Stück nach unten, und die Tür ging auf. Es waren jede Menge Leute in der Lobby. Sie haben mich sofort herausgezogen … Ich wollte sie vor dem Strom warnen, aber der war mittlerweile abgeschaltet worden.« Sie musste wieder leise husten. »Wer ist dieser Ray Galt?«, fragte sie.

»Er glaubt, die Arbeit an den Stromleitungen habe bei ihm Krebs verursacht«, erklärte Rhyme. »Und nun will er sich rächen. Es könnte außerdem eine Ökoterrorgruppe darin verwickelt sein. Sie hat ihn vielleicht angeworben, weil sie gegen die herkömmlichen Energieunternehmen angehen will. Wir wissen es noch nicht. Jedenfalls nicht mit Sicherheit.«

»Und um seinen Standpunkt zu verdeutlichen, bringt er Unschuldige um?«, rief Susan empört. »Was für ein Heuchler.«

»Er ist ein Fanatiker«, sagte Sachs. »Seine Scheinheiligkeit ist ihm nicht bewusst. In seiner Welt ist *er* der Gute. Und wer oder was auch immer ihm in die Quere kommt, ist böse. Ganz einfach.«

Rhyme warf Sachs einen Blick zu. Sie erkannte den Wink.

»Sie haben gesagt, Sie könnten uns womöglich weiterhelfen«, wandte sie sich an Susan.

»Ja. Ich glaube, ich habe ihn gesehen.«

»Bitte fahren Sie fort«, ermutigte Rhyme sie – ungeachtet seiner Skepsis in Bezug auf Zeugen.

»Er ist auf meiner Etage mit uns in den Aufzug gestiegen.«

»Und Sie glauben, das war Galt? Warum?«

»Weil er Wasser verschüttet hat. Versehentlich, so schien es, aber jetzt weiß ich, dass er es mit Absicht gemacht hat. Um die Leitfähigkeit zu verbessern.«

»Deshalb waren die Schuhsohlen nass«, sagte Sachs. »Natürlich. Wir haben uns schon gewundert, wie es dazu kommen konnte.«

»Er war wie ein Wartungsmonteur angezogen, und er hatte eine Gießkanne für Pflanzen dabei. Sein Overall war braun und ziemlich schmutzig. Das kam mir irgendwie merkwürdig vor. Außerdem gibt es dort auf den Fluren nirgendwo Pflanzen und in unserem Büro auch nicht.«

»Sind noch Leute von uns da?«, fragte Rhyme.

»Vielleicht von der Feuerwehr«, sagte Sachs. »Die Polizei nicht mehr.«

»Sie sollen den Hausverwalter anrufen und notfalls aufwecken und ihn fragen, ob jemand sich um die Pflanzen kümmert. Und ich will die Aufnahmen der Überwachungskameras sehen.«

Einige Minuten später erhielten sie ihre Antwort: Weder die Hausverwaltung noch eine der Firmen im siebten Stock hatte jemanden damit beauftragt, die Pflanzen zu gießen. Überwachungskameras gab es nur in der Lobby, und ihre Weitwinkelobjektive waren nutzlos. »Da sieht man bloß, dass ein Haufen Leute kommt und geht«, berichtete einer der Branddirektoren. »Einzelne Gesichter sind nicht zu erkennen.«

Rhyme holte Galts Führerscheinfoto auf den Bildschirm. »Ist er das?«, fragte er Susan.

»Könnte sein. Er hat uns nicht angesehen und ich ihn auch nicht so genau.« Ein wissender Blick zu Rhyme. »Sein Gesicht war nicht unbedingt auf meiner Augenhöhe.«

»Können Sie sich noch an irgendetwas anderes erinnern?«

»Während er auf den Aufzug zugegangen und in die Kabine eingestiegen ist, hat er die ganze Zeit auf seine Uhr geschaut.«

»Die Frist«, sagte Sachs. »Trotzdem hat er vor Ablauf zugeschlagen.«

»Nur ein paar Minuten«, sagte Rhyme. »Vielleicht hat er befürchtet, jemand im Gebäude könnte ihn erkennen. Er wollte fertig werden und abhauen. Außerdem hat er wahrscheinlich die Leitungen der Algonquin überwacht und erkannt, dass die Firma seine Forderung nicht erfüllen würde.«

»Er hat Handschuhe getragen«, fuhr Susan fort. »Aus gelbbraunem Leder ... Die *waren* für mich auf Augenhöhe. Und ich kann mich an sie erinnern, weil ich noch gedacht habe, dass seine Hände darin schwitzen müssen. Es war so warm in der Kabine.«

»Hatte sein Overall irgendeine Aufschrift?«

»Nein.«

»Sonst noch was?«

Sie zuckte die Achseln. »Das hilft Ihnen zwar nicht weiter, aber er war unhöflich.«

»Unhöflich?«

»Er hat sich im Aufzug grob an mir vorbeigedrängt, ohne sich irgendwie dafür zu entschuldigen.«

»Hat er Sie dabei berührt?«

»Nicht mich.« Sie nickte nach unten. »Den Rollstuhl. Es war ziemlich eng.«

»Mel!«

Der Kopf des Technikers ruckte zu ihnen herum.

»Susan, dürfen wir die Stelle an Ihrem Stuhl untersuchen?«, bat Rhyme.

»Aber gern.«

Cooper nahm die Seite des Rollstuhls sorgfältig mit einem Vergrößerungsglas in Augenschein. Rhyme konnte nicht genau erkennen, was er fand, aber der Techniker entfernte mit einer Pinzette etwas von zwei Schrauben an einer der senkrechten Streben.

»Was ist das?«

»Fasern. Eine dunkelgrüne und eine braune.« Cooper betrachtete sie unter dem Mikroskop und zog dann eine Computerdatenbank zurate. »Baumwolle, auffallend strapazierfähig. Vielleicht aus Militärbeständen.«

»Reichen die Proben für einen Test?«

»Aber ja.« Cooper und Sachs schickten jeweils ein Teilstück der Fasern durch den Gaschromatographen und das Massenspektrometer. Rhyme wartete ungeduldig.

»Da kommt das Ergebnis«, rief Sachs endlich, während sich ein Ausdruck aus der Maschine schob. Cooper überflog ihn.

»Auf der grünen Faser findet sich wieder etwas von dem Flugbenzin. Auf der braunen Faser ist was anderes, nämlich Dieselkraftstoff. Und mehr von den chinesischen Kräutern.«

»Diesel.« Rhyme überlegte. »Vielleicht hat er es nicht auf einen Flughafen, sondern auf eine Raffinerie abgesehen.«

»Das wäre aber ein höllisches Ziel, Lincoln«, sagte Cooper.

Allerdings. »Sachs, ruf Gary Noble an. Sag ihm, er soll die Sicherheitsmaßnahmen in den Häfen verschärfen. Vor allem bei den Raffinerien und Tankern.«

Sie nahm den Hörer ab.

»Mel, trag alles, was wir bislang haben, in die Tabelle ein.«

TATORT: BÜROGEBÄUDE, 235 54. STR. WEST

- Opfer (verstorben):
  - Larry Fishbein, New York City, Buchprüfer.
  - Robert Bodine, New York City, Anwalt.
  - Franklin Tucker, Paramus, New Jersey, Vertreter.
- Ein Fingerabdruck von Raymond Galt.
- Bennington-Kabel und Drahtverbindungsschrauben, identisch mit denen der anderen Anschläge.
- Zwei handgefertigte ferngesteuerte Relaisschalter:
  - Einer zur Unterbrechung der Stromzufuhr des Aufzugs.
  - Einer zur Schließung des Kreises, um die Kabine unter Strom zu setzen.
- Schrauben und dünnere Kabel zur Installation der Falle; nicht zurückverfolgbar.
- Opfer hatten Wasser an Schuhen.
- Partikel/Kleinteile:
  - Chinesische Kräuter, Ginseng und Wolfsbeere.
  - Haarfeder (um bei zukünftigen Anschlägen Timer statt Fernbedienung zu nutzen?).
  - Dunkelgrüne strapazierfähige Baumwollfaser.
    - ◆ Alternativer Jet-Treibstoff.
      - Anschlag auf Militärbasis?
  - Dunkelbraune strapazierfähige Baumwollfaser.
    - ◆ Dieselkraftstoff.
    - ◆ Wiederum chinesische Kräuter.

TÄTERPROFIL

- Identifiziert als Raymond Galt, 40, Single, wohnhaft in Manhattan, 227 Suffolk Street.
- Terroristischer Hintergrund? Zusammenhang mit »Gerechtigkeit für die Erde«? Vermutlich Ökoterrorgruppe. Kein Eintrag in US- oder internationalen Datenbanken. Neu? Untergrundbewegung? Person namens Rahman beteiligt. Außerdem Johnston. Verschlüsselte Hinweise auf Geldtransfers, personelle Verschiebungen und etwas »Großes«.
  - Möglicher Zusammenhang mit Einbruch in Algonquin-Umspannwerk in Philadelphia.
  - SIGINT-Treffer: Schlüsselbegriffe für Waffen, »Papier« und »Bedarf« (Schusswaffen, Sprengstoff?)
  - Mitverschwörer sind ein Mann und eine Frau.
  - Galts Beteiligung unklar.
- Krebspatient; Haar enthält beachtliche Mengen von Vinblastin und Prednison sowie Spuren von Etoposid. Leukämie.
- Galt ist bewaffnet mit 45er Colt Automatik, Modell 1911.
- Verkleidet sich als Wartungsmonteur in dunkelbraunem Overall. Auch dunkelgrün?
- Trägt gelbbraune Lederhandschuhe.

Cooper ordnete die Beweise und vervollständigte die Einträge auf den Registrierkarten, während Sachs mit der Homeland Security telefonierte und die Gefahr für die Häfen von New York und New Jersey besprach.

Rhyme und Susan Stringer waren sich selbst überlassen. Während er wieder und wieder die Tafeln anstarrte, merkte er, dass die Frau ihn eindringlich musterte. Verärgert wandte er sich ihr zu und suchte nach einer Möglichkeit, sie zum Aufbruch zu veranlassen. Sie war hergekommen, sie hatte geholfen, und sie hatte den berühmten Krüppel getroffen. Das musste reichen.

»Sie sind ein C4, nicht wahr?«, fragte sie.

Das bedeutete, seine Verletzung betraf den vierten Wirbel unterhalb der Schädelbasis.

»Ja. Aber ich kann meine Hände ein wenig bewegen, auch wenn ich nichts in ihnen fühle.«

Technisch gesehen war dies eine »vollständige« Verletzung, was hieß, dass er unterhalb der betroffenen Stelle sämtliche Sinnesfunktionen verloren hatte (»unvollständige« Patienten können über ein beachtliches Bewegungsrepertoire verfügen). Doch der menschliche Körper ist eigenartig, und einige wenige elektrische Nervenimpulse durchdrangen die Barrikade. Die Verkabelung war beschädigt, aber nicht völlig unterbrochen.

»Sie sind in guter Verfassung«, sagte Susan. »Muskulär, meine ich.«

Sein Blick war wieder auf die Tafeln gerichtet. »Ich halte mich mit täglichen Bewegungsübungen und elektrischer Funktionsstimulation in Form.«

Rhyme musste gestehen, dass er Spaß am Training hatte. Er erklärte, dass er einen Laufapparat und ein Fahrradergometer benutzte. Die Geräte bewegten *ihn*, nicht umgekehrt, aber seine Muskulatur wurde trotzdem gekräftigt. Auch die kürzlich wiedergewonnene Kontrolle über die rechte Hand ging vermutlich darauf zurück. Nach dem Unfall hatte er nur den linken Ringfinger benutzen können.

Seine Fitness war inzwischen besser als vor der Verletzung.

All dies erzählte er ihr, und er konnte ihr ansehen, dass sie ihn verstand.

»Ich würde Sie ja zum Armdrücken herausfordern, aber...«, scherzte sie.

Rhyme musste herzlich lachen.

Dann wurde Susans Miene ernst. Sie vergewisserte sich, dass niemand sonst sie hören konnte, und sah Rhyme in die Augen. »Lincoln, glauben Sie an Schicksal?«

... Dreiundfünfzig

Unter Behinderten herrscht eine gewisse Kameradschaft.

Bei manchen Patienten geht sie eher in Richtung Mannschaftsgeist. Es heißt: *Wir* gegen *Die*. Legt euch ja nicht mit uns an. Andere sind mehr auf Harmonie bedacht: He, falls du je eine Schulter zum Ausweinen brauchst, bin ich für dich da. Wir sitzen alle im selben Boot, mein Freund.

Lincoln Rhyme hatte für keines von beiden Zeit. Er war ein Kriminalist, dessen Körper nun mal leider nicht so funktionierte, wie er sich das gewünscht hätte. So wie Amelia Sachs eine Polizistin mit Arthritis und einem Faible für schnelle Autos und Schusswaffen war.

Rhyme definierte sich nicht durch seine Behinderung. Sie war lediglich ein Teil von ihm. Auch Krüppel konnten freundlich, geistreich oder unerträgliche Nervensägen sein. Rhyme beurteilte jeden für sich, genau wie jeden Nichtbehinderten.

Er hielt Susan Stringer für eine absolut angenehme Person und respektierte, dass sie die Courage gehabt hatte, zu ihm zu kommen, anstatt sich auf ihr Trauma zu berufen und einfach nach Hause zu fahren, um ihre Rauchvergiftung auszukurieren. Doch außer einer Rückenmarksverletzung hatten sie nichts gemeinsam, und Rhyme war in Gedanken längst wieder beim Fall Galt. Er nahm an, dass Susan schon bald enttäuscht sein würde, weil der ach so berühmte gelähmte Kriminalist keine Zeit für sie hatte. Und ganz sicher niemand war, mit dem man über das Schicksal plaudern konnte.

»Nein«, antwortete er. »Jedenfalls nicht in dem Sinn, den Sie wahrscheinlich meinen.«

»Ich meine vermeintliche Zufälle, die in Wahrheit vorherbestimmt gewesen sind.«

»Dann nein«, bestätigte er.

»Das habe ich auch nicht vermutet.« Sie lächelte. »Aber die gute Nachricht für Leute wie Sie ist, dass es Leute wie mich gibt, die durchaus an Schicksal glauben. Ich bin überzeugt, es gibt einen Grund dafür, dass ich in diesem Aufzug gefahren bin und nun hier sitze.« Aus dem Lächeln wurde ein Lachen. »Keine Angst. Ich bin keine Stalkerin.« Sie senkte die Stimme. »Ich will auch keine milde Gabe von Ihnen ... oder Ihren Körper. Ich bin glücklich verheiratet, und ich kann sehen, dass Sie und Detective Sachs ein Paar sind. Darum geht es nicht. Es geht einzig und allein um Sie.«

Er würde gleich ... nun ja, er war sich nicht sicher, *was* er gleich tun würde. Er wollte einfach, dass sie verschwand, wusste aber nicht so recht, wie er das anstellen sollte. Also hob er neugierig – und vorsichtig – eine Augenbraue.

»Haben Sie schon mal vom Pembroke-Rückenmarkszentrum drüben an der Lexington gehört?«, fragte sie.

»Kann sein. Ich bin mir nicht sicher.« Er erhielt ständig irgendwelche Informationen über Reha-Maßnahmen, Produkte und neue Forschungsansätze für Querschnittsgelähmte. Mittlerweile achtete er kaum noch darauf. Seine Arbeit für FBI und NYPD ließ ihm kaum Zeit für außerplanmäßige Lektüre, geschweige denn für Reisen quer durchs ganze Land, um neue Behandlungsformen auszuprobieren.

»Ich habe dort schon an mehreren Programmen teilgenommen«, sagte Susan. »Genau wie einige Mitglieder meiner Selbsthilfegruppe.«

Eine Selbsthilfegruppe. Rhyme seufzte innerlich auf. Er wusste, was nun kommen würde.

Doch sie war ihm erneut einen Schritt voraus. »Ich will Sie nicht bitten, sich uns anzuschließen, keine Sorge. Sie kommen mir nicht wie ein geeignetes Mitglied vor.« Die Augen in dem herzförmigen Gesicht funkelten humorvoll. »Egal in welchem Verein.«

»Stimmt.«

»Ich möchte Sie heute Abend nur darum bitten, dass Sie mich anhören.«

»Das lässt sich machen.«

»Also, Pembroke ist der Inbegriff eines Rückenmarkszentrums. Dort wird alles gemacht, was Sie sich vorstellen können.«

Es gab viele aussichtsreiche Verfahren, um Leuten mit schweren Behinderungen das Leben zu erleichtern. Das Problem war die Finanzierung. Obwohl die gravierenden Verletzungen lebenslange Folgen hatten, kamen ernste Rückenmarksprobleme verglichen mit anderen Krankheiten relativ selten vor. Was bedeutete, dass die staatlichen Gelder und privatwirtschaftlichen Forschungsmittel in Bereiche investiert wurden, von denen eine größere Anzahl Patienten profitieren würde. Aus diesem Grund blieben die meisten der Behandlungsansätze, die eine deutliche Verbesserung versprachen, im Versuchsstadium stecken und erhielten in den USA keine Zulassung.

Und manche der Resultate waren *wirklich* beeindruckend. In Laborversuchen war es geglückt, Ratten mit durchtrenntem Rückenmark wieder laufen zu lassen.

»Das Zentrum hat auch ein Notfallteam, aber dafür ist es bei uns natürlich schon zu spät.«

Um eine Schädigung des Rückenmarks so gering wie möglich zu halten, muss der betroffene Bereich sofort nach dem Unfall mit Medikamenten behandelt werden, die ein Anschwellen der Stelle und damit das Absterben weiterer Nervenzellen verhindern. Doch dafür steht nur ein sehr schmales Zeitfenster von zumeist Stunden und höchstens einigen Tagen zur Verfügung.

Als Langzeitpatienten mussten Rhyme und Susan Stringer

sich auf Methoden beschränken, die den Schaden eventuell *reparieren* konnten. Dabei stießen sie früher oder später stets auf dasselbe Problem: Zellen des zentralen Nervensystems – also diejenigen in Gehirn und Rückenmark – regenerieren sich nicht wie die Haut am Finger, nachdem man sich geschnitten hat.

Das war der Kampf, den die Fachärzte und Forscher jeden Tag ausfochten, und Pembroke zählte zu ihren Speerspitzen. Susan schilderte Rhyme eine beachtliche Reihe von Gebieten, auf denen das Zentrum tätig war. Die Leute dort arbeiteten mit Stammzellen, legten Nervenumleitungen – indem sie Nerven *außerhalb* des Rückenmarks nutzten, denn die *können* sich regenerieren – und behandelten die geschädigten Bereiche mit Medikamenten und anderen heilenden Substanzen, um die Regeneration zu fördern. Sie bauten sogar nichtzellulare »Brücken« über die verletzte Stelle hinweg, um die Nervenimpulse zwischen Gehirn und Muskeln zu übermitteln.

Darüber hinaus bot das Zentrum eine große Prothetik-Abteilung.

»Es war erstaunlich«, erzählte Susan. »Ich habe ein Video von einer Querschnittsgelähmten gesehen, der man eine Computersteuerung und ein paar Drähte implantiert hatte. Sie konnte wieder fast normal gehen.«

Rhyme starrte das Bennington-Kabel an, das Galt bei dem ersten Anschlag benutzt hatte.

Drähte…

Sie beschrieb ihm das sogenannte Freihand-System und ähnliche Verfahren, bei denen Stimulatoren und Elektroden in die Arme eingesetzt wurden. Indem man die Schultern zuckte oder den Hals auf bestimmte Weise reckte, löste man koordinierte Bewegungen der Arme und Hände aus. Manche zuvor vom Hals abwärts gelähmte Patienten konnten so wieder eigenständig Nahrung zu sich nehmen.

»Nicht wie bei diesen Scharlatanen, die verzweifelten Menschen das Geld aus der Tasche ziehen.« Susan erzählte verärgert von einem Arzt in China, der 20 000 Dollar dafür nahm, dass er Löcher in die Schädel und Wirbelsäulen seiner Patienten bohrte und ihnen embryonales Gewebe injizierte. Was natürlich keinerlei Effekt hatte – außer dass der Patient Gefahr lief, bankrottzugehen, seine Verletzung zu verschlimmern oder gar an der »Behandlung« zu sterben.

Das Pembroke-Personal hingegen sei an den weltweit besten medizinischen Fakultäten ausgebildet worden, sagte Susan.

Und die Versprechungen waren realistisch – das hieß, maßvoll. Ein C4-Patient wie Rhyme würde nicht wieder aufstehen können, aber es könnte ihm gelingen, seine Lungenfunktion zu verbessern, vielleicht weitere Finger zu bewegen und, was am wichtigsten war, seinen Darm und die Blase zu kontrollieren. Das wäre sehr hilfreich, um die Gefahr einer autonomen Dysregulation zu verringern – dem massiven und plötzlichen Anstieg des Blutdrucks, der einen Schlaganfall nach sich ziehen und Rhyme noch mehr schädigen – oder töten – konnte.

»Mir wurde dort sehr geholfen. Ich glaube, in ein paar Jahren kann ich wieder gehen.«

Rhyme nickte. Er wusste nicht, was er sagen sollte.

»Ich arbeite nicht für das Zentrum. Ich engagiere mich auch nicht für mehr Behindertenrechte. Ich bin eine Redakteurin und sitze zufällig im Rollstuhl.«

Als er das hörte, musste Rhyme unwillkürlich lächeln.

»Aber als Detective Sachs gesagt hat, dass sie mit Ihnen zusammenarbeitet, dachte ich: Das ist Schicksal«, fuhr Susan fort. »Ich sollte herkommen und Ihnen von Pembroke erzählen. Man kann Ihnen dort helfen.«

»Ich … danke Ihnen für den Hinweis.«

»Ich kenne Sie natürlich aus der Zeitung. Die Stadt hat Ihnen viel zu verdanken. Vielleicht ist es an der Zeit, dass Sie sich nun selbst etwas Gutes tun.«

»Na ja, das ist kompliziert.« Er hatte keine Ahnung, was das bedeuten sollte oder auch nur wieso er es gesagt hatte.

»Ich weiß, Sie fürchten die Risiken. Und das sollten Sie auch.«

Es stimmte: Für einen C4-Patienten wie ihn wäre eine Operation riskanter als für Susan. Ihm drohten Probleme mit dem Blutdruck, der Atmung und etwaigen Infektionen. Man musste es abwägen. War der Eingriff das wert? Vor einigen Jahren hätte er sich beinahe einem experimentellen Verfahren unterzogen, aber ein Fall war ihm in die Quere gekommen. Danach hatte er alle derartigen Versuche auf unbestimmte Zeit verschoben.

Und jetzt? War sein Leben so, wie er es sich wünschte? Natürlich nicht. Aber er war zufrieden. Er liebte Sachs und sie ihn. Er lebte für seine Arbeit. Und er wollte nicht all das wegwerfen, um einem vagen Traum nachzujagen.

Obwohl er für gewöhnlich nicht mit seinen Gefühlen hausieren ging, erzählte er Susan Stringer nun davon, und sie verstand ihn.

Dann überraschte er sich selbst, indem er etwas hinzufügte, das er bisher kaum jemandem anvertraut hatte. »Ich habe das Gefühl, dass ich im Wesentlichen aus meinem Intellekt bestehe. Dort fühle ich mich zu Hause. Und manchmal glaube ich, dass mein Zustand mich zu dem Kriminalisten gemacht hat, der ich heute bin. Nichts lenkt mich ab. Meine Stärke erwächst aus meiner Behinderung. Falls ich mich ändern und – in Anführungszeichen – normal werden würde, hätte das auch Auswirkungen auf mich als forensischen Wissenschaftler? Ich weiß es nicht. Aber ich möchte es nicht darauf ankommen lassen.«

Susan überlegte. »Das ist ein interessanter Gedanke. Aber ich frage mich, ob er nicht womöglich eine Krücke ist, ein Vorwand, das Risiko *nicht* einzugehen.«

Rhyme wusste ihre Offenheit zu schätzen. Er nickte in Richtung seines Rollstuhls. »In meinem Fall wäre eine Krücke schon ein echter Fortschritt.«

Sie lachte.

»Danke, dass Sie an mich gedacht haben«, fügte er hinzu, weil es in so einer Situation wohl angebracht war und sie ihn zudem schon wieder mit ihrem wissenden Blick musterte. Rhyme ärgerte sich zwar nicht mehr darüber, aber besonders angenehm war es auch nicht.

Sie rollte ein Stück zurück. »Auftrag ausgeführt.«

Er runzelte die Stirn.

»Ich habe Ihnen zwei Fasern gebracht, die Sie sonst nicht gehabt hätten«, sagte Susan und lächelte. »Ich wünschte, es wäre mehr gewesen. Doch manchmal sind es die kleinen Dinge, die alles verändern. Jetzt muss ich aber los.«

Sachs dankte ihr, und Thom begleitete sie zur Tür.

»Das war so geplant, nicht wahr?«, fragte Rhyme, nachdem Susan weg war.

»Zum Teil, Rhyme«, erwiderte Sachs. »Wir mussten sie ohnehin befragen. Als ich sie angerufen habe, um den Termin abzusprechen, haben wir uns ein wenig unterhalten, und als sie hörte, dass ich mit dir zusammenarbeite, wollte sie dir ihren Vorschlag unterbreiten. Ich habe ihr versprochen, sie würde ihre Chance bekommen.«

Rhyme lächelte und wurde gleich wieder ernst, als Sachs in die Hocke ging und ihm etwas zuflüsterte, das Mel Cooper nicht hören sollte. »Ich möchte dich nicht anders haben, als du bist, Rhyme. Aber ich möchte alles tun, damit du gesund bleibst. Welche Entscheidung du auch triffst, ich unterstütze dich.«

Einen Moment lang musste Rhyme an den Titel der Broschüre denken, die Dr. Kopeski von Sterben in Würde ihm dagelassen hatte.

Die freie Wahl.

Sachs beugte sich vor und küsste ihn. Er spürte, wie sie ihm ihre Hand auf die Wange legte. Für eine zärtliche Geste dauerte es ein wenig zu lange.

»Hab ich Temperatur?«, fragte er und lächelte, weil er sie erwischt hatte.

Sie lachte. »Wir *alle* haben eine Temperatur, Rhyme. Aber ob du *Fieber* hast oder nicht, kann ich nicht sagen.« Sie küsste ihn erneut. »Und jetzt schlaf ein wenig. Mel und ich halten hier noch eine Weile die Stellung. Aber ich gehe auch bald zu Bett.«

Rhyme zögerte, kam jedoch zu dem Schluss, dass er tatsächlich zu müde war, um den anderen im Augenblick von Nutzen zu sein. Er rollte zum Aufzug, wo Thom sich ihm anschloss und mit ihm in der winzigen Kabine nach oben fuhr. Es stand ihm immer noch Schweiß auf der Stirn, und es kam ihm so vor, als seien seine Wangen gerötet. Beides gehörte zu den Symptomen einer Dysregulation. Aber er hatte keine Kopfschmerzen, und er verspürte nicht das Gefühl, das einem solchen Anfall üblicherweise vorausging. Thom machte sich an seine abendlichen Aufgaben. Danach lagen Blutdruckmessgerät und Thermometer schon bereit. »Etwas erhöht«, sagte Thom zur Anzeige des Ersteren. Und was Letzteres anging, hatte Rhyme doch kein Fieber.

Mit geübter Bewegung hob Thom ihn ins Bett. Rhyme musste an Sachs' Bemerkung von vor einigen Minuten denken.

Wir alle *haben eine Temperatur, Rhyme.*

Nüchtern betrachtet stimmte das. Es galt für jeden. Sogar für die Toten.

... Vierundfünfzig

Er schreckte aus einem Traum hoch.

Und versuchte sich daran zu erinnern. Aber er wusste nicht mehr, ob es ein Albtraum oder einfach nur ein merkwürdiger Traum gewesen war. Jedenfalls ein intensiver Traum. Mit erhöhter Wahrscheinlichkeit für einen Albtraum, denn er schwitzte so stark, als würde er gerade die Turbinenhalle der Algonquin Consolidated durchqueren.

Es war kurz vor Mitternacht, wie ihm die schwach leuchtende Digitalanzeige seines Weckers verriet. Er hatte nur kurz geschlafen und war immer noch erschöpft; es dauerte einen Moment, bis er sich orientiert hatte.

Nach dem Anschlag auf das Hotel hatte er Overall, Helm und Werkzeugtasche zurückgelassen, eines jedoch behalten: den Dienstausweis, der nun an der Lehne eines nahen Stuhls hing. Er starrte die in Folie eingeschweißte Karte an: das Foto seines mürrischen Gesichts, »R. Galt« in unpersönlichen Druckbuchstaben und darüber in etwas hübscherer Schrift:

ALGONQUIN CONSOLIDATED POWER
WIR BRINGEN ENERGIE IN IHR LEBEN™

In Anbetracht dessen, was er während der letzten Tage gemacht hatte, entbehrte der Slogan nicht einer gewissen Ironie.

Er legte sich wieder hin und starrte die schäbige Decke des Verstecks im East Village an, das er vor einem Monat unter falschem Namen angemietet hatte. Ihm war klar gewesen, dass die Polizei die Wohnung früher oder später entdecken würde.

Früher, wie sich herausgestellt hatte.

Er schlug die Bettdecke beiseite. Seine Haut war feucht vom Schweiß.

Das ließ ihn an die Leitfähigkeit des menschlichen Körpers denken. Der Widerstand unserer glitschigen inneren Organe kann bis auf lächerliche 85 Ohm sinken, was sie überaus anfällig für Strom macht. Nasse Haut liegt bei etwa 1000 Ohm oder weniger. Trockene Haut hingegen hat 100 000 Ohm oder mehr. Das ist so viel, dass eine beachtliche elektrische Spannung benötigt wird, um diesen Widerstand zu überwinden – zumeist etwa 2000 Volt.

Schweiß stellt dabei eine wesentliche Erleichterung dar.

Seine Haut kühlte sich beim Trocknen ab, und sein Widerstand stieg.

Sein Verstand sprang von Gedanke zu Gedanke: die Pläne für morgen, welche Spannungen angebracht waren, wie die Installation aussehen musste. Er dachte an die Leute, mit denen er zusammenarbeitete. Und er dachte an die Leute, die ihn verfolgten. Diese Frau, Sachs. Der junge Kerl, Pulaski. Und natürlich Lincoln Rhyme.

Dann sann er über etwas völlig anderes nach: zwei Männer in den Fünfzigerjahren des zwanzigsten Jahrhunderts, die Chemiker Stanley Miller und Harold Urey an der Universität von Chicago. Sie dachten sich ein sehr interessantes Experiment aus und schufen in ihrem Labor eine Version der Ursuppe und Atmosphäre, wie sie vor Milliarden von Jahren auf der Erde vorgeherrscht hatte. In diese Mischung aus Wasserstoff, Ammoniak und Methan feuerten sie Funken, um die Blitze nachzubilden, die damals auf die Erde hinabgeprasselt waren.

Und was geschah?

Einige Tage später stellten sie etwas Sensationelles fest: In den

Reagenzgläsern ließen sich Spuren von Aminosäuren nachweisen, den sogenannten Bausteinen des Lebens.

Sie hatten einen Beweis dafür gefunden, dass das Leben auf der Erde nur durch einen Funken Elektrizität entstanden war.

Nun, gegen Mitternacht, überlegte er sich seinen nächsten Brief mit Forderungen an die Algonquin und die Stadt New York. Dann übermannte ihn der Schlaf, und er dachte erneut an elektrischen Strom. Und an die Ironie, dass der in einer Millisekunde aufzuckende Blitz, der vor so vielen, vielen Jahren das Leben erschaffen hatte, morgen wieder Leben nehmen würde, und zwar genauso schnell.

Earth Day

III

SAFT

»Ich habe nicht versagt. Ich habe mit Erfolg zehntausend
Wege entdeckt, die zu keinem Ergebnis führen.«

THOMAS ALVA EDISON

... Fünfundfünfzig

»Bitte hinterlassen Sie Ihre Nachricht nach dem Signalton.«

Es war sieben Uhr dreißig. Fred Dellray saß zu Hause in Brooklyn, starrte sein Telefon an und klappte es zu. Eine weitere Nachricht hinterließ er nicht; auf die ersten zwölf hatte William Brent sich schließlich auch nicht gemeldet.

Ich bin am Arsch, dachte er.

Womöglich war der Mann tot. McDaniel mochte sich bescheuert ausdrücken (*symbiotisches Konstrukt?*), aber seine Theorie traf vielleicht trotzdem zu. Es ergab Sinn, dass Ray Galt der Insider war, den Rahman, Johnston und ihre »Gerechtigkeit-für-die-Erde«-Gruppe dazu verleitet hatten, ihnen bei Angriffen auf die Algonquin und das Stromnetz behilflich zu sein. Falls Brent der Terrorzelle dabei zufällig in die Quere gekommen war, würden sie ihn sofort ausgeschaltet haben.

Ach, dachte Dellray verärgert: eine blindwütige, schlichte Weltsicht – die leeren Kalorien des Terrorismus.

Doch er war schon sehr lange in diesem Geschäft, und sein Gefühl sagte ihm, dass William Brent sich bester Gesundheit erfreute. New York City ist kleiner, als die Leute glauben, vor allem die Unterwelt des Big Apple. Dellray hatte zahlreiche weitere Kontakte aktiviert, sowohl andere Informanten als auch einige der verdeckten Ermittler, die er führte. Niemand hatte etwas von Brent gehört. Sogar Jimmy Jeep wusste nichts – und der hatte eindeutig ein Motiv, den Mann wieder aufzuspüren; immerhin sollte Dellray den bevorstehenden Umzug nach Georgia befürworten. Es gab auch keine Gerüchte über den Auftrag zu einem Mord oder einer spurlosen Beseitigung. Und kein überraschter Müllmann hatte eine Tonne zu seinem Wagen gerollt und in dem stinkenden Sarkophag einen unbekannten Toten entdeckt.

Nein, folgerte Dellray. Es gab nur eine schlüssige Erklärung, und er konnte sie nicht länger ignorieren: Brent hatte ihn verarscht.

Dellray hatte durch die Homeland Security überprüfen lassen, ob der Spitzel – entweder als Brent oder unter einem anderen seiner vielen Tarnnamen – irgendwo einen Flug gebucht hatte. Das schien nicht der Fall zu sein, wenngleich jeder erfahrene Informant weiß, wo es erstklassige neue Papiere zu kaufen gibt.

»Schatz?«

Dellray zuckte zusammen und blickte auf. Serena stand im Eingang und hatte Preston auf dem Arm.

»Warum so nachdenklich?«, fragte sie. Dellray war immer noch erstaunt, wie ähnlich sie Jada Pinkett Smith sah, der Schauspielerin und Produzentin. »Du hast schon gestern vor dem Schlafengehen gegrübelt und beim Aufwachen gleich damit weitergemacht. Ich schätze, im Schlaf hast du auch gegrübelt.«

Er öffnete den Mund, um ihr irgendeine Geschichte aufzutischen. Dann aber sagte er: »Ich glaube, ich wurde gestern gefeuert.«

»Was?« Sie war sichtlich schockiert. »McDaniel hat dich entlassen?«

»Nicht direkt – er hat mir gedankt.«

»Aber…«

»Nicht jedes Dankeschön ist auch so gemeint. Manchmal heißt es: Pack deine Sachen… Sagen wir einfach, ich werde herausgedrängt. Das Ergebnis ist dasselbe.«

»Ich glaube, du deutest da zu viel hinein.«

»Er vergisst immer wieder, mich über die neuen Entwicklungen des Falls zu unterrichten.«

»Die Sache mit dem Stromnetz?«

»Ja. Lincoln ruft mich an, Lon Sellitto ruft mich an. Tuckers *Assistentin* ruft mich an.«

Dellray ging nicht näher auf den anderen Grund für seine Grübelei ein: die mögliche Anklage wegen der gestohlenen und verschwundenen 100 000 Dollar.

Doch noch beunruhigender war die Tatsache, dass er wirklich geglaubt hatte, William Brent habe eine handfeste Spur, die ihnen ermöglichen könnte, diese schrecklichen Anschläge zu verhindern. Eine Spur, die zusammen mit Brent verschwunden war.

Serena setzte sich neben ihn und gab ihm Preston, der begeistert Dellrays Daumen packte, sodass ihm etwas leichter ums Herz wurde. »Das tut mir leid, Liebling«, sagte sie.

Er schaute zum Fenster hinaus auf das Häusergewirr. Im Hintergrund konnte er einen Zipfel der Brooklyn Bridge ausmachen. Ein Abschnitt aus Walt Whitmans Gedicht »Auf der Brooklyn-Fähre«[1] kam ihm in den Sinn.

Das Beste, was ich getan, erschien mir fragwürdig und leer;
Meine vermeintlichen großen Gedanken,
waren sie nicht in Wahrheit dürftig?

Diese Worte trafen auch auf ihn zu. Nach außen hin war Fred Dellray hip, kämpferisch, hart, ein Mann der Straße. Der sich gelegentlich, nein *regelmäßig* fragte: Was ist, wenn ich falschliege?

Die nächsten Zeilen von Whitmans Gedicht waren jedoch der Hammer:

---

[1] Anm. d. Übers.: Die Übersetzung der Zitate stammt von Hans Reisiger. Aus: Walt Whitman, »Auf der Brooklyn-Fähre«, enthalten in *Werk in zwei Bänden*. Band 2. S. Fischer Verlag, Berlin 1922.

Und du nicht allein bist es, der weiß, was es heißt, schlecht zu sein;
Ich bin es, der wusste, was schlecht sein hieß…

»Was soll ich nur machen?«, flüsterte er.

Gerechtigkeit für die Erde…

Nun tat es ihm leid, dass er das Angebot zur Teilnahme an einer hochklassigen Konferenz einfach abgelehnt hatte. Das Thema war »Informationsbeschaffung und -analyse mittels Satelliten- und Datentechnik« gewesen, und der Titel des Memos hatte gelautet: »Die Gestalt der Zukunft«.

Dellray war auf dem Weg nach draußen gewesen und hatte laut gesagt: »Die Gestalt der Zukunft ist rund.« Und mit diesen Worten hatte er das Memo zu einer Kugel zusammengerollt und mit einem Drei-Punkte-Wurf im nächsten Papierkorb versenkt.

»Also bleibst du jetzt einfach… zu Hause?«, fragte Serena und wischte Preston den Mund ab. Der kleine Junge kicherte und wollte mehr. Sie tat ihm den Gefallen und kitzelte ihn.

»Ich dachte, ich hätte eine Spur. Und sie hat sich in Luft aufgelöst. Na ja, ich habe sie verloren. Ich habe jemandem vertraut, dem ich nicht hätte trauen dürfen. Ich hab's verbockt.«

»Ein Spitzel? Hat *dich* im Stich gelassen?«

Er war kurz davor, ihr von den Hunderttausend zu erzählen. Aber dann ließ er es doch sein.

»Auf und davon«, murmelte Dellray.

»Auf *und* davon? Beides?«, fragte Serena mit gespieltem Ernst. »Jetzt sag nicht, er sei auch noch ab durch die Mitte und über alle Berge.«

Er konnte das Lächeln nicht mehr unterdrücken. »Ich benutze ausschließlich Informanten mit außergewöhnlichen Fähigkeiten.« Dann schwand das Lächeln wieder. »Er hat in zwei Jahren kein einziges Treffen oder Telefonat verpasst.«

Allerdings habe ich ihn in den besagten zwei Jahren auch nie bezahlt, *bevor* er geliefert hatte.

»Und was machst du jetzt?«, fragte Serena.

»Keine Ahnung«, lautete seine ehrliche Antwort.

»Dann tu mir einen Gefallen.«

»Gern. Welchen?«

»Erinnerst du dich noch an all das Zeug im Keller, das du aufräumen wolltest?«

Im ersten Moment wollte Fred Dellray erwidern: Das meinst du nicht ernst. Aber dann dachte er noch einmal an die Spuren, die er im Fall Galt hatte, nämlich keine, und stand auf. Mit seinem Sohn auf dem Arm folgte er seiner Frau nach unten.

... Sechsundfünfzig

Ron Pulaski konnte immer noch die Geräusche hören. Den dumpfen Aufprall und dann das Knacken.

Oh, das Knacken. Er hasste es.

Er dachte zurück an das erste Mal, das er für Lincoln und Amelia gearbeitet hatte. Er war unvorsichtig geworden, und man hatte ihn mit einem Knüppel auf den Kopf geschlagen. Pulaski *wusste* zwar von dem Zwischenfall, konnte sich aber an absolut nichts davon erinnern. Wie leichtsinnig: Er war um die Ecke gebogen, ohne mit dem Täter zu rechnen, und der Mann hatte ihm ein Mordsding verpasst.

Seit der Verletzung hatte er mit Angst zu kämpfen, mit Verwirrung und Desorientierung. Er bemühte sich nach Kräften – oh, wie sehr er sich bemühte –, aber das Trauma ließ ihn nicht los. Und schlimmer noch: Es war eine Sache, unachtsam um eine Ecke zu biegen, anstatt aufzupassen. Aber es war etwas völlig anderes, einen Fehler zu begehen, durch den jemand anders zu Schaden kam.

Pulaski hielt mit seinem Streifenwagen nun vor dem Krankenhaus – mit einem anderen Fahrzeug. Der Unfallwagen war als Beweisstück sichergestellt worden. Falls man ihn fragte, würde er behaupten, er sei hier, um die Aussage von jemandem aufzunehmen, der in der Nachbarschaft des für die furchtbaren Anschläge verantwortlichen Terroristen wohnte.

Ich versuche, den mutmaßlichen Aufenthaltsort des Tatverdächtigen zu ermitteln ...

Sein Zwillingsbruder – ebenfalls Polizist – und er riefen sich solche Sätze häufig zu und brachen dann beide in schallendes Gelächter aus. Nur dass es im Augenblick nicht witzig war. Weil er wusste, dass der Mann, den er angefahren hatte, dessen Körper den dumpfen Aufprall und dessen Kopf das Knacken von sich gegeben hatte, bloß irgendein unschuldiger Passant gewesen war.

Als Pulaski das hektische Krankenhaus betrat, wurde er von Panik ergriffen.

Und wenn er den Mann letztlich *umgebracht* hatte?

Die Anklage würde wohl auf fahrlässige Tötung lauten. Oder auf schwere Körperverletzung mit Todesfolge.

Das konnte das Ende seiner Karriere bedeuten.

Und auch falls man ihn nicht vor Gericht stellte, auch falls die Staatsanwaltschaft den Fall nicht verfolgte, konnte die Familie des Opfers ihn dennoch verklagen. Was wäre, falls der Mann wie Lincoln Rhyme endete – gelähmt? War das Police Department gegen solche Fälle versichert? Seine eigene Haftpflichtversicherung würde für so etwas wie eine lebenslange Pflege nämlich mit Sicherheit nicht bezahlen. Konnte das Opfer ihn vor Gericht bringen und ihm alles wegnehmen? Mussten Pulaski und Jenny den Rest ihres Lebens für den Schadenersatz arbeiten? Die Kinder könnten vielleicht nie aufs College gehen; das kleine Sparkonto, das sie zu diesem Zweck eingerichtet hatten, würde sich in Luft auflösen.

»Ich möchte zu Stanley Palmer«, sagte er zu der Frau hinter dem Schalter. »Ein Autounfall von gestern.«

»Natürlich, Officer. Er liegt in vier null zwei.«

In seiner Uniform konnte Pulaski mühelos alle Türen passieren. Schließlich fand er das Zimmer. Er blieb auf dem Korridor stehen, um all seinen Mut zusammenzunehmen. Und wenn nun Palmers ganze Familie dort saß? Frau und Kinder? Er suchte verzweifelt nach etwas, das er sagen konnte.

Doch alles, was er hörte, war ein dumpfer Aufprall. Und dann ein Knacken.

Ron Pulaski atmete tief durch und betrat das Zimmer. Palmer war allein. Er lag bewusstlos da und war an alle möglichen einschüchternden Kabel und Schläuche angeschlossen. Das elektronische Zeug sah so kompliziert aus wie die Geräte in Lincoln Rhymes Labor.

Rhyme…

Wie sehr Ron seinen Chef enttäuscht hatte! Den Mann, dank dessen Beispiel er Polizist geblieben war, weil Rhyme nach seinem eigenen Unfall ebenfalls nicht aufgegeben hatte. Und den Mann, der ihm mehr und mehr Verantwortung übertrug. Lincoln Rhyme glaubte an ihn.

Und nun sieh, was ich angerichtet habe.

Pulaski starrte Palmer an, der völlig reglos dalag – sogar noch regloser als Rhyme, denn bei diesem Patienten rührte sich *gar nichts* außer seiner Lunge. Nicht mal die Linien auf dem Monitor schlugen aus. Auf dem Gang kam eine Krankenschwester vorbei. Pulaski rief sie herein. »Wie geht es ihm?«

»Ich weiß es nicht«, antwortete sie mit einem starken Akzent, den er nicht zuordnen konnte. »Da müssen Sie schon mit dem Arzt reden.«

Nachdem er Palmers bewegungslosen Leib noch eine Weile angestarrt hatte, hörte Pulaski ein Geräusch. Er blickte auf und sah einen Mann mittleren Alters im Eingang stehen. Der Mediziner, dessen ethnische Herkunft Pulaski nicht hätte bestimmen können, trug blaue OP-Kleidung, und vor seinem Namen war ein *Dr.* eingestickt. Wiederum wegen Pulaskis Uniform gab der Mann ihm nun einige Informationen, die ein Fremder sonst nur schwerlich erhalten hätte. Palmer war wegen schwerer innerer Verletzungen operiert worden und lag derzeit im Koma. Eine Prognose war noch nicht möglich.

Wie es schien, hatte der Verletzte keine Angehörigen in der

Gegend und war alleinstehend. Es gab jedoch einen Bruder und Eltern in Oregon; sie waren bereits informiert worden.

»Ein Bruder«, flüsterte Pulaski und musste an seinen Zwillingsbruder denken.

»Ja.« Dann ließ der Arzt das Krankenblatt sinken und musterte den Cop. »Sie sind nicht wegen seiner Aussage hier«, stellte er mit wissendem Blick fest. »Ihr Besuch hat nichts mit den Ermittlungen zu tun, nicht wahr?«

»Was?« Pulaski konnte ihn nur erschrocken ansehen.

Doch der Arzt lächelte freundlich. »So was passiert nun mal. Machen Sie sich deswegen keine Gedanken.«

»Es passiert?«

»Ich arbeite hier schon seit Langem in der Notaufnahme. Die altgedienten Cops kommen nie persönlich vorbei, um nach den Opfern zu sehen, nur die jungen Beamten.«

»Nein, wirklich. Ich bin hier, weil ich seine Aussage aufnehmen wollte.«

»Sicher… aber Sie hätten vorher anrufen und sich erkundigen können, ob er überhaupt ansprechbar ist. Tun Sie nicht so abgebrüht, Officer. Sie haben ein gutes Herz.«

Welches ihm nun nur umso schneller schlug.

Der Blick des Arztes schweifte zu Palmer. »War das ein Fall von Fahrerflucht?«

»Nein. Wir wissen, wer der Fahrer war.«

»Gut. Nageln Sie das Arschloch fest. Ich hoffe, die Geschworenen verdonnern ihn zur Höchststrafe.« Dann verließ der Mann in seiner fleckigen Kleidung den Raum.

Pulaski ging zum Schwesternzimmer und ließ sich – wieder dank seiner Uniform – Palmers Anschrift und Sozialversicherungsnummer geben. Er wollte so viel wie möglich über den Mann in Erfahrung bringen, über seine Familie oder etwaige von ihm abhängige Personen. Palmer mochte nicht verheiratet sein, aber er war alt genug für halbwüchsige Kinder. Ron würde sie anrufen und herausfinden, ob er ihnen irgendwie behilflich sein konnte. Er hatte nicht viel Geld, aber er würde sie nach Kräften unterstützen.

In erster Linie ging es dem jungen Beamten wohl darum, seine eigenen Schuldgefühle zu lindern.

Das Telefon klingelte. Die Krankenschwester entschuldigte sich und hob den Hörer ab.

Pulaski machte sich auf den Weg, und noch bevor er das Zimmer verließ, setzte er bereits seine Sonnenbrille auf, damit niemand die Tränen sehen konnte.

... Siebenundfünfzig

Es war kurz nach neun Uhr morgens. Rhyme bat Mel Cooper, den Fernseher im Labor einzuschalten, wenngleich mit heruntergedrehtem Ton.

Da die Bundesbehörden sich offenbar Zeit ließen, ihre neuesten Erkenntnisse mit dem NYPD – oder zumindest mit Rhyme – zu teilen, wollte er sichergehen, dass er zumindest auf dem Stand der Medien blieb.

Und was gab es da Besseres als CNN?

Der Fall war erwartungsgemäß das Thema des Tages. Galts Foto wurde ungefähr eine Million Mal eingeblendet, und fast genauso häufig fiel der Name der geheimnisvollen Ökoterrorgruppe »Gerechtigkeit für die Erde«. Dazwischen gab es immer wieder kurze Einspielungen von Andi Jessens antigrünen Äußerungen.

Der größte Teil der Berichterstattung über Galts Anschläge bestand jedoch aus wilden Spekulationen. Und viele Journalisten fragten sich natürlich, ob es einen Zusammenhang mit dem heutigen Earth Day gab.

Über den ebenfalls ausführlich berichtet wurde. Er war in der Stadt Anlass für zahlreiche Veranstaltungen: eine Parade, Schulkinder beim Pflanzen von Bäumen, Demonstrationen, die New Energy Expo im Kongresszentrum und die große Kundgebung im Central Park, bei der zwei der wichtigsten Umweltexperten des Präsidenten sprechen würden, beides aufstrebende Senatoren aus dem Westen. Danach wollte ein halbes Dutzend berühmter Rockgruppen auftreten. Man rechnete mit knapp einer halben Million Zuschauern. Einige der Berichte beschäftigten sich mit den als Folge der Anschläge verschärften Sicherheitsmaßnahmen bei all diesen Ereignissen.

Von Gary Noble und Tucker McDaniel hatte Rhyme erfahren, dass nicht nur zweihundert zusätzliche FBI-Agenten und NYPD-Streifenbeamte zu diesem Zweck abgeordnet worden waren, sondern die Technikspezialisten des FBI zudem mit der Algonquin daran gearbeitet hatten, alle elektrischen Leitungen im und rund um den Park vor Sabotage zu schützen.

Ron Pulaski betrat das Labor. Rhyme blickte auf.

»Wo haben Sie gesteckt, Grünschnabel?«

»Äh…« Er hielt einen weißen Umschlag hoch. »Die DNS.«

Er war auch noch anderswo gewesen – Rhyme glaubte zu wissen, wo. Der Kriminalist drängte ihn nicht, aber er sagte: »Das hatte keine Priorität. Der Täter ist uns bekannt. Die DNS wird erst für den Prozess gebraucht. Aber vorher müssen wir Galt erst einmal fangen.«

»Natürlich.«

»Haben Sie gestern in seiner Wohnung noch etwas gefunden?«

»Ich habe sie noch mal von oben bis unten durchsucht, Lincoln. Leider ohne Erfolg.«

Auch Sellitto traf ein, noch zerzauster als üblich. Er schien dieselben Sachen wie am Vortag zu tragen – hellblaues Hemd, dunkelblauer Anzug. Rhyme fragte sich, ob er wohl im Büro übernachtet hatte. Der Detective fasste für sie zusammen, was sich in den Chefetagen tat – der Fall war zu einer PR-Angelegenheit geworden. Manch eine politische Karriere stand auf dem Spiel, und während auf Stadt-, Staats- und Bundesebene immer mehr Kräfte mobilisiert und »Mittel bereitgestellt« wurden, ließ jede der Behörden durchblicken, sie tue mehr als die anderen.

Sellitto ließ sich geräuschvoll auf einen Rohrstuhl sinken und schlürfte einen Schluck Kaffee. »Doch bei Licht besehen weiß niemand so genau, was eigentlich zu tun ist«, murmelte er. »An den Flughäfen, U-Bahn-Stationen und Bahnhöfen marschieren Uniformierte, Bundesagenten und die Nationalgarde auf. Ebenso bei allen Raffinerien und im Hafen. Polizeiboote fahren Sonderpatrouillen um die Tanker, obwohl ich mir nicht vorstellen kann, wie zum Teufel er mit so einem Blitzdings ein Schiff angreifen sollte. Außerdem werden alle Umspannwerke der Algonquin bewacht.«

»Er hat es nicht länger auf die Umspannwerke abgesehen«, klagte Rhyme.

»Ich weiß. Und alle anderen wissen das auch, aber niemand hat eine Ahnung, womit wir stattdessen rechnen müssen. Das Zeug ist überall.«

»Welches Zeug?«

»Dieser beschissene Saft. Elektrizität.« Er vollführte eine weit ausholende Geste, die anscheinend die ganze Stadt umfassen sollte. »In jedem verfluchten Haus.« Er schaute zu den Steckdosen in der Wand. »Wenigstens haben wir keine weiteren Forderungen mehr erhalten. Herrje, gestern gleich zwei innerhalb weniger Stunden. Ich hatte irgendwie den Eindruck, er war so sauer, dass er diese armen Schweine in dem Aufzug auf jeden Fall getötet hätte.« Der massige Mann seufzte. »Ich werde in der nächsten Zeit jedenfalls lieber die Treppe nehmen, das darfst du mir glauben. Ist immerhin gut für die Figur.«

Rhymes Blick wanderte über die Tafeln. Es stimmte, die Ermittlungen waren wenig zielgerichtet. Galt war schlau, aber er war nicht brillant, und er hinterließ reichlich Spuren. Sie führten nur zu keiner konkreten Erkenntnis, sondern ließen lediglich allgemeine Rückschlüsse auf die Art seiner Anschläge zu. Was würde als Nächstes kommen?

Ein Flughafen?

Ein Öldepot?

Lincoln Rhyme stellte sich allerdings noch eine andere Frage: Sind die Pfade womöglich da, und ich sehe sie bloß nicht?

Er spürte abermals Schweiß auf seiner Stirn sowie einen Anflug der Kopfschmerzen, die ihm schon seit einiger Zeit zu schaffen machten. Eine Weile hatte er die Symptome erfolgreich ignoriert, aber sie kehrten immer wieder. Ja, er fühlte sich schlechter, daran bestand kein Zweifel. Wirkte es sich auch auf seinen Intellekt aus? Er würde es niemals zugeben, nicht mal Sachs gegenüber, aber es gab vermutlich nichts auf der Welt, das er so sehr fürchtete. Es verhielt sich genau so, wie er am Vorabend zu Susan Stringer gesagt hatte: Sein Verstand war alles, was er besaß.

Er sah unwillkürlich zum Wohnzimmer auf der anderen Seite des Korridors. Die Tür stand offen, und auf dem Tisch lag Dr. Arlen Kopeskis Sterben-in-Würde-Broschüre.

Die freie Wahl…

Dann schob Rhyme den Gedanken beiseite.

In diesem Moment erhielt Sellitto einen Anruf. Er setzte sich auf und stellte hastig den Kaffee hin. »Ja? Wo?« Er notierte sich etwas.

Alle im Raum sahen ihn gespannt an. Ein neuer Erpresserbrief?, dachte Rhyme.

Sellitto klappte das Telefon zu und blickte von seinen Notizen auf. »Okay, das könnte was sein. Ein Streifenbeamter hat sich aus der Nähe von Chinatown gemeldet. Eine Frau ist zu ihm gekommen und hat gesagt, sie glaubt, sie hätte unseren Täter gesehen.«

»Galt?«, fragte Pulaski.

»Wen suchen wir denn sonst noch, Officer?«, lautete die mürrische Gegenfrage.

»Verzeihung.«

»Sie meint, ihn anhand des Fotos erkannt zu haben.«

»Wo genau?«, fragte Rhyme.

»Es gibt da in der Gegend eine leer stehende Schule.« Sellitto nannte ihnen die Adresse. Sachs schrieb sie sich auf.

»Der Kollege hat nachgesehen. Momentan ist niemand dort.«

»Aber falls er dort *war*, hat er bestimmt was hinterlassen«, sagte Rhyme und nickte Sachs zu.

Sie stand auf. »Okay, Ron, los geht's.«

»Nehmen Sie lieber Verstärkung mit«, riet Sellitto. »*Ein paar* unserer Leute sind vermutlich noch übrig und halten nicht gerade vor einem Sicherungskasten oder Stromkabel Wache.«

»Gut, holen wir die ESU«, sagte Sachs. »Sie sollen in der Nähe Position beziehen, aber vorläufig unsichtbar bleiben. Ron und ich gehen rein. Falls Galt doch da ist und wir einen Zugriff durchführen müssen, gebe ich Bescheid. Aber wir sollten nicht auf Verdacht ein ganzes Team vorschicken, das sämtliche Spuren verunreinigt.«

Sie machten sich auf den Weg.

Sellitto verständigte Bo Haumann von der Emergency Services Unit und gab ihm die notwendigen Informationen. Der ESU-Leiter und seine Leute würden sich bereithalten und mit Sachs abstimmen. Der Detective trennte die Verbindung und sah sich im Raum um, wahrscheinlich nach einem Imbiss. Er fand einen Teller mit Gebäck, wie üblich von Thom bereitgestellt, nahm sich eine Bärentatze, tunkte sie in seinen Kaffee und aß. Dann runzelte er die Stirn.

»Was ist?«, fragte Rhyme.

»Mir fällt gerade ein, dass ich vergessen habe, McDaniel und die Bundesbehörden anzurufen und ihnen von dem Einsatz in Chinatown zu erzählen.« Dann verzog er das Gesicht und hielt theatralisch sein Mobiltelefon hoch. »Ach, Scheiße, das kann ich ja gar nicht. Meine SIM-Karte reicht nicht bis ins digitale Umfeld. Da muss ich ihn wohl später benachrichtigen.«

Rhyme lachte und ignorierte den stechenden Schmerz, der

ihm durch den Kopf schoss. Da klingelte sein Telefon und ließ sowohl das Lachen als auch die Kopfschmerzen verschwinden.

Kathryn Dance rief an.

Sein Finger tippte hastig auf das Touchpad. »Ja, Kathryn? Was gibt's?«

»Ich habe Rodolfo am Apparat«, sagte sie. »Er kennt jetzt die Zielperson des Uhrmachers.«

Sehr gut, dachte Rhyme, wenngleich er insgeheim hinzufügte: Muss das denn unbedingt jetzt sein? Doch dann kam er zu dem Schluss, dass der Uhrmacher Priorität genoss, wenigstens fürs Erste. Um Galt kümmerten sich Sachs, Pulaski und ein Dutzend ESU-Beamte. Als er dem Uhrmacher zuletzt so dicht auf den Fersen gewesen war, hatte er sich zwischendurch zu sehr auf einen anderen Fall konzentriert, und prompt hatte Logan sein Opfer getötet und war entkommen.

Diesmal nicht. Diesmal würde Logan ihm nicht entwischen.

»Bitte fahren Sie fort«, sagte er zu der CBI-Agentin und zwang sich, den Blick von den Tabellen abzuwenden.

Es klickte in der Leitung.

»Rodolfo«, sagte Dance. »Ich habe Lincoln zugeschaltet. Sie beide können sich jetzt besprechen. Ich muss derweil mit TJ reden.«

Die Männer verabschiedeten sich von ihr.

»Hallo, Captain.«

»Commander. Was gibt es Neues?«

»Arturo Diaz hatte vier verdeckte Ermittler in den Bürokomplex geschickt, von dem ich Ihnen erzählt habe. Vor ungefähr zehn Minuten ist Mr. Uhrmacher als Geschäftsmann verkleidet in die Lobby spaziert und hat dort von einem Münztelefon aus eine Firma im fünften Stock angerufen – am anderen Ende des Gebäudes, nicht dort, wo gestern der Feueralarm war. Genau wie Sie vermutet haben. Nach etwa zehn Minuten ist er wieder gegangen.«

»Und verschwunden?«, fragte Rhyme besorgt.

»Nein. Er ist jetzt draußen in einem kleinen Park, der zwischen den zwei Hauptflügeln der Anlage liegt.«

»Er sitzt einfach da?«

»So scheint es. Er hat mit seinem Mobiltelefon mehrere Anrufe getätigt. Aber die Frequenz ist entweder unüblich, oder er benutzt einen Zerhacker, sagt Arturo. Wir können also nicht mithören.«

Rhyme nahm an, dass die diesbezüglichen Vorschriften in Mexiko nicht ganz so strikt waren wie in den USA.

»Sind Ihre Leute sicher, dass es sich um den Uhrmacher handelt?«

»Ja. Arturos Männer sagen, sie hätten ihn deutlich erkennen können. Er hat eine Aktentasche bei sich. Immer noch.«

»Wirklich?«

»Ja. Wir können uns nicht sicher sein, was es ist. Vielleicht ein Sprengsatz. Mit der Platine als Zünder. Unsere Teams kreisen das Gelände derzeit ein. Alle in Zivilkleidung, aber wir haben in der Nähe eine Abteilung Soldaten auf Abruf. Und das Bombenräumkommando.«

»Und wo sind Sie, Commander?«

Er lachte. »Es war sehr rücksichtsvoll von Ihrem Uhrmacher, sich ausgerechnet hier seinem Ziel zu nähern. Das jamaikanische Konsulat ist gleich gegenüber. Die haben Bombensperren, und wir sind dahinter. Logan kann uns nicht sehen.«

Rhyme hoffte, dass das stimmte.

»Wann schlagen Sie zu?«

»Sobald Arturos Männer uns die Freigabe erteilen. Der Park ist voller Zivilisten, darunter auch Kinder. Aber er wird nicht entkommen. Die meisten Straßen sind bereits abgeriegelt.«

Rhyme lief ein Schweißtropfen über die Schläfe. Er verzog das Gesicht und wischte ihn an der Kopfstütze ab.

Der Uhrmacher…

So nah dran.

Bitte, lass es funktionieren. Bitte ...

Er war mal wieder frustriert, an einem so wichtigen Fall nur aus der Entfernung mitarbeiten zu können.

»Wir geben Ihnen bald Bescheid, Captain.«

Sie beendeten das Gespräch, und Rhyme zwang sich, seine Aufmerksamkeit nun erneut Raymond Galt zuzuwenden. Würde der Hinweis auf seinen Aufenthaltsort sich erhärten? Der Mann sah völlig durchschnittlich aus, war mittleren Alters, nicht zu dick, nicht zu dünn. Mittelgroß. Und in dem paranoiden Klima, das er geschaffen hatte, sahen die Leute zweifellos an jeder Ecke Gespenster: Stromfallen, die Gefahr von Lichtbögen ... und den Killer höchstpersönlich.

Dann zuckte er zusammen, denn aus dem Funkgerät ertönte urplötzlich Sachs' Stimme. »Rhyme, bist du da? Kommen.«

Normalerweise verzichteten sie untereinander auf diese Sprechaufforderung, wie sie ansonsten im polizeilichen Funkverkehr üblich war. Rhyme fand es aus irgendeinem Grund beunruhigend, dass Sachs sich diesmal nicht daran hielt.

»Leg los, Sachs. Was gibt's?«

»Wir sind gerade angekommen und gehen jetzt rein. Ich melde mich wieder.«

... Achtundfünfzig

Ein kastanienbrauner Torino Cobra erregte nicht gerade wenig Aufsehen. Daher hatte Sachs zwei Blocks entfernt von der Schule geparkt, in der Galt gesichtet worden war.

Das Gebäude war seit Jahren geschlossen, und nach den aufgestellten Schildern zu urteilen, würde es bald abgerissen werden und einer Wohnanlage weichen.

»Gutes Versteck«, sagte sie zu Pulaski, während sie sich dem Gelände näherten. Es wurde von einem mehr als zwei Meter hohen Bauzaun umgeben, der von Graffiti und Plakaten bedeckt war. Sie warben für alternative Theaterstücke, Happenings und Musikgruppen, die schnell wieder in Vergessenheit geraten würden. *The Seventh Seal. The Right Hands. Bolo.*

Pulaski nickte. Er wirkte abgelenkt. Sie würde ihn im Auge behalten müssen. Am Aufzug-Tatort in Midtown hatte er sich gut gehalten, doch inzwischen schien der von ihm verursachte Unfall bei Galts Wohnung ihm mehr und mehr zuzusetzen.

Sie blieben vor dem Zaun stehen. Die Abrissarbeiten hatten noch nicht begonnen; das Tor – zwei an Scharnieren aufgehängte und mit Kette und Vorhängeschloss gesicherte Sperrholzplatten – ließ eine breite Lücke. Wahrscheinlich hatte Galt sich einfach hindurchgezwängt – sofern er überhaupt hier gewesen war. Sachs stellte sich neben den Spalt und spähte um die Ecke. Ein Teil des Daches schien eingestürzt zu sein; man konnte im Gebäude jedoch so gut wie nichts erkennen, obwohl die meisten Fenster eingeworfen worden waren.

Ja, das war tatsächlich ein gutes Versteck. Und ein Albtraum für einen Zugriff. Es musste hundert gute Verteidigungsstellungen geben.

Sollten sie Verstärkung rufen? Noch nicht, dachte Sachs. Jede Minute Verzögerung konnte genau die Minute sein, in der Galt die Arbeit an seiner neuen Waffe abschloss. Und jeder Schritt eines ESU-Beamten konnte eventuelle Partikelspuren zertrampeln.

»Er hat vielleicht eine Falle installiert«, flüsterte Pulaski verunsichert und wies auf die Metallkette. »Ist das Ding verkabelt?«

»Nein. Er will bestimmt nicht riskieren, dass jemand zufällig das Vorhängeschloss berührt und einen Stromschlag bekommt; die Leute würden sofort die Polizei rufen.« Aber, fuhr sie fort, er könne durchaus eine Art Alarmanlage montiert haben, um vor Eindringlingen gewarnt zu werden. Sie verzog seufzend das Gesicht und deutete ein Stück die Straße hinauf. »Können Sie drüberklettern?«

»Über was?«

»Den Zaun.«

»Das müsste gehen. Jedenfalls mit Anlauf.«

»Tja, ich schaffe es nicht, es sei denn, Sie helfen mir. Und dann kommen Sie hinterher.«

»Einverstanden.«

Sie gingen zu einer Stelle, an der sich jenseits des Zauns ein dichtes Gebüsch befand, wie man durch einen Spalt erkennen konnte. Es würde sowohl einen Sturz abfedern als auch etwas Deckung bieten. Sachs erinnerte sich, dass Galt bewaffnet war – noch dazu mit einer ausgesprochen durchschlagskräftigen 45er. Sie vergewisserte sich, dass das Holster ihrer Glock fest am Hosenbund steckte, und nickte Pulaski zu. Er ging in die Hocke und verschränkte die Finger.

»Eines noch. Es ist wichtig«, flüsterte sie, hauptsächlich, um die Situation etwas aufzulockern.

»Was denn?« Er sah ihr angespannt in die Augen.

»Ich habe ein paar Pfund zugelegt«, sagte die hochgewachsene Polizistin. »Passen Sie auf Ihren Rücken auf.«

Er lächelte. Zwar nur flüchtig, aber es war ein Lächeln.

Als sie einen Fuß auf seine Hände stellte und sich dem Zaun zuwandte, ließ der Schmerz in ihrem Bein sie zusammenzucken.

Nur weil Galt die Kette nicht unter Strom gesetzt hatte, durften sie nicht davon ausgehen, dass es hier keine anderen Fallen gab. Amelia sah wieder die Löcher in Luis Martins Leichnam vor sich. Und den verrußten Boden der Aufzugkabine, die zuckenden Leiber der Hotelgäste.

»Keine Verstärkung?«, flüsterte Pulaski. »Sind Sie sicher?«

»Bin ich. Auf drei. Eins… zwei… drei.«

Pulaski war stärker, als sie erwartet hatte, und hob ihren einen Meter achtzig großen Körper mühelos hoch. Sie setzte sich auf die Oberkante des Zauns und hielt sich fest. Ein Blick zu der Schule. Niemand zu sehen. Dann ein Blick nach unten. Nur dichtes Gestrüpp. Nichts, das ihr Fleisch mit zweieinhalbtausend Grad heißen Lichtbögen hätte verbrennen können, keine Drähte oder Schalter.

Sachs hob die Beine herüber und ließ sich so weit wie möglich am Zaun herunter. Dann ließ sie los.

Sie rollte sich ab, und der Schmerz raste durch ihre Knie und Oberschenkel. Aber sie kannte ihre Arthritis so genau wie Rhyme seine körperlichen Einschränkungen und wusste, dass es sich nur um eine vorübergehende Erscheinung handelte. Als sie hinter dem dichtesten Strauch in Deckung ging und mit gezogener Waffe nach etwaigen Zielen Ausschau hielt, hatte der Schmerz sich schon wieder gelegt.

»Alles klar«, flüsterte sie durch den Zaun.

Es gab einen dumpfen Schlag, ein leises Ächzen, und dann landete Pulaski auch schon wie ein Kämpfer aus einem Kung-Fu-Film geschickt und wortlos neben ihr. Auch er zog seine Waffe.

Es war unmöglich, sich unbemerkt der Vorderseite zu nähern, falls Galt zufällig einen Blick nach draußen warf. Sie würden es von hinten versuchen, aber vorher musste Sachs noch etwas erledigen. Sie schaute sich auf dem Gelände um und winkte Pulaski dann, ihr zu folgen. Im Schutz der Büsche und noch leeren Schuttcontainer steuerten sie die rechte Seite der Schule an.

Während Pulaski ihr Deckung gab, lief sie zu zwei großen rostigen Metallkästen an der Mauer. Auf beiden stand in abblätternder Farbe der Name der Algonquin Consolidated sowie eine Notrufnummer. Amelia zog Sommers' Stromdetektor aus der Tasche, schaltete ihn ein und überprüfte die Kästen. Die Anzeige blieb bei null.

Das war wenig überraschend, denn das Gebäude stand schon seit Jahren leer. Aber sie war trotzdem froh, es bestätigt zu sehen.

Pulaski berührte sie am Arm. »Schauen Sie«, flüsterte er und zeigte auf eine dreckige Scheibe.

Im Innern war es dunkel, und man konnte kaum etwas deutlich erkennen, aber nach einem Moment glaubte Sachs in der Ferne einen Lichtkegel zu sehen wie von einer Taschenlampe, mit der jemand langsam etwas ableuchtete. Die Schatten waren trügerisch, aber das konnte ein Mann sein, der über irgendein Dokument gebeugt stand. Ein Lageplan? Das Schaubild eines Stromnetzes, das er in eine Todesfalle verwandeln wollte?

»Er ist tatsächlich hier«, flüsterte Pulaski aufgeregt.

Sachs setzte das Headset auf und rief Bo Haumann, den ESU-Leiter.

»Was gibt's, Detective? Kommen.«

»Hier ist jemand. Ich kann nicht sagen, ob Galt oder ein anderer. Er befindet sich im mittleren Teil des Hauptgebäudes. Ron und ich werden ihn seitlich umgehen. Wie lange bis zu Ihrem Eintreffen? Kommen.«

»Acht, neun Minuten. Wir beziehen lautlos Position. Kommen.«

»Gut. Wir sind dann hinter dem Gebäude. Geben Sie mir Bescheid, wenn Sie bereit für den Zugriff sind. Wir stoßen dann von der Rückseite vor.«

»Roger. Ende.«

Danach rief sie Rhyme an und teilte ihm mit, dass sie den Täter vermutlich gefunden hatten. Sie würden ihn verhaften, sobald die ESU vor Ort war.

»Achtet auf Fallen«, warnte Rhyme.

»Der Strom ist abgeschaltet. Es ist hier sicher.«

Sie trennte die Verbindung und schaute zu Pulaski. »Bereit?«

Er nickte.

Sachs lief geduckt auf die Rückseite der Schule zu, die Waffe fest umklammert. Okay, Galt, dachte sie. Du hast hier keinen Saft, der dich beschützen könnte. Du hast nur eine Pistole. Ich hab auch eine. Und das ist *meine* Spezialität.

... Neunundfünfzig

Rhyme beendete das Gespräch mit Sachs und spürte schon wieder einen Schweißtropfen. Er musste endlich Thom rufen und ihn bitten, ihm das Gesicht abzuwischen. Kaum etwas fiel ihm schwerer. Bei den größeren Dingen Hilfe in Anspruch zu nehmen, war gar nicht so schlimm: die Bewegungsübungen, Darm und Blase, der Transfer vom Rollstuhl ins Bett oder umgekehrt. Die Nahrungsaufnahme.

Aber die Kleinigkeiten machten ihn rasend ... und waren ihm besonders unangenehm. Ein Insekt verscheuchen, einen Fussel von der Hose nehmen.

Ein Rinnsal aus Schweiß wegwischen.

Der Betreuer kam und kümmerte sich um das Problem, ohne groß nachzudenken.

»Danke«, sagte der Kriminalist. Das kam unerwartet. Thom stutzte.

Rhyme wandte sich wieder den Tafeln zu, doch in Wahrheit dachte er im Augenblick kaum an Galt. Womöglich konnten Sachs und das ESU-Team diesen Verrückten bei der Schule in Chinatown festnehmen.

Nein, seine Gedanken kreisten fast ausschließlich um den Uhrmacher in Mexico City. Verflucht noch mal, warum rief Luna oder Kathryn Dance oder *sonst wer* ihn nicht endlich an und schilderte ihm in aller Ausführlichkeit die Verhaftung?

Vielleicht hatte der Uhrmacher die Bombe längst in dem Bürogebäude platziert, und seine Anwesenheit war bloß ein Ablenkungsmanöver. In seiner Aktentasche konnten ebenso gut Ziegelsteine stecken. Wieso eigentlich saß er überhaupt in diesem Park herum, als wäre er irgendein Tourist auf der Suche nach einer Margarita? Oder hatte er es auf ein völlig anderes Büro abgesehen?

»Mel«, sagte Rhyme. »Ich möchte sehen, wo der Zugriff stattfindet. Nimm Google Earth … oder wie das heißt. Bitte such die Stelle in Mexico City für mich heraus.«

»Gern.«

»Avenue Bosque de Reforma … Wie oft werden die Aufnahmen aktualisiert?«

»Keine Ahnung. Vermutlich alle paar Monate. Jedenfalls sind es keine Live-Bilder, glaube ich.«

»Das spielt keine Rolle.«

Einige Minuten später hatten sie ein Satellitenbild der Gegend vor sich: Die Avenue Bosque de Reforma war eine gewundene Straße, und zwischen den Bürogebäuden gab es einen Park, in dem der Uhrmacher derzeit saß. Auf der anderen Straßenseite lag hinter einem Tor das jamaikanische Konsulat, das durch eine Reihe Betonbarrieren geschützt war – die Bombensperren. Dort hatten Rodolfo Luna und sein Team Position bezogen. Hinter ihnen befand sich das Konsulatsgebäude, vor dem diverse Dienstwagen geparkt standen.

Rhyme erschrak. Eine der Betonbarrieren stand im rechten Winkel zur Straße, die sechs anderen parallel.

JAMAIKANISCHES
KONSULAT

Avenue Bosque de Reforma

Das waren der vermeintliche Buchstabe *I* und die Leerstellen aus dem Paket, das der Uhrmacher am Flughafen von Mexico City erhalten hatte.

Zwei Großbuchstaben…

Ein blaues Büchlein…

Die rätselhaften Zahlen…

»Mel«, rief er. Der Kopf des Technikers ruckte hoch. »Gibt es irgendeinen Reisepass, der die Buchstaben *CC* auf dem Umschlag hat? Und dunkelblau ist?«

Cooper konsultierte die Datenbank des Außenministeriums. »Ja, tatsächlich. Dunkelblau mit zwei sich überlagernden *C* auf dem Umschlag. Das ist der Pass der Caribbean Community, der Karibischen Gemeinschaft. Ihr gehören ungefähr fünfzehn Länder an.«

»Auch Jamaika?«

»Ja.«

Rhyme wurde außerdem klar, dass er die Zahlen als fünfhundertsiebzig und dreihundertneunundsiebzig gelesen hatte. Doch es gab noch eine andere Möglichkeit. »Schnell, schlag bei den Lexus SUVs nach. Gibt es dort ein Modell, dessen Bezeichnung fünf siebzig oder drei neunundsiebzig enthält?«

Das ging sogar noch fixer als bei dem Pass. »Mal sehen… Ja, den LX fünf-siebzig. Das ist ein Luxus…«

»Hol mir Luna ans Telefon. Sofort!« Er wollte die Nummer nicht selbst wählen; es hätte eine Weile gedauert und wäre vielleicht nicht auf Anhieb geglückt.

Und er spürte wieder den Schweiß, ignorierte ihn jedoch.

»*Sí?*«

»Rodolfo! Hier Lincoln Rhyme.«

»Ah, Captain…«

»Hören Sie zu! *Sie* sind die Zielperson. Das Bürogebäude dient nur der Ablenkung! Erinnern Sie sich an das Paket, das Logan erhalten hat? An das *I* und die Striche? Das war eine

Skizze des jamaikanischen Konsulats, wo Sie sich gerade aufhalten. Die Striche sind die Bombensperren. Und fahren Sie einen Lexus LX fünf-siebzig?«

»Ja ... Sie meinen, *das* war die fünfhundertsiebzig?«

»Ich gehe davon aus. Und das blaue Büchlein war ein jamaikanischer Pass, mit dem der Uhrmacher auf das Gelände gelangen konnte. Steht bei Ihnen in der Nähe ein Wagen geparkt mit einer drei sieben neun auf dem Nummernschild?«

»Ich verstehe nicht ... Äh, ja. Ein Mercedes mit einem Diplomatenkennzeichen.«

»Räumen Sie das Gelände! Sofort! Die Bombe ist in dem Mercedes.«

Er hörte Luna etwas auf Spanisch rufen, gefolgt von Schritten und schnellem Atmen.

Dann eine ohrenbetäubende Explosion.

Rhyme zuckte zusammen. Der Lärm ließ den Lautsprecher des Telefons beben.

»Commander! Sind Sie noch da? ... Rodolfo?«

Weitere Rufe, Knistern und Rauschen, Schreie.

»Rodolfo!«

Nach einem langen Moment: »Captain Rhyme? Hallo?« Der Mann sprach sehr laut – wahrscheinlich weil er nach dem Knall kaum etwas hören konnte.

»Commander, geht es Ihnen gut?«

»Hallo!«

Ein Zischen, Stöhnen, Keuchen. Wieder Rufe.

Sirenen und noch mehr Rufe.

»Sollten wir nicht ...?«, setzte Cooper an.

Und dann: »*Qué?* ... Sind Sie da, Captain?«

»Ja. Sind Sie verletzt, Rodolfo?«

»Nein, nein. Nicht schlimm. Nur ein paar Kratzer und der Schreck, Sie wissen schon.« Er atmete schwer. »Wir sind über die Barrieren geklettert und haben uns auf der *anderen* Seite geduckt.

Ich sehe hier ein paar Leute mit Platzwunden oder Schrammen. Aber niemand wurde getötet, glaube ich. Meine Kollegen und ich wären alle ums Leben gekommen. Woher wussten Sie das?«

»Das erkläre ich Ihnen später, Commander. Wo ist der Uhrmacher?«

»Moment… warten Sie kurz… Aha. Er ist sofort nach dem Anschlag geflohen. Arturos Männer waren durch die Explosion abgelenkt – das hatte er natürlich so geplant. Arturo sagt, ein Wagen sei in den Park gefahren und habe den Uhrmacher eingesammelt. Sie sind in südlicher Richtung unterwegs. Unsere Leute verfolgen sie… Danke, Captain Rhyme. Ich kann Ihnen gar nicht genug danken. Aber nun muss ich los. Ich melde mich, sobald wir mehr wissen.«

Rhyme atmete tief durch, achtete nicht auf die Kopfschmerzen und den Schweiß. Okay, Logan, dachte er, wir haben dich aufgehalten. Wir haben deinen Plan durchkreuzt. Aber dich haben wir nicht. Noch nicht.

Bitte, Rodolfo, bleib an ihm dran.

Sein Blick wanderte unterdessen über die Tabellen des Falls Galt. Vielleicht würden sie nun beide Ermittlungen abschließen können. Der Uhrmacher wurde in Mexiko und Ray Galt in einer leer stehenden Schule in Chinatown gefasst werden.

Dann las er einen der Einträge: *Chinesische Kräuter, Ginseng und Wolfsbeere.*

Und die Substanz, die an derselben Stofffaser entdeckt worden war: *Dieselkraftstoff.*

Rhyme hatte vermutet, das deute auf einen der nächsten Anschlagsorte hin, womöglich eine Raffinerie. Doch nun fiel ihm ein, dass Diesel auch zum Betrieb aller möglichen Motoren genutzt wurde.

Zum Beispiel in einem Stromgenerator.

Und dann kam ihm noch ein Gedanke.

»Mel, die Meldung…«

»Alles in Ordnung?«

»Es geht mir gut«, herrschte Rhyme ihn an.

»Du bist ganz rot.«

Er ignorierte die Bemerkung. »Finde die Nummer des Cops heraus, der gemeldet hat, dass Galt sich angeblich in der Schule aufhält.«

Der Techniker wandte sich ab und rief in der Zentrale der Streifenpolizei an. Nach einigen Minuten blickte er auf. »Das ist ja komisch. Die haben mir die Nummer seines Mobiltelefons gegeben. Aber es ist außer Betrieb.«

»Sag an.«

Cooper nannte ihm langsam die Ziffern. Rhyme tippte sie in eine Datenbank des NYPD ein.

Die Nummer gehörte zu einem Prepaid-Telefon.

»Ein Beamter mit einem Prepaid-Telefon? Und plötzlich ist es abgeschaltet? Niemals.«

Die Schule lag in Chinatown; dort hatte Galt die Kräuterspuren aufgenommen. Doch es handelte sich nicht um seine Werkstatt oder sein Versteck. Es war eine Falle! Galt hatte Kabel verlegt, die von einem Dieselgenerator gespeist wurden, um die Leute zu töten, die nach ihm fahndeten. Dann hatte er sich als Cop ausgegeben und das vermeintliche Versteck gemeldet. Da die Stromzufuhr des Gebäudes abgeschaltet war, würden Sachs und die anderen nicht mit dieser Gefahr rechnen.

Der Strom ist abgeschaltet. Es ist hier sicher ...

Er musste sie warnen. Rhyme wollte auf der Kurzwahlliste des Computers den Namen »Sachs« anklicken. Doch genau in diesem Moment wuchsen seine bohrenden Kopfschmerzen jäh zu einer überwältigenden Stärke an. Vor seinen Augen blitzten Lichter auf wie tausend elektrische Funken. Der Schweiß floss in Strömen. Es war eine ausgewachsene autonome Dysregulation.

»Mel«, flüsterte Lincoln Rhyme, »du musst ...«

Und dann verlor er das Bewusstsein.

… Sechzig

Sie erreichten ungesehen die Rückseite des Schulgebäudes und hielten geduckt nach den möglichen Zugängen Ausschau, als sie plötzlich ein Wimmern hörten.

Pulaski sah Sachs beunruhigt an. Sie hob einen Finger an die Lippen und lauschte.

Das war offenbar die Stimme einer Frau. Sie hatte Schmerzen oder Angst. War sie eine Geisel? Wurde sie gefoltert? War das die Frau, die Galt bei der Polizei gemeldet hatte? Jemand anders?

Das Geräusch erstarb. Und fing wieder an. Sie hörten lange zehn Sekunden zu. Amelia Sachs winkte Ron Pulaski näher heran. Hier hinten stank es nach Urin, fauligem Putz, Schimmel.

Das Wimmern wurde lauter. Was, zum Teufel, machte Galt da? Verfügte das Opfer eventuell über Informationen, die er für seinen nächsten Anschlag benötigte? »Nein, nein, nein«, glaubte Sachs die Stimme flehen zu hören.

Oder womöglich hatte Galt sich noch weiter von der Realität entfernt. Vielleicht hatte er eine Angestellte der Algonquin entführt und quälte sie jetzt aus reiner Rachsucht. War sie etwa für die Hochspannungsleitungen zuständig? O nein, dachte Sachs. Sollte das Andi Jessen höchstpersönlich sein? Sachs merkte, dass Pulaski sie aus großen Augen anstarrte.

»Nein … bitte«, rief die Frau.

Sachs funkte die ESU an. »Bo … hier Amelia. Kommen.«

»Reden Sie. Kommen.«

»Er hat hier eine Geisel. Wo bleibt ihr?«

»Eine Geisel? Wen?«

»Wissen wir nicht. Eine Frau.«

»Verstanden. Wir sind in fünf Minuten da. Kommen.«

»Er quält sie. Ich werde nicht warten. Ron und ich gehen rein.«

»Kennen Sie die Örtlichkeiten?«

»Nur was ich Ihnen schon gesagt habe. Galt ist in der Mitte des Gebäudes. Im Erdgeschoss. Bewaffnet mit einer Fünfundvierziger Automatik. Der Strom hier ist abgeschaltet.«

»Tja, das ist dann wohl die gute Nachricht, schätze ich. Ende.«

Sie nahm den Finger von der Sendetaste und wies nach vorn. »Los jetzt!«, flüsterte sie Pulaski zu. »Zur Hintertür.«

»Ja, okay«, sagte der junge Beamte und schaute nervös in den Schatten des Gebäudes, aus dem abermals ein Stöhnen durch die stinkende Luft herangetragen wurde.

Sachs fasste die Strecke bis zur Hintertür und Laderampe ins Auge. Der kaputte Asphalt war mit Scherben, Papier und leeren Dosen übersät. Ihre Schritte würden Geräusche verursachen, doch sie hatten keine andere Wahl.

Amelia winkte Pulaski voran. Sie machten sich möglichst leise auf den Weg, aber das knirschende Glas unter ihren Schuhsohlen ließ sich nicht vermeiden.

Dann jedoch hatten sie unverhofftes Glück – etwas, woran Sachs im Gegensatz zu Lincoln Rhyme glaubte. Irgendwo in der Nähe erwachte ein lauter Dieselmotor zum Leben und übertönte alles andere.

Manchmal läuft es eben wie geschmiert, dachte Sachs. Nach den letzten beiden Tagen wird es aber auch höchste Zeit.

...Einundsechzig

Er würde Lincoln Rhyme nicht verlieren.

Thom Reston hatte seinen Chef aus dem Rollstuhl in eine fast stehende Position gehoben und drückte ihn gegen die Wand. Bei einer autonomen Dysregulation soll der Patient in eine aufrechte Haltung gebracht werden – in den Lehrbüchern steht »sitzend«, aber Rhyme hatte gesessen, als seine Gefäße sich im ganzen Körper verengten, und der Betreuer wollte ihn so weit wie möglich aufrichten, um das Blut wieder nach unten zu zwingen.

Er hatte sich auf Zwischenfälle wie diesen vorbereitet – und sogar dafür geübt, wenn Rhyme nicht zugegen war, da Thom wusste, dass sein Chef nicht die Geduld haben würde, einen Probelauf durchzuführen. Nun brauchte er nicht mal hinzusehen, um sich das Röhrchen mit dem gefäßerweiternden Medikament zu greifen, mit dem Daumen die Verschlusskappe wegzuschnippen und die kleine Tablette unter Rhymes Zunge zu schieben.

»Mel, bitte helfen Sie mir mal«, sagte Thom.

Bei den Proben hatte es keinen echten Patienten gegeben; der bewusstlose Rhyme bedeutete 82 Kilo totes Gewicht.

Den Ausdruck muss ich mir abgewöhnen, dachte Thom.

Mel Cooper sprang vor und stützte Rhyme, während Thom die Kurzwahltaste 1 des schnurlosen Telefons drückte, dessen Akku immer voll geladen war und das den besten Empfang aller von ihm getesteten Geräte hatte. Nach dem zweiten Klingeln wurde er durchgestellt, und nach fünf langen Sekunden sprach er mit einem Arzt in einer Privatklinik. Ein Notfallteam machte sich sofort auf den Weg. Das Krankenhaus, in dem Rhyme regelmäßig untersucht wurde und sich speziellen Therapiemaßnahmen unterzog, besaß eine große Abteilung für Rückenmarksverletzungen und zwei mobile Teams für den schnellen Einsatz vor Ort, wenn es zu lange dauern würde, einen behinderten Patienten zunächst ins Krankenhaus zu transportieren.

Rhyme hatte im Laufe der Jahre ungefähr ein Dutzend solcher Anfälle erlitten, aber dieser war der schlimmste, den Thom je mit angesehen hatte. Er konnte seinen Chef nicht festhalten und ihm gleichzeitig den Blutdruck messen, aber er wusste, dass der Wert gefährlich hoch lag. Rhymes Gesicht war rot, und er schwitzte. Thom konnte sich nur vorstellen, wie qualvoll die Kopfschmerzen sein mussten, während der Körper, dem die Querschnittslähmung vorgaukelte, er brauche dringend mehr Blut, den Herzschlag massiv erhöhte und die Gefäße zusammenzog.

Eine Dysregulation konnte tödlich enden oder – was Rhyme als noch schlimmer empfand – einen Schlaganfall und dadurch noch gravierendere Lähmungen bewirken. In dem Fall würde Rhyme womöglich wieder auf seine längst überwunden geglaubte Idee der aktiven Sterbehilfe zurückgreifen, die dieser verfluchte Arlen Kopeski ihm gerade erst ins Gedächtnis gerufen hatte.

»Was kann ich tun?«, flüsterte Cooper, dessen sonst so ruhige Miene voller Besorgnis war. Auch ihm stand inzwischen der Schweiß auf der Stirn.

»Wir halten ihn einfach nur aufrecht.«

Thom sah Rhyme in die Augen. Dessen Blick war leer.

Der Betreuer nahm ein zweites Röhrchen und verabreichte eine weitere Dosis Clonidin.

Keine Reaktion.

Thom stand hilflos da; er und Cooper sprachen kein Wort. Die letzten Jahre mit Rhyme zogen an ihm vorbei. Sie hatten manch erbitterten Kampf ausgefochten, aber Thom war ein erfahrener Betreuer und wusste, dass er den Zorn des Patienten nicht persönlich nehmen durfte. Er ließ solche negativen Gefühle gar nicht erst an sich heran und gab einfach sein Bestes.

Rhyme hatte ihn fast so oft gefeuert, wie er selbst gekündigt hatte.

Doch er hatte nie ernsthaft geglaubt, dass sie länger als einen Tag voneinander getrennt sein würden. Und bis jetzt hatte er recht behalten.

Wo zum Teufel bleiben die Sanitäter?, dachte er. War dies etwa meine Schuld? Eine Dysregulation wird häufig durch den Druck einer vollen Blase oder eines nicht entleerten Darms ausgelöst. Da Rhyme nicht spürte, wann es an der Zeit war, sich zu erleichtern, achtete Thom auf seine Nahrungs- und Flüssigkeitsaufnahme und passte die Intervalle ab. Hatte er sich verrechnet? Er ging eigentlich nicht davon aus, aber vielleicht hatte der Stress, simultan an zwei Fällen zu arbeiten, Rhymes körperliche Reaktion verstärkt. Thom hätte sich öfter vergewissern müssen.

Ich hätte das bedenken müssen. Ich hätte strenger sein müssen ...

Mit Rhyme würde der beste Kriminalist der Stadt, wenn nicht der ganzen Welt verloren gehen. Und viele zukünftige Opfer müssten sterben, weil niemand rechtzeitig ihre Mörder ermitteln würde.

Und mit Rhyme würde Thom einen seiner engsten Freunde verlieren.

Trotzdem blieb er ruhig. Betreuer lernen so etwas früh. Nüchterne und schnelle Entscheidungen lassen sich nur ohne Panik treffen.

Dann normalisierte sich Rhymes Gesichtsfarbe, und sie setzten ihn wieder in den Rollstuhl. Sie hätten ihn ohnehin nicht mehr lange halten können.

»Lincoln! Kannst du mich hören?«

Keine Reaktion.

Doch einen Moment später rollte der Mann den Kopf auf die Seite. Und er flüsterte etwas.

»Lincoln. Es wird alles wieder gut. Dr. Metz schickt ein Team.«

Erneut ein Flüstern.

»Schon gut, Lincoln. Keine Sorge.«

»Du musst ihr sagen…«, setzte Rhyme leise an.

»Lincoln, bleib ruhig.«

»Sachs.«

»Sie ist noch an dem Tatort«, sagte Cooper. »Bei der Schule, zu der du sie geschickt hast. Sie ist noch nicht zurück.«

»Du musst Sachs sagen…« Seine Stimme erstarb.

»Das werde ich, Lincoln. Ich sage es ihr. Sobald sie sich meldet«, versprach Thom.

»Wir sollten sie jetzt nicht stören«, fügte Cooper hinzu. »Sie ist gerade dabei, Galt zu verhaften.«

»Sag ihr…«

Rhyme verdrehte die Augen und verlor abermals das Bewusstsein. Thom schaute wütend aus dem Fenster, als würde das die Ankunft des Krankenwagens beschleunigen. Doch er bekam lediglich Passanten zu sehen, die auf ihren gesunden Beinen vorbeischlenderten, oder Jogger und Radfahrer im Park, die allesamt scheinbar frohen Herzens ihre Kreise zogen.

… Zweiundsechzig

Ron Pulaski schaute zu Sachs, die durch ein Fenster auf der Rückseite der Schule spähte.

Sie hob einen Finger, kniff die Augen zusammen und reckte sich, um einen besseren Blick auf Galts Aufenthaltsort zu erhaschen. Das Wimmern war von hier aus kaum zu hören, denn der Lastwagen mit dem Dieselmotor befand sich ganz in der Nähe, unmittelbar hinter einem Zaun.

Dann ertönte ein lauteres Stöhnen.

Sachs wandte den Kopf und wies auf die Tür. »Wir holen sie raus. Ich will ihn ins Kreuzfeuer nehmen. Einer von uns oben, der andere unten. Wollen Sie hier rein oder über die Feuerleiter?«

Pulaski sah nach rechts, wo eine rostige Leiter hinauf zu einer Plattform und einem offenen Fenster führte. Er wusste, dass das Metall nicht unter Strom stehen konnte. Amelia hatte das überprüft. Dennoch sträubte sich alles in ihm dagegen. Dann dachte er an seinen Fehler bei Galts Wohnung. An Stanley Palmer, der vielleicht sterben musste. Und der, auch falls er überlebte, womöglich nie mehr derselbe sein würde.

»Ich gehe nach oben«, sagte er.

»Sind Sie sicher?«

»Ja.«

»Denken Sie daran, wir wollen ihn möglichst lebend erwischen. Falls er einen weiteren Anschlag vorbereitet hat, wird dieser eventuell durch einen Timer ausgelöst. Galt muss uns verraten, wo und wann es so weit ist.«

Pulaski nickte. Dann huschte er geduckt über den dreckigen Asphalt davon, auf dem vielerlei Abfall verstreut lag.

Konzentriere dich, ermahnte er sich. Du hast eine Aufgabe zu erledigen. Du darfst nicht schon wieder in Panik geraten. Du wirst diesmal keinen Fehler begehen.

Ihm wurde bewusst, dass er sich deutlich sicherer fühlte als zuvor. Nein, eigentlich noch besser: Ron Pulaski war sauer.

Galt war also an Krebs erkrankt. Tja, tut mir leid. Tja, was für ein Pech. Zum Teufel, Pulaski hatte ein Schädeltrauma erlitten, und er gab keinem anderen die Schuld. Auch Lincoln Rhyme saß nicht herum und blies Trübsal. Und Galt könnte die Krankheit durchaus besiegen, bei all den neuen Krebstherapien und Behandlungstechniken und so. Doch stattdessen ließ dieser kleine Jammerlappen seinen Frust an Unschuldigen aus. Und Herr im Himmel, was tat er bloß gerade dieser Frau in dem Schulgebäude an? Sie musste über Informationen verfügen, die er benötigte. Oder vielleicht war sie eine Ärztin, die eine Fehldiagnose oder so gestellt hatte, und nun nahm er auch an ihr Rache.

Bei diesem Gedanken beeilte Pulaski sich noch mehr. Er schaute zurück und sah Sachs neben der halb geöffneten Tür warten, die Glock mit gesenkter Mündung schussbereit in beiden Händen.

Sein Ärger wuchs. Pulaski erreichte eine Backsteinmauer, hinter der man ihn nicht sehen konnte. Er lief schneller, genau auf die Feuerleiter zu. Das Ding war alt; der Großteil der Farbe war abgeblättert und dem Rost gewichen. Auf dem Betonboden genau unter der Leiter stand eine riesige Pfütze. Ron blieb stehen. Wasser… Strom. Aber es gab hier keinen Strom. Und das Wasser ließ sich sowieso nicht vermeiden. Er lief hindurch.

Noch drei Meter.

Er hielt nach dem besten Fenster für den Einstieg Ausschau. Hoffentlich würden Leiter und Plattform nicht rasseln oder klirren. Galt konnte nicht mehr als zwölf Meter davon entfernt sein.

Zum Glück würde der Dieselmotor das meiste übertönen.

Anderthalb Meter.

Pulaski horchte in sich hinein. Sein Herz schlug ruhig und gleichmäßig. Lincoln Rhyme würde wieder stolz auf ihn sein.

He, er würde diesen kranken Mistkerl eigenhändig verhaften. Er griff nach der Leiter.

Und dann hörte er nur noch einen lauten Knall, und alle Muskeln seines Körpers verkrampften sich gleichzeitig. Vor seinen Augen blitzte ein Feuerwerk auf, bevor der Anblick zu einem gelben Schleier verschwamm. Dann wurde es schwarz um ihn.

… Dreiundsechzig

Amelia Sachs und Lon Sellitto warteten hinter der Schule ab, während die ESU das Gebäude durchkämmte.

»Eine Falle«, sagte der Lieutenant.

»Ja«, bestätigte sie grimmig. »Galt hatte in dem Schuppen hinter der Schule einen großen Generator installiert. Er hat ihn angeworfen und ist verschwunden. Die Kabel waren mit den Metalltüren und der Feuerleiter verbunden.«

»Und Pulaski wollte über die Feuerleiter einsteigen?«

Sie nickte. »Der arme Kerl. Er…«

Ein ESU-Beamter, ein hochgewachsener Afroamerikaner, unterbrach sie. »Detective, Lieutenant, wir sind fertig. Das gesamte Gelände ist gesichert. Wir haben drinnen nichts angefasst, so wie Sie uns gebeten haben.«

»Lassen Sie mich raten«, sagte Sachs. »Er hat einen Digitalrekorder benutzt.«

»Richtig, Detective. Es klang wie eine Szene aus einer Fernsehserie. Er hat an einer Schnur eine Taschenlampe aufgehängt. Es sollte aussehen, als hielte jemand sie in der Hand.«

Keine Geisel. Kein Galt. Überhaupt niemand.

»Ich kümmere mich gleich um die Spurensicherung.«

»Es gab in Wahrheit gar keinen Streifenbeamten, der ihn gemeldet hat?«, fragte der Cop.

»Ganz recht«, murmelte Sellitto. »Das war Galt selbst. Mit einem Prepaid-Telefon, möchte ich wetten. Ich lasse das überprüfen.«

»Und all das hier« – er deutete auf die Schule – »war dazu gedacht, einige von uns zu töten?«

»Ja«, sagte Sachs ernst.

Der ESU-Beamte verzog das Gesicht und ging los, um sein Team zu versammeln. Sachs hatte sofort bei Rhyme angerufen, um ihn über die Entwicklung bei der Schule zu unterrichten. Und über Ron Pulaski.

Doch seltsamerweise sprang sofort der Anrufbeantworter an. Vielleicht hatte sich plötzlich etwas Neues ergeben, oder der Fall in Mexiko erforderte Rhymes ganze Aufmerksamkeit.

Ein Sanitäter kam auf sie zu. Er blickte nach unten, um nicht in den Müll zu treten. Der Hof hier hinter der Schule sah aus wie ein Schuttabladeplatz. Sachs ging dem Mann ein Stück entgegen.

»Haben Sie jetzt Zeit, Detective?«, fragte er.

»Sicher.«

Sie folgte ihm neben das Gebäude, wo die Krankenwagen standen.

Dort saß Ron Pulaski auf einer der Betonstufen und hatte das Gesicht in den Händen vergraben. Sachs hielt inne, atmete tief durch und ging dann zu ihm.

»Es tut mir leid, Ron.«

Er massierte sich den Arm, beugte und streckte die Finger. »Nein, Ma'am.« Er stutzte, weil er so förmlich war. Und grinste. »Ich habe *Ihnen* zu danken.«

»Falls es eine andere Möglichkeit gegeben hätte… Aber ich konnte nicht rufen. Ich musste davon ausgehen, dass Galt noch da drinnen war. Und seine Pistole hatte.«

»Ich weiß.«

Eine Viertelstunde zuvor, als Sachs neben dem Hintereingang gewartet hatte, war ihr der Gedanke gekommen, sich zur Sicherheit ein weiteres Mal mit Sommers' Detektor zu vergewissern, dass es in der Schule auch wirklich keinen Strom gab.

Zu ihrem Entsetzen stellte sie fest, dass die Metalltür in wenigen Zentimetern Entfernung unter 220 Volt stand. Und der Beton unter ihren Schuhen war nass. Ob Galt sich nun im Gebäude befand oder nicht – er hatte die Metallteile der Schule verkabelt. Und der Lärm, den sie hörten, stammte vermutlich von einem Dieselgenerator.

Wenn Galt die Tür unter Strom gesetzt hatte, dann gewiss auch die Feuerleiter. Sachs sprang auf und eilte Pulaski hinterher. Sie wagte es nicht, seinen Namen zu rufen oder auch nur zu flüstern, denn Galt hätte es hören und das Feuer eröffnen können.

Also benutzte sie ihren Taser.

Sie trug das Modell X26 bei sich, dessen Sonden unter variable Spannung gesetzt wurden. Die Reichweite betrug knapp elf Meter. Als Sachs sah, dass sie Pulaski nicht rechtzeitig einholen konnte, jagte sie ihm die beiden Sonden in den Arm. Die neuromuskuläre Lähmung ließ ihn sofort umkippen. Er stürzte schwer auf die Schulter, stieß sich aber Gott sei Dank nicht erneut den Kopf an. Sachs zerrte ihn in Deckung, wo er keuchend und zitternd liegen blieb. Dann hatte sie den Generator gesucht und abgestellt, unmittelbar bevor die ESU eingetroffen war, das Schloss am Tor aufgebrochen und die Schule gestürmt hatte.

»Sie sehen ein wenig benommen aus«, sagte Sachs nun.

»Das war ganz schön heftig«, entgegnete Pulaski und atmete tief durch.

»Lassen Sie sich Zeit«, sagte sie.

»Es geht mir gut. Ich helfe ihm Tatort.« Er blinzelte verwundert, als wäre er betrunken. »Ich meine, ich helfe Ihnen beim Tatort.«

»Kriegen Sie das hin?«

»Solange ich mich nicht zu schnell bewege. Aber hören Sie, dieses Ding da, das Charlie Sommers Ihnen gegeben hat, dieses

Teil... Halten Sie das bloß ständig bereit, okay? Ich fasse nichts an, ohne dass Sie es vorher überprüft haben.«

Als Erstes nahmen sie sich den Generator hinter der Schule vor. Pulaski sammelte und tütete die Kabel ein, mit denen die Tür und die Feuerleiter unter Strom gesetzt worden waren. Sachs suchte rund um den Generator. Es war ein stattliches Gerät, mehr als einen Meter hoch und einen knappen Meter lang. Auf einer Plakette stand zu lesen, die maximale Ausgangsleistung betrage 5000 Watt bei einer Stromstärke von 41 Ampere.

Etwa vierhundert Mal so viel, wie nötig war, um einen Menschen zu töten.

Sachs zeigte auf den Generator. »Könnt ihr den einpacken und zu Rhyme bringen?«, bat sie das Team der Spurensicherung, das soeben aus Queens eingetroffen war. Der Generator wog bestimmt hundert Kilo.

»Kein Problem, Amelia. Wir liefern ihn euch so schnell wie möglich.«

»Lassen Sie uns jetzt drinnen anfangen«, wandte sie sich an Pulaski.

Sie waren auf dem Weg zum Hauptgebäude, als Sachs' Telefon klingelte. Im Display wurde »Rhyme« angezeigt.

»Das wird aber auch Zeit«, meldete sie sich scherzhaft. »Ich habe hier...«

»Amelia.« Das war Thoms Stimme, aber den Tonfall hatte sie bei ihm noch nie gehört. »Komm besser her. Und zwar sofort.«

… Vierundsechzig

Sachs rannte keuchend die Rampe vor Rhymes Haus empor und stieß die Tür auf.

Dann mit wenigen lauten Schritten nach rechts ins Wohnzimmer, gegenüber dem Labor.

Thom blickte ihr entgegen. Er stand bei Lincoln Rhyme, der mit bleichem, feuchtem Gesicht und geschlossenen Augen in seinem Rollstuhl saß. Anwesend war außerdem einer von Rhymes Ärzten, ein stämmiger Afroamerikaner, zu Collegezeiten ein Footballstar.

»Dr. Ralston«, sagte Sachs zwischen zwei Atemzügen.

Er nickte. »Amelia.«

Schließlich öffnete Rhyme die Augen. »Ah, Sachs.« Seine Stimme war schwach.

»Wie geht es dir?«

»Nein, nein, wie geht es *dir*?«

»Gut.«

»Und dem Grünschnabel?«

»Der hätte beinahe ein Problem bekommen, aber es ist noch mal gut gegangen.«

»Galt hatte einen Generator, nicht wahr?«, fragte Rhyme angespannt.

»Ja. Woher weißt du das? Hat die Spurensicherung angerufen?«

»Nein, ich hab es mir zusammengereimt. Diesel und Kräuter aus Chinatown. Die Tatsache, dass es in der Schule keinen

Strom zu geben schien. Es musste eine Falle sein. Aber bevor ich euch warnen konnte, gab es hier ein paar Schwierigkeiten.«

»Egal, Rhyme«, sagte sie. »Ich bin noch rechtzeitig draufgekommen.«

Sie verschwieg ihm, wie knapp Pulaski dem Tod entronnen war.

»Ich … Gut.«

Sie begriff, dass er glaubte, versagt zu haben. Er warf sich vor, dass Sachs oder Pulaski oder beide fast verletzt oder gar getötet worden wären. Unter normalen Umständen hätte er darauf mit Wut reagiert. Er hätte nach einem Drink verlangt, beim kleinsten Anlass geschimpft, sich in Sarkasmen ergangen und bei allem in Wahrheit nur sich selbst gemeint, wie sie und Thom sehr wohl wussten.

Doch das hier war anders. Da lag etwas in seinem Blick, das ihr ganz und gar nicht gefiel. Es mochte seltsam klingen, aber trotz seiner schweren Behinderung wirkte Lincoln Rhyme für gewöhnlich keineswegs verletzlich. Doch nun, nach diesem vermeintlichen Versäumnis, war er ein Schatten seiner selbst.

Sachs musste den Blick abwenden und sah stattdessen den Arzt an.

»Er ist außer Gefahr«, versicherte Ralston. »Der Blutdruck ist wieder unten.« Dann wandte er sich an Rhyme; Rückenmarksverletzte können es nicht ausstehen – noch weniger als die meisten anderen Patienten –, wenn in ihrem Beisein über sie in der dritten Person gesprochen wird. Was häufig vorkommt. »Bleiben Sie möglichst lange im Rollstuhl, und meiden Sie das Bett. Achten Sie darauf, regelmäßig zur Toilette zu gehen. Tragen Sie weite Kleidung und keine engen Socken.«

Rhyme nickte. »Warum ist es ausgerechnet jetzt passiert?«

»Sie hatten vermutlich Stress, und dann kam irgendwo Druck dazu. In Magen, Darm oder Blase, durch die Schuhe, die Hose … Sie wissen ja, wie eine Dysregulation abläuft. Der größte Teil ist nach wie vor rätselhaft.«

»Wie lange war ich weggetreten?«

»Vierzig Minuten«, sagte Thom. »Mal mehr, mal weniger.«

Rhyme lehnte den Kopf zurück. »Vierzig«, flüsterte er. Sachs wusste, dass er sich immer wieder vorwerfen würde, um ein Haar ihren und Pulaskis Tod verschuldet zu haben.

Nun schaute er zum Labor. »Wo sind die neuen Beweise?«

»Ich bin vorgefahren. Ron ist noch unterwegs. Für den Generator haben wir ein paar Leute aus Queens um Unterstützung gebeten. Das Ding ist ziemlich schwer.«

»Kommt Ron auch?«

»Ja«, bestätigte sie, obwohl sie es ihm gerade erst gesagt hatte. Waren durch den Anfall seine Sinne getrübt? Vielleicht hatte der Arzt ihm ein Schmerzmittel gegeben. Eine Dysregulation geht mit furchtbaren Kopfschmerzen einher.

»Gut. Und ist er bald hier? Ron?«

Ein unschlüssiger Blick zu Thom.

»Er müsste gleich eintreffen«, sagte sie.

»Lincoln«, sagte Dr. Ralston, »es wäre mir lieber, Sie würden es für den Rest des Tages locker angehen lassen.«

Rhyme zögerte, senkte den Blick. Würde er sich einer solchen Bitte tatsächlich fügen?

Doch dann sagte er leise: »Tut mir leid, Doktor, das kann ich nicht. Wir haben einen Fall … er ist sehr wichtig.«

»Die Sache mit dem Stromnetz? Die Terroristen?«

»Ja. Ich hoffe, Sie haben Verständnis.« Er schaute immer noch nach unten. »Es tut mir leid. Ich muss unbedingt an die Arbeit.«

Sachs und Thom sahen einander an. Rhymes kleinlaute Haltung war untypisch, gelinde gesagt.

Und erneut diese Verletzlichkeit in seinem Blick.

»Ich weiß, dass der Fall wichtig ist, Lincoln. Und ich kann Sie zu nichts zwingen. Aber denken Sie an meine Worte: Bleiben Sie aufrecht sitzen, und ersparen Sie Ihrem Körper jede Art von Druck, ob innerlich oder äußerlich. Ich schätze, es hätte keinen

435

Sinn, Ihnen zu raten, auch jeglichen Stress zu meiden. Nicht solange dieser Verrückte auf freiem Fuß ist.«

»Vielen Dank. Dir auch, Thom.«

Der Betreuer sah ihn ungläubig an und nickte zögernd.

Doch Rhyme starrte weiterhin nach unten, anstatt mit dem Rollstuhl so schnell wie möglich ins Labor zu fahren, was er unter anderen Umständen getan hätte. Und sogar als sich nun die Haustür öffnete und sie hörten, wie Pulaski und die Techniker hastig die Beweismittel hereintrugen, blieb Rhyme mit gesenktem Kopf, wo er war.

»Li…«, setzte Sachs an, brach aber sofort wieder ab – wegen ihres gemeinsamen Aberglaubens. »Rhyme? Möchtest du ins Labor?«

»Ja, sicher.«

Aber er starrte *immer noch* nach unten und rührte sich nicht.

Erschrocken fragte sie sich, ob er einen neuen Anfall erlitt.

Dann schluckte er und ließ den TDX losrollen. Sein Gesicht zerfloss förmlich vor Erleichterung, und Sachs begriff endlich: Rhyme hatte Sorge – nein: schreckliche Angst – gehabt, der Anfall könne größeren Schaden angerichtet und das bisschen Beweglichkeit, das er in der rechten Hand zurückerlangt hatte, wieder zunichtegemacht haben.

Das hatte er die ganze Zeit angestarrt: seine Hand. Doch anscheinend war es zu keiner neuen Beeinträchtigung gekommen.

»Na los, Sachs«, sagte er nur, wenngleich leise. »Wir haben zu tun.«

...Fünfundsechzig

Die Billardhalle sah wie eine Crackhöhle aus, fand R. C.

Er würde mit seinem Vater darüber reden.

Der Dreißigjährige hielt mit bleichen Fingern seine Bierflasche umklammert und schaute den Pool-Partien zu. Schnorrte eine Zigarette und blies den Qualm in Richtung des Entlüftungsschachts. Dieses gesetzliche Rauchverbot war idiotisch. Sein Vater sagte, daran seien nur die Sozialisten in Washington schuld. Sie hatten kein Problem damit, Kinder zum Sterben an Orte zu schicken, deren Namen man nicht aussprechen konnte, aber, Scheiße, das Rauchen mussten sie natürlich verbieten.

Wieder zurück zu den Pool-Tischen. Der schnelle Typ ganz hinten könnte ihnen Probleme machen – es ging um viel Geld –, aber Stipp hatte hinter dem Tresen einen Baseballschläger. Und den schwang er auch ganz gern.

Er nahm die Fernbedienung. Verfluchte Mets.

Dann schaltete er zu den Nachrichten über den Verrückten um, der am Strom herumfummelte. R. C.s Bruder war Handwerker und arbeitete oft an der Elektrik, aber stets mit gehörigem Respekt.

Und nun wurden überall in der Stadt Leute gegrillt.

»Hast du den Scheiß mitbekommen?«, fragte er Stipp.

»Hä, welchen Scheiß?« Er schielte auf einem Auge. Na ja, er sah dich damit jedenfalls nicht direkt an, falls es das war, was Schielen bedeutete.

»Diese Sache mit der Elektrizität. Irgendein Kerl hat ein ganzes Hotel unter Strom gesetzt. Du packst den Türgriff an, und, *zapp*, bist du tot.«

»Ach, *den* Scheiß.« Stipp hustete ein Lachen aus. »Wie auf'm elektrischen Stuhl.«

»Genau. Nur dass es eine Treppe sein könnte oder eine Pfütze oder diese Metallklappen im Bürgersteig. Für Lastenaufzüge, die in den Keller führen.«

»Man tritt drauf und wird geröstet?«

»Sieht so aus. Scheiße. Oder du drückst auf den Ampelknopf an einem Fußgängerüberweg. Peng, das war's. Du bist hinüber.«

»Wieso macht der das?«

»Keine Ahnung… Wenn du auf einem elektrischen Stuhl sitzt, pisst du dir in die Hose, und deine Haare gehen in Flammen auf. Wusstest du das? Manchmal stirbst du *daran*, am Feuer. Deine Birne verbrennt.«

»In den meisten Staaten gibt's ja die Spritze.« Stipp runzelte die Stirn. »Aber wahrscheinlich pisst du dir trotzdem in die Hose.«

R. C. musterte Janie in ihrer engen Bluse und versuchte sich zu erinnern, wann seine Frau vorbeikommen wollte, um das Haushaltsgeld abzuholen. Da ging die Tür auf, und ein paar Leute traten ein. Die ersten beiden trugen die Arbeitskleidung eines Paketdienstes. Vielleicht kamen sie von der Frühschicht. Das wäre gut, denn dann würden sie zum Feierabend wohl etwas Geld ausgeben wollen.

Und gleich hinter ihnen folgte ein Obdachloser.

Scheiße.

Der Kerl war schwarz und trug dreckige Klamotten. Draußen stand sein Einkaufswagen voller Leergut. Er drehte sich um, starrte aus dem Fenster, kratzte sich am Bein. Und dann unter seiner schmierigen Baseballmütze.

R. C. sah den Barmann an und schüttelte den Kopf.

»He, Mister«, rief Stipp. »Kann ich dir helfen?«

»Da ist was komisch«, murmelte der Mann und redete kurz mit sich selbst, bevor er lauter hinzufügte: »Ich hab was gesehen. Das hat mir gar nicht gefallen.« Dann stieß er ein überdrehtes Gelächter aus, das wiederum R. C. ziemlich komisch vorkam.

»Tja, nun, verzieh dich wieder nach draußen, okay?«

»Siehst du das?«, fragte der Penner, ohne jemanden anzusehen.

»Komm schon, Kumpel.«

Aber der Mann wankte zum Tresen und setzte sich. Grub ein paar feuchte Scheine und einen Haufen Kleingeld aus den Taschen. Zählte die Münzen sorgfältig.

»Tut mir leid, Mann, aber ich glaube, du hattest schon genug.«

»Ich hab nichts getrunken. Habt ihr den auch gesehen? Den Kerl mit dem Kabel?«

Kabel?

R. C. und Stipp sahen sich an.

»In dieser Stadt passiert echt verrückter Scheiß.« Er richtete seinen wirren Blick auf R. C. »Der Wichser war gleich hier vorn. Bei dem, ihr wisst schon, Laternenpfahl. Er hat irgendwas gemacht. An den Kabeln herumgespielt. Habt ihr gehört, was da in den letzten Tagen abgelaufen ist? Die Leute, deren Ärsche gebraten wurden?«

R. C. ging an dem Typ vorbei zum Fenster und hätte beinahe gekotzt, so sehr stank der Kerl. Dann schaute er nach draußen zu dem Laternenpfahl. War da ein Kabel angebracht? Er konnte es nicht erkennen. Trieb dieser Terrorist sich etwa *hier* herum? An der Lower East Side?

Tja, wieso nicht?

Falls er es auf unschuldige Opfer abgesehen hatte, war diese Gegend so gut wie jede andere.

»Hör mal«, wandte R. C. sich an den Obdachlosen. »Verzieh dich von hier.«

»Ich will einen Drink.«

»Tja, du kriegst aber keinen.« R.C. sah wieder nach draußen. Da waren *tatsächlich* irgendwelche Kabel oder Drähte oder sonst irgendein Scheiß. Was ging da vor sich? Hatte jemand es etwa auf ihren Laden abgesehen? R.C. dachte an all das Metall hier. Die Fußstütze entlang des Tresens, die Waschbecken, die Türknäufe, die Kasse. Zum Teufel, sogar das Urinal war aus Metall. Falls du pinkeln musstest – würde der Strom durch den Strahl in deinen Schwanz einschlagen?

»Ihr versteht nicht, ihr versteht nicht!«, jammerte der Penner und wurde immer seltsamer. »Da draußen ist es nicht sicher. Seht doch selbst. Es ist nicht sicher. Dieser Arsch mit den Kabeln… ich bleib hier drinnen, bis es wieder sicher ist.«

R.C., der Barmann, Janie, die Pool-Spieler und die Paketdienstleute starrten inzwischen alle aus dem Fenster. Niemand spielte mehr. R.C.s Interesse an Janie war wieder zusammengeschrumpft.

»Echt nicht sicher, Mann. Gib mir einen Wodka-Cola.«

»Raus. Ich sag's nicht noch mal.«

»Glaubst du, ich kann nicht bezahlen? Hier ist doch mein Geld. Oder wie nennst du das?«

Die Dunstwolke des Mannes hatte sich im gesamten Laden ausgebreitet. Es war ekelerregend.

Manchmal verbrennt deine Birne…

»Der Kabelmann, der Kabelmann…«

»Verpiss dich endlich. Jemand wird noch deinen beschissenen Einkaufswagen klauen.«

»Ich geh da nicht raus. Du kannst mich nicht zwingen. Ich lass mich nicht grillen.«

»Raus.«

»Nein!« Das widerliche Arschloch hieb mit der Faust auf den Tresen. »Ihr dient mir… ihr bedient mich nicht, weil ich schwarz bin.«

R. C. sah draußen etwas aufblitzen. Er hielt den Atem an … und entspannte sich wieder. Das war bloß die Windschutzscheibe eines vorbeifahrenden Autos gewesen. Der Schreck ließ ihn nur noch wütender werden. »Wir bedienen dich nicht, weil du stinkst und ein Drecksack bist. Raus.«

Der Mann hatte all seine feuchten Scheine und klebrigen Münzen vor sich aufgehäuft. Das mussten etwa zwanzig Dollar sein. »*Du* bist der Drecksack«, murmelte er. »Du wirfst mich raus, und ich geh auf die Straße und werd geröstet.«

»Nimm einfach dein Geld und verschwinde.« Stipp zeigte ihm den Baseballschläger.

Der Mann blieb unbeeindruckt. »Wenn ihr mich rauswerft, werd ich allen erzählen, was hier abläuft. Das weiß ich nämlich, oder glaubt ihr etwa nicht? Ich hab gesehen, wie du Miss Titty da drüben angestarrt hast. Und schäm dich, dabei trägst du einen Ehering. Was wird wohl Mrs. Drecksack dazu sagen?«

R. C. packte den Kerl mit beiden Händen an der scheußlichen Jacke.

Der Schwarze zuckte verängstigt zusammen. »Nicht schlagen!«, rief er. »Ich bin ein, du weißt schon, ein Cop! Vom FBI!«

»Dass ich nicht lache.« R. C. beugte sich nach hinten, um ihm einen Kopfstoß zu verpassen.

Doch einen Sekundenbruchteil später hatte er einen FBI-Dienstausweis vor der Nase und daneben die Mündung einer Glock.

»O Scheiße«, murmelte R. C.

Einer der beiden Weißen, die unmittelbar vor dem Kerl hereingekommen waren, sagte: »Alles klar, Fred. Wir können bezeugen, dass er dich körperlich angreifen wollte, nachdem du dich als Bundesagent zu erkennen gegeben hattest. Können wir jetzt zurück an die Arbeit?«

»Danke, Jungs. Vor hier an komme ich allein klar.«

… Sechsundsechzig

Fred Dellray nahm in der hinteren Ecke der Billardhalle auf einem wackligen Stuhl Platz. Die Lehne wies nach vorn, und der junge Kerl saß ihm gegenüber. Mit der Lehne zwischen ihnen war es weniger einschüchternd, aber das ging in Ordnung, denn Dellray wollte nicht, dass R. C. vor lauter Angst keinen klaren Gedanken fassen konnte.

Ein *wenig* Angst musste er allerdings haben.

»Weißt du, was ich bin, R. C.?«

Das Seufzen ließ den ganzen Körper des dürren Jungen erbeben. »Nein. Ich meine, ich weiß, dass Sie vom FBI sind und verdeckt ermitteln. Aber ich weiß nicht, was das mit mir zu tun hat.«

Dellray setzte sofort nach. »Ich bin ein wandelnder Lügendetektor. Ich bin schon so lange in diesem Geschäft, dass ich eine Frau ansehe und sie sagen höre: ›Lass uns zu mir gehen und 'ne Nummer schieben‹, während ich gleichzeitig weiß, dass sie denkt: ›Bis wir da sind, ist er so besoffen, dass ich ungestört schlafen kann.‹«

»Ich wollte mich bloß verteidigen. Sie haben mich provoziert.«

»Scheiße, ja, ich hab dich provoziert. Und du kannst jetzt einfach das Maul halten und einen Anwalt verlangen, der dir die Hand tätschelt. Du kannst sogar meine Dienststelle anrufen und dich über mich beschweren. Aber in beiden Fällen wird dein Daddy in Sing-Sing erfahren, dass sein Kleiner einen FBI-Agenten verprügeln wollte. Und dann wird er denken, dass du die *eine* Sache versaut hast, die du für ihn erledigen solltest, während er seine Zeit absitzt und inständig hofft, dass du sie *nicht* versaust: nämlich diesen verkackten Laden zu führen.«

Dellray sah, wie er sich wand. »Also, haben wir uns verstanden?«

»Was wollen Sie?«

Und nur um dafür zu sorgen, dass die Stuhllehne R. C. nicht zu sehr in Sicherheit wiegte, ließ Dellray seine Hand auf den Oberschenkel des Jungen fallen und drückte fest zu.

»Autsch. Was soll das?«

»Hast du schon mal einen Lügendetektortest mitgemacht, R. C.?«

»Nein. Dads Anwalt hat gesagt, ich soll nie ...«

»Das war eine *rhetorische* Frage«, sagte Dellray, obwohl es keine gewesen war. Sie sollte R. C. lediglich in eine Wolke aus Einschüchterung hüllen – wie eine Tränengasgranate, die mitten zwischen Demonstranten landete.

Der Agent drückte lieber gleich noch mal zu. Und dachte unwillkürlich: He, McDaniel, in deinem digitalen Umfeld kriegst du so was wohl kaum hin, oder?

Was echt schade ist. Denn das hier macht viel mehr Spaß.

Fred war nur dank einer Person hier: Serena. Sie hatte in Wahrheit gar nicht gewollt, dass er den Keller aufräumte, sondern dass er den Hintern hochbekam. Sie war mit ihm in den unordentlichen Lagerraum gegangen, in dem er seine Verkleidungen aus der Zeit als verdeckter Ermittler aufbewahrte. Dort hatte sie eines der Kostüme herausgesucht, das in einer luftdichten Plastikhülle steckte, nämlich das für die Rolle als obdachloser Säufer. Es war angemessen mit Moder- und Schweißgeruch versetzt – und mit etwas Katzenpisse. Um einen Verdächtigen zu einem Geständnis zu bewegen, brauchte man sich in diesem Kostüm bloß neben ihn zu setzen.

»Du hast deinen Spitzel verloren«, hatte Serena gesagt. »Hör auf, dir selbst leidzutun, und folge seiner Fährte. Falls du ihn nicht aufspüren kannst, finde wenigstens heraus, was er wusste.«

Dellray hatte gelächelt, sie umarmt und sich umgezogen. Als er ging, hatte Serena gesagt: »Uh, Junge, du stinkst vielleicht.« Und dann hatte sie ihm ausgelassen auf den Hintern gehauen. Das hatten bislang nur sehr, sehr wenige Leute mit Fred Dellray gemacht.

Also begab er sich auf die Suche.

William Brent war gut darin, Spuren zu verwischen, aber Dellray war gut darin, sie zu entdecken. Die erste hoffnungsvolle Neuigkeit hatte er bereits erfahren: Brent schien echte Nachforschungen angestellt zu haben. Indem Dellray seine Bewegungen nachvollzog, fand er heraus, dass der Spitzel *tatsächlich* einen Hinweis auf Galt oder »Gerechtigkeit für die Erde« oder irgendwas anderes bezüglich der Anschläge aufgetan hatte. Der Mann hatte sich richtig angestrengt und all seine Beziehungen spielen lassen. Schließlich hörte Dellray, dass Brent in diese dunkle Billardhalle gegangen war, weil er sich hier anscheinend wichtige Informationen erhofft hatte – und zwar von dem jungen Mann, dessen Knie Dellray soeben wie in einem Schraubstock gepackt hielt.

»So«, sagte Fred nun. »Meine Karten liegen auf dem Tisch. Hast du auch so viel Spaß wie ich?«

»O Mann.« R. C. verzog vor Schmerz das Gesicht. Er würde gleich einen Krampf in den Wangen kriegen. »Sagen Sie doch einfach, was Sie von mir wollen.«

»Das hör ich gern, Junge.« Er legte ein Foto von William Brent vor ihn hin.

Dellray behielt R. C. dabei genau im Blick und sah, wie dessen Augen sich kurz weiteten, weil er den Mann wiedererkannte. »Was hat er dir gezahlt?«

Das Zögern verriet ihm zweierlei: Brent *hatte* etwas gezahlt, und R. C. würde gleich einen beträchtlich niedrigeren Betrag nennen.

»Tausend.«

Verdammt, Brent warf ganz schön großzügig mit Dellrays Geld herum.

»Aber es ging nicht um Drogen, Mann«, versicherte R. C. ein wenig weinerlich. »Mit so was hab ich nichts zu tun.«

»Natürlich hast du das. Aber das ist mir egal. Er war wegen Informationen hier. Und jetzt… jetzt… jetzt… wirst du mir verraten, was er dich gefragt hat und was du ihm erzählt hast.« Dellray machte ein paar Lockerungsübungen mit seinen langen Fingern.

»Okay, ich sag's Ihnen. Bill… er hat gesagt, sein Name sei Bill.« R. C. zeigte auf das Foto.

»Der Name ist so gut wie jeder andere. Red weiter, mein Freund.«

»Er hatte gehört, dass angeblich jemand hier in der Gegend wohnt. Ein Kerl, der erst kürzlich in die Stadt gekommen ist, einen weißen Lieferwagen fährt und eine Knarre bei sich trägt. Eine große, dicke Fünfundvierziger. Er soll jemanden umgelegt haben.«

Dellray ließ sich nichts anmerken. »Wen hat er umgelegt? Und wieso?«

»Das wusste Bill nicht.«

»Name?«

»Den wusste er auch nicht.«

Der Agent brauchte keinen Lügendetektor. Bislang beherzigte R. C. die dharmische Grundregel der Aufrichtigkeit.

»Komm schon, R. C., mein Freund, was noch? Weißer Lieferwagen, seit Kurzem in der Stadt, große Fünfundvierziger. Hat aus unbekanntem Grund jemanden umgelegt.«

»Vielleicht hat er ihn vorher entführt… Es war jedenfalls einer, mit dem man sich lieber nicht anlegt.«

445

Das verstand sich wohl von selbst.

»Also«, fuhr R. C. fort. »Dieser Bill oder wie auch immer hatte gehört, dass ich Verbindungen hab, Sie wissen schon. Das Ohr am Draht hab, alles klar?«

»Am Draht.«

»Ja. Nicht so wie dieser Arsch, der die Leute umbringt. Ich meine, ich höre, was so auf der Straße abgeht.«

»Ach, *das* meinst du«, sagte Dellray, aber R. C. war zu dämlich für Ironie. »Und du hast *wirklich* Verbindungen, nicht wahr, mein Junge? Du kennst dich aus im Viertel, richtig? Du bist die Ethel Mertz der Lower East Side.«

»Wer?«

»Red weiter.«

»Okay, ja, nun, ich *hatte* was gehört. Ich weiß gern, wer sich so hier rumtreibt, ob irgendwelche Scheiße passieren könnte. Na egal, ich wusste von diesem Kerl, den Bill da beschrieben hat. Und ich hab ihm die Adresse gegeben. Das war's. Das war alles.«

Dellray glaubte ihm. »Dann her damit.«

R. C. verriet ihm die Anschrift. Es war eine heruntergekommene Straße ganz in der Nähe. »Die Kellerwohnung.«

»Okay, mehr brauche ich fürs Erste nicht.«

»Und Sie…«

»Ich werde Daddy nichts erzählen. Keine Sorge. Es sei denn, du willst mich verarschen.«

»Nein, will ich nicht, Fred, ehrlich.«

Als Dellray schon an der Tür war, rief R. C.: »Es war nicht, was Sie glauben.«

Der Agent drehte sich um.

»Es war wirklich nur wegen des Gestanks. Deshalb wollten wir Sie nicht bedienen. Nicht weil Sie schwarz sind.«

Fünf Minuten später näherte Dellray sich dem Häuserblock, den R. C. ihm genannt hatte. Er wollte vorläufig keine Verstärkung anfordern. Die Arbeit auf der Straße verlangte Finesse, nicht Sirenen und Zugriffteams. Oder Tucker McDaniel. Dellray steuerte sein Ziel an und hielt sich dabei abseits der dichten Passantenströme. Es ist mitten am Tag, dachte er wie so oft. Womit zum Teufel verdienen diese Leute ihren Lebensunterhalt? Dann bog er um zwei Ecken und schlich sich in eine Gasse, um sich der fraglichen Wohnung von hinten zu nähern.

Das Licht in der Häuserschlucht war dämmrig, und die Luft stank.

Ein Stück vor ihm stand ein Weißer mit Mütze und weitem Hemd und fegte das Kopfsteinpflaster. Dellray zählte die Gebäude ab. Der Kerl hielt sich genau hinter dem Haus auf, zu dem William Brent von R. C. geschickt worden war.

Okay, das ist seltsam, dachte der Agent. Er ging die Gasse entlang. Der Straßenkehrer schaute mit seiner verspiegelten Sonnenbrille kurz in Dellrays Richtung und fegte dann weiter. Fred blieb ein Stück vor ihm stehen, runzelte die Stirn und sah sich um. Er kapierte es immer noch nicht.

»Scheiße, was willst du?«, fragte der Straßenkehrer ihn schließlich.

»Tja, das kann ich Ihnen sagen«, erwiderte Dellray. »Ich würde gern wissen, wieso ein verdeckter Ermittler des NYPD glaubt, er würde nicht auffallen, wenn er in einer Gegend die Straße fegt, in der seit etwa hundertdreißig Jahren keiner mehr die Straße gefegt hat.« Er zeigte dem Mann seinen Dienstausweis.

»Dellray? Ich hab schon von Ihnen gehört.« Dann senkte der Mann die Stimme. »Ich mache nur, was man mir gesagt hat«, verteidigte er sich. »Das hier ist eine polizeiliche Überwachung.«

»Überwachung? Warum? Was *ist* das für ein Haus?«

»Das wissen Sie nicht?«

Dellray verdrehte die Augen.

447

Als der Cop es ihm verriet, erstarrte Dellray. Aber nur kurz. Wenige Sekunden später riss er sich sein stinkendes Kostüm vom Leib und warf es in eine Mülltonne. Als er dann loslief, um zur nächstbesten U-Bahn-Station zu gelangen, fiel ihm noch die verblüffte Miene des Mannes auf. Es gab dafür wohl zwei mögliche Erklärungen: entweder den Striptease selbst oder die Tatsache, dass Dellray unter der ekelhaften Verkleidung einen leuchtend grünen Velours-Trainingsanzug trug. Wahrscheinlich ein wenig von beidem.

... Siebenundsechzig

»Rodolfo, spannen Sie mich nicht auf die Folter.«

»Es gibt vielleicht bald gute Neuigkeiten, Lincoln. Arturo Diaz' Leute sind Mr. Uhrmacher nach Gustavo Madero gefolgt. Das ist eine *delegación* im Norden der Stadt – bei Ihnen würde man sagen Stadtbezirk wie die Bronx. Die Gegend ist ziemlich heruntergekommen, und Arturo glaubt, dass dort die Komplizen des Kerls sitzen.«

»Aber wissen Sie, wo genau er jetzt ist?«

»Die Kollegen glauben es zu wissen. Sie haben den Wagen gefunden, in dem er geflohen ist – sie waren höchstens drei oder vier Minuten hinter ihm, aber der Verkehr war zu dicht, um ihn einzuholen. Mr. Uhrmacher wurde in einem großen Mietshaus unweit des Zentrums der *delegación* gesehen. Es wird gerade abgeriegelt. Wir werden es von oben bis unten durchsuchen. Ich melde mich bald, wenn ich mehr weiß.«

Rhyme trennte die Verbindung und konnte seine Ungeduld und Befürchtungen nur mit Mühe im Zaum halten. Er würde erst an die Festnahme des Uhrmachers glauben, wenn er mit eigenen Augen sah, wie der Mann hier in New York vor Gericht gestellt wurde.

Das Gespräch mit Kathryn Dance trug nicht dazu bei, ihn zuversichtlicher zu stimmen. Nachdem er ihre Nummer gewählt und sie auf den neuesten Stand gebracht hatte, erwiderte sie nämlich: »Gustavo Madero? Das ist eine lausige Gegend, Lincoln. Ich war mal wegen einer Auslieferung in Mexico City und bin mit dem Wagen da durchgefahren. Und trotz der beiden bewaffneten Bundesbeamten neben mir war ich heilfroh, dass wir keine Panne hatten. Es ist ein Labyrinth. Man kann sich dort mühelos verstecken. Andererseits wiederum legen die Leute nicht den geringsten Wert auf die Anwesenheit der Polizei. Falls Luna mit einem großen Überfallkommando dort auftaucht, dürften die Einheimischen einen Amerikaner schnell verraten.«

Er versprach, sie auf dem Laufenden zu halten, und unterbrach die Verbindung. Die Erschöpfung und Benommenheit der erlittenen Dysregulation machten sich wieder mal bemerkbar, und Rhyme lehnte den Kopf zurück.

Komm schon, reiß dich zusammen!, spornte er sich an. Er war nicht bereit, von sich selbst weniger als 110 Prozent zu verlangen, genau wie von allen anderen. Aber er fühlte sich diesen Anforderungen derzeit nicht gewachsen, nicht mal annähernd.

Dann blickte er auf und sah Ron Pulaski an einem der Tische. Die Gedanken an den Uhrmacher verblassten. Der junge Beamte bewegte sich ziemlich langsam. Rhyme verfolgte es mit Sorge. Der Schock des Tasers war offenbar relativ stark gewesen.

Und außer Sorge empfand Rhyme noch etwas anderes, schon die ganze letzte Stunde: Schuld. Es war allein sein Fehler gewesen, dass Pulaski – und auch Sachs – durch Galts Falle in der Schule beinahe ihr Leben verloren hätten. Sachs hatte die Sache heruntergespielt. Pulaski ebenso. Lachend hatte er gesagt: »Sie hat mich glatt umgehauen«, was anscheinend witzig sein sollte und Mel Cooper zum Lächeln brachte. Rhyme hingegen war absolut nicht in der Stimmung. Er fühlte sich verwirrt und desorientiert... und das nicht nur als Folge des Anfalls, sondern weil er sich beständig vorwarf, er habe versagt und dadurch Sachs und den Neuling im Stich gelassen.

Er zwang sich, seine Aufmerksamkeit auf die Beweise zu richten, die in der Schule gesichert worden waren. Ein paar Tüten mit Partikeln, etwas Elektronik. Und natürlich der Generator.

Lincoln Rhyme mochte große, sperrige Geräte. Um sie zu bewegen, musste man auf Tuchfühlung gehen, wodurch solche Objekte zahlreiche Fingerabdrücke, Fasern, Haare, Schweißtropfen und Hautzellen sowie weitere Spuren aufnahmen. Der Generator stand zwar auf einem Handwagen; der Umgang mit ihm erforderte aber dennoch einigen Körpereinsatz.

Ron Pulaski erhielt einen Anruf. Er schaute zu Rhyme und ging in die hintere Ecke des Raumes, bevor er das Gespräch annahm. Dann hellte seine Miene sich auf, trotz aller Erschöpfung. Er trennte die Verbindung, blieb einen Moment stehen und sah aus dem Fenster. Obwohl Rhyme den Inhalt des Telefonats nicht kannte, überraschte es ihn nicht, dass der junge Mann dann mit reuigem Antlitz zu ihm kam.

»Ich muss Ihnen etwas gestehen, Lincoln.« Sein Blick bezog auch Lon Sellitto mit ein.

»Ja?«, fragte Rhyme bewusst beiläufig.

»Ich bin Ihnen gegenüber nicht ganz ehrlich gewesen.«

»*Nicht ganz?*«

»Okay, ich war nicht ehrlich.«

»In Bezug worauf?«

Pulaskis Augen schweiften über die Tabellen und das Täterprofil von Ray Galt. »Die DNS-Ergebnisse. Ich wusste, dass ich sie nicht zu holen brauchte. Es war bloß eine Ausrede. Ich bin bei Stan Palmer gewesen.«

»Bei wem?«

»Dem Mann im Krankenhaus, den ich in der Gasse angefahren habe.«

Rhyme war ungeduldig. Die neuen Beweise lockten. Aber das hier schien wichtig zu sein. Er nickte. »Geht es ihm gut?«

»Das können die Ärzte noch immer nicht sagen. Aber zunächst mal: Es tut mir leid, dass ich nicht aufrichtig gewesen bin. Ich wollte, aber es kam mir so, ich weiß auch nicht, unprofessionell vor.«

»Das war es auch.«

»Da ist noch mehr. Sehen Sie, als ich im Krankenhaus war, habe ich eine der Schwestern um seine Sozialversicherungsnummer und ein paar persönliche Daten gebeten. Und jetzt raten Sie mal. Er ist ein ehemaliger Sträfling. Hat drei Jahre in Attica gesessen. Und jede Menge Vorstrafen.«

»Wirklich?«, fragte Sachs.

»Ja. Außerdem wird er per Haftbefehl gesucht.«

»Aha«, murmelte Rhyme.

»Weswegen?«, fragte Sellitto.

»Tätliche Bedrohung, Hehlerei, Einbruchdiebstahl.«

Der zerknitterte Cop lachte auf. »Sie haben mit Ihrem Wagen eine Verhaftung vorgenommen, könnte man sagen.« Er lachte erneut und sah Rhyme an, der sich jedoch nicht anschloss.

»Und deswegen sind Sie nun so vergnügt?«, fragte der Kriminalist.

»Ich bin nicht glücklich darüber, dass ich ihn verletzt habe. Das ist und bleibt ein schlimmer Ausrutscher.«

»Aber wenn Sie schon jemanden überfahren mussten, dann lieber ihn als einen vierfachen Vater.«

»Äh, ja«, sagte Pulaski.

Rhyme hatte zu dem Thema noch einige Anmerkungen, aber dies war weder die passende Zeit noch der geeignete Ort. »Und Sie sind jetzt nicht mehr abgelenkt, richtig?«

»Richtig.«

»Gut. Könnten wir die Seifenoper nun beenden und uns wieder an die Arbeit machen?« Er sah auf den Monitor: Fünfzehn Uhr. Rhyme konnte den Zeitdruck fast summen hören wie, na ja, Strom in einer Hochspannungsleitung. Sie kannten die Identität des Täters und seine Adresse. Aber sie wussten nicht, wo er steckte.

In dem Moment klingelte es an der Tür.

Gleich darauf kam Thom mit Tucker McDaniel ins Labor,

diesmal ohne den Untergebenen. Rhyme war sofort klar, was der Mann sagen würde. Allen anderen vermutlich auch.

»Ein neuer Erpresserbrief?«, fragte er.

»Ja. Und diesmal hat er ordentlich nachgelegt.«

...Achtundsechzig

»Wann läuft die Frist ab?«, fragte Sellitto.

»Heute um achtzehn Uhr dreißig.«

»Uns bleiben also etwas mehr als drei Stunden. Was will er?«

»Diese Forderung ist sogar noch verrückter als die ersten beiden. Darf ich einen Ihrer Computer benutzen?«

Rhyme wies mit dem Kopf auf einen freien Arbeitsplatz.

Der ASAC tippte etwas ein, und einen Moment später erschien ein Text auf dem Bildschirm. Rhymes Sicht verschwamm. Er blinzelte, bis sie wieder klar war, und beugte sich vor.

An die Algonquin Consolidated Power and Light und die Generaldirektorin Andi Jessen:

Gegen ungefähr 18 Uhr am gestrigen Abend wurde in der 54. Straße West Nr. 235 in einem Bürogebäude mittels eines ferngesteuerten Schalters aus der im Keller gelegenen Schaltanlage eine Spannung von 13 800 Volt an den Boden der Aufzugkabine gelegt, deren Bedientafel entsprechend präpariert war.

Als die Kabine kurz vor dem Erreichen des Erdgeschosses anhielt, betätigte einer der Insassen den Notrufknopf, wodurch der Stromkreis geschlossen wurde und mehrere Passagiere ums Leben kamen.

Ich habe Sie zweimal um eine Reduzierung der Stromversorgung als ein Zeichen Ihres guten Willens gebeten. Beide Male haben Sie sich geweigert. Falls Sie meinen keineswegs überzogenen Gesuchen nachgekommen wären, hätten Sie den Menschen, die Sie als Ihre Kunden bezeichnen, auch nicht so viel Leid zugefügt. Stattdessen haben Sie mein Anliegen rücksichtslos ignoriert und andere den Preis dafür bezahlen lassen.

Als im Jahre 1931 Thomas A. Edison starb, baten seine Mitarbeiter darum, man möge aus Respekt in der ganzen Stadt für sechzig Sekunden den Strom abschalten, um des Mannes zu gedenken, der das Netz erschaffen und Millionen Menschen das Licht gebracht hatte. Die Stadt lehnte ab.

Ich äußere nun eine ähnliche Bitte – nicht aus Respekt vor dem Mann, der das Netz GESCHAFFEN hat, sondern vor den Leuten, die durch das Netz VERNICHTET werden. Sie erkranken infolge der Stromleitungen, der radioaktiven Strahlung und der Luftverschmutzung durch die Kohlekraftwerke. Sie verlieren ihre Häuser durch Erdbeben, deren Ursache Erdwärmebohrungen und künstliche Stauseen sind. Sie werden von Firmen wie Enron betrogen. Die Liste ist endlos.

Im Gegensatz zu 1931 verlange ich jedoch, dass Sie die gesamte Northeastern Interconnection abschalten, und zwar für einen Tag, beginnend um 18.30 Uhr heute Abend.

Falls Sie das tun, werden die Menschen erkennen, dass sie gar nicht so viel Strom benötigen und dass ihr Handeln von Habgier und Unersättlichkeit getrieben ist. Und Sie fördern das nur zu gern. Weshalb? Natürlich um GEWINNE zu erzielen.

Falls Sie mich auch diesmal ignorieren, werden die Konsequenzen bei Weitem gravierender ausfallen als bei den kleinen Zwischenfällen von gestern und vorgestern. Und es wird wesentlich mehr Tote geben.

R. Galt

»Absurd«, sagte McDaniel. »Es würde zu inneren Unruhen kommen, Tumulten, Plünderungen. Der Gouverneur und der Präsident sind sich einig. Wir geben nicht nach.«

»Wo ist der Brief?«, fragte Rhyme.

»Sie sehen ihn vor sich. Es war eine E-Mail.«

»An wen hat er sie geschickt?«

»An Andi Jessen persönlich. Und zusätzlich an die Firma; an die E-Mail-Adresse der Sicherheitsabteilung.«

»Zurückverfolgbar?«

»Nein. Er hat einen Proxy-Server in Europa benutzt... Wie es scheint, plant er einen Großanschlag.« McDaniel blickte auf. »Washington hat sich mittlerweile massiv eingeschaltet. Die Senatoren – diejenigen, die mit dem Präsidenten an erneuerbaren Energien arbeiten – kommen heute früher in die Stadt, um sich mit dem Bürgermeister zu treffen. Der stellvertretende Direktor des FBI nimmt auch an der Besprechung teil. Gary Noble koordiniert alles. Wir haben sogar noch mehr unserer Leute auf die Straßen geschickt. Und der Polizeipräsident hat weitere eintausend uniformierte Beamte mobilisiert.« Er rieb sich die Augen. »Lincoln, wir haben das Personal und die Mittel, aber wir brauchen einen Anhaltspunkt, wo der nächste Anschlag stattfinden wird. Was können Sie anbieten? Wir benötigen *irgendwas* Konkretes.«

Rhyme musste daran denken, dass er McDaniel versprochen hatte, sein Zustand werde die Ermittlungen nicht beeinträchtigen.

Von Anfang bis Ende...

Daraufhin hatte er – wie gewünscht – die Leitung übertragen bekommen. Trotzdem hatte er den Täter nicht aufgespürt. Und genau die körperliche Verfassung, die angeblich kein Problem darstellte, hatte beinahe zum Tod von Sachs, Pulaski und einem Dutzend ESU-Beamten geführt.

Er sah dem ASAC in das glatte Gesicht mit den Raubtieraugen. »Was ich anbieten kann, sind neue Beweisstücke, die wir untersuchen werden.«

McDaniel zögerte und winkte dann mit unbestimmter Geste ab. »Meinetwegen. Legen Sie los.«

Rhyme hatte sich bereits zu Cooper gedreht und in Richtung des Digitalrekorders genickt, auf dem das Stöhnen und Flehen des vermeintlichen »Opfers« gespeichert worden war. »Audioanalyse.«

Der Techniker verband das Gerät mit seinem Computer und tippte etwas ein. Auf dem Monitor erschienen einige Sinuskurven. »Klangvolumen und Signalqualität lassen darauf schließen, dass die Aufnahme von einer Sendung im Kabelfernsehen angefertigt wurde«, sagte Cooper.

»Welche Marke hat der Rekorder?«

»Sanoya. Chinesisch.« Cooper führte eine Datenbankabfrage durch. »Wird landesweit in etwa zehntausend Geschäften verkauft. Ohne Seriennummer.«

»Noch was?«

»Es sind keine Fingerabdrücke darauf und auch keine Partikel, außer wieder etwas Taramosalata.«

»Und der Generator?«

Cooper und Sachs nahmen sich das Dieselaggregat gründlich vor. Tucker McDaniel führte unterdessen mehrere Telefonate und wartete nervös ab. Der Generator erwies sich als das Modell Power Plus, hergestellt von der Williams-Jonas Manufacturing Company in New Jersey.

»Und woher stammt dieses spezielle Exemplar?«, fragte Rhyme.

»Lass es uns herausfinden«, sagte Sachs.

Zwei Anrufe später – bei der örtlichen Vertriebsniederlassung des Herstellers und dem Bauunternehmen, an das man sie dort verwies – wussten sie, dass der Generator von einer Baustelle in Manhattan gestohlen worden war. Das zuständige Revier sagte, der Dieb habe keine Spuren hinterlassen. Und Überwachungskameras gebe es dort auch nicht.

»Hier sind ein paar interessante Partikel«, verkündete Cooper und schickte sie durch den Gaschromatographen und das

Massenspektrometer. Die Maschine erledigte summend ihre Arbeit.

»Da kommt es...« Cooper beugte sich über den Bildschirm. »Hm.«

Normalerweise hätte ihm das von Rhyme einen verärgerten Blick oder ein barsches »Was soll das denn heißen?« eingebracht. Doch der Kriminalist war nach dem Anfall immer noch müde und erschöpft. Er wartete geduldig auf die Erklärung des Technikers.

»Ich glaube, so etwas hab ich noch nie gesehen«, sagte Cooper schließlich. »Ein beachtlicher Anteil Quarz und dazu etwas Ammoniumchlorid, im Verhältnis von circa zehn zu eins.«

Rhyme wusste sofort, was es war. »Kupferreiniger.«

»Wegen der Kupferdrähte?«, mutmaßte Pulaski. »Macht Galt sie vorher sauber?«

»Keine schlechte Idee, Grünschnabel. Aber ich bin mir nicht sicher.« Er glaubte nicht, dass Elektriker ihre Kabel säuberten. Und außerdem, so erklärte er, werde dieses Mittel hauptsächlich zur Reinigung von Kupfer an Gebäuden benutzt. »Was noch, Mel?«

»Etwas Steinstaub, der ungewöhnlich für Manhattan ist. Terrakotta.« Cooper schaute nun durch das Okular eines Mikroskops. »Und ein paar Körnchen, die wie weißer Marmor aussehen.«

»Die Unruhen von siebenundfünfzig«, rief Rhyme. »Soll heißen *achtzehnhundert*siebenundfünfzig.«

»Wie bitte?«, fragte McDaniel.

»Erinnert ihr euch an den Fall *Delgado* vor einigen Jahren?«

»Aber sicher«, sagte Sachs.

»Haben wir den bearbeitet?«, fragte Sellitto.

Rhymes verzogene Miene übermittelte die Botschaft ohne weitere Worte: Es spielte keine Rolle, von wem ein Fall bearbeitet wurde. Oder wann. Wer für die Spurensicherung tätig war – ach, zum Teufel, jeder Polizeibeamte – musste über alle großen Fälle der Stadt Bescheid wissen, ob aktuelle oder frühere. Je mehr man sich ins Hirn stopfte, desto wahrscheinlicher würde man Verbindungen erkennen, die ein Verbrechen aufklären konnten.

Hausaufgaben…

Rhyme fasste es für die Anwesenden zusammen. Vor einigen Jahren hatte ein paranoider Schizophrener namens Steven Delgado geplant, eine Reihe von Morden zu verüben. Sie sollten Todesfälle nachahmen, die sich während der berüchtigten New Yorker Polizeiunruhen von 1857 zugetragen hatten. Der Verrückte wählte dafür denselben Schauplatz wie damals: den City Hall Park. Er wurde nach dem ersten Mord gefasst, weil Rhyme ihn zu einem Apartment an der Upper West Side zurückverfolgen konnte. Unter den Partikeln dort fanden sich Kupferreiniger, Terrakotta-Rückstände vom Woolworth Building und weißer Marmorstaub vom Gerichtsgebäude, das damals wie heute gerade renoviert wurde.

»Glauben Sie, er will einen Anschlag auf das Rathaus verüben?«, fragte McDaniel erschrocken und ließ das Telefon sinken.

»Es gibt zumindest eine Verbindung. Mehr kann ich nicht sagen. Schreibt es auf die Tafel, wir denken später darüber nach. Was hast du noch an dem Generator gefunden?«

»Hier ist wieder ein Haar«, sagte Cooper und hielt eine Pinzette hoch. »Blond, etwas länger als zwanzig Zentimeter.« Er legte es unter das Mikroskop und schob den Objektträger langsam hin und her. »Nicht gefärbt. Naturblond. Keine Farbverminderung, keine Austrocknung. Ich würde sagen, die Person ist jünger als fünfzig. An einem Ende gibt es zudem eine Refraktionsvariation. Ich könnte den Chromatographen bemühen, aber ich bin mir zu neunzig Prozent sicher, es handelt sich um…«

»…Haarspray.«

»Genau.«

459

»Vermutlich eine Frau. Noch was?«

»Ein anderes Haar. Braun. Kürzer. Bürstenschnitt. Ebenfalls unter fünfzig.«

»Also nicht von Galt«, sagte Rhyme. »Vielleicht ist das unsere Verbindung zu ›Gerechtigkeit für die Erde‹. Oder zu etwaigen weiteren Komplizen. Red weiter.«

Die anderen Neuigkeiten waren weniger ermutigend. »Die Taschenlampe kann er in tausend möglichen Läden gekauft haben. Weder Partikel noch Abdrücke. Die Schnur ist ebenso handelsüblich. Das Kabel, mit dem er die Türen der Schule angeschlossen hat, ist vom selben Typ der Marke Bennington, den er schon die ganze Zeit benutzt. Die Schrauben sind handelsüblich, entsprechen aber denen, die wir von ihm kennen.«

Rhyme musterte den Generator. Seine Gedanken schwirrten ihm wirr durch den Kopf. Zum Teil lag das an der Dysregulation, die er vorhin erlitten hatte. Aber zum Teil lag es auch an dem Fall selbst. Irgendwas stimmte nicht. Es fehlten Teile des Puzzles.

Die Antwort musste in den Spuren verborgen liegen. Und genauso wichtig: in dem, was sich *nicht* aus den Spuren ergab. Rhyme konzentrierte sich auf die Tafeln und versuchte, möglichst ruhig zu bleiben. Das hatte nichts mit der Ermahnung seines Arztes und der Vermeidung eines weiteren Anfalls zu tun, sondern mit einer simplen Erkenntnis: Nichts ließ dich schneller blind werden als Verzweiflung.

TÄTERPROFIL

- Identifiziert als Raymond Galt, 40, Single, wohnhaft in Manhattan, 227 Suffolk Street.
- Terroristischer Hintergrund? Zusammenhang mit »Gerechtigkeit für die Erde«? Vermutlich Ökoterrorgruppe. Kein

Eintrag in US- oder internationalen Datenbanken. Neu? Untergrundbewegung? Person namens Rahman beteiligt. Außerdem Johnston. Verschlüsselte Hinweise auf Geldtransfers, personelle Verschiebungen und etwas »Großes«.

- Möglicher Zusammenhang mit Einbruch in Algonquin-Umspannwerk in Philadelphia.
- SIGINT-Treffer: Schlüsselbegriffe für Waffen, »Papier« und »Bedarf« (Schusswaffen, Sprengstoff?)
- Mitverschwörer sind ein Mann und eine Frau.
- Galts Beteiligung unklar.
- Krebspatient; Haar enthält beachtliche Mengen von Vinblastin und Prednison sowie Spuren von Etoposid. Leukämie.
- Galt ist bewaffnet mit 45er Colt Automatik, Modell 1911.
- Verkleidet sich als Wartungsmonteur in dunkelbraunem Overall. Auch dunkelgrün?
- Trägt gelbbraune Lederhandschuhe.

TATORT: ALGONQUIN-UMSPANNWERK
MANHATTAN-10, 57. STR. WEST

- Opfer (verstorben): Luis Martin, stellvertretender Geschäftsführer in Plattenladen.
- Keine Fingerabdrücke auf den Oberflächen.
- Schrapnellsplitter aus geschmolzenem Metall als Ergebnis des Lichtbogens.
- Isoliertes Aluminiumkabel, Stärke 0.
  - Bennington Electrical Manufacturing, AM-MV-60, geeignet bis 60 000 Volt.
  - Von Hand mit Bügelsäge zurechtgeschnitten, neues Blatt, abgebrochener Zahn.
- Zwei »Drahtverbindungsschrauben« mit 2-cm-Löchern.
  - Nicht zurückverfolgbar.

- Charakteristische Werkzeugspuren auf den Schrauben.
- »Sammelschiene« aus Messing, mit zwei 1-cm-Schrauben am Kabel befestigt.
  - Alles nicht zurückverfolgbar.
- Stiefelabdrücke.
  - Albertson-Fenwick, Modell E-20 für Elektroarbeiten, Größe 11.
- Metallgitter durchtrennt für Zugang zum Umspannwerk; charakteristische Werkzeugspuren von Bolzenschneider.
- Zugangsluke und Rahmen aus Keller.
  - DNS gefunden; wird getestet.
  - Griechische Speise, Taramosalata.
- Blondes Haar, 2,5 cm lang, von Person 50 oder jünger, gefunden in Café gegenüber Umspannwerk.
  - Wird toxisch-chemischer Analyse unterzogen.
- Mineralpartikel: Vulkanasche.
  - Kommt im Großraum New York nicht vor.
  - Ausstellungen, Museen, Schulen?
- Zugriff auf Software der Algonquin-Zentrale durch interne Codes, nicht externe Hacker.

ERPRESSERBRIEF

- An Andi Jessens Privatadresse geliefert.
  - Keine Zeugen.
- Handgeschrieben.
  - Zur Analyse an Parker Kincaid geschickt.
- Papier und Tinte handelsüblich.
  - Nicht zurückverfolgbar.
- Keine Fingerabdrücke außer von A. Jessen, Portier, Bote.
- Keine erkennbaren Partikel gefunden.

TATORT: BATTERY PARK HOTEL
UND UMGEBUNG

- Opfer (verstorben):
  - Linda Kepler, Oklahoma City, Touristin.
  - Morris Kepler, Oklahoma City, Tourist.
  - Samuel Vetter, Scottsdale, Geschäftsmann.
  - Ali Mamrud, New York City, Kellner.
  - Gerhart Schiller, Frankfurt, Werbefachmann.
- Ferngesteuerter Schalter zur Schließung des Stromkreises.
  - Bauteile nicht zurückverfolgbar.
- Bennington-Kabel und Drahtverbindungsschrauben, identisch mit denen vom ersten Anschlag.
- Galts Algonquin-Overall, Helm und Werkzeugtasche; Fingerabdrücke ausschließlich von ihm.
  - Schraubenschlüssel hinterlässt Spuren, die zu den Schrauben vom ersten Tatort passen.
  - Rundfeile mit Glasstaub, der zu der Flasche vom Brandanschlag auf das Umspannwerk in Harlem passt.
  - Vermutlich Einzeltäter.
- Partikel von Algonquin-Techniker Joey Barzan nach Angriff durch Galt.
  - Alternativer Jet-Treibstoff.
    - Anschlag auf Militärbasis?

TATORT: GALTS WOHNUNG, 227 SUFFOLK STR.,
LOWER EAST SIDE

- Kugelschreiber Marke Bic, Modell SoftFeel, blaue Tinte, entspricht Tinte des Erpresserbriefes.
- Handelsübliches weißes Computerpapier, entspricht Papier des Erpresserbriefes.

- Handelsüblicher Briefumschlag, entspricht Umschlag des Erpresserbriefes.
- Bolzenschneider, Bügelsäge mit Werkzeugspuren, die denen am ersten Tatort entsprechen.
- Computerausdrucke:
  - Medizinische Artikel über Hochspannungsleitungen als mögliche Krebsursache.
  - Blog-Einträge von Galt zum selben Thema.
- Stiefel Marke Albertson-Fenwick, Modell E-20 für Elektro-arbeiten, Größe 11; Sohlenprofil entspricht den Spuren am ersten Tatort.
- Weitere Partikel von alternativem Jet-Treibstoff.
  - Anschlag auf Militärbasis?
- Keine ersichtlichen Hinweise auf Galts mögliches Versteck oder zukünftige Anschlagziele.

TATORT: ALGONQUIN-UMSPANNWERK MH-7, 119. STR. OST, HARLEM

- Molotowcocktail: 750-ml-Weinflasche; nicht zurückver-folgbar.
- Brandbeschleuniger war Benzin Marke BP.
- Lunte waren Baumwollstreifen, vermutlich von weißem T-Shirt; nicht zurückverfolgbar.

ZWEITER ERPRESSERBRIEF

- An Bernard Wahl geliefert, Sicherheitschef der Algonquin.
  - Wurde von Galt überfallen.
  - Kein physischer Kontakt; keine Partikel.
  - Keine Hinweise auf Versteck oder nächstes Anschlagziel.

- Papier und Tinte passen zu den Proben aus Galts Wohnung.
- Papier weist Spuren von alternativem Jet-Treibstoff auf.
  – Anschlag auf Militärbasis?

TATORT: BÜROGEBÄUDE, 235 54. STR. WEST

- Opfer (verstorben):
  – Larry Fishbein, New York City, Buchprüfer.
  – Robert Bodine, New York City, Anwalt.
  – Franklin Tucker, Paramus, New Jersey, Vertreter.
- Ein Fingerabdruck von Raymond Galt.
- Bennington-Kabel und Drahtverbindungsschrauben, identisch mit denen der anderen Anschläge.
- Zwei handgefertigte ferngesteuerte Relaisschalter:
  – Einer zur Unterbrechung der Stromzufuhr des Aufzugs.
  – Einer zur Schließung des Kreises, um die Kabine unter Strom zu setzen.
- Schrauben und dünnere Kabel zur Installation der Falle; nicht zurückverfolgbar.
- Opfer hatten Wasser an Schuhen.
- Partikel/Kleinteile:
  – Chinesische Kräuter, Ginseng und Wolfsbeere.
  – Haarfeder (um bei zukünftigen Anschlägen Timer statt Fernbedienung zu nutzen?).
  – Dunkelgrüne strapazierfähige Baumwollfaser.
    ♦ Alternativer Jet-Treibstoff.
      - Anschlag auf Militärbasis?
  – Dunkelbraune strapazierfähige Baumwollfaser.
    ♦ Dieselkraftstoff.
    ♦ Wiederum chinesische Kräuter.

TATORT: LEER STEHENDE SCHULE, CHINATOWN

- Bennington-Kabel, identisch mit dem der anderen Tatorte.
- Generator, Modell Power Plus von Williams-Jonas Manufacturing; gestohlen von Baustelle in Manhattan.
- Digitaler Audiorekorder, Marke Sanoya, mit Aufnahme aus TV-Serie oder Spielfilm. Kabelfernsehen.
  - Weitere Partikel von Taramosalata.
- Taschenlampe, Marke Bright-Beam.
  - Nicht zurückverfolgbar.
- Zwei Meter Schnur, um Taschenlampe aufzuhängen.
  - Nicht zurückverfolgbar.
- Partikelspuren aus der Umgebung des Rathauses:
  - Kupferreiniger aus Quarz und Ammoniumchlorid.
  - Terrakotta-Staub, entspricht Gebäudefassaden der Gegend.
  - Weißer Marmorstaub.
- Haar, 23 cm lang, blond, mit Spray, von Person 50 oder jünger, vermutlich Frau.
- Haar, 1 cm lang, braun, von Person 50 oder jünger.

DRITTER ERPRESSERBRIEF

- Per E-Mail geschickt.
- Nicht zurückverfolgbar; Absender hat Proxy-Server in Europa benutzt.

Doch wie sich herausstellte, lag Rhyme falsch.

Sein Gefühl trog ihn nicht: Die Spuren – genau wie vieles andere an diesem Fall – ergaben einfach kein schlüssiges Bild. Aber er irrte, wenn er vermutete, die Lösung des Rätsels läge in den Tabellen verborgen. Die Antwort wurde ihm vielmehr frei

Haus geliefert, genau in diesem Moment, von einem Boten, der mit Thom das Labor betrat: ein hochgewachsener, schlanker, schwitzender Mann mit schwarzer Haut und leuchtend grüner Kleidung.

Fred Dellray rang keuchend nach Atem und nickte allen Anwesenden kurz zu. Dann ging er direkt zu Rhyme. »Ich muss was loswerden, Lincoln. Und Sie müssen mir sagen, ob es einen Sinn ergibt oder nicht.«

»Fred«, setzte McDaniel an. »Was, zum Teufel…?«

»Lincoln?«, ließ Dellray sich nicht beirren.

»Natürlich, Fred. Schießen Sie los.«

»Was halten Sie von der Theorie, dass Ray Galt nur ein Sündenbock ist? Er ist tot, schon seit einigen Tagen, glaube ich. Jemand anders hat diese ganze Sache inszeniert. Von Anfang an.«

Rhyme überlegte eine Weile – die Desorientierung nach dem Anfall verlangsamte seine analytischen Fähigkeiten. Doch schließlich lächelte er matt. »Was ich davon halte? Die Theorie ist brillant, würde ich sagen.«

... Neunundsechzig

Tucker McDaniel hingegen reagierte anders: »Lächerlich. Die gesamten Ermittlungen basieren auf Galt als Täter.«

Sellitto ignorierte ihn. »Wie kommen Sie darauf, Fred? Ich möchte es hören.«

»Mein Informant ist ein Mann namens William Brent. Er hat eine Spur verfolgt und ist auf jemanden gestoßen, der mit den Anschlägen zumindest in Verbindung stand, wenn er nicht sogar der Urheber war. Doch dann ist Brent verschwunden. Ich habe herausgefunden, dass er sich für jemanden interessiert hatte, der erst kürzlich in die Stadt gekommen war, eine Fünfundvierziger bei sich trug und einen weißen Lieferwagen fuhr. Der Kerl soll hier jemanden entführt und getötet haben. Während der letzten Tage hatte er an der Lower East Side gewohnt. Ich konnte die genaue Adresse in Erfahrung bringen. Es war ein Tatort.«

»Ein Tatort?«, fragte Rhyme.

»Ganz recht. Ray Galts Wohnung.«

»Aber Galt ist nicht erst vor Kurzem in die Stadt gezogen«, sagte Sachs. »Er hat hier die ganzen letzten Jahre gewohnt.«

»Genau.«

»Und was hat dieser Brent behauptet?«, fragte McDaniel.

»Oh, der behauptet vorläufig gar nichts. Er wurde nämlich gestern in einer Gasse hinter Galts Haus von einem Streifenwagen des NYPD angefahren. Nun liegt er im Krankenhaus und ist immer noch bewusstlos.«

»O mein Gott«, flüsterte Pulaski. »Im Saint Vincent?«

»Ja.«

»Das war ich, der ihn angefahren hat«, gestand Pulaski leise.

»Sie?«, fragte Dellray hörbar erstaunt.

»Aber das kann nicht sein«, fuhr der Beamte fort. »Der Kerl, den ich erwischt habe, heißt Stanley Palmer.«

»Ja, ja… das ist er. ›Palmer‹ war eine von Brents Tarnidentitäten.«

»Das heißt, es liegen gar keine offenen Haftbefehle gegen ihn vor? Und er hat auch nicht wegen Mordversuchs und tätlichen Angriffs in Attica gesessen?«

Dellray schüttelte den Kopf. »Das Vorstrafenregister ist gefälscht, Ron. Wir haben es ins System gestellt, damit er bei Überprüfungen wie ein erfahrener Verbrecher wirkt. In Wahrheit hatten wir ihn nur wegen Verabredung zur Verübung einer Straftat am Kragen, dann konnte ich ihn umdrehen. Brent ist überaus fähig. Ihm ging es hauptsächlich um das Geld. Er zählt zu den Besten der Branche.«

»Aber was hat er mit einem Wagen voller Lebensmittel in der Gasse gemacht?«

»Das ist eine Technik, die viele verdeckte Ermittler anwenden. Man schiebt Einkäufe vor sich her oder schleppt sie in Tüten mit, dann wirkt man weniger verdächtig. Am besten ist ein Kinderwagen. Natürlich mit einer Puppe.«

»Oh«, murmelte Pulaski. »Ich… oh.«

Doch Rhyme konnte sich jetzt nicht um die psychische Verfassung des Mannes kümmern. Dellray hatte eine glaubhafte Theorie aufgestellt, die eine Erklärung für die Widersprüche wäre, mit denen Rhyme sich schon die ganze Zeit herumgeschlagen hatte.

Er hatte nach einem Wolf gesucht und hätte lieber nach einem Fuchs Ausschau halten sollen.

Doch konnte das wirklich sein? Steckte jemand anders hinter den Anschlägen und schob es Galt lediglich in die Schuhe?

McDaniel schien daran zu zweifeln. »Aber es hat Zeugen gegeben…«

Dellray sah seinem Chef in die Augen. »Sind sie glaubwürdig?«

»Was wollen Sie andeuten, Fred?« Die Stimme des aalglatten ASAC gewann an Schärfe.

»Waren das vielleicht Leute, die *geglaubt* haben, dass es sich um Galt handelt, weil *wir* das zuvor den Medien erzählt hatten? Und die Medien dann dem Rest der Welt?«

»Man setzt sich Schutzbrille und Helm auf und zieht einen Overall der Firma an«, fügte Rhyme hinzu. »Falls die Hautfarbe und ungefähre Statur passen und man einen gefälschten Dienstausweis mit dem *eigenen* Foto und Galts Namen bei sich trägt… ja, das könnte funktionieren.«

Sachs nickte. »Joey Barzan, der Techniker in dem Tunnel, hat gesagt, er habe Galt an dessen Namensschild erkannt. Bis dahin hatte er ihn noch nie getroffen. Und da unten war es ziemlich dunkel.«

»Und Bernie Wahl, der Sicherheitschef, hat ihn nicht zu Gesicht bekommen, als ihm der zweite Erpresserbrief zugesteckt wurde«, sagte Rhyme. »Der Täter hat ihn von hinten überrumpelt.« Er hielt kurz inne.

»Der echte Galt wurde zuvor entführt und getötet«, folgerte er dann. »Genau wie Ihr Informant herausgefunden hat, Fred.«

»Richtig«, bestätigte Dellray.

»Aber die Beweise?«, gab McDaniel zu bedenken.

Rhyme sah an eine der Tafeln und schüttelte den Kopf. »Scheiße. Wie konnte ich das übersehen?«

»Was denn, Rhyme?«

»Die Stiefel in Galts Wohnung. Das Paar Albertson-Fenwicks.«

»Aber die haben doch gepasst«, sagte Pulaski.

»Natürlich haben sie gepasst. Aber das ist nicht der Punkt,

Grünschnabel. Die Stiefel waren in Galts *Wohnung*, obwohl er sie zu der Zeit eigentlich hätte *tragen* müssen! Ein Arbeiter besitzt nicht zwei paar *neue* Stiefel. Die Dinger sind teuer und müssen für gewöhnlich aus eigener Tasche bezahlt werden ... Nein, der wahre Täter hat in Erfahrung gebracht, was für Stiefel Galt trägt, und ein weiteres Paar gekauft. Das Gleiche gilt für den Bolzenschneider und die Bügelsäge. Der echte Täter hat sie für uns in Galts Wohnung platziert. Genau wie den Rest der vermeintlich Galt belastenden Beweise, zum Beispiel das Haar in dem Café gegenüber dem Umspannwerk an der Siebenundfünfzigsten Straße. Er hat es dort mit Absicht zurückgelassen.«

Rhyme nickte in Richtung der Dokumente, die Pulaski aus Galts Drucker gerettet hatte. »Seht euch den Blog-Eintrag an.«

Meine Geschichte ist typisch für viele Betroffene. Ich habe jahrelang für diverse Energieunternehmen als Techniker gearbeitet und bin dabei ständig mit Leitungen in Kontakt gekommen, die unter mehr als einhunderttausend Volt Spannung standen. Da die elektromagnetischen Felder dieser Kabel nicht abgeschirmt werden, haben sie bei mir Leukämie ausgelöst, davon bin ich überzeugt. Außerdem wurde inzwischen bewiesen, dass Stromleitungen Aerosolpartikel anziehen, die unter anderem zu Lungenkrebs führen, aber das wird in den Medien natürlich verschwiegen.

Wir müssen allen Energieunternehmen – und noch viel wichtiger: der Öffentlichkeit – diese Gefahren bewusst machen. Denn freiwillig werden die Firmen nichts tun, warum sollten sie auch? Falls die Leute ihren Stromverbrauch auch nur um fünfzig Prozent reduzieren würden, könnten wir jedes Jahr Tausende von Leben retten und zugleich die Firmen zu mehr Verantwortung erziehen. Als Folge würden sie sicherere Methoden des Stromtransports entwickeln. Und außerdem aufhören, die Erde zu zerstören.

Leute, wir müssen die Sache selbst in die Hand nehmen!
Raymond Galt

»Und nun vergleicht das mit den ersten beiden Absätzen des ersten Erpresserbriefes.«

Gegen 11.30 Uhr gestern Vormittag hat sich beim Umspann-werk MH-10 an der 57. Straße West in Manhattan ein Vor-fall mit einem Lichtbogen ereignet. Zu diesem Zweck wurden ein Kabel Marke Bennington und eine Sammelschiene mittels zweier Drahtverbindungsschrauben an einer abgehenden Leitung befestigt. Durch die Abschaltung von vier anderen Umspannwerken und die Erhöhung der Trennereinstellungen in MH-10 kam es zu einer Überlastung von knapp zweihun-derttausend Volt, die sich in dem Lichtbogen entladen hat. Dieser Vorfall war allein Ihre Schuld und Ihrer Gier und Selbstsucht zu verdanken, die typisch für die gesamte Branche ist und angeprangert werden muss. Enron hat die Finanzen vieler Menschen vernichtet, Ihre Firma richtet unsere physische Existenz und die Natur zugrunde. Durch die kommerzielle Verwertung von Elektrizität ohne Rücksicht auf die Konse-quenzen zerstören Sie unsere Welt. Sie schleichen sich heim-tückisch in unsere Leben wie ein Virus, bis wir von dem abhängig sind, was uns tötet.

»Was ist der Unterschied?«, fragte Rhyme.

Sachs zuckte die Achseln.

»Es gibt jedenfalls keine Rechtschreibfehler«, merkte Pulaski an.

»Stimmt, Grünschnabel, aber darauf will ich nicht hinaus. Jede Textverarbeitung hat eine Rechtschreibprüfung, und auch wenn ein Brief von Hand verfasst wird, kann er zuvor am Com-puter entworfen worden sein. Ich meine die Wortwahl.«

Sachs nickte energisch. »Stimmt. Der Blog-Eintrag ist viel simpler formuliert.«

»Richtig. Dieser Eintrag stammt von Galt persönlich. Die Briefe hingegen wurden ihm von dem echten Täter diktiert, oder er musste sie von einer Vorlage *abschreiben.* Der Mann hat ihn entführt und dazu gezwungen. Die Wortwahl der Briefe ist die des Täters. Und der letzte Erpresserbrief, der per E-Mail gekommen ist, stammt direkt vom Täter. Vermutlich stand ihm kein entsprechender Text in Galts Handschrift zur Verfügung.«

Sellitto ging auf und ab; der Boden knarrte. »Wisst ihr noch, was Parker Kincaid über die Handschrift gesagt hat? Dass der Brief von jemandem geschrieben wurde, der unter Druck stand oder aufgeregt war – weil er mit vorgehaltener Waffe dazu gezwungen wurde. Da wäre wohl jeder aufgeregt. Außerdem musste Galt alle Schalter und den Helm anfassen, damit sie seine Fingerabdrücke tragen würden.«

Rhyme nickte. »Ich wette, die Blog-Einträge sind alle echt. Wahrscheinlich ist der Täter durch sie überhaupt erst auf Galt gestoßen. Er hat gelesen, wie wütend Galt auf die Stromindustrie war.«

Sein Blick wanderte über die Kabel, Schrauben und Muttern. Und über den Generator, wo er einen Moment verweilte.

Dann startete Rhyme auf seinem Computer ein Textverarbeitungsprogramm und fing an zu tippen. Sein Nacken und die Schläfen pochten – diesmal jedoch nicht als Vorzeichen eines Anfalls, sondern als Beleg dafür, dass sein Herz vor Aufregung merklich schneller schlug.

Jagdfieber.

Füchse, nicht Wölfe …

»Tja«, murmelte McDaniel und ignorierte sein klingelndes Telefon. »Falls das stimmt, was ich nach wie vor bezweifle … Aber *falls* es stimmt, wer zum Teufel steckt dann dahinter?«

»Führen wir uns die Fakten vor Augen«, sagte der Kriminalist, während er langsam weiterschrieb. »Wir ziehen alles ab, was konkret auf Galt hinweist; lasst uns vorläufig davon ausgehen, dass es sich dabei um gefälschte Spuren handelt. Also, das erste blonde Haar fällt raus, die Werkzeuge, die Stiefel, der Overall, die Werkzeugtasche, der Helm, die Fingerabdrücke. Das alles bleibt unberücksichtigt.

Okay, was haben wir noch? Wir haben eine Verbindung nach Queens – den Taramosalata. Der Täter hat versucht, die Luke im Umspannwerk zu zerstören, auf der wir diese Spur gefunden haben, daher können wir wohl von ihrer Echtheit ausgehen. Wir haben die Pistole. Der Täter hat demnach Zugang zu Schusswaffen. Wir haben eine geografische Verbindung zur Rathausgegend – dank der Partikel, die wir auf dem Generator gefunden haben. Wir haben Haare – ein langes blondes und ein kurzes braunes. Das deutet auf zwei Täter hin. Einer ist eindeutig ein Mann, er installiert die Fallen. Die zweite Person ist unbekannt, vermutlich aber eine Frau. Was wissen wir noch?«

»Er ist von außerhalb«, sagte Dellray.

»Er kennt sich mit Lichtbögen aus und kann diese Fallen konstruieren«, fügte Pulaski hinzu.

»Gut«, sagte Rhyme.

»Einer von ihnen hat Zugang zu Gebäuden der Algonquin«, sagte Sellitto.

»Durchaus möglich, aber sie könnten dafür auch Galt benutzt haben.«

Alle schwiegen nachdenklich. Die diversen Geräte im Labor summten und klickten, in jemandes Tasche klingelten einige Münzen.

»Ein Mann und eine Frau«, sagte McDaniel. »Das deckt sich mit den Erkenntnissen der T-und-K-Teams. Gerechtigkeit für die Erde.«

Rhyme atmete seufzend aus. »Tucker, ich würde Ihnen das abkaufen, wenn es irgendwelche greifbaren Hinweise auf die

Gruppe gäbe. Aber die haben wir nicht. Keine einzige Faser, keinen Abdruck, keine Partikel.«

»Die Hinweise ergeben sich ausschließlich aus dem digitalen Umfeld.«

»Aber diese Leute müssen doch trotzdem physisch existieren«, erwiderte Rhyme schroff. »Irgendwo. Und dafür liegen mir keinerlei konkrete Beweise vor.«

»Nun, was glauben Sie denn, was hier vor sich geht?«

Rhyme lächelte.

Und Amelia Sachs schüttelte sofort den Kopf. »Rhyme, das glaubst du doch nicht wirklich, oder?«

»Du weißt, was ich immer sage: Wenn man alle anderen Möglichkeiten ausgeschlossen hat, sodass nur noch eine übrig ist, dann muss das die Antwort sein, wie seltsam sie auch scheinen mag.«

»Das verstehe ich nicht, Lincoln«, sagte Pulaski, und McDaniels Miene wirkte ebenso ratlos. »Wie meinen Sie das?«

»Tja, Grünschnabel, Sie sollten sich vielleicht mal ein paar Fragen stellen: Erstens, hat Andi Jessen blonde Haare von ungefähr der Länge wie das von Ihnen gefundene? Zweitens, hat sie einen Bruder, der früher Soldat war, nicht in der Stadt wohnt und Zugang zu Waffen wie einer Fünfundvierziger Colt Automatik, Modell 1911 haben könnte? Und drittens, hat Andi sich in den letzten Tagen im Rathaus aufgehalten, um, sagen wir, eine Pressekonferenz zu geben?«

... Siebzig

»Andi Jessen?«, rief McDaniel entgeistert.

Rhyme tippte ungerührt weiter. »Und ihr Bruder erledigt die Lauferei. Randall. Er ist derjenige, der die Anschläge vor Ort in die Tat umgesetzt hat. Aber vorbereitet haben sie sie gemeinsam. Das zeigen die Spuren. Andi hat ihm geholfen, den Generator aus dem weißen Lieferwagen hinter das Schulgebäude in Chinatown zu schaffen.«

Sachs verschränkte die Arme vor der Brust. »Charlie Sommers hat gesagt, das Militär bilde viele Elektriker aus. Randall könnte dort alles Notwendige gelernt haben.«

»Die Fasern von Susans Rollstuhl«, sagte Cooper. »In der Datenbank stand, sie könnten von einer Uniform stammen.«

Rhyme nickte in Richtung der Tabellen. »Es wurde ein Einbruch in eines der Algonquin-Umspannwerke in Philadelphia gemeldet. Und im Fernsehen hieß es, Randall Jessen wohne in Philadelphia.«

»Richtig«, bestätigte Sachs.

»Hat er dunkles Haar?«, fragte Pulaski.

»Ja, hat er. Nun, zumindest hatte er dunkles Haar, als er noch ein Kind war – das weiß ich von den Fotos auf Andis Schreibtisch. Sie hat ausdrücklich erwähnt, dass er nicht in New York lebt und sie angeblich kaum Kontakt hätten. Und da ist noch was. Sie hat behauptet, sie kenne sich mit der Technik nicht so gut aus, sondern habe von ihrem Vater die Begabung für den geschäftlichen Teil der Branche geerbt. Aber erinnert ihr euch noch an den Fernsehbericht über sie? Vor der Pressekonferenz?«

Cooper nickte. »Sie hat als Technikerin angefangen und ist erst später auf die geschäftliche Seite gewechselt, um letztlich die Nachfolge ihres Vaters anzutreten.« Er deutete auf das Täterprofil. »Sie hat gelogen.«

»Und diese griechische Vorspeise könnte von Andi selbst stammen«, sagte Sachs. »Womöglich hat sie sich mit ihrem Bruder in einem Restaurant unweit der Firma getroffen.«

Rhymes Augen blieben auf den Monitor gerichtet, aber er runzelte die Stirn. »Und wieso ist Bernie Wahl noch am Leben?«

»Der Sicherheitschef der Algonquin?«, grübelte Sellitto. »Mist, daran habe ich noch gar nicht gedacht. Ihn am Leben zu lassen bedeutete doch ein zusätzliches Risiko für Galt – na ja, den Täter.«

»Randall hätte den zweiten Erpresserbrief auf ein Dutzend verschiedene Arten übersenden können. Wahl sollte glauben, dass es sich um Galt handelt, und uns in dieser Überzeugung bestärken. Er hat den Täter ja nie zu Gesicht bekommen.«

»Kein Wunder, dass niemand den echten Galt gesehen hat, trotz all der Fotos im Fernsehen und im Internet«, sagte Dellray. »Es war die ganze Zeit ein völlig anderer Täter.«

McDaniel schien nicht mehr so skeptisch zu sein. »Und wo ist Randall Jessen im Moment?«

»Wir wissen nur, dass er für achtzehn Uhr dreißig irgendwas Großes plant.«

Rhyme schaute nachdenklich zu den jüngsten Beweisen. Dann schrieb er weiter – er verfasste eine Liste mit Anweisungen, wie ab jetzt zu verfahren sei, einen langsamen Buchstaben nach dem anderen.

Dann fand der ASAC ein neues Haar in der Suppe. »Tut mir leid, kurze Auszeit. Ich verstehe, was Sie sagen, aber wie lautet Jessens Motiv? Sie schädigt ihre eigene Firma. Sie begeht Morde. Das ergibt keinen Sinn.«

Rhyme korrigierte einen Tippfehler und machte weiter.

Klick, klick...

Dann blickte er auf und sagte leise: »Die Opfer.«

»Was?«

»Falls der Täter wirklich bloß seinen Standpunkt verdeutlichen wollte, hätte er von vornherein eine Zeitschaltuhr benutzen können – und nicht riskieren müssen, während des Anschlags in der Nähe zu sein. Wir wissen, dass er dazu in der Lage gewesen wäre, denn wir haben eine entsprechende Feder an einem der Tatorte gefunden. Aber das hat er nicht gemacht. Stattdessen hat er eine Fernsteuerung benutzt und war beim Tod der Opfer zugegen. Warum?«

Sellitto lachte auf. »Da hol mich doch der Teufel, Linc. Andi und ihr Bruder hatten es auf bestimmte Personen abgesehen. Es sollte nur zufällig wirken. Deshalb sind die Anschläge auch jeweils kurz vor Ablauf der Frist erfolgt.«

»Genau! ... Grünschnabel, holen Sie die Tafeln her. Sofort!«

Pulaski gehorchte.

»Die Opfer. Seht euch die Opfer an.«

Luis Martin, stellvertretender Geschäftsführer in Plattenladen.
Linda Kepler, Oklahoma City, Touristin.
Morris Kepler, Oklahoma City, Tourist.
Samuel Vetter, Scottsdale, Geschäftsmann.
Ali Mamrud, New York City, Kellner.
Gerhart Schiller, Frankfurt, Werbefachmann.
Larry Fishbein, New York City, Buchprüfer.
Robert Bodine, New York City, Anwalt.
Franklin Tucker, Paramus, New Jersey, Vertreter.

»Wissen wir irgendetwas über die Verletzten?«

Sachs verneinte.

»Nun, auch einer von denen könnte das beabsichtigte Opfer gewesen sein. Wir sollten das überprüfen. Aber was wissen wir zumindest über *die hier*, die Verstorbenen?«, fragte Rhyme und starrte die Namen an. »Gibt es einen Grund, dass Andi einem oder mehreren den Tod wünschen würde?«

»Die Keplers waren als Teilnehmer einer Pauschalreise in der Stadt und schon seit zehn Jahren im Ruhestand«, sagte Sachs. »Vetter war der Augenzeuge. Vielleicht wurde er deshalb ermordet.«

»Nein, der Anschlag war seit mindestens einem Monat geplant. In welcher Branche hat Vetter gearbeitet?«

Sachs blätterte in ihrem Notizbuch. »Er war der Chef von Southwest Concrete, einer Baufirma.«

»Schlag die mal nach, Mel.«

»Tja, hört euch das an«, sagte Cooper eine Minute später. »Sitz in Scottsdale. Alle Arten von Bauten, aber spezialisiert auf Infrastruktur. Auf deren Internetseite steht, Vetter habe im Battery Park Hotel an einer Baukostentagung für alternative Energien teilgenommen.« Er hob den Kopf. »Die Firma hat kürzlich die Fundamente für einige Fotovoltaikanlagen errichtet.«

»Solarenergie.« Rhyme musterte abermals die Beweise. »Und die Opfer in dem Bürogebäude? Sachs, ruf Susan Stringer an und finde heraus, ob sie irgendwas über die Männer weiß.«

Sachs nahm ihr Telefon und führte ein kurzes Gespräch mit der Frau. Dann trennte sie die Verbindung. »Okay, sie kennt weder den Anwalt noch den Mann, der im fünften Stock zugestiegen ist. Larry Fishbein, den Buchprüfer, kannte sie immerhin flüchtig. Sie hat ihn klagen gehört, mit den Unterlagen der Firma, die er derzeit prüfe, stimme etwas nicht. Irgendwelches Geld würde verschwinden. Und wo auch immer der Firmensitz sein mag, es ist dort sehr heiß. Zu heiß zum Golfen.«

»Vielleicht Arizona. Ruft an und fragt.«

Sellitto ließ sich von Sachs die Nummer geben und rief Fishbeins Arbeitgeber an. Die Unterredung dauerte einige Minuten. »Bingo«, sagte er dann. »Fishbein war in Scottsdale. Am Dienstag ist er zurückgekommen.«

»Ah, Scottsdale … Wo auch Vetters Firma beheimatet ist.«

»Und was bedeutet das, Lincoln?«, fragte McDaniel. »Ich sehe noch immer kein Motiv.«

»Andi Jessen steht erneuerbaren Energien ablehnend gegenüber, richtig?«, antwortete Rhyme nach einem Moment.

»Das ist ein wenig zu hart formuliert«, sagte Sachs. »Aber sie ist eindeutig kein Fan.«

»Könnte es sein, dass sie alternative Stromanbieter besticht, damit die ihre Produktion künstlich niedrig halten? Oder dass sie diese Firmen irgendwie sabotiert?«

»Damit Algonquins Marktanteil nicht sinkt?«, fragte McDaniel. Das mögliche Motiv schien seine Zweifel zu beschwichtigen.

»Genau. Vetter und Fishbein wussten womöglich etwas, das Jessen gefährlich werden konnte. Falls nur diese beiden Männer ermordet worden wären, hätte die Polizei eventuell Verdacht geschöpft. Daher hat Andi diese Anschläge inszeniert, damit die zwei wie zufällige Opfer aussehen würden. Deshalb waren die Forderungen auch so aberwitzig, dass man sie unmöglich erfüllen konnte. Sie *sollten* gar nicht erfüllt werden. Die Anschläge mussten stattfinden.«

Rhyme sah Sachs an. »Besorg uns die Namen der Verletzten und deren Hintergründe. Einer oder mehrere könnten ebenfalls Zielpersonen gewesen sein.«

»Mach ich.«

»Wir haben aber noch einen dritten Erpresserbrief bekommen, die E-Mail«, mahnte Sellitto. »Das heißt, es soll noch jemand sterben. Wer könnte das sein?«

Rhyme tippte so schnell wie möglich weiter und schaute nur kurz zu einer Digitaluhr an der Wand. »Ich weiß es nicht. Und uns bleiben weniger als zwei Stunden, um es herauszufinden.«

… Einundsiebzig

Trotz der schrecklichen Anschläge, die Ray Galt verübt hatte, konnte Charlie Sommers nicht leugnen, dass er vor Aufregung wie, nun ja, elektrisiert war.

Er hatte eine Kaffeepause eingelegt und währenddessen eine mögliche neue Erfindung skizziert (natürlich auf einer Serviette): eine Wasserstoffzufuhr für Haushalte, um dort Brennstoffzellen zu speisen. Nun kehrte er zurück auf die Hauptetage der New Energy Expo im Manhattan Convention Center, gelegen an der West Side, unweit des Hudson River. Hier hatten sich zurzeit Tausende der innovationsfreudigsten Leute der Welt versammelt: Erfinder, Wissenschaftler, Professoren und auch die unverzichtbaren Investoren, die sich alle einem gemeinsamen Thema widmeten, nämlich den alternativen Energien. Der Erzeugung, dem Transport, der Speicherung, der Nutzung. Dies war die weltweit größte Konferenz ihrer Art, und sie fand absichtlich am Earth Day statt. Sie brachte all jene zusammen, die nicht nur um die Bedeutung der Energie wussten, sondern zugleich davon überzeugt waren, dass man auf diesem Gebiet neue und gänzlich andere Wege beschreiten musste.

Während Sommers durch die Gänge des futuristischen Kongresszentrums schlenderte – das erst vor etwa einem Monat eröffnet worden war –, klopfte sein Herz wie das eines Schuljungen beim Besuch der ersten Wissenschaftsausstellung. Ihm wurde fast schwindlig, weil er fortwährend von links nach rechts sah, um sich ja keinen der Stände entgehen zu lassen. Es gab hier Wind- und Solarparkbetreiber, gemeinnützige Institutionen auf der Suche nach Geldgebern, um in entlegenen Regionen der Dritten Welt eigenständige kleine Stromnetze zu errichten, geothermische Forschungsprojekte und kleinere Hersteller oder Anbieter von Solaranlagen, Schwungrädern, Speichersystemen auf Basis von Flüssigsalzen, Batterien, Supraleitern, intelligenten Netzen… die Liste war endlos.

Und absolut faszinierend.

Sommers erreichte den drei Meter breiten Stand seiner Firma am hinteren Ende der Halle.

ALGONQUIN CONSOLIDATED POWER
ABTEILUNG FÜR SONDERPROJEKTE
DIE KLÜGERE ALTERNATIVE™

Obwohl die Algonquin vermutlich größer war als die fünf nächstgrößeren Aussteller zusammen, hatte sie den kleinstmöglichen Stand gemietet, und besetzt war er nur mit Sommers.

Wodurch ziemlich deutlich wurde, was die Generaldirektorin Andi Jessen von erneuerbaren Energien hielt.

Doch Sommers störte sich nicht daran. Sicher, er war als Vertreter des Unternehmens hier, aber er wollte auch aus eigenem Antrieb neue Leute kennenlernen und Kontakte knüpfen. Eines Tages – hoffentlich bald – würde er die Algonquin verlassen und sich voll und ganz seiner eigenen Firma widmen. Seine Vorgesetzten wussten von seinem privaten Engagement. Niemand hatte je ein Problem damit gehabt. Die Erfindungen, die er zu Hause konstruierte, waren für die Algonquin ohnehin nicht von Interesse: zum Beispiel ein Wassersparsystem für Küchen oder der Volt-Sammler, ein tragbarer Kasten, der die Bewegungsenergie von Fahrzeugen in Elektrizität umwandelte und in einem Akku speicherte. Diesen konnte man zu Hause oder im Büro an eine zugehörige Anlage anschließen und musste entsprechend weniger Strom beim örtlichen Anbieter beziehen.

Der König der Negawatt...

Seine Firma hieß Sommers Illuminating Innovations, Inc., und sie bestand aus ihm selbst, seiner Frau und deren Bruder. Der Name war eine Anspielung auf Thomas Edisons Betrieb, die Edison Illuminating Company, damals das erste Versorgungsunternehmen in Privatbesitz und der Betreiber des ersten Stromnetzes.

Sommers mochte ein bisschen – ein *winziges* bisschen – von Edisons Genius besitzen, aber er war kein Geschäftsmann und hatte von Geld nicht die geringste Ahnung. Als er auf die Idee gekommen war, regionale Netze zu schaffen, damit die kleineren Anbieter ihre Überschüsse an die Algonquin und andere große Energieunternehmen veräußern könnten, hatte ein Freund in der Branche gelacht. »Und wieso sollte die Algonquin Strom *kaufen* wollen, wenn sie Geld damit verdient, ihn zu *verkaufen?*«

»Tja, weil es einfach effizienter ist«, hatte Sommers erwidert und über die Naivität seines Freundes den Kopf geschüttelt. »Es ist billiger für die Kunden, und es senkt die Gefahr von Ausfällen.« Das war doch ganz offensichtlich.

Das erneute Lachen, das er als Antwort erhielt, sollte wohl bedeuten, dass vielleicht Sommers der Naive von ihnen beiden war.

Er nahm nun am Stand Platz, schaltete das Licht ein und stellte das BIN-GLEICH-ZURÜCK-Schild weg. Dann schüttete er mehr Bonbons in eine Schale. (Die Algonquin hatte sich dagegen ausgesprochen, eine hübsche junge Frau mit tief ausgeschnittenem Kleid anzuheuern, die vor dem Stand stehen und lächeln sollte, so wie bei manchen der anderen Aussteller.)

Trotz aller Begeisterung blieb der Manager für Sonderprojekte wachsam. Erfindungen haben ihre Schattenseiten. Die Er-

schaffung der Glühbirne war ein erbitterter Kampf gewesen –
nicht nur technologisch, sondern auch juristisch. Dutzende von
Leuten hatten sich lange und heftig um die Urheberschaft und
den damit verbundenen Profit gestritten. Thomas Edison und
der Engländer Joseph Wilson Swan gingen daraus letztlich als
Sieger hervor, aber das Schlachtfeld war übersät mit Prozessen,
Wut, Spionage und Sabotage. Und zerstörten Karrieren.

Sommers musste nun daran denken, denn ihm fiel ein Mann
mit Brille und Mütze auf, der sich in der Nähe des Algonquin-
Standes bei zwei anderen Ausstellern herumtrieb. Eine der Firmen stellte Geräte zur geothermischen Erforschung her, mit denen sich tief in der Erde Wärmequellen orten ließen. Die andere
baute Hybridmotoren für kleine Fahrzeuge. Sommers wusste,
wie unwahrscheinlich es war, dass jemand sich für beide Gebiete
interessierte.

Der Mann schien zwar kaum auf Sommers oder die Algonquin zu achten, aber er hätte mühelos Fotos von manchen der
hier ausgestellten Erfindungen und Modelle schießen können.
Die heutigen Spionagekameras waren sehr hoch entwickelt.

Sommers wandte sich ab, um die Frage einer Frau zu beantworten. Als er wieder hinsah, war der Kerl weg – ob nun Spion,
Geschäftsmann oder einfach nur ein neugieriger Besucher.

Zehn Minuten später war gerade wenig los. Sommers beschloss, die Toilette aufzusuchen. Er bat den Mann vom Nach-
barstand, die Nische der Algonquin im Auge zu behalten, und
bog in einen fast menschenleeren Gang ein. Ein Vorteil des bil-
ligeren Bereichs mit den kleineren Ständen war, dass man die
Toiletten nahezu für sich allein hatte. Sommers betrat einen
Korridor, dessen modischer Stahlboden nicht glatt war, sondern
ein Raster aus kleinen Höckern aufwies, wohl um den Boden einer Raumstation oder Rakete zu simulieren.

Sechs Meter vor der Tür klingelte sein Telefon.

Die Nummer im Display sagte ihm nichts – sie gehörte zu

einem Anschluss im New Yorker Festnetz. Sommers überlegte kurz und drückte den Anrufer weg.

Dann ging er weiter und bemerkte den glänzenden Türgriff aus Kupfer. Die haben hier wirklich an nichts gespart, dachte er. Kein Wunder, dass die Standmiete so verdammt hoch ist.

...Zweiundsiebzig

»Bitte«, murmelte Sachs, die über den Lautsprecher des Telefons gebeugt stand. »Charlie, heben Sie ab! Bitte!«

Sie hatte es gerade schon mal versucht, war aber nach dem ersten Klingeln sofort auf Sommers' Mailbox gelandet.

Dies war der zweite Versuch.

»Na los!«, sagte auch Rhyme.

Es klingelte zweimal... dreimal...

Dann endlich ein Klicken. »Hallo?«

»Charlie, hier ist Amelia Sachs.«

»Ach, waren Sie das eben? Ich bin unterwegs zur...«

»Charlie«, unterbrach sie ihn, »Sie sind in Gefahr.«

»Was?«

»Wo befinden Sie sich?«

»Im Kongresszentrum... Was soll das heißen, in Gefahr?«

»Ist in Ihrer Nähe irgendwas aus Metall, mit dem sich ein Lichtbogen hervorrufen ließe oder das man unter Strom setzen könnte?«

Er lachte abrupt auf. »Ich stehe auf einem Metallboden. Und ich wollte gerade eine Toilettentür mit Metallgriff öffnen.« Dann wich die Belustigung aus seiner Stimme. »Wollen Sie andeuten, es könnte sich um eine Falle handeln?«

»Das ist möglich. Verlassen Sie sofort den Metallboden.«

»Ich verstehe nicht.«

»Es gibt einen neuen Erpresserbrief mit einer weiteren Frist. Achtzehn Uhr dreißig. Aber wir glauben, dass die Anschläge auf das Hotel und den Aufzug in Wirklichkeit gar nichts mit Drohungen oder Forderungen zu tun hatten, sondern verdecken sollten, dass ganz bestimmte Leute ermordet wurden. Und Sie könnten eine dieser Zielpersonen sein.«

»Ich? Warum?«

»Suchen Sie sich zuerst einen sicheren Ort.«

»Ich gehe zurück in die Halle. Der Boden dort ist aus Beton. Moment.« Es vergingen ein paar Sekunden. »Okay. Wissen Sie, mir war vorhin so, als würde mich jemand beobachten. Aber wie Galt hat er nicht ausgesehen.«

»Charlie, hier Lincoln«, meldete sich Rhyme. »Wir glauben, dass Ray Galt nur als Sündenbock dient. Vermutlich ist er längst tot.«

»Jemand *anders* steckt hinter den Anschlägen?«

»Ja.«

»Wer?«

»Andi Jessen. Der Mann, den Sie gesehen haben, könnte ihr Bruder Randall gewesen sein. Die Spuren legen die Vermutung nahe, dass die beiden zusammenarbeiten.«

»Was? Das ist doch verrückt. Und weshalb sollte ich in Gefahr sein?«

»Einige der Opfer der bisherigen Anschläge hatten mit erneuerbaren Energien zu tun«, erläuterte Sachs. »Genau wie Sie. Wir glauben, Andi Jessen könnte alternative Stromanbieter bestochen haben, ihre Kapazität zu verringern, damit der Strom der Algonquin unvermindert nachgefragt wird.«

Am anderen Ende der Leitung herrschte kurz Stille. »Nun, es stimmt«, sagte Sommers dann. »Eines meiner Projekte hat mit der Konsolidierung regionaler Netze zu tun, um deren Unabhängigkeit zu steigern und ihnen zu ermöglichen, Strom an die großen Verbundnetze wie das der Algonquin zu liefern. Ich schätze, Andi könnte das als Problem auffassen.«

»Sind Sie in letzter Zeit mal in Scottsdale gewesen?«

»Ja, ich arbeite unter anderem dort in der Nähe an einigen Solarprojekten. In Kalifornien geht es meistens um Windparks und Erdwärme, in Arizona um Sonnenenergie.«

»Sie haben so was erwähnt, als wir uns bei der Algonquin begegnet sind«, sagte Sachs. »Wieso hat Andi Jessen wohl ausgerechnet Sie gebeten, mir bei den Ermittlungen zu helfen?«

Er hielt inne. »Sie haben recht. Sie hätte ein Dutzend anderer Leute bitten können.«

»Ich glaube, sie hat Ihnen eine Falle gestellt.«

Da keuchte er plötzlich auf. »O Gott.«

»Was ist?«, fragte Rhyme.

»Es geht womöglich nicht nur um mich. Denken Sie doch mal nach: *Jeder* hier auf dem Kongress stellt für die Algonquin eine Bedrohung dar. Die ganze Veranstaltung dreht sich um alternative Energien, Selbstversorgung, Dezentralisierung… Andi könnte jeden einzelnen Aussteller hier als Gefahr auffassen, falls sie tatsächlich so versessen darauf ist, die Algonquin zum größten Energieanbieter Nordamerikas zu machen.«

»Gibt es bei der Algonquin jemanden, dem wir trauen können? Jemanden, der dort bei Ihnen den Strom abstellen könnte, ohne Andi Jessen Bescheid zu geben?«

»Der Strom hier kommt nicht von der Algonquin. Genau wie manche der U-Bahn-Linien produziert das Kongresszentrum die benötigte Energie in Eigenregie. Das Kraftwerk ist gleich nebenan. Sollen wir eine Evakuierung in die Wege leiten?«

»Müssten die Leute dabei einen Metallboden überqueren?«

»Ja, die meisten schon. Die vordere Lobby und die Laderampen sind komplett aus Stahl. Ohne Anstrich. Blanker Stahl. Und können Sie sich vorstellen, wie viel Strom im Augenblick hier verbraucht wird? An einem Tag wie heute dürften fast zwanzig Millionen Watt zusammenkommen. Hören Sie, ich kann nach unten gehen und die Versorgungsleitung suchen. Vielleicht gelingt es mir, die Trenner auszulösen. Ich könnte…«

»Nein, wir müssen erst herausfinden, was genau die Täter vorhaben und wie sie es bewerkstelligen wollen. Wir melden uns, sobald wir mehr wissen. Rühren Sie sich nicht vom Fleck!«

... Dreiundsiebzig

Charlie Sommers schwitzte. Hektisch ließ er den Blick über die Zehntausende von Besuchern der New Energy Expo schweifen. Manche hofften, sie würden ein Vermögen verdienen können, andere wollten dem Planeten helfen oder ihn gar retten. Wiederum andere versprachen sich einfach nur ein paar unterhaltsame Stunden.

Einige waren noch jung – halbwüchsige Schüler – und würden, genau wie vor Jahren er selbst, nach dem Besuch der Ausstellung andere Schwerpunktfächer wählen. Mehr Naturwissenschaften, weniger Fremdsprachen und Geschichte. Um später die Edisons ihrer Generationen zu werden.

Sie alle waren gefährdet.

Er solle sich nicht vom Fleck rühren, hatte die Polizei gesagt.

Die Menschen schoben sich dicht gedrängt durch die Gänge und trugen bunte Tüten mit sich herum, in denen das Werbematerial der Aussteller steckte und auf denen die großen Firmenlogos prangten: Volt Storage Technologies, Next Generation Batteries, Geothermal Innovations.

Rühren Sie sich nicht vom Fleck...

Nur dass sein Verstand sich an einem Ort befand, den Sommers' Frau »Charlies Denkfabrik« nannte, und dort unermüdlich arbeitete – wie ein Dynamo oder ein Schwungrad. Mit zehntausend Umdrehungen pro Minute. Und momentan beschäftigte er sich mit der Frage des Stromverbrauchs hier im Kongresszentrum. Zwanzig Megawatt.

Zwanzig Millionen Watt.

Watt ist gleich Volt mal Ampere…

Falls man diese Menge in die metallenen Teile des Gebäudes leitete, konnten Tausende zu Tode kommen. Durch Lichtbögen oder simple Erdfehler würde der gewaltige Strom die Leiber durchfluten, ihnen das Leben nehmen und sie in schwelende Haufen aus Fleisch, Kleidung und Haar verwandeln.

Rühren Sie sich nicht vom Fleck…

Tja, das konnte er nicht.

Und wie jeder Erfinder überlegte Sommers sich, wie wohl die praktische Umsetzung aussehen mochte. Randall Jessen und Andi würden das Kraftwerk irgendwie abgesichert haben. Sie konnten nicht riskieren, dass die Polizei das Wartungspersonal verständigte und den Strom einfach abstellen ließ. Doch es musste eine Hauptleitung vom Kraftwerk in dieses Gebäude führen. Vermutlich stand sie unter 138 000 Volt Hochspannung. Und diese Leitung musste man anzapfen, um die Böden, Treppen, Türknäufe oder vielleicht wieder die Aufzüge unter Strom zu setzen.

Die Besucher hier konnten dem Strom nicht ausweichen.

Sie konnten sich nicht vor ihm schützen.

Also musste Sommers ihm den Kopf abschlagen.

Sich nicht vom Fleck zu rühren kam nicht in Frage.

Falls er die Hauptleitung fand, bevor Randall Jessen sie anzapfte, konnte Sommers sie kurzschließen. Er würde sie einfach direkt mit einer Rückleitung verbinden, was in einem Lichtbogen resultieren dürfte, der so stark war wie der bei dem Anschlag auf die Bushaltestelle. Die Entladung würde die Trenner im Kraftwerk des Kongresszentrums auslösen und die Gefahr beseitigen. Zwar würde automatisch das System der Notbeleuchtung anspringen, aber das lief mit sehr niedriger Spannung und wurde wahrscheinlich von Zwölf-Volt-Blei-Kalzium-Akkus gespeist. Das Risiko eines Stromschlags bestand damit nicht mehr. Ein paar Leute würden in den Aufzügen stecken bleiben, und es könnte vereinzelt Panik ausbrechen. Aber es würde keine Toten geben, allenfalls einige Verletzte.

Dann kehrte Sommers auf den Boden der Tatsachen zurück. Um einen solchen Kurzschluss zu bewirken, gab es nur eine Möglichkeit, und die erforderte die gefährlichste aller denkbaren Arbeiten: das Hantieren an einer Leitung, die unter 138 000 Volt Spannung stand. Nur die erfahrensten Techniker waren dazu in der Lage. Sie ließen sich in einem isolierten Korb an die Überlandleitungen heben – oder besser noch von einem Hubschrauber aus abseilen, um jedes Risiko einer Erdung auszuschließen. Dabei trugen sie Faraday-Anzüge – Kleidung aus Metall – und verbanden sich direkt mit dem Hochspannungskabel. Sie wurden buchstäblich ein Teil davon, und Hunderttausende Volt strömten über ihre Körper.

Charlie Sommers hatte noch nie eigenhändig an einer Hochspannungsleitung gearbeitet, aber er wusste, wie es ging – theoretisch.

Wie ein Vogel auf dem Drahtseil …

Er holte nun sein jämmerlich kleines Werkzeugset vom Stand der Algonquin und lieh sich bei einem der anderen Aussteller ein Stück leichtes Hochspannungskabel. Dann lief er in einen düsteren Korridor, in dem es eine Tür zum Treppenhaus gab. Er musterte den Kupfergriff, zögerte aber nur kurz und riss die Tür auf, um sich in die finsteren Tiefen der Kellergeschosse zu begeben.

Ich soll mich nicht vom Fleck rühren?

Von wegen.

493

... Vierundsiebzig

Er saß vorn in seinem weißen Lieferwagen. Es war heiß, denn die Klimaanlage war ausgeschaltet. Er wollte hier nicht mit laufendem Motor stehen und Aufmerksamkeit erregen. Ein geparktes Fahrzeug ist meistens kein Problem. Ein geparktes Fahrzeug mit laufendem Motor wirkt ungleich verdächtiger.

Schweiß lief ihm über die Wange. Er nahm kaum Notiz davon und drückte sich den Kopfhörer fester ans Ohr. Immer noch nichts. Er drehte die Lautstärke höher. Rauschen. Ein oder zwei metallische Geräusche. Ein Knacken.

Er dachte an die Warnung, die er vorhin per E-Mail verschickt hatte: *Falls Sie mich auch diesmal ignorieren, werden die Konsequenzen bei Weitem gravierender ausfallen als bei den kleinen Zwischenfällen von gestern und vorgestern. Und es wird wesentlich mehr Tote geben ...*

Ja und nein.

Er neigte den Kopf und lauschte der Übertragung des Mikrofons. Es war in dem Generator versteckt, den er auf dem Schulgelände in Chinatown platziert hatte. Ein trojanisches Pferd, das von der Spurensicherung liebenswürdigerweise direkt zu Lincoln Rhyme transportiert worden war. Mittlerweile kannte er bereits so ziemlich alle beteiligten Personen und ihre gegenwärtigen Aufenthaltsorte. Lon Sellitto, der NYPD-Detective, und Tucker McDaniel, der ASAC des FBI, waren zum Rathaus aufgebrochen, von wo aus sie die Maßnahmen beim Kongresszentrum koordinieren würden.

Amelia Sachs und Ron Pulaski rasten derweil direkt zum Manhattan Convention Center, um zu überprüfen, ob der Strom sich abschalten ließ.

Reine Zeitverschwendung, dachte er.

Dann merkte er auf, denn er hörte Lincoln Rhymes Stimme.

»Okay, Mel, du musst sofort das Kabel nach Queens ins Labor bringen.«

»Das…?«

»Das Kabel!«

»Welches?«

»Zum Teufel, wie viele sind es denn?«

»Ungefähr vier.«

»Na ja, ich meine das Ding aus der Schule in Chinatown. Ich möchte, dass sie die Partikel zwischen der Isolierung und dem Metallstrang herausholen und durch ihr SEM jagen.«

Er hörte Plastik und Papier rascheln. Gefolgt von Schritten.

»Ich bin in vierzig Minuten zurück. Spätestens in einer Stunde.«

»Es ist mir egal, wann du wieder hier bist. Ruf mich sofort an, wenn die Ergebnisse vorliegen.«

Dumpfe Schritte.

Das Mikrofon war sehr empfindlich.

Eine Tür fiel zu. Stille. Das Klicken von Computertasten, sonst nichts.

Dann Rhyme, der rief: *»Verdammt, Thom!… Thom!«*

»Was ist, Lincoln? Hast du…?«

»Ist Mel schon weg?«

»Moment.«

Nach ein paar Sekunden rief die Stimme: *»Ja, er ist gerade losgefahren. Soll ich ihn anrufen?«*

»Nein, nicht nötig. Ich brauche ein Stück Draht. Mal sehen, ob ich etwas nachvollziehen kann, was Randall gemacht hat… Ein langes Stück Draht. Haben wir so was im Haus?«

»Ein Verlängerungskabel?«

»*Nein, länger. Sechs, neun Meter.*«

»*Warum sollte ich einen so langen Draht hier haben?*«

»*Ich dachte nur, es könnte ja sein. Tja, dann hol welchen. Gleich.*«

»*Und woher?*«

»*Aus irgendeinem Drahtladen, verdammt! Keine Ahnung. Aus einer Eisenwarenhandlung. Da ist doch eine am Broadway, oder? Zumindest gab es da früher mal eine.*«

»*Die ist immer noch da. Du brauchst neun Meter?*«

»*Das müsste reichen … Was?*«

»*Es ist nur … du siehst nicht gut aus, Lincoln. Ich bin mir nicht sicher, ob ich dich allein lassen sollte.*«

»*Doch, das solltest du. Du solltest tun, worum ich dich bitte. Je eher du aufbrichst, desto eher kommst du zurück und kannst mich nach Herzenslust bemuttern. Also mach dich auf den Weg.*«

Es blieb einen Moment lang still.

»*Gut. Aber vorher messe ich noch mal deinen Blutdruck.*«

Wieder eine Pause.

»*Meinetwegen.*«

Gedämpfte Geräusche, ein leises Zischen, ein Klettverschluss, der aufgerissen wurde. »*Der Wert ist nicht schlecht. Aber ich möchte, dass er auch so bleibt … Wie fühlst du dich?*«

»*Ich bin bloß müde.*«

»*In einer halben Stunde bin ich wieder da.*«

Schritte entfernten sich. Die Tür ging abermals auf und wieder zu.

Er lauschte noch kurz, stand dann auf und zog den Overall eines Technikers der Kabelfernsehgesellschaft an. Die Colt Automatik versteckte er in der Werkzeugtasche, die er sich über die Schulter hängte.

Er sah durch die Windschutzscheibe und in die Außenspiegel des Lieferwagens. Die Gasse war leer. Er stieg aus, vergewisserte sich, dass es hier keine Überwachungskameras gab, und ging zur Hintertür von Lincoln Rhymes Haus. In den folgenden drei Minuten stellte er sicher, dass die Alarmanlage ausgeschaltet war, knackte das Schloss und schlich sich in den Keller.

Er fand den Schaltkasten der Elektrik und machte sich leise daran, einen seiner fernsteuerbaren Schalter an die ankommende Versorgungsleitung anzuschließen. Sie lieferte 400 Ampere. Das war doppelt so viel wie in den meisten anderen Wohnhäusern der Gegend.

Er nahm es mit Interesse zur Kenntnis, aber es spielte natürlich kaum eine Rolle, denn um einen Menschen nahezu augenblicklich zu töten, war nur ein winziger Bruchteil davon erforderlich.

Ein Zehntel eines Ampere…

... Fünfundsiebzig

Rhyme betrachtete gerade die Tabellen, als in seinem Haus der Strom ausfiel.

Der Computermonitor wurde schwarz, und die Geräte stellten seufzend ihren Betrieb ein. All die roten, grünen und gelben Leuchtdioden erloschen.

Er wandte den Kopf von einer Seite zur anderen.

Im Keller quietschte eine Tür. Dann hörte er Schritte. Nicht die Schritte selbst, nur das schwache Ächzen der alten trockenen Holzstufen.

»Hallo?«, rief er. »Thom? Bist du das? Der Strom. Da stimmt was nicht mit dem Strom.«

Das Knarren kam näher. Dann hörte es auf. Rhyme drehte sich mit seinem Rollstuhl einmal im Kreis. Seine Augen suchten den ganzen Raum ab, so wie früher bei der Ankunft an einem Tatort, um sich einen ersten Eindruck zu verschaffen und alle relevanten Besonderheiten zu erfassen. Auch die Gefahren: Verstecke, in denen der Täter lauern konnte, vielleicht verletzt, vielleicht in Panik, vielleicht mit kalter Berechnung, um einen Polizeibeamten zu töten.

Ein weiteres Knarren.

Rhyme drehte sich noch mal um die eigene Achse, sah jedoch nichts. Dann entdeckte er auf einem der Untersuchungstische am anderen Ende des Labors ein Mobiltelefon. Stromausfall oder nicht, das Ding hatte einen Akku und würde auf jeden Fall noch funktionieren.

Er gab per Touchpad den Befehl, und der Rollstuhl fuhr los. Am Tisch hielt Rhyme an. Sein Rücken wies zur Tür, und sein Blick richtete sich auf das Telefon. Es war höchstens einen halben Meter von seinem Gesicht entfernt.

Das Display leuchtete grün. Das Telefon hatte noch jede Menge Saft und wartete nur darauf, einen Anruf zu tätigen oder entgegenzunehmen.

»Thom?«, rief Rhyme erneut.

Nichts.

Er spürte sein Herz heftig schlagen, denn seine Schläfen und die Venen an seinem Hals pulsierten.

Rhyme war allein und fast bewegungslos. Dicht vor ihm lag ein Telefon, und er konnte es nur anstarren. Er stellte den Rollstuhl schräg und fuhr rückwärts gegen den Tisch. Das Telefon schaukelte etwas, blieb aber genau dort liegen, wo es war.

Dann spürte er, dass die Akustik im Raum sich änderte, und wusste, dass der Eindringling das Labor betreten hatte. Er fuhr noch einmal gegen den Tisch. Doch noch bevor das Telefon ein Stück näher rutschte, wurden hinter ihm schnelle Schritte laut. Jemand griff über seine Schulter und nahm das Telefon. Der Fremde trug Handschuhe.

»Sind Sie das?«, fragte Rhyme. »Randall? Randall Jessen?«

Keine Antwort.

Hinter ihm nur leises Klicken. Dann ging ein Ruck durch den Rollstuhl. Die Batterieanzeige auf dem Touchpad wurde schwarz. Der Eindringling löste manuell die Bremse und schob den Stuhl an eine Stelle, an der ein Streifen Sonnenlicht durch das Fenster in den Raum fiel.

Dann drehte er den Stuhl langsam um.

Rhyme wollte etwas sagen, doch dann fiel sein Blick auf das Gesicht des Mannes, und seine Augen verengten sich. Einen Moment lang blieb er stumm. Dann flüsterte er: »Das kann nicht sein.«

Der plastische Chirurg hatte sehr gute Arbeit geleistet. Dennoch sah der Mann irgendwie vertraut aus. Rhyme hätte ihn ohnehin jederzeit wiedererkannt. Angeblich versteckte er sich gerade in einem zwielichtigen Viertel von Mexico City. Es war Richard Logan, der Uhrmacher.

... Sechsundsiebzig

Logan schaltete das Mobiltelefon aus, das er mühelos vom Tisch an sich genommen hatte.

»Das begreife ich nicht«, sagte der Kriminalist.

Logan nahm seine Werkzeugtasche von der Schulter, stellte sie auf den Boden, ging in die Hocke und öffnete sie. Er griff hinein und holte einen Laptop daraus hervor, dann zwei drahtlose Videokameras. Eine brachte er in die Küche und richtete sie auf die Gasse aus. Die andere platzierte er in einem der vorderen Fenster. Er fuhr den Computer hoch, stellte ihn auf einen nahen Tisch und tippte etwas ein. Es öffneten sich sofort zwei Bildschirmfenster, in denen der vordere und der hintere Zugang zu Rhymes Haus zu sehen waren. Auf die gleiche Weise hatte Logan das Battery Park Hotel ausgespäht und den genauen Moment abgepasst, um Vetter zu erwischen.

Er hob den Kopf und lachte leise auf. Dann ging er zu dem Kaminsims aus dunklem Eichenholz, auf dem ein kleines Podest mit einer Taschenuhr stand.

»Sie haben mein Geschenk noch«, flüsterte er. »Und Sie ... Sie *präsentieren* es sogar.« Er war überrascht, denn er hatte angenommen, die alte Breguet wäre in ihre Einzelteile zerlegt und genauestens untersucht worden, um einen Hinweis auf Logans Wohnort zu entdecken.

Sie beide mochten Feinde sein, und Logan würde ihn bald töten, aber er empfand große Bewunderung für Rhyme und war merkwürdig erfreut, dass dieser die Uhr intakt gelassen hatte.

Bei genauerer Überlegung gelangte er jedoch zu dem Schluss, dass der Kriminalist natürlich trotzdem eine penible Untersuchung angeordnet hatte, bis zu den letzten Haarfedern und Edelsteinen. Aber danach hatte er den Mechanismus wieder einwandfrei zusammensetzen lassen.

Was Rhyme in gewisser Weise ebenfalls zu einem Uhrmacher werden ließ.

Neben der Taschenuhr lag der Brief, der sie damals begleitet hatte. Darin wurde Rhyme einerseits großer Respekt gezollt, ihm andererseits aber ein nächstes Zusammentreffen angedroht.

Und nun erfüllte Logan dieses Versprechen.

Der Kriminalist erholte sich allmählich von seinem Schreck. »Meine Leute werden gleich zurückkommen«, sagte er.

»Nein, Lincoln, das werden sie nicht.« Logan zählte auf, wo die Personen geblieben waren, die sich noch vor fünfzehn Minuten im Haus aufgehalten hatten.

Rhyme runzelte die Stirn. »Woher wissen…? O nein. Natürlich, der Generator. Sie haben ihn verwanzt.« Er schloss verärgert die Augen.

»Richtig. Und ich weiß, wie viel Zeit mir bleibt.«

Richard Logan musste daran denken, dass er das *stets* wusste, was auch immer er gerade tat.

Rhymes Bestürzung verwandelte sich in Verwirrung. »Demnach hat nicht Randall Jessen sich als Ray Galt ausgegeben, sondern Sie.«

Logan musterte liebevoll die Breguet. Verglich die Zeit mit der Uhr an seinem Handgelenk. »Sie lassen sie regelmäßig aufziehen.« Dann legte er die Uhr zurück auf das Kaminsims. »Korrekt. Ich bin eine Woche lang Raymond Galt gewesen, der meisterliche Elektriker und Störungssucher.«

»Aber ich habe Sie doch auf dem Überwachungsvideo des Flughafens gesehen… Sie wurden angeheuert, um Rodolfo Luna in Mexiko zu töten.«

»Nicht ganz. Sein Kollege Arturo Diaz steht auf der Lohn-liste eines der großen Drogenkartelle, das von Puerto Vallarta aus operiert. Luna zählt zu den wenigen ehrlichen Polizisten, die in Mexiko übrig sind. Diaz *wollte* mich anheuern, damit ich Luna töte. Aber ich hatte schon was anderes vor. Allerdings war ich gegen eine Gebühr bereit, *so zu tun,* als hätte ich diesen Auf-trag. Dadurch wurde nicht nur der Verdacht von Diaz abge-lenkt, sondern auch *ich* hatte etwas davon. Es sollte nämlich je-der – vor allem Sie – glauben, ich sei woanders als in New York City.«

»Aber da am Flughafen…«, flüsterte Rhyme konsterniert.

»Sie waren in dem Jet. Die Aufzeichnung der Überwachungs-kameras. Wir konnten *sehen,* wie Sie auf die Ladefläche des Wa-gens gestiegen sind und sich unter einer Plane versteckt haben. Sie wurden auf der Fahrt nach Mexico City und in der Stadt entdeckt. Noch vor einer Stunde sind Sie angeblich in Gustavo Madero gewesen. Ihre Fingerabdrücke und…« Seine Stimme erstarb. Der Kriminalist schüttelte den Kopf und lächelte schick-salsergeben. »Mein Gott. Sie haben das Flughafengelände nie verlassen.«

»Nein, hab ich nicht.«

»Sie haben das Paket entgegengenommen und sind absicht-lich vor einer Kamera auf die Ladefläche geklettert, aber der Wa-gen ist nur ein paar Meter gefahren. Dann haben Sie das Paket an jemand anders übergeben und sind zurück an die Ostküste geflogen, während Diaz' Männer seitdem mehrmals gemeldet haben, Sie wären in Mexico City gesichtet worden – damit alle weiterhin an diesen Schwindel glauben würden. Wie viele von Diaz' Leuten halten die Hand auf?«

»Etwa zwei Dutzend.«

»Es ist gar kein Wagen nach Gustavo Madero geflohen?«

»Nein.« Mitgefühl war für Logan eine ineffiziente und daher überflüssige Regung. Dennoch konnte er erkennen, wenngleich er davon unberührt blieb, dass Lincoln Rhyme derzeit etwas Bedauernswertes an sich hatte. Er sah auch irgendwie kleiner aus als bei ihrem letzten Zusamentreffen. Fast zerbrechlich. Vielleicht war er krank gewesen. Logan war das recht; der Strom, der durch Rhymes Körper floss, würde so schneller Wirkung zeigen. Er wollte nicht, dass der Kriminalist unnötig leiden musste.

»Sie haben den Anschlag auf Luna vorhergesehen«, fügte er wie zum Trost hinzu. »Sie haben verhindert, dass Diaz ihn töten konnte. Ich hätte nie gedacht, dass Sie das rechtzeitig schaffen. Doch eigentlich hätte es mich nicht überraschen dürfen.«

»Aber *Sie* habe ich nicht aufgehalten.«

Logan hatte während seiner langen Karriere als Profi eine Vielzahl von Menschen ermordet. Die meisten Leute wurden ruhig, sobald sie die Unausweichlichkeit ihres bevorstehenden Todes begriffen. Rhymes Reaktion ging sogar noch darüber hinaus. Der Kriminalist wirkte nun beinahe erleichtert. Vielleicht waren es die Symptome einer tödlichen Krankheit, die Logan in Rhymes Gesicht zu erkennen glaubte. Oder womöglich hatte er in Anbetracht seines Zustandes einfach jeglichen Lebensmut verloren. Ein schneller Tod würde ein Segen für ihn sein.

»Wo ist Galts Leichnam?«

»Der ist in der Turbinenhalle der Algonquin in einem der Öfen gelandet und restlos verbrannt.« Logan kontrollierte den Laptop. Immer noch alles klar. Er nahm ein Stück Bennington-Kabel und schloss ein Ende an eine nahe 220-Volt-Wandsteckdose an. Er hatte Monate darauf verwendet, alles über Elektrizität zu lernen. Inzwischen ging er so selbstverständlich damit um wie mit den winzigen Zahnrädern und Federn einer Uhr.

In Logans Tasche steckte eine Fernbedienung, mit der er den Strom wieder einschalten und ausreichend viele Ampere in Rhymes Körper schicken würde, um ihn sofort zu töten.

Als er das andere Ende des Kabels um Rhymes Arm wickelte, sagte der Kriminalist: »Aber Sie müssen dank Ihrer Wanze doch gehört haben, was hier besprochen wurde. Wir wissen, dass Raymond Galt nicht der wahre Täter ist, sondern nur ein Sündenbock. Und wir wissen, dass Andi Jessen die beiden Männer tot sehen wollte, Sam Vetter und Larry Fishbein. Ob die Fallen nun von ihrem Bruder installiert wurden oder von Ihnen; sie wird trotzdem verhaftet werden und …«

Logan warf ihm nur einen stummen Blick zu, aber das reichte aus. Rhyme begriff, und seine Miene zeugte von völliger Resignation. »Aber das ist gar nicht die richtige Erklärung, oder? Die Wahrheit sieht ganz anders aus.«

»Korrekt, Lincoln.«

... Siebenundsiebzig

Kein Vogel auf, aber über einem Drahtseil.

Charlie Sommers befand sich im untersten Kellergeschoss des Kongresszentrums und hing in einer behelfsmäßigen Schlinge genau sechzig Zentimeter von einem rot ummantelten Kabel entfernt, das unter 138 000 Volt Spannung stand.

Falls Strom Wasser wäre, entspräche der Druck in dem Kabel vor ihm etwa den Verhältnissen der Tiefsee, wo Hunderte von Bar nur darauf lauerten, jedes Tauchboot in einen flachen, blutigen Streifen Metall zu verwandeln.

Die Hauptleitung wurde von isolierten Glasstützen drei Meter über dem Boden gehalten und verlief quer durch den dunklen Keller zum Kraftwerk des Convention Centers.

Da Sommers nicht gleichzeitig das blanke Kabel und irgendein Objekt mit Bodenkontakt berühren durfte, hatte er aus einem Feuerwehrschlauch eine Schlinge geknotet und sie an einem Laufsteg oberhalb der Leitung festgebunden. Unter Aufbietung all seiner Kräfte war er dann an dem Schlauch nach unten geklettert und hatte seinen Körper in die Schlinge bugsiert. Er hoffte inständig, dass diese Schläuche ausschließlich aus Gummi und einem Textilstoff bestanden; falls zur Verstärkung Metallfasern hinzugefügt waren, würde Sommers in einigen Minuten zum zentralen Bestandteil einer unfreiwilligen Erdung werden und verdampfen.

Um seinen Hals hing das entliehene Kabel, und mit seinem Schweizer Taschenmesser schälte Sommers gerade die dunkelrote Isolierung von den Enden ab. Danach würde er auf gleiche Weise ein Stück der Hochspannungsleitung freilegen und dann mit ungeschützten Händen die beiden Kabel aneinanderhalten.

Daraufhin würde eines von zwei Dingen passieren.

Entweder nichts.

Oder die besagte Erdung… und Verdampfung.

Im ersten Fall würde er vorsichtig das freie Ende des Kabels ausstrecken und damit einen der Stahlträger berühren, die zum Fundament des Kongresszentrums gehörten. Das wiederum würde einen gewaltigen Kurzschluss verursachen und die Trenner des Kraftwerks auslösen.

Charlie Sommers wäre dabei zwar nicht geerdet, aber die hohe Spannung musste in einem Lichtbogen resultieren, der ihn mühelos verbrennen konnte.

Da er wusste, dass die Frist keine Rolle spielte und Randall und Andi Jessen jeden Moment den Schalter betätigen konnten, beeilte er sich nach Kräften. Die gekräuselten Streifen der blutroten Isolierung rieselten unter ihm zu Boden. Sommers dachte unwillkürlich, dass sie wie die fallenden Blütenblätter verwelkender Rosen aussahen, die in der Leichenhalle zurückblieben, nachdem die Trauergäste den Heimweg angetreten hatten.

... Achtundsiebzig

Richard Logan sah Lincoln Rhyme aus einem der großen Fenster des Hauses schauen – in Richtung East River. Irgendwo da draußen ragten die grau-roten Türme der Algonquin Consolidated Power über dem trostlosen Flussufer auf. Die Schlote waren von hier aus nicht zu erkennen, aber Logan vermutete, dass Rhyme an kalten Tagen die aufsteigenden Rauchfahnen über der Skyline ausmachen konnte.

Der Kriminalist schüttelte den Kopf. »Andi Jessen hat Sie gar nicht angeheuert.«

»Nein.«

»Sie ist das *Ziel*, nicht wahr? Sie hängen ihr etwas an.«

»Stimmt.«

Rhyme wies mit dem Kopf auf die Werkzeugtasche zu Logans Füßen. »Da drin sind Beweise, die Andi und ihren Bruder belasten. Sie werden die Spuren hier deponieren, damit es so aussieht, als hätten die Geschwister Jessen auch mich ermordet. So haben Sie es schon die ganze Zeit gemacht. Die Partikel vom Rathaus, das blonde Haar, das griechische Essen. Jemand hat Sie beauftragt, den Eindruck zu erwecken, Andi würde Ray Galt benutzen, um Sam Vetter und Larry Fishbein zu töten... Wieso die beiden?«

»Es ging nicht speziell um diese zwei. Als Opfer kamen alle Tagungsteilnehmer im Battery Park Hotel und sämtliche Angestellte von Fishbeins Firma in Betracht. Alle dort könnten von dem einen oder anderen Schwindel wissen, den Andi Jessen vermeintlich vertuschen wollte.«

»Obwohl in Wahrheit niemand dort so etwas weiß.«

»Richtig. Deren Tätigkeit hat weder mit der Algonquin noch mit Andi zu tun.«

»Wer steckt dahinter?« Rhyme runzelte die Stirn. Sein Blick huschte über die Tabellen, als müsse er vor seinem Tod noch unbedingt die Auflösung des Rätsels erfahren. »Ich werde einfach nicht schlau daraus.«

Logan sah dem Mann in das ausgezehrte Gesicht.

Mitgefühl…

Er nahm ein zweites Kabel und befestigte es ebenfalls an Rhyme. Das andere Ende würde er an einem Heizkörper des Raumes anbringen und dadurch erden.

Richard Logan bestand stets darauf, das Motiv zu erfahren, aus dem seine Auftraggeber den Tod der Opfer wollten. Das hatte keine moralischen Gründe, sondern half ihm bei der Planung der Tat und seiner anschließenden Flucht. Auch diesmal hatte er aufmerksam zugehört, als man ihm erklärte, wieso Andi Jessen für lange, lange Zeit ins Gefängnis gebracht werden sollte. »Andi stellt eine Gefahr für die neue Ordnung dar«, sagte er nun. »Sie ist der Ansicht – und sagt das auch laut und deutlich –, dass Öl, Gas, Kohle und Kernkraft noch mindestens hundert Jahre lang die einzigen bedeutenden Energiequellen sein werden. Erneuerbare Energien sind für sie bloß Kinkerlitzchen.«

»Sie nennt des Kaisers neue Kleider beim Namen.«

»Genau.«

»Demnach ist eine Ökoterrorgruppe für all das hier verantwortlich?«

Logan verzog das Gesicht. »Ökoterroristen? O bitte. Bärtige ungewaschene Idioten, die nicht mal die Baustelle eines neuen Skihotels niederbrennen können, ohne auf frischer Tat ertappt zu werden?« Er lachte. »Nein, Lincoln. Es geht ums Geld.«

Rhyme schien zu begreifen. »Ah, natürlich… Es ist egal, dass Filteranlagen und erneuerbare Energien noch keinen großen

Marktanteil haben; man kann trotzdem viel Geld verdienen, indem man Wind- und Solarparks baut und regionale Netze mit der nötigen Technik ausstattet.«

»Korrekt. Von den öffentlichen Fördermitteln und Steuererleichterungen ganz zu schweigen. Und nicht zu vergessen die Kunden, die für grüne Energie jeden gewünschten Preis zahlen, weil sie sich einbilden, die Erde zu retten.«

»Als wir in Galts Wohnung seine Texte über den Krebs gefunden haben, ist uns schon der Gedanke gekommen, dass Rache keinen sonderlich starken Beweggrund abgibt«, sagte Rhyme.

»Doch auf Gier dürfte stets Verlass sein.«

Die Kriminalist lachte unwillkürlich auf. »Also ein grünes Kartell. Was für ein Gedanke.« Er musterte die Tafeln. »Ich glaube, ich kann mir einen der Beteiligten ausrechnen… Bob Cavanaugh?«

»Gut. Ja. Er ist sogar der maßgebliche Kopf. Wie sind Sie auf ihn gekommen?«

»Er hat uns Informationen gegeben, die auf Randall Jessen hindeuten sollten.« Rhyme kniff die Augen zusammen. »Und er hat uns beim Battery Park Hotel geholfen. Wir hätten Vetter retten können… Aber genau genommen ging es ja gar nicht um seinen Tod oder den von Fishbein oder sonst wem.«

»Nein. Wichtig war nur, dass man Andi Jessen als Drahtzieherin der Anschläge verhaften würde. Damit wäre ihr Ruf ein für alle Mal erledigt, und sie käme ins Gefängnis. Und es gab noch ein Motiv: Cavanaugh hat schon mit Andis Vater zusammengearbeitet und nie ganz verwunden, dass man ihn als möglichen Nachfolger übergangen und stattdessen die Tochter des Alten auf den Thron gehievt hat.«

»Er kann aber unmöglich allein sein.«

»Nein. Das Kartell besteht aus Geschäftsführern von einem halben Dutzend Firmen, die Geräte und Material zur Erzeugung alternativer Energien herstellen. Die sitzen überall auf der

Welt, aber vornehmlich in den Vereinigten Staaten, China und der Schweiz.«

»Ein grünes Kartell.« Rhyme schüttelte den Kopf.

»Die Zeiten ändern sich«, sagte Logan.

»Und weshalb wurde nicht einfach Andi getötet?«

»Genau die Frage habe ich auch gestellt«, sagte Logan. »Es gab eine wirtschaftliche Komponente. Cavanaugh und die anderen mussten Andi zwar loswerden, aber gleichzeitig sollten auch die Aktien der Algonquin im Wert sinken. Das Kartell will die Firma übernehmen.«

»Und der Anschlag auf den Bus?«

»Sollte bloß die allgemeine Aufmerksamkeit erregen.« Logan verspürte einen Anflug von Bedauern. Und er machte gegenüber Rhyme kein Geheimnis daraus. »Ich wollte nicht, dass dort jemand zu Tode kommt. Diesem Fahrgast wäre nichts passiert, hätte er nicht an der Tür gezögert, anstatt in den Bus einzusteigen. Aber ich konnte nicht länger warten.«

»Ich kann nachvollziehen, warum Sie Vetter und Fishbein ausgewählt haben – die beiden hatten mit alternativen Energieprojekten in Arizona zu tun und boten sich als Opfer an, denen Andi vermeintlich den Tod wünschte. Aber wieso will das Kartell Charlie Sommers umbringen? War sein Job nicht die *Entwicklung* von umweltfreundlichen Methoden?«

»Sommers?« Er zeigte auf den Generator. »Ich habe gehört, dass Sie ihn erwähnt haben. Vorher hatte schon Bernie Wahl mir Sommers' Namen genannt, als ich ihm den zweiten Brief zugesteckt habe. Wahl hat übrigens auch Sie verraten …«

»Womit haben Sie ihm gedroht? Seine Familie zu ermorden?«

»Ja.«

»Dann mache ich ihm keinen Vorwurf.«

»Wer auch immer dieser Sommers ist, er gehört jedenfalls nicht zum Plan«, fuhr Logan fort.

»Aber Sie haben der Algonquin einen dritten Erpresserbrief

geschickt. Das heißt, Sie wollen noch jemanden töten. Gibt es im Kongresszentrum etwa gar keine Falle?« Rhyme sah verwirrt aus.

»Nein.«

Dann verstand Rhyme und nickte. »Natürlich... *ich*. Ich bin das nächste Opfer.«

Logan hielt inne, das straffe Kabel in Händen. »Richtig.«

»Sie haben diesen ganzen Auftrag nur meinetwegen angenommen.«

»Ich erhalte viele Anfragen. Doch ich habe auf eine gewartet, die mich wieder nach New York führen würde.« Logan senkte den Kopf. »Vor einigen Jahren hätten Sie mich hier beinahe gefasst – und Sie haben mir den damaligen Auftrag vereitelt. Das war das erste Mal, dass jemand mich davon abhalten konnte, einen Vertrag zu erfüllen. Ich musste mein Honorar zurückzahlen... Es war nicht das Geld; es war die Verlegenheit, in die Sie mich gebracht haben. Eine Blamage. Später in England hätten Sie mich auch fast erwischt. Bei der dritten Gelegenheit würden Sie womöglich Glück haben. Deshalb habe ich zugesagt, als Cavanaugh anrief. Ich wollte in Ihre Nähe gelangen.«

Logan wunderte sich selbst, warum er für den letzten Satz ausgerechnet diese Worte gewählt hatte. Er schob den Gedanken beiseite, befestigte das Kabel an der Heizung und stand auf. »Tut mir leid. Aber es muss sein«, entschuldigte er sich. Dann schüttete er Rhyme Wasser auf die Brust und durchnässte sein Hemd. Es war würdelos, doch er hatte keine andere Wahl. »Wegen der Leitfähigkeit.«

»Und Gerechtigkeit für die Erde? Die haben auch nichts mit Ihnen zu tun?«

»Nein, von denen hab ich noch nie gehört.«

Rhyme ließ ihn nicht aus den Augen. »Haben Sie unten im Keller einen Ihrer ferngesteuerten Schalter installiert?«

»Ja.«

»Ich habe in den letzten paar Tagen eine Menge über Strom gelernt«, sagte Rhyme.

»Ich habe mich monatelang damit beschäftigt.«

»Hat Galt Ihnen verraten, wie man die Algonquin-Computer manipuliert?«

»Nein, das war Cavanaugh. Er hat mir die Zugangscodes gegeben.«

»Ach, natürlich.«

»Ich habe aber auch einen Kurs über SCADA und die Algonquin-Software absolviert.«

»Sicher, das war zu erwarten.«

»Ich war selbst überrascht, wie faszinierend ich das Thema Elektrizität fand«, gestand Logan. »Bis dahin hatte ich nicht viel davon gehalten.«

»Wegen Ihrer Uhrmacherei?«

»Genau. Eine Batterie und ein serienmäßig hergestellter Chip können so viel leisten wie die edelsten handgefertigten Uhren.«

Rhyme nickte verständnisvoll. »Elektrische Uhren sind Ihnen billig vorgekommen. Eine Batterie schmälert irgendwie die Schönheit einer Uhr. Sie mindert die Kunst.«

Logan war begeistert. Ein solches Gespräch führen zu dürfen war eine Seltenheit. Es gab nur sehr wenige Leute, die sich mit ihm messen konnten. Und der Kriminalist wusste zudem, wie er sich fühlte! »Ja, ja, genau. Doch im Verlauf dieses Auftrags hat meine Meinung sich geändert. Weshalb sollte eine Uhr, in der ein von einem Quarzkristall geregelter Oszillator die Zeit misst, weniger großartig sein als eine Uhr, in der Zahnräder, Anker und Federn arbeiten? Am Ende läuft alles auf die Physik hinaus. Als Mann der Wissenschaft dürften Sie daran Gefallen finden … Ach, und Komplikationen? Sie wissen bestimmt, was Komplikationen sind.«

»All der Zusatzkram, der in Uhren eingebaut wird«, sagte

Rhyme. »Datum, Mondphasen, Tagundnachtgleiche, Glocken-signale.«

Logan war überrascht.

»Oh, ich habe mich auch damit etwas intensiver befasst«, fügte Rhyme hinzu.

Ich wollte in Ihre Nähe gelangen…

»Elektronische Uhren bieten diese Funktionen ebenfalls – und noch Hunderte mehr. Haben Sie schon mal von der Timex Data Link gehört?«

»Nein«, sagte Rhyme.

»Die ist inzwischen ein Klassiker – eine Armbanduhr, die man an den Computer anschließen kann. Die Zeit anzuzeigen ist nur eines von unzähligen Dingen, die diese Uhren beherrschen. Sie wurden auch von Astronauten bei Raumfahrtmissionen getragen.«

Ein weiterer Blick auf den Bildschirm des Laptops. Niemand näherte sich dem Haus.

»Stören all diese Veränderungen der Moderne Sie denn nicht?«, fragte Rhyme.

»Nein, sie sind einfach nur ein Beleg dafür, wie sehr das Thema Zeit in unser Leben integriert ist. Wir vergessen, dass die Uhr-macher gewissermaßen die Silicon-Valley-Erneuerer vergangener Tage gewesen sind. Sie brauchen sich nur mein aktuelles Projekt anzusehen. Was für eine beeindruckende Waffe die Elektrizität doch ist. Dank ihr habe ich die ganze Stadt für einige Tage in Angst versetzt. Strom ist mittlerweile ein Teil unserer Natur, unse-res Wesens. Wir könnten ohne ihn nicht mehr leben… Die Zeiten ändern sich. Auch wir müssen uns ändern. Trotz der Risiken. Und auch wenn wir dafür manches hinter uns zurücklassen müssen.«

»Ich möchte Sie um einen Gefallen bitten«, sagte Rhyme.

»Ich habe die Sicherungen manipuliert, sodass sie die drei-fache Menge an Strom durchlassen. Es wird schnell gehen. Sie werden nichts spüren.«

»Ich spüre ohnehin so gut wie nichts«, sagte Rhyme.

»Ich…« Logan fühlte sich, als sei ihm ein peinlicher Fauxpas unterlaufen. »Ich bitte um Entschuldigung. Ich habe nicht nachgedacht.«

Ein zögerliches Nicken. »Der Gefallen hat mit Amelia zu tun.«

»Sachs?«

»Es gibt keinen Grund, ihr ein Leid zuzufügen.«

Logan hatte bereits mit dem Gedanken gespielt und eine Entscheidung gefällt. »Das habe ich auch nicht vor. Sie hat sicherlich genug Elan, um nach mir zu suchen. Und die nötige Hartnäckigkeit. Aber sie ist mir nicht gewachsen. Ihr wird nichts geschehen.«

Rhyme lächelte. »Danke… äh … Richard. Sie heißen doch Richard Logan, nicht wahr? Oder ist das ein falscher Name?«

»Nein, so heiße ich wirklich.« Logan schaute erneut auf den Monitor. Der Gehweg vor dem Haus war leer. Keine Polizei. Keiner von Rhymes Mitarbeitern, der zurückkehrte. Er und der Kriminalist waren ganz allein. Es wurde Zeit. »Sie sind bemerkenswert ruhig.«

»Wieso auch nicht?«, erwiderte Rhyme. »Ich lebe schon seit Jahren auf Messers Schneide. Jeden Morgen bin ich ein wenig erstaunt, dass ich aufwache.«

Logan griff in seine Werkzeugtasche und warf ein aufgerolltes Stück Kabel mit Randall Jessens Fingerabdrücken auf den Boden. Dann öffnete er eine kleine Tüte und drehte sie um. Einige von Randalls Haaren fielen heraus. Mit einem der Schuhe des Bruders hinterließ er einen Abdruck in dem verschütteten Wasser. Dann fügte er noch mehrere von Andi Jessens blonden Haaren hinzu sowie einige Fasern ihrer Kleidung, die er aus dem Schrank in ihrem Büro entnommen hatte.

Er blickte auf und überprüfte ein weiteres Mal die elektrischen Verbindungen. Warum zögerte er? Vielleicht weil Rhymes Tod für ihn das Ende einer Ära bedeutete. Den Kriminalisten auszuschalten würde eine ungeheure Erleichterung sein. Doch es war auch ein Verlust, der ihn von nun an begleiten würde. Logan nahm an, dass er gerade das Gleiche empfand wie jemand, der die Entscheidung traf, bei einem nahen Angehörigen im Krankenhaus die lebenserhaltenden Apparate abschalten zu lassen.

Ich wollte in Ihre Nähe gelangen…

Er nahm die Fernbedienung aus der Tasche und entfernte sich von dem Rollstuhl.

Lincoln Rhyme musterte ihn ruhig und seufzte. »Ich schätze, das war's dann wohl«, sagte er.

Logan stutzte und sah Rhyme an. Der Tonfall des Kriminalisten hatte sich bei diesen letzten Worten merklich verändert. Seine Miene auch. Und die Augen… die Augen waren plötzlich die eines Raubtiers.

Richard Logan erschauderte, denn ihm wurde schlagartig klar, dass dieser Satz, der so seltsam geklungen hatte, gar nicht für ihn gedacht war.

Es war eine Botschaft. An jemand anders.

»Was haben Sie getan?«, flüsterte Logan. Sein Herzschlag beschleunigte sich. Er schaute zu dem kleinen Computerbildschirm. Nichts deutete darauf hin, dass jemand sich dem Haus näherte.

Es sei denn… Es sei denn, er befand sich längst hier.

O nein…

Logan starrte Rhyme an und betätigte die beiden Knöpfe der Fernbedienung.

Nichts geschah.

»Sobald Sie hier oben waren, hat einer unserer Beamten den Schalter entfernt«, teilte Rhyme ihm nüchtern mit.

»Nein«, keuchte Logan.

Der Boden hinter ihm knarrte. Er wirbelte herum.

»Richard Logan, keine Bewegung!« Es war die Polizistin, von

der sie eben noch gesprochen hatten. Amelia Sachs. »Ich will Ihre Hände sehen. Falls Sie auch nur mit dem Finger zucken, sind Sie tot.«

Hinter ihr standen zwei Männer. Einer war Detective Lon Sellitto, an den Logan sich noch gut erinnern konnte. Der andere Mann war dünner und in Hemdsärmeln. Er trug eine Brille mit schwarzem Gestell.

Alle drei Beamten hatten Waffen auf ihn gerichtet.

Aber Logan behielt in erster Linie Amelia Sachs im Blick, die am eifrigsten auf eine Gelegenheit zum Schuss zu lauern schien. Er erkannte, dass Rhyme die Frau zur Sprache gebracht hatte, um seinen Leuten ein Zeichen zu geben und die Falle zuschnappen zu lassen.

Ich schätze, das war's dann wohl ...

Demnach hatte die Frau auch gehört, dass Logan nicht viel von ihren Fähigkeiten hielt.

Doch als sie nun vortrat, um ihm Handschellen anzulegen, tat sie das überaus professionell, nahezu sanft. Dann drückte sie ihn zu Boden, aber auch dies alles andere als grob.

Sellitto trat vor und griff nach den Kabeln, die um Rhymes Arme gewickelt waren.

»Zieh bitte Handschuhe an«, sagte der Kriminalist ruhig.

Der massige Cop zögerte. Dann streifte er Latexhandschuhe über, entfernte die Kabel und nahm sein Funkgerät. »Hier oben ist alles klar. Ihr könnt den Strom wieder einschalten.«

Gleich darauf ging das Licht an, die Geräte erwachten klickend zum Leben, und die Leuchtdioden flackerten rot, grün und weiß. Und Richard Logan, dem Uhrmacher, wurden seine Rechte vorgelesen.

… Neunundsiebzig

Nun war Heldenmut gefragt.

Nicht gerade eine typische Eigenschaft von Erfindern.

Charlie Sommers entschied, dass er ein ausreichend großes Stück der Isolierung entfernt hatte, um den Kurzschluss versuchen zu können.

Theoretisch musste es eigentlich funktionieren.

Das Risiko bestand darin, dass die enorme Hochspannung der Hauptleitung in ihrem verzweifelten Bestreben, zum Boden zu gelangen, als Lichtbogen auf das Kabel in seiner Hand überspringen und seinen Körper in einer Plasmawolke verzehren konnte. Er hing nur drei Meter über dem Boden. Sommers hatte Bilder von Lichtbögen gesehen, die fünfzehn Meter Länge erreichten.

Doch er hatte lange genug gewartet.

Erster Schritt: Verbinde das Kabel mit der Hauptleitung.

Er dachte an seine Frau, seine Kinder – und an seine *anderen* Kinder: die Erfindungen, die er im Laufe der Jahre hervorgebracht hatte. Dann beugte er sich vor, atmete tief durch und hielt das leichte Kabel an die Leitung.

Nichts geschah. So weit, so gut. Sein Körper und die Drähte standen nun unter derselben Spannung. Charlie Sommers war ein Teil der 138 000-Volt-Leitung geworden.

Er schlang das blanke Ende des Kabels um die freigelegte Stelle der Hauptleitung und verdrehte es, sodass ein dauerhafter, fester Kontakt bestand.

Dann nahm er den isolierten Teil des Kabels, drehte sich in seiner unsicheren Schlauchschlinge herum und visierte den Fleck an, den er sich für den nächsten Schritt ausgesucht hatte: einen Stahlträger, der nach oben zur Decke, aber vor allem tief nach unten in die Erde verlief.

Wohin jedweder elektrische Strom unbedingt zurückkehren wollte.

Der Träger war knapp zwei Meter entfernt.

Charlie Sommers lachte leise auf.

Das war kompletter Wahnsinn. Sobald das andere Ende des Kabels sich dem Metall näherte, würde die Spannung dem tatsächlichen Kontakt zuvorkommen wollen und in einem gewaltigen Lichtbogen überspringen. Plasma, Flammen, geschmolzene Metalltropfen, die auf neunhundert Meter pro Sekunde beschleunigt wurden…

Doch er sah keine andere Möglichkeit.

Los!

Schlag ihm den Kopf ab…

Er schob das Kabelende auf den Stahlträger zu.

Zwei Meter, anderthalb, einer…

»He, Sie! Charlie? Charlie Sommers?«

Er zuckte zusammen. Das Kabelende schwang wild umher, aber er rollte es sofort ein Stück ein.

»Wer ist da?«, rief Sommers, bevor ihm klar wurde, dass es durchaus Andi Jessens Bruder sein konnte, der gekommen war, um ihn zu erschießen.

»Ron Pulaski. Ich arbeite mit Detective Sachs zusammen.«

»Und?«, rief Sommers. »Was wollen Sie hier?«

»Wir versuchen seit einer halben Stunde, Sie zu erreichen.«

»Verschwinden Sie von hier, Officer. Es ist gefährlich!«

»Sie sind nicht ans Telefon gegangen. Wir haben gleich nach Ihrem letzten Gespräch mit Amelia und Lincoln noch mal angerufen.«

Sommers bemühte sich, ruhiger zu werden. »Ich habe mein Telefon nicht mitgenommen. Hören Sie, ich werde hier gleich im gesamten Gebäudekomplex gewaltsam den Strom abschalten. Das ist die einzige Möglichkeit, den Täter aufzuhalten. Es wird eine riesige …«

»Er wurde bereits aufgehalten.«

»Was?«

»Ja, Sir, ich wurde hergeschickt, um Ihnen mitzuteilen, dass das Telefonat vorhin nur vorgetäuscht war. Rhyme und Sachs wussten, dass der Täter sie belauscht, daher durften sie nicht durchblicken lassen, was wirklich geplant war. Er sollte glauben, dass wir von einem Anschlag hier im Kongresszentrum ausgehen. Sobald ich Lincolns Haus verlassen hatte, habe ich versucht, Sie anzurufen. Aber Sie sind nicht drangegangen. Jemand in der Ausstellungshalle hat gesagt, er habe Sie nach hier unten gehen gesehen.«

O Herr im Himmel.

Sommers starrte das Kabelende an, das unter ihm baumelte. Der Saft darin konnte jeden Moment beschließen, eine Abkürzung nach Hause zu nehmen, und Sommers würde einfach verschwinden.

»Sagen Sie, was genau machen Sie da oben eigentlich?«, rief Pulaski.

Ich bringe mich um.

Sommers holte das Kabel nun langsam ein, griff in die Lücke der Ummantelung und fing an, den verdrehten Draht von der Hauptleitung zu entfernen. Dabei befürchtete – nein, erwartete – er die ganze Zeit, dass er jeden Moment ein Summen hören würde, gefolgt von einem sehr, sehr kurzen Knall, wenn der Lichtbogen ihn tötete.

Es schien ewig zu dauern, das Miststück wieder aufzubekommen.

»Kann ich Ihnen irgendwie helfen, Sir?«

Ja, halt's Maul.

»Äh, bleiben Sie einfach nur auf Abstand, und geben Sie mir eine Minute, Officer.«

»Sicher.«

Endlich löste das Kabel sich von der Hauptleitung, und Sommers ließ es zu Boden fallen. Dann schob er sich aus der Schlauchschlinge nach unten, hing kurz mit ausgestreckten Armen da und ließ los. Der Aufprall tat weh, und Sommers stürzte, aber anscheinend hatte er sich nichts gebrochen.

»Was haben Sie gesagt, Sir?«, fragte Pulaski.

Er hatte sich leise etwas geschworen: *Das nächste Mal rührst du dich nicht vom Fleck.*

Doch er antwortete: »Nichts.« Dann klopfte er sich den Staub von der Hose und sah sich um. »Ach, Officer?«

»Ja, Sir?«

»Sind Sie auf dem Weg nach hier unten zufällig an einer Toilette vorbeigekommen?«

… Achtzig

»Charlie Sommers geht es gut«, rief Sachs und steckte das Mobiltelefon ein. »Das war Ron.«

Rhyme runzelte die Stirn. »Wieso sollte es ihm *nicht* gut gehen?«

»Wie es scheint, wollte er den Helden spielen. Er hatte vor, den Strom im Kongresszentrum abzuschalten. Ron hat ihn im Keller gefunden, wo er mit einem Kabel und ein paar Werkzeugen von der Decke hing.«

»Und was hat er gemacht?«

»Keine Ahnung.«

»Welchen Teil von ›nicht vom Fleck rühren‹ hat er nicht verstanden?«

Sachs zuckte die Achseln.

»Hättet ihr ihn nicht einfach anrufen können?«

»Er hatte sein Telefon nicht mitgenommen. Wegen irgendwas mit hunderttausend Volt.«

Andi Jessens Bruder ging es ebenfalls gut. Er war allerdings schmutzig, hungrig und wütend. Man hatte ihn im Laderaum von Logans weißem Lieferwagen gefunden, der in der Gasse hinter Rhymes Haus geparkt stand. Logan hatte kaum ein Wort mit ihm geredet und ihn im Dunkeln gelassen – buchstäblich. Randall Jessen war davon ausgegangen, man habe ihn entführt, um Geld von seiner wohlhabenden Schwester zu erpressen. Von den Anschlägen wusste er nichts, und Logan hatte offenbar geplant, ihn in Rhymes Keller durch einen Stromschlag zu töten. Es sollte so aussehen, als hätte er nach Rhymes Ermordung den Schalter wieder entfernen wollen und dabei versehentlich eine heiße Leitung berührt. Mittlerweile war seine Schwester bei ihm, und Gary Noble hatte sie auf den neuesten Stand der Dinge gebracht.

Rhyme fragte sich, ob Andi Jessen wohl irgendwie darauf reagieren würde, dass die Drahtzieher der Verschwörung aus dem Lager der bei ihr ohnehin unbeliebten alternativen Energien kamen.

»Und Bob Cavanaugh?«, fragte er. »Der Geschäftsführer?«

»McDaniels Leute haben ihn verhaftet. Er war in seinem Büro und hat keinen Widerstand geleistet. Bei ihm wurden haufenweise Unterlagen gefunden – über Firmen auf dem Sektor der erneuerbaren Energien, mit denen die Verschwörer nach der Übernahme der Algonquin Geschäfte tätigen wollten. Das FBI wird die Namen der Komplizen in seinem Computer finden oder anhand der Verbindungsnachweise seines Telefons herausbekommen – sofern er nicht kooperiert.«

Ein grünes Kartell...

Rhyme registrierte, dass Richard Logan, der mit Hand- und Fußfesseln zwischen zwei uniformierten Beamten saß, etwas zu ihm sagte. Er sah ihn an.

»Eine Falle?«, wiederholte der Killer mit kühler, beklemmend analytischer Stimme. »Es war alles nur vorgetäuscht? Sie haben es von Anfang an gewusst?«

»Ja.« Rhyme musterte ihn eindringlich. Obwohl der Mann den Namen Richard Logan bestätigt hatte, würde er für Rhyme immer der Uhrmacher bleiben. Das Gesicht sah nach der plastischen Operation anders aus, ja, aber die Augen waren nach wie vor die des Mannes, der sich als ebenso schlau wie Rhyme erwiesen hatte. Gelegentlich sogar als schlauer. Und der sich nicht mit so trivialen Dingen wie Gesetzen oder einem Gewissen aufhielt.

Die Fesseln waren massiv und saßen fest, aber Lon Sellitto

blieb dennoch vorsichtshalber in der Nähe und behielt den Mann im Auge, als würde er befürchten, Logan plane mit seinem beachtlichen Verstand bereits die Flucht.

Rhyme war anderer Ansicht. Der Gefangene hatte mit flinkem Blick den Raum und die anwesenden Beamten überprüft und war zu dem Schluss gelangt, dass Widerstand vorläufig keinen Sinn hatte.

»Also«, sagte Logan ruhig. »Wie haben Sie das angestellt?« Es schien ihn wirklich zu interessieren.

Sachs und Cooper verzeichneten und verpackten die neuen Beweise. Rhyme, dessen Ego sich geschmeichelt fühlte, gab nur zu gern eine Erklärung ab. »Als unser FBI-Agent mir mitteilte, dass der Täter nicht Galt, sondern jemand anders war, hat mir das einen völlig neuen Blickwinkel eröffnet. Sie wissen ja, wie riskant es ist, von Annahmen auszugehen … Ich hatte die ganze Zeit vorausgesetzt, Galt wäre der Täter gewesen. Doch als dieser Punkt und damit auch Galts Motiv wegfiel, fing ich an, die Verbrechen neu zu bewerten. Zum Beispiel die Falle in der Schule: Welchen Sinn hätte es, nur zwei oder drei Beamte zu verletzen? Noch dazu mit einem lauten Generator? Da kam mir der Gedanke, dass es eine gute Möglichkeit wäre, etwas ins Labor einzuschmuggeln – denn groß genug war das Ding ja auch noch.

Ich ging auf Verdacht davon aus, dass es sich um ein Mikrofon handeln könnte. Daher fing ich an, über Andi Jessen und ihren Bruder zu schwadronieren, weil das ja auch der Weg war, den die Beweise eindeutig nahelegten. Doch gleichzeitig habe ich Anweisungen in meinen Computer getippt. Die Leute im Labor haben alle mitgelesen. Mel – unser Techniker – sollte den Generator auf eine Wanze überprüfen … und siehe da, es gab tatsächlich eine. Wenn der Täter aber wollte, dass der Generator gefunden würde, mussten die Spuren daran wohl gefälscht sein. Auf wen auch immer sie weisen mochten, er hatte nichts mit den Verbrechen zu tun: Andi Jessen und ihr Bruder waren demnach unschuldig.«

Logan runzelte die Stirn. »Hatten Sie die Frau denn *nie* im Verdacht?«

»Doch, hatte ich. Wir dachten, dass Andi uns belogen hatte. Das müssen Sie doch mitgehört haben.«

»Ja, aber ich war mir nicht sicher, was damit gemeint war.«

»Sie hat Sachs erzählt, sie habe ihre Begabung von ihrem Vater geerbt. Als wolle sie verheimlichen, dass sie früher als Technikerin gearbeitet hat und weiß, wie man einen Lichtbogen auslöst. Bei genauerem Hinsehen wird jedoch klar, dass sie gar nichts geleugnet, sondern einfach nur gesagt hat, ihre Fähigkeiten lägen eher auf der geschäftlichen Seite ... Wie dem auch sei, wenn nicht Andi und ihr Bruder, wer dann? Ich habe mir die Beweise noch mal vorgenommen.« Ein Blick auf die Tabellen. »Einige Dinge ließen sich nicht erklären oder zuordnen. Vor allem die Feder.«

»Feder? Stimmt, die haben Sie erwähnt.«

»Wir haben an einem der Tatorte eine winzige Haarfeder gefunden. Fast unsichtbar. Wir dachten, sie würde von einer Zeitschaltuhr in irgendeinem Schalter stammen. Nun aber kam mir der Gedanke, dass es auch eine Armband- oder Taschenuhr gewesen sein konnte. Und das ließ mich dann natürlich an Sie denken.«

»Eine Haarfeder?« Logan machte ein langes Gesicht. »Bevor ich aus dem Haus gehe, säubere ich meine Kleidung stets mit einem solchen Roller« – er nickte in Richtung eines Gestells, in dem mehrere Kleberoller hingen, wie man sie auch zur Entfernung von Tierhaaren benutzte –, »um keine Partikel zu verschleppen. Die Feder muss mir in den Hosenaufschlag gefallen sein. Und wollen Sie mal was Witziges hören, Lincoln? Der Grund dafür war vermutlich, dass ich einen Großteil meiner alten Ersatzteile und Werkzeuge weggeräumt habe. Wie ich schon sagte ... ich hatte angefangen, mich für die elektronische Zeitmessung zu begeistern. Das wollte ich als Nächstes versuchen. Ich wollte die perfekteste Uhr der Welt konstruieren. Sogar besser als die Atomuhr der Regierung. Aber auf elektronischer Basis.«

»Jedenfalls passte bei uns auf einmal alles zusammen«, fuhr Rhyme fort. »Meine Schlussfolgerung hinsichtlich der Briefe – dass Galt sie unter Zwang schreiben musste – war plausibel, sofern *Sie* sie ihm diktiert hatten. Und das alternative Flugbenzin? Das wird zwar *hauptsächlich* in Militärjets getestet, aber eben auch in einigen privaten und kommerziellen Maschinen. Ein Anschlag auf einen Flughafen oder Militärstützpunkt wäre überaus schwierig zu bewerkstelligen, weil die Sicherheitsvorkehrungen dort sehr hoch sind. Woher also kamen diese Partikel? Nun, uns war gerade erst ein Flughafen untergekommen, wenn auch nicht bei diesem Fall. Dafür aber im Kontext mit Ihnen – in Mexiko. Außerdem hatten wir an einem der Tatorte eine grüne Faser gefunden ... in genau dem gleichen Farbton wie mexikanische Polizeiuniformen. Und auch an ihr klebte Flugbenzin.«

»Ich habe eine Faser hinterlassen?« Er ärgerte sich über sich selbst. Wurde sogar richtig wütend.

»Ich nahm an, dass Sie bei einem Treffen mit Arturo Diaz an Ihre Kleidung gekommen ist. Am Flughafen von Mexico City, bevor Sie zurück nach Philadelphia geflogen sind, um Randall Jessen zu entführen und nach New York zu fahren.«

Logan konnte nur seufzen und bestätigte damit Rhymes Theorie.

»Bis dahin war alles nur Vermutung. Ihre Beteiligung war reine Spekulation – bis ich begriff, dass ich die Antwort direkt vor mir hatte. Die eindeutige Antwort.«

»Was meinen Sie?«

»Die DNS. Wir hatten die Analyseergebnisse einer Blutspur, die wir an der Zugangsluke aus dem Keller des ersten Umspannwerks sichern konnten. Aber wir hatten sie nie mit CODIS abgeglichen – der DNS-Datenbank. Warum sollten wir auch? Wir *kannten* ja bereits Galts Identität.«

Das hatte letzte Gewissheit gebracht. Rhyme hatte Cooper per getippter Nachricht angewiesen, das DNS-Labor zu einem solchen Abgleich zu veranlassen. »Wie Sie sich vielleicht erinnern, haben wir eine Probe Ihrer DNS genommen, als wir uns vor einigen Jahren zum ersten Mal begegnet sind. Seitdem war sie im System gespeichert. Als Sie vorhin hier aufgetaucht sind, hatte ich soeben die Bestätigung erhalten, dass die aktuelle Probe damit übereinstimmt. Ich habe es gerade noch rechtzeitig geschafft, das Programm auf meinem Monitor zu schließen.«

Logans Züge verhärteten sich immer mehr. Die Wut auf sich selbst nahm zu. »Ja, ja... Ich habe mir an einem scharfkantigen Grat dieser Luke den Finger verletzt. Dann habe ich das Blut so gut wie möglich weggewischt, aber befürchtet, dass Sie es finden würden. Deshalb habe ich die Batterie präpariert, um die Spur endgültig zu vernichten.«

»Locards Prinzip«, sagte Rhyme und zitierte den Kriminalisten des frühen zwanzigsten Jahrhunderts. »Bei jedem Verbrechen findet ein Austausch...«

»...zwischen Täter und Opfer oder Täter und Tatort statt«, fiel Logan ihm ins Wort. »Die Spur mag schwierig zu entdecken sein, aber die Verbindung existiert. Und es ist die Aufgabe eines jeden Tatortermittlers, das eine gemeinsame Beweisstück zu finden, das zur Identität des Täters führt, wenn nicht sogar zu seiner Türschwelle.«

Rhyme musste unwillkürlich lachen. Der Wortlaut des Zitats stammte von ihm. Er hatte Locard in einem Artikel für eine Fachzeitschrift paraphrasiert, und zwar erst vor zwei oder drei Monaten. Auch Richard Logan hatte offenbar seine Hausaufgaben gemacht.

Oder war es um mehr als nur Nachforschungen gegangen?

Deshalb habe ich zugesagt ... Ich wollte in Ihre Nähe gelangen ...

»Sie sind nicht nur ein guter Kriminalist, sondern auch ein guter Schauspieler«, sagte Logan. »Sie haben mich zum Narren gehalten.«

»Auf dem Gebiet sind Sie auch nicht ganz untalentiert, oder?«

Die Männer sahen einander in die Augen. Dann klingelte Sellittos Telefon. Er führte ein kurzes Gespräch und trennte die Verbindung. »Der Transport ist da.«

Drei Beamte betraten den Raum, zwei Uniformierte und ein braunhaariger Detective in Jeans, blauem Hemd und gelbbraunem Sportsakko. Sein freundliches Lächeln wurde ein wenig durch die Tatsache relativiert, dass er zwei sehr große Automatikpistolen am Gürtel trug.

»He, Roland«, begrüßte Amelia Sachs ihn lächelnd.

»Wir haben uns lange nicht gesehen«, sagte Rhyme.

»Howdy. Na, da ist euch ja ein schöner Fang gelungen.« Roland Bell stammte ursprünglich aus North Carolina und hatte dort bereits als Polizist gearbeitet. Seit einigen Jahren war er Detective beim NYPD, aber man hörte ihm die Südstaatenherkunft noch an. Sein Spezialgebiet waren der Zeugenschutz und die Bewachung von besonders gefährlichen Tätern. Es gab für diesen Job keinen Besseren. Rhyme war erfreut, dass ausgerechnet Bell den Uhrmacher ins Untersuchungsgefängnis verfrachten würde. »Er wird in guten Händen sein.«

Bell nickte den Streifenbeamten zu, und sie halfen Logan auf die Beine. Der Detective überprüfte die Hand- und Fußfesseln und durchsuchte den Mann eigenhändig. Dann machten sie sich auf den Weg. Der Uhrmacher wandte den Kopf. »Wir sehen uns hoffentlich wieder, Lincoln«, sagte er.

»Bestimmt sogar. Ich freue mich schon darauf.«

Logans Lächeln wich einer verblüfften Miene.

»Ich werde als Sachverständiger der Spurensicherung bei Ihrem Prozess aussagen«, fuhr Rhyme fort.

»Vielleicht dort. Vielleicht woanders.« Der Mann schaute zu der Breguet. »Vergessen Sie nicht, sie weiterhin aufziehen zu lassen.«

Und mit diesen Worten wurde er hinausgeführt.

... Einundachtzig

»Es tut mir sehr leid, Rodolfo.«

»Arturo?«, fragte die sonst so überschwängliche Stimme kleinlaut. »Nein. Das darf doch nicht wahr sein.«

Rhyme fuhr fort und beschrieb ihm den Plan, den Diaz ausgeheckt hatte – nämlich seinen Vorgesetzten zu ermorden und es wie das zufällige Resultat eines Bombenanschlags in Mexico City aussehen zu lassen.

Am anderen Ende der Leitung herrschte Stille.

»War er ein Freund von Ihnen?«, fragte Rhyme.

»Ach, Freundschaft... Ich würde sagen, wenn es um Treuebruch geht, ist die Ehefrau, die mit einem anderen schläft und nach Hause kommt, um sich um deine Kinder zu kümmern und dir ein Essen zu kochen, eine geringere Sünderin als der Freund, der dich aus Habgier verrät. Oder was meinen Sie, Captain Rhyme?«

»Verrat ist ein Symptom der Wahrheit.«

»Ah, Captain Rhyme, sind Sie etwa Buddhist? Oder Hindu?«

Rhyme musste lachen. »Nein.«

»Aber Sie werden philosophisch... Ich glaube, die Antwort lautet, dass Arturo Diaz ein mexikanischer Polizist war und dass das Grund genug für sein Verhalten gewesen ist. Das Leben hier unten ist unmöglich.«

»Trotzdem halten Sie stand. Sie kämpfen weiter.«

»Ja, aber ich bin ein Narr. Ganz ähnlich wie Sie, mein Freund.

Könnten Sie nicht Millionen damit verdienen, Sicherheitskonzepte für Großkonzerne zu entwickeln?«

»Aber das würde keinen Spaß machen«, erwiderte der Kriminalist.

Das Lachen war aufrichtig und laut. »Was wird nun mit ihm passieren?«, fragte der Mexikaner.

»Logan? Man wird ihn für die Anschläge vor Gericht stellen und verurteilen. Und für die Verbrechen, die er hier vor einigen Jahren begangen hat.«

»Wird er die Todesstrafe erhalten?«

»Schon möglich, aber man wird ihn nicht hinrichten.«

»Warum nicht? Wegen der Liberalen in Amerika, über die ich so viel höre?«

»Die Sachlage ist etwas komplizierter. In erster Linie geht es dabei um die momentane Politik. Egal, was ein Täter verbrochen hat, der Gouverneur hier will derzeit keine Todesurteile vollstrecken lassen, denn es könnte missliche Folgen haben.«

»Vor allem für den betroffenen Strafgefangenen.«

»Dessen Meinung wird dabei allerdings kaum berücksichtigt.«

»Vermutlich nicht. Nun, trotz dieser Milde, Captain, würde Amerika mir gefallen, glaube ich. Vielleicht schleiche ich mich über die Grenze und werde illegaler Einwanderer. Ich könnte tagsüber bei McDonald's arbeiten und nachts Verbrechen aufklären.«

»Ich bin gern bereit, für Sie zu bürgen, Rodolfo.«

»Ha. Meine Reise in die USA ist ungefähr so wahrscheinlich wie Ihre Reise nach Mexico City, obwohl ich unser Hühnchen in pikanter Soße und den Tequila wirklich empfehlen kann.«

»Ja, das stimmt. Obwohl der Tequila mich durchaus reizt.«

»So, jetzt muss ich aber los und das Rattennest ausheben, in das meine Behörde sich verwandelt hat. Es könnten …«

Er verstummte.

»Was denn, Commander?«

»Es könnten einige Fragen bezüglich der Beweise auftauchen. Ich weiß, es ist anmaßend von mir, aber dürfte ich Sie damit eventuell behelligen?«

»Ich werde Ihnen mit dem größten Vergnügen in jeder Hinsicht behilflich sein.«

»Sehr gut.« Wieder ein leises Lachen. »Mit etwas Glück kann ich mich in einigen Jahren womöglich auch zur Ruhe setzen.«

»Sie? Im Ruhestand, Commander?«

»Das war nur ein Scherz, Captain. Der Ruhestand ist nichts für Leute wie uns. Wir werden bei der Arbeit sterben. Lassen Sie uns beten, dass es bis dahin noch lange dauern möge. Und nun auf Wiedersehen, mein Freund.«

Sie trennten die Verbindung. Dann ließ Rhyme das Telefon die Nummer von Kathryn Dance in Kalifornien wählen und teilte ihr mit, dass Richard Logan hinter Gittern saß. Das Gespräch dauerte nur kurz. Nicht etwa, weil er keine Lust gehabt hätte – eher im Gegenteil: Er war über seinen Erfolg hocherfreut.

Aber die Nachwirkungen der Dysregulation senkten sich allmählich wie ein kalter Tau über ihn. Er ließ Sachs an den Apparat, damit sie ein wenig mit ihrer Freundin plaudern konnte, und bat Thom, ihm einen Glenmorangie zu bringen.

»Den achtzehn Jahre alten, falls du so nett wärst. Bitte und danke.«

Thom schenkte ihm einen großzügig bemessenen Whisky ein und stellte den Plastikbecher in den Getränkehalter neben dem Mund seines Chefs. Rhyme sog etwas davon durch den Strohhalm, genoss den rauchigen Geschmack auf der Zunge und schluckte erst dann herunter. Er spürte die Wärme, die Behaglichkeit, aber es betonte auch die verdammte Ermattung, die ihn schon seit rund einer Woche plagte. Er zwang sich, nicht darüber nachzudenken.

»Leistest du mir Gesellschaft?«, fragte er Sachs, nachdem sie ihr Telefonat beendet hatte.

»Auf jeden Fall.«

»Mir ist nach Musik«, sagte er.

»Jazz?«

»Gern.«

Er entschied sich für Dave Brubeck, eine Live-Aufnahme aus den Sechzigern. »Take Five«, die bekannteste Melodie des Künstlers, setzte ein und ging mit ihrem markanten Fünfvierteltakt sofort ins Ohr.

Sachs goss sich einen Drink ein und setzte sich neben ihn. Ihr Blick fiel auf die Tafeln. »Wir haben etwas vergessen, Rhyme.«

»Was denn?«

»Diese angebliche Terrorgruppe. Gerechtigkeit für die Erde.«

»Das ist ab jetzt McDaniels Problem. Falls wir irgendwelche konkreten Spuren entdeckt hätten, würde ich mir vielleicht Gedanken machen. Doch da war nichts.« Rhyme trank noch einen Schluck und spürte eine weitere Woge der hartnäckigen Müdigkeit. Dennoch gelang ihm ein kleiner Scherz: »Meiner Meinung nach war da jemand im digitalen Umfeld bloß falsch verbunden.«

...Zweiundachtzig

Im Central Park war die Veranstaltung anlässlich des Earth Day in vollem Gange.

Um achtzehn Uhr zwanzig an diesem angenehmen, wenngleich kühlen und bewölkten Abend stand ein FBI-Agent am Rand der großen Rasenfläche und ließ den Blick über die Menschenmenge schweifen. Die meisten der Leute demonstrierten gegen irgendwas. Andere saßen beim Picknick, wieder andere waren Touristen. Aber die Mehrheit der Fünfzigtausend schien einfach aus dem einen oder anderen Grund sauer zu sein: globale Erwärmung, Öl, Großindustrie, Kohlendioxid, Treibhausgase.

Und Methan.

Special Agent Timothy Conradt konnte es kaum fassen, als er eine Gruppe entdeckte, die gegen bovine Flatulenz demonstrierte. Der Methanausstoß großer Rinderherden brannte also offenbar ebenfalls Löcher in die Ozonschicht.

Kuhfürze.

Was für eine verrückte Welt.

Conradt hatte einen falschen Schnurrbart im Gesicht und trug Jeans und ein weites Hemd, unter dem er sein Funkgerät und die Waffe versteckte. Seine Frau hatte ihm an jenem Morgen extra Falten in die Kleidung gebügelt, obwohl er lieber in den Klamotten übernachtet hätte, um sie authentischer aussehen zu lassen.

Er war kein Freund der leichtgläubigen Liberalen und aller

anderen, die den Ausverkauf des Landes propagierten, weil sie … tja, weswegen eigentlich? Aus Selbstgefälligkeit oder Feigheit, wegen Europa, der Globalisierung oder im Namen des Sozialismus?

Doch mit den Leuten *hier* hatte er eines gemeinsam: die Sorge um die Umwelt. Conradt liebte es, in der freien Natur zu sein. Er ging jagen, angeln und wandern. Und deshalb stand er dem Ganzen hier wohlwollend gegenüber.

Er behielt die Menge sorgfältig im Auge, denn ungeachtet der Verhaftung des sogenannten Uhrmachers war ASAC Tucker McDaniel weiterhin überzeugt, dass die Gruppe namens »Gerechtigkeit für die Erde« nicht stillhalten würde. Die SIGINT-Treffer legten diesen Verdacht zwingend nahe, das musste sogar ein Technik-Laie wie Conradt einräumen. Gerechtigkeit für die Erde. Oder, wie es gemäß McDaniels Anweisung nun im internen Sprachgebrauch hieß: GFDE, ausgesprochen »Gefdeh«.

In der ganzen Stadt waren Teams des FBI und des NYPD verteilt und überwachten das Kongresszentrum in der Nähe des Hudson River, eine Parade unten im Battery Park und diese Kundgebung im Central Park.

McDaniels Theorie lautete, dass sie die vermeintliche Verbindung zwischen Richard Logan, der Algonquin Consolidated Power und GFDE falsch gedeutet hatten, es jedoch wahrscheinlich war, dass die Gruppe mit einer mutmaßlich islamistischen Zelle zusammenarbeitete.

Ein symbiotisches Konstrukt.

Der Begriff würde den FBI-Leuten noch monatelang Munition für die gemeinsamen Drinks nach Feierabend liefern.

Conradt besaß viele Jahre Praxiserfahrung und war der Ansicht, dass GFDE zwar existierte, aber lediglich aus einem Haufen Spinner bestand, die für niemanden eine Gefahr darstellten. Er schlenderte nun beiläufig umher, hielt derweil aber beständig Ausschau nach Leuten, die in das Profil passten. Dabei achtete er darauf, wie sie ihre Arme im Verhältnis zum Rest des Körpers hielten, was für Rucksäcke sie trugen und ob ihre Gangart vermuten ließ, dass sie eine Waffe oder Sprengladung mit sich führten. Hatte jemand womöglich ein blasses Kinn, weil er sich erst kürzlich den Vollbart abrasiert hatte? Griff eine Frau sich unwillkürlich ans Haar, weil sie sich zum ersten Mal seit ihrer Jugend ohne Hijab in der Öffentlichkeit zeigte und sich unwohl fühlte?

Und natürlich: Wie sahen die Augen aus?

Bislang hatte Conradt andächtige, verträumte und neugierige Blicke gesehen.

Jedoch keine, die darauf hingedeutet hätten, dass hier jemand im Namen eines Gottes eine möglichst große Anzahl von Menschen ermorden wollte. Oder im Namen der Wale, der Bäume oder der Fleckenkäuze. Conradt drehte eine Weile seine Runden und blieb schließlich neben seiner Partnerin stehen, einer ernsten Fünfunddreißigjährigen mit langem Bauernrock und einer Bluse, die so weit und praktisch war wie Conradts Hemd.

»War was?«

Eine überflüssige Frage, denn sie hätte ihm – und den zahllosen Kollegen, die hier heute Abend unterwegs waren – über Funk Bescheid gegeben, falls ihr »was« aufgefallen wäre.

Ein Kopfschütteln.

Nach Barbs Ansicht waren überflüssige Fragen keine richtige Antwort wert.

Bar-ba-ra, korrigierte er sich. So wie sie ihn zu Beginn ihrer Zusammenarbeit korrigiert hatte.

»Sind sie schon da?« Conradt wies in Richtung der Bühne am Südende der Rasenfläche. Er meinte die Redner, deren Auftritt für achtzehn Uhr dreißig angekündigt war: die beiden Senatoren aus Washington. Sie hatten mit dem Präsidenten an Umweltthemen gearbeitet und Gesetze auf den Weg gebracht, die der grünen Bewegung gefielen und der Hälfte der amerikanischen Konzerne großes Kopfzerbrechen bereiteten.

Danach würde ein Konzert folgen. Conradt hätte nicht sagen können, ob die Leute eher wegen der Reden oder wegen der Musik hier waren. Wahrscheinlich beides.

»Bin gerade erst angekommen«, sagte Barbara.

Beide musterten sie eine Zeit lang die Menge.

»Dieses Akronym ist bescheuert«, sagte Conradt dann. »Gefdeh. Wir sollten bei GFDE bleiben.«

»Gefdeh ist kein Akronym.«

»Wie meinst du das?«

»Bei einem Akronym bilden die Buchstaben ein Wort«, erklärte Barbara.

»Auf Englisch?«

Sie stieß ein – wie er fand – herablassendes Seufzen aus. »Sofern es ein englischsprachiges Land ist. Ja, natürlich.«

»Also ist FBI kein Akronym?«

»Nein, eine Abkürzung. UNO oder NATO sind Akronyme.«

Conradt dachte: Und Barbara ist eine …

»Was ist mit BIC?«, fragte er.

»Vermutlich auch, aber bei Markennamen bin ich mir nicht sicher. Wofür stehen die Buchstaben?«

»Hab ich vergessen.«

Ihre Funkgeräte erwachten im selben Moment zum Leben, und sie neigten die Köpfe. »Achtung, die Besucher sind jetzt an der Bühne. Ich wiederhole, die Besucher sind an der Bühne.«

Die Besucher – gemeint waren die Senatoren.

Der Agent von der Leitstelle schickte Conradt und Barbara auf die Westseite der Bühne. Sie machten sich auf den Weg.

»Das hier war früher mal eine Schafweide«, sagte Conradt. »Die Stadtväter ließen sie bis in die Dreißigerjahre hier grasen. Dann wurden sie in den Prospect Park nach Brooklyn verlegt. Die Schafe, meine ich.«

Barbara sah ihn fragend an, was wohl heißen sollte: Und wieso erzählst du das jetzt?

Sie bogen auf einen schmalen Pfad ein. Conradt ließ ihr den Vortritt.

Applaus brandete auf. Und Rufe.

Dann betraten die beiden Senatoren das Podium. Der erste Redner beugte sich zum Mikrofon vor und fing mit tiefer, volltönender Stimme an zu sprechen. Seine Worte hallten über die gesamte Rasenfläche. Die Menge war schon bald heiser, denn sie bekundete mindestens alle zwei Minuten mit lautem Grölen ihre Zustimmung, während der Senator sie mit Plattitüden abspeiste.

Eine Predigt für Bekehrte.

Conradt registrierte abseits der Bühne eine Bewegung, eine Bewegung von etwas, das gleichmäßig nach vorn auf die Senatoren zusteuerte. Er hielt kurz inne. Dann lief er los.

»Was ist?«, rief Barbara und griff nach ihrer Waffe.

»Gefdeh«, flüsterte er. Und nahm sein Funkgerät.

... Dreiundachtzig

Um neunzehn Uhr kehrte Fred Dellray ins Federal Building von Manhattan zurück. Er hatte William Brent alias Stanley Palmer alias eine Menge anderer Namen im Krankenhaus besucht. Der Mann war schwer verletzt, aber immerhin wieder bei Bewusstsein. Man würde ihn in drei oder vier Tagen von der Intensivstation auf eine normale Station verlegen.

Die Anwälte der Stadt hatten sich bereits mit ihm in Verbindung gesetzt und für den Unfall einen Schadenersatz angeboten. Wer schuldlos von einem Polizisten in dessen Streifenwagen angefahren wurde, hatte quasi einen Blankoscheck in der Hand. Man bot ihm 50 000 Dollar sowie die Übernahme sämtlicher krankheitsbedingter Kosten.

William Brent hatte demnach eine echte Glückssträhne erwischt, zumindest finanziell betrachtet, denn er erhielt sowohl das steuerfreie Schmerzensgeld als auch die Hunderttausend, die Dellray ihm gezahlt hatte – ebenfalls steuerfrei, weil das Finanzamt nie davon erfahren würde.

Dellray war in seinem Büro und kostete die erfreuliche Nachricht aus, dass Richard Logan, der Uhrmacher, in Haft saß, als seine Assistentin, eine intelligente Afroamerikanerin Mitte zwanzig, hereinkam. »Haben Sie schon von dieser Earth-Day-Sache gehört?«

»Nein, was ist los?«

»Ich weiß keine Einzelheiten, aber diese Gruppe, Gefdeh...«

»Was?«

»GFDE. Gerechtigkeit für die Erde. Was auch immer das ist. Die Ökoterrorgruppe.«

Dellray stellte seinen Kaffee auf den Tisch. Sein Herz schlug schneller. »Die ist echt?«

»Ja.«

»Was ist passiert?«, drängte er.

»Ich habe nur gehört, dass sie im Central Park bis zu den beiden Senatoren vorgedrungen sind, die der Präsident als Redner zu der Kundgebung geschickt hat. Der SAC möchte Sie in seinem Büro sehen. Gleich.«

»Gab es Verletzte oder Tote?«, flüsterte Dellray entsetzt.

»Keine Ahnung.«

Der schlaksige Agent stand mit grimmiger Miene auf und eilte mit großen Schritten den Flur hinunter.

Seine Karriere ging wohl in diesen Minuten zu Ende. Er hatte einen wichtigen Anhaltspunkt für die Ergreifung des Uhrmachers liefern können. Doch bei seiner eigentlichen Aufgabe hatte er versagt: der Aufspürung der Terrorgruppe.

Und das würde McDaniel benutzen, um ihn fertigzumachen... auf seine eifrige und doch besonnene, energische und doch feinsinnige Art. Anscheinend war es bereits geschehen, denn wieso sonst wollte der SAC mit ihm sprechen?

Nun, bleiben Sie am Ball, Fred. Sie leisten gute Arbeit...

Im Vorbeigehen schaute Dellray in die Büros beidseits des Korridors, weil er jemanden nach Einzelheiten des Zwischenfalls fragen wollte. Doch die Zimmer waren leer. Es war schon spät, und außerdem dürften alle nach der Sichtung von »Gerechtigkeit für die Erde« sofort zum Central Park aufgebrochen sein. Das war vielleicht das deutlichste Anzeichen für Dellrays Abstieg: Man hatte ihm nicht mal mehr Bescheid gegeben.

Natürlich war noch ein weiterer Grund dafür denkbar – und für die Ladung ins Büro des SAC: die gestohlenen hunderttausend Dollar.

Was, zum Teufel, hatte er sich nur dabei gedacht? Er hatte es für die Stadt getan, die er liebte und deren Bürger er zu schützen geschworen hatte. Aber hatte er wirklich geglaubt, er würde damit durchkommen? Vor allem bei einem ASAC, der ihn loswerden wollte und der über dem Papierkram seiner Untergebenen brütete wie ein Kreuzworträtselsüchtiger?

Ob es ihm wohl gelingen würde, eine Haftstrafe zu vermeiden?

Er war sich nicht sicher. Nach dem Mist, den er bei »Gerechtigkeit für die Erde« gebaut hatte, waren seine Aktien in den Keller gesunken.

Er ließ einen der Flure des langweiligen Bürogebäudes hinter sich und bog auf einen anderen ein.

Schließlich erreichte er das Dienstzimmer des Special Agent in Charge. Die Sekretärin kündigte ihn an und schickte ihn weiter in das große Eckbüro.

»Fred.«

»Jon.«

Der SAC, Jonathan Phelps, Mitte fünfzig, strich sich über das graue, nach hinten gekämmte Haar und bedeutete Dellray, er möge auf einem Sessel vor dem unordentlichen Schreibtisch Platz nehmen.

Nein, unordentlich war das falsche Wort, fand Dellray. Die Akten waren ordentlich und sortiert; allerdings nahmen sie eine knapp zehn Zentimeter hohe Schicht auf fast der gesamten Tischplatte ein. Dies war immerhin New York. Hier konnte viel schiefgehen, das dann von Leuten wie dem SAC wieder in Ordnung gebracht werden musste.

Dellray versuchte, aus dem Mann schlau zu werden, aber der ließ sich nichts anmerken. Auch Phelps hatte früher mal als verdeckter Ermittler gearbeitet. Doch diese kleine Gemeinsamkeit würde Dellray keine zusätzlichen Sympathien einbringen. Auf eines war beim FBI stets Verlass: Die Bundesgesetze und zugehörigen Vorschriften standen an erster Stelle. Außer ihnen beiden war niemand im Raum. Das überraschte Dellray nicht. Tucker McDaniel würde den Terroristen im Central Park gerade ihre Rechte vorlesen.

»Also, Fred, dann komme ich mal gleich zur Sache.«

»Natürlich.«

»Wegen dieser Gefdeh-Geschichte.«

»Gerechtigkeit für die Erde.«

»Genau.« Er fuhr sich mit den Fingern erneut durch das dichte Haar. Es sah hinterher ebenso adrett aus wie vorher.

»Nur damit ich das richtig verstehe. Sie haben nichts über diese Gruppe herausgefunden, korrekt?«

Dellray hatte noch nie um den heißen Brei herumgeredet. »Nein, Jon. Ich hab's versaut. Ich habe alle meine üblichen Quellen angezapft und ein halbes Dutzend neue dazu. Alle meine aktuellen Kontakte und ein Dutzend frühere. Sogar zwei Dutzend. Ohne jeden Erfolg. Tut mir leid.«

»Und doch hatten Tucker McDaniels Überwachungsteams zehn klare Treffer.«

Das digitale Umfeld…

Dellray würde nicht schlecht über McDaniel reden, nicht mal ansatzweise. »Ja, soweit ich weiß. Seine Leute haben eine Menge nützliche Details herausgefunden. Die Namen der Beteiligten – dieser Rahman, Johnston. Und Codeworte, die sich auf Waffen beziehen.« Er seufzte. »Ich habe gehört, es hat einen Zwischenfall gegeben, Jon. Was ist passiert?«

»Oh, ja. Gefdeh hat zugeschlagen.«

»Gibt es Tote?«

»Wir haben ein Video. Wollen Sie es sehen?«

Nein, Sir, ganz sicher nicht, dachte Dellray. Das Letzte, was ich sehen will, sind Menschen, die zu Schaden kommen, weil ich Mist gebaut habe. Oder Tucker McDaniel, der mit einem Zugriffteam den Tag rettet. Aber er sagte: »Sicher, zeigen Sie her.«

542

Der SAC beugte sich über seinen Laptop und drückte ein paar Tasten. Dann drehte er das Gerät zu Dellray um. Der rechnete damit, eines der typischen Überwachungsvideos zu Gesicht zu bekommen, aufgenommen mit einem Weitwinkelobjektiv und niedrigem Kontrast, um keine Einzelheiten zu verlieren, mit eingeblendetem Ort und sekundengenauem Zeitstempel am unteren Rand.

Stattdessen sah er einen Nachrichtenbeitrag von CNN vor sich.

CNN?

Eine lächelnde Frau mit Betonfrisur und einem Stapel Notizen in der Hand sprach mit einem Mann Mitte dreißig, dessen Jackett und Hose nicht zusammenpassten. Er hatte dunkle Haut, kurzes Haar und lächelte nervös, während sein Blick zwischen der Reporterin und der Kamera hin- und herwechselte. Neben ihm stand ein kleiner rothaariger Junge mit Sommersprossen, ungefähr acht Jahre alt.

»Ich habe gehört, dass Ihre Schüler sich schon seit Monaten auf den Earth Day vorbereiten«, sagte die Reporterin zu dem Mann.

»Das stimmt«, erwiderte er verlegen, aber stolz.

»Heute Abend sind viele verschiedene Gruppen in den Central Park gekommen, die sich für die unterschiedlichsten Ziele einsetzen. Haben Ihre Schüler sich ein bestimmtes Umweltthema herausgesucht?«

»Eigentlich nicht. Sie interessieren sich für zahlreiche Fragen: erneuerbare Energien, Gefahren für den Regenwald, globale Erwärmung und Kohlendioxid, Schutz der Ozonschicht, Recycling.«

»Und wer ist Ihr junger Assistent hier?«

»Das ist einer meiner Schüler, Tony Johnston.«

Johnston?

»Hallo, Tony. Kannst du unseren Zuschauern zu Hause das Motto eurer Umweltgruppe verraten?«

»Äh, ja. Auch Kinder wollen mehr grüne Gerechtigkeit für die Erde.«

»Und das sind ja tolle Plakate. Haben du und deine Klassenkameraden die ganz allein gemalt?«

»Äh, ja. Aber unser Lehrer, Mr. Rahman« – er schaute zu dem Mann neben ihm empor – »hat uns dabei geholfen.«

»Wie schön, Tony. Vielen Dank dir und deinen Mitschülern aus Peter Rahmans dritter Klasse an der Ralph Waldo Emerson Grundschule in Queens, die glauben, dass man gar nicht jung genug sein kann, um etwas zum Schutz der Umwelt zu bewirken… Das war Kathy Brigham live aus dem…«

Der SAC betätigte eine Taste, und der Bildschirm wurde schwarz. Phelps lehnte sich zurück. Dellray vermochte nicht zu sagen, ob der Mann lachen oder fluchen würde.

»Können Sie sich vorstellen, wie tief wir in der Scheiße stecken, Fred?«, fragte der SAC.

Dellray hob eine Augenbraue.

»Wir haben Washington um weitere fünf Millionen Dollar gebeten, noch zusätzlich zu den Kosten für die Mobilisierung von vierhundert Agenten. In New York, Westchester, Philadelphia, Baltimore und Boston wurden im Eilverfahren zwei Dutzend Haftbefehle erlassen. Dank SIGINT waren wir hundertprozentig sicher, dass eine Ökoterrorgruppe, schlimmer als Timothy McVeigh, schlimmer als Bin Laden, den größten Anschlag aller Zeiten plant, um Amerika in die Knie zu zwingen. Wie sich herausgestellt hat, sind unsere Terroristen acht und neun Jahre alt. Und die Schlüsselbegriffe für Waffen, ›Papier‹ und ›Bedarf‹? Die meinten genau das: einen Bedarf an Papier, wahrscheinlich für die Plakate. Die Kommunikation der Gruppe fand nicht etwa im digitalen Umfeld statt, sondern von Angesicht zu Angesicht, nachdem die Kinder in der Schule aus ihrem Mittagsschlaf aufgewacht waren. Und Rahmans Komplizin? Das war vermutlich der kleine Tony, der bis zu seinem Stimmbruch noch ein paar Jahre Zeit hat... Wie gut, dass SIGINT nicht gemeldet hat, jemand wolle im Central Park – Zitat: ›Tauben fliegen lassen‹, denn dann hätten wir womöglich einen verdammten Haufen Luftabwehrraketen abgefeuert.«

Einen Moment lang herrschte Stille.

»Was denn, keine Schadenfreude, Fred?«

Er zuckte nur die Achseln.

»Wollen Sie Tuckers Job?«

»Und wo wird er...?«

»Woanders. Washington. Spielt das eine Rolle?... Also? Die ASAC-Stelle? Wenn Sie wollen, können Sie noch heute Abend sein Büro übernehmen.«

Dellray zögerte nicht. »Nein, Jon. Danke, aber nein.«

»Sie zählen zu den angesehensten Agenten unserer Dienststelle. Die Leute blicken zu Ihnen auf. Bitte denken Sie noch mal darüber nach.«

»Ich gehöre auf die Straße. Das ist alles, was ich je wollte. Es ist mir wichtig.« Was dermaßen gestelzt klang, dass niemand auf der Straße es ihm je abgekauft hätte.

»Ach, ihr Cowboys.« Der SAC lachte leise. »Dann kehren Sie jetzt mal lieber in Ihr Büro zurück. McDaniel ist hierher unterwegs. Ich habe ihn zu einer Unterredung einbestellt, und ich schätze, Sie legen keinen gesteigerten Wert darauf, ihm zu begegnen.«

»Eher nicht.«

»Ach, Fred«, sagte der SAC, als Dellray schon an der Tür war. »Da ist noch was.«

Der Agent hielt mitten in der Bewegung inne.

»Sie haben den Fall Gonzalez bearbeitet, nicht wahr?«

Dellray hatte mit einigen der gefährlichsten Arschlöcher der Stadt zu tun gehabt und war dabei völlig ruhig geblieben. Nun jedoch war er überzeugt, dass die Adern an seinem Hals sichtbar

pulsieren mussten, so schnell schlug sein Herz. »Die Drogenrazzia, Staten Island. Ja.«

»Wie es scheint, hat es da eine kleine Verwechslung gegeben.«

»Verwechslung?«

»Ja, bei den Beweismitteln.«

»Wirklich?«

Der SAC rieb sich die Augen. »Ihre Teams haben bei dem
Zugriff dreißig Kilo Heroin, zwei Dutzend Waffen und einen
Haufen Bargeld sichergestellt.«

»Richtig.«

»In der Pressemitteilung stand, es habe sich um eins Komma
eins Millionen Dollar gehandelt. Nun wollten wir den Fall für
die Grand Jury vorbereiten und haben in der Asservatenkammer
nur eine Million vorgefunden.«

»Wir haben uns um Hunderttausend verzählt?«

Der SAC neigte den Kopf. »Nein, verzählt hat sich niemand.«

»Aha.« Dellray atmete tief durch. O Mann… jetzt ist es aus.

»Ich habe die Unterlagen kontrolliert, und stellen Sie sich vor,
die erste Null auf der Registrierkarte des Geldes ist so schmal geraten, dass man sie beim flüchtigen Hinsehen für eine Eins halten könnte. Jemand hat nur einen kurzen Blick darauf geworfen
und die Zahl falsch in die Pressemitteilung übernommen.«

»Ich verstehe.«

»Ich wollte Sie nur vorwarnen, falls die Frage aufkommen
sollte: Es war ein Tippfehler. Die bei der Gonzalez-Razzia si-
chergestellte Summe beläuft sich auf genau eine Million Dollar.
Das ist offiziell.«

»Sicher. Danke, Jon.«

Ein Stirnrunzeln. »Wofür?«

»Für die Klarstellung.«

Ein Nicken. Es war ein Nicken mit einer Botschaft, und die
Botschaft war angekommen. »Übrigens«, fügte der SAC hinzu.
»Sie haben gute Unterstützung bei der Ergreifung von Richard

Logan geleistet. Vor ein paar Jahren wollte er einen Anschlag auf mehrere Dutzend Soldaten und Pentagon-Mitarbeiter verüben. Und auf einige von unseren Leuten. Ich bin froh, dass er nun für immer weggesperrt wird.«

Dellray drehte sich um und verließ das Büro. Auf dem Rückweg zu seinem eigenen Schreibtisch gestattete er sich ein einzelnes nervöses Auflachen.

Drittklässler?

Dann zog er sein Mobiltelefon aus der Tasche, um Serena eine SMS zu schicken und ihr mitzuteilen, dass er bald nach Hause kommen würde.

... Vierundachtzig

Lincoln Rhyme blickte auf und sah Pulaski im Eingang stehen.

»Grünschnabel, was machen Sie denn hier? Ich dachte, Sie würden in Queens die Beweisstücke eintragen.«

»Hab ich. Aber...« Seine Stimme verlangsamte sich wie ein Auto, das plötzlich in eine dichte Nebelbank geriet.

»Aber?«

Es war kurz vor einundzwanzig Uhr, und sie waren allein in Rhymes Labor. Aus der Küche drangen behaglich anheimelnde Geräusche an ihre Ohren. Sachs und Thom bereiteten das Abendessen zu. Rhyme stellte fest, dass die Cocktailstunde längst vorbei war, und wünschte sich mürrisch, jemand hätte ihm etwas Whisky nachgeschenkt.

Er wies Pulaski an, das Versäumte nachzuholen. Der junge Beamte tat ihm den Gefallen.

»Das ist aber kein Doppelter«, murmelte Rhyme. Pulaski schien ihn nicht zu hören. Er war zum Fenster gegangen und schaute nach draußen.

Wird das hier die Schlüsselszene in einem zähen britischen Drama?, dachte Rhyme und trank einen Schluck durch den Strohhalm.

»Ich habe gewissermaßen eine Entscheidung getroffen. Sie sollten es als Erster erfahren.«

»Gewissermaßen?«, tadelte Rhyme mal wieder.

»Ich meine, ich *habe* eine Entscheidung getroffen.«

Rhyme zog eine Augenbraue hoch. Er wollte nicht zu ermutigend wirken. Was kommt als Nächstes?, fragte er sich, obwohl er bereits eine Ahnung zu haben glaubte. Sein Leben mochte der Wissenschaft gewidmet sein, aber er war im Laufe seiner Karriere auch Vorgesetzter von Hunderten von Angestellten und Beamten gewesen. Und trotz seiner Ungeduld, seiner Barschheit und seiner Temperamentsausbrüche hatte er sich stets bemüht, ein verständiger und fairer Chef zu sein.

Solange man keinen Mist baute.

»Raus damit, Grünschnabel.«

»Ich höre auf.«

»Womit?«

»Bei der Polizei.«

»Ah.«

Seit der Bekanntschaft mit Kathryn Dance achtete Rhyme auf die Körpersprache. Er spürte, dass Pulaski diese Sätze vorher geübt hatte. Viele Male.

Der Cop fuhr sich mit der Hand durch das kurze blonde Haar. »William Brent.«

»Dellrays Informant?«

»Richtig, ja, Sir.«

Rhyme zog kurz in Erwägung, den jungen Mann mal wieder daran zu erinnern, dass er auf eine so förmliche Anrede keinen Wert legte. Doch er sagte nur: »Reden Sie weiter, Pulaski.«

Mit verbissener Miene und gequältem Blick setzte Pulaski sich auf den Rohrstuhl neben Rhymes TDX. »Ich hatte bei Galts Wohnung schreckliche Angst und bin in Panik geraten. Ich habe nicht vernünftig nachgedacht ... ich habe die meisten Verhaltensmaßregeln einfach vergessen.« Und wie als Zusammenfassung fügte er hinzu: »Ich habe es versäumt, die Situation korrekt einzuschätzen und mein Verhalten entsprechend anzupassen.«

Wie ein Schuljunge, der sich bei einem Test nicht sicher war und einfach schnell alle möglichen Antworten herunterrasselte, um hoffentlich auch die richtige zu erwischen.

549

»Er ist aus dem Koma aufgewacht.«

»Aber er hätte sterben können.«

»Und deshalb quittieren Sie den Dienst?«

»Ich habe einen Fehler begangen. Dieser Fehler hat beinahe ein Menschenleben gekostet… Ich glaube nicht, dass ich meine Aufgaben noch angemessen erfüllen kann.«

Herrje, woher hatte er bloß diesen Text?

»Es war ein Unfall, Grünschnabel.«

»Der nicht hätte passieren dürfen.«

»Gibt es denn noch andere Arten von Unfällen?«

»Sie wissen, was ich meine, Lincoln. Ich habe gründlich darüber nachgedacht.«

»Ich kann beweisen, dass Sie bleiben müssen und dass eine Kündigung ein Fehler wäre.«

»Wie denn? Indem Sie mir sagen, dass ich begabt bin und viel beisteuern kann?« Pulaski schaute skeptisch drein. Er war noch jung, wirkte aber deutlich älter als bei ihrem ersten Zusammentreffen. Die Arbeit als Polizist forderte ihren Tribut.

Die Arbeit in meinem Team ebenfalls, dachte Lincoln Rhyme.

»Wissen Sie, warum Sie nicht aufhören können? Sie wären ein Heuchler.«

Pulaski sah ihn ungläubig an.

»Sie haben Ihre Gelegenheit verpasst«, fuhr Rhyme fort, mit etwas mehr Schärfe in der Stimme.

»Was soll das heißen?«

»Okay, Sie haben Mist gebaut, und jemand wurde schwer verletzt. Aber als es zwischendurch so aussah, als wäre Brent ein per Haftbefehl gesuchter Straftäter, dachten Sie, Sie hätten noch mal Glück gehabt, richtig?«

»Nun… ja, kann sein.«

»Auf einmal war es Ihnen egal, dass Sie ihn angefahren hatten. Als wäre er, was, weniger menschlich?«

»Nein, ich habe bloß…«

550

»Lassen Sie mich ausreden. Unmittelbar nach dem Unfall mussten Sie eine Entscheidung treffen: Sie hätten entweder zu dem Schluss kommen müssen, dass das Risiko von Kollateralschäden und Unfällen für Sie untragbar ist, und sofort den Dienst quittieren müssen. Oder Sie hätten die Angelegenheit akzeptieren und lernen müssen, mit dem Geschehenen zu leben. Es bedeutet keinen Unterschied, ob der Kerl ein Serienkiller oder ein Diakon auf dem Weg zur Kirche war. Und es ist intellektuell unaufrichtig von Ihnen, jetzt darüber zu jammern.«

Die Augen des Neulings verengten sich vor Wut, und er wollte zu irgendeiner Rechtfertigung ansetzen, aber Rhyme war noch nicht fertig. »Sie haben einen *Fehler* gemacht. Sie haben *kein* Verbrechen begangen... Tja, Fehler passieren nun mal. In unserer Branche haben sie nur leider andere Folgen als bei einem Buchhalter oder Schuster. Wenn wir Scheiße bauen, besteht die Möglichkeit, dass jemand getötet wird. Aber falls wir uns ständig deswegen Sorgen machen würden, kämen wir nie auf einen grünen Zweig. Wir würden die ganze Zeit über die Schulter blicken, und als Resultat würden noch viel mehr Menschen sterben, weil wir unsere Arbeit nicht machen.«

»Das sagt sich so leicht«, herrschte Pulaski ihn zornig an.

Gut für ihn, dachte Rhyme, verzog aber keine Miene.

»Haben Sie sich denn je in einer solchen Lage befunden?«, murmelte Pulaski.

Selbstverständlich hatte er. Rhyme hatte Fehler gemacht. Dutzende, wenn nicht sogar Hunderte. Einer dieser Fehler hatte vor vielen Jahren den Tod mehrerer Unschuldiger zur Folge gehabt und zu dem Fall geführt, bei dem Rhyme und Sachs sich kennenlernten. Aber im Augenblick wollte er diese Gemeinsamkeit gar nicht groß betonen. »Das ist nicht der Punkt, Pulaski. Der Punkt ist, dass Sie Ihre Entscheidung bereits getroffen haben. Sie sind nach dem Unfall mit Brent hierher zurückgekehrt und haben die Beweise aus Galts Wohnung abgeliefert. Damit haben

Sie das Recht verwirkt, Ihre Kündigung einzureichen. Sie steht also gar nicht zur Debatte.«

»Aber es frisst mich auf.«

»Dann wird es höchste Zeit, dem, was da frisst – was zum Teufel *es* auch sein mag –, klarzumachen, dass es mit dem Fressen aufzuhören hat! Als Polizist muss man diesen Schutzwall errichten.«

»Lincoln, Sie hören mir nicht zu.«

»Ich habe zugehört. Ich habe Ihre Argumente in Erwägung gezogen und als nicht stichhaltig zurückgewiesen.«

»Für mich sind sie stichhaltig.«

»Nein, sind sie nicht. Und ich sage Ihnen, warum.« Rhyme zögerte. »Weil sie für *mich* nicht stichhaltig sind ... und Sie und ich sind uns sehr ähnlich, Pulaski. Ich hasse es, das einräumen zu müssen, aber es ist die Wahrheit.«

Dem jungen Mann fehlten die Worte.

»So, und nun vergessen Sie diesen Mist, mit dem Sie mich langweilen. Ich bin froh, dass Sie hier sind, denn ich habe noch einige Aufgaben für Sie. Bei der ...«

Pulaski starrte den Kriminalisten an und lachte kalt auf. »Ich mache *gar nichts*. Ich kündige. Ich höre Ihnen nicht zu.«

»Nun, Sie werden jedenfalls nicht jetzt kündigen. Vielleicht in ein paar Tagen. Ich brauche Sie. Der Fall – der ebenso Ihrer wie meiner ist – ist noch nicht abgeschlossen. Wir müssen absolut sichergehen, dass Logan verurteilt wird. Stimmen Sie mir zu?«

Ein Seufzen. »Ich stimme Ihnen zu.«

»Bevor McDaniel von seinem Posten entbunden und ins digitale Umfeld oder sonst wohin geschickt wurde, hat er Bob Cavanaughs Büro durchsuchen lassen. Von seinen Leuten, nicht von uns. Die Spurensicherung des FBI arbeitet gut – ich habe an der Gründung des Teams mitgewirkt. Aber auch wir hätten uns den Tatort vornehmen müssen. Ich möchte, dass Sie das jetzt erledigen. Logan hat gesagt, es stecke ein ganzes Kartell dahinter, und ich will, dass jeder Beteiligte zur Verantwortung gezogen wird.«

Pulaski verzog resigniert das Gesicht. »Ich mache das. Aber es ist mein letzter Auftrag.« Kopfschüttelnd verließ er eilig das Labor.

Lincoln Rhyme bemühte sich, nicht zu lächeln, als er nach dem Strohhalm hangelte, der aus seinem Becher Whisky ragte.

... Fünfundachtzig

Lincoln Rhyme war nun allein.

Ron Pulaski untersuchte das Büro bei der Algonquin Consolidated. Mel Cooper und Lon Sellitto waren jeweils nach Hause gefahren. Roland Bell hatte gemeldet, Richard Logan sei wohlbehalten im Hochsicherheitstrakt des Untersuchungsgefängnisses in Downtown untergebracht.

Auch Amelia Sachs war nach Downtown gefahren, um bei dem Papierkram zu helfen, befand sich inzwischen aber wieder in Brooklyn. Rhyme hoffte, sie würde sich eine kurze Auszeit gönnen und womöglich eine Fahrt mit ihrem Torino Cobra unternehmen. Gelegentlich nahm sie Pammy mit. Das Mädchen erzählte, die Fahrten seien »hammermäßig«, was er als »erfrischend und amüsant« deutete.

Er wusste jedoch, dass Pammy dabei zu keinem Zeitpunkt in Gefahr schwebte. Im Gegensatz zu ihren Solo-Ausflügen blieb Sachs vernünftig, anstatt ihre Grenzen auszutesten.

Thom war ebenfalls unterwegs, mit seinem Lebensgefährten, einem Reporter der *New York Times*. Er hatte bleiben und seinen Chef im Auge behalten wollen – weil er auf schreckliche Auswirkungen der Dysregulation wartete oder weswegen auch immer. Doch der Kriminalist hatte darauf bestanden, dass er ausging.

»Denk an die Sperrstunde«, hatte er ihn angeherrscht. »Mitternacht.«

»Lincoln, ich werde früher zurück sein als ...«

»Nein. Du kommst erst *nach* Mitternacht. Es handelt sich um eine negative Sperrstunde.«

»Das ist doch verrückt. Ich bleibe hier…«

»Ich schwöre, ich werde dich feuern, falls du es wagst, früher wieder hier zu sein.«

Der Betreuer musterte ihn prüfend. »Okay«, sagte er dann. »Danke.«

Rhyme hatte keine Zeit für Dankbarkeit und ignorierte Thom von da an. Stattdessen machte er sich daran, am Computer die Beweismittellisten zu organisieren. Sie würden an die Staatsanwaltschaft weitergeleitet und im Prozess gegen den Uhrmacher verwendet werden. Am Ende würde Logan für eine beeindruckende Vielfalt von Verbrechen ins Gefängnis gehen, darunter zahlreiche minutiös geplante Morde. Vermutlich würde man ihn sogar zum Tode verurteilen, doch im Gegensatz zu Kalifornien und Texas betrachtete New York ein solches Urteil als eine Art peinliches Muttermal mitten auf der Stirn. Wie Rhyme schon zu Rodolfo Luna gesagt hatte, rechnete er nicht mit der Hinrichtung des Mannes.

Auch andere Gerichtsbezirke würden um Logan wetteifern. Doch er war in New York gefasst worden; sie mussten sich hinten anstellen.

Insgeheim war Rhyme mit einer lebenslangen Haftstrafe durchaus zufrieden. Wäre Logan heute hier getötet worden – weil er zum Beispiel nach einer Waffe gegriffen hätte, um Sachs oder Sellitto zu erschießen –, wäre das ein sauberer, ehrlicher Schlussstrich gewesen. Dass Rhyme ihn gefangen hatte und er den Rest seines Lebens hinter Gittern verbringen würde, war ebenfalls Gerechtigkeit genug. Eine tödliche Injektion erschien dagegen billig. Beleidigend. Und Rhyme wollte nicht daran beteiligt sein, dass ein Mensch letzten Endes auf einer Bahre festgeschnallt wurde.

Er genoss die Einsamkeit und diktierte nun mehrere Seiten

Tatortberichte. Manche Beamten wurden dabei lyrisch, dramatisch oder poetisch. Das war nicht Rhymes Art. Seine Sprache war nüchtern und prägnant – Gusseisen, keine Holzschnitzereien. Er las alles noch einmal durch und war zufrieden, obwohl manche Lücken ihn ärgerten. Es fehlten noch einige Analyseergebnisse. Doch auch Ungeduld war in seinen Augen eine Sünde, wenngleich keine so schwere wie Nachlässigkeit. Der Fall würde nicht darunter leiden, dass der Abschlussbericht noch einen oder zwei Tage auf sich warten lassen würde.

Gut, dachte er. Es bleibt noch was zu tun – wie immer –, aber gut.

Rhyme schaute sich im Labor um. Mel Cooper hatte sorgfältig aufgeräumt. Der Techniker befand sich nun im Haus seiner Mutter in Queens, wo er wohnte. Vielleicht hatte er auch nur kurz nach Mom gesehen und war dann mit seiner skandinavischen Freundin ausgegangen, um in irgendeinem Ballsaal in Midtown die Tanzfläche im Sturm zu erobern.

Der Kriminalist hatte leichte Kopfschmerzen wie schon zuvor an jenem Tag. Sein Blick fiel auf das Regal mit den Medikamenten. Dort stand eine Flasche Clonidin. Das gefäßerweiternde Mittel hatte ihm vorhin wahrscheinlich das Leben gerettet. Falls er jetzt einen weiteren Anfall erlitt, wäre er wohl ohne jede Chance. Die Flasche stand nur wenige Zentimeter von seinen Händen entfernt. Doch es hätten genauso gut Meilen sein können.

Rhyme musterte die vertrauten Tafeln mit Sachs' und Mel Coopers Handschrift darauf. Es gab verschmierte und durchgestrichene Stellen, um falsche Formulierungen, Schreibfehler oder Irrtümer zu korrigieren.

Ein Zeichen dafür, wie Kriminalfälle sich nun mal stets entwickelten.

Dann betrachtete er die Ausrüstung: den Dichtegradienten, die Pinzetten und Phiolen, die Handschuhe, die Glaskolben, die Hilfsmittel zur Partikelgewinnung und die Prunkstücke der Sammlung: das Rasterelektronenmikroskop und das Kombigerät aus Gaschromatograph und Massenspektrometer, leise, groß und sperrig. Er dachte an die vielen, vielen Stunden, die er mit diesen Maschinen und ihren Vorgängern zugebracht hatte, erinnerte sich an die Betriebsgeräusche und die Gerüche, wenn er eine Probe ins feurige Herz des Chromatographen gab, um zu erfahren, was eine rätselhafte Substanz in Wahrheit war. Dabei gab es oft einen Zwiespalt: Wenn man eine Spur opferte, um durch ihre Analyse die Identität oder den Aufenthaltsort eines Täters zu ermitteln, riskierte man, den Fall vor Gericht zu gefährden, denn die Probe existierte danach nicht mehr.

Lincoln Rhyme entschied sich stets für die Verbrennung.

Er dachte an das Vibrieren der Maschine unter seiner Hand, als seine Hand ein Vibrieren noch hatte spüren können.

Sein Blick streifte die Kabel, die kreuz und quer über den Parkettboden verliefen. Wenn er zwischen den Untersuchungstischen und Computern umherrollte, fühlte Rhyme – natürlich nur in Unterkiefer und Kopf – beim Überqueren der Dinger immer einen kleinen Ruck.

Kabel...

Er fuhr ins Wohnzimmer und sah zu den Familienfotos. Dachte an seinen Cousin Arthur. Seinen Onkel Henry. Seine Eltern.

Und natürlich an Amelia Sachs. Immer an Amelia.

Dann verblassten die angenehmen Erinnerungen, und er dachte unwillkürlich daran, wie er heute fast für ihren Tod verantwortlich geworden wäre. Weil sein aufsässiger Körper sie alle im Stich gelassen hatte. Rhyme und Sachs und Ron Pulaski. Dazu wer weiß wie viele ESU-Beamte, die bei der Erstürmung der Schule in Chinatown womöglich durch die Stromfalle getötet worden wären.

Rhymes Gedanken machten sich selbstständig. Ihm wurde

klar, dass der Zwischenfall beispielhaft für ihre Beziehung war. Die Liebe war da, gewiss, aber er konnte nicht abstreiten, dass er Amelia einschränkte. Dass sie nur teilweise die Person war, die sie hätte sein können, falls sie einen anderen Lebensgefährten hätte oder sogar allein wäre.

Dies war kein Selbstmitleid. Im Gegenteil, Rhyme fühlte sich merkwürdig heiter.

Er stellte sich vor, was wohl passieren würde, wenn sie ihr Leben ohne ihn fortsetzte. Und er gelangte leidenschaftslos zu dem Schluss, dass Amelia Sachs bestens zurechtkommen würde. Er sah wieder mal vor sich, wie sie und Ron Pulaski in einigen Jahren gemeinsam die Spurensicherung leiteten.

In dem stillen Wohnzimmer gegenüber vom Labor, umgeben von Fotos seiner Familie, fiel Rhymes Blick nun auf etwas, das auf dem Tisch lag. Bunt und auf Hochglanzpapier gedruckt. Es war die Broschüre, die Arlen Kopeski, der Sterbehilfe-Befürworter, ihm dagelassen hatte.

Die freie Wahl...

Belustigt stellte Rhyme fest, dass das Heft in weiser Voraussicht behindertenfreundlich gestaltet worden war. Man brauchte es nicht in die Hand zu nehmen und durchzublättern. Die Telefonnummer der Organisation war in großen Ziffern auf den Umschlag gedruckt – nur für den Fall, dass jemand sich umbringen wollte und nicht gut sehen konnte.

Beim Anblick der Broschüre nahm in Rhymes Verstand ein Plan Gestalt an. Er würde einige Vorbereitungen erfordern.

Er würde Geheimhaltung erfordern.

Er würde subversive Energie erfordern. Und Bestechung.

Doch so sah das Leben eines Querschnittsgelähmten nun mal aus. Die Gedanken waren frei und ungehindert, aber fast jede Handlung benötigte einen Mittäter.

Der Plan würde außerdem einige Zeit erfordern. Doch nichts wirklich Wichtiges im Leben geschah jemals schnell. Rhyme wurde von der Vorfreude erfüllt, die mit einer endgültigen Entscheidung einhergeht.

Seine größte Sorge war, dass die Geschworenen seine Aussage über die Beweise gegen den Uhrmacher auch ohne Rhymes persönliche Anwesenheit zu hören bekommen würden. Es gab eine entsprechende Möglichkeit: die Abgabe einer beeideten Erklärung. Zudem waren Sachs und Mel Cooper erfahrene Zeugen der Anklage. Und auch Ron Pulaski würde sich gut schlagen, glaubte Rhyme.

Er würde morgen unter vier Augen mit dem Staatsanwalt sprechen und ihn bitten, eine Gerichtsprotokollantin vorbeizuschicken, die seine Aussage aufnehmen sollte. Thom würde sich nichts dabei denken.

Lächelnd fuhr Lincoln Rhyme zurück ins menschenleere Labor mit all der Elektronik und Software und – o ja – den Kabeln, die es ihm gestatten würden, den Anruf zu tätigen, der ihn seit dem Moment beschäftigte, nein, *heimsuchte*, in dem der Uhrmacher verhaftet worden war.

Zehn Tage nach dem Earth Day

IV

DER LETZTE FALL

»Meine körperliche Ertüchtigung besteht im Wesentlichen darin, dass ich stehe und den ganzen Tag von einem Labortisch zum anderen gehe. Ich ziehe daraus mehr Nutzen und Vergnügen als manche meiner Freunde und Konkurrenten aus Spielen wie Golf.«

THOMAS ALVA EDISON

... Sechsundachtzig

Amelia Sachs und Thom Reston eilten durch den Eingang des Krankenhauses. Keiner von ihnen sprach ein Wort.

In der Lobby und auf den Korridoren war es ruhig, was an einem Samstagabend in New York City irgendwie seltsam wirkte. Normalerweise herrschte in den Notaufnahmen Chaos – wegen der Unfälle, Alkoholvergiftungen, Überdosen und natürlich der vereinzelten Schuss- oder Stichverletzungen.

Hier jedoch war die Atmosphäre sonderbar still, fast schon unheimlich.

Sachs blieb stehen und las mit grimmiger Miene die Wegweiser. Dann zeigte sie auf ein Schild, und sie bogen auf einen düsteren Flur im Kellergeschoss des Krankenhauses ein.

Sie blieben abermals stehen.

»Da lang?«, flüsterte Sachs.

»Verdammt, es könnte hier auch besser ausgeschildert sein!«

Sachs hörte die Wut in Thoms Stimme, aber sie wusste, dass es hauptsächlich Bestürzung war.

»Da.«

Sie gingen weiter, vorbei an einer Station, hinter deren hohem Empfangstresen mehrere Krankenschwestern saßen und gemütlich plauderten. Dort gab es zahlreiche Papiere und Akten zu sehen, aber auch Kaffeetassen, Schminkutensilien und ein dickes Rätselheft. Voller Sudokus, registrierte Sachs und fragte sich, weshalb dieses Spiel so beliebt war. Ihr selbst fehlte die Geduld dafür.

Sie nahm an, dass die Angestellten hier unten, in dieser Abteilung, nicht allzu häufig in jähe Hektik verfallen mussten, so wie man es in den Fernsehserien präsentiert bekam.

An einem zweiten Tresen saß eine einzelne Schwester mittleren Alters. Sachs ging hin und sagte nur ein Wort: »Rhyme.«

»Ah, ja«, erwiderte die Frau und hob den Kopf. Sie brauchte nicht erst irgendwo nachzusehen. »Und Sie sind?«

»Seine Partnerin.« Sie hatte diesen Begriff schon häufig benutzt, sowohl in beruflicher als auch in privater Hinsicht, aber bis jetzt war ihr noch nie klar geworden, wie absolut unzulänglich er war. Sie mochte ihn nicht. Hasste ihn.

Thom sagte, er sei der Betreuer.

Was auch irgendwie hölzern klang.

»Ich fürchte, ich kann nicht mit Einzelheiten dienen«, sagte die Schwester und nahm damit Amelias Frage vorweg. »Kommen Sie mit.«

Die stämmige Frau führte sie einen anderen Gang entlang, der noch trostloser als der erste aussah. Makellos sauber, gefällig designt, ordentlich. Und scheußlich.

Was mehr oder weniger auf alle Krankenhäuser zutraf.

Sie näherten sich einem Zimmer mit offener Tür. »Bitte warten Sie dort«, sagte die Schwester nicht unfreundlich. »Es kommt gleich jemand.«

Dann verschwand die Frau sofort wieder, als fürchte sie, man könne sie auf einen Stuhl verfrachten und einem Verhör unterziehen. Sachs hatte tatsächlich mit dem Gedanken gespielt.

Sie und Thom bogen um die Ecke und betraten das Wartezimmer. Es war leer. Lon Sellitto sowie Rhymes Cousin Arthur und dessen Frau Judy waren unterwegs. Desgleichen Sachs' Mutter, Rose. Sie hatte mit der U-Bahn herkommen wollen. Sachs hatte auf einem Fahrdienst bestanden.

Schweigend saßen sie da. Sachs nahm ein anderes Sudoku-Heft, das hier lag, und blätterte darin herum. Thom warf ihr einen Blick zu, drückte ihren Arm und lehnte sich zurück. Es war komisch, ihn mal nicht in tadelloser Haltung zu erleben.

»Er hat nichts gesagt«, murmelte er. »Kein Wort.«

»Überrascht dich das?«

Er wollte bejahen. Doch dann sackte er noch mehr in sich zusammen. »Nein.«

Ein Mann mit Anzug und schiefer Krawatte kam herein, musterte die Gesichter der beiden Anwesenden und beschloss, lieber woanders zu warten. Sachs konnte es ihm nicht verdenken.

Bei solchen Anlässen will man keine Fremden um sich haben.

Sachs legte ihren Kopf an Thoms Schulter. Er nahm sie fest in den Arm. Sie hatte vergessen, wie stark der Mann war.

Der heutige Abend war der Kulminationspunkt der vielleicht merkwürdigsten und angespanntesten zwölf Stunden in all den Jahren, die sie Rhyme mittlerweile kannte. Als sie am Morgen aus Brooklyn eingetroffen war, hatte Thom sie schon an der Tür erwartet und stirnrunzelnd über ihre Schulter geblickt.

»Was?«, hatte sie gefragt und sich umgedreht.

»War er nicht bei dir?«

»Wer?«

»Lincoln.«

»Nein.«

»Verdammt. Er ist verschwunden.«

Mit seinem schnellen und zuverlässigen Invacare TDX war Rhyme so mobil wie jeder andere Querschnittsgelähmte und hatte schon vereinzelte Ausflüge in den Central Park unternommen. Allerdings interessierte er sich nicht sonderlich für den Aufenthalt im Freien. Rhyme zog das Labor vor, inmitten seiner Ausrüstung und intellektuell vollauf mit einem Fall beschäftigt.

Der Betreuer hatte ihn heute, genau wie von Rhyme gewünscht, früh geweckt, angezogen und in den Rollstuhl verfrachtet. »Ich bin mit jemandem zum Frühstück verabredet«, hatte der Kriminalist dann gesagt.

»Und wohin fahren wir?«, hatte Thom gefragt.

»›Ich‹ ist erste Person Singular, Thom. ›Wir‹ ist Plural. Zwar auch erste Person und ein Pronomen, aber darüber hinaus haben die beiden nur sehr wenig gemeinsam. Du bist nicht eingeladen, und zwar zu deinem eigenen Besten. Du würdest dich langweilen.«

»Mit dir ist es niemals langweilig, Lincoln.«

»Ha! Ich bin bald zurück.«

Der Kriminalist schien dermaßen gute Laune zu haben, dass Thom eingewilligt hatte.

Doch dann war Rhyme einfach nicht wiedergekommen.

Nach Sachs' Ankunft war eine weitere Stunde vergangen. Aus Verwunderung wurde Sorge. Dann hatten sie beide im selben Moment eine E-Mail auf den Computern und BlackBerrys erhalten. Sie war so bündig und sachlich, wie man sie von Lincoln Rhyme erwarten würde.

Thom, Sachs,
nach reiflicher Überlegung habe ich beschlossen, dass ich mein Leben in meiner gegenwärtigen Verfassung nicht fortsetzen möchte.

»Nein«, hatte Thom erschrocken gerufen.

»Lies weiter.«

Die Ereignisse der letzten Zeit haben mir verdeutlicht, dass ich gewisse Einschränkungen nicht länger hinzunehmen gedenke. Zwei Dinge haben mich zum Handeln veranlasst: Der Besuch von Kopeski, der mir zu der Erkenntnis verhalf, dass ich mich zwar nie umbringen würde, dass aber manche Entscheidungen dennoch nicht davon beeinflusst werden sollten, dass Todesgefahr besteht.

Und das Treffen mit Susan Stringer. Sie sagte, es gäbe keine

Zufälle und ihrer Meinung nach sei es ihr vorherbestimmt, mir vom Pembroke-Rückenmarkszentrum zu erzählen. (Ihr wisst, was ich normalerweise von so was halte – und falls ihr jetzt allen Ernstes ein LOL von mir erwartet: Das könnt ihr euch abschminken.)

Ich stehe nun seit einiger Zeit mit dem Zentrum in Verbindung und habe vier Eingriffe vereinbart, die im Verlauf der nächsten acht Monate vorgenommen werden sollen. Der erste davon dürfte in diesen Minuten beginnen.

Es besteht natürlich die Möglichkeit, dass ich die anderen drei Termine nicht mehr wahrnehmen kann, aber das bleibt einfach abzuwarten. Falls alles so verläuft, wie ich es mir erhoffe, kann ich euch in ein oder zwei Tagen mit den blutigen Details der Operation dienen. Falls nicht: Thom, du weißt, wo alle Papiere liegen. Ach ja, ich habe im Testament einen Punkt vergessen – gib all meinen Scotch an Arthur weiter, meinen Cousin. Er wird es zu schätzen wissen.

Sachs, für dich liegt ein gesonderter Brief bereit. Thom wird ihn dir aushändigen.

Tut mir leid, dass ihr es auf diese Weise erfahrt, aber ihr habt an diesem schönen Tag beide Besseres zu tun, als einen miesen Patienten wie mich in ein Krankenhaus zu karren und eure Zeit zu verschwenden. Außerdem, ihr kennt mich doch. Manches erledige ich eben lieber allein. In den letzten Jahren hatte ich nur wenig Gelegenheit dazu.

Heute Nachmittag oder am frühen Abend wird jemand anrufen und euch nähere Informationen geben.

Was unseren letzten Fall betrifft: Sachs, ich erwarte, persönlich beim Prozess des Uhrmachers aussagen zu können. Aber falls nicht alles nach Plan verläuft, liegt beim Generalstaatsanwalt bereits meine beeidete Erklärung. Du und Mel und Ron könnt eventuelle Lücken füllen. Sorgt dafür, dass Mr. Logan den Rest seines Lebens im Gefängnis verbringt.

Der folgende Gedanke stammt von jemandem, der sich mir verbunden gefühlt hat. Er fasst meine Empfindungen perfekt in Worte: »Die Zeiten ändern sich. Auch wir müssen uns ändern. Trotz der Risiken. Und auch wenn wir dafür manches hinter uns zurücklassen müssen.«
LR

Und nun warteten sie hier in diesem abscheulichen Krankenhaus.

Endlich ein Offizieller. Ein hochgewachsener, schlanker Mann mit grau meliertem Haar und in grüner OP-Kleidung betrat das Zimmer.

»Sie sind Amelia Sachs?«

»Richtig.«

»Und Thom?«

Ein Nicken.

Wie sich herausstellte, war der Mann der Chefchirurg des Pembroke-Rückenmarkszentrums. »Er hat die Operation überstanden«, sagte er, »aber er ist noch ohne Bewusstsein.«

Dann erläuterte er ihnen einige technische Einzelheiten. Sachs nickte und hörte aufmerksam zu. Manches davon klang ganz gut, anderes weniger. Doch in erster Linie fiel ihr auf, dass er die einzige Frage, die wirklich zählte, nicht beantwortete – nämlich ob und wann Lincoln Rhyme wieder aufwachen würde.

Als Amelia diese Frage unverblümt stellte, konnte der Arzt nur erwidern: »Das wissen wir nicht. Wir müssen es abwarten.«

... Siebenundachtzig

Die dreidimensionalen Linien, die in den Fingerabdrücken zu sehen sind, haben sich nicht entwickelt, damit forensische Wissenschaftler dank ihrer Hilfe Verbrecher identifizieren und überführen können, sondern einfach, um unseren Fingern sicheren Halt zu verleihen, sodass etwas Kostbares oder Notwendiges oder Unbekanntes nicht einfach unserem schwachen Griff entgleitet.

Wir verfügen schließlich nicht über Krallen, und unser Muskeltonus – tut mir leid, ihr begeisterten Bodybuilder – ist ein Witz, vergleicht man ihn mit der Leistungsfähigkeit eines beliebigen wilden Tiers von vergleichbarer Masse.

Lincoln Rhyme schaute kurz zu Amelia Sachs, die in drei Metern Entfernung zusammengerollt auf einem Sessel schlief und dabei merkwürdig zufrieden und ruhig wirkte. Ihr rotes dichtes Haar hing gerade nach unten und verbarg eine Hälfte ihres Gesichts.

Es war fast Mitternacht.

Er dachte weiter über die Papillarleisten nach, die es sowohl auf Fingern und Zehen gibt als auch auf Handflächen und Fußsohlen. Man kann durch einen Fußabdruck genauso mühelos überführt werden wie durch einen Fingerabdruck, wenngleich die Umstände des betreffenden Verbrechens sicherlich etwas ungewöhnlich wären.

Der individuelle Charakter der Fingerabdrücke ist schon lange bekannt – bereits vor achthundert Jahren wurden damit offizielle Dokumente beglaubigt –, aber erst im letzten Jahrzehnt des neunzehnten Jahrhunderts setzte sich die Idee durch, mit ihrer Hilfe eine Verbindung zwischen Täter und Tatort herzustellen. Die weltweit erste Fingerabdruck-Abteilung einer Strafverfolgungsbehörde wurde in Kalkutta, Indien, unter der Leitung von Sir Edward Richard Henry gegründet, dessen Name für die nächsten hundert Jahre das polizeiliche Klassifizierungssystem für Fingerabdrücke bezeichnete.

Der Anlass für Rhymes Überlegungen war die Tatsache, dass er gerade seine eigenen Fingerabdrücke betrachtete, genauer gesagt die Papillarleisten seiner Fingerkuppen. Zum ersten Mal seit Jahren.

Zum ersten Mal seit dem Unfall auf der U-Bahn-Baustelle.

Sein rechter Arm war erhoben und am Ellbogen gebeugt, die Hand am Gelenk in seine Richtung gedreht, und er starrte konzentriert auf die Muster. Er empfand ein aufrichtiges Hochgefühl, so als hätte er die winzige Faser gefunden, die eine Partikelspur, den schwachen Abdruck im Schlamm, der es ihm erlaubte, eine Verbindung zwischen dem Verdächtigen und dem Tatort zu erkennen.

Der Eingriff war erfolgreich verlaufen: die Implantation des Computers und der Kabel, die durch Bewegungen von Kopf und Schultern oberhalb der Verletzung kontrolliert wurden. Rhyme hatte bestimmte Muskeln an Nacken und Schulter angespannt, um behutsam den Arm zu heben und das Handgelenk zu drehen. Er hatte lange davon geträumt, die eigenen Fingerkuppen wieder zu Gesicht zu bekommen, und er hatte beschlossen, dass dies das Erste wäre, was er tun würde, sollte sich jemals die Möglichkeit ergeben.

Selbstverständlich lag nun eine lange Therapie vor ihm. Und weitere Operationen. Eine Nervenumleitung, die wenig Einfluss auf die Mobilität haben würde, aber manche Körperfunktionen verbessern konnte. Dann eine Stammzellenbehandlung. Und auch weiterhin sein gewohntes Training: der Laufapparat, das Fahrrad und die Bewegungsübungen.

Viele Einschränkungen würden bleiben – Thoms Job war in keiner Weise gefährdet. Auch wenn Rhyme Arme und Hände bewegen konnte, auch wenn seine Lunge besser als je zuvor arbeitete und die diversen Dinge unterhalb der Gürtellinie sich denen eines Nichtbehinderten annäherten, hatte er nach wie vor kein Gefühl im Körper, war immer noch anfällig für Infektionen und würde nicht gehen können – vermutlich niemals mehr oder zumindest für viele Jahre nicht. Doch das kümmerte Lincoln Rhyme nicht. Er hatte bei seiner Arbeit gelernt, dass man so gut wie nie auf hundert Prozent des Gewünschten kam. Doch wenn man sich anstrengte und die Umstände es zuließen – von »Glück« würde Rhyme in diesem Zusammenhang natürlich nie sprechen –, reichte das Ergebnis meistens aus, um den Täter zu identifizieren, zu verhaften und zu verurteilen. Außerdem war Lincoln Rhyme ein Mann, der Ziele benötigte. Er lebte dafür, Lücken zu füllen und sich ständig neu zu beweisen, wie auch Sachs sehr wohl wusste. Sein Leben wäre sinnlos, gäbe es nicht immer eine Aufgabe zu erledigen und danach eine weitere.

Nun spannte er erneut und sehr vorsichtig einige Muskeln am Hals an, drehte die Hand zurück und senkte sie auf das Bett. Das lief ungefähr so koordiniert ab wie bei einem neugeborenen Fohlen, das aufzustehen versucht.

Dann machten sich die Erschöpfung und die Wirkung der Medikamente bemerkbar. Rhyme wollte nur zu gern schlafen, aber er schob es noch einige Minuten auf, um Amelia Sachs' Gesicht zu betrachten, ein helles Rund, halb durch ihr Haar verdeckt, wie genau in der Mitte einer Mondfinsternis.

Danksagung

Herzlichen Dank der Zeitschrift *Crimespree*, der Bibliothek von Muskego, Wisconsin, und all jenen, die im letzten November am dortigen »Murder-and-Mayhem«-Treffen teilgenommen und für ihre begeisterte Mitwirkung sowie für ihre Freude am Lesen diesen Werbeauftritt gewonnen haben!

Außerdem Julie, Madelyn, Will, Tina, Ralph, Kay, Adriano und Lisa.